O Reino

A marca FSC® é a garantia de que a madeira utilizada na fabricação do papel deste livro provém de florestas que foram gerenciadas de maneira ambientalmente correta, socialmente justa e economicamente viável, além de outras fontes de origem controlada.

Emmanuel Carrère

O Reino

Tradução
André Telles

Copyright © 2014 by P.O.L éditeur

Grafia atualizada segundo o Acordo Ortográfico da Língua Portuguesa de 1990, que entrou em vigor no Brasil em 2009.

Título original
Le Royaume

Capa
Thiago Lacaz

Foto de capa
Eucalyptys/Getty Images

Preparação
Mariana Delfini

Revisão
Carmen T. S. Costa
Luciane Gomide Varela

Dados Internacionais de Catalogação na Publicação (CIP)
(Câmara Brasileira do Livro, SP, Brasil)

Carrère, Emmanuel
    O reino / Emmanuel Carrère ; tradução André Telles. – 1ª ed. – Rio de Janeiro : Alfaguara, 2016.

    Título original: *Le Royaume*
    ISBN 978-85-5652-012-8

    1. Carrère, Emmanuel, 1957- 2. Civilização cristã – História 3. Cristãos judeus – História 4. Literatura francesa I. Título.

16-01701	CDD-920.0092924

Índice para catálogo sistemático:

1. Homens judeus : Biografia   920.0092924

[2016]
Todos os direitos desta edição reservados à
EDITORA SCHWARCZ S.A.
Rua Cosme Velho, 103
22241-090 — Rio de Janeiro — RJ
Telefone: (21) 2199-7824
Fax: (21) 2199-7825
www.objetiva.com.br

Sumário

PRÓLOGO: Paris, 2011 — 7

I. UMA CRISE: Paris, 1990-1993 — 23

II. PAULO: Grécia, 50-58 — 101

III. A INVESTIGAÇÃO: Judeia, 58-60 — 205

IV. LUCAS: Roma, 60-90 — 301

EPÍLOGO: Roma, 90 – Paris, 2014 — 413

PRÓLOGO
Paris, 2011

I

Naquela primavera, colaborei no roteiro de uma série de televisão. O argumento era o seguinte: certa noite, numa cidadezinha de montanha, alguns mortos retornam. Não se sabe por quê, nem por que esses mortos e não outros. Eles próprios ignoram que estão mortos. Descobrem isso no olhar assombrado daqueles a quem amam, que os amam, junto aos quais gostariam de retomar seus lugares. Não são zumbis, não são fantasmas, não são vampiros. Não estamos num filme fantástico, mas na realidade. Fazemos, seriamente, a pergunta: suponhamos que essa coisa impossível *efetivamente* aconteça, o que faríamos? Se você entrasse na cozinha e encontrasse sua filha adolescente, morta três anos antes, preparando uma tigela de cereais, com medo de receber um pito porque chegou tarde, sem se lembrar de nada da noite da véspera, como você reagiria? Concretamente: que atitude tomaria? Que palavras pronunciaria?

Já faz certo tempo que não escrevo ficção, mas sei reconhecer um dispositivo de ficção poderoso quando me propõem um, e este era de longe o mais poderoso que me haviam proposto em minha carreira de roteirista. Durante quatro meses, trabalhei com o diretor Fabrice Gobert diariamente, da manhã à noite, num misto de entusiasmo e, não raro, estupor diante das situações que criávamos e dos sentimentos que manipulávamos. Então, no que me diz respeito, as coisas se deterioraram com nossos produtores. Sou quase vinte anos mais velho que Fabrice, tolerava muito menos que ele ter de me submeter constantemente a testes perante rapazolas com barba de três dias que tinham idade para serem meus filhos e torciam o nariz para o que escrevíamos. Era grande a tentação de dizer: "Se sabem o que é preciso fazer, camaradas, façam vocês mesmos". Cedi à tentação. Contrariando os sensatos conselhos de Hélène, minha mulher, e de François, meu agente, me faltou humildade e dei o fora no meio da primeira temporada.

Só comecei a me arrepender dessa atitude meses depois, muito precisamente durante um jantar para o qual convidara Fabrice e o diretor de fotografia Patrick Blossier, que trabalhara no meu filme *O bigode*. Eu tinha certeza de que ele seria o homem ideal para trabalhar em *Les Revenants*, certeza de que Fabrice e ele se entenderiam às mil maravilhas, e foi o que aconteceu. Porém, escutando-os naquela noite, à mesa da cozinha, falar da série em gestação, daquelas histórias que tínhamos imaginado a dois no meu escritório e que já se transformavam em escolhas de cenários, atores, técnicos, eu sentia quase fisicamente pôr-se em marcha a grande e estimulante máquina que é uma filmagem, ruminava que deveria fazer parte da aventura, que por culpa minha não faria, e de repente comecei a ficar triste, tão triste como esse sujeito, Pete Best, que por dois anos foi baterista de uma pequena banda de Liverpool chamada Os Beatles, que a deixou justo antes de ela assinar contrato com uma gravadora e que, imagino, deve ter passado o resto da vida se remoendo. (*Les Revenants* fizeram um sucesso planetário e, no momento em que escrevo, acaba de ganhar o Emmy Internacional como melhor série do mundo.)

Bebi além da conta durante aquele jantar. A experiência me ensinou que é melhor não discorrer sobre o que escrevemos enquanto não terminamos de escrever e, principalmente, estando embriagado: essas confidências exaltadas são pagas uma a uma com uma semana de depressão. Mas, naquela noite, sem dúvida para compensar minha decepção, mostrar que, de minha parte, também eu fazia alguma coisa de interessante, comentei com Fabrice e Patrick o livro a respeito dos primeiros cristãos em que eu vinha trabalhando já havia vários anos. Deixara-o de lado para cuidar dos *Revenants* e acabava de voltar a ele. Narrei a história como quem narra uma série.

A trama se passa em Corinto, na Grécia, por volta do ano 50 depois de Jesus Cristo — mas na época ninguém, obviamente, desconfia que vive "depois de Jesus Cristo". No início, assistimos à chegada de um pregador itinerante, que abre um modesto ateliê de tecelão. Sem se mover do seu tear, aquele que mais tarde será conhecido como são Paulo fia sua trama e, gradualmente, estende-a por sobre toda a cidade. Calvo, barbudo, vítima de repentinos surtos de uma doença misteriosa, ele conta com uma voz grave e insinuante a história de um profeta crucificado, vinte anos antes, na Judeia. Afirma que esse profeta voltou dos mortos e que essa volta dos mortos é o sinal precursor de uma coisa prodigiosa: uma mutação da humanidade, ao mesmo tempo radical e invisível. O contágio se opera. Os adeptos da estranha crença que se propaga em torno de Paulo, na ralé de Corinto, logo passam a ver a si próprios como mutantes: camuflados em amigos, vizinhos, indetectáveis.

Os olhos de Fabrice brilham: "Contado assim, parece Dick!". O autor de ficção científica Philip K. Dick foi uma referência importante durante nosso trabalho de escrita; sinto que cativei meu público e reitero: sim, parece Dick, e essa história dos primórdios do cristianismo também é a mesma coisa que a de *Les Revenants*. O que se conta em *Les Revenants* são esses dias derradeiros que os adeptos de Paulo tinham certeza de que viveriam, quando os mortos se levantarão e o juízo final se consumará. É a comunidade de párias e eleitos que se forma em torno deste acontecimento assombroso: uma ressurreição. É a história de uma coisa impossível, que, não obstante, acontece. Vou me empolgando, viro copo atrás de copo, insisto para encher o copo de meus convidados também, e é nesse momento que Patrick diz uma coisa no fundo bastante banal, mas que me impressiona porque dá a clara impressão de que lhe ocorreu distraidamente, que ele não havia pensado naquilo e que pensar naquilo o espanta.

O que ele diz é que, parando para pensar, é uma coisa estranha pessoas normais e inteligentes acreditarem num negócio tão maluco como a religião cristã, um negócio exatamente do mesmo gênero que a mitologia grega ou os contos de fadas. Nos tempos antigos, vá lá: as pessoas eram crédulas, a ciência não existia. Mas hoje! Um sujeito que hoje acreditasse em histórias de deuses que se transformam em cisnes para seduzir as mortais, ou em princesas que beijam sapos e quando os beijam estes se transformam em príncipes encantados, todo mundo diria: é louco. Ora, um monte de gente acredita numa história igualmente delirante e esse monte de gente não passa por louco. Mesmo quem não compartilha de sua crença leva essa gente a sério. Essas pessoas têm um papel social, menos importante do que no passado, mas respeitado e, no geral, até que positivo. Seu capricho convive com atividades absolutamente razoáveis. Os presidentes da República visitam seu chefe com deferência. É ou não é estranho?

2

É estranho, sim, e Nietzsche, de quem leio algumas páginas todas as manhãs no café, após deixar Jeanne na escola, exprime nestes termos o mesmo estupor que Patrick Blossier:

"Quando, numa manhã de domingo, ouvimos repicarem os velhos sinos, perguntamos a nós mesmos: mas será possível? Isto se faz por um judeu crucificado há dois mil anos, que se dizia filho de Deus. Não existe prova para tal afirmação. Um deus que gera filhos com uma mortal; um sábio que exorta a que não se trabalhe, que não mais se julgue, mas que se atente aos sinais do iminente fim do mundo; uma justiça que aceita o inocente como vítima substituta; alguém que manda seus discípulos beberem seu sangue; preces por intervenções miraculosas; pecados cometidos contra um deus expiados por um deus; medo de um Além cuja porta de entrada é a morte; a forma da cruz como símbolo, num tempo que já não conhece a destinação e a ignomínia da cruz — que estremecimento nos causa tudo isso, como o odor vindo de um sepulcro antiquíssimo! Deveríamos crer que ainda se crê nessas coisas?"

Em todo caso, acreditam. Muitas pessoas acreditam. Vão à igreja, rezam o Credo, cujas frases são, sem exceção, um insulto ao bom senso, e o rezam em francês, que supostamente compreendem. Meu pai, que me levava à missa aos domingos quando eu era pequeno, lamentava que ela não fosse mais oficiada em latim, ao mesmo tempo por passadismo e porque, lembro-me de sua frase, "em latim, a gente não se dá conta de que é tão tolo". Sossegamos, dizendo: eles não acreditam nisso. É igual a Papai Noel. Isso faz parte de uma herança, de costumes seculares e belos aos quais eles são apegados. Perpetuando-os, proclamam um laço, digno de orgulho, com o espírito que concebeu as catedrais e a música de Bach. Eles o tartamudeiam porque é tradição, assim como nós, burgueses descolados para quem a aula de ioga no domingo de manhã substituiu a missa, tartamudeamos um mantra, seguindo nosso mestre, antes de começar a prática. Nesse mantra, contudo, desejamos que as chuvas caiam nas épocas propícias e que todos os homens vivam em paz, o que, embora certamente seja da esfera do voto piedoso, não ofende a razão, diferença notável com relação ao cristianismo.

Seja como for, deve haver entre os fiéis, ao lado dos que se deixam embalar pela música sem se preocupar com a letra, quem a diga com convicção, conhecimento de causa, refletindo. Se perguntarmos, responderão que acreditam *realmente* que um judeu de dois mil anos atrás nasceu de uma virgem, ressuscitou três dias após ter sido crucificado e retornará para julgar os vivos e os mortos. Responderão que eles próprios situam esses acontecimentos no centro de suas vidas.

É, de fato, estranho.

3

Quando me dedico a um assunto, gosto de cercá-lo de todos os lados. Eu tinha começado a escrever sobre as primeiras comunidades cristãs quando me ocorreu a ideia de, em paralelo, fazer uma reportagem sobre o que essa crença se tornou dois mil anos mais tarde e, para isso, me inscrever num desses cruzeiros "no rastro de São Paulo", organizado por agências especializadas em turismo religioso.

Os pais de minha primeira mulher, quando ainda eram vivos, sonhavam com uma viagem dessas, era como ir a Lourdes, mas a Lourdes eles foram várias vezes ao passo que o cruzeiro de São Paulo continuou sendo um sonho para eles. Se não me engano, num dado momento seus filhos pensaram em fazer uma vaquinha para oferecer à minha sogra, então viúva, essa viagem que, na companhia do marido, a teria encantado. Sem ele, ela perdera o ânimo: insistiram debilmente, depois desistiram.

Quanto a mim, naturalmente, não tenho os mesmos gostos de meus ex-sogros e, num misto de divertimento e terror, imaginava as escalas de meio dia em Corinto ou Éfeso, o grupo de peregrinos seguindo seu guia, um jovem padre agitando uma bandeirola e cativando seus cordeiros com seu humor. É um tema recorrente, já observei, nos lares católicos: o humor do padre, as piadas de padre: só de pensar, me dá um arrepio. Num cenário desse tipo, eu tinha poucas chances de topar com uma garota bonita — e, supondo que isso acontecesse, pergunto-me que interesse me despertaria uma garota bonita voluntariamente inscrita num cruzeiro católico: eu seria perverso o bastante para achar isso sexy? Meu plano, dito isso, não era dar em cima de ninguém, e sim considerar os participantes desse cruzeiro uma amostragem de cristãos convictos e, durante dez dias, entrevistá-los metodicamente. Seria mais aconselhável proceder incógnito a essa espécie de investigação, fingindo compartilhar sua fé, como fazem os jornalistas que se infiltram nos círculos neonazistas, ou melhor jogar limpo? Não hesitei muito. O primeiro método me desagrada, e o segundo, a meu ver, sempre dá melhores resultados. Eu diria rigorosamente a verdade: é isso aí, sou um escritor agnóstico tentando saber no que acreditam, *precisamente*, os cristãos de hoje em dia. Se estiver disposto a conversar comigo, ficarei feliz com isso, senão não o aborreço mais.

Eu me conheço, sei que as coisas teriam corrido bem. Ao longo dos dias, das refeições, das conversas, eu terminaria por achar sedutoras e comoventes pessoas que a priori me eram completamente estranhas. Eu me via no meio de uma mesa de católicos, aliciando-os com delicadeza, repetindo, por exemplo, o Credo frase a frase: "Creio em Deus todo-poderoso, criador do céu e da terra".

Vocês creem nele, mas como o veem? Como um barbudo em sua nuvem? Uma força superior? Um ser para quem seríamos, na sua escala, o que são formigas, na nossa? Um lago ou uma labareda no fundo de seus corações? E Jesus Cristo, seu filho único, "que voltará na glória para julgar os vivos e os mortos e cujo reino não terá fim"? Falem-me dessa glória, desse julgamento, desse reino. Para irmos direto ao cerne da questão, vocês acreditam que ele ressuscitou *de verdade*?

Era o ano de são Paulo: o clero, a bordo do navio, estaria reluzente. Monsenhor Vingt-Trois, arcebispo de Paris, figurava entre os conferencistas programados. Os peregrinos eram numerosos, muitos viajavam em casal e a maior parte das pessoas desacompanhadas consentia em dividir uma cabine com um desconhecido do mesmo sexo — do que eu não tinha a mínima vontade. Com a exigência extra de uma cabine individual, o cruzeiro não saía de graça: perto de dois mil euros. Paguei metade com seis meses de antecedência. Lotação praticamente esgotada.

À medida que a data se aproximava, comecei a me sentir incomodado. Me irritava que pudessem ver, em cima da pilha de correspondência, no móvel da entrada, um envelope timbrado dos cruzeiros São Paulo. Hélène, que já desconfiava que eu era, palavras dela, "meio carola", via aquele projeto com perplexidade. Eu não tocava no assunto com ninguém e percebi que, na verdade, estava com vergonha.

O que me envergonhava era a suspeita de que eu iria participar só para caçoar, em todo caso movido por aquela curiosidade condescendente que é o gatilho dos programas de reportagem que mostram arremessadores de anões, psiquiatras de porquinhos-da-índia ou concursos de sósias de Soeur Sourire, aquela desafortunada freira belga, de violão e maria-chiquinha, que cantava "Dominique nique nique" e que, após um fugaz instante de glória, acabou no álcool e nos barbitúricos. Aos vinte anos, fiz uns frilas para um semanário que se pretendia antenado e provocador e que, em seu primeiro número, publicou uma enquete intitulada "Os confessionários no banco de provas". Disfarçado de fiel, isto é, vestido o mais horrendamente possível, o jornalista resolveu ludibriar os padres de diversas paróquias parisienses confessando pecados cada vez mais mirabolantes. Ele contava isso num tom divertido, subentendendo ser mil vezes mais livre e inteligente que os coitados dos padres e seus fiéis. Mesmo na época, eu achava aquilo idiota e chocante — débil e chocante na mesma medida em que o sujeito que se atrevesse a tal coisa numa sinagoga ou mesquita teria imediatamente suscitado um concerto de protestos indignados, proveniente de todos os matizes ideológicos: os cristãos são os únicos de quem se parece ter o direito de zombar impunemente, cooptando os que riem para o seu lado. Comecei a ponderar que, apesar de minhas declarações de boa-fé, meu programa de safári entre os católicos era um pouco desse quilate.

Ainda havia tempo para cancelar minha reserva e até pedir um reembolso do adiantamento, mas eu não conseguia me decidir. Quando chegou a carta me intimando a pagar a segunda metade, joguei-a no lixo. Outras notificações se sucederam, as quais ignorei. No fim, a agência telefonou e respondi que não, que tivera um contratempo, não iria. A senhora da agência me advertiu educadamente que eu deveria ter informado antes, visto que, faltando um mês para a partida, ninguém ocuparia minha cabine: mesmo que não fosse, eu devia a soma integral. Fiquei nervoso, disse que metade já era muito para um cruzeiro que eu não faria. Ela mencionou o contrato, que não deixava margem à dúvida. Desliguei. Durante alguns dias, pensei em me fingir de morto. Afinal, decerto havia uma lista de espera, um solteirão carola que exultaria ao herdar minha cabine, de toda forma não abririam um processo. Ou talvez sim: a agência com certeza tinha um departamento de contencioso, me enviaria uma fatura atrás da outra e, se eu não pagasse, isso terminaria no tribunal. Tive sem mais nem menos um surto paranoico e imaginei que, mesmo eu não sendo muito conhecido, aquilo poderia ser objeto de uma reportagenzinha maldosa em algum jornal e que passariam a associar meu nome a um caso ridículo de calote num cruzeiro de carolas. Se eu fosse honesto, mas isso não é necessariamente menos ridículo, diria que esse medo de ser pego com a boca na botija misturava-se à consciência de haver planejado uma coisa que, cada vez mais, me parecia um delito, e que era justo pagar por ele. Não esperei, portanto, a primeira notificação para remeter o segundo cheque.

4

De tanto dar voltas em torno deste livro, percebi que é muito difícil fazer as pessoas falarem de sua fé e que a pergunta "em que você acredita, *precisamente?*" é uma pergunta ruim. Em todo caso, levei um tempo surpreendente para reconhecer isso, mas no final admiti ser extravagante de minha parte procurar cristãos para questionar como se procurasse reféns, pessoas atingidas por um raio ou os únicos sobreviventes de um desastre aéreo. Pois tive um cristão à minha disposição durante vários anos, e mais íntimo impossível, visto que era eu.

Em poucas palavras: no outono de 1990, fui "tocado pela graça" — é pouco dizer que me incomoda terrivelmente formular as coisas assim nos dias de hoje, mas era como as formulava na época. O fervor resultante dessa "conversão" — minha vontade é colocar aspas em tudo — durou quase três anos, ao longo dos quais me casei na igreja, batizei meus dois filhos, fui à missa regularmente — e, por "regularmente", não quero dizer uma vez por semana, e sim diariamente. Eu me confessava e comungava. Rezava e encorajava meus filhos a fazerem a mesma coisa — o que, agora crescidos, eles gostam muito de me lembrar com malícia.

Ao longo desses anos, comentei diariamente alguns versículos do Evangelho segundo são João. Esses comentários ocupam cerca de vinte cadernos, jamais reabertos desde então. Não tenho boas recordações dessa época, fiz todo o possível para esquecê-la. Milagre do inconsciente: fui tão bem-sucedido nisso que comecei a escrever sobre as origens do cristianismo sem ligar uma coisa a outra. Sem me tocar de que essa história, pela qual hoje tanto me interesso, houve um momento da minha vida em que *acreditei* nela.

Agora, pronto, lembrei. E ainda que isso me dê certo medo, sei que chegou a hora de reler esses cadernos.

Mas onde eles estão?

5

A última vez que os vi foi em 2005 e eu estava mal, muito mal. Foi, até o dia de hoje, a última das grandes crises que atravessei, e uma das mais severas. Por comodidade, falemos em depressão, mas penso não ser o caso. Tampouco pensava o psiquiatra que me atendia na época, nem que antidepressivos pudessem me ajudar. Ele tinha razão, experimentei vários, que não tiveram outro efeito senão os colaterais indesejáveis. O único tratamento que me trouxe certo alívio foi um remédio para psicóticos cuja propaganda dizia curar "crenças erradas". Poucas coisas na época me faziam rir, mas esse "crenças erradas", sim, uma risada não exatamente alegre.

Contei, em *Outras vidas que não a minha*, a entrevista que tive na época com o velho psicanalista François Roustang, mas só contei o fim. Conto aqui o início — aquela sessão única foi densa. Expus meu problema: a dor incessante no peito, que eu comparava à raposa devorando as vísceras do menino espartano nos contos e lendas da Grécia antiga; a sensação, ou melhor, a certeza de estar em xeque-mate, de não conseguir amar nem trabalhar, de só espalhar o mal à minha volta. Falei que pensava em suicídio e como, apesar de tudo, tinha ido lá na esperança de que Roustang me sugerisse outra solução, e, para minha grande surpresa, ele não parecia disposto a sugerir nada, perguntei-lhe se aceitaria, a título de última chance, me analisar. Eu tinha passado dez anos no divã de dois colegas seus, sem resultados palpáveis — pelo menos é o que pensava naquele momento. Roustang respondeu que não, não me aceitaria. Em primeiro lugar, porque estava muito velho, depois porque a seu ver a única coisa que me interessava na análise era colocar o analista em xeque, que eu visivelmente me tornara um mestre nessa arte e que, se quisesse demonstrar pela terceira vez minha perícia, ele não me impediria, mas, acrescentou, "não comigo. E se eu fosse o senhor, tentaria outra coisa". "O quê?", perguntei, cioso da superioridade do incurável. "Muito bem", respondeu Roustang, "o senhor falou em suicídio. Não está muito na moda atualmente, mas às vezes é uma solução."

Após essas palavras, fez um silêncio. Eu também. Então, concluiu: "Caso contrário, o senhor pode viver".

Com essas duas frases, ele explodiu o sistema que me permitira manter em xeque meus dois analistas anteriores. Era audacioso de sua parte, é o tipo de audácia a que Lacan devia se autorizar, escorado numa clarividência clínica similar. Roustang compreendera que, ao contrário do que eu cogitava, eu não ia me suicidar, e, gradualmente, sem jamais voltar a estar com ele, as coisas começaram a fluir melhor. De toda forma, voltei para casa com as mesmas disposições com que saíra para vê-lo, isto é, não verdadeiramente decidido a me suicidar, porém convencido de que iria fazê-lo. No teto, bem em cima da cama em que eu passava a vida prostrado, havia um gancho, cuja resistência testei, subindo num banquinho. Escrevi uma carta para Hélène, outra para meus filhos, uma terceira para meus pais. Fiz uma faxina no computador, apaguei sem hesitar determinados arquivos que eu não queria que encontrassem após a minha morte. Hesitei, em contrapartida, diante de uma caixa de papelão que, sem que eu a abrisse, me acompanhara em inúmeras mudanças. Era a caixa em que guardara os cadernos datando da minha fase cristã: aqueles em que eu escrevia, todas as manhãs, meus comentários sobre o Evangelho segundo são João.

Eu sempre pensei que um dia ia relê-los e talvez arrancasse alguma coisa deles. Afinal de contas, não é muito comum dispor de documentos de primeira mão sobre um período de sua vida em que você era totalmente diferente do que veio a ser, quando acreditava piamente numa coisa que agora julga absurda. Por um lado, caso morresse, eu não tinha a mínima vontade de deixar aqueles documentos atrás de mim. Por outro, se não me suicidasse, provavelmente me arrependeria de havê-los destruído.

Milagres do inconsciente, e na sequência: não lembro o que fiz. Quer dizer, sim: arrastei minha depressão ainda por alguns meses e então me pus a escrever o que se tornou *Um romance russo* e me arrancou do abismo. Porém, no que se refere a essa caixa, a última imagem que tenho dela é que ela está à minha frente, no tapete do meu escritório, que não a abri e que me pergunto o que fazer com ela.

Sete anos depois, estou no mesmo escritório, no mesmo apartamento, e me pergunto o que fiz com ela. Se a tivesse destruído, penso que me lembraria. Em especial, se a tivesse destruído teatralmente, lhe ateado fogo, mas é possível que tenha procedido de maneira mais prosaica, descendo-a junto com o lixo. E se a guardei, onde a enfiei? Num cofre, no banco, seria análogo ao fogo: eu me lembraria. Não, deve ter ficado no apartamento, e se ficou no apartamento...

Sinto-me em chamas.

6

Em frente ao meu escritório, temos um armário onde guardamos malas, a caixa de ferramentas, colchonetes usados para quando amigas de nossa filha Jeanne vêm passar a noite aqui: coisas de que volta e meia necessitamos. Mas é como naquele livro infantil, *Uma história escura, muito escura*, no qual, no castelo escuro, muito escuro, há um corredor escuro, muito escuro, que leva a um quarto escuro, muito escuro, mobiliado com uma cômoda escura, muito escura, e assim por diante: no fundo desse armário, há outro, menor, mais baixo, sem luz, evidentemente de acesso mais difícil, onde guardamos coisas que nunca usamos e que ficarão lá, praticamente fora de alcance, até que a próxima mudança nos obrigue a lhes dar um fim. Trata-se, basicamente, do sortimento habitual de todos os quartos de badulaques: velhos tapetes enrolados, material fonográfico obsoleto, maleta de fitas cassete, sacos de lixo contendo quimonos, *punching-balls*, luvas de boxe, atestando paixões sucessivas que meus dois filhos e eu dedicamos aos esportes de combate. Boa metade do espaço, no entanto, é ocupada por uma coisa menos banal: os autos do processo de Jean-Claude Romand, que, em janeiro de 1993, matou a mulher, os filhos e os pais depois de impingir, durante mais de quinze anos, que era médico, quando na realidade não era nada: passava os dias em seu carro em áreas de descanso de autoestrada ou caminhando pelas florestas escuras do Jura.

A palavra "autos" é enganadora. Não se trata de *um* volume de autos, mas de quinze, em pastas com elásticos, todos bastante volumosos e contendo documentos que vão de interrogatórios infindáveis a relatórios de peritos, passando por quilômetros de extratos bancários. Todos aqueles que escreveram a respeito de um crime tiveram como eu, acredito, a intuição de que essas dezenas de milhares de folhas contam uma história e de que sua missão é extraí-la dali, como um escultor extrai uma estátua de um bloco de mármore. Durante os difíceis anos que dediquei a me informar, depois a escrever sobre esse caso, aqueles autos foram objeto de cobiça para mim. Até o julgamento ser concluído, eles ficam, a princípio, inacessíveis ao público, logo só pude consultá-los mediante um favor especial do advogado de Romand, em seu escritório de Lyon. Deixavam-me sozinho uma ou duas horas num pequeno cômodo sem janela. Eu podia fazer anotações, não cópias. Aconteceu, quando eu ia de Paris especialmente para isso, de o advogado me dizer: "Não, hoje não será possível, amanhã também não, melhor voltar dentro de quinze dias". Acho que ele tinha prazer em manter minha adrenalina lá em cima.

Depois do julgamento, no fim do qual Jean-Claude Romand foi condenado à prisão perpétua, se tornou mais simples: ele passou a ser, como de regra, o dono desses autos e me autorizou a dispor deles. Não podendo conservá-los consigo na detenção, entregara-os a uma voluntária católica, que se tornara sua amiga. Foi na casa dela, perto de Lyon, que fui apanhá-los. Abarrotei o porta-malas do carro com aquelas caixas de papelão e, de volta a Paris, deixei-as provisoriamente no apartamento conjugado onde eu então trabalhava, à Rue du Temple. Cinco anos depois, *O adversário*, meu livro sobre o caso Romand, foi publicado. A tal voluntária me telefonou dizendo ter apreciado minha honestidade, mas que um detalhe a magoara: é que escrevi que ela parecia aliviada por me passar aquele fardo macabro adiante e por este encontrar-se, em vez de sob seu teto, doravante sob o meu. "Não me incomodava nem um pouco. Se o incomoda, é só trazer de volta. Temos espaço de sobra na casa."

Pensei que faria isso na primeira oportunidade, mas essa oportunidade nunca surgiu. Eu não tinha mais carro, nem razão específica para ir a Lyon, nunca era uma boa hora, de maneira que trasladei da Rue du Temple para a Rue Blanche, em 2000, depois da Rue Blanche para a Rue des Petits-Hôtels, em 2005, as três enormes caixas de papelão onde eu guardara os autos do processo. Não se trata de fazer uma liquidação: Romand deixou-os provisoriamente comigo, devo poder restituí-los, se ele assim exigir, no dia de sua saída. Considerando que ele pegou uma pena de vinte e dois anos de cadeia e se comporta como um detento-modelo, isso provavelmente ocorrerá a partir de 2015. Até lá, o melhor lugar para acomodar aquelas caixas, que eu não tinha nenhum motivo ou desejo de abrir novamente, era o armário dos fundos do meu escritório, que Hélène e eu acabamos chamando de quarto de Jean-Claude Romand. E me pareceu evidente que o melhor lugar para acomodar os cadernos de minha fase cristã, já que não os tinha destruído na época em que pensava em suicídio, era, ao lado dos autos do processo, no quarto de Jean-Claude Romand.

I. UMA CRISE
Paris, 1990-1993

I

Há uma passagem que eu adoro nas memórias de Casanova. Encarcerado na escura e úmida prisão dei Piombi, em Veneza, Casanova traça um plano de fuga. Dispõe de tudo que é necessário para levar a cabo esse plano, menos uma coisa: estopa. A estopa deve lhe servir para trançar uma corda ou uma mecha para um explosivo, não lembro mais, a coisa importante a reter é que, se ele arranjar a estopa, está salvo, se não arranjar, está perdido. Estopa não se encontra assim, tão fácil, na prisão, mas de repente Casanova lembra que, ao mandar fazer a casaca de seu fraque, pediu ao alfaiate que fizesse o forro, a fim de absorver a transpiração debaixo dos braços, adivinhem com o quê? *Estopa!* Ele, que amaldiçoava o frio da prisão, contra o qual sua casaquinha de verão o protege tão parcamente, compreende que foi um desígnio da Providência ter sido detido com ela nas costas. Está bem ali, à sua frente, pendurada num prego cravado na parede leprosa. Com o coração disparado, ele a observa. Dali a um instante, vai rasgar as costuras, vasculhar no forro, e viva a liberdade. Porém, quando vai se atirar sobre ela, uma preocupação o refreia: e se o alfaiate, por desleixo, não tivesse atendido à sua solicitação? Em tempos normais, não seria grave. Agora, seria trágico. O que está em jogo é tão imenso que Casanova cai de joelhos e se põe a rezar. Com um fervor esquecido desde a infância, pede a Deus que o alfaiate tenha efetivamente aplicado a estopa na casaca. Ao mesmo tempo, sua cabeça não para de trabalhar. Ela lhe diz que o que está feito, está feito. Ou o alfaiate colocou a estopa ou não colocou. Ou ela está lá, ou não está, e, se não estiver, suas preces não mudarão nada na situação. Deus não vai colocá-la lá, nem fazer retroativamente que o alfaiate seja consciencioso se ele não o foi. Tais objeções lógicas não impedem Casanova de rezar feito um condenado, e ele jamais saberá se sua oração influiu em alguma coisa, mas, para concluir, a estopa encontra-se efetivamente na casaca. Ele foge.

O desafio não era tão grande, não rezei de joelhos para que estivessem lá, mas os arquivos da minha fase cristã achavam-se efetivamente no quarto de Jean-Claude Romand. Uma vez que os retirei da caixa, zanzei com circunspecção em torno daqueles dezoito cadernos encapados, verdes ou vermelhos. Quando finalmente resolvi abrir o primeiro, escaparam duas folhas datilografadas, dobradas ao meio, nas quais li o que segue:

Declaração de intenção de Emmanuel Carrère para seu casamento, em 23 de dezembro de 1990, com Anne D.

"Anne e eu moramos juntos há quatro anos. Temos dois filhos. Nos amamos e desse amor temos toda a certeza possível.

"Essa certeza não era menor poucos meses atrás, quando a necessidade do casamento religioso não nos ocorria. Esquivando-nos, não creio que rejeitássemos ou adiássemos um compromisso. Julgávamo-nos, ao contrário, comprometidos um com o outro, destinados, na saúde e na doença, a viver, crescer e morrer juntos e, um de nós, em virtude disso, a chorar a morte do outro.

"Fé à parte, eu estava convencido de que a recompensa de uma vida em comum consiste em se descobrir descobrindo o outro e em estimular no outro a mesma descoberta. Achava que o crescimento de um era a condição do crescimento do outro, que desejar o bem de Anne equivalia a trabalhar para o meu — e, naturalmente, não o perdia de vista. Começava inclusive a pressentir que esse crescimento comum se dá segundo leis específicas, que são as do amor tais como o descreve João Batista: 'É necessário que ele [no caso: que ela] cresça e eu diminua'.

"Eu deixara de ver nessa fórmula o vestígio de uma espécie de masoquismo, incapaz de exaltar o outro sem se humilhar, para compreender que precisava pensar em Anne, em sua felicidade, em sua realização, mais do que em mim mesmo, e que, quanto mais pensasse nela, mais faria por mim. Em suma, eu descobria um dos paradoxos que urdem o cristianismo e enlouquecem a sabedoria do mundo, saber que há todo o interesse em desdenhar seu interesse para amar a si mesmo a perder de vista.

"Isso era difícil para mim. Todas as nossas misérias têm sua raiz no amor-próprio, e o meu, energizado pelo exercício de minha profissão [escrevo romances, uma dessas 'profissões delirantes', dizia Valéry, em que confiamos na opinião que temos e transmitimos de nós], é particularmente tirânico. Obviamente eu lutava para me arrancar desse pântano de medo, vaidade, ódio e autocomiseração, mas nessa minha luta eu parecia o barão de Munchausen, que, para não chafurdar, puxa a si mesmo pelos cabelos.

"Sempre julguei poder contar apenas comigo. A fé, cuja graça recebi não faz muitos meses, me libertou dessa extenuante ilusão. Compreendi de repente que nos é dado escolher entre a vida e a morte, que a vida é Cristo e que seu jugo é leve. Desde então, sinto constantemente essa leveza e espero que Anne deixe-se contagiar por ela e guarde, como eu gostaria de guardá-lo, o mandamento de são Paulo de ser sempre alegre.

"Antes eu achava que nossa união repousava unicamente em nós: nossa livre escolha, nosso bem querer. Que sua perenidade só dependia de nós. Eu não desejava realizar senão uma coisa: uma vida de amor com Anne, mas para isso só contara com nossas forças, e, naturalmente, me assustava com nossa fraqueza. Agora sei que o que realizamos não fomos nós que realizamos, mas Cristo em nós.

"Eis por que, para mim, hoje, é importante colocar nosso amor em suas mãos e lhe pedir a graça de fazê-lo crescer.

"Eis por que também considero nosso casamento a minha verdadeira entrada na vida sacramental, da qual me afastei desde uma primeira comunhão recebida, digamos, distraidamente.

"Eis por que, enfim, julgo importante que nosso casamento seja celebrado por um padre que conheci no momento de minha conversão. Foi assistindo à sua missa, primeira para mim em vinte anos, que a urgência de casar se me revelou, e julguei então que seria harmonioso receber, por seu intermédio, no Cairo, a bênção nupcial. Sou muito grato à paróquia, à diocese de que agora dependo, por sua compreensão a respeito de um plano que, embora sentimental, não é a mesma coisa que um capricho."

2

Fiquei evidentemente abalado ao reler essa carta. A primeira coisa que me impressiona é que ela me parece soar falsa da primeira à última linha e, não obstante, não posso duvidar de sua sinceridade. E também que, se abstrairmos do fervor religioso, aquele que a escreveu mais de vinte anos atrás não é tão diferente do que sou agora. Seu estilo é um pouco mais solene, mas ainda é o meu. Se me soprassem o início de uma de suas frases, eu a terminaria da mesma forma. Em especial, o desejo de compromisso amoroso, de perenidade amorosa, é o mesmo. Só mudou de objeto. Seu objeto atual me convém melhor, preciso me violentar menos para acreditar que Hélène e eu envelheceremos juntos na doçura e na paz, mas, o principal, aquilo em que acredito ou quero acreditar hoje, que é a coluna vertebral de minha vida, eu já acreditava ou queria acreditar em termos praticamente idênticos há vinte anos.

Em compensação, há uma coisa que eu não digo nessa carta, e que é seu substrato, é que éramos muito infelizes. Nos amávamos, é verdade, mas nos amávamos mal. Tínhamos ambos o mesmo medo da vida, éramos ambos terrivelmente neuróticos. Bebíamos demais, fazíamos amor como quem se afoga, e cada um tendia a responsabilizar o outro por seu infortúnio. Fazia três anos que eu não conseguia mais escrever — o que na época eu considerava minha única razão de ser na terra. Me sentia impotente, exilado nesse subúrbio da vida que é um casamento infeliz, destinado a um longo e monótono chafurdar. Pensava que deveria ir embora, mas, se o fizesse, temia provocar uma catástrofe: destruir Anne, destruir nossos dois filhinhos, destruir a mim mesmo. Também ponderava, para justificar minha paralisia, que o que me acontecia era uma provação e que o sucesso de minha vida, de nossa vida, dependia de minha capacidade de perseverar nessa situação aparentemente sem saída em vez de, como aconselhava o bom senso, jogar a toalha. O bom senso era meu inimigo. A ele, eu preferia essa intuição misteriosa que, eu me dizia, um dia revelaria outro tipo de sentido, e um bem melhor.

3

Agora preciso falar de Jacqueline, minha madrinha. Poucas criaturas exerceram tamanha influência sobre mim. Viúva muito jovem, e muito bonita, nunca se casou novamente. Nos anos 1960, publicou, em editoras de prestígio, mais de um volume de poesia entre amorosa e mística, talvez evocando Catherine Pozzi — se não conhecem Catherine Pozzi, que foi amante de Paul Valéry e uma espécie de cruzamento entre Simone Weil e Louise Labé, procurem e leiam um poema intitulado "Ave". Mais tarde, minha madrinha abandonou esse lirismo profano e dedicou-se a escrever hinos litúrgicos. Uma parte não desprezível dos cânticos entoados nas igrejas francesas depois do [Concílio] Vaticano ii é de sua lavra. Morava num belo apartamento à Rue Vaneau, no prédio onde Gide vivera, e à sua volta subsistia alguma coisa da atmosfera erudita, quase austera, que deve ter sido a da *Nouvelle Revue Française* no entreguerras. Numa época em que isso era menos comum do que hoje, era versada nas sabedorias orientais e fazia ioga — graças a que, mesmo em idade avançada, conservou uma elasticidade de gato.

Um dia, eu devia ter treze ou quinze anos, ela ordenou que eu me estendesse ao comprido no tapete de sua sala, cerrasse as pálpebras e me concentrasse na raiz da minha língua. Era uma ordem estapafúrdia para mim, quase chocante. Eu era um adolescente cultíssimo, atormentado pelo temor de ser enganado. Peguei cedo a mania de achar "legal" — era meu adjetivo predileto — tudo que, em verdade, me atraía e dava medo: os outros, as garotas, a vontade de viver. Meu ideal era contemplar a absurda agitação do mundo sem participar dela, com o sorriso superior daquele a quem nada pode atingir. Na realidade, eu estava apavorado. A poesia e o misticismo de minha madrinha eram alvos certos para minha perpétua ironia, mas eu também sentia que ela me amava, e, na medida em que, na época, eu podia confiar em alguém, eu confiava nela. Na hora, claro, dei um jeito de achar sumamente ridículo deitar no chão para pensar na minha língua. Em todo caso, obedeci, como ela me pedia, e tentei deixar meus pensamentos correrem sem os bloquear nem julgar, e, nesse dia, dei o primeiro passo no caminho que mais tarde me levou às artes marciais, à ioga e à meditação.

Esta é uma das muitas razões da gratidão que ainda hoje sinto por minha madrinha. Alguma coisa que emanava dela me protegeu das piores inconsequências. Ela me ensinou que o tempo era meu aliado. Às vezes tenho a impressão de que, quando nasci, minha mãe pressentiu que poderia me legar muitas armas, da ordem da cultura e da inteligência, mas que, no que se refere a certa dimensão relevante da existência, que ela sabia essencial, seria preciso recorrer a outra pessoa, e essa pessoa era aquela mulher mais velha do que ela, ao mesmo tempo excêntrica e plenamente centrada, que a tomara sob sua proteção quando ela tinha vinte anos. Minha mãe perdeu os pais cedo, cresceu na pobreza e o que mais receava era não ser nada no mundo. Jacqueline foi uma espécie de mentora para ela, a imagem de uma mulher realizada e, principalmente, testemunha dessa dimensão, como dizer?, espiritual? A palavra não me agrada, mas pouco importa: todos entendem aproximadamente o que ela designa. Minha mãe sabia que isso existia — ou melhor, não, ela *sabe* que isso existe, que esse reino interior é o único efetivamente desejável, o tesouro pelo qual o Evangelho aconselha a abrir mão de todas as riquezas. Mas sua difícil história pessoal fez com que tais riquezas — o sucesso, o prestígio social, a admiração do maior número possível de pesosas — se tornassem infinitamente desejáveis e ela dedicou a vida a conquistá-las. Foi bem-sucedida, conquistou tudo, nunca pensou: "Chega". Seria um disparate de minha parte lhe atirar a primeira pedra: sou igual a ela. Preciso sempre de mais glória, ocupar sempre mais espaço na consciência do outro. Por outro lado, creio ter sempre havido, na consciência de minha mãe, uma voz para lembrá-la de que outra luta, a verdadeira, é travada em outra esfera. Foi para ouvir essa voz que ela leu Santo Agostinho a vida inteira, quase às escondidas, e ia visitar Jacqueline. Era para que eu a ouvisse também que, de certa forma, ela me confiou a Jacqueline. Gracejava com isso, por pudor. Me perguntava: "Esteve com Jacqueline recentemente? Ela lhe falou da sua alma?". E eu respondia, no mesmo tom de afeição irônica: "Claro que sim, e ela sabe falar de outra coisa?".

Era seu papel: ela nos falava de nossas almas. Íamos visitá-la — quando digo "íamos", é porque não éramos só minha mãe e eu, meu pai também às vezes, mas dezenas de pessoas, de diferentes círculos e faixas etárias, não obrigatoriamente devotos, a consultavam à Rue Vaneau, sempre individualmente, como quem vai a um psicanalista ou confessor. Em sua presença, toda pose virava pó. Só era possível falar com ela de coração aberto. Sabia-se que nenhuma palavra sairia de sua sala. Ela olhava para você, escutava você. Você se sentia olhado e escutado como nunca antes, e então ela falava de você como ninguém, jamais, lhe falara.

Nos últimos anos, minha madrinha soçobrou em manias apocalípticas que fizeram mais que me entristecer. A lógica de sua vida pedia que seu fim fosse uma apoteose de luz, mas ela submergiu nas trevas: é uma coisa em que não gosto nem de pensar. Até os oitenta anos, contudo, ela foi uma das pessoas mais excepcionais que conheci, e sua maneira de ser abalava todas as minhas referências. Nessa época, eu admirava e invejava uma única categoria da humanidade: os criadores. Não imaginava outra realização na vida senão ser um grande artista — e me odiava por pensar que, na melhor das hipóteses, eu seria um pequeno. Os poemas de Jacqueline não me impressionavam, mas, se procurasse à minha volta alguém que eu pudesse considerar um ser humano realizado, esse alguém era ela. Comparados com ela, os poucos escritores ou cineastas que eu conhecia não davam nem para a saída. O talento, o carisma e o lugar invejável na vida que eles desfrutavam eram vantagens específicas, limitadas, e, ainda que eu não soubesse ao certo por quais caminhos, saltava aos olhos que Jacqueline era uma pessoa mais *avançada*. Não quero dizer apenas que lhes era superior no plano moral, mas, principalmente, que sabia mais, que estabelecia conexões mais numerosas em sua consciência. Sim, não vejo como expressar melhor: ela era mais avançada — como, em biologia, dizemos que um organismo é mais evoluído e, por conseguinte, mais complexo que outro.

Isso tornava ainda mais perturbador aos meus olhos o fato de ela ser uma católica fervorosa. Não só eu não era religioso, como a maior parte de minha vida desenrolou-se num meio em que o normal era não sê-lo. Criança, frequentei o catecismo, é verdade, fiz a primeira comunhão, mas essa educação cristã era tão formal, tão distraída, que não fazia sentido dizer que, num momento qualquer, perdi a fé. As coisas da alma, para minha mãe, eram um assunto tão indigno de uma conversa quanto as coisas do sexo, e no tocante ao meu pai, já disse que, embora respeitando a forma, ele não tinha escrúpulos em zombar do fundo. É um homem da velha escola, um pouco voltairiano, um pouco maurrasiano, o contrário de um marxista, embora voltairianos e maurrasianos concordem neste ponto: a religião é o ópio do povo. Na sequência, com nenhum de meus amigos, ou mulheres que amei, ou conhecidos menos próximos, jamais abordei esse assunto. Ele se situava além da rejeição, totalmente fora do campo de nossos pensamentos e de nossa experiência. Eu podia me interessar por teologia, mas nos termos de Borges, como se fosse um ramo da literatura fantástica. Julgaria bizarro alguém que acreditasse na ressurreição de Cristo — tão bizarro, como observara Patrick Blossier, quanto alguém que, além de se interessar por eles, acreditasse nos deuses da mitologia grega.

Mas então o que eu fazia com a fé de Jacqueline? Não fazia nada. Tomei o partido de considerar aquilo que constituía o núcleo de sua pessoa e de sua vida uma bizarrice que eu podia ignorar e, paralelamente, em sua conversa, pinçar o que me era conveniente. Eu ia visitá-la para que ela falasse de mim, e falasse suficientemente bem para que, indulgente, eu tolerasse que ela falasse do meu Senhor — era assim que ela designava Deus. Disse-lhe isso um dia e ela me respondeu que era a mesma coisa. Ao falar de mim, ela me falava d'Ele. Ao falar d'Ele, falava de mim. Um dia eu compreenderia. Eu dava de ombros. Não tinha vontade de compreender. Um de meus amigos ouvira falar de um colega seu na infância que, tocado pela graça, tornara-se padre mais tarde. Essa história edificante deixava meu amigo aterrado. Ele tinha tanto medo de que lhe acontecesse a mesma coisa que rezava todas as noites ao bom Deus para não ser tocado pela graça e não virar padreco. Eu era igual a ele e era grato por isso. O que não desarmava Jacqueline. "Você vai ver", ela dizia.

Adolescente, depois rapaz, penso ter sido muito infeliz, mas não queria saber disso e, na verdade, não sabia. Meu sistema de defesa, fundado ao mesmo tempo na ironia e no orgulho de ser escritor, funcionava a contento. Foi depois dos trinta que esse sistema travou. Eu não conseguia mais escrever, não sabia amar, tinha consciência de não inspirar amor. Ser eu tornou-se literalmente insuportável para mim. Quando apareci à sua frente nesse estado de angústia aguda, Jacqueline não se mostrou nem um pouco perplexa. Considerou aquilo um progresso. Acho até que disse: "Finalmente!". Privado das representações que me haviam permitido bem ou mal resistir, desnudado, descascado, eu me tornava acessível ao meu Senhor. Ainda recentemente, eu teria protestado com veemência. Teria dito que não tinha nada a ver com meu Senhor, que não queria consolações para impotentes e vencidos. Naquele momento, eu sofria tanto, cada instante a mais passado dentro da minha pele se tornava para mim uma tortura tão grande, que me sentia maduro para ouvir as frases do Evangelho dirigidas a todos os que vergam sob um fardo pesado demais, que não se aguentam mais.

"Tente lê-lo agora", me disse Jacqueline. Dizendo isso, me deu de presente o Novo Testamento da *Bíblia de Jerusalém* — a mesma que conservo no meu escritório, que abro vinte vezes por dia desde que comecei este livro. "Procure também", acrescentou, "não ser inteligente demais."

4

No início do verão de 1990, Jacqueline me deu outro presente. Fazia tempo que me falava de seu outro afilhado, dizendo que seria legal se um dia nos conhecêssemos. Porém, tão logo pronunciava essas palavras, balançava a cabeça, voltava atrás. Daria certo? Vocês teriam o que se dizer? Provavelmente não. É muito cedo.

Naquele verão de agonia, ela achou que já não era mais muito cedo e me aconselhou a telefonar para ele. Dois dias mais tarde, tocava à porta de nosso apartamento, à Rue de l'École-de-Médicine, um rapaz um pouco mais velho que eu, de olhos azuis e cabelos ruivos puxando para o branco — são completamente brancos hoje, Hervé acaba de fazer sessenta anos. O tipo de homem que por muito tempo teve aparência de bebê, precocemente de velho e nunca realmente de adulto. O tipo de homem que à primeira vista não causa impressão especial: apagado, sem brilho. Começamos a falar — quer dizer, eu comecei a falar, de mim e da crise que atravessava. Estava volúvel, febril, confuso, cínico. Fumava um cigarro atrás do outro. Antes mesmo de começar uma frase, a corrigia, burilava, advertia que seria inexata, que o que eu tinha a dizer era na verdade muito mais vasto e complexo. Hervé, por sua vez, falava pouco e sem receio. Mais tarde aprendi a conhecer seu humor, mas, por ocasião de nosso primeiro encontro, o que me desconcertou foi sua total ausência de ironia. Tudo o que eu dizia e pensava na época, inclusive a expressão da aflição mais sincera, eu banhava numa marinada de ironia e sarcasmo. Essa postura era bastante comum no mundinho em que eu vivia, o do jornalismo e editorial em Paris, por volta do fim dos anos 1980. Só falávamos com um sorrisinho no canto da boca. Era exaustivo e estúpido, mas não nos dávamos conta disso. Só me dei conta disso ao fazer amizade com Hervé. Ele não era irônico nem maledicente. Não praticava o mal. Não se preocupava com o efeito que produzia. Não jogava nenhum jogo social. Procurava dizer precisamente, calmamente, o que pensava. Não quero que, lendo isto, o imaginem como um sábio, pairando acima das vicissitudes terrenas. Teve, e continua a ter, uma cota suficiente de misérias, tribulações e segredos. Criança, quis morrer. Adolescente, tomou muito LSD e sua percepção da realidade ficou para sempre afetada por isso. Teve a sorte de conhecer uma mulher que o ama tal como ele é, pelo que ele é, de fundar com ela uma família, além de encontrar uma atividade — trabalhou a vida inteira na Agência France Press. Sem essas duas sortes grandes, que não estavam no bolso, poderia ter se tornado um

completo desajustado social. Ele é adaptado *a minima*. A única preocupação de sua vida é de ordem... mais uma vez esbarro na palavra
terrível: "espiritual", com tudo o que se lhe atribui de tolice devota e
ênfase etérea. Digamos que Hervé faz parte dessa família de pessoas
para quem existir não é óbvio. Desde a infância, ele se pergunta: o
que eu faço aqui? E "eu", o que é? E "aqui", o que é?

Muitas pessoas conseguem viver a vida inteira sem ser ator-
mentadas por tais questões — ou se o são é muito fugazmente e elas
não têm dificuldade em seguir em frente. Fabricam e dirigem carros,
fazem sexo, conversam diante de um café, irritam-se porque há muitos estrangeiros na França ou porque muita gente que pensa que há
estrangeiros demais na França, ou planejam suas férias, preocupam-
-se com os filhos, querem mudar o mundo, fazer sucesso, quando
fazem temem não fazer mais, promovem guerras, sabem que vão
morrer mas pensam o mínimo possível no assunto, e tudo isso, no
fim das contas, é mais que suficiente para preencher uma vida. Mas
existe outra espécie de indivíduos para quem isso não é o bastante.
Ou demais. Enfim, não engolem a coisa passivamente. São mais ou
menos sábios que os primeiros, podemos debater infindavelmente,
o fato é que nunca se recuperaram de uma espécie de estupor que os
impede de viver sem se perguntar por que vivem, qual é o sentido
de tudo isso, se é que há um. A existência para eles é um ponto de
interrogação e, mesmo não descartando não existir resposta para tal
interrogação, eles a procuram, é mais forte que eles. Como outros
procuraram antes deles, como alguns, inclusive, afirmam havê-la encontrado, eles se interessam por seus testemunhos. Leem Platão e os
místicos, tornam-se "espíritos religiosos" — fora de qualquer igreja,
no caso de Hervé, mesmo ele sendo, como eu, na época em que o conheci, marcado pela influência de nossa madrinha e, por essa razão,
propenso ao cristianismo.

No fim desse primeiro almoço, Hervé e eu decidimos ser amigos e
assim nos tornamos. Essa amizade, no momento em que escrevo, já
dura vinte e três anos e sua forma, estranhamente, não variou em
vinte e três anos. É uma amizade íntima: agora mesmo eu escrevia

que, como todo mundo, Hervé tem seus segredos, mas acho que não os tem para mim, e o que me faz pensar isso é que não os tenho para ele. Nada é vergonhoso a ponto de eu não poder lhe contar sem sentir um pingo de vergonha: pode parecer inacreditável dizer isso, mas sei que é verdade. É uma amizade serena, que não conheceu crise nem eclipse e que se desenvolveu ao abrigo de toda interferência social. Levamos vidas tão diferentes quanto nossos temperamentos são diferentes, e só nos encontramos a sós. Não temos amigos em comum. Não moramos na mesma cidade. Hervé, desde que nos conhecemos, foi correspondente, depois chefe de redação da AFP em Madri, Islamabad, Lyon, Haia e Nice. Fui visitá-lo em cada um desses postos, às vezes ele vem me ver em Paris, mas o verdadeiro centro de nossa amizade é uma aldeia no Valais, onde sua mãe possui um apartamento num chalé e onde, logo no nosso primeiro encontro, ele me convidou a juntar-me a ele no fim do verão.

5

Faz, portanto, vinte e três anos que Hervé e eu, toda primavera, todo outono, nos encontramos nessa aldeia chamada Levron. Conhecemos todas as trilhas que sulcam os vales das redondezas. Antigamente deixávamos o chalé antes do amanhecer e fazíamos caminhadas infindáveis, com desníveis de mais de mil metros, que nos tomavam a manhã inteira. Hoje somos menos ambiciosos, algumas horas nos bastam. Os aficcionados da tauromaquia designam pelo nome de *querencia* a porção do espaço onde, no tumulto aterrador da arena, o touro se sente em segurança. Ao longo do tempo, Levron e a amizade de Hervé tornaram-se a mais segura de minhas *querencias*. Vou para lá inquieto, volto resserenado.

Naquele verão, que era o primeiro, cheguei lá desnorteado. As férias tinham sido desastrosas. Aconselhado por Jacqueline, eu tinha tomado a decisão de abandonar qualquer plano de escrever e, em vez disso, me dedicar integralmente a minha mulher e meu filho. Aplicar toda a energia habitualmente investida em meus trabalhos literários em me mostrar disponível, atento, solícito — viver bem, enfim, em vez de escrever mal: isso me modificaria. À guisa de apoio, leria diariamente um pouco do Evangelho. Tentei, não funcionou. Anne estava grávida, tão amorosa quanto possível, porém dolente e preocupada, com excelentes razões para assim estar, pois eu não conseguia esconder meu pânico em face da chegada iminente de nosso segundo filho. Tinha sido a mesma coisa com o primeiro, seria igual quinze anos mais tarde, antes do nascimento de Jeanne. Não me julgo, no fim das contas, um pai ruim, mas a espera de um filho me apavora. Ambos mergulhávamos em longas sestas, das quais Gabriel, então com três anos, tentava nos arrancar estrepitosamente. Eu só emergia daquele torpor depressivo para remoer minha miséria e, mais uma vez, opor os termos do conflito entre, de um lado, a evidência de que Anne e eu éramos infelizes juntos, de outro, a convicção de que minha escolha estava feita e de que o êxito de minha vida dependia de minha perseverança nessa escolha. Antes do verão, havia tido diversas entrevistas com um psicanalista e estava decidido a iniciar um tratamento na volta das férias. Essa perspectiva deveria ter me dado uma esperança. Ao contrário, só me angustiava ainda mais, pois eu tinha medo de me ver obrigado a admitir que o meu desejo real era diametralmente oposto à minha decisão. Quanto ao Evangelho, como prometera a Jacqueline, eu me forçava a lê-lo. Achava belíssimo, porém, presunçosamente, eu me julgava demasiadamente infeliz para que um ensinamento filosófico e moral, para não falar em crença religiosa, pudesse ser para mim de um auxílio qualquer. Quase cancelei a viagem programada para Levron no fim de agosto. A ideia de ir encontrar na Suíça, na casa de sua mãe, um sujeito com quem eu só almoçara uma vez me parecia absurda. A outra possibilidade era ser internado num hospital psiquiátrico e me dopar com remédios. Eu dormiria e não estaria mais aqui: o que desejar de melhor?

Terminei indo a Levron, e lá, contrariando todas as expectativas, me senti quase bem. Hervé não me julgava, não me aconselhava. Ele sabe tão intimamente que somos todos imperfeitos, incoerentes, que fazemos o que podemos mas podemos pouco, e vivemos mal, que, em sua presença, eu parei de me justificar, de me explicar infindavelmente. De resto, falávamos pouco.

6

Uma trilha, acima da aldeia, conduzia a um minúsculo chalé de madeira escura, pertencente a um velho padre belga. Ele passava os verões lá, descansando, fugindo da fornalha no Cairo, onde era o cura de uma paróquia miserável, e o restante do ano dispendia suas últimas forças a serviço dos indigentes. Ele morreu recentemente, mas quando o conheci já parecia muito velho e doente. Seu rosto sulcado ganhara a cor tisnada das olheiras que cercavam seus olhos negros, faiscantes, escrutadores, quase sardônicos. O chalé tinha apenas dois cômodos, e o debaixo, um antigo depósito de feno, era arrumado como uma capela, com as paredes cobertas de ícones. O padre Xavier era um sacerdote melquita, obediência que combina o dogma católico e o rito bizantino e que sobrevive, de maneira cada vez mais marginal, no Oriente Médio. Como o herdeiro de uma grande família do Wallon virara um padre melquita, me contaram e esqueci. Todas as manhãs, bem cedo, ele rezava a missa, à qual assistiam quatro ou cinco pessoas da aldeia, entre eles um garoto mongoloide — falava-se mongoloide, na época, não com Síndrome de Down — que ajudava como coroinha. Por intermédio de sua mãe, que o acompanhava, eu soube o quanto aquele menino, Pascal, tinha orgulho da responsabilidade que o velho padre lhe confiara. Ele aguardava sua volta, a cada verão, com impaciência, e era bonito vê-lo, um pouco vacilante, espreitar a piscadela que lhe dava o sinal para agitar o sininho ou manejar o turíbulo.

As únicas recordações que eu tinha das missas da minha infância resumiam-se a obrigação e tédio. Aquela, celebrada por um homem esgotado para um punhado de montanheses do Valais e um mongoloide, cujos gestos, sem exceção, confirmavam que ele estava em seu lugar, que ele não teria trocado por nenhum outro, me emocionou a ponto de eu voltar nos dias seguintes. Eu me sentia protegido naquele depósito de feno transformado em capela. Divagava, escutava. Lembrava-me de minha última conversa com Jacqueline, antes do verão. Já não estava mais em condições de dizer que não queria mais sua fé. Queria tudo que me permitisse me sentir menos mal. Ainda assim, dizia que ela não estava ao meu alcance. "Peça", ela me dissera. "Peça e verá. É um mistério, mas é a verdade: pedi e vos será concedido. Batei à porta. Ousai o gesto de bater." O que me custava tentar?

O padre Xavier leu uma passagem do Evangelho segundo são João. Do finzinho. A cena se passa depois da morte de Jesus. Pedro e seus companheiros retomaram sua atividade de pescadores no lago de Tiberíades. Estão desanimados. A grande aventura de suas vidas fez água, e até mesmo sua lembrança desbota. Lançaram suas redes a noite inteira, não pegaram nada. Da margem, de madrugada, um desconhecido os chama: "'Jovens, acaso tendes algum peixe?' 'Não.'Lançai a rede à direita do barco que achareis'". Eles a lançam. São necessários três homens para subi-la de novo, de tão abarrotada de peixes que está. "É o Senhor", murmura o discípulo que Jesus amava, o que escreveu o Evangelho. "É o Senhor", repete Pedro, hipnotizado, e faz então uma coisa encantadora, uma coisa que Buster Keaton poderia ter feito: estava nu, veste sua túnica e pula de roupa e tudo na água para juntar-se a Jesus na margem. Jesus diz: "Vinde comer". Eles fritam alguns peixes, comem com pão. "Nenhum dos discípulos", diz o evangelista, "ousava perguntar-lhe: quem és tu?, porque sabiam que era o Senhor." Três vezes, Jesus pergunta a Pedro se ele o ama, Pedro jura que sim, e Jesus ordena-lhe que apascente seus cordeiros e ovelhas — ordem que pouco me toca, pois não tenho vocação de pastor. Contudo, para concluir, diz uma coisa misteriosa:

> *Em verdade, em verdade, te digo:*
> *Quando eras jovem,*
> *tu te cingias*
> *e andavas por onde querias;*
> *quando fores velho,*
> *estenderás as mãos*
> *e outro te cingirá*
> *e te conduzirá aonde não queres.*

Penso que, por trás de toda conversão a Cristo, há uma frase, e que cada um tem a sua, feita para si, à sua espera. A minha foi esta. Ela diz primeiro: deixe-se levar, não é mais você que conduz, e o que pode ser considerado uma desistência pode ser também, uma vez dado o passo, um imenso alívio. Isso se chama abandono, e eu não aspirava senão a me abandonar. Mas ela diz ainda: aquilo a que você se abandona — Aquele a quem te abandonas — o levará aonde você não queria ir. É essa parte da frase que me era mais pessoalmente dirigida. Não a compreendi bem — quem poderia compreendê-la? —, mas compreendi com uma certeza obscura que ela era para mim. O que eu mais queria no mundo era isto: ser levado aonde eu não queria ir.

7

De Levron, enviei esta carta para minha madrinha:

"Querida Jacqueline,
"Você rezou, eu sei, para que isso acontecesse comigo, e esta carta vai lhe dar uma grande alegria. Neste verão, procurei me convencer que de tanto eu bater me abririam a porta — sem ter muita certeza de querer entrar. E, de repente, na montanha, junto a Hervé, as palavras do Evangelho ganharam vida para mim. Sei agora onde estão a Verdade e a Vida. Nos últimos quase trinta e três anos, não me amparando senão em mim, não cessei de ter medo e hoje descubro ser possível viver sem medo — sem sofrimentos, não, mas sem medo —, e estou perplexo com essa boa-nova. Tenho a impressão de ser uma toalha de mesa amarfanhada, cheia de farelos e restos mais ou menos apetitosos, que alguém sacudiu de repente e estala alegremente ao vento. Meu desejo é que essa alegria perdure, sabendo perfeitamente que não é tão simples, que haverá novamente escuridão, que a casca encarquilhada do velho me cobrirá, mas tenho confiança: é Cristo que me guia agora. Não levo muito jeito para assumir sua cruz, mas, só de pensar nisso, já me sinto mais leve! Pronto. Eu queria que você soubesse logo, e quanta gratidão lhe devo por ter me mostrado tão pacientemente o caminho. Um beijo."

* * *

Eu tinha me esquecido completamente dessa carta, da qual um rascunho se encontra no meu primeiro caderno. Relida hoje, ela me deixa embaraçado. Além do mais, acho que soa falsa. Isso não significa que eu não estava sendo sincero ao escrevê-la — claro que estava—, mas custa-me acreditar que no fundo de mim alguém não pensava o que penso agora: que tudo isso não passa de autossugestão, método Coué, jargão católico, e que essa orgia de pontos de exclamação e maiúsculas, essa toalha que estala alegremente ao vento, não tem nada a ver comigo. Mas era justamente o que me encantava: que não tivesse nada a ver comigo. Que o sujeitinho inquieto e sardônico que eu não aguentava mais ser fosse reduzido ao silêncio, que outra voz se elevasse dentro de mim. Quanto mais diferente fosse da minha, mais ela seria, achava eu, *verdadeiramente* a minha.

Retorno feliz da montanha, persuadido de ingressar numa vida nova. No dia seguinte à minha volta, comunico a Anne que preciso ter uma conversa com ela, sem dizer o assunto, e a levo para jantar no restaurante tailandês aonde costumamos ir, perto da praça Maubert. Posso parecer mudado, um pouco estranho, porém não embaraçado como alguém que se preparasse para anunciar à companheira que, como dizem por aí, "conheceu alguém". Por outro lado, sim, conheci alguém, mas por esse alguém não vou deixá-la, ao contrário: ele é seu aliado, nosso aliado. Anne fica surpresa, é o mínimo a ser dito, mas, no fim das contas, aceita bem a coisa. Com certeza melhor do que eu aceitaria se, hoje, a mulher que amo viesse me dizer uma bela manhã, com os olhos brilhando, sorriso invadido por uma alarmante doçura, que compreendeu onde estão a Verdade e a Vida e que doravante vamos nos amar em Nosso Senhor Jesus Cristo. Se uma coisa desse tipo acontecesse, minha impressão é de que ela me deixaria completamente enlouquecido, e, para enlouquecer, Anne tem razões mais sólidas do que a maioria das pessoas. Ao contrário de mim, ela cresceu numa família católica até a carolice, sendo a esperança mais cara de seus pais que ela se tornasse religiosa e, idealmente, morresse bem jovem, como Teresa de Lisieux, sua santa padroeira — o primeiro prenome de Anne é Thérèse. Ela conheceu tudo da neurose religiosa: o horror ao sexo, o escrúpulo torturante, a tristeza cobrindo tudo. Tão logo alcançou a idade da revolta, fugiu daquele pesadelo com todas as suas pernas, foi riponga na adolescência, *night-clubber* em sua vida de jovem adulta. Quando a conheci, a maioria de seus amigos era de frequentadores do Palace ou dos Bains-Douches, cujas relações com o cristianismo se resumiam a terem se contorcido de rir ao assistirem à *Vida de Brian*, a maravilhosa paródia do Monty Python. Desde que passamos a morar juntos, ela tem inúmeras coisas a me censurar, mas não certamente por atraí-la para as lúgubres sacristias de sua infância. Desse lado, a priori, ela pode ficar tranquila comigo. Quer dizer, não. Tudo pode acontecer, inclusive o egocêntrico e gozador Emmanuel Carrère dar de falar em Jesus, com aquele biquinho que somos obrigados a fazer para emitir a segunda sílaba (tente pronunciar *zu* de outra maneira em francês), que, mesmo na época de minha maior devoção, sempre me fez achar esse nome vagamente obsceno de pronunciar. Em retrospecto, penso que, só ela me amando muito, e em prol de uma chance aliás ínfima de salvar nosso relacionamento, para receber sem sarcasmos o anúncio de minha conversão. Decerto apostara que algo de bom sairia dali. Foi o que aconteceu no início.

8

Para consolidar minha fé incipiente, o padre Xavier me aconselhou a ler diariamente um versículo do Evangelho, refletir sobre ele e, uma vez que sou escritor, resumir em poucas linhas o fruto de tal meditação. Na Gibert Jeune, no bulevar Saint-Michel, compro um caderno grosso, vários cadernos grossos, quero tê-los antecipadamente — o fato é que em dois anos completarei dezoito. Quanto ao Evangelho, escolho atacar o de João, uma vez que a passagem que fala em ir aonde não se quer ir encontra-se em João. Paralelamente, tenho a vaga ideia de que, do grupo dos quatro, é o mais místico, o mais profundo. Logo no primeiro versículo, sou atendido: "No princípio era o Verbo e o Verbo estava com Deus e o Verbo era Deus". É seco, ainda mais para alguém que procura menos lampejos metafísicos do que regras de conduta, e me pergunto se não seria preferível mudar de cavalo antes de deixar o estábulo. Comparados a esse puro-sangue que me recebe com um coice, Marcos, Mateus e Lucas afiguram-se robustos marchadores, mais recomendáveis para um iniciante. Entretanto, não cedo ao que vejo como uma tentação. Não quero mais obedecer à minha preferência, não quero mais ir para o que me atrai a priori. Interpreto meu movimento de recuo perante João como a prova de que devo me ater a João.

Um versículo por dia, não mais. Alguns irradiam um brilho extraordinário, justificando a frase dos soldados romanos encarregados de prender Jesus: "Jamais um homem falou assim". Outros, à primeira vista, parecem pobres de sentido: simples gatilhos narrativos, ossinhos sem muita coisa para roer. Logo são deixados de lado para se passar ao seguinte; ora, aqui, ao contrário, é neles que convém se deter. Exercício de atenção, paciência e humildade. Principalmente de humildade. Pois se se admitir, como nesse outono decido admitir, que o Evangelho não só é um texto fascinante do ponto de vista histórico, literário e filosófico, como a palavra de Deus, logo cumpre igualmente admitir que nada nele é acessório ou fortuito. Que o fragmento de versículo aparentemente mais banal encerra mais riquezas que Homero, Shakespeare e Proust juntos. Se João nos diz, suponhamos, que Jesus foi de Nazaré a Cafarnaum, isso é muito mais que uma simples informação episódica: é um valioso amparo nesse combate que é a vida da alma. Ainda que do Evangelho restasse apenas esse modesto versículo, uma vida inteira de cristão não seria suficiente para esgotá-lo.

Ao lado desses versículos que se limitam à singeleza, não demoro a encontrar outros que me desanimam francamente, contra os quais minha consciência e espírito crítico se revoltam. Deles também, sobretudo deles, faço a promessa de não me esquivar. De escarafunchá-los até que sua verdade irrompa. Penso comigo mesmo: muitas coisas que agora julgo verdadeiras e vitais — não que eu "creia" nelas: que *sei* serem verdadeiras e vitais —, muitas delas teriam me parecido ridículas semanas antes. Eis uma boa razão para suspender meu juízo e, no que se refere a tudo que para mim vier a permanecer hermético ou que simplesmente me choque, dizer comigo que compreenderei mais tarde, se me for dada a graça de perseverar. Entre a palavra de Deus e minha compreensão, é a palavra de Deus que prevalece, e seria absurdo de minha parte selecionar apenas aquilo que agrada à minha cacholinha. Nunca esquecer: é o Evangelho que me julga, não o contrário. Entre o que eu penso, eu, e o que diz o Evangelho, sairei sempre ganhando ao escolher o Evangelho.

9

Jacqueline, quando vou visitá-la, não desperdiça seu tempo alegrando-se com a minha conversão. Me põe imediatamente de sobreaviso. Diz: "O que você está vivendo agora é a primavera da alma. O gelo racha, as águas borbulham, as árvores brotam, você está feliz. Vê sua vida como nunca a viu. Sabe que é amado, sabe que está salvo e tem razões para saber: é a verdade. Ela agora aparece radiosa, aproveite. Mas saiba que isso não vai durar. Cedo ou tarde, e certamente mais cedo do que pensa, essa luz vai se velar, se obscurecer. Hoje você é como um filho que o pai conduz pela mão e se sente em total segurança. Chegará um momento em que seu pai vai largar sua mão. Você se sentirá perdido, sozinho no escuro. Gritará por socorro, ninguém o socorrerá. Melhor se preparar para isso, mas não adianta se preparar, você será surpreendido e cederá. Isso se chama cruz. Não existe uma alegria sem a sombra da cruz perfilada atrás dela. Por trás da alegria está a cruz, você logo se dará conta, aliás, já sabe. O que levará mais tempo para descobrir, talvez a vida inteira, mas que vale a pena, é que atrás da cruz está a alegria, e uma alegria inexpugnável. O caminho é longo. Não tenha medo, mas prepare-se para ter medo. Prepare-se para duvidar, desesperar, acusar o Senhor de ser injusto e exigir demais de você. Quando pensar assim, lembre-se da seguinte história: é um homem que se revolta, que se queixa como você se queixou, como ainda se queixará, por carregar uma cruz mais pesada que a dos outros. Um anjo o escuta e o carrega em suas asas até o lugar do céu onde estão armazenadas as cruzes de todos os homens. Milhões, bilhões de cruzes, de todos os tamanhos. O anjo lhe diz: escolha a que quiser. O homem sopesa algumas, compara, apanha a que lhe parece mais leve. O anjo sorri e diz: era a sua.

"Ninguém", conclui minha madrinha, "jamais é tentado além de suas forças. Mas é preciso estar armado. É preciso conhecer os sacramentos."

Da sala onde estamos, ela vai até o seu escritório pegar um livro sobre a eucaristia. Eu a sigo até aquele aposento banhado na penumbra, confortável, onde ela costuma trabalhar tarde da noite e o qual julgo ter sempre conhecido. Sinto-me bem nele. Instalo-me no sofá enquanto ela vasculha nas estantes que cobrem as paredes do chão ao teto. Os objetos mudam pouco de lugar em sua casa. Durante trinta anos vi, na entrada, a mesma taça, que deve ser um cibório, a mesma caixa de discos das *Vésperas da Santa Virgem*, de Monteverdi, ao lado da vitrola, e, nas prateleiras do escritório, as mesmas reproduções de madonas italianas e flamengas. Essa imutabilidade é tranquilizadora, como sua presença em minha vida. Nesse dia, porém, meu olhar é atraído por uma imagem que não me é familiar. Manchas pretas irregularmente distribuídas contra um fundo branco e que me parecem desenhar um rosto. Ou não: isso depende do ângulo em que estamos, como naqueles desenhos-adivinhações em que temos de descobrir o caçador escondido na paisagem.

Fecho e abro os olhos duas ou três vezes. Pergunto a Jacqueline: "O que é isso?". Ela olha para o que estou olhando e, após um silêncio, diz: "Estou contente".

Em seguida, me conta a história dessa imagem.

Duas mulheres, uma muito devota, a outra não, caminhavam pelo campo. A não devota diz à amiga que também gostaria de ter fé, mas que, lamentavelmente, é assim: não tem. Para crer, ela precisaria de um sinal. Subitamente, instantes após dizer isso, ela estaca, apontando com o dedo para a folhagem de uma árvore. Seu olhar está vítreo, sua expressão oscila entre pavor e êxtase. Sua companheira olha para ela sem compreender. Como ela havia levado uma câmera fotográfica, ocorre-lhe, sabe Deus por quê, apertar o disparador na direção indicada pela amiga. Meses mais tarde, esta última entra para as Carmelitas.

Revelada, a imagem estampa os jogos da luz na folhagem da árvore. Manchas bastante contrastadas, quase abstratas, em que determinadas pessoas veem o que viu a mulher tão subitamente tocada pela graça. Jacqueline vê, algumas de suas visitas veem. Outras não. A reprodução da fotografia está ali, naquela prateleira da estante, há vinte anos. Entrei vinte vezes no mesmo aposento sem notá-la, mas agora a coisa funcionou e as escamas caíram dos meus olhos. Vi o rosto de homem escondido nas folhas. É magro e tem barba. Lembra muito seu outro retrato quase fotográfico: o que vemos no sudário de Turim.

"Tudo bem", diz simplesmente Jacqueline.

Num murmúrio quase amedrontado, digo: "Depois que a gente vê uma vez, impossível não ver sempre".

"Você que pensa", ela responde. "É perfeitamente possível. Mas também podemos rezar para continuar a vê-lo, para não ver mais nada senão ele."

Pergunto: "Como rezar?".

"Como você quiser, como lhe ocorrer na hora. A maior das orações, à qual você sempre voltará, é a que o próprio Senhor nos deu: o Pai-Nosso. E depois tem o livro dos Salmos, que está na Bíblia e contém todas as orações possíveis, para todas as situações, para todos os estados da alma. Por exemplo…", abre o livro e lê:

Não escondas tua face de mim,
eu ficaria como os que baixam à cova.

Balanço a cabeça, me reconheço. Sou daqueles que baixariam à cova. A cova, a bem da verdade, é meu habitat natural.

Mas Deus, no Livro de Jó, diz o seguinte ao homem:

"Era quando não me vias mais que eu estava mais próximo de ti."

10

Saio da casa de Jacqueline com a foto misteriosa, pois ela tem sempre algumas cópias de reserva, para uma eventualidade. Coloco-a, como que sobre um altar, sobre uma estante do conjugado que me serve de escritório, na Rue du Temple.

É lá que passo a maior parte dos dias. Sempre vivi da minha escrita, primeiro como jornalista, depois como autor de livros e roteiros para televisão, e cultivo um certo orgulho de ganhar a vida e a de minha família sem depender de ninguém, senhor absoluto dos meus dias. Ao mesmo tempo que espero ser um artista, gosto de me ver como um artesão, curvado na bancada, entregando suas encomendas no prazo, proporcionando satisfação aos clientes. Nos últimos dois anos, essa autoimagem bastante aceitável degradara-se. Eu não conseguia mais escrever romances, achava que nunca mais conseguiria. Ainda que, graças aos roteiros, continuasse a pagar as contas, minha vida entrara no modo da impotência e do fracasso. Eu me via como um escritor fracassado, responsabilizava meu casamento por isso, repetia intimamente a terrível frase de Céline: "Quando não temos mais dentro de nós música suficiente para fazer a vida dançar...". Eu nunca fizera a vida dançar graciosamente, mas em todo caso saíra de mim um pouco de música, uma música tíbia, não embriagadora, a minha, e agora isso terminara. Eu perdera a mão. Os dias no conjugado pareciam não ter fim. Trabalho mecânico, feito sem acreditar. Praias compridas de torpor, intercaladas por masturbações. Romances lidos como alguém que se droga, para anestesiar, não estar aqui.

Tudo isso foi antes da minha temporada em Levron. Antes da minha conversão. Agora, levanto-me alegre, levo Gabriel à escola, vou nadar uma hora na piscina e aqui estou, depois de subir meus sete andares, no escritório sossegado, onde, como o Colbert de uma imagética que minha geração deve ter sido a última a conhecer, esfrego as mãos de satisfação em face do trabalho que me espera.

A primeira hora é dedicada a são João. Um versículo por vez, zelando para que meu comentário não descambe para o diário íntimo, com introspecção psicológica e preocupação em deixar um rastro. Quero avançar ousadamente, deixar-me guiar pela palavra de Deus sem pensar que, como sempre foi minha obsessão, do que está me acontecendo sairá um livro. Faço todo o possível para expulsar a ideia do livro vindouro, concentro-me resolutamente no Evangelho. Mesmo que nele o Cristo me fale de mim, é por ele e não por mim que de agora em diante desejo me interessar.

(Quando releio esses cadernos hoje, pulo as reflexões teológicas às quais eu dava tanta importância assim como em Jules Verne pulamos as descrições geográficas. O que me interessa, e sobretudo me deixa pasmo, é evidentemente o que escrevo a meu respeito.)

Em seguida vem a oração, que tantas vezes me perguntei se era preferível fazer depois ou antes da leitura do Evangelho — assim como anos mais tarde me perguntarei se é preferível fazer a meditação antes ou depois das posturas de ioga. A oração, aliás, tem muito a ver com a meditação. Mesma posição: com as pernas dobradas, costas bem eretas. Mesmo cuidado primordial em concentrar a atenção. Mesmo esforço, geralmente inútil, mas é o esforço que conta, para domar o desassossego incessante dos pensamentos e alcançar nem que seja um instante de calma. A diferença, se existe uma, é que na oração nos dirigimos a alguém — aquele cuja misteriosa fotografia coloquei sobre a estante, diante de mim. Dependendo do meu estado de espírito, entoo em sua intenção esses mantras denominados salmos, que minha madrinha me fez descobrir, ou converso com ele livremente. Sobre Ele, sobre mim — no meu caderno, uso maiúscula no Ele. Peço-Lhe que me ensine a conhecê-Lo mais. Digo-Lhe que desejo cumprir Sua vontade e que, se ela se opuser à minha, paciência. Sei que é assim que Ele age para formar Seus eleitos.

Antes eu costumava almoçar fora assiduamente, com um ou outro amigo. O normal nesses almoços são as conversas sobre literatura, que vão do comentário a respeito das grandes obras às fofocas editoriais, e, a qualquer pretexto, vinho aos borbotões. Este, numa demonstração de sensatez, pede-se por taça, e de taça em taça nos damos conta de que teria sido preferível pegar logo uma garrafa. A exaltação do ébrio, depois do almoço, transformava-se em depressão angustiada assim que eu retornava ao escritório. Passava a tarde jurando nunca mais reincidir, e recomeçava dois dias depois. Desse hábito lastimável, abri mão de um dia para o outro. De agora em diante recuso qualquer convite para almoçar e, em meu eremitério, me contento com uma tigela de arroz integral, que como lentamente, me esforçando para mastigar sete vezes a cada garfada, e lendo com a mesma concentração, eu, o leitor bulímico, algum livro edificante: as *Confissões* de Santo Agostinho, os *Relatos de um peregrino russo*, a *Introdução à vida devota* de são Francisco de Sales. Algumas frases de Agostinho me dão calafrios na espinha. Murmuro-as para mim mesmo, como se falasse ao meu próprio ouvido: "Em que pensavas, Senhor, quando eu não pensava em ti? Onde eu estava, quando não estava contigo?". Esse livro, o precursor de Montaigne e Rousseau, o primeiro em que um homem procura dizer o que ele foi, o que faz com que ele tenha sido ele e mais ninguém, é inteiramente escrito no vocativo, e para mim, que nos últimos anos pressinto confusamente que um dia terei de passar da terceira para a primeira pessoa do singular, esse uso fulgurante da segunda é uma revelação. Inspirado por aquele exemplo, não escrevo mais em meus cadernos senão me dirigindo ao Senhor. Trato-o por tu, interpelo-o. Disso resulta que minhas reflexões diárias sobre o Evangelho confundem-se cada vez mais com a oração — mas também, vendo as coisas de um ponto de vista herege, com um tom ao mesmo tempo enfático e artificioso que, na releitura, me deixa terrivelmente encabulado.

À tarde, me dedico ao roteiro em curso. Não julgo mais isso uma tarefa subalterna, à qual nos resignamos na falta de algo melhor, e sim algo como obrigação religiosa, que cumpro com zelo e bom humor. Se um dia Deus me restituir a graça de escrever livros, viva.

Isso não depende de mim. O que depende de mim, uma vez que ele deseja que eu seja roteirista de tevê, é ser um bom roteirista de tevê. Que alívio!

II

Na realidade, não é tão simples assim. Algumas páginas do meu segundo caderno comprovam isso, páginas bastante saborosas em contraste com minhas sempiternas orações, contando uma visita à livraria La Procure. Para um escritor que não consegue mais escrever, livrarias são um terreno perigoso. Consciente desse perigo, evito-as desde a minha conversão — pela mesma razão que evito coquetéis de editores, suplementos literários de jornais, conversas sobre os romances da temporada, todas essas coisas que me machucam. Mas La Procure, defronte à igreja Saint-Sulpice, é uma livraria religiosa, minha intenção é comprar um livro sobre são João e, portanto, me aventuro ali. Passo um tempo na seção Bíblia, exegeses, Padres da Igreja. Percorro calhamaços sobre "o círculo joânico". Meu olhar, por cima da mesa, cruza com o de um padre que folheia o mesmo tipo de coisa e me sinto em lugar seguro, gosto de ser esse sujeito fervoroso e grave que, discretamente, sem dar-se ares, se interessa pelo "círculo joânico". Além de um comentário a são João, escolho as cartas e diários de Teresa de Lisieux, que Jacqueline me recomendou. Espontaneamente, eu teria me inclinado para Teresa d'Ávila, que suponho o ápice do chique místico, ao passo que associo Teresa de Lisieux a meus sogros, às carolices do século XIX agonizante, a tudo que abrange o adjetivo "santarrão", mas o dia em que falei isso na frente de Jacqueline ela me olhou com a cara de pena que fazia de vez em quando: "Pobre criança, é horrível ser capaz de falar uma coisa dessas. Santa Teresa de Lisieux é o que há de mais belo". Não quero que pensem que Jacqueline não gostava de Teresa d'Ávila, pelo contrário, ela a adorava, a ponto de, em suas orações, conversar intimamente com ela, em castelhano. Mas Teresa de Lisieux, "a pequena via", a obediência e humildade mais puras, isso é, segundo ela, a receita ideal para baixar minha crista de intelectual propenso a julgar tudo com certa superioridade.

Em vez de me extasiar com Rembrandt ou Piero della Francesca, que estão ao alcance do primeiro esteta que aparecer, eu sairia no lucro descobrindo todo o esplendor e amor a Deus que há na mais convencional das santas virgens em gesso. Para concluir. Com santa Teresa de Lisieux e são João debaixo do braço, dirijo-me ao caixa. O problema é que, para chegar lá, preciso atravessar a seção não religiosa e encarar uma bancada atulhada de romances da temporada literária. Isso não estava nos meus planos. Meu intuito é passar rapidamente, como um seminarista torturado pela carne passa diante de um cartaz de filme pornô, mas é mais forte do que eu: diminuo o ritmo, dou uma espiada, estendo a mão e lá estou eu folheando, lendo as quartas capas, inopinadamente lançado naquele inferno, infernal na mesma medida que ridículo. Meu inferno pessoal: um misto de impotência, ressentimento, inveja devoradora e humilhante com relação a todos os que fazem o que desejei fazer com paixão, que soube fazer, que não consigo mais fazer. Passo ali uma, duas horas, hipnotizado. A ideia de Cristo, da vida em Cristo, torna-se irreal. E se a realidade fosse aquilo? Aquela agitação vã, aquelas ambições desencantadas? E se a ilusão fossem o grande Tu das *Confissões* e o fervor da prece? Não só a minha, tão débil, mas a das duas Teresas, de Agostinho, do peregrino russo? E se a ilusão fosse Cristo?

Saio zonzo de La Procure. Na rua, caminhando, tento juntar meus cacos, me blindar. A réplica consiste em me convencer, primeiro, de que a maioria dos livros que acabam de me fazer sofrer é ruim; segundo, de que, se não consigo mais escrever um, é porque fui chamado para outra coisa. Uma coisa mais elevada. Essa coisa mais elevada, imagino-a como um grande livro, fruto dos cruéis anos de entressafra, o qual deixará a todos de queixo caído, relegando à sua insignificância os produtos do momento que me sinto obrigado a invejar no dia de hoje. Mas talvez não seja esse o plano de Deus para mim. Talvez ele queira mesmo que eu deixe de ser escritor, que me torne, para melhor servi-lo, sei lá, padioleiro em Lourdes.

O que nos pedem, todos os místicos concordam neste ponto, é o que menos desejamos dar. Devemos procurar em nós o que mais nos custaria sacrificar: é assim. No caso de Abraão, seu filho Isaac. No meu, a obra, a glória, o rumor do meu nome na consciência do outro. Aquelas coisas pelas quais eu teria vendido tranquilamente a alma ao diabo, mas o diabo não quis saber dela e agora só me resta oferecê-la de graça ao Senhor.

Mesmo assim, vacilo.

Encontro refúgio na igreja Saint-Séverin, última escala do meu dia antes de voltar para casa. Ali, assisto diariamente à missa das sete. Como ela não atrai muita gente, não é oficiada na nave principal, e sim numa capela lateral. Assembleia de fiéis fervorosa, bem diferente das missas de domingo. Quase todos comungam, eu não. Não obstante, Jacqueline me garantiu que, participando do mistério eucarístico, entramos infinitamente mais rápida e profundamente na intimidade do Senhor. Você ficará pasmo, ela me prometia. Acredito nela, mas não me sinto pronto. Esse escrúpulo a deixa irritada: se fosse necessário estar pronto para se abrir para Ele, ninguém nunca estaria. Reconhecemos isso, aliás, ao celebrar o mistério: "Senhor, eu não sou digno de que entreis em minha morada, mas dizei uma só palavra e minha alma será curada". Ainda assim, prefiro esperar sentir o desejo disso. Sei que ele virá, na hora certa. Fico encolhido perto de uma coluna. Eu me pergunto como já pude achar aquilo entediante. Hoje acho, ou disso me convenço, mil vezes mais arrebatador do que qualquer livro, qualquer filme. Parece sempre igual, mas é sempre diferente.

12

Antes de conhecer a sra. C., em cujo divã ficou acertado que eu me deitaria na volta das férias, consultei vários colegas seus e detectei pelo menos um ponto vulnerável em cada. Um tinha na entrada do prédio uma placa com o sobrenome seguido do prenome — Dr. L., Jean-Paul —, o outro, quadros lastimáveis na parede do consultório, um terceiro deixava espalhados na sala de espera alguns livros que me deixariam sem graça se alguém os visse lá em casa. Há quem pense que essa falta de bom gosto ou de educação não depõe em nada contra a competência de um analista. Pois da minha parte eu não pensava assim e não me via desenvolvendo uma transferência positiva com alguém que eu considerava meio paspalho. Não encontrei nada censurável nem no cenário que rodeia a sra. C., nem em seu aspecto físico. É uma mulher na casa dos sessenta, delicada, tranquilizadora, de uma agradável neutralidade. Mesmo assim, à medida que se aproxima o dia da nossa primeira sessão *de verdade*, sinto-me tentado a desmarcá-la. Se não o faço, é um pouco por educação e muito porque Hervé me dissuadiu disso. Por que, ele me diz, deixar de experimentar uma coisa que poderia ser útil?

Em vez de me acomodar no divã, como estava combinado que eu faria, sento-me de frente para a sra. C., na poltrona que ocupei em nossas entrevistas preliminares. Ela faz que não nota esse gesto de desafio, me deixa vir. Atiro-me. Digo-lhe que, bem, desde a última vez me aconteceu uma coisa. Encontrei Jesus.

Depois de soltar essa, estimo que a bola esteja com ela. Aguardo, estudo sua fisionomia. Ela permanece neutra. Após um momento de silêncio, emite um pequeno "hmmm?", um típico pequeno "hmmm?" de analista, que comento bastante agressivamente.

Digo: "É esse o problema com a psicanálise. O próprio são Paulo poderia vir contar o que aconteceu com ele na estrada de Damasco que a senhora não lhe perguntaria se é verdade ou não, somente do que aquilo é o sintoma. Porque é obviamente esta a sua questão, certo?".

Nenhuma resposta. Tudo nos trilhos. Prossigo. Explico que passei o verão inteiro com medo de que, em vez de melhorar minha vida conjugal, a análise me obrigasse a reconhecer seu fracasso. Agora, é diferente. Não vejo sua utilidade porque me julgo curado. Quer dizer, curado, não: não sou tão presunçoso. Digamos que em processo de cura. Antes de ir àquela sessão, ao ler o Evangelho de são João, como faço diariamente, topei com uma frase que me agradou. É Jesus que interpela um certo Natanael, o qual viera escutá-lo por curiosidade: "Eu te vi sob a figueira". Não sabemos o que Natanael fazia sob a figueira. Talvez se masturbasse, talvez o que fizesse sob a figueira resumisse todos os seus segredos, todas as suas vergonhas, tudo que ele tinha de sofrimento para carregar. Jesus viu tudo isso, e Natanael se regozija: é o que o determina a seguir Jesus.

"Pois eu", digo à sra. C., "sou como Natanael. Cristo me viu sob a figueira. Ele sabe muito mais sobre mim do que eu, muito mais do que a análise jamais poderá me ensinar. Então para quê?"

A sra. C. não diz nada, sequer "hmmm?". Parece um pouco triste, mas é sua expressão habitual, e é também com certa tristeza que me surpreendo a falar. Toda a minha agressividade inicial arrefeceu.

"A senhora não diz nada, claro. Não pode permitir que eu veja o que está pensando, mas presumo o que esteja pensando. Pois acredito que Jesus é a verdade e a vida. A senhora acha que é uma ilusão consoladora. E se eu ficar aqui, o que a senhora tentará fazer, com as melhores intenções do mundo, talvez com grande competência profissional, é me curar dessa ilusão. Mas eu não quero sua cura, compreenda. Mesmo que me prove ser uma doença, prefiro ficar do lado de Cristo."

"Quem o obriga a escolher?"

Eu não esperava mais que ela falasse. O que ela fala me surpreende, e surpreende positivamente. Sorrio, como quem no xadrez elogia uma jogada habilidosa do adversário. Penso numa história, que lhe conto. É Teresa de Lisieux, garotinha, a quem pedem que escolha entre vários presentes de Natal, e ela responde — o que pode parecer uma frase de criança mimada, mas que os comentadores católicos interpretam como sinal de seu inextinguível apetite espiritual: "Não quero escolher. Quero tudo".

"*Quero tudo?*", repete pensativamente a sra. C.

Com um gesto, ela me aponta o divã.

Deito-me.

Cinco anos mais tarde, no fim do que ainda depois eu chamaria de a primeira fase da minha análise, a sra. C. evocará a lei da experiência segundo a qual todo tratamento pode ser resumido pela sessão inaugural. A minha, diz ela, foi uma ilustração fulgurante disso. Tive de reconstituí-la de memória, pois, nos dezoito cadernos preenchidos durante os primeiros dois anos dessa análise, não há praticamente registro algum dela. Ao longo desses anos, fui duas vezes por semana à rua Villa du Danube, no décimo nono *arrondissement*, para, durante quarenta e cinco minutos contados no relógio — a sra. C. era uma freudiana da velha escola —, falar tudo que me passasse pela cabeça. Paralelamente, escrevi pelo menos uma hora por dia sobre o Evangelho e os movimentos da minha alma. Essas atividades eram vitais para mim, mas dei um jeito de erguer um muro sólido entre elas e, em retrospecto, vejo muito bem por quê. Me dou conta de que deveria ter visto na hora, de que aquilo chegava a cegar de tão óbvio, o fato é que não vi. Morria de medo que a análise destruísse a minha fé e fiz o que pude para salvaguardá-la. Lembro-me de uma vez ter deixado claro para a sra. C. que estava fora de questão falar de minha conversão durante nossas sessões. Qualquer outra coisa, sim, mas isso não. Era como se eu dissesse: tudo o que quiser, mas desejo permanecer discreto sobre a minha vida privada.

Considerando do ponto de vista dela, imagino que lhe dei um osso duro de roer — e isso na medida em que sou terrivelmente inteligente. Não se enganem: não peco por orgulho ao dizer uma coisa dessas. Ao contrário, entendo isso pejorativamente, como o entendia minha madrinha e como entendi no dia em que, sentada em sua poltrona atrás de mim, a sra. C. deixou escapar, num tom de desânimo: "Mas por que você tem de ser tão inteligente a todo custo?". Com isso, ela queria dizer incapaz de simplicidade, tortuoso, procurando pelo em ovo, antecipando objeções que ninguém cogitava fazer, não conseguindo pensar alguma coisa sem pensar ao mesmo tempo o contrário, depois o contrário do contrário e, nesse carrossel mental, me exaurir à toa.

13

Nosso segundo filho, Jean Baptiste, nasceu naquele outono. Anne não fazia muita questão de que lhe déssemos o nome de um vociferador hirsuto, basicamente conhecido por seus hábitos agrestes, sua vida ascética no deserto, sua passagem pelas prisões do cruel rei Herodes e, no fim, sua decapitação. Além disso, soava terrivelmente carola. O interessado, já adulto, deu razão à mãe: exceto pela família, preferia ser chamado de Jean. Mas não abri mão. Na minha leitura de João Evangelista, eu tinha chegado exatamente ao testemunho de João Batista, que é ao mesmo tempo o último dos profetas de Israel e o precursor de Jesus. O maior na antiga aliança, o menor na nova. O que sintetizou o amor segundo Cristo nesta formulação fulgurante, quase inadmissível: "É necessário que ele cresça e eu diminua". No dia de seu batismo, eu quis que Hervé, seu padrinho, lesse a ação de graças entoada no dia da circuncisão de João Batista por seu pai, o velho Zacarias. Está no Evangelho segundo são Lucas e é conhecida como o Benedictus:

> *Ora, tu também, menino,*
> *serás chamado profeta do Altíssimo,*
> *pois irás à frente do Senhor*
> *para preparar-lhe os caminhos,*
> *para iluminar os que jazem*
> *nas trevas e na sombra da morte*
> *para guiar nossos passos*
> *no caminho da paz.*

14

Alguns dias depois desse batismo, a moça que ajuda aqui em casa vai embora. Problemão. Anne trabalha muito, à minha maneira eu também, passamos ambos o dia fora de casa. É imprescindível alguém para pegar Gabriel no maternal e, agora, cuidar de Jean-Baptiste. Consultamos freneticamente os anúncios e começamos a entrevistar candidatas. Com o início do ano escolar, não podemos nos mostrar muito exigentes. As estudantes simpáticas e dinâmicas estão todas contratadas, só restam no mercado as já descartadas: fazendo corpo mole, só querendo cuidar de crianças por falta de coisa melhor, de olho na primeira oportunidade para sumir sem aviso prévio. É uma procissão desanimadora e julgamos ter chegado ao fundo do poço, é quase cômico, quando, numa tarde lúgubre de dezembro, abrimos a porta para Jamie Ottomanelli.

As outras postulantes ao emprego têm a seu favor pelo menos o fato de serem jovens. Esta já passou dos cinquenta, é alta e gorda, cabelos sebentos, veste um moletom velho malcheiroso. Numa palavra, parece uma mendiga. Anne e eu adotamos uma espécie de código para trocar discretamente nossas impressões e não estender entrevistas inúteis. No caso daquela candidata, o veredito é claro — nunca na vida —, mas não podemos despachá-la debaixo de chuva sem um arremedo de conversa. Oferecemos a ela uma xícara de chá. Ela se acomoda numa poltrona perto da lareira, com as pernas grossas amplamente abertas, parecendo disposta a passar ali o resto do dia. Após um momento de silêncio, percebe um livro deixado na mesa de centro e diz, em francês porém com forte sotaque americano: "Oh, Philip K. Dick...".

Ergo as sobrancelhas: "Você conhece?".

"Conheci-o durante um tempo, em San Francisco. Fui baby-sitter da filhinha dele. Ele já morreu. Costumo rezar pela sua pobre alma."

Adolescente, li Dick com paixão e, ao contrário da maioria das paixões adolescentes, esta nunca arrefeceu. Reli com regularidade *Ubik, Os três estigmas de Palmer Eldritch, O homem duplo, Martian Time-slip, O homem do Castelo Alto*. Considerava o autor — e continuo considerando — uma espécie de Dostoiévski do nosso tempo. Como a maioria de seus fãs, no entanto, eu me sentia constrangido ante os livros de sua última fase — como os fãs de Dostoiévski com seu *Diário de um escritor*, os de Tolstói com sua *Ressurreição* e os de Gógol com suas *Passagens escolhidas da minha correspondência com os amigos*. Para resumir, Dick viveu, no período final de sua vida caótica, uma espécie de experiência mística ou a expressão definitiva de sua lendária paranoia. Tentou explicar isso em livros bizarros, repletos de citações da Bíblia e dos Padres da Igreja, com os quais por muito tempo eu não soube o que fazer, mas que nos últimos meses releio com outro olho. Dito isso, eu esperava tudo, menos que uma entrevista de babá se transformasse em conversa sobre Dick.

Ao longo dessa conversa, descobre-se que, nascida em Berkeley como ele, Jamie cresceu numa comunidade hippie, experimentou todas as viagens dos anos 1960 e 1970: sexo, drogas, rock'n roll e, principalmente, religiões orientais. Na esteira de tribulações sobre as quais prefere não se estender, converteu-se ao cristianismo. Quis virar freira, passou longas temporadas em conventos, descobriu que não tinha vocação e há vinte anos leva uma vida nômade, guiada pela frase do Evangelho sobre as aves do céu que não constroem casas, não armazenam víveres e confiam no Pai para prover suas necessidades. O Pai, verdade seja dita, não provê quase nada. Jamie é muito pobre, está no bagaço mesmo. É por isso, aliás, que vem nos procurar: nosso anúncio menciona um quarto próprio, isso a interessa. Essa ingênua confissão incita Anne a redirecionar a conversa, que há uma hora gira em torno de Dick, I-Ching e são Francisco de Assis. Será que, afora o fato de precisar urgentemente de um teto, Jamie já cuidou de crianças?

Oh, sim, claro, em diversas ocasiões. Ainda recentemente, dos filhos de um diplomata americano. "Ora, mas isso é perfeito!", exclamo com entusiasmo. Estou disposto a contratá-la na hora, porém Anne, com firmeza, pede para refletir, consegue com Jamie o telefone do diplomata americano e, após sua partida, passamos a noite a debater — eu conquistado, ela reconhecendo que decerto Jamie é sedutora e original, mas que em todo caso parece *bastante* perdida. Sou suficientemente prudente para não revelar meu pensamento de fundo, saber que aquela mulher que reza *pelo* pobre alma de Philip K. Dick foi enviada por Deus. Em contrapartida, conto para Anne sobre a *niania* que cuidou de mim e de minhas irmãs em nossa infância. A *niania*, entre os russos, é completamente diferente de uma empregada: é uma babá, uma governanta que faz parte da família e com ela permanece geralmente até o fim de seus dias. Eu adorava a nossa — minhas irmãs, menos, pois ela me favorecia descaradamente. Tenho certeza de que aquela Jamie machucada pela vida, porém cândida e sem rodeios, com seu bonito olhar azul, será para nossos filhos o que minha *niania* foi para mim. Que nos dará a todos valiosas lições de alegria e desprendimento. Balançada diante de minha convicção, Anne liga para o diplomata americano, que não economiza elogios. Jamie é uma mulher maravilhosa. Muito mais que uma empregada, amiga de longa data. As crianças são loucas por ela, choram todas as noites desde a sua partida. Mas então por que ela foi embora? Porque, na realidade, responde o diplomata americano, são eles que estão indo embora. Após quatro anos no posto em Paris, ele está voltando aos Estados Unidos.

15

Jamie não mora mais na casa do diplomata americano, mas deixou lá seus pertences, que vou buscar com ela. A zeladora de um belo prédio haussmanniano, no sétimo *arrondissement*, nos recebe de maneira extremamente antipática e gruda na gente, como se suspeitasse de que fôssemos assaltantes, até o porão onde se encontram as posses de Jamie. Estão guardadas num grande baú de ferro, que colocamos no carro e depois subimos até o quarto de empregada, não sem dificuldade, pois é extremamente pesado. Antes que eu me retire para deixá-la à vontade, Jamie abre o baú, que contém pouquíssimas roupas e principalmente papelada, fotos rasgadas e amareladas, material de pintura — pois, sou informado, ela pinta ícones. Retira dali um grosso manuscrito: uma vez que sou escritor, poderia me interessar.

Passo a tarde, enquanto ela se instala, brincando com Jean Baptiste e, quando ele cai no sono, percorrendo *Tribulations of a Child of God* (*by Jamie O.*). Não é exatamente uma autobiografia, é antes um diário entremeado de poemas, ilustrado por todo tipo de desenhos, montagens fotográficas e paródias de anúncios, tipicamente *seventies*. Os desenhos, estilo capa de disco psicodélico, são ao mesmo tempo pueris e horrendos, mas, em matéria de arte, Jacqueline me alertou para a importância da pureza do coração e para o espírito tacanho de pretensos especialistas: sorrindo, ela garante que o castigo deles no inferno será permanecerem rodeados pelas porcarias que eles desprezaram aqui na terra e se extasiarem, eternidade afora, ante sua maravilhosa beleza. Uma série de retratos 3x4 mostra Jamie, mais jovem porém já obesa, fazendo caretas ao lado de um barbudo esquelético de óculos redondos. O conjunto, caótico, extremamente indigesto, é marcado por uma raiva surda, voltada contra o mundo inteiro, que me alarma ligeiramente.

Na véspera, recebendo amigos para jantar, falamos da nossa nova babá, tão original, e, como eu tive a infelicidade de dizer que ela lembra muito Kathy Bates, a atriz que atua em *Louca obsessão*, todo mundo se divertiu imaginando a versão Stephen King da história: a adorável mulher gorda que, mediante pequenas atenções e gentilezas, estende pouco a pouco uma influência tirânica e monstruosa sobre o jovem casal e o destrói. Ao mesmo tempo que participava de boa vontade da elaboração desse roteiro de terror, eu sustentava com mais seriedade — uma seriedade que nossos convidados devem ter tomado por ironia, pois nada sabem sobre minha conversão — que Jamie era uma espécie de santa, alguém que foi levada pelas circunstâncias da vida, e sem dúvida por uma secreta vocação, de despojamento em despojamento, a abdicar de seu ego e entregar sua sorte, para o que desse e viesse, nas mãos da Providência. Na realidade, basta passar os olhos em seu patético manuscrito para constatar que a coitada não abdicou em absoluto de seu ego, que, ao contrário, se debate como um diabinho. Que, longe de ter alcançado a alegria franciscana que lhe atribuo, sente cruelmente as humilhações que a vida não cessou de lhe prodigalizar, a rejeição de suas experiências literárias e fotográficas, o choque de se ver num espelho tão obesa, tão pouco desejável. Porém, determinado como estou a considerar sua vida e sua entrada na nossa de um ângulo espiritual, prefiro ver em seus vaticínios amargos e revanchistas o eco daqueles salmos, tão numerosos, em que Israel, embora se queixando da injustiça presente, exprime sua confiança na vinda do Messias que devolverá os poderosos ao seu lugar e, inversamente, elevará os pobres, humilhados, eternos excluídos. Ao mesmo tempo, estou numa sinuca de bico. Ela me confiou seu original, de autor para autor, espera uma reação, e me pergunto o que afinal vou poder lhe dizer que, sem ser muito hipócrita, a console.

16

No primeiro dia em que deixamos Jamie sozinha com as crianças, encontramos, ao voltar, o apartamento todo enfeitado com guirlandas multicoloridas, recortadas com a colaboração de Gabriel, que parece muito satisfeito com seu dia. Ótimo. O que não é tão ótimo é que todos os cômodos, não só o quarto das crianças, estão numa desordem indescritível e que Jean Baptiste está abrindo o berreiro, porque faz horas que não é trocado. Para a noite, havíamos programado uma espécie de jantar de boas-vindas e dito a Jamie que não se preocupasse com nada. Ela leva a instrução ao pé da letra, deixando-se servir sem fazer um gesto para ajudar. "Censuras" seria uma palavra forte, "observações" também, digamos que nossas discretas sugestões com relação ao estado em que gostaríamos de encontrar a casa quando voltássemos, ela as recebe com um sorriso condescendente, budista, um pouco alheio, para o gosto de Anna e mesmo do meu, às contingências deste mundo. Quando ela sobe para se deitar, deixando a louça por lavar, começamos a bater boca. Chateado, sentindo-me culpado, concordo que teremos de encontrar um tom mais equilibrado. Tratá-la como amiga, porém não além da conta. Não lhe pedir, obviamente, que sirva a mesa, mas tampouco nos ver naquela situação absurda, que consistia em servi-la — independentemente do que Jesus diga a respeito. Prometo conversar com ela e passo o dia seguinte ensaiando meu pequeno discurso. Às cinco horas, no meu escritório, recebo um telefonema da escola maternal: a babá não tinha ido buscar Gabriel.

Sem compreender, fico intrigado. Naquela manhã mesma, fiz um périplo com Jamie, apresentei-a ao pessoal da escola, parecia tudo nos conformes. Parecia tudo nos conformes, mas o fato é este: ela não foi. Ligo para casa, ninguém atende. Anne, em seu escritório, também não responde — lembro que o episódio se passa na remota era pré-celular. Corro até a escola para pegar Gabriel, volto com ele para casa. Jean Baptiste e Jamie não estão. O tempo está muito feio para que ela o tenha levado ao jardim, a situação é preocupante.

Subo até o andar dos quartos das empregadas, onde encontro a porta do nosso escancarada. Jean Baptiste dorme serenamente em seu bebê-conforto — respiro: isso é o essencial. Quanto a Jamie, ela se distrai borrando a parede com uma espécie de afresco que deve representar o Juízo Final: o paraíso em seu quarto, o inferno e seu cortejo de danados transbordando para o corredor. Não sou um cara destemperado, talvez não muito, mas dessa vez explodo. O pequeno discurso firme e risonho que planejei vira uma torrente de críticas. Esquecer como um embrulho largado no correio uma criança que lhe confiei! No primeiro dia! Não tenho tempo de passar à recriminação secundária, a saber, que nem nós nem principalmente o síndico do prédio lhe delegamos a tarefa de decorar as áreas comuns, pois, para minha grande surpresa, em vez de baixar a cabeça e reconhecer seus erros ou gaguejar uma desculpa, Jamie começa a gritar muito mais alto que eu, me acusando de ser um homem mau e, pior que isso: alguém cujo prazer na vida é enlouquecer as pessoas. Erguendo-se com todo o seu volume e corpulência em seu velho moletom, lançando perdigotos, os olhos chispando raios, ela apanha na mesa e agita um exemplar do meu romance *O bigode*, aos berros: "Sei o que o senhor fez! Li este livro! Sei os jogos perversos que gosta de jogar! Mas isso não vai funcionar comigo. Conheci demônios maiores e o senhor não conseguirá me enlouquecer!".

Como diz Michel Simon em *Família exótica*: "De tanto escrever coisas horríveis, as coisas horríveis acabam acontecendo".

17

O mais sensato, evidentemente, seria parar por aí e, após essa experiência desastrosa, nos separarmos da maneira menos pior possível. O problema é que, tendo encontrado alguns metros quadrados para seu baú e para si própria, Jamie não demonstra a mínima intenção de ir embora. Ela não desce mais ao nosso apartamento, nós é que subimos. Diante de sua porta, agora trancada, parados no corredor decorado com diabretes, tentamos em vão dobrá-la. Apelamos a seu bom senso, expomos nossa necessidade de encontrar uma substituta para ela e alojá-la, e oferecemos um, dois, três meses de salário. À toa. A maior parte das vezes ela não responde. Sequer sabemos se está no quarto ou não. Em outras ocasiões, nos manda para o inferno. Esclarece que o alvo de seu ódio não é Anne, mas eu. Anne age como patroa consciente de seus direitos: pagou e quer ser servida, isso é coerente. De nós dois, sou eu o verdadeiro lixo. O falso gentil, o fariseu, o que gosta de derrubar e pisotear: não só escorraçar as pessoas em pleno inverno, como, além disso, se deliciar com os tormentos que sua consciência delicada lhe inflige.

Ela cutuca a ferida, meus cadernos pululam em exames de consciência consternadores. Copio frases do Evangelho como "Por que me chamais 'Senhor! Senhor!', mas não fazeis o que digo?". Sinto-me um daqueles que Jesus condena, ao lhes dizer: "'Tive fome e não me destes de comer. Tive sede e não me destes de beber. Fui forasteiro e não me recolhestes. Estive nu e não me vestistes, doente e preso e não me visitastes.' 'Como? Como?', exclamam as pessoas honestas. 'Quando é que te vimos com fome ou com sede, forasteiro ou nu, doente ou preso e não te socorremos?'". Resposta de Jesus: "Todas as vezes que o deixastes de fazer a um desses mais pequeninos, foi a mim que o deixastes de fazer".

Lógica evangélica indefensável. Procuro, no entanto, me justificar: precisamos de alguém com quem possamos contar, a situação ficou intolerável, então, para proteger minha mulher, devo saber me mostrar firme e, se necessário, brutal. Mas essa é a sabedoria da sociedade, do patrão que pretende ser servido e retribuído pelo que pagou. Cristo pede outra coisa. Que consideremos o interesse do outro e não o nosso. Que o reconheçamos, a ele, Cristo, em Jamie Ottomanelli, com sua pobreza, sua confusão, sua loucura cada vez mais ameaçadora. Sei que ela reza, três andares acima do nosso, entrincheirada em seu quartinho, e rumino que na prece ela está mais próxima de Cristo do que eu. "Buscai, em primeiro lugar, o *Reino de Deus* e todas essas coisas vos serão acrescentadas", diz Jesus. Buscar o Reino de Deus, nesse caso, não é permanecer fiel ao arroubo de confiança que nos fez contratar Jamie, em vez de traí-lo em nome da razão? É possível, quando pretendemos viver segundo o Evangelho, ser confiantes *demais*?

Enquanto brigo com meus escrúpulos, Anne briga mais concretamente. Em desespero de causa, estaria disposta a pedir ajuda à polícia, mas não temos contrato de trabalho com Jamie, pensávamos em pagá-la por fora. Em suma, é delicado. Ela tenta entrar em contato com o diplomata americano, que se encontra inacessível. Deixa mensagens cada vez mais peremptórias, no seu domicílio, em seu escritório, ele nunca retorna os telefonemas. Já teria partido para os Estados Unidos? Ligeira surpresa na embaixada: ninguém sabe desse retorno aos Estados Unidos. Finalmente, a mulher do diplomata retorna a ligação, marca um encontro com Anne num café, chega de óculos escuros — estamos em dezembro, chove — e confessa a verdade.

Jamie é uma espécie de amiga, é verdade. Roger, seu marido, conheceu-a na faculdade. Esbarraram com ela por acaso em Paris. Estava completamente à deriva, mas era original, comovente, então Roger quis lhe dar uma mãozinha em memória dos bons e velhos tempos. Alojaram-na num conjugado que eles usam para hospedar os amigos de passagem, e, em troca, ela deveria ajudar a filha deles com os deveres de casa. "É uma pessoa instruída, a senhora sabe, poderia muito bem se virar na vida, o que acontece é que passou por maus bocados. No fim de alguns dias, a coisa ficou absolutamente insustentável. Não preciso contar, foi igual com vocês, deve acontecer com todo mundo." Susan intimou Roger, de um jeito ou de outro, a demitir Jamie e a fazer aquela coisa nojenta: quando Jamie respondesse a um anúncio, aceitar recomendá-la. "É nojento", repete Susan com sotaque americano, e sem que Anne possa saber se ela tem consciência de estar imitando Jean Seberg em *Acossado*. Estavam dispostos a tudo para se livrar de Jamie, agora se odeiam por terem colocado um jovem e simpático casal naquela situação. Enfim, Susan, se odeia. Roger é um pouco covarde, como todos os homens — Anne, suponho, concorda. Susan vai pedir a Roger que faça alguma coisa, dê um jeito. Se, a despeito de tudo, alguém tem autoridade sobre Jamie, esse alguém é ele.

Embora tocada pela honestidade de Susan, Anne chega cética em casa. Três dias depois, não sabemos como Roger agiu, mas, quando subo para mais uma vez tentar parlamentar, o quarto está vazio, varrido, a chave na porta. Único rastro da passagem de Jamie: o Juízo Final na parede, que passamos o fim de semana lavando. Contratamos uma cabo-verdiana apática, que arrasta a sandália e não fala nada de francês e mal arranha o inglês. Após o pesadelo de que saímos, ela parece maravilhosa. Anne telefona para Susan para agradecer. Susan não responde, não liga de volta — como esses agentes do FBI, que, concluída sua missão, desaparecem sem deixar rastro, e profetizo, brincando, que se telefonarmos para a embaixada vão nos responder que ele não existe, que nunca existiu um diplomata chamado Roger X.

18

Nas férias de Natal, Anne e eu viajamos para nos casar no Cairo, na modesta paróquia do padre Xavier. Escolhi a leitura mais tradicional para a circunstância: o hino ao amor da primeira carta de são Paulo aos coríntios. Por razões que insistentemente, e na verdade em vão, discuti na análise, não quero que nossas famílias estejam presentes na cerimônia. Esta se desenrola sem outras testemunhas, salvo o sacristão da igreja e um varredor. Como não levamos sequer uma garrafa de vinho para lhe oferecer uma taça, o padre Xavier vai ao seu quarto buscar um porto estragado que uma paroquiana lhe dera de presente. É triste, quase clandestino: casamos quase que envergonhados do que fazemos. À noite, Anne chora. Atravessamos de carro o deserto do Sinai, assistimos ao nascer do sol no mosteiro de Santa Catarina. Leio o Êxodo. Imagino o povo de Israel, após sair do Egito mas ainda longe da terra prometida, vagando naquela pedraria durante quarenta anos, e comparo tal provação à minha. As palavras "travessia do deserto" me reconfortam. A despeito de minha submissão à lei divina, me pergunto o tempo todo se e quando me será dado escrever um novo livro. Uma ideia vaga, muito vaga, se delineia. Seria fazer o perfil de uma espécie de místico selvagem que teria um pouco de Philip K. Dick e de Jamie Ottomanelli ao mesmo tempo: um velho hippie, melhor, uma velha hippie, combalida pelas drogas e pelo sofrimento, que um dia tem uma iluminação mística e se pergunta até o fim da vida se encontrou Deus ou se está louca, e se há uma diferença entre as duas coisas.

Logo após o nosso retorno do Egito, um sujeito me entrega, no bulevar Saint-Michel, um folheto mal impresso sobre o que ele chama de a Revelação de Arès. Blá-blá-blá sectário, do qual leio algumas linhas com o desdém indulgente daquele que frequenta Mestre Eckhart e os Padres da Igreja. Um argumento me faz sorrir: "Se esse homem não era o profeta enviado aos homens do século xx, o igual de Abraão, Moisés, Jesus, Maomé, então tudo o que a Revelação de Arès contém seria falso. Isso é impossível". Dou de ombros, depois me toco de que aquilo é, literalmente, um argumento de são Paulo: "Se se proclama que Cristo ressuscitou dos mortos, como podem alguns dentre vós dizer que não há ressurreição dos mortos? Se não há ressurreição dos mortos, também Cristo não ressuscitou. E se Cristo não ressuscitou, vazia é a nossa pregação e ilusória vossa fé". Isso me perturba. Raciocino: para quem acredita na existência de Deus, como eu, está fora de dúvida que um abismo separa o que dizia são Paulo do que diz o sujeito da Revelação de Arès ou até mesmo Dick, quando chafurdava no chucrute místico de seus últimos anos. Paulo era inspirado, os outros dois, manifestamente despirocados. Um lidou com o troço verdadeiro, os outros dois, com ridículas fraudes. *Mas e se não existir troço verdadeiro?* E se Deus não existe? E se Cristo não ressuscitou? No máximo podemos afirmar que a empreitada de Paulo foi mais bem-sucedida, que tem maior credibilidade cultural e filosófica — mas no fundo é tudo exatamente o mesmo circo.

19

Uma noite, Anne chega agitadíssima em casa. Cruzou com Jamie na escada do prédio. Sim, Jamie, em seu moletom amarfanhado, carregando uma sacola de supermercado. O que faz aqui? Transtornada como se tivesse visto um fantasma, Anne não teve a presença de espírito de perguntar, e a outra, desviando o olhar, fugiu. Gabriel, que assiste à nossa conversa, intervém. Ele também viu Jamie. "'No prédio?' 'É, no prédio. Será que ela vai voltar pra morar com a gente?'", ele pergunta esperançoso, pois o recorte das guirlandas deixou-lhe excelente lembrança.

Vou dar uma espiada no andar dos quartos de serviço. Bem na ponta do corredor, depois dos banheiros que pintamos meses antes, a fim de oferecer dependências menos ingratas à nossa empregada, descubro uma espécie de água-furtada. Não é um quarto, está mais para um depósito, cuja existência eu ignorava, pura e simplesmente porque nunca fora lá: ninguém naquele velho prédio pouco funcional teria qualquer motivo para ir lá. Não há sequer porta, apenas um pedaço de pano preso com percevejos. Num filme baseado em Stephen King, a música se tornaria cada vez mais opressiva, teríamos vontade de gritar para o imprudente visitante se escafeder em vez de puxar a cortina, o que evidentemente ele fará, como eu fiz, e nesse pardieiro minúsculo, semelhante àquele onde os Thénardieu fazem Cosette dormir em *Os miseráveis*, está, vocês já adivinharam, o baú de Jamie. Sobre esse baú, uma quentinha de papelão contendo os restos de uma refeição delivery. Uma vela, felizmente apagada, ao pé de um dos ícones de Jamie. Seu material de pintura e, na parede carcomida, um de seus imundos afrescos psicodélicos já em vias de execução.

Travelling para a frente, captando um demônio brincalhão. A câmera se enfia em sua boca penumbrosa enquanto rufam os timbales do *Dies irae*. Fim da sequência: normalmente, o público sai satisfeito.

Nunca matamos a charada. Será que, já havendo reparado naquele refúgio alternativo, Jamie partiu por ordens de Roger e depois voltou sorrateiramente? Ou será que Roger, ao prometer à esposa liberar nosso quarto, entendeu esse compromisso num sentido mais restrito e aconselhou Jamie a se entocar quinze metros adiante, naquele buraco de ratos inabitável — e agora, paciência, fiz o que pude, não me peçam mais nada? Seja como for, ela se instalou três andares acima do nosso, é louca de pedra, nos odeia mortalmente, a situação é terrivelmente angustiante. O que fazer? Chamar a polícia? Avisar ao proprietário? Como fomos nós que a introduzimos no prédio, a coisa pode se voltar contra nós. Pior: ela também pode se voltar contra nós. Querer se vingar. Atacar as crianças. Sequestrar Jean Baptiste em seu berço. Atrair Gabriel, que a adora, para seu antro. Fugir com ele, não o veremos nunca mais. Nosso querido bebezinho crescerá Deus sabe onde, criado por aquela louca, fuçando as latas de lixo junto com ela, disputando comida com os cães, regressando ao estado selvagem. Fazemos recomendações de prudência à cabo-verdiana dignas de grandes paranoicos. Fazemos igualmente Gabriel prometer não falar com Jamie, não aceitar nada dela, não ir com ela a lugar nenhum.

"Mas por quê?", ele pergunta. "'Ela é malvada?''Não, ela não é malvada de verdade, é muito infeliz, e às vezes as pessoas muito infelizes fazem coisas… como dizer…? coisas que não devemos fazer…' 'Que tipo de coisa?' 'Sei lá… coisas que fariam mal a você.' 'Então não devemos falar com as pessoas muito infelizes? Não posso aceitar nada delas?'"

Eu queria criar nosso filho voltado para a confiança e a abertura aos outros: cada palavra dessa conversa é um suplício para mim.

Após o clímax, o filme dura pouco. Suponho que seja decepcionante para o leitor: para nós, que esperávamos uma escalada de horrores, é um alívio. Longe de nos atormentar, Jamie nos evita. Sem dúvida aproveita as horas de menor movimento para ir e vir, deixando o prédio de madrugada e voltando quando já é noite escura. Apesar da corpulência, é um fantasma furtivo, tão discreto que nos perguntamos se não sonhamos aquilo. Não, seu baú continua lá. Tenho a impressão de que a infelicidade ronda a casa, de que uma ameaça pesa sobre nós, mas pouco a pouco essa impressão se dissipa. Mesmo ela tendo se tornado uma obsessão para nós, podemos passar várias horas e logo vários dias seguidos sem pensar nela. Uma noite, vejo-a na missa, em Saint-Séverin. Tenho medo de que ela me insulte. Porém, quando nossos olhares se cruzam, dirijo-lhe um aceno com a cabeça e ela responde. Vejo que vai comungar, o que ainda não faço. Penso na palavra de

Cristo: "Se estiveres para trazer tua oferenda ao altar e ali te lembrares que teu irmão tem alguma coisa contra ti, deixa ali tua oferenda e vai primeiro reconciliar-te com teu irmão". Na saída, vou em sua direção. Trocamos algumas palavras, sem animosidade. Pergunto se está tudo bem, ela responde que é duro. Suspiro: compreendo. Podemos fazer alguma coisa por ela? Não lembro direito como aquilo terminou, tenho a vaga lembrança de que fizemos um apelo à paróquia para ajudá-la, lhe demos um pouco de dinheiro e inclusive que, antes de partir, ela veio nos abraçar. Nunca mais voltei a vê-la, não sei se ainda está viva.

20

Passado o momento de crise declarada, ela não aparece mais nos meus cadernos. Quer dizer, aparece, mas não é mais ela de verdade, Jamie Ottomanelli, é o personagem do livro em que pensei durante todo aquele inverno. Fiz mais que pensar, na realidade mergulhei nele, o problema é que não resta mais nenhum vestígio dele. Hoje, quando escrevemos e até lemos cada vez mais numa tela, cada vez menos no papel, tenho um argumento de peso em favor desse segundo suporte: faz mais de vinte anos que uso computadores, ainda possuo tudo o que escrevi a mão, por exemplo os cadernos de onde extraio o material dessas memórias, ao passo que tudo o que escrevi diretamente na tela desapareceu, sem exceção. Fiz, como me intimavam, todo tipo de back-ups, e back-ups de back-ups, mas só o que estava impresso em papel sobreviveu. O resto estava em disquetes, pendrives, HDs externos, considerados muito mais seguros, porém na realidade logo sucessivamente obsoletos e, daí em diante, tão ilegíveis quanto as fitas cassete de nossa juventude. Resumindo. Existiu, nas entranhas de um computador há muito falecido, um primeiro arremedo de romance, que, caso acessível, complementaria proveitosamente meus cadernos. Para o título, eu me inspirara no cineasta Billy Wilder, frasista tão prolífico nos Estados Unidos como Sacha Guitry na França. No lançamento do filme inspirado no *Diário de Anne Frank*, perguntam a Wilder o que ele achou. "Muito bonito", disse, semblante grave. "Realmente muito bonito... Muito comovente. [Um tempo.] Em todo caso, seria bom conhecer o ponto de vista do adversário."

O ponto de vista do adversário, pelo que me lembro, punha em cena Jamie monologando em sua água-furtada como Jó sobre seu monte de lixo, coçando como ele suas feridas purulentas e desenvolvendo obsessivamente os mesmos temas: a iniquidade do destino afligindo com infortúnios o homem de boa vontade, enquanto os maus triunfam e se regalam; a revolta contra Deus, cuja justiça louvamos e o qual não obstante tolera essas injustiças horríveis; o esforço para nos submetermos, apesar de tudo, à sua vontade, para acreditarmos que existe um sentido nesse caos e que um dia esse destino se revelará: então, finalmente, os justos se regozijarão e os maus rangerão os dentes.

Para compor esse monólogo, eu havia feito uma montagem com o que me lembrava da autobiografia de Jamie, *Tribulations of a Child of God*, e citações dos Salmos e dos Profetas. Essa montagem funcionava bastante bem, pois as suplicações do salmista são universais, e os profetas, depois objetos da veneração de Israel, devem ter sido em seu tempo energúmenos estorvantes no gênero de Jamie, lamuriando-se sem parar, exibindo suas chagas de maneira indecente, enchendo a paciência de todo mundo com suas exigências e sua miséria — não é à toa que o nome Jeremias deu, na linguagem cotidiana, na palavra "jeremiada". Minha grande ideia, dito isso, aquela que justificava o título, não era apenas representar Jamie como um desses coitados, um desses humilhados, um desses choramingas a quem Jesus promete o Reino dos Céus, mas também descrever a mim mesmo visto por ela, e, embora eu tenha perdido esse texto, embora não me lembre de praticamente nada dele, imagino sem dificuldade que, nesse exercício, minha propensão à autoflagelação deve ter se mostrado em todo seu potencial. Apesar de entremeado de referências bíblicas, era uma narrativa realista, reconstituindo a lenta derrocada de Jamie entre a Califórnia dos anos 1960 — onde, naturalmente, esbarrava com Philip K. Dick — e a Paris dos anos 1990, onde aparecia trabalhando para um casal de jovens intelectuais tão execráveis quanto bem-intencionados. A esposa era frenética, desassossegada, às voltas com uma perpétua inquietude. Só de estar com ela no mesmo recinto já cansava, mas isso não era nada comparado ao marido. Ah! O marido! O jovem escritor com a pecha romântica, olhando para o próprio umbigo, remoendo suas neuroses, cioso de sua importância e, pior de tudo, nos últimos tempos, de sua humildade. E descobriu um novo truque para se tornar interessante aos próprios olhos: ser cristão, comentar devotamente o Evangelho, fazer um semblante doce, indulgente e compreensivo e, paralelamente, com sua boa mulher, conspirar para chamar a polícia e, em pleno inverno, enxotar de seu quarto de oito metros quadrados com a latrina no hall uma velha mochileira desassistida, pobre e gorda, e desistindo de fazê-lo não por caridade, mas porque isso poderia chamar a atenção do proprietário e, como eles sublocam seu bonito apartamento cheio de livros, nada de escândalo ou zum-zum--zum. Fica em aberto o que eles poderiam ter feito, ambos, se ela tivesse sido uma judia durante a Ocupação...

> *Até quando me esquecerás, Iahweh? Para sempre?*
> *Até quando esconderás de mim tua face?*
> *Até quando terei sofrimento dentro de mim*
> *e tristeza no coração, dia e noite?*
> *Até quando triunfará meu adversário?*

> *Minha alma está cheia de males*
> *E minha vida está à beira do abismo.*
> *Por que me rejeitas, Iahweh,*
> *E escondes tua face longe de mim?*
> *Teus terrores me deixaram aniquilado*
> *A treva é a minha companhia.*

> *Iahweh, meu coração não se eleva*
> *nem meus olhos se alteiam;*
> *não ando atrás de grandezas,*
> *nem de maravilhas que me ultrapassam.*
> *Não! Fiz calar e repousar meus desejos,*
> *como criança desmamada no colo de sua mãe.*

21

Meus cadernos do ano 1991 giram essencialmente em torno da eucaristia, para a qual me preparo com fervor. Cheguei, no Evangelho de João, ao episódio da multiplicação dos pães e ao grande discurso de Jesus sobre "o pão da vida". Nesse ponto, lemos frases tão estarrecedoras e, verdade seja dita, chocantes, como "Aquele que não come viverá em mim" ou "Se não comerdes a carne do Filho do Homem e não beberdes seu sangue, não tereis a vida em vós". O que significa ter a vida em si? Não sei, mas sei que é a isso que aspiro. Aspiro, sem conhecer, a outra maneira de estar presente no mundo, nos outros e em mim mesmo, diferente dessa mistura de medo, ignorância, de predileção por si mesmo, inclinação ao mal quando se quer o bem, que é a doença de todos nós e que a Igreja designa com um termo único e genérico: pecado. Para o pecado, sei há pouco tempo que existe um remédio, tão eficaz como aspirina para dor de cabeça. Cristo garante isso, pelo menos no Evangelho de João. Jacqueline não se cansa de repetir para mim. É curioso, se for de fato verdade, que todo mundo não avance em cima dele. De minha parte, sou candidato.

Conhecemos o procedimento. Teve início há dois mil anos e nunca mais foi interrompido. Antigamente, e ainda hoje em determinados ritos, era praticado realmente com pão: o pão mais banal, o que o padeiro amassa. Hoje em dia, entre os católicos, são rodelinhas brancas, com consistência e gosto de papelão, chamadas hóstias. Num certo momento da missa, o padre declara que elas se transformaram no corpo de Cristo. Os fiéis fazem fila para receber, sobre a língua ou na concha da mão, cada qual a sua. Retornam a seus lugares, cabisbaixos, pensativos e, se acreditam naquilo, interiormente transformados. Esse rito incrivelmente bizarro, que se reporta a um fato preciso ocorrido em torno do ano 30 de nossa era e que está no cerne do culto cristão, é ainda hoje celebrado no mundo inteiro por centenas de milhões de pessoas que, como diria Patrick Blossier, *não obstante*, não são loucas. Algumas, como minha sogra ou minha madrinha, praticam isso todos os dias sem exceção e, se porventura ficam doentes e não podem ir à igreja, providenciam para que levem o sacramento às suas casas. O mais bizarro é que a hóstia, quimicamente, não passa de pão. Seria quase tranquilizador se fosse um cogumelo alucinógeno ou um pingo de LSD, mas não: é simplesmente pão. Ao mesmo tempo, é Cristo.

Podemos evidentemente atribuir um sentido simbólico e comemorativo a esse ritual. Jesus mesmo disse: "Fazei isto em minha memória". É a versão light do negócio, a que não escandaliza a razão. Mas o cristão hard crê na *realidade* da Transubstanciação — pois é assim que a Igreja chama esse fenômeno sobrenatural. Crê na presença real de Cristo na hóstia. Há aqui um divisor de águas, ou de dois tipos de mentalidade. Acreditar que a eucaristia não passa de um símbolo é como acreditar que Jesus não passa de um mestre sapiencial, a graça, de uma forma de autoajuda, e Deus, do nome que damos a uma instância de nosso espírito. Nesse momento de minha vida, sou contra: quero fazer parte do outro tipo.

Em certo momento da sua, bastante similar — tinha a mesma idade que eu, era casado com uma mulher que tinha o mesmo nome, não conseguia mais escrever e temia enlouquecer —, Philip K. Dick também se voltou para a fé cristã e igualmente de maneira exacerbada. Convenceu sua Anne a se casar com ele na igreja, batizou os filhos, empreendeu leituras devotas — com uma predileção pelos evangelhos apócrifos, ao passo que mal conhecia os canônicos. Na sequência, escrevi sua biografia e hoje sou incapaz de dizer o que vem realmente dele e o que projetei de minha própria experiência no capítulo dedicado a esses anos. Ele contém, em todo caso, uma cena que me agrada muito, aquela em que Dick explica o que é a eucaristia.

As filhas de Anne, sua mulher, não compreendem muito bem o princípio da coisa. Ficam chocadas. Quando Jesus exorta a comer seu corpo e beber seu sangue, acham aquilo pavoroso: uma forma de canibalismo. A mãe, para tranquilizá-las, diz que se trata de uma imagem, algo como na expressão "beber as palavras de alguém". Ouvindo isso, Phil protesta: não vale a pena virar católico para racionalizar superficialmente todos os mistérios.

"Tampouco vale a pena", replica acerbamente Anne, "virar católico para tratar a religião como uma de suas histórias de ficção científica."

"Precisamente", diz Phil, "eu ia chegar lá. Se levarmos a sério o que relata o Novo Testamento, cumpre acreditar que, há pouco mais de dezenove séculos, desde a morte de Cristo, a humanidade sofreu uma espécie de mutação. Isso talvez não seja visível, mas é assim, e, se não acredita em mim, você não é cristã, ponto final. Não sou eu quem diz, é são Paulo, e não posso fazer nada se parece ficção científica. O sacramento da eucaristia é o agente dessa mutação, então não vá apresentá-lo às suas filhinhas como uma espécie de comemoração idiota. Escutem, garotas: vou lhes contar a história do rosbife. É uma dona de casa que está preparando um jantar. Ela coloca um soberbo rosbife de cinco libras na bancada da cozinha. Os convidados chegam, ela conversa com eles na sala, tomam alguns martínis, depois ela pede licença, corre até a cozinha para finalizar o rosbife… e percebe que ele desapareceu. O que vê então, num canto, lambendo tranquilamente os bigodes? O gato da casa.

'Já sei o que aconteceu', disse a filha mais velha.

É? O que aconteceu?

'O gato comeu o rosbife.'

Tem certeza? Você não é nada burrinha, mas espere. Os convidados acorrem. Confabulam. As cinco libras do rosbife se volatilizaram, o gato parece plenamente satisfeito e saciado. Todo mundo conclui a mesma coisa que você. Um convidado sugere: e se pesássemos o gato para tirar qualquer dúvida? Todos beberam um pouco. A ideia parece excelente. Levam o gato até o banheiro, colocam-no sobre a balança. Pesa exatamente cinco libras. O convidado que sugeriu pesar o gato diz: é isso mesmo, a conta bate. Todos agora têm certeza de saber o que aconteceu. É quando outro convidado coça a cabeça e diz: 'Tudo bem, ficou claro onde estão as cinco libras do rosbife. Mas então *onde está o gato*?'"

Blaise Pascal, agastado: "Como odeio esses estúpidos que criam caso para acreditar na Eucaristia! Se Jesus Cristo é de fato o filho de Deus, onde está a dificuldade?".

(Poderíamos chamar isso de argumento "no ponto a que chegamos…".)

E Simone Weil: "Certezas desse tipo são experimentais. Contudo, se antes de as experimentar já não acreditamos nelas, se pelo menos não agirmos como se acreditássemos, nunca faremos a experiência que leva a tais certezas. O mesmo se dá, a partir de certo nível, com todos os conhecimentos úteis ao progresso humano. Se não os adotarmos como regras de conduta antes de verificá-los, se não permanecermos duradouramente ligados a eles somente pela fé, uma fé inicialmente trevosa, nunca os transformaremos em certezas. A fé é a condição indispensável".

Simone Weil, que leio muito nessa época, de quem copio páginas inteiras nos meus cadernos, sentia um desejo violento pela eucaristia. Mas enquanto o menor dos cristãos julga-se convidado à mesa do Senhor, e, quanto menor, mais ardorosamente, enquanto eu mesmo me preparo para abordá-la sem escrúpulo, rezando simplesmente para fazê-lo com um verdadeiro desejo no coração, essa mulher de gênio, que também era uma santa, pensou até sua morte que sua vocação era permanecer afastada dela. Para ficar do lado daqueles que não lhe têm acesso. Junto — são suas palavras — com "a imensa e infeliz multidão dos que não creem".

22

Mesmo assim… A princípio somos arrebatados por determinadas falas fulgurantes de Jesus. Reconhecemos, como os guardas encarregados de prendê-lo, "que ninguém jamais falou como este homem". Terminamos então por acreditar que ele ressuscitou no terceiro dia e, por que não, nasceu de uma virgem. Decidimos engajar nossa vida nesta crença louca: que a Verdade com V maiúsculo encarnou na

Galileia há dois mil anos. Temos orgulho dessa loucura, porque ela não se parece com a gente, porque ao adotá-la nos surpreendemos e abdicamos de nós, porque ninguém a compartilha à nossa volta. Descartamos como heresia a ideia de que o Evangelho contém fantasias aleatórias, de que há coisas boas e ruins no ensinamento de Cristo e no relato que dele fazem os quatro inspirados. Iremos, no mesmo arroubo — *no ponto a que chegamos* —, acreditar igualmente na Trindade, no pecado original, na Imaculada Conceição, na infalibilidade do papa? É no que me exercito ao longo desse período, sob a influência de Jacqueline, e é de queixo caído que, em meus cadernos, deparo com reflexões tão estapafúrdias como:

"O único argumento capaz de nos fazer admitir que Jesus é a verdade e a vida é que Ele o disse, e como Ele é a verdade e a vida, cumpre acreditar n'Ele. Quem acreditou acreditará. A quem tem muito, mais será dado."

"Um ateu *crê* que Deus não existe. Um devoto *sabe* que Deus existe. Um tem uma opinião, o outro, um saber." (Anotação na margem, com a minha letra, que eu gostaria de saber de quando data: "tá legal…".)

"A fé consiste em crer naquilo que não cremos, não em crermos naquilo que cremos." (Essa frase não é minha, mas de Lanza del Vasto, discípulo cristão de Gandhi, que eu lia muito na época. Copiei-a respeitosamente. Hoje me dou conta de que, embora menos engraçada, ela lembra a de Mark Twain: "Fé é acreditar em alguma coisa que a gente sabe que não é verdade".)

Vamos lá, a saideira: "Devo aprender a ser verdadeiramente católico, isto é, não excluir nada: nem os dogmas mais repugnantes do catolicismo; nem a rebelião contra esses dogmas". (A terceira parte dessa frase é viciosa. Tem mais a ver comigo que o resto e me tranquiliza um pouco.)

Leio um livro de Henri Guillemin, misto de cristão fervoroso e velho libertário. O tipo que, como Bernanos, diz: "Virar a ovelha negra dos pobres e homens livres com um programa como o do Evangelho, convenhamos, é ridículo". Por amor a Cristo, ele dispara contra Roma, o catolicismo cristalizado, todos os catecismos. Para ficarmos nesse exemplo, escreve ele, o dogma da Trindade é uma invenção tardia, mal-ajambrada, sem qualquer espécie de fundamento evangélico, cujo valor espiritual não é muito maior que o de uma moção de síntese laboriosamente votada no desfecho de um congresso do Partido Socialista. Tendo a concordar. Fico inclusive satisfeito em concordar. Alguns dias mais tarde, contudo, leio um texto de uma carmelita do século xx que Jacqueline me recomendou, Isabel da Trindade, e concluo gravemente dessa leitura que Guillemin e eu estamos errados. Escrevo: "É como a senhorinha que declara: 'Para mim, arte moderna, francamente: não vale nada, à exceção de Buffet e Dalí'. Ela não diz nada sobre a arte moderna, diz apenas, ingenuamente: 'Não sei do que estou falando'. É mais ou menos o que dizem muitos espíritos pretensamente críticos que, em nome do bom senso e da liberdade de pensamento, achatam todos os mistérios. Eles não sabem do que falam. Isabel da Trindade sabia do que falava. Todos os místicos. E, quero crer, a Igreja".

Quando me constituo advogado do dogma diante de Hervé, ele não zomba de mim, não encolhe os ombros: isso não faz seu gênero. Não, ele me escuta, sopesa minhas palavras, tenta extrair de sua massa de intolerância o que pode haver de vida no que digo. Não tem propensão à crítica pela crítica, menos ainda à polêmica, porém, diante de minhas exaltações quase fundamentalistas, esse verdadeiro amigo de Deus termina por fazer o papel do cético. Ele poderia ser o autor da frase de Husserl à sua aluna Edith Stein — igualmente carmelita, mística, morta em Auschwitz: "Prometa-me, querida criança, nunca pensar em nada porque outros pensaram nisso antes de você". Quando, na exaltação de minha conversão, eu quis desmarcar a consulta acertada de longa data com a analista, foi Hervé quem me dissuadiu: por que rejeitar uma coisa que lhe poderia ser benéfica? Se de fato é a graça que atua em você, a análise certamente não criará obstáculo a isso. E, se libertá-lo de uma ilusão, tanto melhor. É com a mesma calma, tipicamente suíça, que ele me refreia em minha ladeira dogmática. Ele não se ama como eu a ponto de se odiar, e não se odeia a ponto de desejar acreditar naquilo que não acredita. É o menos fanático dos homens, o mais despido de prevenções. Não tem o menor pudor em pinçar do Evangelho o que lhe convém, em compor para si um viático em que as frases de Jesus convivem com as de Lao-Tsé e do *Bhagavad-Gita* — o qual há vinte anos vejo-o acomodar em sua mochila antes de partir para a montanha e o qual, todas as vezes que fazemos uma parada, ele pega para ler algumas linhas. É sempre o mesmo livrinho azul, num formato quase quadrado. Quando seu exemplar se desmancha, ele pega outro na prateleira da estante, onde estocou uns vinte, como quem sofre de sinusite estoca lenço de papel.

Jacqueline, nossa madrinha, martela nossos ouvidos há algum tempo com Medjugorje. Medjugorje é um vilarejo na Iugoslávia, a Iugoslávia ainda existe nessa época, começam a acontecer coisas terríveis por lá, mas, de minha parte, não estou nem aí: que sérvios, croatas, bósnios se matem entre si a seu bel-prazer, estou lendo são João. Diz-se que a Virgem apareceu em Medjugorje nos anos 1970 e, pela voz dos pequenos camponeses que tiveram a primazia de sua aparição, advertiu o mundo de que ele caminha para a perdição. Nesse ínterim, aqueles pequenos camponeses tornaram-se pregadores bastante disputados e prósperos, que dão palestras no mundo inteiro. Uma dessas palestras acontecerá em Paris, Jacqueline insiste para irmos assistir. Meu primeiro reflexo é o do preconceito — ou da razão? Quero de fato ler o Evangelho, não terminar naquele tipo de beatice. Afinal, é preciso estabelecer um limite, sem o quê, de pouco em pouco, terminamos nas livrarias esotéricas à cata de livros sobre Nostradamus e o mistério dos templários. Devagar com o andor, então! Segundo reflexo: e se por acaso fosse verdade? Não seria, então, imensamente importante? Não seria preciso correr até lá, parar tudo, desistir de todo o resto, dedicar a vida a difundir a mensagem de Medjugorje?

Uma boa dúzia de páginas do meu caderno registra tais oscilações. Hervé é completamente imune a elas. A princípio, mostra-se reservado, porém curioso: o que nos custa, afinal de contas, passar uma hora naquela palestra? Nisso ele se parece com aquela curiosa figura que só aparece no Evangelho de João: Nicodemos. Nicodemos é um fariseu que, como tal, tem fortes preconceitos em relação a Jesus. O que dizem sobre ele lhe cheira a superstição braba, seita duvidosa, talvez armação. Não importa, Nicodemos não se satisfaz com o que lhe dizem, prefere constatar pessoalmente. Vai visitar Jesus, à noite. Uma nota da *Bíblia de Jerusalém* insinua que é covarde de sua parte ter ido lá à noite, para não comprometer sua reputação: a mim, tal discrição não choca, ao contrário. É a cabeça aberta que me impressiona nesse notável. Ele interroga Jesus, o interrompe, pede que repita o que não compreendeu — aquilo que João coloca na boca de Jesus, convém admitir, é de difícil compreensão. Nicodemos volta para casa pensativo, quando não convertido. "Vinde, vede", Jesus costuma dizer. Ele, pelo menos, foi ver.

Hervé e eu também terminamos indo ver o porta-voz iugoslavo da Virgem. O que este dizia, por sua vez, nos pareceu ao mesmo tempo sinistro e banal.

23

A fim de ingressar no que Jacqueline chama de vida sacramental, devo fazer uma confissão geral e, antes da confissão geral, um exame de consciência aprofundado. Por uma dessas coincidências que começam a proliferar como coelhos quando decidimos ver a graça operando em nossa vida, Gabriel me pergunta: "Qual foi a pior coisa que você fez desde que nasceu?". Não acredito, francamente, ter cometido barbaridades, se por isso entendemos maldades deliberadas. O mal que fiz, fiz sobretudo contra mim, à minha revelia, a mim, de maneira que me sinto mais doente que culpado. Essa maneira de ver as coisas não empolga muito o padre a quem Jacqueline me encaminhou: isso não passa do meu ponto de vista pessoal, tacanhamente psicológico, e o desafio da confissão geral é justamente escapar desse ponto de vista para se colocar sob o olhar de Deus. Para isso, cumpre voltar ao Decálogo. Ao Decálogo, sim, aos dez mandamentos, a cuja luz examino, durante uma semana, toda a minha vida.

Examino-a também sob o ângulo das três virtudes teológicas: a fé, a esperança e a caridade. A primeira, por uma graça inesperada, me foi concedida recentemente. Por enquanto não passa de uma semente minúscula e frágil, a todo momento sob o risco de se perder nos espinheiros. Creio, no entanto, que essa semente se transformará numa grande árvore e que as aves do céu virão construir seus ninhos nos galhos dessa árvore. Crer na possibilidade desse crescimento não seria a esperança? Claro que sim, e ela não me falta. Sou tão bem provido dela que dá para desconfiar. Pode ser que me engane dando o belo nome de esperança ao que não passa de expectativa: a vaga convicção de que, independentemente dos dissabores que eu atravesse, tudo terminará por se voltar a meu favor. De que, após a provação da seca, terminarei por dar frutos — isto é, concretamente, por escrever um livro que valha a pena. Talvez fosse necessário extirpar de mim essa vil expectativa para que em seu lugar nascesse a verdadeira esperança. Resta a caridade, que são Paulo diz ser a mais importante das três, e aí sou um zero à esquerda. Nenhuma caridade. Nenhuma inclinação a fazer sequer essas pequenas gentilezas que valem mais que mover as montanhas. O encontro com Deus mudou meu espírito e minhas opiniões, não meu coração. Continuo a amar apenas a mim — e muito mal. Mas o caso está previsto. A oração de que eu necessito encontra-se em Ezequiel. Repito-a sem descanso: "Tirai do meu peito o coração de pedra e dai-me um coração de carne".

Escrevo: "Senhor, eu não sou digno de receber-te, no entanto peço-te que estabeleças tua morada em mim. Para dar-te espaço, é necessário que eu diminua, sei disso. Resisto a tal na mesma proporção em que a tal aspiro. Não conseguirei sozinho, ninguém diminui sozinho. Sempre tendemos, por nós mesmos, a ocupar o espaço inteiro. Ajuda-me a diminuir para que cresças em mim.

"Senhor, talvez não queiras que eu me torne um grande escritor, nem que eu tenha uma vida fácil e feliz, mas tenho certeza de que queres me dar a caridade. Peço-a com mil segundas intenções, mil opressões e reticências que perco tempo demais analisando, mas peço-a a ti. Dá-me as provações e as graças que, pouco a pouco, me abrirão para a caridade. Dá-me a coragem de suportar as primeiras e agarrar as segundas, de saber que o mesmo acontecimento pode abarcar as duas ao mesmo tempo. Não posso dizer que não desejo nada além disso, não seria verdade. Desejo muito mais o objeto de minha cobiça. Desejo ser grande em vez de pequeno. Mas não te peço o que desejo. Peço-te o que desejo desejar, aquilo cujo desejo desejo que me dês.

"Antecipadamente, aceito tudo. Dizendo isso, sei que falo como teu discípulo Pedro, que tinha tanta certeza de não renegar-te e que, não obstante, o fez. Sei que dizendo isso apenas cavamos o lugar onde te renegaremos, mas digo assim mesmo. Dá-me o que quiseres me dar, retira de mim o que quiseres retirar, faz de mim o que quiseres."

Simone Weil: "Em matéria espiritual, todas as preces são atendidas. Aquele que recebe menos é o que menos pediu".

E Ruysbroeck, místico flamengo: "Sois tão santos quanto desejardes ser".

Faço a lista daqueles a quem prejudiquei. O primeiro que me vem à cabeça é um colega de escola: um garoto inchado, alto à beça, não completamente retardado, porém estranho, do qual todos zombavam, eu com mais requinte que os demais. Escrevi a seu respeito pequenos textos enfeitados com caricaturas, que eu fazia circular. Ele soube disso. Deixou o colégio no fim do primeiro trimestre, ouvi dizer que o haviam encaminhado para uma casa de repouso. Meu dom de escrever acha-se na origem da primeira perfídia de que tenho lembrança e, pensando bem, de muitas outras na sequência. No último romance que eu tinha publicado, *Hors d'atteinte?*, tracei, de uma mulher que me amou, que amei, um retrato cruel e mesquinho, e não resisto a pensar que minha impotência criativa nos últimos três anos é um castigo pelo mau uso que fiz de meu talento. Antes de me aproximar da mesa sagrada, eu gostaria de fazer as pazes com minhas vítimas. Sem dúvida seria possível encontrar pistas do meu saco de pancadas do quarto ano. Ele tinha um nome comprido, estranho como ele e que não deve ser comum no catálogo telefônico, mas é um passado muito distante — e, ademais, confusamente, tenho um medo inaudito de saber que ele morreu, morreu no hospício pouco tempo depois de deixar o colégio, morreu por minha causa. De Caroline, em contrapartida, tenho o endereço. Escrevo para lhe pedir perdão uma carta longa, à qual ela não responde — em todo caso, me encontrarei com ela anos depois e ela me revelará o misto de estupefação e pena com que leu "aquela baboseira de culpa católica" — são seus termos — que lamento não poder incluir no dossiê.

Uma noite, a da festa da conversão de são Paulo, assisto como sempre à missa das sete na igreja Saint-Séverin e, dessa vez, avanço por entre os bancos junto com os que desejam comungar. Estou distraído, o que não me admira. Não sinto nada. É normal: o Reino é como um grão de mostarda que cresce na obscuridade da terra, em silêncio, à nossa revelia. O importante é que, agora, isso faz parte da minha vida. Por mais de um ano, comungarei todos os dias, assim como duas vezes por semana vou à analista.

24

A despeito da eucaristia, a despeito da alegria que ela supostamente me proporciona, sofro no divã da sra. C. Reclamo, acuso, esperneio. Não digo uma palavra a respeito nos meus cadernos, como se quem os escrevesse pairasse acima daquilo. Há uma exceção, no entanto. Certa manhã, chego à minha sessão após ter lido no *Libération* uma notícia curta que, mais que me impressionou, literalmente me devastou. É um garotinho de quatro anos, idade que Gabriel acaba de completar. Ele entrou no hospital para uma cirurgia corriqueira, mas sobreveio um acidente anestésico que o deixou paralítico, surdo, mudo e cego, na vida. Tem seis anos agora. Há dois está no escuro. Emparedado vivo. Seus pais, desesperados, não abandonam sua cabeceira. Falam com ele, tocam-no. Disseram-lhes que ele não ouve nada, mas que talvez sinta alguma coisa, que talvez o contato das mãos em sua pele lhe faça bem. Nenhuma outra comunicação é possível. Tudo que se sabe é que ele não está em coma. Está consciente. Ninguém pode imaginar o que se passa no interior de sua consciência, como ele interpreta o que lhe acontece. Faltam palavras para imaginar uma coisa dessas. Faltam a mim. Eu, tão articulado e racional, não sei expressar como essa coisa que li mexe comigo. Começo, com uma voz trêmula, frases que não termino, um enorme soluço se infla sob meu plexo solar, reverbera, explode, e desato a chorar com nunca chorei na vida. Choro, choro, sem conseguir parar. Não há nenhuma doçura nesse pranto, nenhuma consolação, nenhum relaxamento, é um pranto de horror e desespero. Dura, não sei, dez, quinze minutos. Depois as palavras voltam. Não me acalmo, o que balbucio é entremeado de soluços. Pergunto o que pode ser a prece de alguém que, como eu, quer acreditar em Deus e acaba de ler aquilo. O que ele pode pedir a esse Pai cujo filho Jesus diz: "Pedi e vos será dado". Um milagre? Que aquilo não tenha acontecido? Ou que, com sua presença amorosa, amante, tranquilizadora, ele invada aquela criança emparedada? Ilumine suas trevas, daquele inferno inimaginável faça o seu Reino? Senão, o quê? Senão, temos de admitir que a realidade da realidade, o fundo do saco, a última palavra de todas as coisas, não é seu amor infinito, mas o horror absoluto, o pavor inominável de um garotinho de quatro anos que volta à consciência na treva eterna.

"Vamos ficar por aqui hoje", diz a sra. C.

Passam três dias. Lembro bem, eu ia à Villa du Danube às terças e quintas, e a sexta-feira seguinte é Sexta-feira Santa. Tenho certeza de que durante esses três dias a sra. C. pensou muito em mim. Voltamos ao meu acesso de choro, àquilo que desperta em mim aquela terrível história de criança emparedada, mas o que mais lhe interessa é o que eu falei do Pai. Estou reticente, gostaria de fechar essa porta, aberta imprudentemente na última vez. Ela insiste. Bom, falo do Pai, mas falar dele nesse contexto me parece quase obsceno. Por um acordo tácito, desde a nossa estranha sessão inaugural, nunca mais tiramos minha fé de debaixo do tapete. A sra. C. nunca disse nem deixou transparecer o que pensava. Dessa vez ela me incentiva, com muitas precauções, a considerar a seguinte hipótese: aquele Pai todo-poderoso, todo-amante, todo-curandeiro, que entrou na minha vida no momento preciso em que eu iniciava o tratamento, que eu trouxe na primeira sessão como uma espécie de coringa estorvante que recuso a descartar, não é possível que ele seja uma simples efígie, passageira, necessária em seu tempo, no trabalho de análise? Uma muleta que uso na viagem e que me leva a bloquear o lugar, na minha vida, de meu próprio pai?

Essa ideia me causa certo mal-estar, mas não a rejeito com a mesma convicção como teria feito seis meses atrás. Ela deve ter desbravado seu caminho à minha revelia. Eu me safo dando de ombros, como se já tivesse pensado naquilo cem vezes, como se fosse um assunto há muito resolvido e ao qual, francamente, era cansativo voltar. Digo: e daí?, claro que a fé tem fundações psíquicas. Claro que, para nos alcançar, a graça se aproveita de nossos erros, de nossa fraqueza, de nosso desejo infantil de sermos consolados e protegidos. Isso muda alguma coisa?

A sra. C. não diz nada.

No metrô, após a sessão, começo a titubear.

Suponho que, para muitos que me leem, as dúvidas que descrevo aqui parecem totalmente abstratas, especulativas, desconectadas dos verdadeiros problemas da existência. A mim, elas me dilaceraram, e escrevo estas memórias para me lembrar disso. Sinto-me tentado a ser irônico a respeito daquele que eu era, mas não quero ser irônico. Quero me lembrar da minha perturbação e do meu pavor quando senti sob ameaça aquela fé que mudava a minha vida, que eu prezava acima de tudo. Não é à toa que estamos na Sexta-feira Santa, dia em que Jesus exclamou: "Pai, pai, por que me abandonastes?".

Intelectualmente, nada de novo. Não sou nenhum calouro. Li Dostoiévski, sei o que disse Ivan Karamázov, e o que disse Jó antes dele, sobre o sofrimento dos inocentes, esse escândalo que impede a crença em Deus. Li Freud, sei o que ele pensa e certamente pensa também a sra. C.: que decerto seria muito bonito se existisse um Pai todo-poderoso que tomasse conta de cada um de nós, mas que não deixa de ser curioso que tal construção corresponda com tanta precisão ao que desejamos quando crianças. Que a raiz do desejo religioso são a nostalgia do pai e a fantasia infantil de ser o centro do mundo. Li Nietzsche e não posso negar que me senti visado quando ele diz que a grande vantagem da religião é nos tornar interessantes para nós mesmos e nos permitir fugir da realidade. Ao mesmo tempo, pensava: sim, claro, podemos dizer que Deus é a resposta que damos à nossa angústia, mas também podemos dizer que nossa angústia é o meio que ele usa para dar-se a conhecer a nós. Sim, claro, podemos dizer que me converti porque estava desesperado, mas também podemos dizer que, para me converter, Deus me concedeu a graça do desespero. É nisso que quero pensar, com todas as minhas forças: que a ilusão não é a fé, como *crê* Freud, e sim o que faz duvidar dela, como *sabem* os místicos.

Quero pensar isso, quero crer nisso, mas tenho medo de abandonar a fé. Pergunto-me se querer tanto crer não é a prova de que já não se crê mais.

25

Vamos passar o fim de semana da Páscoa na casa da minha sogra, na Normandia. Noite alta, a televisão passa um documentário sobre Béatrix Beck, escritora de que gosto muito e de quem adaptei para o cinema o romance *Léon Morin, prêtre*. É um livro autobiográfico sobre sua conversão. Melville já tinha feito um filme a partir dele, com Belmondo e Emmanuelle Riva. Era excelente, mas não importa, refizemos, e tanto melhor, pois foi um prazer escrever essa adaptação. Retrospectivamente, gosto de pensar nesse trabalho, efetuado mais de um ano antes de minha própria conversão, como uma etapa de uma trajetória subterrânea, e o produtor que me convidou, um agente da graça na minha vida. O livro data dos anos 1950. Tudo nele parece no lugar. A revolução vivenciada pela heroína fica ainda mais convincente uma vez que ela a descreve prosaicamente, sem jargão cristão, quase sempre de um jeito muito engraçado. Béatrix Beck é hoje uma anciã livre e desconcertante. Em certo momento, perguntam se ela continua a crer, e ela responde que não. Foi um momento de sua vida, passou. Fala disso como um ex-comunista poderia falar de seu engajamento, ou como falamos de um grande amor de juventude. Uma paixão tempestuosa que, no fim das contas, foi bom ter vivido. Mas ficou para trás. Ela só responde porque lhe perguntaram, na realidade não pensa mais no assunto.

Acho isso horrível. Ela não, visivelmente, mas eu acho horrível a ideia de a fé passar e a pessoa não dar a mínima para isso. Eu pensava: a graça que deixamos fugir destrói a vida. Se não a modifica radicalmente, devasta-a. Recusá-la, afastar-se dela quando se a vislumbrou, é condenar-se a viver no inferno.

Ou talvez não.

O dia seguinte é domingo de Páscoa. Procuramos com as crianças os ovos escondidos no jardim. Iremos à missa, na grande e bela abadia onde vai tudo o que há nesse buraco de famílias católicas, em blazers azul-marinho e vestidos pastel. Vou também, nem pensar em se esquivar, mas aquele cristianismo burguês, provinciano, isento de dúvidas, cristianismo de farmacêuticos e tabeliães que aprendi a ver com uma ironia indulgente, me repugna bruscamente. Ao raiar do dia, me esgueiro para fora da cama, onde, ao lado de Anne, que dorme, passei a noite inteira me virando de um lado para o outro sem pregar o olho. Saio de casa sem acordar ninguém. Vou à comunidade de freiras onde minha madrinha costuma assistir à missa, porque fica logo ao lado. Vez por outra também compareço. Às sete horas, oficiam-se as matinas. A capela é cinzenta, feia, a luz lívida, a pedra espessa das paredes transpira umidade normanda. A comunidade não possui mais que uma dúzia de irmãs, todas velhas e caquéticas. Uma delas é anã. Seus cânticos são fora do tom, desafinados, e o balido do jovem padre com aspecto de idiota da aldeia que vem lhes dar a comunhão não vale muito mais. Em sua boca, até mesmo o grandioso texto de são João narrando como Maria Madalena, na manhã de Páscoa, confunde o jardineiro com o Cristo ressuscitado, soa, é terrível dizer, idiota. Ninguém parece escutar de verdade. A pasmaceira que embaça os olhares, os fios de saliva nas comissuras dos lábios, deve ser a expectativa ante o café da manhã. Como reconhece quase gaiatamente minha madrinha: a missa nas irmãs não é nada alegre. É inclusive de uma tristeza que confrange o coração e que, em outros tempos, supondo que eu pusesse os pés lá, teria feito com que eu saísse de fininho. Anne, que cresceu à sombra desse morredouro, julga perverso de minha parte ir lá fungar o cheiro de ceroulas e desinfetante. Mas eu digo a mim mesmo: ora, o Reino é isso. Tudo que é fraco, desprezado, deficiente, e que é a morada de Cristo.

Enquanto a missa se arrasta, repito para mim como um mantra este versículo de um salmo:

Quero habitar a casa de Iahweh
Todos os dias da minha vida.

Mas e se me expulsassem? Pior ainda, e se eu ficasse contente por deixá-la? E se, um dia, eu viesse a me lembrar disso, dessa época em que eu desejava habitar a casa do Senhor até o fim de meus dias e pensava não haver nada mais bonito que assistir à missa entre velhas freiras quase todas regredidas à infância, como um simples episódio na minha vida, embaraçoso, em certos aspectos lúgubre, em outros um pouco cômico? Uma mania da qual eu teria por sorte me livrado? Ou não, mania não: uma experiência interessante, com a condição de sairmos dela. Eu falaria de minha fase cristã como um pintor de sua fase cor-de-rosa ou azul. E me felicitaria por ter sabido evoluir, passar a outra coisa.

Seria pavoroso, e eu sequer saberia disso.

É engraçado: enquanto escrevia este capítulo, topei, na estante de uma casa de campo, com um livro que eu teria podido ler naquela época. Chama-se *Uma iniciação à vida espiritual*, foi publicado em 1962 pela editora católica Desclée de Brouwer e reveste-se do *nihil obstat* mediante o qual a autoridade eclesiástica declara não se opor à publicação. Não haveria por que opor-se, pois é uma longa baboseira sobre a infinita sabedoria da Igreja, na qual o Espírito Santo se exprime infalivelmente e a qual, por conseguinte, tem sempre razão. O autor, um jesuíta, é um certo François Roustang. A princípio pensei numa coincidência, depois fui checar: é o mesmo François Roustang que consultei com tanto proveito quarenta e três anos após a publicação daquele livro e que, nesse intervalo, tornara-se o mais heterodoxo dos psicanalistas franceses. Aquela *Iniciação à vida espiritual* não consta na página "do mesmo autor" de seus livros recentes. Imagino que o velho Roustang sinta um pouco de vergonha dele, que não goste que evoquem aquele período de sua vida. Também imagino o jovem Roustang que escreveu aquele livro tão dogmático, tão certo de deter a verdade. Teria ficado surpreso se lhe mostrassem o cético que viria a ser. Não somente surpreso: horrorizado. Teria rezado com todas as suas forças, tenho certeza, para que isso não acontecesse. E hoje deve se rejubilar de que isso tenha acontecido. Assim como as pessoas que na idade madura continuam, todas as noites, a refazer o vestibular, esse velho mestre taoísta às vezes deve sonhar que continua jesuíta, que continua a falar gravemente do pecado e da Trindade, e quando acorda, balbuciar: ufa! Que pesadelo horrível!

26

No dia seguinte à minha conversão, escrevi isto, no caderno que acabava de comprar: "Que o Cristo é a verdade e a vida, isso chega a nos cegar — ficar cego é às vezes necessário para enxergar. Entretanto, passa muita gente isso não faz sentido nenhum. Eles têm olhos e não veem. Sei disso, fui um deles, e gostaria de conversar com esse pequeno eu de poucas semanas atrás, que se distancia. Espero, ao perscrutar sua ignorância, ver melhor a verdade".

Sentia-me então em uma posição forte. Achava que o euzinho descrente que se afastava sem insistir muito não era um adversário temível. Mas é um adversário temível que se anuncia: não mais um eu passado e ultrapassado, e sim um eu vindouro, um eu talvez bem próximo, que não vai mais crer e ficará muito satisfeito de não crer. O que eu poderia lhe dizer para adverti-lo? Impedi-lo de trocar o caminho da vida pelo caminho da morte? Como fazer com que ele me escute, quando já o sei tão certo de sua superioridade sobre mim?

A partir desse fim de semana de Páscoa, julgo minha fé em grande periclitância — nessa época, digo "periclitância" em vez de "perigo", "pertinaz" em vez de "perseverante": é uma fé com pompa, afetação, em grande estilo. Para protegê-la, decreto estado de sítio. Toque de recolher e lavagem cerebral. Faço um retiro de uma semana no mosteiro beneditino de La Pierre-qui-Vire, na Bourgogne. Matinas às duas da manhã, laudes às seis, café da manhã às sete, missa às nove, ioga na minha cela às dez, leitura e comentário de João às onze, almoço à uma da tarde, passeio na floresta às duas, vésperas às seis, jantar às sete, completas às oito, toque de recolher às nove. Como bom obsessivo, estou exultante. Não pulo nada. Logo não preciso mais colocar o despertador para me levantar às quinze para as duas, pronto para as matinas. De volta a Paris, me esforço para adaptar a regra de são Bento à vida urbana. Nada mais de jornal no café depois de levar Gabriel à escola: considero o jornal uma perda de tempo. Assim que chego à Rue du Temple, uma hora de ioga, trinta minutos de oração, uma hora de são João, uma hora de leitura (piedosa), com meu arroz integral e meu iogurte. Cinco horas de trabalho contínuo à tarde — já vou dizer em quê. Missa das sete em Saint-Séverin, volta para casa às oito. Aí vem o mais difícil, tento colocar em prática minhas boas resoluções. Jamais fazer duas coisas ao mesmo tempo. Deixar minhas preocupações no escritório, para estar disponível para a minha família e de bom humor. Ver a vida cotidiana como uma série de oportunidades de escolher entre os dois caminhos: vigilância ou distração, caridade ou egoísmo, presença ou ausência, vida ou morte. E, como sou propenso à insônia, seguir o exemplo de Charles de Foucauld, que pulava da cama assim que abria os olhos para, à hora que fosse, começar a trabalhar.

Não tenho muita certeza se esses programas draconianos me tonaram especialmente mais agradável como marido e como pai. Tenho inclusive certeza do contrário. Anotações inquietantes, comparando minha vida de família a uma cruz que devo corajosamente carregar, me fazem pensar que, na minha escala, devo ter me comportado como aqueles sorumbáticos puritanos dos romances de Hawthorne que, com implacável mansidão, impõem aos parentes, para o bem de suas almas, um verdadeiro inferno doméstico.

Leio muito, com uma predileção pelos autores do Grand Siècle francês, como Fénelon, são Francisco de Sales e o jesuíta Jean-Pierre de Caussade. Estilistas de mão cheia, diretores de consciência suaves e capciosos, todos sem exceção afirmam que o que está acontecendo comigo está previsto, inventariado, faz parte do programa. É tranquilizador, e não tão distante assim da psicanálise. Se julgo perder a fé, é porque minha fé se depura. Se não sinto absolutamente mais nada da presença de Deus, que no outono precedente me dava a impressão de avançar na vida espiritual como aqueles magos tibetanos citados por Alexandra David-Néel, mediante saltos de quinhentos metros por sobre as montanhas, é porque Deus está me educando. A aridez da alma é um sinal de progresso. A ausência, uma presença ao quadrado. Copiei dezenas de variações sobre esse tema. Eis um pequeno florilégio.

"Deus só deixa a alma em repouso após torná-la maleável e manejável, dobrando-a de todos os lados. Quanto mais tememos esses despojamentos, mais precisamos deles. A repugnância que eles despertam em nossa sabedoria e amor-próprio mostram que eles advêm da graça." (Fénelon, *Remédios contra a tristeza*)

"É uma auspiciosa condição para nós, nesse combate da alma, sairmos sempre vencedores contanto que queiramos combater." (São Francisco de Sales, *Introdução à vida devota*)

"Deus concede às almas de fé graças e favores por intermédio daquilo mesmo que parece sua privação. Ele instrui o coração não com ideias, e sim com sofrimentos e reveses. Ele desconcerta nossos pontos de vista e permite que, no lugar de nossos planos, só encontremos confusão, transtorno, vazio, loucura. As trevas funcionam então como guia e as dúvidas, como certeza." (Jean-Pierre de Caussade, *O abandono à Providência divina*)

Fico dividido ao reler esses textos, mas já ficava na época em que os lia. Acho-os sempre magníficos, já achava delirantes. Me parece evidente que foram inspirados pela experiência, quero dizer, que os homens que os escreveram não falam qualquer coisa: eles sabem do que falam. Ao mesmo tempo, ensinam um desdém pela experiência, pelo testemunho dos sentidos e pelo bom senso tão radical quanto a frase do bolchevique Piatakov: "Um verdadeiro comunista, se o Partido lhe ordenar, deve ser capaz de ver branco no lugar de preto e preto no lugar de branco".

27

Uma vez que Deus julgou por bem colocar minha fé à prova, decido não me esquivar dessa prova. Quero vivê-la plenamente. Quero que se repita em mim, do zero, o embate entre o Cristo e o Tentador.

Nietzsche é muito bom no papel do Tentador. É o melhor. Temos vontade de estar com ele. Ele me horroriza e encanta, murmurando ao meu ouvido que desejar ser glorioso ou poderoso, como desejo e me censuro por isso, desejar ser admirado pelos seus semelhantes, ou desejar ser rico, ou seduzir todas as mulheres, talvez sejam aspirações grosseiras, mas ao menos visam a coisas reais. Desdobram-se num terreno em que podemos ganhar ou perder, vencer ou ser vencido, ao passo que a vida interior no modelo cristão é sobretudo uma técnica habilidosa de impingir histórias que nada ameaça contradizer e de fazer com que a pessoa pareça em todas as circunstâncias interessante aos próprios olhos. Ingenuidade, covardia, vaidade de pensar que tudo o que nos acontece tem um sentido. De interpretar tudo em termos de provas, idealizadas por um deus que programa a salvação de cada um como uma corrida de obstáculos. Os espíritos, diz Nietzsche, são julgados — e, ao contrário do que diz Jesus, é preciso julgar — por sua capacidade de não se deixar iludir, de gostar do real e não das ficções consoladoras com que o revestem. São julgados *pela dose de verdade que são capazes de suportar.*

Em contrapartida, Simone Weil: "Cristo gosta que prefiram a verdade a ele, pois antes de ser Cristo ele é a verdade. Se nos desviarmos dele e nos dirigirmos à verdade, não andaremos muito e cairemos novamente em seus braços".

Muito bem. Aceito a aposta. Corro o risco. Abro um novo arquivo, perdido com o primeiro, repetindo o título, que realmente prezo: *O ponto de vista do adversário.* É a ele que dedico cinco horas todas as tardes.

Um ano antes, conversando com meu amigo Luc Ferry, eu sustentava ser impossível prever não apenas o que o futuro nos reserva, como também o que nos tornaremos e pensaremos. Luc objetou que tinha certeza, por exemplo, de jamais vir a ser membro da Frente Nacional. Respondi que aquilo parecia improvável para mim também, mas que eu não podia ter certeza e que, por mais intragável que fosse o exemplo, eu considerava aquela incerteza o preço da minha liberdade. A fé cristã não me inspirava a mesma hostilidade que a Frente Nacional, mas eu teria ficado igualmente pasmo se me dissessem que um dia eu me converteria. E, no entanto, aconteceu. Tudo se passa como se eu tivesse pegado uma doença — quando, na verdade, não pertencia a um grupo de risco —, cujo primeiro sintoma foi que eu a tomei por uma cura. Aquilo a que me proponho, portanto, é observar essa doença. Fazer sua crônica, tão objetivamente quanto possível.

Pascal: "Eis declarada a guerra entre os homens, na qual cada um deve tomar seu partido e alinhar-se necessariamente ou ao dogmatismo ou ao pirronismo. Aquele que cogitar a neutralidade será pirrônico por excelência".

Pirrônico, discípulo do filósofo Pirro, quer dizer cético. Como se diz hoje em dia: relativista. Isso significa, quando Jesus afirma ser a verdade, dar de ombros como Pôncio Pilatos e responder: "O que é a verdade?". Quantas opiniões houver, tantas verdades haverá. Tudo bem, de acordo. Não pretendo ficar em cima do muro. Pousarei sobre o dogmatismo um olhar pirrônico. Narrarei minha conversão como Flaubert descreveu as aspirações de Madame Bovary. Me colocarei na pele daquele que mais temo tornar-me: aquele que, de volta da fé, examina-a com desprendimento. Reconstituirei o labirinto de derrotas, de ódio de si, de medo pânico em face da vida que me levou a crer. E talvez então, só então, pare de me iludir. E talvez tenha o direito de dizer como Dostoiévski: "Se me provarem por A mais B que o Cristo está errado, eu fico com o Cristo".

28

Um dia, François Samuelson, meu agente, me diz: "Faz três anos que você não escreve nada, está com uma cara de enterro, precisa fazer alguma coisa. Por que não uma biografia? É o que fazem todos os escritores travados. Só isso destrava, e, claro, depende do biografado, mas certamente consigo um bom contrato para você".

Por que não? Uma biografia é um projeto mais humilde que o grande romance cujo luto sou incapaz de consumar, e mais animador que roteiros de TV a cabo. Talvez uma boa maneira de empregar o talento que o Senhor me deu, e que ele ainda prefere nos ver dilapidar a manter no cofre. No meu caderno, anoto esta sentença bíblica: "Tudo o que te vem à mão para fazer, faze-o" (o que também pode ser lido, hoje percebo, como um convite à masturbação), e encarrego François de encontrar um editor interessado em uma biografia de Philip K. Dick.

Elaboro um plano de trabalho, que termina assim: "É tentador considerar Philip K. Dick um exemplo de místico desmiolado. Mas falar de místico desmiolado subentende que existem verdadeiros místicos, e, logo, um verdadeiro objeto de conhecimento místico. É um ponto de vista religioso. Se, preocupados em alcançá-lo, preferimos adotar um ponto de vista agnóstico, devemos admitir que talvez haja uma diferença de elevação humana e cultural, de audiência e respeitabilidade, mas não de natureza entre, de um lado, são Paulo, Mestre Eckhart ou Simone Weil e, de outro, um pobre hippie alucinado como Dick. Ele mesmo, aliás, tinha total consciência do problema. Escritor de ficção, e da ficção mais desabrida, estava convencido de só escrever *relatórios*. Nos últimos dez anos de sua vida, pelejou em cima de um *relatório* interminável, inclassificável, que ele chamava sua *Exegese*. Essa *Exegese* visava explicar uma experiência que, dependendo de seu humor, ele interpretava como o encontro de Deus ('Quão terrível é', diz são Paulo, 'cair nas mãos do Deus vivo'), um efeito retardado das drogas que ele ingerira ao longo de sua vida, a invasão de seu espírito por extraterrestres ou pura elucubração paranoica. Apesar de todos os seus esforços, nunca conseguiu demarcar a fronteira entre a fantasia e a revelação divina — supondo existir uma. Será que existe? Este é um ponto sobre o qual é literalmente impossível decidir, então é óbvio que não decidirei. Mas contar a vida de Dick é obrigar-se a abordar esse ponto. A girar ao seu redor o mais atentamente possível. O que eu gostaria de fazer".

Levei pouco mais de um ano para escrever este livro, o que, considerando sua espessura e a enorme massa de informações que abrange, me parece em retrospecto uma façanha. Trabalhei feito um alucinado e me lembro de ter adorado fazê-lo. Trabalhar, poder trabalhar, não existe nada melhor no mundo, sobretudo quando passamos muito tempo impedidos de fazê-lo. Tudo que eu tentara em vão fazer durante aquela sofrida aridez ganhava sentido. Perdi os dois arquivos nomeados *O ponto de vista do adversário*, aquele sobre a vida de Jamie e o outro sobre minha conversão narrada por um eu futuro que teria perdido a fé, mas, de um jeito ou de outro, eu os tinha abandonado, e todas as questões em torno das quais giravam essas tentativas abortadas encontraram naturalmente seu lugar na biografia de Dick. Em vez de me angustiar, elas me apaixonavam e às vezes até me divertiam. A vida de Dick, a despeito ou por causa de seu talento avassalador, foi catastrófica, uma série ininterrupta de excessos, separações, internações e degringoladas psíquicas, mas nunca deixei de ter afeição por ele. Nunca deixei de pensar que, de lá onde ele estava, dez anos após sua morte, ele olhava o que eu fazia por cima do meu ombro e estava contente que alguém falasse dele daquela forma.

Outro conselheiro inteligente me acompanhou ao longo de todo aquele trabalho, o I-Ching: o antigo livro de sabedoria e adivinhação chinês, tão amado por Confúcio e os ripongas da minha geração — e da geração anterior, na verdade, mas sempre convivi com pessoas mais velhas que eu. O próprio Dick recorreu a ele para compor um de seus romances, *O homem do Castelo Alto*. Quando estava travado em sua trama, consultava o I-Ching, e o I-Ching o tirava do sufoco. Fiz o mesmo, com o mesmo sucesso. Um dia, quando, esmagado por tudo que eu tinha de suster de pé, eu achava que nunca daria conta do recado, o I-Ching me deu de presente esta frase, que adoto como norma de arte poética: "A graça suprema consiste não em ornar exteriormente os materiais, mas em lhes dar uma forma simples e prática".

29

Meus cadernos de comentário evangélico se ressentem, evidentemente, dessa incursão. Não os abandonei completamente, mas o ritmo diminuiu. Completei quinze no ano seguinte à minha conversão, apenas três no ano que passei fazendo o livro sobre Dick, e qualquer um que percorra esses três percebe nitidamente que lhes falta gana, que estou ocupado com outra coisa. Seleciono, no Evangelho, o que pode ser útil ao meu livro. Ainda vou à missa, não todas as noites. Ainda comungo, me forçando um pouco. Nos dias bons, penso que isso não é grave. O Pai não é um padre Fouettard. Quando levo Gabriel e Jean-Baptiste ao Jardim de Luxemburgo, fico contente vendo-os correr, subir e descer nos escorregas. Acharia preocupante se, em vez disso, eles estivessem sempre comigo, voltados para mim, se perguntando o que penso e se estou satisfeito com eles. Gosto que me esqueçam, que vivam suas vidas de crianças. Se eu, que sou mau, posso dispensar a meus filhos essa atenção carinhosa, qual deve ser a do Pai a meu respeito? Mas há dias de dúvida e escrúpulo, quando rumino que trabalhar com prazer e mesmo entusiasmo em minha biografia de Dick é uma ilusão de suficiência que me afasta da verdade. Uma riqueza, logo um infortúnio: é o que parece dizer Jesus nas Beatitudes, que são o cerne do cerne de seu ensino. Não estou mais tão seguro da verdade das Beatitudes. Não vejo mais qual o sentido daquela inversão sistemática de tudo. Convencer-se, quando se está no fundo do poço, de que isso é a melhor coisa que pode nos acontecer, a rigor: talvez seja mentira, mas ajuda. Acreditar, mal nos sentimos um pouco felizes, que *na realidade* estamos muito mal, que tudo *é* péssimo, não vejo em contrapartida o interesse disso. Prefiro o I-Ching, que diz alguma coisa ao mesmo tempo bem próxima e diferente. Em substância, eis por que não devemos nos pavonear muito quando sorteamos um hexagrama favorável: se estamos no topo, vamos infalivelmente descer de novo, se estamos embaixo, vamos provavelmente subir. Se fizemos a ascensão pelo leste, faremos a descida pelo oeste. A noite sucede o dia, o dia, a noite, os bons ciclos, os maus, e os maus, os bons. Isso é pura e simplesmente *verdade*, e não bolor moralista, diria Nietzsche. Significa que, quando tudo corre bem, é sensato esperar o infortúnio, e vice-versa, não que é *ruim* ser feliz e *bom* ser infeliz.

Em Levron, há um livro de ouro no qual a mãe de Hervé gosta que as visitas deixem um vestígio de sua passagem. Gosto disso também. Vinte anos atrás eu me imaginava folheando-o vinte anos mais tarde e me lembrando de nossas velhas temporadas. Esses vinte anos se passaram, nós inclusive os ultrapassamos, e me lembro de nossas temporadas de antigamente. Agrada-me que nossa amizade faça parte desse período. Agrada-me olhar nossa vida da forma que, no ponto culminante de uma corrida na montanha, olhamos o caminho percorrido: o fundo do vale, de onde partimos; a floresta de pinheiros; o terreno pedregoso onde torcemos o tornozelo; a muralha de neve que julgamos impossível atravessar; o altiplano sobre o qual a sombra já se estende. Fui sozinho a Levron no outono de 1992, trabalhei lá dez dias direto, depois Hervé foi me encontrar. O livro de ouro é testemunha, e também meu caderno de comentário evangélico, tão abandonado, no qual registro uma de nossas conversas.

Como de hábito, eu reclamo. Antes, era por não conseguir mais escrever, agora é por desfrutar um prazer excessivo com isso e me afastar de Cristo. Sentimentalismos, escrúpulos, angústia que de tudo se nutre. A ânsia por serenidade me tortura. O Evangelho vira letra morta. O que me parecia a única realidade torna-se uma abstração distante. Após uma encosta bastante longa e íngreme, com o sol a pino, alcançamos um lago elevado em cujas margens paramos para o piquenique. Sobre um trecho de relva no meio da neve, desembalamos nossos sanduíches, e Hervé, o seu *Bhagavad-Gita*. Ficamos calados um longo momento e então, bruscamente, ele me diz que uma coisa o deixava pasmo em sua infância: é que o periquito de sua avó não fugisse quando abriam a portinhola de sua gaiola. Em vez de sair voando, ficava lá, estupidamente. Sua avó lhe explicara o truque: basta colocar um espelhinho no fundo da gaiola. O periquito fica tão contente ao se mirar nele, isso o absorve de tal forma, que ele sequer vê a portinhola aberta e o lado de fora, a liberdade, acessíveis num bater de asas.

Hervé é, fundamentalmente, um platônico. Acredita que vivemos numa gaiola, numa caverna, numa estufa, e que o objetivo do jogo é escapar. Já eu não tenho tanta certeza de que exista um lado de fora para onde voar estabanadamente. Tudo bem, diz Hervé, isso não é certo, mas suponha que exista um: seria pena não ir até lá dar uma olhada. E como ir até lá? Orando. Hervé, que um ano antes opunha a meu dogmatismo católico uma flexibilidade toda taoísta e defendia a obediência aos movimentos espontâneos do coração, ei-lo que insiste na necessidade da oração. Mesmo sem desejo, mesmo sem proveito. Mesmo sendo imediatamente arrastado pela corrente dos pensamentos parasitas, centrífugos — macaquinhos que nunca param de saltar de galho em galho, dizem os budistas —, cada instante de oração, cada esforço para orar é uma justificativa do dia. Um relâmpago no túnel, um minúsculo refúgio de eternidade conquistado sobre o nada.

* * *

Vinte anos depois, Hervé e eu continuamos caminhando juntos, pelas mesmas trilhas, e nossas conversas continuam a se desenvolver sobre os mesmos assuntos. Chamamos de meditação o que chamávamos de oração, mas é sempre para a mesma montanha que nos dirigimos, e ela continua a me parecer distante da mesma forma.

30

Chego ao fim dos cadernos. Meu livro sobre Dick foi publicado. Não fez o sucesso que eu esperava. Eu devia estar decepcionado, mas não toco no assunto. Encontro-me novamente desocupado e apático. Tento voltar ao Evangelho, à oração. Tento me manter, ao menos alguns instantes por dia, perante o que agora me repugna chamar de Deus, ou mesmo de Cristo. Não gosto mais desses nomes, mas ainda queria gostar do que no fundo de mim eles recobrem. Como sempre, é a ansiedade que me inspira o desejo. A impressão de que minha vida se perde, que o tempo passa, trinta e cinco, trinta e seis, trinta e sete anos, sem que eu cumpra as promessas de um talento alardeado. Se tento rezar, é para me convencer de que, a despeito das aparências, tudo misteriosamente só melhora. Isso me deixa cada vez pior.

Terminei o evangelho de João, passei para o de Lucas. Comento sem convicção as Beatitudes. O que elas podem me dizer, no estado de alienação e amargura em que me encontro?

Não nego: dou de ombros.

Retirei da estante a imagem misteriosa de Cristo na folhagem. Não porque não veja mais o seu rosto, mas porque tenho medo de que uma visita repare nela, me pergunte o que é, e de sentir vergonha. Acuso meus "pecados de compleição", como diz Montaigne, aqueles impossíveis de consertar. Faltam-me disposição e iniciativa. Sou mesquinho, frágil, pobre de tudo, até de pobreza. Quando se é feito assim, como dar a volta por cima? Quando não há nenhum gancho e tudo escorrega?

Páscoa de 1993, última página do meu último caderno:

"É isso perder a fé? Não ter sequer mais vontade de rezar para conservá-la? Não ver nesse desligamento, que se instala dia após dia, uma prova a superar, mas, ao contrário, um processo normal? O fim de uma ilusão?

"É agora que devemos orar, dizem os místicos. É na noite que devemos convocar a luz entrevista. Mas é igualmente agora que os conselhos dos místicos soam como lavagem cerebral e que a coragem parece estar em desistir de segui-los para enfrentar o real.

"Será que o real é que Cristo não ressuscitou?

"Escrevo isto na Sexta-feira Santa, momento tormentoso de dúvida.

"Amanhã à noite irei à missa da Páscoa ortodoxa, com Anne e meus pais. Vou beijá-los dizendo *Kristos voskres*, 'Cristo ressuscitou', mas não acreditarei mais nisso.

"Eu te abandono, Senhor. Tu, não me abandones."

II. PAULO
Grécia, 50-58

I

Tornei-me aquele que eu tanto temia me tornar.

Um cético. Um agnóstico — sequer com fé suficiente para ser ateu. Um homem que pensa que o contrário da verdade não é a mentira, mas a certeza. E o pior de tudo é que, do ponto de vista daquele que eu fui, até que vou me saindo bem.

Assunto encerrado, então? Não de todo, com certeza, pois, quinze anos após ter guardado meus cadernos de comentário evangélico numa caixa de papelão, me veio o desejo de dar voltas novamente em torno desse ponto central e misterioso da história de nós todos, da minha história pessoal. De voltar aos textos, isto é, ao Novo Testamento.

O caminho que segui antigamente como fiel, vou segui-lo hoje como romancista? Como historiador? Ainda não sei, não quero decidir, não acredito que o rótulo tenha tanta importância assim.

Vá lá, como investigador.

2

Se não ilumina, a figura de Jesus cega. Não quero encará-la. Disposto a subir o rio até a nascente, prefiro iniciar a investigação um pouco a jusante e começar por ler, tão atentamente quanto possível, as cartas de são Paulo e os Atos dos Apóstolos.

Os Atos dos Apóstolos são a segunda parte de uma narrativa atribuída a são Lucas, a primeira sendo o Evangelho que leva seu nome.

Normalmente, deveríamos ler, um depois do outro, os dois livros que o cânone bíblico separou. O Evangelho narra a vida de Jesus, os Atos dos Apóstolos, o que aconteceu ao longo dos trinta anos após sua morte, isto é, as origens do cristianismo.

Lucas não era um seguidor de Jesus. Não o conheceu. Nunca diz "eu" em seu Evangelho, que é uma narrativa de segunda mão, escrita meio século após os acontecimentos relatados. Em contrapartida, Lucas era companheiro de Paulo, os Atos dos Apóstolos são em grande parte uma biografia de Paulo, e, em certo momento dessa biografia, acontece uma coisa surpreendente: passa-se, de uma hora para a outra, sem aviso nem explicação, da terceira pessoa para a primeira.

É um momento sutil, quase imperceptível, mas, quando reparei nele, quase caí para trás.

Ei-lo, está no capítulo 16 dos Atos:

"Ora, durante a noite, sobreveio a Paulo uma visão. Um macedônio, de pé diante dele, fazia-lhe este pedido: 'Vem para a Macedônia, e ajuda-nos!'. Logo após a visão, *procuramos* partir para a Macedônia, persuadidos de que Deus *nos* chamava para anunciar-lhes a Boa-Nova. De Trôade, partindo para o alto-mar, *seguimos* em linha reta para Samotrácia. De lá, no dia seguinte, para Neápolis".

Quem esse "nós" abarca não é claro: talvez um grupo inteiro, composto pelo narrador e por companheiros que ele não julga suficientemente importantes para serem nomeados. Pouco importa: nos dezesseis capítulos anteriores, líamos uma crônica impessoal das aventuras de Paulo, e eis que de repente surge *alguém*, que fala. Ao cabo de algumas páginas, esse alguém se esconde. Retorna aos bastidores do drama, de onde ressurgirá alguns capítulos adiante para não deixar mais o palco até o fim do livro. À sua maneira, que é ao mesmo tempo abrupta e discreta, ele nos diz o que o evangelista nunca diz: *eu estava lá*. As coisas que eu conto, eu as testemunhei.

Quando me contam uma história, gosto de saber quem a está contando. Daí eu preferir as narrativas em primeira pessoa, é por isso que escrevo assim e seria inclusive incapaz de escrever o que quer que seja de outra forma. Assim que alguém diz "eu" (mas "nós", a rigor, já resolve), tenho vontade de acompanhá-lo e descobrir quem se esconde por trás desse "eu". Entendi que ia acompanhar Lucas, que o que escreveria seria em grande parte uma biografia de Lucas e que aquelas poucas linhas dos Atos dos Apóstolos eram a porta que eu procurava para entrar no Novo Testamento. Não a grande porta, não a que abre para a nave, para o altar, e sim a portinhola lateral, dissimulada: exatamente do que eu precisava.

Tentei dar um zoom, como fazemos com o Google Maps, no ponto preciso do tempo e do espaço em que surge esse personagem que, nos Atos, diz "nós". No que se refere à época, e, segundo uma dedução de que ninguém ainda faz ideia, estamos, com uma margem de erro de um ou dois anos, em torno do ano 50. Quanto ao lugar, é um porto situado na costa ocidental da Turquia, então conhecida como Ásia: Trôade. Nesse ponto preciso do tempo e do espaço, dois homens, futuramente designados como são Paulo e são Lucas, mas que no momento chamam-se simplesmente Paulo e Lucas, se encontram.

3

Sabemos muita coisa sobre Paulo, que, talvez mais ainda que Jesus, para o bem e para o mal, configurou vinte séculos de história ocidental. Ao contrário do caso de Jesus, sabemos de maneira segura o que ele pensava, como se exprimia e qual era seu caráter, pois subsistiram cartas suas de indiscutível autenticidade. Sabemos também, o que ignoramos completamente no que se refere a Jesus, um pouco sobre sua aparência. Ninguém gravou seus traços em vida, mas todos os pintores que o retrataram levaram em conta sua própria descrição, carrancudo, corpo atarracado e desgracioso, de compleição sólida, porém ao mesmo tempo enfermo. Concordam em pintá-lo calvo, barba hirsuta, testa protuberante, sobrancelhas juntando-se acima do nariz, e esse rosto é tão distante de qualquer convenção estética que conclui-se que Paulo devia pura e simplesmente parecer com isso.

* * *

Sobre Lucas, sabemos muito menos. Na realidade, quase nada. Embora uma lenda tardia, à qual voltarei, cite-o como o padroeiro dos pintores, não há tradição pictórica consolidada a seu respeito. Paulo, em suas cartas, menciona seu nome em três oportunidades. Chama--o "Lucas, o médico amado". Não se falava Lucas, é claro, mas *Lukas* em grego e, em latim, *Lucanus*. Da mesma forma, Paulo, cujo nome judaico era *Shaul*, como cidadão romano usava o nome *Paulus*, que significa "o pequeno". Uma tradição considera Lucas sírio, nascido em Antioquia, mas o lugar de seu encontro com Paulo, entre Europa e Ásia, e o fato de lhe ter servido, como logo veremos, de guia na Macedônia, por cidades que lhe eram familiares, sugerem ter sido macedônio. Último indício: o grego em que seus dois livros foram escritos é, segundo os helenistas — não tenho como verificar —, o mais elegante do Novo Testamento.

Resumindo: estamos às voltas com um médico instruído, de língua e cultura gregas, não com um pescador judeu. Esse grego, no entanto, viria a ser atraído pela religião dos judeus. Sem isso, não teria estabelecido contato com Paulo. Não teria compreendido nada do que Paulo dizia.

4

Um grego atraído pela religião dos judeus, isso quer dizer o quê?

Em primeiro lugar, isso era comum. O filósofo romano Sêneca constata com desprezo, o historiador judeu Flavius Josefus, com satisfação: em toda parte no império, isto é, no mundo, há pessoas que observam o Shabat, e essas pessoas não se restringem aos judeus.

Em segundo lugar, sei perfeitamente que convém desconfiar das equivalências fáceis demais, mas imagino esse entusiasmo pelo judaísmo, bastante disseminado no primeiro século na costa do Mediterrâneo, um pouco como o interesse pelo budismo entre nós: uma religião ao mesmo tempo mais humana e mais refinada, com o complemento de alma que faltava ao paganismo extenuado. Ignoro até que ponto os gregos do tempo de Péricles acreditavam em seus mitos, o fato é que cinco séculos mais tarde não acreditavam mais, nem eles nem os romanos que os haviam conquistado. Em todo caso, a maioria deixara de acreditar, no sentido em que a maioria de nós não acredita mais no cristianismo. Isso não impedia a observância aos ritos, nem os sacrifícios aos deuses, mas da mesma maneira que celebramos Natal, Páscoa, Ascensão, Pentecostes, o Quinze de Agosto. Acreditava-se em Zeus brandindo o raio como as crianças acreditam no Papai Noel: não por muito tempo, não de verdade. Quando Cícero, numa formulação célebre, escreve que dois áugures não conseguem se encarar sem cair na risada, não está exprimindo um atrevimento de livre-pensador, e sim a opinião mais geral — opinião essa que devia ser ainda mais cética que a nossa, pois, por mais descristianizada que seja nossa época, ninguém escreveria a mesma coisa a respeito de dois bispos: sem necessariamente acreditarmos no que eles dizem, acreditamos que eles, ao menos, acreditam. Daí, naquele tempo, como hoje, o apetite pelas religiões orientais, e em matéria de religião oriental o que havia de melhor no mercado era a religião dos judeus. Seu deus único, embora menos pitoresco que os deuses do Olimpo, satisfazia às aspirações mais elevadas. Os que o adoravam pregavam pelo exemplo. Eram graves, industriosos, totalmente isentos de frivolidade. Até mesmo quando eles eram pobres, e costumavam ser, o amor exigente e caloroso que se manifestava em suas famílias incitava a imitá-los. Suas preces eram verdadeiras preces. Quando alguém estava insatisfeito com sua vida, pensava que a deles tinha mais densidade e peso.

Os judeus chamavam de *goyim*, que traduzimos por "gentios", todos os não judeus, e de "prosélitos" os gentios a quem o judaísmo atraía. Davam-lhes boa acolhida. Se quisessem *realmente* se tornar judeus, deviam se submeter à circuncisão, observar a Lei em sua integralidade, era como hoje a maior complicação, e eram raros os que enveredavam por esse caminho. Muitos limitavam-se a observar os princípios de Noé: uma versão abrandada da Lei, restrita aos mandamentos mais importantes e expurgada das prescrições rituais que servem acima de tudo para separar os filhos de Israel dos outros povos. Esse mínimo permitia aos prosélitos entrar nas sinagogas.

Sinagogas havia em toda parte, em todos os portos e cidades de certa relevância. Eram construções insignificantes, quase sempre simples casas particulares e não igrejas ou templos. Os judeus tinham um Templo, apenas um, como tinham um deus, apenas um. Esse templo ficava em Jerusalém. Havia sido destruído, depois reconstruído, ele era magnífico. Os judeus espalhados pelo mundo, os que representavam a *diáspora*, enviavam anualmente um óbolo para sua manutenção. Não se sentiam obrigados a efetuar uma peregrinação até lá. Alguns o faziam, para outros a sinagoga bastava. Desde o tempo de seu exílio na Babilônia, estavam acostumados a que suas relações com seu deus tomassem corpo não num edifício majestoso e remoto, e sim nas palavras de um livro, e a sinagoga era aquela morada modesta e próxima onde, a cada Shabat, retiravam-se de um armário os rolos desse livro que não se chamava Bíblia, menos ainda Antigo Testamento, e sim Torá.

Esse livro era em hebraico, que é a antiga língua dos judeus, língua em que seu deus se pronunciou, mas mesmo em Jerusalém muitos não a compreendiam: era preciso traduzi-la para seu idioma moderno, o aramaico. Em todos os outros lugares, aliás, os judeus falavam grego, como todo mundo. Até os romanos, que haviam conquistado os gregos, falavam grego — o que, pensando bem, é tão estranho como se os ingleses, após conquistarem a Índia, se houvessem aplicado no sânscrito e este tivesse se tornado a língua dominante no mundo inteiro. Em todo o império, da Escócia ao Cáucaso, as pessoas cultas falavam bem o grego e as pessoas da rua o falavam mal. Falavam o que chamavam de grego *koiné*, que significa comum no duplo sentido de compartilhado e vulgar, uma coisa análoga ao nosso *broken english*. No século II antes de nossa era, os judeus de Alexandria começaram a traduzir suas escrituras sagradas para essa língua doravante universal, e a tradição reza que o rei grego do Egito Ptolomeu Filadelfo ficou tão encantado com essas primeiras amostras que encomendou uma tradução completa para sua biblioteca. A seu pedido, o sumo sacerdote do Templo de Jerusalém teria enviado a Faros, ilha próxima à costa egípcia, seis representantes de cada uma das doze tribos de Israel, ao todo setenta e dois eruditos, que, embora trabalhando individualmente, teriam chegado a traduções absolutamente idênticas. Viu-se nisso a prova de que estavam inspirados por Deus, e eis por que essa Bíblia grega ganhou o nome de Bíblia Septuaginta.

Era essa Bíblia que Lucas devia ler, ou melhor, ouvir ser lida, quando ia à sinagoga. Conhecia principalmente os cinco primeiros livros, os mais sagrados, chamados de Torá. Conhecia Adão e Eva, Caim e Abel, Moisés e o faraó, as pragas do Egito, a errância no deserto, o mar se abrindo, a chegada à terra prometida e as batalhas pela terra prometida. Perdia-se um pouco, em seguida, nas histórias dos reis que vieram depois de Moisés. Davi e sua funda, Salomão e sua justiça, Saul e sua melancolia, ele conhecia tudo isso como um estudante conhece os reis da França — já é algo se souber que Luís XIV vem depois de Henrique IV. Mesmo as ouvindo com respeito e procurando tirar proveito delas, ele devia torcer, ao entrar na sinagoga, para não topar com uma daquelas intermináveis genealogias que os velhos judeus escutam de olhos fechados, balançando a cabeça, como se perdidos num sonho. Aquelas ladainhas de nomes judeus soavam como uma cantiga que houvesse embalado suas infâncias, mas ela não tinha embalado a de Lucas, que não via por que se interessar pelo remoto folclore de outro povo, quando não se interessava sequer pelo do seu. Pacientemente, aguardava o comentário que sucedia à leitura e deduzia o sentido filosófico daquelas histórias exóticas e pueris, quase sempre bárbaras.

5

A trama dessas histórias é a relação passional entre os judeus e seu deus. Esse deus, em sua língua, chama-se Iahweh, ou Adonai, ou ainda Elohim, mas os judeus da diáspora não acham inconveniente que os prosélitos o chamem, em grego, *Kyrios*, que significa Senhor, ou *Theos*, que quer dizer simplesmente deus. É a versão deles de

Zeus, mas ele não é mulherengo feito Zeus. Ele não se interessa pelas garotas, somente pelo seu povo, Israel, ao qual ama com um amor exclusivista, interessando-se mais de perto pelos seus assuntos do que o fazem os deuses gregos ou romanos. Os deuses gregos e romanos vivem entre si, maquinam suas intrigas entre si. Preocupam-se com os homens como os homens se preocupam com as formigas. As relações com eles limitam-se a alguns ritos e sacrifícios fáceis de cumprir: fez, está em dia. O deus dos judeus, em contrapartida, exige dos judeus que eles o amem, que pensem nele incessantemente e executem sua vontade, e essa vontade é exigente. Ele quer o melhor para Israel, o que se verifica ser sempre o mais difícil. Deu-lhe uma Lei cheia de proibições que o impedem de interagir com os outros povos. Quer que ele trilhe caminhos íngremes — na montanha, no deserto, longe das planícies hospitaleiras onde outros povos passam a vida no sossego. Vez por outra Israel refuga, gostaria de repousar, interagir com os outros povos, levar uma vida tranquila como eles. Seu deus então fica colérico e ou lhe impõe provações, ou lhe envia homens inspirados e rabugentos para lembrar-lhe sua vocação. Eles se chamam Oseias, Amos, Ezequiel, Isaías, Jeremias. Eles mordem e assopram, sobretudo mordem. Irrompem diante dos reis para lhes exprobar a conduta. Prometem ao povo herege terríveis catástrofes a curto prazo e, mais tarde, se ele voltar ao bom caminho, um *happy end* que se resume ao reinado de Israel sobre todas as outras nações.

Tal reinado não passaria de uma restauração, pensam os judeus, que vivem na nostalgia de uma época lendária em que seu reino era poderoso. Um grego como Lucas é capaz de compreendê-los. Por mais diferentes que fossem, judeus e gregos alinham-se, sob o jugo romano, na mesma coluna. Suas cidades outrora gloriosas tornaram-se colônias romanas. Nem a ágora dos gregos nem o Templo dos judeus detêm mais qualquer poder. No entanto, uma vez que se situam num outro plano, alguma coisa de suas glórias passadas subsiste. Depois de Alexandre, os romanos são os melhores conquistadores que o mundo conheceu, administrando o que conquistaram com muito mais discernimento do que ele. Isso não impede que gregos e judeus não conheçam rivais em seus terrenos, que constituem o que hoje chamaríamos, de um lado, a cultura, do outro, a religião. No que se refere aos gregos, os romanos não pensam duas vezes: puseram-se a falar sua língua, a copiar suas estátuas, a imitar seus requintes com zelo de arrivistas. Quanto aos judeus, eles sobressaem menos nitidamente na massa dos povos orientais briguentos e bizarros que os romanos subjugam sem frequentar, mas nesse aspecto os judeus não estão nem aí: sabem-se superiores, eleitos pelo deus verdadeiro, campeões do mundo de amor a ele. Exaltam-se ante o contraste entre a obscuridade de sua condição presente e a incomensurável grandeza a que são conclamados. Alguns gregos, como Lucas, impressionam-se com isso.

Atenção: quando eu falo "os gregos", quando são Paulo fala "os gregos", o termo não designa só o pequeno povo de aristocratas que, no século v antes de nossa era, inventou a democracia, mas todos os povos dos países conquistados por Alexandre, o Grande, duzentos anos mais tarde e que falavam grego. A partir do século iii, a pessoa tornava-se grega por assimilação cultural, o que não tinha nada a ver nem com o sangue nem com o solo. Na Macedônia, na Turquia, no Egito, na Síria, na Pérsia e até na Índia, desenvolveu-se uma civilização que denominamos "helenística", parecida com a nossa em muitos aspectos e que, como a nossa, poderíamos qualificar de globalizada. Era uma civilização submissa, frívola, inquieta, viúva de ideais. Aquela da cidade, que fizera a grandeza da Grécia no tempo de Péricles, ficara na poeira do tempo. Não se acreditava mais nos deuses, mas havia quem acreditasse na astrologia, na magia, nos maus augúrios. Ainda se invocava o nome de Zeus, mas isso se fazia, em meio ao povo, para amestiçá-lo num sincretismo super New Age com todas as divindades orientais que estivessem ao alcance da mão e, entre os eruditos, para transformá-lo em pura abstração. A filosofia, que três séculos antes cuidava da melhor maneira de governar as cidades, sabia que, nesse terreno, não apitava mais nada. Transformara-se em mera receita de felicidade individual. A cidade não podendo mais ser autônoma, cabia ao homem sê-lo, ou tentar sê-lo.

A escola estoica, que foi a ideologia predominante na época, incitava o indivíduo a se proteger do mundo, a ser uma ilha, a cultivar as virtudes negativas: a apatia, que é a ausência de sofrimento, a ataraxia, que é a ausência de inquietude e dá seu nome a um ansiolítico do qual tomei doses cavalares num momento de minha vida, o Atarax. Nada é mais desejável, diz o estoicismo, que a ausência de desejos: só ela proporciona a tranquilidade da alma. O budismo não está longe.

Não teria por que a longa cena conjugal entre Israel e o deus de Israel interessar a Lucas se ele não a interpretasse como uma alegoria das relações entre o homem — preguiçoso, inconstante, disperso — e alguma coisa, dentro ou fora dele, maior que ele. Essa alguma coisa, os escritores antigos chamavam-na indiferentemente de deuses ou deus, ou natureza, ou destino, ou Logos, e a instância secreta da vida de cada indivíduo é a relação que ele mantém com essa força.

Havia em Alexandria um rabino muito festejado chamado Fílon, que tinha como especialidade ler as escrituras de seu povo à luz de Platão e assim compor uma epopeia filosófica. Em vez de imaginar, como o primeiro capítulo do Gênesis, um deus barbudo indo e vindo num jardim, que teria criado o universo em seis dias, Fílon dizia que o número seis simbolizava a perfeição e que não era à toa que, contrariando toda lógica aparente, havia nesse mesmo livro do Gênesis dois relatos da criação contraditórios: o primeiro conta o nascimento do Logos, o segundo, a modelagem do universo material pelo demiurgo já mencionado no *Timeu* de Platão. A cruel história de Caim e Abel colocava em cena o eterno conflito entre o amor de si e o amor de Deus. Quanto à tumultuosa ligação entre Israel e seu deus, ela era transposta para o plano íntimo, entre a alma de cada um e o princípio divino. Exilada no Egito, a alma definhava. Conduzida por Moisés ao deserto, ela aprendia a sede, a paciência, o desânimo, o êxtase. E quando chegava diante da terra prometida, tinha de guerrear contra as tribos que se haviam instalado e massacrá-las selvagemente. Essas tribos, segundo Fílon, não eram verdadeiras tribos, e sim as paixões funestas que a alma devia domar. Da mesma forma, quando Abraão, viajando na companhia da mulher Sara, é hospedado por beduínos sinistros e, para não arranjar confusão com eles, lhes sugere que eles durmam com Sara, Fílon não culpava os costumes rudimentares de outrora, ou do deserto, por aquela cafetinagem: não, afirmava que Sara era o símbolo da virtude e que era muito bonito da parte de Abraão não conservá-la apenas para si. Esse método de leitura que os retóricos chamavam de alegoria, Fílon preferia chamar de *trepein*, que significa passagem, migração, êxodo, pois, sendo perseverante e puro, o espírito do leitor saía dela modificado. Cabia a cada um realizar seu próprio êxodo espiritual, da carne ao espírito, das trevas do mundo físico ao espaço luminoso do Logos, da escravidão no Egito à liberdade em Canaã.

Fílon morreu já ancião, quinze anos depois de Jesus, de cujo nome certamente nunca ouviu falar, e cinco anos antes de Lucas encontrar Paulo no porto de Trôade. Lucas o leu?, não faço ideia, mas acho que o que ele conhecia do judaísmo era uma versão fortemente helenizada, que tendia a traduzir a história desse pequeno povo exótico, quase imperceptível no mapa, em termos acessíveis ao ideal grego de sabedoria. Ao ir à sinagoga, não tinha em absoluto a impressão de abraçar uma religião, e sim, muito mais, a de frequentar uma escola de filosofia — exatamente como, praticando ioga ou meditação, nos interessamos pelos textos budistas sem nos julgarmos obrigados a acreditar nas divindades tibetanas ou a nos debulharmos em orações.

6

A cena se passa na sinagoga de Trôade. Lucas viaja a trabalho, que decerto tem a ver com sua atividade de médico. É seu costume, quando está de passagem numa cidade estrangeira, ir à sinagoga no dia do Shabat. Lá, mesmo sem conhecer ninguém, não se sente deslocado, pois as sinagogas são iguais em todo os lugares. Um recinto simples, quase nu. Sem estátuas, afrescos ou ornamentos. Isso também lhe agrada, faz descansar sua alma.

Após a leitura de praxe da Lei e dos Profetas, o chefe da sinagoga pergunta se alguém deseja tomar a palavra. Segundo o costume, ele a concede primeiro aos recém-chegados. Embora recém-chegado, ocupar o proscênio não faz o gênero de Lucas. Imagino-o inclusive temendo ser notado, temendo que o olhar do chefe da sinagoga detenha-se nele, mas ele não tem tempo de ficar preocupado pois um homem se levanta e alcança o centro da sala. Apresenta-se como Paulo, um rabino procedente da cidade de Tarso.

Seu aspecto não é nada animador: de roupas pobres, baixo, atarracado, careca, as sobrancelhas pretas juntando-se acima do nariz. Olha as pessoas à sua volta como um gladiador olha o público antes de um combate. Sua voz é baixa, no início ele fala devagar, mas, à medida que se exalta, sua elocução se acelera, torna-se veemente, espasmódica.

"Homens de Israel", começa Paulo, "e vós, que temeis a Deus, escutai. O Deus de Israel escolheu a nossos pais e fez crescer o povo em seu exílio na terra do Egito. Depois, erguendo seu braço, fê-los sair de lá, e durante quarenta anos, mais ou menos, cercou-os de cuidados no deserto..."

O público meneia a cabeça, Lucas também. Isso eles conhecem. E conhecem a continuação, que o orador evoca sem grande conhecimento da elipse, porém com louvável minúcia cronológica. Após os quarenta anos no deserto, a instalação das doze tribos na terra de Canaã, depois o governo dos Juízes, depois o dos Reis, cujo maior foi Davi, filho de Jessé, um homem segundo o coração do Senhor...

"Da descendência de Davi, conforme a promessa", continua Paulo, "o Senhor fez nascer uma criança que, homem, será uma grande luz para o seu povo..."

Novos meneios de cabeça. Isso também todo mundo conhece.

"E agora", prossegue o orador, "agora, homens de Israel, escutai bem! Sabei que o Senhor cumpriu sua promessa. Sabei que ele deu a seu povo o Salvador que ele esperava e que esse Salvador se chama Jesus."

Nesse ponto, Paulo estende a pausa e encara seus ouvintes, que leva certo tempo para digerir o que acaba de escutar.

Não há nada de inusitado na evocação do Salvador que um dia deve vir recompensar os bons, punir os maus e restaurar Israel em seu reinado. Um prosélito como Lucas ouviu muito o nome, ou melhor, o título desse *Kristos*: o Salvador, o Messias, aquele que recebeu a unção divina. Como grego, isso não o interessa tanto. Quando vem à baila na sinagoga, ele escuta com o ouvido distraído. Inclina-se a classificar a coisa no bricabraque do judaísmo mais folclórico que filosófico, que não diz respeito senão aos judeus. De toda forma, o que dizem sempre é que ele *deve* vir. Ora, é uma coisa completamente diferente o que Paulo diz: que ele *veio*. Que tem outro nome sem ser *Kristos*, um nome de judeu completamente banal, Jesus, em versão original *Ieshua*, e esse nome, sucedendo a majestosa litania dos Samuel, Saul, Benjamin e Davi, provoca um efeito tão canhestro como se, depois de esgotar a lista dos reis da França, disséssemos que o último é Gérard ou Patrick.

Jesus? Quem é esse Jesus?

Sobrancelhas se erguem, se franzem. Trocam-se olhares perplexos. Mas não terminou. É só o começo.

"Jesus era o Cristo", continua Paulo. "Mas os habitantes de Jerusalém e seus chefes, sem o saber, cumpriram as palavras do profeta, que são lidas a cada Shabat. Eles se recusaram a escutá-lo. Fizeram troça dele. Não se limitaram a troçar. Sem motivo algum, o condenaram e fizeram morrer na cruz."

O público se agita: "Na cruz!".

A cruz é um suplício pavoroso e, acima de tudo, humilhante. Destina-se exclusivamente à ralé da humanidade: salteadores de estradas, escravos fugidos. Para continuar a transposição, é como se anunciassem que o salvador do mundo não só se chama Gérard ou Patrick, como foi condenado por pedofilia. Ficam todos chocados, porém cativados. Em vez de altear a voz, como faria um orador menos hábil, Paulo desce um tom. O público é obrigado a permanecer calado e até mesmo a se aproximar para ouvi-lo.

"Depuseram-no num túmulo.

E ao fim de três dias, como está dito nas Escrituras, o Senhor o ressuscitou. Ele apareceu primeiro aos seus doze companheiros mais próximos, e depois a muitos outros. Quase todos ainda estão vivos: podem testemunhar. Também posso testemunhar, pois ele apareceu para mim por último, quando sou um simples traste e sequer o conheci em vida. Eles o viram, eu o vi, respirando e falando quando estava morto. Quem foi testemunha de tal coisa não pode fazer mais nada senão testemunhar. Por isso corro o mundo propagando o que acabo de vos dizer. A promessa feita a nossos pais, o Senhor a cumpriu. Ressuscitou Jesus e também a nós ressuscitará. Tudo isso é para breve, para muito mais cedo do que julgais. Sei que é difícil acreditar. No entanto, é de vós que é exigido que acreditem. Vós, os filhos da raça de Abraão, vós a quem a promessa foi feita, mas não somente vós. O que digo vale também para os gregos, os prosélitos. Vale para todos."

7

Procurei reconstituir o que Paulo dizia: o discurso modelo que, nas sinagogas da Grécia e da Ásia, por volta do ano 50 de nossa era, ouviram as pessoas que se converteram a alguma coisa que ainda não se chamava cristianismo. Compilei e parafraseei as fontes mais antigas. Para aqueles a quem essa receita interessa, há um pouco da grande profissão de fé que encontramos na primeira carta de Paulo aos coríntios e muito de uma longa réplica que, quarenta anos mais tarde, Lucas colocou na boca de Paulo no capítulo treze dos Atos dos Apóstolos. Sem garantir que tal reconstituição seja literalmente exata, julgo-a bem próxima da verdade. Paulo começava em terreno conhecido, recapitulava a história judaica, lembrava a promessa à qual ela se dirige e, de supetão, desferia que a promessa fora cumprida. O Messias, o Cristo, viera sob o nome de Jesus. Morrera ignominiosamente, depois ressuscitara, e aqueles que acreditassem nisso ressuscitariam também. De um discurso conhecido e mesmo um pouco batido, passava-se sorrateiramente a alguma coisa cujo potencial de escândalo, acostumados que estamos à sua extravagância, é difícil avaliar.

Quando Lucas descreve as reações à pregação de Paulo, o roteiro é sempre o mesmo. Após um momento de perplexidade, parte dos ouvintes se entusiasma, enquanto a outra proclama blasfêmia. Essas reações extremas não surpreendiam Paulo. O que ele anunciava rachava o mundo ao meio tão claramente quanto uma machadada. Os que acreditavam, os que não acreditavam: duas humanidades separadas.

Lucas não se escandalizou. Isso significa que teria acreditado prontamente no que Paulo dizia? Difícil imaginar algo assim. Contudo, na voluta de uma frase, nos Atos, ele menciona uma terceira reação: a de pessoas que, na saída da sinagoga, caminhavam ao lado do apóstolo e lhe faziam perguntas. Talvez porque essa também fosse a minha reação, vejo perfeitamente Lucas fazendo parte desse terceiro grupo: os que não rasgam as roupas em sinal de indignação nem tampouco se prosternam, mas que ficam intrigados, perturbados pela convicção do orador e, sem desejarem assumir compromisso, têm vontade de saber mais a respeito disso.

A discussão, hoje, continuaria no bar, e talvez Lucas tenha sentado com Paulo e seus dois companheiros de viagem em uma taberna do porto de Trôade. Caiaques em segundo plano, redes secando, polvo grelhado no pires, jarra de retsina: vemos o quadro. Os outros dois vão dormir cedo. Lucas fica a sós com Paulo. Falam até o raiar do dia, ou melhor, Paulo fala, fala, e Lucas escuta. Pela manhã, tudo lhe parece diferente. O céu não é mais o mesmo, as pessoas não são mais as mesmas. Ele sabe que um homem voltou de entre os mortos e que sua vida, a dele, Lucas, não será mais a mesma daí em diante.

Talvez a coisa tenha acontecido assim. Ou…

Acho que tenho uma ideia melhor.

8

Lucas era médico, Paulo, doente. Ele repete isso mais de uma vez em suas cartas. Na que escreveu aos gálatas, lembra que, em virtude dessa doença, demorou-se junto a eles, agradecendo-lhes por não haverem manifestado desprezo ou nojo diante de seu corpo enfermo — quando isso era uma provação para eles. Insiste muito neste fato: tinha méritos quem se aproximava dele. Em outra carta, queixa-se de um "aguilhão na carne". Em várias oportunidades suplicou a Deus que o livrasse dele, mas Deus não quis assim. Contentou-se em lhe responder: "Basta-te minha alma".

Milhares de páginas foram escritas sobre esse "aguilhão na carne". O que poderia ser aquela doença misteriosa que, nos momentos de crise, tornava o corpo de Paulo tão repugnante, além de lhe causar sofrimentos suficientemente intensos para que importunasse Deus a esse respeito? Suas palavras sugerem uma doença de pele, daquelas que coçam até sangrar — eczema, psoríase gigante —, mas também o que Dostoiévski fala sobre suas crises epiléticas, ou Virginia Woolf sobre seus mergulhos na depressão — penso nesta entrada de seu diário, tão simples e pungente: "Hoje o horror voltou". Nunca saberemos o que Paulo tinha, porém, quando o lemos, vislumbramos alguma coisa de terrivelmente doloroso e até mesmo vergonhoso. Alguma coisa que voltava sempre, mesmo quando, após longos períodos de recuperação, ele se julgava livre dela. Alguma coisa que amarrava o corpo e a alma.

Vamos à segunda versão. Lucas presencia o escândalo na sinagoga. Pensativo, volta ao seu albergue. Cuida de seus afazeres. No dia seguinte é chamado, pois há um viajante doente. Esse outro viajante é Paulo. Devorado pela febre, devastado pela dor, o corpo, e talvez o rosto, coberto por um lençol com nódoas de pus e sangue. Lucas acha que ele vai morrer. Fica de vigília, faz o que pode para reconfortá-lo, mas nada parece capaz de reconfortá-lo. Durante dois dias, não deixa a cabeceira do moribundo, que fala com uma voz rouca, sibilante, que num semidelírio diz coisas ainda mais estranhas do que na sinagoga e que, no fim, não morre. Em seguida, voltamos à versão precedente da cena, a conversa entre os dois homens, mais íntima, mais confiante em virtude do que acaba de acontecer, e agora convém nos perguntarmos o que Paulo enunciava em privado.

9

Quem conheceu a oratória política pós-Maio de 1968 lembra-se da pergunta ritual: "De onde você fala?". Continuo a julgá-la pertinente. Para ser tocado por um pensamento, preciso que ele seja veiculado por uma voz, emane de um homem, e que eu saiba o caminho que ele percorreu nesse homem. Penso inclusive que, numa discussão, os argumentos de peso são exclusivamente os argumentos *ad hominem*. Paulo fazia parte dos homens que não titubeiam em dizer de onde falam, isto é, em falar de si próprios, e Lucas não demorou a conhecer sua história, tão mirabolante como seus discursos.

Paulo conta que antes se chamava Saulo, de Saul, nome do primeiro rei de Israel. Era um jovem judeu superdevoto. Seus pais, comerciantes prósperos da grande cidade oriental de Tarso, queriam que ele se tornasse rabino e o encaminharam para estudar junto a Gamaliel, o grande mestre fariseu de Jerusalém. Os fariseus eram especialistas na Lei, homens de estudo e fé, cujas opiniões, como as dos ulemás no islã, fixavam jurisprudência. Saulo sonhava tornar-se um segundo Gamaliel. Lia e relia sem descanso a Torá, escrutando cada palavra fervorosamente.

Um dia, ouviu falar de uma seita de galileus que se autodenominavam "aqueles que seguem o Caminho", distinguindo-se dos outros judeus por uma crença estranha. Poucos anos antes, seu mestre, por razões bastante obscuras, fora supliciado na cruz, coisa chocante por si só, mas que eles não tentavam esconder: ao contrário, reivindicavam-na. Mais chocante ainda: recusavam-se a crer em sua morte. Diziam tê-lo visto entrando no sepulcro e então, em seguida, vivo, falando, comendo. Diziam que ressuscitara. Queriam que todo mundo o adorasse como o Messias.

Ao ouvir isso, Saulo poderia ter dado de ombros, mas reagiu exatamente como reagiam agora seus ouvintes mais devotos: soltando blasfêmias, e ele não brincava com a blasfêmia. Sua devoção beirava o fanatismo. Não se limitava a aprovar que apedrejassem à sua vista um adepto do crucificado: queria agir, sacrificar-se. Espreitava as casas onde lhe haviam dito que os adeptos do Caminho se reuniam. Se suspeitasse de alguém, ordenava que fosse retido e atirado na prisão. Não transpirava, ele próprio admite, senão ameaça e morte com relação àqueles heréticos. Um dia, decidiu partir para Damasco, onde alguns haviam sido assinalados, com o plano de trazê-los acorrentados para Jerusalém. Porém, ao meio-dia, enquanto caminhava pela estrada pedregosa, uma luz intensa o cegou subitamente e uma força invisível derrubou-o de seu cavalo. Uma voz sussurrou em seu ouvido: "Saulo! Saulo! Sou aquele a quem persegues. Por que me persegues?".

Quando se levantou, não enxergava mais nada. Cambaleava como se estivesse bêbado. Aqueles que o acompanhavam conduziram-no, cego e vacilante, até uma casa desconhecida, onde ele permaneceu três dias confinado num quarto, sozinho, sem comer nem beber. Tinha medo. O que lhe dava medo não era um perigo externo, mas o que se revolvia, feito um animal, em sua alma. Muitas vezes, nos exaltados devaneios de sua mocidade, sentira uma coisa prodigiosa e ameaçadora rondá-lo. Agora não o rondava mais. Estava entranhada no mais recôndito dele, prestes a devorá-lo desde seu interior. Ao fim de três dias, ele ouviu a porta do quarto se abrir e alguém se aproximar. Esse alguém ficou junto a ele, em silêncio, durante um longo tempo. Ele ouvia as batidas de seu coração, a pulsação de seu sangue. Por fim, o homem falou. Disse: "Paulo, meu irmão, o Senhor me enviou. Ele deseja que o seu coração desperte".

Enquanto o desconhecido pronunciava essas palavras, aquele que ainda se chamava Saulo tentava resistir. Lutava com todas as suas forças, apavorado ante aquela coisa prodigiosa e ameaçadora que crescia dentro dele e querendo expulsá-la de si. Gostaria de continuar a ser ele mesmo, se chamar Saulo, não se deixar invadir, não se render. Chorava, era sacudido por tremores. Então, subitamente, tudo cedeu. Aceitou a invasão. E, em vez de destruí-lo, a coisa prodigiosa e ameaçadora que crescera dentro dele começou a embalá-lo como a uma criança. O que ele tanto temera se anunciava como a maior felicidade, uma felicidade inimaginável havia poucos instantes e agora evidente, inexpugnável, eterna. Não era mais Saulo, o perseguidor, mas Paulo, que seria um dia perseguido, e se regozijava de ser perseguido, e, um a um, seus irmãos, que também viriam a sê-lo, entravam no quarto e o cercavam.

Beijavam-no, misturavam suas lágrimas de alegria às dele. As palavras, entre eles, não eram mais necessárias. Seus corações se comunicavam, silenciosos, extáticos. Não havia mais tabiques, opacidade, mal-entendido. Tudo que separa os homens uns dos outros desaparecera, e tudo que os separa do mais íntimo de si mesmos. Tudo agora era transparência e luz. Ele não era mais ele mesmo, era finalmente ele mesmo. Uma espessa membrana lhe caíra dos olhos. Voltara a enxergar, mas isso nada tinha em comum com sua visão pregressa. O horror e a piedade o arrebatavam quando, num relâmpago, revia aquele que ele tinha sido até sua libertação e o mundo tenebroso em que vivera julgando-o real. O horror e a piedade também o arrebatavam quando pensava naqueles, tão numerosos, que ainda vagavam por aquele mundo trevoso, sem saber, sem nada suspeitar. Jurou então ir em seu socorro, não abandonar nenhum deles, triunfar sobre o medo da metamorfose como Jesus em pessoa triunfara sobre o seu.

Abençoado pelos irmãos de Damasco, Saulo voltou a Jerusalém. Com seu novo nome, Paulo, percorreu as sinagogas proclamando que o homem crucificado havia poucos anos era de fato Cristo, o Messias que Israel esperava. Seus mestres e amigos fariseus o renegaram. Quanto aos que ele perseguira com seu ódio, desconfiavam dele, receando um ardil. Ele terminou por convencê-los da sinceridade de sua conversão e, a fim de que anunciasse não só aos judeus, como aos gentios a notícia da morte e da ressurreição de Cristo, em prelúdio à morte e à ressurreição de toda a humanidade, eles o enviaram para além das fronteiras de Israel.

Paulo fazia coisa bem diferente de se amparar nas Escrituras para demonstrar a validade e as credenciais de uma doutrina. Ele dizia: Tu dormes, desperta. Tua vida mudará de ponta a ponta. Não compreenderás sequer como conseguiste viver essa vida, pesada e trevosa, como outros continuam a vivê-la como se fosse a vida, sem desconfiar de nada. Dizia: És uma lagarta, fadada a se tornar uma borboleta. Se pudéssemos explicar à lagarta o que a espera, ela certamente teria dificuldade em compreender. Teria medo. Ninguém decide facilmente deixar de ser o que é, se tornar outra coisa que não si mesmo. Mas assim é o Caminho. Uma vez feita a travessia, não nos lembramos mais sequer daquele que éramos antes, aquele que escarnecia ou tinha medo, é a mesma coisa. Alguns se lembram: são os melhores guias. É por isso que eu, Paulo, te conto tudo isso.

10

Paulo também dizia que o fim dos tempos estava próximo. Estava absolutamente convencido disso e é uma das primeiras coisas de que convence seus interlocutores. O fim dos tempos estava próximo porque aquele homem que ele chamava de Cristo ressuscitara e, se aquele homem que ele chamava de Cristo ressuscitara, era porque o fim dos tempos estava próximo. Não estava próximo de uma maneira abstrata, como se pode dizer sobre a morte de cada um, a qualquer instante. Não, dizia Paulo, ele acontecerá quando ainda estivermos vivos, nós que falamos agora. Nenhum de nós que está aqui morrerá sem ter visto o Senhor encher o céu com sua potência e separar os bons dos maus. Se o interlocutor desse de ombros, não valia a pena continuar. Seria igualmente inútil expor o caminho do Buda a alguém que ficasse indiferente à primeira de suas verdades — tudo na vida é mudança e sofrimento — e à pergunta que, pela lógica, a segue: existe um meio de escapar a essa série de mudanças e sofrimentos? Alguém que não adere a esse diagnóstico e não coloca a questão do remédio, que acha a vida muito boa do jeito que é, não tem nenhuma razão para se interessar pelo budismo. Analogamente, alguém que no século I da nossa era não tinha vontade de acreditar que o mundo caminhava para um fim iminente não era um freguês para Paulo.

Ignoro até que ponto essa visão era compartilhada na época. Parece-me que, hoje, ela é. Falando do que conheço — meu país, meu pequeno círculo sociocultural —, me parece que muita gente, de maneira vaga porém persistente, e pelas mais variadas razões, acha que vamos dar com a cara no muro. Porque nos tornamos numerosos demais para o espaço a nós destinado. Porque áreas cada vez maiores desse espaço, de tão devastadas, estão em vias de se tornar inabitáveis. Porque temos os meios de nos autodestruir e seria espantoso que não os utilizássemos. Feita essa constatação, formam-se dois tipos de mentalidade, representadas, em nosso lar, por Hélène e por mim. O primeiro tipo, a ala moderada à qual pertenço, pensa que caminhamos talvez não para o fim do mundo, mas para um desastre histórico de grande porte, envolvendo a extinção de parte considerável da humanidade. Como isso se dará, em que resultará, os membros desse grupelho não fazem a mínima ideia, mas acham que, se não eles, seus filhos estarão nas primeiras fileiras. O fato de isso não impedi-los de fazer filhos mostra a que ponto, por meio de suas alas moderadas, de longe as mais numerosas, os dois tipos de mentalidade convivem facilmente. Quando, à mesa da cozinha, repito o que li no livro de um sociólogo alemão sobre as guerras dignas de um pesadelo, que estas resultarão inevitavelmente das mudanças climáticas, Hélène, do segundo tipo, responde que sim, claro, há desastres históricos, a peste negra, a epidemia de gripe espanhola, as duas guerras mundiais, sim, há grandes mutações, mudanças de civilizações e, como se diz agora, paradigmas, mas também que desde que a humanidade existe uma de suas atividades favoritas é temer e anunciar o fim do mundo, e que isso não tem mais motivos para acontecer hoje ou amanhã do que tinha nas mil circunstâncias em que, no passado, ele pareceu inquestionável para espíritos feito o meu.

Um louco furioso acabava de reinar sobre Roma. Em breve, outro, Nero, surgiria. Terremotos sacudiam a terra, vulcões cobriam cidades inteiras de lava e vaticinava-se que leitoas conceberiam monstros com garras de falcão. Seria o suficiente para concluir que o século I, mais que qualquer outro, era sacudido por crenças apocalípticas? Israel, sim, sem dúvida, mas o mundo romano no apogeu do império, de sua pujança e estabilidade? O mundo ao qual pertencia alguém como Lucas?

Não sei.

II

Paulo viajava então com dois companheiros, que os Atos dos Apóstolos dizem se chamarem Silas e Timóteo. Ainda não sei direito o que fazer desses coadjuvantes, o que me interessa é que, até Trôade, esse trio é designado como "eles" e que, ao partirem de Trôade, vira "nós". Lucas entra em cena.

Os Atos também contam que, no momento de seu encontro, Paulo hesita quanto ao seu itinerário. Após ter deixado a Síria, passara cinco anos percorrendo a Cilícia, a Galácia, a Panfília, a Liacônia, a Frígia e a Lídia. Esses nomes exóticos pertencem aos antigos reinos helenísticos, que viraram remotos distritos do Império Romano. Grosso modo, cobrem de leste a oeste a Turquia atual. Afastando-se do litoral e dos portos onde se concentra a população, Paulo embrenhou-se no interior. Circulava a pé, nos dias fastos em lombo de mula, por estradas ruins infestadas de salteadores. Seus pertences resumiam-se a um saco, o manto fazia as vezes de tenda. Não existiam mapas, o horizonte de uma aldeia limitava-se à aldeia vizinha, para além era o desconhecido. Paulo ia rumo ao desconhecido. Escalou montanhas escarpadas, atravessou desfiladeiros, viu aquelas estranhas concreções rochosas que ainda hoje extasiam os turistas que visitam a Capadócia, alcançando, no vasto platô anatólico, lugarejos adormecidos onde não obstante havia colônias judaicas, mas eram judeus tão rústicos, simplórios e isolados de tudo que, ao contrário dos que povoavam as grandes cidades, davam boa acolhida às palavras de Paulo e adotavam Cristo sem criar caso. Ao cabo de cinco anos, julgando aquelas comunidades suficientemente consolidadas em sua fé para se virarem sem ele, quis regressar às zonas mais civilizadas. Seu objetivo era dar continuidade à sua missão na Ásia, que é a parte litorânea a oeste da Turquia.

Então o Espírito de Deus barrou seu caminho.

É assim que Lucas escreve, sem pestanejar nem esclarecer a forma que essa intervenção do Espírito assumiu. Então, a cena é muito difícil de visualizar. A fim de me aprofundar, reportei-me às notas da *Bíblia de Jerusalém* e da *Tradução ecumênica da Bíblia*, que doravante chamarei simplesmente de BJ e TEB. Essas duas traduções são as que mantenho sobre minha mesa de trabalho. Além disso, ao alcance da mão, numa prateleira, tenho a protestante, de Louis Segond, a de Lemaître de Sacy, conhecida como *Bíblia de Port-Royal*, e a mais recente, das edições Bayard, ou *Bíblia dos escritores*, à qual decerto voltarei, uma vez que colaborei em sua edição. As notas da BJ e da TEB são abundantes e em geral muito bem-feitas, mas se quisermos saber como o Espírito de Deus agiu para barrar o caminho de Paulo cumpre admitir que são decepcionantes. Embora formulando hipóteses ligeiramente divergentes quanto ao itinerário do apóstolo, ambas se limitam a dizer que o Espírito impediu Paulo de ir à Ásia porque seu desígnio era fazê-lo ir à Europa.

Felizmente há uma versão mais racionalista do episódio. É de Renan. Os apóstolos, diz ele, viviam num mundo de sinais e prodígios, julgavam, em todas as circunstâncias, obedecer à inspiração divina e interpretavam sonhos, incidentes fortuitos e contratempos, que acontecem o tempo todo em uma viagem, como injunções do Espírito. Nessa versão, Paulo teria dito a Lucas que se sentia numa encruzilhada e não sabia para onde dirigir seus passos. Lucas, que retornava para sua casa, na Macedônia, teria se oferecido como guia e lhe sugerido apresentar pessoas do lugar a quem seu anúncio poderia interessar. Paulo teria concluído que Lucas lhe fora enviado pelo Espírito. Talvez tenha sonhado com ele na noite seguinte. Na passagem dos Atos que me serviu de brecha para entrar neste relato, fala-se num macedônio que aparece a Paulo para, em nome de seus compatriotas, convidá-lo a atravessar para a outra margem. Esse misterioso macedônio não seria o próprio Lucas? A história não perde nada, penso, ao ser contada desse jeito.

12

Acabo de recorrer à autoridade de Renan, e o farei outras vezes. É um de meus companheiros nessa viagem aos países do Novo Testamento. Tenho seus dois calhamaços comigo, ao lado de minhas Bíblias, e penso ser hora de apresentá-lo ao leitor que não o conhece direito, ou simplesmente não o conhece.

Ernest Renan era um bretão modesto, educado num catolicismo fervoroso, destinado ao sacerdócio. Durante seus estudos no seminário, sua fé pôs-se a vacilar. Ao cabo de uma longa e dolorosa luta interior, desistiu de servir um deus no qual não tinha mais certeza de acreditar. Virou historiador, filólogo e orientalista. Achava que para escrever a história de uma religião o melhor é ter acreditado e não mais crer. Foi com essas disposições que empreendeu sua grande obra, cujo primeiro volume, a *Vida de Jesus*, provocou um grande escândalo em 1863. Homem de ciência ponderado e movido pelo amor ao conhecimento puro, Renan foi um dos homens mais odiados de seu tempo. Excomungado, teve sua cátedra cassada no Collège de France. Todos os grandes panfletários da direita católica, Barbey d'Aurevilly, Léon Bloy, J. K. Huysmans, arrastaram seu nome na lama. Eis, para dar o tom, algumas linhas de Bloy: "Renan, o Deus dos espíritos covardes, o sábio barrigudo, a ardilosa latrina científica de onde emana para o céu, em volutas temidas pelas águias, o untuoso odor de uma alma exilada das cloacas que o viram nascer".

Pessoas cujos gostos eu respeito, sem deles compartilhar, têm Bloy na conta de um excelente escritor. São as mesmas que, de toda a Bíblia, gostam de decorar o versículo do Apocalipse segundo o qual Deus "vomita os mornos". Renan, convenhamos, prestava-se a essa caricatura. Era gordinho, bonzinho, calçava sua poltrona com almofadinhas macias, tinha rosto de cônego e a cara de hipócrita, talvez melíflua, e prestou grandes desserviços ao papa Bento XVI. Dito isso, o que durante várias gerações fez com que fosse considerado o Anticristo, a ponto de existir quem corresse para se confessar ao ver um de seus livros na vitrine de uma livraria, me parece e deveria parecer, penso, a grande parte de meus leitores, uma exigência mínima de rigor e razão.

(É isso o que penso hoje, naturalmente: se tivesse lido Renan há vinte anos, quando era católico dogmático, não só o teria detestado, como sentiria orgulho disso.)

Todo o projeto de Renan consiste em dar uma explicação natural a acontecimentos tidos por sobrenaturais, reconduzir o divino ao humano e a religião ao terreno da história. Ele não se opõe a que cada um pense o que quiser, acredite no que quiser, ele é tudo menos sectário, simplesmente cada qual com seu ofício. Ele escolheu ser historiador, não padre, e o papel de um historiador não é, não pode ser, afirmar que Jesus ressuscitou, nem que ele é filho de Deus, somente que um grupo de pessoas, num certo momento, em circunstâncias que merecem ser narradas em detalhe, meteu na cabeça que ele ressuscitou, que ele era o filho de Deus, chegando inclusive a convencer mais gente. Recusando-se a acreditar na ressurreição, e mais genericamente nos milagres, Renan conta a vida de Jesus buscando saber *o que pode realmente, historicamente, ter acontecido*, que os primeiros relatos narram com distorções em função de sua crença. Diante de cada episódio do Evangelho, ele faz a triagem: isso sim, isso não, isso talvez. Sob sua pena, Jesus passa a ser um dos homens mais notáveis e influentes que viveram na terra, um revolucionário moral, um mestre de sabedoria como Buda — mas não o filho de Deus, pela simples razão de que Deus não existe.

A vida de Jesus continua sendo mais instrutivo e agradável de ler do que 99% dos livros que todos os anos continuam a ser publicados sobre o mesmo assunto, mas ainda assim ele envelheceu mal. O que tinha de novidade não é mais novidade, a fluidez elegante do estilo, tipicamente da Terceira República, não raro descamba para a pieguice, e é difícil para o leitor contemporâneo não se irritar quando

Renan elogia Jesus por ter sido o protótipo do "homem galante", por ter "possuído no mais alto grau o que vemos como a qualidade essencial de uma pessoa distinta, isto é, o dom de sorrir de sua obra", ou opõe favoravelmente suas "sutis diatribes" de cético à crença obtusa e fanática de Paulo — seu saco de pancada. *A vida de Jesus*, contudo, é só a ponta do iceberg. O mais apaixonante são os seis volumes seguintes da *História das origens do cristianismo*, em que essa história, muito menos conhecida, é narrada em detalhe: como uma pequena seita judaica, fundada por pescadores analfabetos, unida por uma crença extravagante na qual nenhuma pessoa racional teria apostado um sestércio, em menos de três séculos devorou intestinamente o Império Romano e, desafiando toda verossimilhança, perdurou até nossos dias. E o que é apaixonante é não apenas a história, em si extraordinária, que Renan conta, como a extraordinária honestidade com que o faz, isto é, abrindo os bastidores de seu trabalho de historiador para o leitor: as fontes de que dispõe, como as explora e em nome de quais pressupostos. Gosto de sua maneira de escrever a história, não *ad probandum*, como ele diz, mas *ad narrandum*: não para provar alguma coisa, mas para contar o que aconteceu. Gosto de sua boa-fé cabeça-dura, o escrúpulo que tem em distinguir o certo do provável, o provável do possível, o possível do duvidoso, e a calma com que responde aos críticos mais virulentos: "Quanto às pessoas que, no interesse de sua crença, necessitam que eu seja um ignorante, um espírito falso ou um homem de má-fé, não tenho a pretensão de modificar sua opinião. Se ela é necessária a seu repouso, eu me odiaria caso os desiludisse".

13

A embarcação que liga o litoral da Ásia à costa da Europa desembarca Paulo e seus companheiros no porto de Neápolis, de onde eles se dirigem para Filipos, na Macedônia. É uma cidade nova, construída pelos romanos, que há dois séculos ocupam o antigo reino de Alexandre, o Grande. De uma ponta a outra do império, da Espanha à Turquia, estradas romanas, pavimentadas tão solidamente que muitas ainda existem, ligam umas cidades às outras, todas no mesmo modelo: largas avenidas entrecortando-se em ângulo reto; ginásio, termas, fórum; abundância de mármore branco; inscrições em latim, enquanto a população fala grego; templos dedicados ao imperador Augusto e sua esposa Lívia, cujo culto puramente formal, que empolga tanto quanto as cerimônias de Onze de Novembro ou Catorze de Julho, convivem sem trauma com o das divindades locais. Se não podemos afirmar que os romanos inventaram a globalização, porque ela já existia no império de Alexandre, é inegável que eles a levaram a um ponto de perfeição que perdurou por cinco séculos. É como os McDonald's, a Coca-Cola, os shopping centers, as lojas Apple de hoje: aonde quer que se vá, encontra-se a mesma coisa, e é claro que existem os ranzinzas para deplorar esse imperialismo ao mesmo tempo cultural e político, mas no geral a maioria das pessoas está satisfeita de viver num mundo pacificado, pelo qual se circula livremente, onde ninguém se sente estrangeiro em parte alguma, onde só fazem a guerra os soldados de ofício, nas fronteiras longínquas do império, e sem que isso repercuta na vida de cada um senão sob a forma de festas e triunfos em caso de vitória.

Uma cidade como Filipos é metade povoada por macedônios de raiz, metade por colonos romanos. Sem dúvida há poucos judeus, pois não há sinagoga. De toda forma, há um pequeno grupo que se reúne fora dos muros, nas margens de um rio, para celebrar o Shabat de maneira informal. Seus membros não são judeus, fazem apenas uma ideia muito vaga da Torá. Imagino-os como praticantes de ioga ou tai chi que, num lugarejo onde não há professor, dão um jeito de praticar assim mesmo, com um livro, vídeos ou sob a autoridade do único que, entre eles, fez algum curso ou oficina. Esse tipo de grupo, em geral, é majoritariamente feminino e, por mais heterodoxo que seja, tratando-se de uma religião em que o serviço não pode ser celebrado senão na presença de no mínimo dez homens, este é o caso do de Filipos: Lucas, em seu relato, só menciona mulheres. É possível que já as conhecesse, que tivesse participado de suas reuniões e soubesse o que estava fazendo ao lhes apresentar seus três novos amigos.

* * *

"Quando o aluno está preparado, o mestre aparece": provérbio conhecido no meio das artes marciais. Tudo indica que os alunos estavam bem preparados, pois reconheceram imediatamente em Paulo o mestre que esperavam. Lucas menciona em especial uma tal de Lídia, aparentemente líder do grupo. "Ela escutava", escreve. "O Senhor abrira-lhe o coração para que ela atendesse ao que Paulo dizia."

Apesar de seu entusiasmo pelo judaísmo, Lídia jamais cogitou estimular a circuncisão do marido e dos filhos — ninguém, aliás, lhe pediu isso. Contudo, quando Paulo evoca o rito um tanto peculiar, mediante o qual se consolida sua fé no que ele manifesta, ela insiste para se submeter a ele. Convém dizer que, ao contrário da circuncisão, ele é indolor e não deixa vestígios. A pessoa entra no rio, se ajoelha, o oficiante imerge por alguns instantes sua cabeça na água, diz em voz alta que a asperge em nome de Cristo e pronto, terminou, a pessoa nunca mais é a mesma. Chama-se batismo. Lídia, após recebê-lo, quer que sua família o receba também. Quer que o novo guru e seus companheiros venham morar em sua casa. Paulo de início recusa, pois tem como regra não depender de ninguém, mas Lídia é tão animada, tão simpática, que ele se deixa violentar.

Ela é, Lucas esclarece, negociante de púrpura, isto é, tecidos tingidos que são uma especialidade da região e têm grande saída para exportação. Não mulher de negociante, negociante. Isso cheira a empresa próspera, a matriarcado, a mulher enérgica. Quatro desvairados religiosos hospedando-se na confortável residência de uma mulher enérgica e convertendo toda a sua família, se hoje isso daria o que falar numa cidade do interior francês, não vejo por que não tenha dado o que falar numa cidade do interior macedônio do século I.

Um pequeno círculo se reúne na casa de Lídia, em torno de Paulo e seus companheiros. Alguns anos mais tarde, Paulo remeterá uma carta aos moradores de Filipos na qual faz questão de saudar Evódio, Epafródito e Síntique, e para mim é um prazer escrever os nomes desses figurantes, Evódio, Epafródito, Síntique, que chegaram a nós depois de atravessar vinte séculos. Devia haver outros: eu diria uns dez, vinte. O carisma de Paulo e a autoridade de Lídia fazem tão bem que todos se põem a crer na ressurreição daquele Jesus cujo nome sequer sabiam poucos dias antes. Todos são batizados. Ao fazerem isso, não pensam absolutamente trair o judaísmo, para o qual se voltaram com zelo tão aferrado quanto desinformado. Ao contrário, agradecem a Deus por lhes ter enviado aquele rabino tão instruído que agora os guia e lhes mostra como adorar em espírito e verdade. Continuam naturalmente a observar o Shabat, interrompem seus trabalhos, acendem velas, oram, e Paulo faz tudo isso com eles, sem deixar, contudo, de lhes ensinar um novo ritual. É uma refeição realizada não no sábado, mas no dia seguinte, a qual Paulo chama de ágape.

O ágape é uma verdadeira refeição, uma refeição de festa, embora Paulo insista para que não se coma nem beba em excesso. A princípio cada um deve levar um prato que preparou em sua casa. Essa norma não devia funcionar muito bem em Filipos, pois a refeição se desenrolava na casa de Lídia, e Lídia, tal como a imagino, era o tipo de dona de casa generosa e tirânica ao mesmo tempo, que quer sempre fazer tudo sozinha, prepara sempre três vezes mais comida do que será consumido e, se alguém tenta ajudá-la, diz que não, que é muito amável mas não é assim que a coisa funciona. "Deixe, deixe que eu cuido disso, vá sentar com os outros." Num certo momento dessa refeição, Paulo se levanta, parte um pedaço de pão e diz ser o corpo de Cristo. Ergue uma taça cheia de vinho e diz ser seu sangue. Em silêncio, pão e vinho rodam a mesa e cada qual come um pedaço de pão e bebe um gole de vinho. Em memória, diz Paulo, da última refeição que o Salvador fez nesta terra, antes de ter sido pregado na cruz. Depois, cantam uma espécie de hino onde se fala de sua morte e ressurreição.

14

"Certo dia", continua Lucas, "quando íamos para o lugar de oração, veio ao nosso encontro uma jovem escrava que tinha um espírito pitônico." "Ter um espírito pitônico", minhas Bíblias e Renan concordam nesse ponto, significa ser possuída, detentora, como a Pítia de Delfos, de um dom profético e divinatório. A escrava aborda Paulo, Timóteo, Silas e Lucas e talvez alguns de seus adeptos filipenses. Interpela-os, segue-os, proclama aos berros que eles são servidores do Altíssimo e anunciam o caminho da salvação. Recomeça no dia seguinte e nos subsequentes. Paulo, que preferiria uma publicidade mais discreta, a princípio segue em frente, desviando os olhos. Não adianta, a homenagem só faz tornar-se mais ruidosa, e ele, perdendo a paciência, exorciza intempestivamente a possuída em nome de Cristo. O espírito a abandona. Espasmos, sobressaltos, prostração. Fim da crise histérica.

A crer em Lucas, Paulo realiza tais façanhas corriqueiramente, embora pense duas vezes antes de alardear seus poderes. Por um lado, a coisa impressiona e mitiga os sofrimentos, por outro, as conversões obtidas não são lá de muito boa qualidade. O resultado, em geral, é só chateação.

Há outra história desse tipo nos Atos. Lucas não a testemunhou: Timóteo é quem deve ter lhe contado, pois ela se passou dois anos antes, em Listres, sua cidade natal, nas montanhas da Licaônia. Lá, Paulo curou um paralítico e, à vista de tal milagre, os habitantes de Listres se jogaram com as faces no chão. Tomavam-nos, a ele e seu acólito, por Zeus e Hermes descidos à terra.

Quando topei com essa passagem, ela me fez pensar na maravilhosa história de Rudyard Kipling, *O homem que queria ser rei*, e no filme que John Huston fez a partir dela. Os dois aventureiros expulsos do exército da Índia representados por Sean Connery e Michael Caine embrenham-se atrás de fortuna nos confins do Himalaia, que a Licaônia, no século I, devia emular amplamente em matéria de selvageria. Como os nativos nunca tinham visto homens brancos, não dá outra: os dois são adorados como deuses. Michael Caine, que na história faz o papel de Sancho Pança, planeja aproveitar-se do tumulto para passar a mão no tesouro do templo e zarpar dali. Sean Connery, que faz o Dom Quixote, conclui que não falta discernimento àqueles montanheses, exalta-se, termina acreditando realmente ser um deus, e a coisa termina muito mal. Nos últimos planos, vemos as crianças da aldeia jogando bola, na poeira, com a cabeça enfaixada em panos ensanguentados.

Ao contrário de Michael Caine, Paulo não queria abusar da credulidade dos licaônios ou, pelo menos, não da mesma forma. Só as suas almas, não o seu ouro, lhe interessavam. Mas ele conheceu não só a vertigem de Sean Connery, a cujos pés uma multidão se prosterna, como a cólera dessa multidão quando ela descobre que aquele a quem ela adora não passa de um homem. Paulo, em Listres, foi apedrejado, dado como morto e largado num fosso, e esse é o risco que ele volta a correr, em Filipos, onde os amos da escrava possuída recebem muito mal sua intervenção. Eles exploravam o dom da infeliz, exigindo dinheiro todas as vezes que ela emitia um oráculo. Uma vez exorcizada por Paulo, ela equivale a um mendigo indiano curado de sua repulsiva e lucrativa enfermidade: não serve para mais nada. Furioso com aquela intromissão em seus assuntos, os amos alcançam Paulo e Silas, colocam-nos contra a parede e arrastam-nos até os magistrados da cidade, acusando-os de perturbar a ordem pública. "Esses homens", denunciam, "perturbam nossa cidade. São judeus e propagam costumes que não são os de Roma."

Judeus ou cristãos, os inquisidores não sabem diferenciá-los, os magistrados tampouco e na verdade não estão nem aí para isso. O império, nos países conquistados, praticava uma política de exemplar laicidade. A liberdade de pensamento e de culto era completa. O que os romanos denominavam *religio* tinha pouco a ver com o que denominamos religião e não envolvia nem crença professada nem efusão da alma, e sim uma atitude de respeito, manifestada pelos ritos, para com as instituições da cidade. A religião no sentido em que a entendemos, com suas práticas bizarras e fervores despropositados, eles chamavam-na desdenhosamente de *superstitio*. Era coisa de orientais e bárbaros, que eram livres para se entreter com isso ao seu bel-prazer, desde que não perturbassem a ordem pública. Ora, é de perturbar a ordem pública que são acusados Paulo e Silas, e eis por que os tolerantes magistrados de Filipos ordenam que eles sejam despidos, açoitados, espancados e, para terminar, jogados na prisão com correntes nos pés.

O que Lucas e Timóteo fazem durante esse tempo? Os Atos calam-se a respeito disso. Supomos que tenham se mantido prudentemente recolhidos. Por outro lado, os Atos registram que, à noite, em seu calabouço, Paulo e Silas rezam estrepitosamente, entoando louvores a Deus, e que seus colegas de cativeiro os escutam maravilhados. Subitamente, um terremoto abala os alicerces do cárcere, arranca as portas, arrebenta inclusive o cadeado das correntes. Os prisioneiros poderiam se aproveitar disso para se evadirem, e talvez os demais o façam, mas Paulo e Silas, não. Isso impressiona de tal forma o carcereiro que ele também passa a acreditar no Senhor Jesus Cristo e convida os dois homens para irem à sua casa. Lava suas feridas, oferece--lhes uma refeição e pede para ser batizado junto com toda a família.

No dia seguinte, após confabularem, os magistrados da cidade ordenam que soltem discretamente aqueles prisioneiros indesejáveis. Paulo, então, banca o superior: "Um indulto não significa nada para mim", diz. "Sou cidadão romano, me vergastaram e aprisionaram sem julgamento, isso é contrário à lei, estais errados e não sairei daqui como ladrão. Não, enquanto não vierdes vos desculpar, fico na prisão. Estou muito bem aqui."

O que está por trás dessa cena de comédia é a cidadania de Paulo, que, a princípio ignorada pelos magistrados de Filipos, convence-os, quando tomam conhecimento dela, de que entraram numa roubada. Um judeu obscuro podia ser vergastado sem julgamento, um cidadão romano, não: este poderia apresentar queixa e lhes trazer aborrecimentos. Com razão, Jérôme Prieur e Gérard Mordillat, autores da famosa série documental sobre as origens do cristianismo, *Corpus christi*, acham suspeito que, brutalizado pelas autoridades, Paulo tenha demorado tanto a se valer desse título, que lhe teria evitado espancamento e noite no pelourinho. Eles se perguntam se ele era mesmo cidadão romano. E, uma vez que estamos falando de hipóteses, os mesmos Prieur e Mordillat observam que o que Lucas e o próprio Paulo contam sobre as primeiras proezas deste último como perseguidor de cristãos, "agrilhoando e lançando na prisão homens e mulheres", obtendo, contra os cristãos de Damasco, mandados de prisão assinados pelo sumo sacerdote de Jerusalém, é absolutamente inverossímil no contexto do judaísmo no século I. A administração romana, que monopoliza o poder de polícia e faz questão de permanecer neutra nas querelas religiosas, jamais teria permitido que um jovem rabino fanático saísse prendendo pessoas em nome de sua fé. Se tivesse tentado isso, ele é que se veria na cadeia. Se quisermos levar a sério o que Paulo diz, isso implica uma coisa completamente diferente: ele ter sido uma espécie de miliciano, auxiliar de um exército de ocupação. Um historiador de que falarei adiante defendeu essa tese audaciosa, mas não é preciso ir tão longe para, desde agora, extrair da fabulação de Paulo uma conclusão instrutiva sobre sua psicologia e seu senso de efeito dramático. Talvez ele não tenha sido esse Exterminador judeu que ele próprio se apraz em descrever, "não transpirando senão ódio e morte" e semeando terror na Igreja da qual um dia será pastor, mas sabe que a história fica mais bem contada desse jeito, o contraste é mais sedutor.

Paulo, o apóstolo, é maior por ter sido Saulo, o inquisidor, e penso que essa característica casa bem no quadro com aquela ilustrada no episódio de Filipos: o gozo que ele sente em se deixar espancar, quando lhe bastaria uma palavra para ser libertado — contudo, para pronunciar essa palavra, ele espera até se ver coberto de sangue e equimoses, e aqueles que o agrediram, por seu erro até o pescoço.

O braço de ferro termina bem para Paulo, que sai da prisão de cabeça erguida, mas ele é incentivado pelos magistrados, de toda forma, a ir enforcar-se em outras plagas. Ele vai se despedir de Lídia e de seus familiares, exorta-os a se mostrarem dignos de seu batismo, depois segue viagem com Silas e Timóteo. A continuação de suas aventuras é narrada nos Atos, porém, nesse ponto, seu futuro autor, Lucas, desaparece da própria narrativa. Seja porque não quis acompanhar Paulo, seja porque Paulo não quis que ele o acompanhasse, ele retorna aos bastidores, de onde só sairá três capítulos e sete anos mais tarde. Só então ele voltará ao "nós" da testemunha ocular, e nas mesmas cercanias. É o que me faz pensar, junto com Renan, que ele era macedônio e que passou esses sete anos em Filipos, e o que eu gostaria de fazer agora é imaginar esses anos longe do teatro de operações, naquela Grécia setentrional, balcânica, onde se desenrolam os filmes lentos e brumosos de Theo Angelopoulos. Imaginar como, na ausência de Paulo, se desenvolveu uma daquelas pequenas igrejas que ele semeava em seu caminho como pedras. O que se sabia de suas viagens, a repercussão de suas cartas. Como germinava, ao longo daquele longo inverno, o que ele tinha semeado.

15

Era o quê, uma igreja cristã? Será que já se usavam essas palavras? É provável, sim. Em suas cartas, Paulo fala de suas "igrejas" — que, para sermos menos clericais, podemos chamar simplesmente de seus "grupos".

E "cristã"? Sim, também. A palavra se formou em Antioquia, na Síria, onde Paulo começou a pregar cerca de dez anos depois da morte de Jesus. Sob sua autoridade, as conversões se multiplicaram e passou-se a chamar de *kristianos* os adeptos daquele *Kristos* que muitos, a começar pela autoridade romana, consideravam um chefe rebelde ainda vivo. Essa lenda urbana fez seu caminho, errático, até Roma, onde no ano 41 o imperador Cláudio julgou por bem reagir, promulgando um decreto contra os judeus, acusados de provocar distúrbios em nome de seu mentor *Chrestos*.

Roma, Antioquia e Alexandria eram as capitais do mundo, mas até mesmo num recanto tão provinciano do império como a Macedônia, onde vivia Lucas, algumas dezenas de pessoas em algumas cidades se consideravam como a Igreja de Cristo.

Essas dezenas de pessoas não eram pobres pescadores analfabetos, como naquela Galileia das origens a cujo respeito elas nada sabiam, tampouco poderosos, e sim comerciantes, como a negociante de púrpura Lídia, artesãos, escravos. Lucas exagera a importância de alguns recrutas de categoria mais elevada, romanos em especial, mas Lucas é um pouco esnobe, inclinado ao *name-dropping* e absolutamente capaz de ressaltar que Jesus não só era o filho de Deus, como, por parte da mãe, de excelente família.

Alguns eram judeus helenistas, a maioria gregos judaizados, mas todos, judeus e gregos, após conhecerem Paulo, julgavam-se filiados a um ramo especialmente puro e autêntico da religião de Israel, não a um movimento dissidente. Continuavam a frequentar a sinagoga, se lá não encontrassem oposição muito ferrenha. A oposição, dito isso, manifestava-se infalivelmente a partir do momento em que havia uma sinagoga *de verdade*, uma colônia judaica *de verdade*, judeus circuncidados *de verdade*. Não era o caso em Filipos, era o caso em Tessalônica, para onde Paulo foi imediatamente depois. Lá, os judeus não gostaram nada que o recém-chegado arrebanhasse parte de seus fiéis. Denunciaram-no como arruaceiro às autoridades romanas e o forçaram a bater em retirada, e o roteiro se repetiu em Bereia, cidade vizinha. O que podiam fazer então os convertidos de Paulo? Ou, como antes, ir à sinagoga e se reunir discretamente para seguir as diretrizes de seu novo guru. Ou, pura e simplesmente, abrir outra sinagoga.

Sério? Era simples assim? Temos um pouco de dificuldade em aceitar isso. Pensamos imediatamente em cisma, heresia. É que estamos acostumados a considerar toda religião mais ou menos totalitária, mas na Antiguidade isso não era absolutamente verdade. Nesse ponto, como em muitos outros relativos à civilização greco-romana, reporto-me a Paul Veyne, que é não só um grande historiador, mas também um escritor maravilhoso. Como Renan, ele me acompanhou ao longo de todos os anos dedicados a escrever este livro, e sempre apreciei sua companhia: sua vivacidade, excentricidade, avidez pelo detalhe. Ora, diz Paul Veyne, os locais de culto no mundo greco-romano eram pequenas empresas privadas, o templo de Ísis de uma cidade tinha tanto a ver com o templo de Ísis de outra quanto têm, digamos, duas padarias. Um estrangeiro podia dedicar um templo a uma divindade de seu país assim como, hoje, abriria um restaurante de especialidades exóticas. O público decidia se ia ou não. Se aparecesse um concorrente, o que de pior podia acontecer era que ele cooptasse a clientela — o que censuravam a Paulo. Os judeus, no tocante a essas questões, já eram menos descontraídos, mas foram os cristãos que inventaram a centralização religiosa, com sua hierarquia, seu Credo válido para todo mundo, suas punições para quem dele se afastasse. Essa invenção, na época a que nos referimos, ainda engatinhava. Mais que uma guerra de religiões, cuja simples noção era inacessível aos antigos, o que tento descrever está mais perto de um fenômeno muito comum nas escolas de ioga e artes marciais — certamente em outros círculos também, mas falo do que conheço. Um aluno adiantado decide dar aulas e arrasta consigo parte dos colegas. O mestre chia, mais ou menos abertamente. Alguns alunos, por espírito de concórdia, fazem uma aula com um, uma aula com outro, e dizem que tudo bem, são complementares. No fim, a maioria acaba fazendo uma escolha.

16

Essas pequenas igrejas que se desenvolveram na Macedônia nos anos seguintes à passagem de Paulo não viviam em comunidade — como, em Jerusalém, os discípulos e a família de Jesus. A orientação do apóstolo era que cada qual permanecesse onde estava e não alterasse em nada o cotidiano de suas vidas. Em primeiro lugar, porque o fim do mundo estava próximo e, até lá, era inócuo agitar-se ou fazer planos. Depois, porque a verdadeira mudança operava-se alhures: na alma. Se és escravo, dizia Paulo, não procures libertar-te. Chamando-te, de toda forma, o Senhor te liberta, quanto aos homens livres, tornam-se teus escravos. Se és casado, assim permanece. Se não és, não procures mulher. Se és grego, não te submetes à circuncisão — fiquei admirado de saber que, para frequentar as termas sem constrangimento, alguns judeus helenizados reconstituíam cirurgicamente o prepúcio: essa operação chamava-se "epispasmo".

Lemos sem espanto que eles se tratavam mutuamente de "irmãos" e "irmãs". Estamos errados. Deveríamos nos espantar. Séculos de sermões começando por "Caríssimos irmãos" nos acostumaram a esse uso, mas na Antiguidade isso era um completo disparate. Podia-se chamar alguém de "irmão" por extensão ou metáfora, para reforçar a intimidade de um laço, mas a ideia de que todos os homens são irmãos é um achado dessa pequena seita, que a princípio deve ter escandalizado. Imaginemos um padre, hoje, ao dirigir-se a seus fiéis, chamando-os de "maridos e mulheres", como se todo homem fosse marido de toda mulher e vice-versa. Não soaria mais estranho que o "irmãos e irmãs" em vigor nas igrejas de Paulo, e não admira que suas reuniões tenham frequentemente passado por incestuosas ou, no mínimo, libertinas.

E, nesse ponto, isso não correspondia à verdade. As primeiras igrejas cristãs eram tudo menos locais de libertinagem. No início do século ii, Plínio, o Jovem, nomeado governador da remota região da Bitínia, na costa do mar Negro, escreverá ao imperador Trajano uma carta carregada de perplexidade que é um dos primeiros documentos de fonte pagã sobre os cristãos. Ao assumir seu posto, Plínio descobre que a religião cívica está em decadência, os templos, vazios, que ninguém mais compra na feira de carnes imoladas aos deuses, e, segundo ele ouve dizer, a principal razão dessa situação desoladora é o sucesso de uma seita da qual ele nunca ouviu falar: os discípulos de Cristo. Eles se reúnem secretamente, o chefe de gabinete de Plínio acha que é para fazer safadezas, Plínio não se contenta com esses rumores. Informa-se, envia alguém, e o resultado da investigação é desnorteante. Quando se encontram, aquelas pessoas limitam-se a partilhar uma refeição frugal, a olhar umas para as outras sorrindo, a cantar hinos. Tanta mansidão preocupa, quase que se preferiria as safadezas, mas é preciso reconhecer: ninguém transava com ninguém.

Essa pureza de costumes quase alarmante nos incomoda — em suma, a mim incomoda tanto quanto a Plínio. Autores bem-intencionados tentaram corrigir a horrível reputação de desmancha-prazeres de que goza Paulo entre os modernos. Para defendê-lo contra as acusações de pudicícia, machismo e homofobia, que, a partir de suas cartas, chovem sobre ele, procuram descrevê-lo como um revolucionário moral, pregando o verdadeiro amor do corpo humano num mundo obstinado em degradá-lo. Até pode ser, mas essa linha de defesa é a mesma dos que consideram o véu integral a mais alta expressão do respeito da mulher, achincalhada pela pornografia ocidental. Paulo não era apenas solteiro — o que já ia contra a moral judaica, que considera o homem não casado um homem incompleto. Era casto, gabava-se de ser virgem e proclamava que esta era de longe a melhor opção. Encabulado, admite numa carta ser "melhor casar-se a ficar abrasado" — por "abrasado" ele se refere ao que chama de *porneia*, que significa exatamente o que você está pensando — e que, no tocante a essas questões, "digo eu, não o Senhor". Às vezes nos perguntamos a partir de quais critérios, mas o fato é que Paulo distingue com nitidez as questões sobre as quais se exprime como porta-voz do Senhor daquelas sobre as quais se limita a dar sua opinião pessoal. Assim, é a pessoa de Paulo que, "por causa das angústias presentes", estima vantajoso permanecer virgem. O Senhor é menos exigente. Diz apenas que convém permanecer na condição em que se encontrava no momento em que foi chamado. Casado, se casado etc. Paulo, por sua vez, esclarece: "Aqueles que têm esposa, sejam como se não a tivessem; aqueles que choram, como se não chorassem; aqueles que se regozijam, como se não se regozijassem; aqueles que compram, como se não possuíssem. Pois passa a figura deste mundo. Eu quisera que estivésseis isentos de preocupações".

17

Já se encontravam por conta do Shabat, passaram a se encontrar para a refeição do Senhor, no dia seguinte ao Shabat, e depois, pouco a pouco, a se encontrar todos os dias. Tinham tanto a se dizer! Tantas experiências novas a contar, comparar. Olhando de fora, no entanto, faziam a mesma coisa que na sinagoga: ler e interpretar as Escrituras. Agora, contudo, dispunham de uma nova grade de leitura, nova e prodigiosamente excitante. Nas palavras não raro obscuras dos profetas, procuravam prenúncios da morte e da ressurreição de Cristo, do fim iminente dos tempos, e quem procura, é claro, acha. Liam, interpretavam, exortavam-se. Sobretudo, rezavam. Rezavam como se nunca houvessem rezado antes.

* * *

Eu gostaria que neste ponto o leitor se perguntasse o que significa para ele a palavra "oração". Para um grego ou romano do século I, era uma coisa bastante formal: uma invocação pronunciada em voz alta, no âmbito de um rito, e dirigida a um deus no qual seria falso dizer que não se acreditava, mas no qual se acreditava como se acredita numa companhia de seguros. Havia contratos especializados, igual ao firmado com o deus da ferrugem do trigo. Solicitavam sua proteção, agradeciam-lhe por tê-la concedido, se o trigo enferrujasse ele era criticado por sua negligência, e, uma vez de costas para o altar, estava-se quite, não se precisava mais pensar naquilo. Para muitos, esse convívio mínimo com o divino era suficiente.

Assim como há épocas mais ou menos religiosas (penso que aquela a que me refiro não era mais que a nossa, porém muito similar), há temperamentos mais ou menos religiosos. Existem pessoas com inclinação, e logo talento, para essas coisas, como para a música, e outros que se gabam de viver muito bem sem elas. No mundo greco-romano do século I, as almas pias não tinham grandes opções, daí apreciarem tanto o judaísmo. De simples recitação, a prece transformava-se entre os judeus numa conversa em que o coração se derramava. Seu deus era um interlocutor, todos os interlocutores ao mesmo tempo: confidente, amigo, pai alternadamente carinhoso e severo, marido ciumento a quem nada podem esconder — o que às vezes seria preferível. Erguendo os olhos para ele, mergulhavam no mais íntimo de si. Já era muito, mas Paulo pedia mais. Pedia que orassem o tempo todo.

Existe um livrinho, escrito por volta do fim do século XIX, intitulado *Relatos de um peregrino russo*. Li e reli esse livro no meu período cristão, ainda o releio às vezes. O narrador é um pobre mujique que mal sabe ler, que tem um braço mais curto que o outro e que um belo dia, na igreja, ouve o padre ler esta frase dita por Paulo: "Orai sem cessar". Ela o fulmina. Ele compreende que isso é mais do que importante, é essencial. Mais do que essencial, vital. Que é a única coisa que conta.

Mas se pergunta: como podemos orar sem cessar? E eis o pequeno mujique a percorrer as estradas da Rússia em busca de homens mais instruídos e devotos que ele, que lhe explicarão como agir.

Os *Relatos de um peregrino russo* são uma apresentação, maravilhosamente vulgarizada, de uma corrente mística que existe há quinze séculos na Igreja ortodoxa e que os teólogos chamam de *hesychasmo*, "prece do coração". O livrinho teve uma descendência moderna inesperada: duas novelas de J. D. Salinger, *Franny e Zooey*, que foram uma das grandes paixões literárias de minha juventude. A heroína, uma adolescente sexy e neurótica, topa, na Nova York boêmia dos anos 1950, com esse livrinho russo anônimo, é por sua vez fulminada e, para grande horror da família, passa a murmurar da manhã à noite: "Senhor Jesus, tende piedade de mim". De que maneira seu irmão, um jovem ator pretensioso e genial, arranca-a dessa mania, ao mesmo tempo que a aprova em suas últimas consequências, você saberá lendo as duas novelas de Salinger. Elas também saíram dessa palavra de Paulo, atestada na primeira carta aos tessalonicenses e que da primeira vez foi tomada ao pé da letra naquelas igrejas perdidas da Macedônia ou da Anatólia, por volta dos anos 1950 de nossa era: "Orai sem cessar".

No começo, tal como o pequeno mujique, os irmãos e irmãs de Tessalônica, Filipos e Bereia se preocupam: "Mas não sabemos o que devemos dizer. Não sabemos o que devemos perguntar".

Paulo lhes respondia: "Não vos preocupeis, o Senhor sabe melhor do que vós do que necessitais. Não peçais bens, não peçais que vossos negócios prosperem, não peçais sequer virtudes. Pedi apenas ao Cristo que ele vos conceda o dom da prece. É como se quisésseis fazer filhos: para isso, é preciso primeiro encontrar a mãe, e a oração é a mãe das virtudes. É orando que aprendereis a orar. Não vos percais em longas frases. Repeti somente, empenhando nisso todo o vosso coração: *Marana-tha*, que quer dizer: 'Vinde, Senhor'. Ele virá, prometo-vos. Descerá sobre vós, fará sua morada em vós. Não sereis mais vós que vivereis, mas ele, o Cristo, que viverá em vós".

Se porventura dissessem: "Vamos tentar", ele meneava a cabeça: "Não tenteis. Fazei".

Não permaneceu muito tempo nem em Tessalônica, nem em Bereia, nem em Filipos, mas deixou as instruções e o mantra. Assim providos, irmãos e irmãs exercitavam-se com ardor, comparando suas práticas entre si. Um se levantava mais cedo, deitava-se mais tarde, assim que tinha um instante se retirava para os fundos de sua loja para sentar no chão com as pernas em xis, sozinho, e à meia-voz repetir *Marana-tha*, até que o sangue lhe latejasse nas têmporas, o ventre esquentasse e ele não se lembrasse mais do sentido do que dizia. Outro repetia isso em silêncio e assim não precisava estar sozinho. Podia fazê-lo o tempo todo, em qualquer lugar, no meio da multidão. Rezava caminhando, selecionando sementes, conversando com os fregueses. Dizia ao primeiro, o que precisava se sentar com as pernas em xis: "Porventura te trancas no quarto para respirar? Não. Paras de respirar quando trabalhas? Quando falas? Quando dormes? Não. Então por que não rezar como respiras? Tua respiração pode se transformar em prece. Inspiras e chamas o Cristo. Expiras e recebes o Cristo. Até seu sono pode vir a ser prece. 'Durmo, mas meu coração vela', diz a noiva no Cântico dos cânticos. A noiva é tua alma. Mesmo dormindo, ela está acordada".

Paulo também dissera isto: "Permanecei em vigília", e alguns exercitavam-se em não dormir mais. A insônia voluntária lhes proporcionava visões. Exaltavam-se a ponto de entrar em transe. Nesses transes, uns louvavam a Deus em grego: chamavam a isso profetizar. Outros emitiam gritos, suspiros, gemidos. Às vezes proferiam sons que pareciam ser palavras e até frases, mas que não se compreendiam. Chamava-se "falar em línguas" esse fenômeno classificado pelos psiquiatras sob o nome de glossolalia, e davam-lhe imenso valor. Seria uma língua desconhecida na medida em que não a identificavam, ou simplesmente uma língua que não existia, que nenhum homem falava na terra? Impossível saber, mas ninguém duvidava que seus falantes eram inspirados por Deus, e não possuídos por um demônio como a pitonisa de Filipos. Tentava-se transcrever essas séries de fonemas misteriosos, salvaguardá-los, decifrar seu sentido.

(Na esteira de sua experiência mística, Philip K. Dick também deu para pensar e sonhar numa língua desconhecida. Anotava o que podia. A partir de suas anotações, fazia pesquisas, e, finalmente, identificou-a. Adivinhem que língua era essa?

Duvido que acertem: era grego *koiné*, o falado por Paulo.)

18

Êxtases, transes, lágrimas, profecia, dom de línguas… Esses fenômenos, que hoje como ontem florescem na maioria das seitas, eram cultivados com um entusiasmo desordenado nas primeiras igrejas cristãs. Alguns adeptos haviam experimentado outras religiões orientais, em que ingeriam drogas, cogumelos, esporão do centeio e outras beberagens que induziam ao êxtase. Ficavam um pouco decepcionados ao descobrirem que o corpo e o sangue de Cristo, incorporados durante o ágape, não passavam de simples pão e simples vinho. Teriam preferido alguma coisa mais misteriosa — sem se darem conta de que o mais misterioso era justamente aquilo. Aspiravam a poderes mágicos. Paulo, então, pregava-lhes o discernimento e a prudência. Em suas cartas, diz o que dizem os bons mestres de ioga quando seus alunos julgam sentir o estômago revolver-se e despertar seu *kundalini*. Isso existe, sim, é um sinal de progresso, e sim, com certo nível de prática é possível adquirir poderes. Mas não se deve dar muita importância a isso, caso contrário vira uma armadilha e regredimos em vez de avançar. Diz que todos os dons têm sua função, como os membros do corpo, que nenhum é inferior, e que aquele que fala em línguas não deveria olhar do alto quem se limita a falar grego como todo mundo. "Eu mesmo posso fazer isso durante horas, mas, em vez de falar perante vós dez mil palavras em línguas, que vos deixariam boquiabertos, prefiro dizer cinco em grego, que vos serão úteis." Diz, por fim, e acima de tudo, que, quanto aos dons, vá lá, mas que só um é efetivamente importante, superando os demais, é o que ele chama de *agapê*.

Agapê, termo do qual Paulo extraiu a palavra "ágape", é o pesadelo dos tradutores do Novo Testamento. A partir dele o latim forjou *caritas* e nós, "caridade", mas caridade, após bons e leais serviços, não dá mais conta do problema nos dias de hoje. Então "amor", pura e simplesmente? Mas *agapê* não é nem o amor carnal e passional, que os gregos chamavam *eros*, nem aquele carinhoso, sereno, que eles chamavam *philia*, casais unidos ou pais para seus filhinhos. *Agapê* vai mais além. É o amor que dá em vez de tomar, o amor que quer o bem do outro em lugar do próprio, o amor livre do ego. Uma das passagens mais estarrecedoras da estarrecedora correspondência de Paulo é uma espécie de hino ao *agapê*, que se costuma ler nas missas de casamento. O padre Xavier o leu quando nos uniu, a Anne e a mim, em sua modesta paróquia do Cairo. Renan o considera — e eu concordo com ele — a única passagem do Novo Testamento que está à altura das palavras de Jesus, Brahms o musicou na última de suas últimas *Quatro canções sérias*. Por minha conta e risco, proponho a seguinte tentativa de tradução.

"Eu poderia falar todas as línguas dos homens, e a dos anjos, se não tiver amor, nada sou. Nada além de um som de metal ou o retinir de um címbalo.

"Eu poderia ser profeta, poderia ter acesso a todos os mistérios e toda a ciência, poderia ter até mesmo a fé que move montanhas. Se não tiver amor, nada sou.

"Eu poderia distribuir tudo que tenho aos pobres, entregar meu corpo às chamas. Se não tiver amor, de nada valeria.

"O amor é paciente. O amor é solícito. O amor não inveja. Não se gaba. Não é arrogante. Não é escandaloso. Não busca seu interesse. Não guarda rancor. Não se rejubila com a injustiça. Rejubila-se com a verdade. Tudo perdoa. Tudo tolera. Tudo espera. Tudo suporta. É infalível.

"As profecias desaparecerão. As línguas desaparecerão. A inteligência tem limites, as profecias têm limites. Tudo que tem limites desaparecerá quando chegar o que é perfeito.

"Quando eu era criança, falava como criança, pensava como criança, raciocinava como criança. Depois que me tornei homem, eliminei a infância. O que vejo hoje vejo como se num espelho, é obscuro e confuso, mas chegará um momento em que verei de verdade, face a face. Agora o que conheço é limitado, mas então conhecerei, assim como sou conhecido.

"Por ora subsistem a fé, a esperança e o amor. Os três. Porém, dos três, o maior é o amor."

19

Que é preferível ser bom a mau, isso decerto não era novidade nem era alheio à moral antiga. Gregos e judeus conheciam a regra de ouro, a cujo respeito um rabino contemporâneo de Jesus, Hillel, dizia resumir sozinha toda a Lei: "Não faças aos outros o que não gostarias que te fizessem". Que é preferível ser modesto a fanfarrão: tampouco nada de escandaloso. Humilde a soberbo: ainda passa. É um lugar-comum da sabedoria. Porém, progressivamente, escutando Paulo, terminava-se por achar preferível ser pequeno a grande, pobre a rico, doente a saudável e, chegando a esse ponto, o espírito grego não compreendia mais nada, ao passo que os recém-convertidos exaltavam-se com a própria audácia.

De um ponto de vista cronológico, é prematuro falar nisso, mas, ao que eu saiba, uma das cenas que melhor evoca a espécie de aparvalhamento que esse código de conduta devia provocar está no romance histórico de Sienkiewicz, *Quo vadis?*, sobre os primeiros cristãos no tempo de Nero, que mais tarde virou um filme histórico de grande apelo popular. O herói, um oficial romano, comporta-se pessimamente durante toda a primeira parte do livro. Não me lembro mais dos detalhes, mas sua folha corrida inclui perseguição, estupro, chantagem, talvez assassinato, e quando a trama faz com que ele caia nas mãos daqueles cristãos que tão boas razões têm para odiá-lo, ele se vê em maus lençóis. Espera que façam com ele o que ele lhes faria, ele, sem hesitação nem remorso, se estivesse em seu lugar; matá-lo e, antes disso, torturá-lo. É o que ele faria não porque é mau, mas porque é o que faz um homem normal quando lhe prejudicaram gravemente e ele tem oportunidade de se vingar. É a regra do jogo. Ora, o que acontece? Em vez de incandescer o ferro nas brasas e aproximá-lo de seus olhos ou colhões, o chefe dos cristãos, aquele que entregou a filha adotiva a Nero, desamarra-o, beija-o e lhe devolve a liberdade, sorrindo e chamando-o de irmão. A princípio, o romano pensa num requinte de crueldade. Depois, compreende que não é uma piada. Aquele que a princípio era seu pior inimigo simplesmente o perdoou. Correndo o risco enorme de libertá-lo, confia nele. Abdica de sua posição de força, coloca-se à sua mercê. Então alguma coisa se desestabiliza no oficial romano. Ele toma consciência de que aqueles homens miseráveis e perseguidos são mais fortes que ele, mais fortes que Nero, mais fortes que tudo, e não aspira a mais nada a não ser tornar-se um deles. Está pronto, pela fé dos outros que nesse instante passa a ser a sua, a se deixar devorar pelos leões — o que não vai demorar a acontecer.

Os Atos dos Apóstolos são recheados de aventuras e milagres, mas não encontramos nenhum episódio desse gênero. Mesmo assim, estou convencido de que a força de persuasão da seita cristã se devia em grande parte à sua capacidade de inspirar gestos insólitos, gestos — e não somente palavras — que iam na contramão do comportamento humano normal. Os homens são feitos de tal forma que — no caso dos melhores, o que já é alguma coisa — querem bem a seus amigos e, todos, mal a seus inimigos. Preferem ser fortes a fracos, ricos a pobres, grandes a pequenos, dominantes a dominados. É desse jeito, é normal, ninguém nunca disse que isso era ruim. A sabedoria grega não diz, a devoção judaica tampouco. Ora, eis homens que não só dizem, como fazem exatamente o contrário. Primeiro, ninguém compreende, ninguém vê interesse nessa extravagante inversão de valores. Depois, começam a compreender. Começam a ver o interesse, isto é, a força, a intensidade de vida resultante daquela conduta aparentemente aberrante. E, então, não têm mais senão um desejo, que é imitá-los.

Na época em que frequentavam a sinagoga, os prosélitos de Filipos ou Tessalônica viviam mergulhados numa devoção grave e doce, privilegiando a quietude à exaltação. A observância mais ou menos rigorosa da Lei dava forma à sua vida e dignidade às suas mais ínfimas ações, mas eles esperavam uma penetração progressiva, não uma mudança radical. Uma vez discípulos de Paulo, a coisa mudava de figura. O fim do mundo iminente modificava completamente a perspectiva. Eles eram os únicos a saber de uma coisa inaudita, que todo mundo ignorava. Únicos despertos em meio aos que dormiam. Viviam num mundo sobrenatural, ainda mais prodigioso na medida em que cumpria atentar para nada mostrar dele, comportar-se — mais uma vez Paulo insistia muito nesse ponto — de maneira absolutamente normal. O contraste entre essa coisa extraordinária que crescia no âmbito do grupo e a busca zelosa, escrupulosa, da vida mais banal produzia um efeito inebriante, e suponho que, quando os discípulos de Paulo se encontravam com os que haviam permanecido fiéis à sinagoga, os mais sensíveis destes deviam observar naqueles uma mudança que os deixava pensativos e levemente invejosos.

20

A crônica das aventuras de Paulo entre sua partida de Filipos e seu retorno, sete anos mais tarde, é superconfusa nos Atos. O que é compreensível: Lucas não estava presente. Contudo, para complementar seu relato, dispomos de outro documento, de valor absolutamente excepcional, uma vez que emana do próprio Paulo: são as cartas que ele escrevia às suas igrejas.

Em todas as edições do Novo Testamento, elas se situam, sob o pomposo nome de "epístolas" — que não quer dizer nada além de "cartas" —, depois dos Evangelhos e dos Atos. Essa ordem é enganadora: elas são pelo menos vinte ou trinta anos anteriores a eles. São os textos cristãos mais antigos, os primeiros vestígios escritos do que ainda não se chamava cristianismo. São também os textos mais modernos de toda a Bíblia; quero dizer com isso, os únicos cujo autor foi claramente identificado e fala em seu próprio nome. Jesus não escreveu os Evangelhos. Moisés não escreveu o Pentateuco, nem o rei Davi, os salmos que a devoção judaica lhe atribui. Ao passo que, segundo os críticos mais severos, pelo menos dois terços das cartas de Paulo são efetivamente de sua autoria. Elas exprimem seu pensamento tão diretamente quanto este livro exprime o meu. Nunca saberemos quem era verdadeiramente Jesus nem o que ele disse de fato, mas sabemos quem era e o que dizia Paulo. Para conhecer o estilo de suas frases, não devemos confiar em intermediários, que as recobriram com espessas camadas de lenda e teologia.

Paulo não escrevia para posar de escritor, e sim para manter o contato com as igrejas que fundara. Dava notícias suas, respondia às perguntas que lhe faziam. Talvez não previsse isso quando escreveu a primeira, mas suas cartas não demoraram a se tornar circulares, boletins de ligação muito semelhantes aos que Lênin dirigia de Paris, Genebra ou Zurique, antes de 1917, às diversas facções da Segunda Internacional. Os Evangelhos ainda não existiam: os primeiros cristãos não possuíam livro sagrado, as cartas de Paulo o substituíam. Eram lidas em voz alta por ocasião dos ágapes, antes da distribuição do pão e do vinho. A igreja que recebia uma carta original conservava-a devotamente, mas seus fiéis faziam cópias que circulavam nas outras igrejas. Paulo insistia para que fossem lidas por todos, pois, ao contrário de muitos gurus, ele não promovia missas baixas nem dissimulações. Não tinha nenhuma inclinação pelo esoterismo, nenhum escrúpulo em se adequar a seu público: essa característica também o faz lembrar Lênin, quando este julga necessário "trabalhar com o material disponível". Qualquer um podia receber seu ensinamento e se apropriar dele como possível. O que ele escrevia aos tessalonicenses concernia a toda a igreja de Tessalônica e às outras igrejas da Macedônia. Embora nunca faça referência a isso nos Atos, Lucas deve ter assistido às leituras dessas cartas e até mesmo, provavelmente, as copiado.

* * *

Para um teólogo, as cartas de Paulo são tratados de teologia — podemos inclusive afirmar que toda a teologia cristã repousa sobre elas. Para um historiador, são fontes de um frescor e riqueza incríveis. Graças a elas, captamos no calor da hora o que era a vida cotidiana nessas primeiras comunidades, sua organização, os problemas que as afligiam. Graças a elas também podemos fazer uma ideia das idas e vindas de Paulo, de um porto a outro do Mediterrâneo, entre 50 e 60, e, quando os especialistas no Novo Testamento, seja qual for sua denominação, procuram reconstituir esse período, têm todos na mesa as cartas de Paulo e os Atos dos Apóstolos. Sabem que, em caso de contradição, é em Paulo que devem acreditar, pois um arquivo bruto tem mais valor histórico que uma compilação mais tardia, e a partir daí cada um elabora sua receita. Foi o que fiz também.

21

Após deixar Filipos, Paulo foi a Tessalônica, depois de Tessalônica a Bereia, e em toda parte seguiu o mesmo roteiro. No dia do Shabat, tomava a palavra na sinagoga, convertia alguns gregos simpáticos ao judaísmo e despertava a hostilidade dos verdadeiros judeus, que empregavam todos os meios para expulsar aquele concorrente desleal. Numa história de Lucky Luke, o veríamos todas as vezes deixando a cidade besuntado com alcatrão e penas. Essas reiteradas decepções convenceram-no a tentar a sorte na cidade grande. Assim, evacuado no último instante por seus discípulos de Bereia, embarcou para Atenas, onde um fracasso ainda maior o aguardava.

Atenas, isso é ponto pacífico, não era lugar para ele. Os nomes de Péricles, Fídias, Tucídides, dos grandes trágicos, não deviam lhe dizer muita coisa, e, mesmo na hipótese duvidosa de que tivesse sonhado com o milagre grego, teria de toda forma se decepcionado. Já fazia dois séculos que Atenas não passava de mais uma cidade de interior do império, politicamente subjugada e já transformada em museu. Para lá eram enviados romanos filhos de famílias tradicionais para um ano de estudos. Eles admiravam a Acrópole e as estátuas que haviam escapado à pilhagem das legiões de Sila. Ouviam pedagogos, retóricos, gramáticos debaterem grandes problemas filosóficos deambulando pela ágora como faziam antigamente Platão e Aristóteles. As estátuas chocavam Paulo: como bom judeu, considerava idólatra qualquer representação da figura humana. Tampouco apreciava os falastrões e os esnobes. Mas, ingenuamente, deve ter pensado que pessoas ocupadas o dia inteiro em debater assuntos elevados seriam clientes para ele. Também se pôs a discorrer na ágora, chamando à parte filósofos estoicos e epicuristas, que eram eminentes profissionais na arte de argumentar, quando não de convencer. Em seu grego estropiado de meteco, falava-lhes de Cristo e da Ressurreição, e como "ressurreição" se diz *anastasis*, tomava-se esta por uma pessoa, Anastácia, que acompanhava aquele. A propósito, em Nice, uma placa num prédio lembra que "aqui moraram Friedrich Nietzsche e seu gênio atormentado": outro casal cativante.

Tratavam-no de "pregador de divindades estrangeiras", pelo que devia se entender uma espécie de hare krishna. "Mas o que tanto fala esse papagaio?", indagavam-se alguns. Com efeito, podemos vê-lo perfeitamente, erguido em suas esporas, imprecando, importunando sua gente, pregando, como ele próprio reivindica numa carta, "no tempo oportuno e no inoportuno" — e Hervé me chama a atenção para o fato de que essa maneira de agir é o exato oposto da preconizada por Montaigne, cujo ideal é "viver no equilíbrio".

Seja como for, interlocutores mais curiosos convidam Paulo a expor sua doutrina perante o Areópago. Era o supremo conselho da cidade, o que condenara Sócrates cinco séculos antes. Tudo indica que não tinha nenhum assunto mais urgente nesse dia. Paulo deve ter preparado seu discurso como se fosse prestar um exame oral, e, não há como negar, investiu com habilidade: "Cidadãos atenienses!", disse. "Vejo que, sob todos os aspectos, sois os mais religiosos dos homens. Pois, percorrendo a vossa cidade e observando vossos monumentos sagrados, encontrei até um altar com a inscrição: 'Ao deus desconhecido'." (Tais dedicatórias existiam: constituíam uma precaução para não melindrar um eventual deus no qual não se tivesse pensado.) "Ora bem, o que adorais sem conhecer, isto venho eu anunciar-vos."

Excelente preâmbulo, seguido de um pequeno apanhado sobre o deus em questão. Seus traços são escolhidos a dedo para agradar os filósofos. Ele não mora, por exemplo, num templo, não exige que lhe façam sacrifícios. Ele é o sopro primordial, extraiu o múltiplo do Um, impôs sua ordem ao cosmo. Os homens o procuram às apalpadelas, mas ele está no coração de cada um. Um deus bondoso, bastante abstrato em suma, contra o qual seria difícil insurgir-se. Nenhuma palavra quanto às particularidades menos consensuais do deus dos judeus: ciumento, vingativo, zelando exclusivamente pelo seu povo. Até aí, portanto, escutam Paulo com aprovação, mas sem entusiasmo. Talvez esperem algo mais excêntrico. Mas de repente a coisa degringola. Como na sinagoga em Trôade. Como em Metz, onde, em 1973, perante um público francês de tietes alucinados por ficção científica, Philip K. Dick pronunciou um discurso sobre sua experiência mística intitulado: "Se não gostam dessa realidade, deveriam visitar outras", dizendo, em substância, que tudo que liam em seus romances era *verdade*.

"Pois Deus", prossegue Paulo, "fixou um dia no qual julgará o mundo com justiça, e este dia está próximo, por meio do homem a quem designou, ao ressuscitá-lo dentre os mortos."

Esse homem, Paulo não tem tempo de dizer seu nome, pois o juízo final e a ressurreição dos mortos já são o suficiente para a plateia dar o assunto por encerrado. Os céticos atenienses sequer ficaram chocados, como foi o caso dos judeus na sinagoga ou dos fãs de ficção científica em Metz. Sorriem, dão de ombros, dizem está bem, está bem, nos vemos em breve. E se vão, deixando o orador sozinho, mais ofendido por aquela tolerância divertida do que teria ficado por um escândalo seguido de apedrejamento.

22

Mortificado, Paulo não esquentou lugar em Atenas. Partiu para Corinto, que, sob todos os pontos de vista, é o oposto de Atenas: uma grande cidade portuária, populosa, libertina, sem passado glorioso nem monumentos prestigiosos, porém com ruas fervilhantes, biroscas onde se compra e trafica de tudo e em todas as línguas. Meio milhão de moradores, dos quais dois terços são escravos. Templos de Júpiter para constar, mas em todas as esquinas santuários de Ísis, Cibele, Serápis e, em especial, Afrodite, cujo culto é oficiado por sacerdotisas-prostitutas graciosamente denominadas *hierodulas* e conhecidas por transmitir uma gonorreia conhecida jocosamente em toda bacia mediterrânica como "doença coríntia". Cidade de excessos, lucro e pecado, mas Paulo respira lá melhor do que em Atenas porque lá pelo menos as pessoas dão duro e não se julgam superiores aos meros mortais. Lá, ele conhece um casal de judeus devotos, que os Atos designam como Priscila e Áquila, expulsos da Itália pelo famoso edito do imperador Cláudio que decretava que todos os judeus se afastassem de Roma. Priscila e Áquila exercem o mesmo ofício que ele, ele se instala na casa deles e divide com eles o ateliê.

Ainda não tive oportunidade de dizer, uma vez que, excepcionalmente em Filipos, ele recebeu guarita e comida, mas Paulo não era apenas pregador: trabalhava e se vangloriava disso. "Quem não quer trabalhar", repetia para quem quisesse ouvir, "também não há de comer." Feito Eduard Limonov, herói do meu livro anterior, que correu o mundo com uma máquina de costura e, aonde ia, ganhava a vida cerzindo calças, Paulo ganhava a sua tecendo uma lona áspera e resistente, usada na fabricação de tendas, velames e sacos para o transporte de mercadorias. Para alguém que gostava de viajar e não depender de ninguém, era uma escolha inteligente, garantia de nunca faltar trabalho. Era uma escolha ainda mais surpreendente para um homem que, oriundo de uma família rica, preparara-se na juventude para uma carreira de rabino. Paulo insiste muito em suas cartas no fato de que não trabalha só para comer, trabalha *com suas mãos*, para

153

que compreendam que não era forçado a isso, que era justamente uma escolha de sua parte. Tal escolha, pensando bem, é rara. Grandes figuras intelectuais e morais do último século, Simone Weil, Robert Linhart, os padres operários, quiseram, ao se estabelecer em fábricas, compartilhar uma condição à qual o destino não os obrigava. Me parece que hoje em dia são cada vez menos numerosos aqueles a compreender sua exigência, e o que é certo é que, à exceção de Paulo, os antigos jamais teriam compreendido essa atitude. Epicuristas ou estoicos, todos os sábios ensinavam que a fortuna é instável, imprevisível, e que devemos estar prontos a perder todos os nossos bens sem reclamar, mas nenhum teria aconselhado ou sequer imaginado desfazer-se deles voluntariamente. Todos consideravam o lazer, o livre uso de seu tempo, que eles chamavam *otium*, condição absoluta da realização humana. Um dos contemporâneos mais famosos de Paulo, Sêneca, diz a esse respeito uma coisa bastante simpática, que, se por um infortúnio qualquer se visse forçado a trabalhar para viver, pois bem, não transformaria isso num drama: se suicidaria e fim de papo.

23

Como de costume, Paulo deu início à sua pregação, a cada Shabat, nas sinagogas de Corinto, demonstrando com base nas Escrituras que Jesus era o Salvador anunciado. Como de costume, os judeus ficaram escandalizados e as coisas não melhoraram depois que Paulo amaldiçoou sua raça, declarando que, já que era assim, daria a boa nova aos pagãos e abriria uma escola rival na casa de um grego ao lado da sinagoga. Em sua fúria, os judeus mais uma vez foram se queixar à autoridade romana, que mais uma vez os despachou, nestes termos: "Se se tratasse de um delito ou ato perverso, com razão eu vos atenderia. Mas se são questões de palavras, de nomes, e da vossa própria Lei, tratai vós mesmos disso! Juiz dessas coisas eu não quero ser".

Essas sábias palavras alegram não só os partidários da laicidade, como os historiadores do Novo Testamento, pois Lucas fornece o nome do dignitário que as pronunciou. Chamava-se Galião, e uma inscrição atesta que exerceu as funções de procônsul em Corinto de julho de 51 a junho de 52. Claro, não são essas datas que figuram na inscrição, pois ninguém então desconfiava que vivia "d.C.", mas podemos reconstituí-las e são as únicas absolutamente certas nessa história. É baseando-se nelas, e somente nelas, que os historiadores montam, para trás e para a frente, suas cronologias das viagens de Paulo. Da mesma forma, embora seja evidente que Lucas não fazia qualquer ideia das exigências de um historiador moderno, a história nem por isso deixava de existir em seu tempo, era história que ele cogitava fazer, e nada atesta isso melhor do que o seu zelo em fazer coincidir, sempre que possível, a crônica clandestina e subterrânea da pequena seita judaica que viria a ser o cristianismo com os acontecimentos públicos e oficiais de seu tempo, aqueles suscetíveis de despertar o interesse dos verdadeiros historiadores. Lucas tem toda a consciência de que, fora de sua pequena seita, ninguém sabe quem são os heróis de seu relato, Paulo, Timóteo, Lídia e até mesmo Jesus, e, ao contrário dos outros evangelistas, isso o preocupa, pois ele se dirige a leitores estranhos à seita. Daí sua satisfação quando pode citar, a respeito dessas pessoas e acontecimentos obscuros, acontecimentos e pessoas que todo mundo conhece, pelo menos pessoas importantes, pessoas que deixam no mundo um rastro de suas existências, como era o caso do procônsul Galião. Com sua propensão ao *name-dropping*, penso que teria ficado ainda mais satisfeito se tivesse sabido e podido nos dizer que o procônsul Galião era irmão do famoso filósofo Sêneca, que eu mencionei ainda há pouco, e aquele a quem é dedicado seu tratado *Da vida feliz*.

Livro bizarro, esse *Da vida feliz*. À primeira vista, um resumo da filosofia estoica, o que chamaríamos hoje de um método de autoajuda. Isso explica, penso, seu sucesso quase igual ao do budismo junto aos modernos, que, viúvos de ideais coletivos, não dispõem mais, como os romanos do século I, de outro ponto de apoio senão o eu. A vida feliz, cujos encantos Sêneca descreve a seu irmão Galião, reside por inteiro na prática da virtude e na paz da alma daí resultante. Suas palavras-mestras são abstenção, retraimento, quietude. A felicidade é colocar-se fora de alcance. Cumpre, exercitando-se todos os dias e todas as horas — e esse exercício, em latim, chama-se *meditatio* —, libertar-se da influência dos afetos, não lastimar, não esperar, não antecipar, distinguir o que depende de nós do que não depende, se o seu filho vier a morrer persuadir-se de que não há nada a fazer quanto a isso e que não há motivos para ficar triste além da conta, ver em todas as circunstâncias da vida (sobretudo as que parecem desfavoráveis) uma oportunidade de aprendizado e, mediante uma progressão constante da loucura rumo à saúde da alma, alcançar o ideal do sábio — ideal de que os estoicos reconhecem sem constrangimento haver poucos exemplos, talvez um a cada quinhentos anos.

Correm cerca de trinta páginas assim, numa prosa nobre e bem equilibrada, e então, num certo momento, sem avisar, essa serena exposição doutrinal transforma-se no mais veemente libelo *pro domo*. Sêneca se irrita, sua voz patina e não há necessidade de ler o prefácio ou as notas de rodapé para compreender o que se passa: com unhas e dentes, ele se defende contra uma campanha que o acusa de viver na contramão de seus princípios filosóficos.

Seus detratores tinham argumentos. Sêneca era um fidalgo espanhol que fizera carreira meteórica em Roma — o que diz muito sobre a integração no império: considerado a encarnação do espírito romano, jamais ninguém pensaria nele como espanhol, assim como não pensará em Santo Agostinho como argelino. Homem de letras, autor de tragédias de sucesso, grande divulgador do estoicismo, era também um cortesão devorado pela ambição, que conheceu o prestígio imperial sob Calígula, a desgraça sob Cláudio e, novamente, o prestígio no início do reinado de Nero. Era, por fim, um homem de negócios esperto, que usou de suas prebendas e redes para criar sozinho uma espécie de banco privado e amealhar uma fortuna calculada em 360 milhões de sestércios, ou seja, pelo menos os mesmos milhões em euros. Quem sabia disso, e todo mundo sabia, sentia-se tentado a rir de seus elogios sentenciosos do desprendimento, da frugalidade e do método que ele aconselhava visando ao exercício da pobreza: uma vez por semana, comer pão preto e dormir no chão.

O que diz Sêneca para se defender dessas zombarias que terminaram por se transformar em complô? Em primeiro lugar, que nunca pretendeu ser um sábio completo, procurando apenas vir a sê-lo, e no seu ritmo. Que, mesmo sem percorrer pessoalmente todo o caminho, é bonito indicar aos outros a direção. Que, ao falar em virtude, ele não se oferece como exemplo e, ao falar dos vícios, pensa acima de tudo nos seus. E, querem saber?, vão todos à merda! Ninguém afirmou que o sábio deve recusar os dons da fortuna. Ele deve suportar uma saúde claudicante, se isso lhe couber, mas alegrar-se com a boa. Não ter vergonha de ser franzino ou disforme, mas preferir ter boa estatura. Quanto às riquezas, proporcionam a mesma satisfação que um vento favorável ao navegador: ele pode fazer sem, prefere fazer com. Qual o problema em comer em louça de ouro se sabemos, pela *meditatio*, que julgaríamos nossa refeição igualmente boa numa cumbuca rudimentar?

Também zombo um pouco, mas no fundo estou plenamente de acordo com essa sabedoria: ela me serve. Paulo, por sua vez, não concorda. Chamava isso de sabedoria secular e propunha outra, radicalmente diferente, da qual nem Sêneca nem seu irmão Galião, se o tivessem escutado, entenderiam uma vírgula.

Galião, atestam seus contemporâneos, era um homem benevolente e culto, o que podia haver de melhor num alto funcionário romano. Muito melhor que Pôncio Pilatos, que exercia as mesmas funções em Jerusalém vinte anos antes e se viu numa situação comparável. Dito isso, Pilatos tentou responder, aos que o pressionavam a punir Jesus de Nazaré, a mesma coisa que Galião aos que levaram Paulo até ele, pés e mãos acorrentados: que suas picuinhas religiosas não eram da conta dele. Se aceitara condenar Jesus, tinha sido porque Jerusalém era um caldeirão colonial, às voltas com rebeliões nacionalistas, ao passo que, em Corinto, onde a ordem romana reinava pacificamente, a tolerância era possível. Por outro lado, Pilatos e Galião têm uma coisa em comum: nenhum dos dois suspeitou um só instante do que acontecia diante de seus olhos. Jesus, para um, Paulo, para o outro, eram judeus obscuros e piolhentos que outros judeus obscuros e piolhentos arrastavam perante seu tribunal. Galião ordenou a soltura de Paulo e varreu o assunto da cabeça. Pilatos foi obrigado a condenar Jesus à crucificação, e talvez a consciência de haver cometido uma injustiça a fim de evitar a desordem lhe tenha feito passar uma ou duas noites ruins. E ponto final. E é sempre assim que acontece. É possível que, no momento em que escrevo, circule por um conjunto habitacional do subúrbio ou numa favela um sujeito obscuro que, para o bem ou para o mal, mudará a face do mundo. É igualmente possível que, por uma razão qualquer, sua trajetória cruze com a de um personagem eminente, considerado pelos formadores de opinião um dos homens mais esclarecidos de seu tempo. Podemos apostar sem risco que o segundo passará totalmente ao largo do primeiro, que sequer o verá.

24

Ao longo do inverno, um ano após a passagem de Paulo, correu a notícia na Macedônia de que Timóteo estava de volta a Tessalônica. Embora irmãos e irmãs esperassem o retorno do Senhor em sua glória e, mais concretamente, já tivessem se contentado com o de Paulo, devem ter achado ótimo ele ter lhes enviado seu assistente. Sim, da maneira como eu penso, Lucas morava em Filipos, a um dia de cavalo e três ou quatro a pé pela grande estrada romana que atravessava a Grécia setentrional, e seria espantoso não ter feito essa viagem.

Timóteo era então muito moço. De pai grego mas mãe judia, logo plenamente judeu segundo a lei de Israel. Não era, contudo, circuncidado quando Paulo foi à Licaônia, onde morava sua família, e converteu a mãe, a avó e o filho — o pai, não sabemos. O fervor do rapaz era tão grande que ele suplicou a Paulo que o levasse consigo quando botasse de novo o pé na estrada. Paulo disse sim e, na véspera da partida, com as próprias mãos circuncidou Timóteo. Resolveu-se a isso, esclarece Lucas, que conta o episódio com certo constrangimento, "por causa dos judeus que havia naqueles lugares".

Na realidade, Paulo já tivera atritos suficientes com eles para ainda por cima adotar um escândalo ambulante que era um assessor judeu e incircunciso. Não deve ter se arrependido da trabalheira. Timóteo, na prática, revelou-se o discípulo ideal, o fiel entre os fiéis. Sabemos que lhe servia de secretário, suponho que lhe servia também de criado. No fim, virou seu emissário.

Por ter conhecido bem de perto dois grandes mestres, um de tai chi, o outro de ioga, também conheci essa incontornável figura do discípulo-factótum, e mesmo me dispondo a ouvir tudo que dizem, que essa relação de absoluta sujeição entre mestre e discípulo é uma tradição no Oriente e condição necessária para uma verdadeira transmissão, não pude me impedir de achar patéticos esses personagens cujo único desejo na terra é de *depender*. Dito isso, existem duas espécies de braços direitos de gurus. Uns são devotos inflexíveis, imbuídos até a crueldade do poder que lhes confere o prestígio do mestre, os outros, bons rapazes sem malícia, e tendo a imaginar Timóteo como um bom rapaz sem malícia. De todos os irmãos e irmãs reunidos em sua homenagem em Tessalônica, era Lucas quem o conhecia há mais tempo. Devia estar orgulhoso dessa intimidade, gabar-se um pouco dela diante dos outros, e vejo sem dificuldade Timóteo, por sua vez, tendo compreendido isso, tratando Lucas como velho colega de campanha, não perdendo uma oportunidade de lembrar que, sem ele, sem seu providencial encontro em Trôade e seu convite para ir a Filipos, as igrejas da Macedônia não existiriam.

O que Timóteo tem a dizer? Em primeiro lugar, que Paulo abençoa todo mundo. Que, para ele, teria sido uma satisfação vir pessoalmente, mas Satanás, aí, o impediu (sobre a maneira como Satanás agiu nesse sentido, não saberemos mais que sobre aquela pela qual o Espírito Santo lhe barrou o caminho da Ásia, e em momentos de mau humor sou tentado a acreditar que esta era uma desculpa bem cômoda para Paulo: "Fiz tudo para ir, amigos, mas sabem como é Satanás..."). Que, para ele, é um grande consolo pensar em seus queridos discípulos macedônios, na pureza de seus costumes, no frescor de seu clima, mergulhado como ele se acha no caldeirão de Corinto, onde é obrigado a fazer em face da depravação dos pagãos e da vingança dos judeus. Os pagãos, ainda passa: são pagãos. São principalmente os judeus que ele abomina. Os judeus tapam os ouvidos para a mensagem da qual, não obstante, são os primeiros destinatários. Os judeus não param de lhe causar aborrecimentos, arrastá-lo perante os tribunais romanos, ameaçá-lo de apedrejamento. Os judeus levaram à morte o Senhor Jesus e, antes dele, os profetas. São inimigos de todos os homens. Eles não agradam a Deus, que vai desferir sua ira sobre eles.

Timóteo talvez não tenha dito isso, mas Paulo, sim, numa passagem de sua primeira carta aos tessalonicenses que confunde sobremaneira os exegetas cristãos. Os anticlericais, por sua vez, a adoram. Citam-na para fazer remontar a Paulo a longa e pesada tradição de antissemitismo na Igreja, e não podemos deixar de lhes dar razão, ainda que em outras cartas, afortunadamente para os exegetas cristãos, Paulo tenha dito coisas mais gentis a respeito dos judeus. Talvez eu me engane, mas penso que esse tipo de diatribe deve ter confundido os tessalonicenses também — ou pelo menos Lucas, tal como o imagino. Afinal de contas, não deixa de ser curioso: Paulo era judeu, Timóteo era judeu, seus interlocutores não eram, ora, eram Paulo e Timóteo que reclamavam dos judeus o tempo todo. O judaísmo agradava alguém como Lucas, o que ele conhecia da vida judaica também, e o fato de darem para maldizê-los devia desconcertá-lo. Aqueles dois judeus dizendo "os judeus" como se eles mesmos não o fossem. De tanto ouvir que Deus concederia a gentios como ele a dádiva que preparara para seu povo, e da qual seu povo se mostrava indigno, Lucas devia se sentir na posição de um joão-ninguém a quem um bilionário excêntrico resolve legar toda a sua fortuna pelo prazer de deserdar um filho com quem ele cismou. Mesmo sendo difícil recusar a dádiva, ela incomoda um pouco.

25

Outra coisa incomoda os tessalonicenses, e "incomodar" é uma palavra muito fraca: transtorna-os, abala as fundações de sua fé. Poucas semanas antes, um membro de sua comunidade morreu. Ora, antes de deixá-los, Paulo disse uma coisa que Jesus também dizia, que em todo caso os Evangelhos colocam em sua boca, alguma coisa de extremamente imprudente e que se resume assim: o que vos anuncio, vereis muito em breve, e o vereis *todos*. Nenhum de vós morrerá sem tê-lo visto. Segundo a versão atribuída a Jesus: "Essa geração não passará sem que tudo isso aconteça". Tal promessa solene, para curtíssimo prazo, contribui em muito para a febre de urgência em que vivem os recém-convertidos. Inútil fazer planos, não resta senão aguardar o dia do Juízo Final, rezando, vigiando e prodigalizando caridade.

No fim de sua vida, infelizmente, minha madrinha tendia a esse tipo de anúncios. Lembro-me de um dia ter lhe falado a respeito de uma viagem que eu planejava fazer dali a seis meses. Ela olhou para mim com aquela cara que às vezes ela fazia, da pessoa que sabe e é dolorosamente surpreendida pelo abismo da ignorância alheia, e me disse: "Meu queridinho, dentro de seis meses ninguém mais viajará, ninguém mais pegará avião". Ela não voltava ao assunto, e eu não tinha nenhuma vontade de saber mais, na medida em que já ouvira aquelas profecias em sua boca e as considerava o preço a pagar pelos grandes benefícios que paralelamente obtinha de minhas conversas com ela. Nunca tive o mau gosto de interpelá-la, vencidos os prazos que ela determinava sempre com precisão. Ela própria devia esquecer, em todo caso não parecia abalada ao vê-los ficando para trás sem que jamais se produzissem os cataclismos previstos. Como sempre, claro, havia terremotos, inundações, guerras atrozes, atentados terroristas, mas ela não se escorava nisso, pois o que anunciava era uma coisa completamente diferente do rame-rame do caos planetário. Era fim do mundo, à vera, e o que vinha de braço dado com ele: o retorno de Cristo no céu entre os anjos, o julgamento dos vivos e dos mortos. Essa mulher maravilhosamente inteligente e culta, uma das pessoas no mundo que mais me influenciaram, a ponto de em certas circunstâncias eu ainda me perguntar o que ela me aconselharia, essa mulher acreditava piamente no que, vinte séculos antes dela, acreditava o pequeno grupo de tessalonicenses convertidos por Paulo. Ela teria reagido como eles à morte de um irmão: pensando que dali a três dias, os três dias que separavam a morte de Cristo de sua ressurreição, seria *o* Dia, o da maior treva e o da maior glória.

Durante esses três dias, os tessalonicenses devem ter velado seu defunto, aguardando confiantemente que, na noite do terceiro, ele se levantasse, se livrasse do lençol com que o haviam coberto e ordenasse que os mortos se levantassem de seus cemitérios: *todos* os mortos. Os de ontem, de anteontem, todos os que haviam nascido, vivido e morrido desde que o mundo existia. Permaneceram três dias diante do cadáver ossudo, intumescido, perfumado com arômatas, daquele que apenas eles sabiam ser o último da série, o último homem a morrer antes da ressurreição geral. Perguntavam-se sob que forma ele ressuscitaria, sob que forma todos, em breve, ressuscitariam. Perguntavam-se se os que já tinham virado pó há muito tempo voltariam assim como eram na época remota de suas vidas e, questão não desprezível, se voltariam como eram no momento de sua morte ou como no momento mais glorioso de suas vidas. Perguntavam-se se voltariam em corpos depauperados de anciãos ou no resplendor da juventude, com músculos fortes, seios rijos e, talvez, não obstante Paulo fosse contra, vontade de fazer sexo. Perguntavam-se tudo isso velando o cadáver, e quando, ao fim de três dias, ele não se levantou, quando, ao fim de quatro dias, o mau cheiro aumentou, viram-se obrigados a enterrá-lo, sem compreender. Não ousavam voltar para suas casas. Andavam em círculo, murmuravam insultos, odiavam-se mutuamente por se terem deixado engambelar. O primeiro de seus mortos, que deveria ser o último dos mortos entre os homens, no fim das contas não passava de um defunto comum. Ele não viu o dia do Senhor. Eles mesmos certamente tampouco o veriam.

Em que tom exprimiram sua decepção a Timóteo? Timidamente ou como quem foi ludibriado por um orador afetado e tira satisfação? Timóteo prometeu discutir o assunto com Paulo.

26

Uma coisa me espanta, à medida que avanço nessa história, é o fato de ela ter inspirado tão pouco a iconografia religiosa. Antes de mergulhar nela, eu teria jurado que tudo no Novo Testamento estava retratado, arquirretratado. Ora, isso é verdade no caso da vida de Jesus, no caso da vida dos santos que o seguiram, de preferência se foram horrendamente supliciados, porém, excetuando a conversão de Paulo na estrada de Damasco, quase todo esse livro, que esquadrinho página a página, os Atos dos Apóstolos, escapa singularmente à representação. Para me ater às cenas já mencionadas, como é possível um leitor da Bíblia tão fervoroso como Rembrandt não ter pintado uma *Circuncisão de Timóteo*, um *Paulo expulsando o demônio da Pitonisa* ou uma *Conversão do carcereiro de Filipos?* Algum primitivo italiano ou flamengo não ter encaixado no verdor de uma paisagem arcadiana as pequenas silhuetas de *Lídia e suas companheiras escutando Paulo à beira do rio?* Não encontrarmos no museu d'Orsay um quadro enfático representando *Paulo e Barnabé considerados deuses pelos liaconenses*, nem no Louvre a obra-prima que poderiam ter inspirado a Géricault *Os tessalonicenses chorando seus primeiros mortos.* Corpos lívidos e inchados de pescadores afogados, pintados *d'après nature* ceifando cadáveres no necrotério, braços contorcidos para o céu de pez que uma tempestade rasga — fácil visualizar, concordam?

Nessa galeria de quadros fantasmas, há um especialmente de que sinto falta. A cena que ele representa é tão decisiva na história cristã, e ao mesmo tempo tão pitoresca, que me admira não a terem mil vezes pintado, filmado, narrado, de maneira a enxertá-la no imaginário coletivo da mesma forma que *A adoração dos reis magos* ou *Carlos Magno visitando as escolas.* O título poderia ser: *Paulo dita sua primeira carta a Timóteo.*

A cena se passa em Corinto, no ateliê de Priscila e Áquila. É uma vendinha como ainda se vê nos bairros pobres das cidades mediterrâneas, com um espaço dando para a rua, onde se trabalha e recebem os fregueses, e outro dando para os fundos, onde toda a família dorme. Calvo, barba hirsuta, fronte estriada por marcas de expressão, Paulo está curvado sobre seu tear. Claro-escuro. Raio luminoso na soleira. O jovem Timóteo, ainda com o pó da estrada no corpo, termina de narrar sua missão em Tessalônica. Paulo decide escrever aos tessalonicenses.

Na época, escrever não era uma atividade completamente banal. Tiveram de comprar uma prancheta, na qual estão fixados copinhos de tinta, estilete, raspador e rolo de papiro — o menos caro, certamente, da gama de nove variedades listadas por Plínio, o Jovem, em uma de suas próprias cartas. Com a prancheta nos joelhos, Timóteo sentou-se com as pernas em X aos pés de Paulo — se foi Caravaggio que os pintou, os pés estão sujos. O apóstolo deixa de lado o tear. Ergue os olhos para céu, põe-se a ditar.

O Novo Testamento começa aqui.

27

Li num artigo erudito que na Antiguidade um escriba escrevia cerca de 75 palavras por hora. Se for verdade, isso significa que Paulo dedicou não menos de três horas, sem parar para respirar, talvez andando de um lado para o outro do ateliê, a ditar o longo parágrafo de abertura em que parabeniza os tessalonicenses por terem abandonado os ídolos, servirem com zelo o verdadeiro Deus e esperarem sem fraquejo o retorno de seu Filho ressuscitado. Mas Paulo não se limita a parabenizar os tessalonicenses. Inflama-os, insufla-os, atiça--lhes o espírito de competição. Eles fazem tudo bem, só lhes resta fazer melhor. Eles podem servir como modelo para as outras equipes gregas. Além disso, contam com um bom treinador. Nesse aspecto, isto é, quanto a seus próprios méritos, Paulo é inesgotável. O que ele diz não comporta erros. Diz para agradar a Deus, não aos homens. Não sabe cavilar nem adular. É, para os fiéis de Tessalônica, como um pai para os filhos, carinhoso ou severo segundo as exigências de sua educação. Além do mais, nunca lhes custou um tostão.

Isso, ainda vamos ouvir muito. Como apóstolo, Paulo poderia viver à custa de seus adeptos. Todos os sacerdotes de todos os templos, sejam judeus, sejam gentios, se sustentam folgadamente graças às oferendas dos fiéis. O pastor que tange um rebanho se alimenta do leite de seus animais e se cobre com sua lã. Paulo não. Enfim, é o que ele diz: na realidade, não se cansa de alardear. Volta ao assunto em praticamente todas as suas cartas, devia repetir aquilo o dia inteiro, e imagino seus companheiros, mesmo os mais devotos, mesmo Timóteo, mesmo Priscila e Áquila, trocando um olhar de resignação divertida todas as vezes que ele entoava o bordão. Paulo era um gênio, mas era também o tipo de homem que, a propósito de tudo, diz coisas como "Preciso confessar uma coisa a vocês, tenho um grande defeito: a franqueza" ou "No quesito modéstia, não temo ninguém". Um bronco e, neste como em muitos outros aspectos, o oposto de Jesus — esse gentleman, diria Renan.

Tudo isso não responde à pergunta que tanto atormenta os tessalonicenses: se um deles morreu e não se levantou, como acreditar na promessa de Paulo? Como acreditar que os mortos vão ressuscitar?

Paulo não tira o corpo fora: vai responder. Vai responder com muita autoridade, mas, antes de escutar sua resposta, eu gostaria de me deter alguns minutos nessa estranha ideia de ressurreição.

Ela é estranha e, há vinte séculos, era mais ainda. Habituados com religiões recentes, como o cristianismo e o islamismo, pensamos que faz parte da natureza de uma religião, que é inclusive sua razão de ser, prometer a seus adeptos uma vida depois da morte e, caso tenham se comportado bem, uma vida melhor. Ora, isso não é verdade, assim como não é verdade que uma religião é, por natureza, proselitista.

Gregos e romanos acreditavam nos deuses imortais, não nos homens. "Eu não existia. Existi. Não existo mais. Que importância isso tem?", lemos num túmulo romano. O que ilustrava o além para os antigos, e que eles designavam como os Infernos, era um lugar subterrâneo onde as sombras dos homens arrastavam uma espécie de semivida, em câmera lenta, comatosa, larvária, mal consciente de si mesma. Soçobrar ali não era um castigo, era a condição normal dos mortos, independentemente de quais tivessem sido seus crimes ou virtudes. Ninguém tampouco se interessava por eles. Homero, na

Odisseia, conta a descida de Ulisses a esse lúgubre subsolo. Lá, ele encontra Aquiles, que optou por uma vida intensa e breve em lugar de uma vida mediana e, onde está agora, se arrepende amargamente disso; é preferível ser um vilão vivo a um herói morto.

Por mais diferentes que tenham sido dos gregos e romanos, os judeus coincidiam com eles nesse ponto. Chamavam seus Infernos de *Sheol* e não o descreveram mais porque tampouco gostavam de pensar nele. Rezavam para que Deus estabelecesse seu reino "durante nossa vida, durante nossos dias", não depois. Esperavam do Messias que ele restaurasse a glória de Israel sobre esta terra, não no céu. Entretanto, diferentemente dos gregos e romanos, que aceitavam melhor a injustiça, imputada ao acaso ou ao destino, os judeus insistiam na ideia de que o homem é tratado por Deus segundo seus méritos. Recompensado se justo, punido se mau, e isso, mais uma vez, nesta terra, nesta vida — não imaginavam outra. Levaram muito tempo para se dar conta de que as coisas não acontecem necessariamente assim, que em verdade raramente aconteceram assim, e podemos acompanhar na Bíblia o itinerário dessa perplexidade, que se exprime com perturbadora eloquência no Livro de Jó.

É sempre possível, tratando-se de um povo, afirmar que futuramente ele obterá a compensação por suas mazelas, e os judeus não se privaram dessa esperança. Isso já é mais difícil na escala de uma vida humana, quando se é obrigado a reconhecer que, a despeito de suas virtudes, um homem foi vítima de flagelos, teve as colheitas queimadas, a mulher estuprada, os filhos massacrados, e ele próprio morreu em meio a pavorosos sofrimentos físicos e morais. Ele tem boas razões para se lamuriar, como faz Jó, coçando suas úlceras sobre seu monte de estrume. Os judeus, procurando uma explicação para esse escândalo, não tiveram a ideia do carma e da ressurreição — que me parece, ao menos intelectualmente, a única satisfatória —, mas, na época a que me refiro, começaram a forjar a de um além onde cada um será recompensado segundo seus méritos, de uma Jerusalém celestial e, logo, da ressurreição dos mortos. Em todo caso, tratava-se da ressurreição de *todos* os mortos, no remoto dia do Juízo Final, não de um único morto fazendo exceção às leis da natureza — hipótese francamente escandalosa, que desapontaria inclusive aqueles dentre nós que se pretendem cristãos, caso lhes anunciássemos inopinadamente que uma pessoa que eles conhecem, única de sua espécie e justamente ontem, voltou dos mortos como aqueles da minha série de tv. Insisto neste ponto: essa história de ressurreição, quando os discípulos de Jesus a lançaram três dias após sua morte, quando Paulo a retomou visando aos gregos abertos ao judaísmo, não é em absoluto o tipo de ideia pia que vem naturalmente ao espírito para consolar de uma perda cruel, e sim uma aberração e uma blasfêmia.

É uma aberração, uma blasfêmia, mas — responde Paulo — é o âmago de sua mensagem. Todo o resto é acessório, e, para fazer isso entrar na cabeça dos tessalonicenses, ele desenvolve este argumento circular que me já me deixava pensativo vinte anos atrás — lembrem-se da *Revelação de Arès* e, se não se lembram, retornem à página 66 deste livro:

> "Se se proclama que Cristo ressuscitou dos mortos, como podem alguns dentre vós dizer que não há ressurreição dos mortos? Se não há ressurreição dos mortos, também Cristo não ressuscitou. E se Cristo não ressuscitou, vazia é a nossa pregação e ilusória vossa fé. Seríamos nós os mais dignos de compaixão de todos os homens, e teriam razão aqueles cuja filosofia se resume a: comamos e bebamos, pois amanhã estaremos mortos."

(A bem da verdade, isto é o que pensam muitos de nós. Que a ressurreição é uma quimera igual ao Juízo Final, que é preciso gozar a vida enquanto estamos vivos e que os cristãos são realmente dignos de compaixão, se o cristianismo for isto: o que Paulo ensinava.)

28

É um fenômeno conhecido, comumente observado pelos historiadores das religiões: os desmentidos da realidade, em vez de arruinar nossa crença, tendem, ao contrário, a reforçá-la. Quando um guru anuncia o fim do mundo para uma data precisa, e próxima, damos risada. Sua imprudência nos admira. Pensamos que, naturalmente, a menos que por algum milagre ele tenha razão, ele se verá obrigado a reconhecer que estava errado. Mas não é o que acontece. Durante semanas ou meses, os fiéis do guru fazem penitência. Preparam-se para o acontecimento. No bunker onde se refugiam, todos prendem a respiração. Finalmente chega a data fatídica. Soa a hora anunciada. Os fiéis sobem à superfície. Esperam descobrir uma terra devastada, vitrificada, e ser os únicos sobreviventes, mas não: o sol brilha, as pessoas cuidam de seus afazeres como antes, nada mudou. Os fiéis deveriam estar curados de sua piração e abandonar a seita. Alguns fazem isso, aliás: são os racionais, os mornos, ainda bem. Mas os demais se persuadem de que, se nada mudou, foi só na aparência. Na realidade uma mudança radical ocorreu. Se ela permanece invisível, é para colocar à prova sua fé e fazer a triagem. Os que acreditam naquilo que veem, perderam; os que veem aquilo em que acreditam, venceram. Se desprezarem o testemunho de seus sentidos, livrarem-se das exigências da razão, estiverem dispostos a passar por loucos, serão aprovados no teste. São os verdadeiros crentes, os eleitos: o Reino dos céus lhes pertence.

Os tessalonicenses passaram no teste. Fortalecidos pela provação, cerraram fileiras. Paulo respira — não por muito tempo. Suas cartas o mostram correndo incessantemente de uma frente de batalha a outra, aqui tapando um vazamento, ali debelando um incêndio. Mal repele uma ofensiva no terreno do bom senso, outra se anuncia, ainda mais perigosa, no da legitimidade. Cumpre agora abordarmos o caso dos gálatas.

29

Os gálatas são aqueles pagãos do altiplano anatólico que Paulo converteu por ocasião de sua primeira passagem pela Ásia. Foi na Galácia que ele teve um surto de sua misteriosa doença e sempre renderá graças aos seus anfitriões por haverem cuidado dele sem repulsa. Outros o teriam escorraçado como leproso, eles o receberam "como anjo de Deus, como Cristo Jesus". Paulo não os vê há muito tempo, a esses bons gálatas, mas volta e meia pensa neles com ternura e saudade. Ora, eis que, em certo dia de 54 ou 55, em Corinto, recebe notícias extremamente alarmantes a seu respeito. Sabotadores foram visitá-los. Desviaram-nos da verdadeira fé.

Imagino esses sabotadores andando em dupla, como as testemunhas de Jeová ou os assassinos nos filmes policiais. Eles vêm de longe, o pó da estrada cobre suas roupas escuras. Seus rostos são severos. Se lhes batem com a porta na cara, eles a travam com o pé. Dizem que para ser salvo é preciso circuncidar-se segundo a lei de Moisés. Essa é uma lei absoluta. Se Paulo isenta seus adeptos, os induz ao erro. Promete-lhes a salvação, mas na realidade arrasta-os para o caminho da perdição. É um homem perigoso, lobo disfarçado de pastor.

Os gálatas, a princípio, não se abalam. Aquelas acusações não são novas para eles. Eles as ouviram da boca dos chefes de sinagoga, e Paulo lhes ensinou o que responder: "Não somos judeus, por que nos submeteríamos à circuncisão?". Isso não basta para dissuadir os visitantes. "Se não sois judeus", perguntam, "o que sois?" "Somos cristãos", respondem orgulhosamente os gálatas. "Somos a igreja de Cristo Jesus."

Os forasteiros trocam o mesmo tipo de olhar, cúmplice e compungido ao mesmo tempo, que trocariam dois médicos à cabeceira de um doente grave, inconsciente de seu mal. Em seguida, aplicam o ferro em brasa na ferida. Eles conhecem muito bem a igreja de Cristo Jesus: estão ali inclusive em seu nome. Trata-se, contudo, da *verdadeira* igreja de Cristo Jesus: a de Jerusalém, a dos companheiros e parentes de Cristo Jesus, e a triste verdade é que Paulo usa seu nome fraudulentamente. Ele não tem direito algum a reivindicá-lo. Ele desvirtua sua mensagem. É um impostor.

Os gálatas caem das nuvens. É que não fazem uma ideia senão muito vaga das origens de sua crença. Paulo lhes falou muito de Cristo, mas muito pouco de Jesus, muito de sua ressurreição, mas nada de sua vida, menos ainda de seus companheiros ou de sua família. Sempre se apresentou como um mestre independente, pregando o que chama de "meu Evangelho", e nunca evocou senão de maneira bastante difusa a existência de uma matriz da qual ele seria o representante. Para os gálatas, assim como para os tessalonicenses, havia Timóteo, que era o emissário de Paulo, que prestava contas a Paulo, e a cadeia parava aí. Acima de Paulo, não havia ninguém. Ou sim: *Kristos*, Cristo, e *Kyrios*, o Senhor, mas nenhum ser humano.

Ora, eis que desembarcam de Jerusalém aquelas pessoas que a princípio se apresentam como superiores de Paulo e depois afirmam que ele não trabalha mais para a empresa. Foram obrigados a uma cisão, pois esta não é a primeira indelicadeza dele. Ele espalhou um monte de filiais por aí, sob a prestigiosa marca que, não obstante, lhe haviam proibido utilizar. Foi desmascarado diversas vezes, mas vai sempre mais longe, encontra sempre novos otários. A empresa, felizmente, tem inspetores zelosos que seguem suas pegadas, abrem os olhos de suas vítimas, pedindo apenas para, no lugar da falsificação, oferecer-lhes o produto autêntico. Quando chegam ao local, o charlatão geralmente sumiu.

Penso na peça de Gógol *O inspetor geral.* O inspetor geral é o inspetor do governo, e a peça, obra-prima do teatro russo do século XIX, conta como um falso inspetor desembarca numa cidadezinha de interior e engambela todo mundo. Promete, seduz, ameaça, sabe espremer cada um em seu tônus mais íntimo. Todos os que têm algo a se censurar temem evidentemente a inspeção e dão um grande suspiro de alívio ao descobrirem que há um meio de se entender com ele — amigavelmente, entre pessoas civilizadas. As coisas fluem, tudo correndo bem até o último quadro, quando o inspetor desaparece. Procuram-no em toda parte, preocupados. É nesse momento que um criado entra no salão do prefeito e, com uma voz de trovão, anuncia a chegada do verdadeiro inspetor. Todos os atores, nesse instante, devem se congelar no palco, numa pantomima aterradora que Gógol, misto de gênio cômico e carola delirante, via literalmente como uma representação do Juízo Final. Gerações de espectadores russos se contorceram de rir dessa peça, obstinando-se a tomá-la como uma irresistível sátira da vida no interior. Equivocaram-se redondamente, a crermos em seu autor, que até o fim de seus dias derreteu-se em prefácios moralistas para revelar seu verdadeiro sentido. A cidadezinha é nossa alma. Os funcionários corruptos, nossas paixões. O intimidante mancebo que se fez passar pelo inspetor e abocanhou propinas dos funcionários corruptos, prometendo fechar os olhos, é Satanás, príncipe deste mundo. E o verdadeiro inspetor é naturalmente Cristo, que chegará quando menos se espera, e então, ai daquele que não estiver limpo! Ai daquele que julgou acobertar-se fazendo negócios com o falso inspetor!

Os gálatas devem ter sentido o estupor e a tremedeira dos personagens do *Inspetor geral* quando os *verdadeiros* representantes de Cristo chegaram expressamente de Jerusalém para lhes revelar que eles eram vítimas havia vários anos de um impostor. A enorme diferença com relação à peça, entretanto, é que o falso inspetor sai de fininho, ao passo que, quando a notícia chega a Paulo, é pouco dizer que ele não se fez de morto, nem tergiversou, nem fez nada do que teria feito alguém que não tem a consciência tranquila. Ao contrário, encarou a situação, e da maneira mais tonitruante, escrevendo aos gálatas sua carta mais possessiva e passional, carta que começa com estas palavras:

"Paulo, apóstolo — não da parte dos homens nem por intermédio de um homem, mas por Jesus Cristo, me admiro de que tão depressa abandoneis aquele que vos chamou pela graça de Cristo, e passeis a outro evangelho. Não que haja outro, mas há alguns que vos estão perturbando e querendo corromper o Evangelho de Cristo.

"Entretanto, se alguém — ainda que nós mesmos ou um anjo do céu — vos anunciar um evangelho diferente do que vos anunciamos, seja anátema. Com efeito, eu vos faço saber, irmãos, que o Evangelho por mim anunciado não é segundo o homem, mas por revelação de Jesus Cristo."

30

Frente a tal situação, visando colocar as coisas em pratos limpos, Paulo se lança num longo flashback.

Começa pela sua formação no judaísmo, seu zelo pela Lei, sua perseguição frenética aos fiéis de Cristo e, subitamente, a grande guinada na estrada de Damasco. Tudo isso nós já sabemos, os gálatas também, e não é o tema da carta. O tema da carta são as relações de Paulo com aquela igreja de Jerusalém, sobre a qual os gálatas, em contrapartida, nada sabiam até que seus emissários viessem lançá-los na confusão.

Paulo é categórico neste ponto: ele não deve *nada* à igreja de Jerusalém. Foi o próprio Cristo que o converteu na estrada de Damasco, não alguém da igreja de Jerusalém. E, depois de convertido por Cristo, ele não foi fazer média com a igreja de Jerusalém. Não, fez um retiro solitário nos desertos da Arábia. Somente três anos depois é que se dirigiu a Jerusalém, onde, um pouco a contragosto, admite ter passado quinze dias na casa de Cefas e visitado Tiago rapidamente.

Aquele que Paulo chama de Cefas, cuja existência os gálatas provavelmente descobriam nessa carta, chamava-se na realidade Simão. Jesus lhe dera esse apelido, que em aramaico quer dizer "pedra", para indicar que ele era sólido como a rocha e que se podia contar com ele. Da mesma forma, Yohanan, que para nós é João, ele alcunhara Boanerges, filho do trovão, em razão de seu caráter impetuoso. Pedro e João, como ele procedentes da Galileia, foram seus primeiros e mais fiéis discípulos. Yaacob, o nosso Tiago, era outra coisa: o irmão de Jesus. Irmão realmente? Exegetas e historiadores se esfolam quanto a isso. Uns sugerem que a palavra "irmão" tinha um sentido mais amplo, podendo ser aplicada a primos, outros replicam que não havia uma palavra para primos e que irmão queria dizer irmão e ponto final. Essa controvérsia linguística esconde evidentemente outra, quanto à virtude de Maria e, tecnicamente falando, sua virgindade perpétua. Teria ela tido outros filhos depois de Jesus, e por vias mais naturais? Ou — hipótese covarde — teria sido José a ter outros filhos, o que faria de Tiago um meio-irmão? Independentemente do que pensemos acerca dessas graves questões, uma coisa é certa, é que nos anos 50 do século I ninguém as levantava. Nada do que se sabia de Jesus se opunha a que ele tivesse tido irmãos e irmãs, e era nessa condição de "irmão do Senhor" que se venerava Tiago tal qual a seus companheiros de primeira hora, Pedro e João.

Todos os três, Tiago, Pedro e João, eram judeus devotos, que observavam rigorosamente a Lei, orando no Templo, não se distinguindo dos demais judeus devotos de Jerusalém senão pelo fato de considerarem seu irmão e mestre como o Messias e acreditarem que ele ressuscitara. Todos os três tinham evidentemente boas razões para olhar com desconfiança para aquele Paulo que, após persegui-los, declarava ter passado para o lado deles. Que afirmava ter tido o privilégio de uma aparição de Jesus, o qual, no entanto, só aparecera para os muito íntimos, e nas semanas subsequentes à sua morte. Que afirmava ter sido convertido por ele, não dever satisfação senão a ele e ter recebido dele o título glorioso de apóstolo, reservado aos discípulos históricos.

Façamos uma transposição. Em torno de 1925, um oficial do Exército Branco que se destacou na luta antibolchevique pede uma audiência a Stálin, no Kremlin. Explica-lhe que uma revelação pessoal lhe deu acesso à pura doutrina marxista-leninista e que ele pretende fazê-la triunfar mundo afora. Para tal empreitada, exige que Stálin e o Politburo lhe concedam plenos poderes, mas não pretende subordinar-se a eles hierarquicamente.

Entendeu?

31

Como Tiago e Pedro o receberam, Paulo não diz. Conta apenas ter se encontrado com eles em Jerusalém e partido novamente ao fim de quinze dias para Antioquia, na Síria. Assim termina o primeiro episódio do flashback.

O segundo começa, Paulo esclarece, catorze anos mais tarde. Em virtude de uma revelação, ele estima ter chegado o momento de retornar a Jerusalém e apresentar seu relatório sobre seus catorze anos de atividade "a fim", disse ele, "de não correr, nem ter corrido em vão".

Essa informação é importante. Mostra que, por mais independente que seja, Paulo precisa absolutamente do aval da troica composta por Tiago, Pedro e João, que ele chama de as "colunas" da Igreja. A autoridade dos três deve-se a razões históricas, às quais Paulo, em seu foro íntimo, atribui pouca importância. Isso não impede que, se as colunas o desautorizarem, ele venha a julgar ter "corrido em vão". Não se rompe com o Partido.

Dessa vez, Paulo vem acompanhado de dois cristãos de Antioquia, Barnabé, que é judeu, e Tito, que é grego, e o debate passa a girar imediatamente em torno da circuncisão. Que os cristãos de origem judaica sejam circuncisos, como Barnabé e o próprio Paulo, nada mais natural. Mas aqueles que não são judeus, como Tito, deve-se obrigá-los, para seguir o Cristo, a se circuncidarem — e não só isso, como a observar todas as prescrições da lei judaica? As colunas dizem que sim. Exigem isso. Paulo poderia obedecer: afinal de contas, circuncidou Timóteo com as próprias mãos. O caso de Timóteo, porém, foi no calor da hora, por pragmatismo, para evitar aborrecimentos desnecessários com os judeus locais, ao passo que o de Tito tem valor de exemplo. Ceder aqui teria consequências incalculáveis, pensa Paulo, e diz não.

Da maneira como Paulo descreve na carta aos gálatas, aquilo que os historiadores tratam como "a conferência de Jerusalém", e mesmo "o concílio de Jerusalém", foi um confronto virulento. Lucas, quase meio século mais tarde, fornecerá uma versão nitidamente mais branda nos Atos dos Apóstolos, fazendo lembrar aqueles manuais de história soviética nos quais todo mundo é mostrado retroativamente em consonância com o que veio a se tornar a linha do Partido, nos quais os dirigentes, que na realidade se exterminavam reciprocamente, beijam-se fazendo brindes sentimentais à amizade entre os povos e à ditadura do proletariado. Entre Paulo de um lado e Pedro e Tiago de outro, não vemos no relato de Lucas senão manifestações de tolerância e compreensão mútuas, a questão da circuncisão, não obstante âmago do problema, nunca está em pauta, e toda essa bela harmonia resulta numa carta de recomendação convencional, dirigida aos gentios pelas colunas, dando carta branca a Paulo.

Custa-me acreditar que as colunas tenham cedido de ponta a ponta. Mas Paulo, e não somente Lucas, afirma que, no fim, elas ratificaram a seguinte divisão do trabalho: a Pedro incumbiria pregar o Evangelho aos judeus, a Paulo, pregá-lo aos gentios. A Pedro, a circuncisão, a Paulo, o prepúcio, negócio fechado. O segundo episódio termina então com o que parece ser uma vitória de Paulo. A sequência dos fatos mostra que ele alimentava ilusões.

32

Terceiro episódio do flashback. Tendo arrancado alguma coisa que resolve considerar um acordo, Paulo corre de volta a Antioquia, seu acampamento de base. Nem os Atos nem a carta aos gálatas explicam por que Pedro vai a seu encontro, quando a princípio um acordo relativo à distribuição dos territórios havia sido firmado entre o apóstolo do prepúcio e o da circuncisão. Seria uma visita amistosa ou de inspeção? Uma visita de inspeção disfarçada em visita amistosa? Seja como for, todos esperam para ver se Pedro, desembarcando em terreno de Paulo, aceitará sentar-se à mesa dos gregos e partilhar o ágape com eles.

Essa questão das refeições causava tanta celeuma quanto a circuncisão. Ao aceitar o convite de um grego, um judeu não tinha garantias de que as carnes servidas à mesa provinham de animais abatidos dentro das normas. Tampouco podia ter certeza de que não provinham, pior ainda, de animais sacrificados aos deuses pagãos. Com efeito, após os sacrifícios, a carne era recuperada e revendida, o que fazia dos templos pagãos, além de lugares de culto, prósperos açougues. Um judeu subordinado à Lei teria preferido morrer a comer carne sacrificada aos ídolos, na dúvida abstinha-se, e essa proibição de compartilhar uma refeição era um dos motivos da separação entre judeus e pagãos.

Em Antioquia, como em outros lugares, a maioria dos convertidos de Paulo era formada por gregos: a questão não lhes dizia respeito. E aos que vinham do judaísmo, Paulo dizia simplesmente: façam o que bem lhes aprouver. Independentemente do que dita a Lei, essas minúcias alimentares não têm importância. Ídolos não passam de ídolos, o mal não é o que entra pela boca, kosher ou não kosher, mas o que sai dela, palavra boa ou má. A verdade, dizia Paulo tanto aos judeus como aos gregos, é que *tudo é permitido*. Tudo é permitido, mas, acrescentava, nem tudo é oportuno. Comam o que quiserem, mas, se estiverem à mesa com alguém para quem essas coisas são importantes, procure não chocá-lo. Ainda que os tabus que essa pessoa respeita lhes pareçam criancices, respeitem-nos também, por respeito a ela. A liberdade não dispensa o tato. (Não é o caso de todas as posições de Paulo, mas esta me parece notavelmente sensata.)

No início de sua estada, Pedro curva-se aos costumes da comunidade de Antioquia. Come o que lhe servem sem fazer perguntas. Todo mundo está satisfeito, ele em primeiro lugar, até o momento em que emissários de Tiago chegam de Jerusalém. Ao verem Pedro à mesa com gentios, empalidecem. Esperam o fim da refeição ou o fazem levantar antes que tenha raspado sua cumbuca? Chamam-no à parte, em todo caso, para censurá-lo pela heresia de sua conduta. Ele, o fiel dos fiéis, a pedra sobre a qual Jesus quis construir sua Igreja, comendo carnes impuras! Negligenciando a Lei de Moisés! Ofendendo a Deus! Para ter descido tão baixo, a influência de Paulo não pode ter sido senão perniciosa! Só gente muito simplória, também, para deixar-se enredar por um indivíduo que zomba da circuncisão e, ao que tudo indica, sequer é judeu! Ainda assim, afirma ter tido uma visão de Jesus que o põe no mesmo patamar que os apóstolos. Uma visão de Jesus! Que pretensão! Um homem sincero, em seu lugar, se incluiria na escola dos verdadeiros discípulos de Jesus: aqueles que o conheceram, falaram com ele, alguns dos quais têm inclusive seu sangue. Ele, não. Se estivesse frente a Moisés, faria um sermão a Moisés. Nada o detém. Cometeram a imprudência de lhe estender a mão, agora ele quer o braço, daqui a pouco será o corpo inteiro. Impossível deixá-lo solto por aí, a solução é reprimir.

Os historiadores judeus fazem pouco-caso de Tiago, irmão do Senhor, a quem julgam um renegado. Já os historiadores cristãos tendem a apresentá-lo como o meticuloso chefe de uma igreja estritamente judaica, agrupada em torno do Templo, convencida de deter a verdade e ao mesmo tempo preferindo guardá-la para si. A esse personagem respeitável, porém coadjuvante, eles opõem a grandiosa figura de Paulo, visionário, inventor da universalidade, abrindo todas as portas, derrubando todas as paredes, abolindo toda e qualquer diferença entre judeus e gregos, circuncisos e não circuncisos, escravos e homens livres, homens e mulheres. Pedro, por sua vez, transita entre os dois: menos radical que Paulo, mais aberto que Tiago, porém um pouco à maneira dos "liberais" que os kremlinólogos gostavam de opor aos "conservadores" no Politburo de outrora. Deve ter se sentido bastante entediado em Antioquia. Aderindo com facilidade, é minha impressão, à opinião do último a falar e sem saber direito que partido tomar, evitou sair às ruas para esquivar-se de qualquer contato com os gentios. Assim que os emissários de Jerusalém viraram as costas, parece ter saído da toca e voltado a comer junto com os outros. Contudo, após ser desancado pelos esbirros de Tiago, faltava-lhe ser desancado pelos esbirros de Paulo. "Diante de todos", este ressalta em sua carta aos gálatas, e com uma pompa talvez exagerada — esta é uma censura que, veremos, os coríntios em breve farão a seu apóstolo: mostrar-se cheio de autoridade a posteriori, quando deita a história no papel, e nitidamente menos quando se vê diante das pessoas.

Pedro devia admirar Paulo, respeitá-lo e até mesmo reconhecer seu direito de repreendê-lo. Mas decerto também enxergava verdade no que Tiago dizia: eles haviam conhecido e amado Jesus, Paulo não, e era Paulo que vinha lhes dizer o que pensar sobre ele. O homem que vivera, ensinara, com quem eles haviam dividido as refeições e a vida, lado a lado, por três anos, Paulo não demonstrava nenhum interesse por suas peripécias, lembranças, palavras triviais. Sabia que Cristo morrera pelos nossos pecados, que nos salvava e justificava, que todo poder no céu e na terra em breve lhe seria transmitido, e isso era o suficiente para ele. Com esse Cristo, sua alma estava em comunicação permanente, esse Cristo vivia nele, falava por seu intermédio, então ele não tinha tempo a perder com os atos terrenos de Jesus de Nazaré, muito menos com as recordações de caipiras que o haviam seguido enquanto ele viveu. Não fazia questão de conhecer "o Cristo segundo a carne", como ele dizia — um pouco como esses críticos que preferem não ler os livros ou assistir os filmes que resenham para terem certeza de que sua opinião não será influenciada por eles.

Renan faz uma observação brilhante a respeito de Paulo: ele era protestante para si mesmo, católico para os outros. Ele ficava com a revelação, o diálogo sem intermediário com o Cristo, a total liberdade de consciência, a recusa de qualquer hierarquia. Aos outros cabia obedecer sem resmungar, e obedecer a Paulo, uma vez que Cristo encarregou Paulo de guiá-los. Havia motivos, não resta dúvida, para preocupação. De dissidente, com quem, num fraquejo indesculpável, havia-se aceitado negociar, Paulo, após o episódio de Antioquia, tornou-se para Tiago o equivalente de Trótski para Stálin. Moveu-se uma campanha contra ele, emissários foram enviados mundo afora para denunciar seu sectarismo. No círculo do irmão do Senhor, recusavam-se a pronunciar o nome do herético. Alguns começaram a chamá-lo de Nicolau — deformação de Balaão, que é nome de um profeta, mas também de um demônio. Seus adeptos passaram a ser os nicolaítas e suas igrejas, as sinagogas de Satanás. É ainda Renan que, para dar uma ideia da hostilidade a Paulo, cita uma impressionante passagem da carta de Judas. Judas era um dos irmãos de Jesus, menos conhecido que Tiago. Embora não haja hipótese de ter sido escrita por ele, a carta que estampa seu nome faz parte do Novo Testamento. Escutem:

"Infiltraram-se entre vós certos homens que constituem escolhos nos vossos ágapes, regalando-se irreverentemente, apascentando-se a si mesmos; são nuvens sem água, levadas pelo vento, árvores que no fim do outono não dão fruto, duas vezes mortas, arrancadas pela raiz, ondas bravias do mar a espumarem sua própria imprudência, astros errantes, aos quais está reservada a escuridão das trevas para a eternidade, são murmuradores, revoltados contra o destino, escarnecedores, que procedem de acordo com suas concupiscências, sua boca profere palavras arrogantes, eles causam divisões, não têm o Espírito…"

(Hoje nenhum historiador pensa, como Renan, que essas imprecações do século II visam a Paulo, mas elas têm tanta classe que, paciência, eu as conservo.)

33

Pronto, fim do flashback. Agora sabemos quem são os inquietantes pregadores lançados no encalço de Paulo. Seguindo sua pista até os confins da Ásia, eles confundiram os cândidos gálatas — mas não só eles, e a carta furibunda do apóstolo vale para todas as comunidades em que os emissários da matriz quiseram boicotar seu trabalho.

"Ó gálatas insensatos, quem vos fascinou? Sois tão insensatos que, tendo começado com o espírito, agora acabais na carne?"

Atenção: a carne não é o corpo, nem o espírito, essa coisa imaterial que a habitaria, a transcenderia, sobreviveria a ela. Não estamos em Platão. O espírito, quando Paulo escreve esta palavra, é a fé em Cristo. A carne são as injunções da Lei: prepúcios, carnes impuras e todo o blá-blá-blá. Desse ponto, arrebatado por sua paixão pelas oposições, Paulo passa à equivalência entre espírito e vida, carne e morte, e, sem programar, tenho a impressão, vê-se diante da equivalência: a Lei é a morte. Porém, como não é homem que se deixe deter pela temeridade do que escreve, ele continua:

"Antes do advento de Cristo, vós estáveis guardados sob a tutela da lei como um filho, herdeiro de grandes domínios mas que não tem seu usufruto e está sob a guarda de tutores e curadores. Sois grandes agora, não tendes mais necessidade de um tutor. Sois grandes e quereis retornar à infância? Sois livres e quereis voltar a ser escravos? Conheceis Deus e quereis regredir a normas vãs e pueris? Mas agora não há mais nem judeu nem grego, nem escravo nem livre, nem homem nem mulher. Pois todos vós sois um só em Cristo Jesus!

"Dizeis viver em conformidade com a Lei, mas não a compreendeis. Lembrai-vos de Abraão. Ele teve dois filhos. Um com a serva Agar, depois outro com uma mulher livre, Sara. O filho de Agar é o filho da carne, o de Sara, o do espírito. É normal o filho da carne levantar-se contra o filho do espírito. As Escrituras dizem que o herdeiro não seria o filho da escrava, mas da mulher livre, e vós sois os filhos da mulher livre. É para a liberdade que Cristo nos libertou. Então, meus filhos, por quem sofro de novo as dores do parto, até que Cristo seja formado em vós, não vos entregueis novamente à escravidão! Quisera estar no meio de vós agora e vos falar cara a cara, pois não sei que atitude tomar a vosso respeito!"

34

"Entretanto, se alguém — ainda que eu mesmo ou um anjo do céu — vos anunciar um evangelho diferente do que vos anuncio, seja anátema. *Mesmo que eu venha a vos dizer coisa diferente do que vos disse, não credes em mim! Amaldiçoai o anjo! Amaldiçoai a mim!*"

Escrevendo estas palavras no início da carta, Paulo imaginava coisa ainda pior do que o que acabava de acontecer. Inimigos foram visitar os gálatas para desacreditá-lo junto a eles. Isso é grave. Mas poderia acontecer, e sem dúvida acontecerá, algo ainda mais grave. É esses inimigos se apresentarem aos gálatas não mais em nome da igreja de Jerusalém, e sim em nome dele, Paulo. Ou assediarem outros inocentes, que não conhecem seu rosto, fazendo-se passar por ele despudoradamente. Ou enviarem a seus discípulos cartas assinadas por ele, dizendo justo o oposto do que ele lhes ensinou, assegurando que aquela versão substituía a anterior e que qualquer um, declarando ser Paulo, que se atrevesse a contradizê-la, deveria ser considerado um impostor.

Contra essas ameaças, Paulo tomava as precauções que podia: "Vede", lemos no fim da mesma carta aos gálatas: "com que letras grandes vos escrevo, de próprio punho". É perturbador ler isso, uma vez que não subsiste nenhum manuscrito original de carta de Paulo. Os mais antigos datam de depois de 150, sendo, portanto, cópias, na verdade cópias de cópias, e me pergunto o que passava pela cabeça de um copista que, no século II de nossa era, traçava devotamente com a mão uma frase cujo único sentido é dizer: "Sou do punho de Paulo". Encontramos frases desse gênero em diversas cartas suas, pois ele fornecera amostras de sua letra às suas igrejas para autenticar as remessas. Mas o que originariamente visava confundir os falsificadores deve em seguida ter-lhes facilitado a tarefa. Era um cacoete de Paulo, bastava reproduzi-lo.

Assim, lemos no fim da segunda carta aos tessalonicenses: "A saudação é de meu próprio punho, Paulo. É este o sinal que distingue minhas cartas. Eis a minha letra!". O paradoxo, no caso — e peço aqui um pouco de atenção —, é que justamente essa segunda carta aos tessalonicenses, que reivindica sua autenticidade tão explicitamente, não é autêntica. Mais que isso: como muitos exegetas terminam por reconhecer, ainda que o façam com muitas ressalvas e constrangimento, ela visa desmoralizar a primeira — cuja autenticidade, em contrapartida, é inquestionável.

Eis o que lemos (na segunda): "Não percais tão depressa a serenidade de espírito, e não vos perturbeis nem por palavra profética, nem por carta que se diga vir de nós, como se o dia do Senhor já estivesse próximo", isso parece muito com o que Paulo dizia e escrevia *efetivamente* no início dos anos 50, com o que exprime a primeira carta aos tessalonicenses em especial. Ele acreditava com uma certeza absoluta que o fim do mundo era iminente, que o processo já se desencadeara. Que a criação inteira padecia as dores desse parto. Os tessalonicenses acreditavam, todas as comunidades acreditavam. Contudo, à medida que os anos passavam e o acontecimento não se produzia, terminou se fazendo necessário, a fim de não passarem por loucos, explicar aquele atraso e, na medida do possível, interpretar ou ajustar os textos em que essa profecia não realizada se exprimia com maior fulgor. É nisso que se empenha zelosamente o autor anônimo e tardio da segunda carta aos tessalonicenses.

Na primeira, Paulo descrevia o juízo final como ao mesmo tempo súbito e iminente. Seria uma passagem, sem transição, da paz aparente à catástrofe. Todos aqueles que o liam seriam testemunhas disso. O autor da segunda carta descreve um processo longo, complexo, laborioso. Se Jesus tarda a voltar, explica, é porque antes deve advir o Anticristo. E se o Anticristo também demora, é porque alguma coisa ou alguém "o retém, para que só venha aparecer a seu tempo". O que é essa coisa ou alguém que impede o Anticristo de se manifestar enquanto não é chegada a hora? Há dois mil anos esse é um motivo de perplexidade para os exegetas, ninguém na verdade faz a mínima ideia, e o objetivo real da carta é manifestamente enrolar, impondo a ideia de que tudo aquilo ainda vai levar muito tempo. Paciência, então, e sobretudo não vos deixeis lograr por fanáticos.

O autor dessa segunda carta não era evidentemente um falsificador no sentido moderno — assim como um quadro da escola de Rafael não é um falso Rafael. Não era um inimigo de Paulo que buscasse induzir sua igreja em erro, e sim um membro dessa igreja que, em nome de Paulo, procurava resolver problemas que se colocaram após sua morte. Ele escrevia para lhe ser fiel, não para traí-lo. Não impede que, não satisfeito em colocar na boca de Paulo o oposto do que ele dizia, procurasse desacreditar o que Paulo efetivamente disse e, fazendo sua carta autêntica passar por uma falsificação, justificar todas as suas inquietudes.

Essas inquietudes, creio, iam ainda mais longe. Paulo não temia apenas a ação de inimigos, impostores e falsificadores. Apertemos a porca: temia a si mesmo.

Em um conto de Edgar Allan Poe, "O sistema do doutor Alcatrão e do professor Pena", o narrador visita um hospício. Antes de vistoriar as celas onde estão confinados os pacientes perigosos, o diretor o coloca de sobreaviso. Esses pacientes, diz, desenvolveram um delírio coletivo, estranhamente coerente: eles acreditam serem o diretor e os enfermeiros, confinados pelos loucos que tomaram o poder no asilo e assumiram seu lugar. "Sério?", diz o visitante, "que interessante." No início, sim, ele acha interessante, porém, à medida que a visita se estende, sente-se cada vez menos à vontade. Os doentes dizem exatamente o que o diretor alertou que diriam. Suplicam ao visitante que, por mais inacreditável que a coisa pareça, acredite neles e avise à polícia a fim de que os libertem. Os diálogos se dão na presença do diretor, que escuta os doentes sorrindo com indulgência e, de tempos em tempos, dá uma piscadela na direção do visitante, cada vez mais desorientado. Ocorre-lhe a suspeita de que a verdade bem poderia ser o que dizem os doentes. Põe-se a olhar seu guia com uma apreensão que só espera um clique para descambar no puro terror. E o outro parece se dar conta disso, insistindo na coisa. "Eu não disse?", perora. "São convincentes, hein? Espere e verá: o mais convincente de todos é o que afirma ser o diretor. Um doente notável, realmente, notabilíssimo! No fim de cinco minutos com ele, aposto minha mão decepada, o senhor vai acreditar que sou eu o louco furioso! Ah ah ah!"

A literatura fantástica forneceu milhares de variações desse tema angustiante. Algumas das mais memoráveis devem-se a Philip K. Dick. Na vida real, sobretudo após sua experiência religiosa, Dick impunha aos amigos que lhe telefonavam baterias de testes cada vez mais sofisticadas para se certificar de que eles eram de fato quem afirmavam ser e não agentes do FBI ou extraterrestres. Estava fascinado pelos julgamentos de Moscou, no qual os acusados abjuravam sob coação o que haviam afirmado a vida inteira, insistindo que a verdade é o que dizem agora — Stálin tem razão, sou um monstro —, devendo se considerar nulo e não ocorrido tudo que possam ter dito antes — tenho razão, Stálin é um monstro.

Paulo de Tarso não era nem Philip K. Dick nem Stálin — ainda que tivesse um pouco desses dois homens notáveis. Os séculos que o separam deles, sobretudo do último, aprimoraram consideravelmente a paranoia. Isso não impede que, ao ler esta frase aos gálatas: "Mesmo que eu venha a vos dizer coisa diferente do que vos disse, não credes em mim!", eu veja nela o germe de um pavor desconhecido do mundo antigo. É que Paulo havia experimentado alguma coisa de desconhecido do mundo antigo, a qual, mais ou menos conscientemente, devia temer experimentar de novo.

Na estrada de Damasco, Saulo sofrera uma mutação: transformara-se em Paulo, seu oposto. Aquele que ele havia sido outrora se tornara um monstro aos seus olhos e ele se tornara um monstro aos olhos daquele que ele havia sido outrora. Se aquele que ele se tornara pudesse se aproximar daquele que ele havia sido outrora, aquele que ele havia sido outrora o teria amaldiçoado. Teria rezado a Deus para que o fizesse morrer, como os heróis dos filmes de vampiros fazem seus companheiros jurar que vão transpassar seu coração com uma estaca se porventura vierem a ser mordidos. Mas isso é o que dizem antes. Uma vez contaminados, não pensam senão em morder também, em especial aquele que se aproxima com a estaca, para realizar o anseio daquele que não é mais quem foi. Penso que um pesadelo desse tipo assombrava as noites de Paulo. E se ele voltasse a ser Saulo? E se, de maneira tão assombrosa e inesperada quanto se tornara Paulo, se tornasse outro que não Paulo? E se esse outro que não Paulo, que teria o rosto de Paulo, a voz de Paulo e a persuasão de Paulo, viesse um dia a encontrar os discípulos de Paulo para lhes roubar Cristo?

* * *

("É de você que você está falando aí", observa Hervé. "Quando cristão, o que você mais que tudo temia era virar o cético que está feliz em ser hoje. Mas quem pode dizer que não mudará de novo? Quem diz que não vai reler este livro que lhe parece tão sensato com o mesmo constrangimento com que hoje relê seus comentários do Evangelho?")

35

Caluniado e perseguido pela igreja de Jerusalém, Paulo poderia ter rompido com ela. Até aquele momento, toda a sua estratégia consistira em desenvolver sua atividade missionária o mais longe possível da matriz, em áreas onde não havia sucursais. Montara bases em regiões isoladas e remotas como a Galácia e, depois, só tivera problemas em metrópoles como Corinto. Poderia ter se estabelecido por conta própria e, uma vez que os partidários de Tiago lhe causavam tantos aborrecimentos e ele considerava caduca a Lei à qual eles eram tão aferrados, declarar que fundava uma religião inteiramente nova. Não fez isso. Deve ter percebido que, dissociada do judaísmo, sua pregação perderia vigor. Quis então dar mostras de boa vontade, firmar um compromisso, e lhe ocorreu a ideia de promover, junto às igrejas relativamente prósperas da Ásia e da Grécia, uma coleta em benefício da de Jerusalém, cronicamente necessitada. Tinha em mente um gesto conciliatório, um sinal de comunhão entre cristãos de origens judaica e gentia.

Trocara Corinto por Éfeso, na Ásia, de onde se pusera a enviar carta atrás de carta às igrejas, anunciando essa coleta e recomendando não serem sovinas. Elas eram lidas durante o ágape do domingo. No fim, todos deixavam algum dinheiro no saquinho. A ideia era que, no momento certo, cada igreja escolhesse um delegado e toda a delegação, sob a liderança de Paulo, viajasse a Jerusalém para entregar o produto da coleta aos "pobres e santos" — como se autodesignavam os discípulos de Tiago. A perspectiva dessa viagem, imagino, devia fazer sonhar na casa de Lídia, em Filipos.

36

Foi em Éfeso que Paulo recebeu outras notícias preocupantes de Corinto. Dessa vez o problema não era causado por emissários de Tiago, mas por outro pregador cristão, chamado Apolo. Sem que jamais tivessem se encontrado, sua estrada e a de Paulo não haviam cessado de se cruzar. Apolo estava em Corinto enquanto Paulo viajava a Éfeso, de maneira que um se viu em terreno preparado pelo outro. Isso não agradava muito a Paulo. A exemplo de diversos mestres exigentes, ele tendia a preferir os alunos sem formação nenhuma aos que haviam recebido outra diferente da sua e a considerar que cumpria recomeçar tudo do zero. Paulo e Apolo eram ambos judeus de vasta cultura, coisa rara entre os primeiros cristãos, mas Paulo, na tradição farisaica de Jerusalém, e Apolo, na dos helenistas de Alexandria. Era um filósofo, um platônico, um aluno de Fílon. Pela forma como Lucas insiste em sua eloquência, intuímos que seduzisse com mais facilidade do que o intenso e áspero Paulo. Dessa primeira geração cristã, era provavelmente a única personalidade comparável a ele em termos de envergadura intelectual, e é lícito perguntar-nos que rosto teria o cristianismo se, ao sabor de suas viagens, Lucas, seu primeiro historiador, tivesse encontrado Apolo em vez de Paulo, e se os Atos fossem uma biografia de Apolo e não de Paulo.

Não existia rivalidade explícita entre Apolo e Paulo. Ambos tinham o grande cuidado de elogiar os respectivos méritos e dizer que, no fim das contas, os indivíduos não importam, a única coisa que importa é Cristo. Isso não impediu a criação de facções em Corinto. Uns se declaravam partidários de Paulo, outros de Apolo, outros ainda de Pedro ou Tiago. "Eu sou de Cristo", diziam os que haviam assimilado melhor a lição.

De todas as comunidades a que Paulo escrevia, era a dos coríntios que lhe causava mais preocupação. Eles bebiam, fornicavam, transformavam os ágapes em orgias, e eis que à devassidão acrescentam a divisão. "Cristo estaria assim dividido?", troveja Paulo na primeira carta de admoestações que lhes destinou. Apolo, Pedro, Paulo, Tiago...: essas picuinhas são boas para escolas filosóficas, estoicos ou epicuristas que jogam um na cara do outro nomes e citações de escritores. Boas para os que cultivam a sabedoria, que julgam possível alcançar a felicidade vivendo segundo as exigências da razão. Paulo não cita Apolo, o que seria delicado num texto que visava denunciar todo tipo de polêmica, mas pressentimos que o coloca no mesmo saco e, quanto mais avançamos na carta, mais compreendemos que não é a divisão que ele abomina, e sim, pura e simplesmente, a sabedoria.

A sabedoria, contudo, é o que todo mundo busca. Até mesmo os libertinos, os voluptuosos, os escravos dos próprios prazeres almejam a sabedoria. Dizem que não há nada melhor, que se a alcançassem seriam filósofos. Paulo não concorda. Afirma que a sabedoria é um objetivo reles, e que Deus não a aprecia. Nem a sabedoria, nem a razão, nem a pretensão de ser o dono de sua vida. Quem quiser saber a opinião de Deus a respeito disso, basta ler o livro de Isaías, eis o que Ele diz ali com todas as letras: "Destruirei a sabedoria dos sábios e rejeitarei a inteligência dos inteligentes".

Paulo vai ainda mais longe. Afirma que Deus escolheu salvar os homens que escutarem não palavras sábias, mas palavras loucas. Afirma que os gregos se perdem ao buscarem a sabedoria e que os judeus também se perdem ao reivindicarem-na, e que a única verdade é a que ele, Paulo, anuncia, aquele Messias crucificado que para os judeus é um escândalo e para os gentios, uma loucura. Pois a loucura de Deus é mais sábia que a sabedoria dos homens, e a fraqueza de Deus é mais forte que a força dos homens.

Não há muitos sábios entre os irmãos de Corinto. Tampouco muitos poderosos ou pessoas de boa família. O próprio Paulo, não foi pela sedução de seu verbo que os conquistou, nem mediante belos discursos de filósofo. Mostrou-se para eles despojado de todo prestígio, como um homem nu. E é assim, fraco, temeroso, todo trêmulo, que lhes ensina que a sabedoria do século é loucura perante Deus. Que Deus escolheu o que é loucura aos olhos do mundo para fazer vergonha aos sábios. O que é fraco no mundo, para confundir o que é forte. O que é mais vil, o mais desprezado — *o que não é*, para reduzir a nada o que é.

O que Paulo escreve é de cair o queixo. Ninguém jamais escrevera algo assim antes dele. Podem procurar. Em parte alguma, na filosofia grega ou na Bíblia, encontrarão tais palavras. Talvez Jesus tenha pronunciado algumas igualmente audaciosas, mas delas não há vestígio escrito nessa época. Os correspondentes de Paulo não fazem ideia disso. Ouvem, misturado a exortações morais e ameaças de bicho-papão que não tenho vontade de desenvolver, algo absolutamente inédito.

37

Tito, que Paulo despachou para entregar sua carta aos coríntios, volta semanas mais tarde dizendo ter sido bem recebido, que a coleta avança bastante bem, mas também — e isso, Tito leva mais tempo para deixar escapar — que correm em Corinto rumores esquisitos a respeito de Paulo. Que é vaidoso, gabando-se o tempo todo das maravilhas que o Senhor opera nele. Volúvel, anunciando incessantemente sua vinda e incessantemente adiando-a. Hipócrita, mudando tom e melodia de acordo com o interlocutor. Meio tantã. Enfim — já toquei nisso —, que a severidade e a energia de suas cartas contrastam com a mediocridade de seu aspecto e de seu discurso. Imperioso de longe, murcho de perto. Pois bem, que ele venha! Vejamos se, cara a cara, ele conserva a empáfia!

Na segunda carta que escreveu aos coríntios, Paulo não responde de pronto a essas críticas. Recapitula, diminuindo-os, os incidentes do passado, assegura que Tito o tranquilizou completamente, elogia seus correspondentes pela boa conduta presente e, quando finalmente sai desses preâmbulos diplomáticos, é para falar muito concretamente da coleta. A ideia dessa coleta, ficamos sabendo paralelamente, foi lançada pelos próprios coríntios, e, em tais condições, estima Paulo, eles poderiam se mostrar mais generosos — tão generosos como as igrejas da Macedônia e da Ásia. "Imitai", diz ele aos coríntios, "nosso Senhor Jesus Cristo, que por causa de vós se fez pobre, embora fosse rico, para vos enriquecer com sua pobreza." Doai com largueza, doai com alegria, pois "quem semeia com parcimônia, com parcimônia também colherá", e com que cara ficaríeis junto às outras igrejas, vós que tivestes a ideia, se porventura vos reveláveis os mais avarentos...

Começa nesse ponto a parte mais extraordinária da carta, que um subtítulo encantador da BJ resume assim: "Paulo constrangido a fazer seu próprio elogio". Na realidade, nesse trecho ele se defende das acusações de ambiguidade e loucura que Tito lhe reportou. O conjunto é assombroso, evocando os grandes monólogos de Dostoiévski. Estilo oral, repleto de repetições, tropeços, trivialidades, estridências; tem-se a impressão de ouvir Paulo ditar a Timóteo, voltar atrás, irritar-se, girar em círculo...

Uma amostra, que traduzo livremente:

"Não sois capazes de tolerar um pouco de loucura de minha parte? Vamos! Tolerai-a! Tolerai-me! Sinto por vós um ciúme semelhante ao de Deus. Temo que vos seduzam, é verdade. Temo que vos desviem. Temo que vos anunciem outro Jesus que não o que vos anunciei. Temo que vossos pensamentos se corrompam. Temo que escuteis a outros que não a mim.

"No entanto, não fico nada a dever aos superapóstolos a que vos referis. Nulo no que tange à eloquência, admito de boa vontade, mas, no que se refere ao conhecimento, a saber do que falo, é outra história. Já vos mostrei isso, não é mesmo? Mas talvez tenha errado ao me humilhar para vos exaltar, ao anunciar-vos o Evangelho gratuitamente... [Lenga-lenga: pulo quinze linhas...] E não creiais que sou louco. Ou então, sim, crede. Vamos, crede, e deixai-me ser louco por um momento. Deixai-me vangloriar-me um pouco. Não é o Senhor que fala, agora, sou eu. Eu, o louco, eu, o fanfarrão. Todo mundo se gaba, por que não eu? Sois sábios, isso devia tornar-vos indulgentes para com os loucos. Sois pródigos em tolerância com pessoas que fazem de vós seus escravos, que vos devoram, que vos despojam, que vos tratam com soberba, que vos esbofeteiam. São hebreus essa gente? Também eu. Judeus? Também eu. Descendentes de Abraão? Também eu. Emissários de Cristo? Ora, louco, sou muito mais do que eles. Sangue e água, suei muito mais que eles. Na prisão, estive muito mais que eles. Fui mais espancado, corri mais risco de vida do que eles. Recebi cinco vezes os trinta e nove açoites dos judeus, fui flagelado três vezes, apedrejado uma vez, naufraguei três vezes, passei um dia e uma noite no abismo. Viajei a pé, conheci todos os perigos. Perigos nos rios, perigos dos ladrões, perigos por parte de meus irmãos de estirpe, perigos dos gentios, perigos da cidade, perigos do deserto, perigos do mar, perigos dos falsos irmãos. Passei fome, sede, frio, noites em claro, me exauri por vós, pelas minhas igrejas, e se me vanglorio de alguma coisa é tão somente de minha fraqueza.

"Poderia vangloriar-me de minhas visões. Poderia vangloriar-me de minhas revelações. Poderia falar-vos de um homem que, há catorze anos, foi arrebatado até o terceiro céu. Se em meu corpo, se fora do meu corpo, não sei, o único a saber é Deus. Esse homem foi transportado ao paraíso e lá lhe disseram coisas tão grandes que ele não tem o direito de repeti-las. Disso eu poderia me vangloriar, não seria loucura, seria tão somente a verdade, mas não me vanglorio disso, a única coisa de que me vanglorio é de minha fraqueza. Era tão grandioso o que me disseram lá no alto que para fazer passar minha vontade de me vangloriar disso me enfiaram uma farpa na carne. Pedi três vezes ao Senhor que me curasse, mas ele me disse: Basta-te a minha graça, pois é na fraqueza que a força manifesta todo o seu poder. Por isso me consumo nas fraquezas, nos insultos, nas misérias, nas perseguições, nas angústias, pois quando sou fraco, então é que sou forte!

"Procedi como insensato. Me constrangestes a isso. Não sou nada, mas sou mais que seus superapóstolos. Tudo que um apóstolo deve fazer, eu fiz entre vós. Sinais, prodígios, milagres, a única coisa que não fiz [lá vem ele de novo] foi viver à vossas custas. Deveria ter feito, afinal é só isso que respeitais. Mas não. Retornarei para junto a vós, será a terceira vez, e não viverei às vossas custas. Não quero vosso dinheiro, quero a vós. Não cabe aos filhos subvencionar os pais, e sim o contrário. Dar-vos-ei tudo que tenho, tudo que sou, e quanto mais amar-vos menos me amareis. Sei o que direis: que sou esperto, que quanto menos peço, mais obtenho… Ah! com efeito, receio que, ao chegar, já não vos encontre tais como vos quero encontrar e que, por conseguinte, me encontrareis tal como não quereis. Receio encontrar entre vós discórdia, inveja, raiva, rivalidades, maledicência, arrogância, desordens de todo tipo. Receio ser humilhado. Receio chorar.

Mas voltarei assim mesmo, pela terceira vez, e vereis, não usarei de meias medidas. Quereis a prova de que é Cristo que fala em mim? Ele falará, e ele não é fraco. Vede o estado em que vos encontrais, corrigi-vos. Espero de todo o meu coração que eu esteja enganado e que me desmentireis. Alegramo-nos todas as vezes que somos fracos, e vós, fortes. Tudo que pedimos é vosso aperfeiçoamento. É por isso que prefiro vos escrever e prevenir, dar-vos mais uma chance, para não ter que, in loco, recorrer à severidade. O Senhor me deu poderes para construir, não para destruir. Vivei em paz e a paz esteja convosco."

38

A segunda entrada de Lucas nos Atos é tão pouco bombástica quanto a primeira. Vimos, sob a forma de um "nós" enigmático, ele materializar-se ao lado de Paulo no porto de Trôade, constituir-se narrador durante um capítulo na Macedônia, depois retrair-se quando Paulo deixa Filipos. Sete anos depois, estamos novamente no porto de Trôade. Paulo reaparece ali acompanhado não mais de dois discípulos, e sim de uma dezena, enviada pelas igrejas da Grécia e da Ásia para, em seu nome, escoltar o produto da coleta destinada aos pobres e santos de Jerusalém. Estão ali Sópatro de Bereia, Aristarco e Segundo, de Tessalônica, Gaio, de Doberes, Trófimo, de Éfeso, Tíquico, da Galácia, e, naturalmente, o fiel dos fiéis, Timóteo. "Quanto a nós", engata Lucas tranquilamente, "deixamos Filipos por mar após os dias dos Pães sem fermento. Cinco dias depois, fomos encontrá-los em Trôade, onde permanecemos uma semana."

Difícil ser menos discreto. Ele não estava mais aqui, agora está aqui de novo. Assim como da última vez, ninguém lhe dá muita bola, o que não impede que, a partir dessa frase, Lucas retome as rédeas da narrativa e só as largue no fim. Tudo se torna mais preciso, vivo, detalhado: sentimos estar diante de uma testemunha.

Se ele participa da delegação, é porque representa a igreja de Filipos, como Sópatro, a de Bereia, Aristarco e Segundo, a de Tessalônica etc.

Tento imaginar esses soldados rasos, esses capangas, cujos nomes, graças a Lucas, atravessaram vinte séculos. Nenhum deles jamais pusera os pés na Judeia, nenhum conhece as Escrituras dos judeus senão pela Septuaginta, nem Jesus senão pelo ensino, no mínimo pessoal, de Paulo. Não são, como Tito e Timóteo, dois discípulos profissionais, que largaram tudo há anos para seguir seu guru, ciosos da disciplina e das provações do apostolado. Em Bereia, em Tessalônica, em Éfeso, deviam, em paralelo à sua participação na igreja cristã, levar uma vida normal, com profissões, famílias, hábitos. Teria sido ferrenha a luta, no seio dessas igrejas, para integrar a delegação? Como foram escolhidos? Como imaginam a aventura que os espera? Julgam partir por três meses, seis meses, um ano? Imagino-os como os viciados em ioga, deixando Toulouse ou Düsseldorf para uma longa temporada na Índia, no *ashram* do mestre de seu mestre. Há meses não pensam em outra coisa, não falam em outra coisa. Compraram um método de autoaprendizado de bengali e sabem os nomes de todas as posturas em sânscrito. Seu tapetinho está enrolado bem apertado, para ocupar o mínimo de espaço possível, rearrumaram dez vezes a mochila e passaram noites em claro recapitulando seu conteúdo, temendo ter levado ora muita coisa, ora pouca. Antes de fechar a porta, depois reabri-la para se certificarem de que haviam de fato apagado o gás, queimaram bastõezinhos de incenso pela última vez em seu altarzinho e entoaram *Om shanti* em sua almofada de meditação — como Lucas, que, não obstante não ser judeu, faz questão de nos informar que partiu após celebrar a festa dos Ázimos. Em Trôade, onde todos se encontram para partir, descobrem seus futuros companheiros de viagem. Os quatro macedônios já se conhecem: Filipos, Tessalônica e Bereia não ficam longe. Os outros vêm da Ásia e da Galácia. Não há coríntios — a menos que Lucas os tenha esquecido em sua lista —, e, como os coríntios são conhecidos principalmente pelos terríveis sabões que receberam de Paulo em função de sua frivolidade, dissipação e sovinice, todos ficam tentados a rir, a dizer claro, não admira, mas, como Paulo proíbe a maledicência, eles evidentemente optam por dizer apenas coisas amáveis, saudando-se pela manhã com um *Maranatha* transbordante de doçura e condescendência. Sejam macedônios ou gálatas, no entanto — e ainda que os gálatas, em seu tempo, também tenham recebido seu quinhão —, todos se sentem da elite, aquela que em suas cartas Paulo erige regularmente em exemplo por seu amor a Cristo e generosidade na coleta. Todos devem ter xeretado a soma que o outro trazia, quando as oferendas das diferentes igrejas foram contadas e lacradas — nesse aspecto Paulo é superescrupuloso, não era do tipo que desviasse uma dracma para despesas de representação.

39

Certa noite, Paulo conversa com os delegados numa sala do andar superior da casa onde estão hospedados, nos arredores do porto. Anoitece. As lamparinas de azeite são acesas. Trazem um tira-gosto: azeitonas, polvo grelhado, queijo, depois vinho. Uma roda de homens fervorosos cerca o mestre, que fala com sua voz cavernosa e espasmódica. Um pouco afastado, um adolescente sentara-se no peitoril de uma janela para escutá-lo. Chama-se Êutico e não faz parte do grupo. Sem dúvida é um filho da casa, que se aproveita da presença dos viajantes para ir dormir mais tarde. Disseram-lhe para se comportar, ele se comporta. Não lhe dão mais atenção que a um animal doméstico. As horas passam, Paulo continua a discorrer. Êutico deixa-se vencer pelo sono. Oscila. O sinistro barulho do corpo caindo interrompe Paulo. Levam alguns instantes para compreender, depois correm até a escada. No pátio, três andares abaixo, se debruçam sobre o corpo despedaçado do menino. Está morto. Paulo, o último a descer, toma-o nos baraços e diz: "Não vos perturbeis: a sua alma está nele". Depois sobe novamente, pregando até o raiar do dia. "Quanto ao rapaz, reconduziram-no vivo, o que os reconfortou sem medida."

Acho essa passagem terrivelmente embaraçosa. Não que ela resista à explicação racional. Ao contrário, esta se impõe: julgaram Êutico morto, Paulo constata que ele apenas se machucou, melhor assim; durante todo o resto da noite, no dormitório, os ingênuos delegados da Ásia e da Macedônia sussurram e se convencem de haverem presenciado a uma ressurreição. O embaraçoso é que Lucas conta essa ressurreição como se não houvesse motivo para criar todo um clima, mais precisamente como se não se tratasse de uma coisa notável, quer dizer, no fim das contas, como uma simples cura surpreendente. A cena passa a impressão de que Paulo eventualmente ressuscitava pessoas. Que não abusava disso, para não dar o que falar, mas que era uma de suas habilidades. Ora, Paulo em suas cartas jamais se gabou de tais façanhas, e tenho certeza de que teria chamado às falas qualquer um que lhas houvesse atribuído. É que ele levava a ressurreição a sério. Pensava a mesma coisa que nós: que ela é impossível. Que um monte de coisas é possível, inclusive o que ele chamava de sinais e nós, de milagres, como o fato de um paralítico sair andando, mas isso não. Entre os dois fenômenos, um paralítico sair andando e um homem voltar dos mortos, há uma diferença de natureza, não de grau, e essa natureza era muito clara para Paulo, aparentemente menos para Lucas. Analogamente, é possível admitir que um homem que tinha um braço paralisado recupere seu uso, mas não que um braço cortado volte a crescer. Toda a doutrina de Paulo, se é que podemos chamar de doutrina coisa tão intensamente vivida, repousa nisto: a ressurreição é impossível, ora, um homem ressuscitou. Num ponto preciso do espaço e do tempo produziu-se esse acontecimento impossível, que divide a história do mundo em duas: os que creem nisso e os que não creem, e, para os que creem, que receberam a graça incrível de crer nessa coisa incrível, nada daquilo em que criam antes faz mais sentido. É preciso recomeçar tudo do zero. Ora, o que faz o nosso Lucas desse acontecimento único, sem precedente e sem réplica? Um simples elemento de uma série. Deus ressuscitou seu filho Jesus, Paulo ressuscita o jovem Êutico. São coisas que acontecem. Sópatro e Tíquico devem pensar que, se prestarem bem atenção, podem aprender o truque. Imagino a reação de Paulo caso viesse a ler a biografia que, vinte ou trinta anos depois de sua morte, lhe dedicaria seu ex-companheiro de estrada. Que imbecil! Talvez não se surpreendesse, aliás. Talvez fosse assim que o visse aquele bravo médico macedônio: um sujeito amável, ingênuo, não muito esperto, junto a quem tinha de fazer um esforço danado — nem sempre coroado de êxito, pois são Paulo era tudo menos um santo — para conter sua irritação.

40

Paulo, naquela noite, falava a ponto de perder o fôlego. Lucas não esclarece do que ele falava, mas podemos imaginar a partir da carta aos romanos, escrita por essa época e que devia trazer seus assuntos costumeiros.

Essa carta, que abre a série canônica das cartas de Paulo, não se parece com as outras. A despeito de seu título, não se dirige especialmente aos romanos, não trata de nenhum problema que os romanos houvessem submetido a Paulo. Se os romanos tivessem problemas, jamais lhes passaria pela cabeça, ao contrário dos gálatas ou coríntios, submetê-los a Paulo, que não fundara sua igreja e sabia perfeitamente que esta se desenvolvia sob a influência de Pedro e Tiago. Tomar a iniciativa de escrever às ovelhas destes últimos em vez de às suas próprias era não só quebrar um monopólio, como conferir ao texto a dignidade de uma encíclica, válida não só para Roma como para todas as igrejas. Para levá-la a cabo, Paulo aproveitou o inverno relativamente tranquilo que antecedeu sua partida para Jerusalém. Percebemos que ele se põe à vontade, como um pensador que até ali não teve tempo de escrever outra coisa senão artigos, na urgência, e que finalmente arranja tempo para compor um verdadeiro livro: e estamos diante de um, tão extenso quanto o Evangelho de Marcos. Foi ditado a um sujeito chamado Tércio, que, no fim, aproveita a deixa para saudar o leitor em seu próprio nome, mas deve ter sido abundantemente copiado e recopiado para ser enviado às outras igrejas, e por que não por Lucas?

Imaginar o Lucas que imagino diante desse texto é justificar minha própria inapetência, pois penso que — como eu — ele deve ter passado batido por grande parte dessa austera exposição doutrinal. Era um apreciador de peripécias, de traços humanos, a teologia o enfadava. Podia se apaixonar pelas disputas de Paulo com os coríntios, porque os coríntios eram gregos como ele e os problemas que se colocavam para eles, de aclimatação do cristianismo em meio pagão, lhe diziam respeito. O assunto principal da carta aos romanos é a emancipação do cristianismo com relação à Lei judaica, e, afora isso não ser efetivamente problema de Lucas, ele devia se sentir um pouco perdido nas referências bíblicas e sutilezas rabínicas em que Paulo entrava para melhor romper com a sinagoga.

Na verdade, a grande ideia da carta aos romanos já se encontra na carta aos gálatas — mas, como diz magnificamente um exegeta suíço, a carta aos gálatas é o Ródano antes do lago Léman, a carta aos romanos o Ródano depois de Genebra: de um lado, uma torrente brotada da montanha; de outro, um rio de curso majestoso. A carta aos gálatas foi escrita de uma tacada, genialmente, inspirada pela cólera, a carta aos romanos, rodando sete vezes a pena dentro do tinteiro. E, como se enrola todo para exprimir sua grande ideia, preto no branco, Paulo embrenha-se em fastidiosas argúcias jurídico-teológicas, explicando por exemplo que uma mulher casada está ligada ao marido pela Lei enquanto este for vivo, mas que com sua morte ela está livre, de maneira que, se ela transa com outro homem na primeira hipótese, está errada, contudo, na segunda, não tem por que ser recriminada. Mesmo correndo atrás do próprio rabo, Paulo termina por dizer o que tem de fato a dizer, que se resume muito simplesmente no seguinte: a Lei terminou. Depois da vinda de Jesus, ela não tem mais qualquer serventia. Os judeus que se aferram a ela, assim como ao privilégio de sua eleição, atestam, no melhor dos casos, surdez, no pior, má vontade. Os judeus foram chamados primeiro, os gentios em seguida, mas todos, gentios ou judeus, doravante só poderão ser salvos pela graça de Jesus. "É assim. A quem quer, ele faz misericórdia. A quem quer, ele torna insensível."

Mas então, se aprouve a Deus torná-los insensíveis, qual é o destino dos judeus? Paulo transborda de compaixão por eles. Não é hora de esbravejar que eles desagradam ao Senhor, que descerá sua ira sobre eles. Não, Paulo fez um recuo, e sua nova ideia é que é uma bênção para os gentios o fato de os judeus, por sua estupidez (ele chama de "passo em falso"), permitirem que eles herdem o que originariamente e de direito lhes pertencia, mas que a história não para por aí. A insensibilidade de Israel vai perdurar até que todos os gentios tenham entrado na Igreja, e só então os judeus entrarão nela, e este será o sinal do fim dos tempos. Para ilustrar isso, Paulo arrisca uma parábola no estilo de Jesus, colocando em cena um horticultor que poda sua oliveira e lhe enxerta novos brotos. Ele não queima, entretanto, os galhos cortados e, assim que os novos brotos germinarem, ele vai recuperar esses galhos cortados e os colar novamente no tronco. De um ponto de vista agrícola, a metáfora é particularmente infeliz, o que não impede de captarmos a ideia: os judeus são os ramos cortados da oliveira, mas os ramos recém-enxertados, avisa Paulo, que eles não se vangloriem por isso! "Eles não carregam o tronco, é o tronco que os carrega."

O que foi capaz de tocar alguém como Lucas, se ele o leu, copiou ou ouviu, nesse tratado de teologia em que se consuma, às vésperas da partida para Jerusalém, a ruptura da Igreja com a sinagoga? Talvez, devido a seu tom conciliador, a ideia de que, apesar de tudo, as coisas entrariam nos eixos e haveria sempre lugar junto a Deus para o velho povo eleito e falido — se era assim que os representava. Talvez, porque preferisse as instruções práticas às abstrações e apreciasse a ordem estabelecida, a passagem em que Paulo desce fugazmente de suas alturas para resolver a seguinte questão, decerto colocada por nacionalistas judeus amotinados contra o império: devemos pagar o imposto? Paulo, quanto a isso, é muito firme: sim, devem, "pois aqueles que o cobram são encarregados por Deus de cumprir essa função. E todo homem deve subordinar-se às autoridades, pois não há autoridade que não venha de Deus e as que existem foram estabelecidas por ele". (Inútil insistir nas devastações que poderão resultar dessa frase.) Enfim, o que Lucas lia sobre o perdão que Jesus concede preferencialmente aos pecadores devia cativar seu coração sentimental. Histórias de ovelhas desgarradas são o que ele mais gosta de contar e mais tarde fará dezenas de esquetes do tipo de sua lavra.

Quanto ao resto, imagino-o meneando a cabeça, aprovando sem compreender.

41

Se, no corpo dessa carta, o próprio Paulo não esclarecesse reiteradas vezes que a escreveu antes de ir para Jerusalém, "a serviço dos pobres e dos santos", teríamos muita dificuldade em acreditar nele. Afinal de contas: de um lado, esse marginal, esse dissidente, visto com grande desconfiança pela matriz, empreende uma longa e perigosa viagem para lhe apresentar seus respeitos, levar dinheiro, mostrar que, apesar das aparências, ele é alguém leal com quem se pode contar; de outro, simultaneamente, envia ao conjunto das filiais uma circular peremptória explicando que todos os princípios reivindicados por Pedro, Tiago e João, os patronos históricos, estão agora caducos e é hora de passar a outra coisa.

Um pouco acima eu imaginava um ex-oficial czarista exigindo carta branca de Stálin para propagar o marxismo-leninismo no estrangeiro. Ei-lo agora de volta a Moscou para o congresso do Partido, logo após ter publicado no Ocidente uma série de artigos que chamaram a atenção, intitulados "O fim da luta de classes e da ditadura do proletariado. O marxismo está morto, viva o marxismo!". É o que eu chamaria de se atirar aos leões, e ignoro o que pensam disso os bravos Sópatro, Tíquico, Trófimo etc., ignoro se esses cândidos companheiros de estrada, em polvorosa na expectativa de partir com seu mestre para a Terra Santa com que tanto sonharam, são cândidos a ponto de não perceberem o quanto aquele negócio cheira mal, em contrapartida algo me diz que Paulo desconfia do clima que o espera em Jerusalém. Enfim, parece matutar, a vida tem maus momentos. Uma vez quite, poderá prosseguir sua missão, incursionar para oeste no mundo habitado, tão longe quanto já fizera para leste. Após fazer o périplo do mundo grego e do Oriente, seu plano é ir a Roma, onde sua carta o terá precedido, e, em seguida, se Deus quiser, esticar até a Espanha.

42

As recordações de Lucas a respeito das circunstâncias da grande partida são notavelmente precisas, e gosto tanto desse trecho dos Atos que conheço o cenário de cor. Há vários anos passo as férias, com Hélène e as crianças, na ilha grega de Patmos. Depois de cogitar comprar uma no departamento do Gard, é lá que agora sonhamos ter uma casa. No momento em que escrevo este capítulo, início de maio de 2012, voltamos de uma viagem em que procuramos essa casa, viagem infelizmente infrutífera, ou no mínimo não completamente frutífera, pois tudo é complicado com os gregos, nunca sabemos em que nos fiar, o que é possível ou não, quanto custam as coisas, a quem pertence o quê, às vezes nos irritamos a ponto de pensar que eles bem que mereceram isso que está acontecendo nesse momento. Espero encontrarmos a casa daqui até o fim deste livro. Enquanto isso, quando leio que "nós", isto é, Lucas e seus companheiros, "deixamos Trôade rumo a Assos, onde Paulo nos alcançou por terra", quando leio que "recolhemo-lo a bordo e aportamos em Samos, e, antes de nos dirigirmos a Quios, fizemos escala em Mileto", fico fascinado, julgo estar lá. Amo e só aspiro a amar ainda mais aqueles seixos maravilhosos espalhados ao longo do litoral turco — litoral que por razões políticas não figura em nenhum mapa grego, de maneira que as ilhas do Dodecaneso parecem pousadas na beirada do mundo, na iminência de caírem no vazio. Com relação a Patmos, Samos ao norte e Quios ao sul evocam para mim horários de barcas, desembarques em portos inóspitos no meio da noite, atrasos e até travessias canceladas por motivo de tempestade — a que é preciso acrescentar, no que se refere a Quios, os escritórios de arqueologia onde se decide o que pode ser construído ou restaurado nessas ilhas, e cujos funcionários têm um prazer perverso, quando solicitados a oficializar tal decisão, em dizer que o farão dentro de quinze dias, passados esses quinze dias, dentro de um mês, passado esse mês, outro mês, e assim por diante. Resumindo. De Quios vamos para Rodes — é a rota do *Blue Star Ferry,* no qual embarcamos todo verão —, depois, de Rodes, para Patara, onde trocamos de barco e apontamos para Creta.

Em decorrência de Lucas empregar determinados termos técnicos nos Atos, alguns historiadores lhe atribuem larga experiência em navegação, mas penso que, antes de sua primeira grande viagem, essa experiência se limitava à cabotagem no mar Egeu. O Mediterrâneo é traiçoeiro, navega-se por ele praticamente sem perder de vista o litoral. Para ir até a Judeia, infelizmente, não há escolha: é preciso lançar-se em alto-mar. Oito dias de travessia, sem escalas. Nos cargueiros, para os passageiros ricos, ainda há alguns camarotes, para os demais, esteiras no convés coberto por um toldo. Lucas e seus companheiros, é claro, fazem parte dos demais. Durante a travessia talvez fiquem verdes, talvez vomitem o que comeram, a exemplo da equipe de cientistas em *A estrela misteriosa*. Devem também, sem exceção, julgar-se Ulisses.

Conhecem a *Odisseia*, necessariamente. Todo mundo na época conhece a *Ilíada* e a *Odisseia*. Quem sabe ler aprendeu com Homero, quem não sabe conhece a história de ouvir contar. Em seus oito séculos de existência, os poemas homéricos fizeram de seus incontáveis leitores uma espécie de historiadores e geógrafos amadores. Todos, na escola, fizeram redações e, adultos, tiveram discussões acaloradas sobre o que é verídico ou lendário nos relatos da guerra de Troia e que lugares reais Ulisses atravessou. Quando Lucas e seus companheiros de viagem, sozinhos em sua casca de noz no oceano, veem surgir uma ilha na bruma, devem se perguntar se por acaso não é a dos Lotófagos, do ciclope Polifemo, da mágica Circe que transforma os homens em porcos ou da ninfa Calipso que lhes abre — se bem lhe aprouver — as portas da vida eterna.

43

A história se encontra no livro v da *Odisseia*. Ulisses naufragou na ilha de Calipso e de lá não arredou o pé durante sete anos. A ilha recende a fogo de cedro e cipreste. Nela há um vinhedo, quatro nascentes de água cristalina, pradarias cobertas de violetas e aipo silvestre em todas as estações do ano. E o principal, a ninfa é uma beldade e Ulisses frequenta seu leito. A vida nesse jardim fechado é deliciosa, digna de fazer o viajante esquecer a finalidade de sua viagem, que é, como sabemos, regressar à sua pedregosa ilha de Ítaca, à sua mulher

Penélope, a seu filho Telêmaco, em suma, ao mundo de onde ele veio e o qual foi obrigado a deixar há muito tempo para fazer o cerco a Troia. Mas ele não a esquece. Morre de saudades. Entre duas noites de êxtase, deixa-se ficar na praia, imóvel, sonhador. Chora. No Olimpo, Atena defende sua causa: sua penitência, mesmo voluptuosa, já durou o suficiente. Convencido, Zeus despacha Hermes para comunicar a Calipso que ela deve deixar o herói seguir seu caminho. "Assim é seu destino que reveja os familiares e que chegue ao alto palácio da sua terra pátria." A essas palavras, Calipso sente um arrepio. Embora terrivelmente triste, obedece. À noite, Ulisses e ela se encontram. Ambos sabem que ele partirá no dia seguinte. Na gruta que foi o ninho de seus amores, no silêncio aflito das separações, ela lhe dá de comer e beber. Por fim, arrasada, Calipso tenta sua última sorte:

"Ulisses de mil ardis! Então para tua casa e para a amada terra pátria queres agora regressar? Despeço-me e desejo-te boa sorte. Mas se soubesses no teu espírito qual é a medida da desgraça que te falta cumprir, antes de chegares à terra pátria, aqui permanecerias, para comigo guardares esta casa; *e serias imortal*, apesar do desejo que sentes de ver a esposa por que anseias constantemente todos os dias. Pois eu declaro na verdade não ser inferior a ela, de corpo ou estatura: não é possível que mulheres compitam em corpo e beleza com deusas imortais."

Ulisses responde:

"Deusa sublime, não te encolerizes contra mim. Eu próprio sei bem que, comparada contigo, a sensata Penélope é inferior em beleza e estatura quando se olha para ela. Ela é uma mulher mortal; tu és divina e nunca envelheces. Mas mesmo assim quero e desejo todos os dias voltar para casa e ver finalmente o dia do meu regresso. E se algum deus me ferir no mar cor de vinho, aguentarei: pois tenho no peito um coração que aguenta a dor. Já anteriormente muito sofri e muito aguentei no mar e na guerra: que mais esta dor se junte às outras."

Vamos transpor, roteirizar, sem medo de nos repetir. Calipso, que é o protótipo da loura, a que todos os homens gostariam de possuir mas não forçosamente esposar, a que abre o gás ou ingere comprimidos durante o Réveillon que seu amante celebra em família, Calipso, para segurar Ulisses, detém um trunfo mais poderoso que suas lágrimas, sua ternura e até mesmo a lanugem crespa entre suas pernas. Ela está em condições de lhe oferecer o que todo mundo sonha. O quê? A eternidade. Nada menos. Se ele ficar com ela, não morrerá jamais. Não envelhecerá jamais. Eles jamais cairão doentes. Conservarão para sempre, uma, o corpo milagroso de jovem mulher, o outro, o corpo robusto do homem de quarenta anos no auge de sua sedução. Passarão a vida eterna fornicando, fazendo a sesta ao sol, nadando no mar azul, bebendo vinho sem ter ressaca, fornicando novamente, sem nunca se cansar, lendo poesia se bem lhes aprouver e, por que não, escrevendo. Proposta tentadora, admite Ulisses. Mas não, devo voltar para casa. Calipso julga não ter escutado direito. Para casa? Sabe o que o espera em casa? Uma mulher que já não está mais na primeira juventude, que tem varizes e celulite, para não mencionar a chegada da menopausa. Um filho de quem você se lembra como um adorável garotinho, mas que na sua ausência virou um adolescente problemático e com fortes chances de terminar drogado, islamista, obeso, psicótico, tudo que os pais temem para os filhos. Você mesmo, se for embora, logo estará velho, sentirá dores por todo o corpo, sua vida não passará de um corredor escuro que se estreita e, por mais atroz que seja avançar nesse corredor com seu andador e sua sonda portátil, você acordará no meio da noite apavorado porque vai morrer. É isso a vida dos homens. Ofereço-lhe a dos deuses. Pense.

Já pensei, disse Ulisses. E parte.

Diversos comentadores, de Jean-Pierre Vernant a Luc Ferry, veem na escolha de Ulisses a última palavra da sabedoria antiga, e talvez a da sabedoria pura e simples. A vida de homem vale mais que a de deus, pela simples razão de que é a verdadeira. Um sofrimento autêntico vale mais que uma felicidade ilusória. A eternidade não é desejável porque não faz parte do nosso quinhão. Esse quinhão imperfeito, efêmero, decepcionante, é o único que devemos prezar, é para ele que devemos incessantemente retornar, e toda a história de Ulisses, toda a história dos homens que consentem em ser apenas homens para ser plenamente homens, é a história desse retorno.

Não há mérito algum, para nós, modernos, em reivindicar essa sabedoria, afinal não existe mais ninguém para nos fazer a proposta de Calipso. Mas Lucas, Sópatro e os demais, foi essa proposta que eles aceitaram sem piscar, e me pergunto se não é nisto que, passando ao largo de uma ilha, cujo aroma de oliveira, cipreste e madressilva a brisa carrega até o navio, Lucas pensa.

Não sei nada sobre sua infância ou adolescência, mas imagino que sonhou ser um herói como Aquiles — valente até a loucura, preferindo a morte gloriosa à vida ordinária —, ou um homem completo como Ulisses — safando-se de todas as situações, seduzindo as mulheres e se entendendo com os homens, maravilhosamente adaptado à vida. E que depois, ao crescer, deixou de se identificar com os heróis homéricos porque aquilo não funcionava. Porque não se parecia com eles. Porque ele não fazia parte, como veio a constatar, da venturosa classe dos homens que amam a vida na terra, a quem ela faz bem, e que não desejam outra. Fazia parte de outro tipo de mentalidade, a dos inquietos, dos melancólicos, dos que acreditam que a vida verdadeira está em outro lugar. Pensamos neles como minoria na Antiguidade, clandestinos, reduzidos ao silêncio, que tomaram o poder para conservá-lo até nossos dias graças ao nosso tenebroso amigo Paulo, o que não os impedia de contarem com gloriosos porta-vozes. Platão, para começar, o homem para quem nossa vida se desenrola integralmente numa caverna escura, onde só percebemos vagos reflexos do mundo verdadeiro. Lucas decerto o leu: quatro séculos após sua morte, Platão ainda era muito conhecido, todas as pessoas com vocação para pensamentos elevados passavam por uma fase platônica. Daí, via Fílon, o platônico judeu de Alexandria, ter derivado, como muitos contemporâneos seus, para o judaísmo e não ter se sentido um peixe fora d'água. A alma estava no exílio. No Egito, ela ansiava por Jerusalém. Na Babilônia, por Jerusalém. E em Jerusalém, pela *verdadeira* Jerusalém.

E então ele conhece Paulo, que promete simplesmente a vida eterna. Paulo diz, e Platão já dizia, que a vida na terra é má porque o homem é falível e sua carne, perecível. Diz que a única coisa a esperar dessa vida é livrar-se dela para se dirigir para onde reina o Cristo. Obviamente, lá onde reina o Cristo é menos sexy do que lá onde reina Calipso. Aqueles corpos, que, corruptíveis, ressuscitarão incorruptíveis, isto é, não envelhecerão mais, não sofrerão mais, não desejarão mais senão a glória de Deus, nós os vemos melhor velados sob longas túnicas e entoando cânticos sem fim do que nadando, nus, no mar, e se acariciando mutuamente. Isso, por exemplo, me desanimaria, mas devo admitir que não devia desanimar Lucas. Além disso, não quero recair em caricaturas: a extinção do desejo não é só ideia de carolas puritanos, é também de pessoas que refletiram muito na condição humana, como os budistas. O essencial está em outro lugar: na semelhança perturbadora entre o que Paulo promete e o que Calipso promete — ser libertado da vida ou, como diria Hervé, "tirado da estufa" — e na divergência irredutível entre o ideal de Paulo e o de Ulisses. O que um aponta como o único bem verdadeiro, o outro denuncia como funesta ilusão. Ulisses afirma que a sabedoria é estar sempre voltado para este mundo e para a condição humana, Paulo afirma que é pular fora. Ulisses afirma que o paraíso é uma ficção e pouco importa que esta seja bela, Paulo, que é a única realidade. Paulo, arrebatado, chega a felicitar a Deus por ter apontado *o que não é* para desfazer o que é. Foi o que escolheu Lucas e foi nessa que ele, bastante literalmente, embarcou, e me pergunto se, uma vez a bordo, ele não foi fustigado pela suspeita de que estava fazendo uma grande besteira. Devotar a vida inteira a alguma coisa que simplesmente não existe e dar as costas ao que existe de verdade: o calor dos corpos, o sabor agridoce da vida, a imperfeição maravilhosa do real.

III. A INVESTIGAÇÃO
Judeia, 58-60

I

Após oito dias no mar, Paulo e sua delegação desembarcam na Síria. Lá, são recebidos por alguns adeptos do Caminho, como o culto cristão é conhecido na região. Em Cesareia, o grande porto da região, hospedam-se na casa de um pregador chamado Filipe, pai de quatro filhas virgens com talento para a profecia. Um amigo íntimo da casa, que também se diz profeta, gostaria de dissuadir Paulo de sua ida a Jerusalém. Encenando uma mímica, isto é, amarrando os próprios pés e mãos, vaticinou que os judeus de lá iriam prendê-lo e entregá-lo aos romanos, que o matariam. Nada o demove. Paulo permanece irredutível em sua decisão. Se tiver de morrer pela causa, morrerá. Despedem-se dele chorando, e é difícil não pensar que, ao escrever essas cenas trinta anos mais tarde, Lucas não faz deliberadamente eco às cenas de seu Evangelho em que o herói é Jesus — igualmente determinado a subir para Jerusalém, apesar das reiteradas advertências de seus discípulos.

Apesar das reiteradas advertências dos amigos, eis Paulo e sua comitiva na cidade santa. Hospedados na casa de Mnason, um discípulo cipriota, vão logo no dia seguinte, em procissão, fazer uma respeitosa visita a Tiago, e é chegada a hora de nos perguntarmos o que explica ser ele o líder dos adeptos do Caminho em Jerusalém.

Deveria ter sido Pedro, primeiro a seguir Jesus. Poderia ter sido João, que se apresentava como o discípulo predileto. Ambos tinham toda a legitimidade requerida, assim como Trótski e Bukharin a tinham para suceder Lênin — e mesmo assim quem o sucedeu, eliminando todos os seus rivais, foi um georgiano sinistro, Josef Djugachvili, vulgo Stálin, a cujo respeito Lênin havia expressamente recomendado abrirem o olho.

O que Jesus dissera a respeito de seu irmão Tiago, e, de maneira geral, de sua família, não era mais animador. Quando lhe falavam de sua mãe e de seus irmãos, ele meneava a cabeça e apontava os estranhos que o seguiam, dizendo: "Eis minha mãe e meus irmãos". A uma mulher que, numa efusão tipicamente oriental, declarava: "Felizes as entranhas que te trouxeram e os seios que te amamentaram!", ele respondia secamente: "Felizes, antes, os que ouvem a palavra de Deus e a observam". Jesus, havemos de convir, não parecia muito chegado a entranhas ou seios. Fazia pouco caso de sua família e mais ainda de si próprio. O evangelista Marcos contará uma cena em que seus amigos cogitam pura e simplesmente mandá-lo prender, pois, dizem, ele perdeu a cabeça. Se Tiago tivesse se levantado sozinho para defender o irmão, certamente nos teriam relatado. Durante a vida de Jesus, deve tê-lo considerado, assim como os outros, um desequilibrado, lançando descrédito sobre uma família modesta mas honrada. O fato de esse desequilibrado, esse rebelde, esse tipo suspeito terminar executado como um criminoso comum deve ter dado definitivamente razão a seu irmão virtuoso, mas alguma coisa de estranho se produziu na sequência, é que, apesar dessa execução ignominiosa, ou por causa dela, após sua morte o irmão desonrado tornou-se objeto de um verdadeiro culto, e um pouco de sua glória póstuma passou a respingar em Tiago. Tiago não se fez de rogado. Pelo sangue, mais que o mérito, em virtude de um princípio puramente dinástico, veio a se tornar dos grandes personagens da Igreja primitiva, um par ou até um superior dos discípulos históricos Pedro e João, uma espécie de primeiro papa. Trajetória singular.

2

Lucas nada sabia a respeito de Jesus quando encontrou seu irmão pela primeira vez. Não conhecia nem sua informalidade, nem suas más companhias, nem seu desprezo pela devoção. Talvez tenha imaginado que em vida ele lembrasse Tiago, de quem a tradição, isto é, o bispo Eusébio de Cesareia, que escreveu no século IV uma história da Igreja, nos deixou esse retrato cativante: "Ele foi santificado desde o seio de sua mãe, nunca tomou vinho nem bebida embriagante, tampouco comeu qualquer coisa em sua vida que tenha sido vivo. A navalha jamais raspou sua cabeça. Não se ungia com óleo nem tomava banho. Não vestia lá, mas linho. Entrava sozinho no Templo e lá permanecia tanto tempo em oração que seus joelhos eram calejados feito os de um camelo".

É perante esse personagem intimidante, cercado pelo conselho dos Anciãos do Caminho, que Paulo enfrenta uma espécie de sabatina. Após as cortesias de praxe, o apóstolo apresenta um relatório detalhado sobre o que o Senhor, por seu intermédio, realizou entre os gentios. Lucas, sempre positivo e preocupado em minimizar as divergências, declara que seus ouvintes "glorificavam a Deus pelo que ouviam", mas omite estranhamente o que afinal de contas era o principal motivo da visita: levar à igreja de Jerusalém o fruto da coleta. Daí a pensar que Tiago rejeitou a oferenda de Paulo, como Deus rejeitou de Caim… Nenhuma de nossas duas fontes alude ao fato, mas, pesando tudo, aceitar suas benesses equivalia a fortalecer Paulo, e não se pode dar por certo que Tiago estivesse disposto a isso.

Por mais que Lucas seja positivo, ele não consegue esconder que, uma vez Deus glorificado, os Anciãos, isto é, Tiago, vêm com a seguinte conversa para cima de Paulo: "Tu vês, irmão, quantos milhares de judeus há que abraçaram a fé, e todos são zeladores da Lei! Ora, foram informados, a teu respeito, que ensinas todos os judeus, que vivem no meio dos gentios, a apostatarem de Moisés, dizendo-lhes que não circuncidem mais seus filhos, nem continuem a seguir suas tradições. [Paulo, supomos, escuta sem abrir a boca: tudo isso é verdade.] Que fazer? Certamente há de aglomerar-se a multidão, ao saberem que chegaste. Faze, pois, o que te vamos dizer. Estão aqui quatro homens que têm a sua promessa a cumprir. Leva-os contigo, purifica-te com eles, e encarrega-te das despesas para que possam mandar cortar os cabelos. Assim todos saberão que nada existe do que se propala a teu respeito, mas que andas firme, tu também, na observância da Lei".

* * *

Ao exigir de Paulo macaquices tão antagônicas a tudo o que este professava, Tiago pretendia não só mostrar que era o mandachuva, como sem dúvida humilhar o inimigo. Paulo obedeceu. Não por falta de coragem, tenho certeza disso, e sim porque a seus olhos aquilo não tinha importância alguma. Apenas feria seu orgulho, e ele era capaz de oferecer seu orgulho à humilhação. É isso que vocês querem? Pois muito bem. Fez tudo que lhe pediram. Acompanhou os quatro devotos ao Templo, cumpriu junto com eles todas as purificações rituais. Gastou dinheiro, muito dinheiro, em oferendas e sacrifícios, e marcou para dali a sete dias a cerimônia final da tonsura. Perguntamo-nos como os quatro devotos o acolheram. Paulo certamente se impusera como ponto de honra, em suas relações com eles, lembrar que o amor é doce e paciente, oferecer sua paciência a seu deus e jamais se irritar.

3

Enquanto Paulo amarga aquela semana de trote, Lucas e seus colegas da Ásia e da Macedônia, à toa, não encontram nada melhor para fazer, imagino, do que turismo em Jerusalém. Súditos do Império Romano, em matéria de cidades estão acostumados com as romanas, todas mais ou menos iguais, brancas, desenhadas no esquadro. A cidade sagrada dos judeus não se parece com nada que já viram. Além disso, chegam lá no momento do Pessach, a Páscoa, que comemora a saída do povo de Israel das terras do Egito. Uma multidão de peregrinos, mascates, caravaneiros, falando todas as línguas, se esbarra nas ruas estreitas, magnetizada pelo Templo, que tampouco se parece com alguma coisa que conhecem. Lucas ouviu falar dele, naturalmente, mas antes de ver com os próprios olhos não desconfiava de como era — e não tenho muita certeza de que fosse plenamente do seu agrado. Ele gosta mesmo é das sinagogas, aquelas casinhas discretas e acolhedoras que existem em toda parte onde há judeus e onde ele se entusiasmou pelo judaísmo. Sinagogas não são templos: são locais de estudo e prece, e não de culto, menos ainda de sacrifício. Lucas preza a ideia de que os judeus, ao contrário dos outros povos, não possuem templo, ou que seu templo está em seu coração, mas a verdade é que eles possuem, só que apenas um, assim como só possuem um deus, e, como eles acham que esse deus é o maior de todos, que os dos vizinhos são impostores nanicos, cumpre que seu templo único seja digno dele. Em vez de gastarem tempo e dinheiro dedicando-lhe pequenos e insignificantes templos em todo canto onde moram, os judeus do mundo inteiro remetem anualmente uma oferenda para a manutenção e o embelezamento do grande, do verdadeiro, do único Templo. Os mais ricos e os mais devotos vão até lá em peregrinação três vezes por ano, para as três grandes festas, Pessach, Shavuot, Sucot, os outros vão quando e como podem. Durante essas festas, a população se multiplica por dez. Dos quatro pontos cardeais, convergem todos para o Templo.

Pode-se vê-lo de todos os lugares, coroado de mármore e ouro, e, dependendo da hora do dia, ou reluzente feito o sol, cujos raios ele reflete, ou igual a uma montanha coberta de neve. É de fato gigantesco, quinze hectares de área, ou seja, seis vezes a Acrópole, e tinindo de novo. Destruído pelos babilônios, na remota época em que os judeus foram levados para o exílio, foi reconstruído no início da ocupação romana, sob o reinado de Herodes, o Grande, megalomaníaco riquíssimo e refinado que o transformou numa das maravilhas do mundo helenístico. O historiador inglês Simon Sebag Montefiore, que após dois livros apaixonantes sobre Stálin escreveu uma súmula sobre Jerusalém através das eras, assegura que os blocos ciclópicos das fundações, aqueles que ainda hoje formam o Muro Ocidental e em cujos interstícios os devotos introduzem suas orações escritas em pedacinhos de papel, pesam seiscentas toneladas cada um. Isso me parece muito, mas o mesmo Simon Sebag Montefiore cita com a mesma desenvoltura, entre os altos feitos do rei do Egito Ptolomeu II Filadelfo, aquele que no século III encomendou a tradução grega das Escrituras judaicas conhecida como Bíblia Septuaginta, a realização de uma festa em homenagem a Dioniso, na qual era possível admirar um odre gigante, feito com peles de leopardos, contendo nada menos que oitocentos mil litros de vinho. A reconstrução tomou bastante tempo para que, em vida de Jesus, trinta anos antes de Lucas pisar suas esplanadas, fosse considerado recém-concluído. Lucas, na época a que me refiro, ainda não conhece a resposta de Jesus a seus discípulos matutos que desembarcam pela primeira vez em Jerusalém e se maravilham com tamanha grandeza: "Vedes essas grandes construções? Em verdade vos digo: não ficará pedra sobre pedra". Ele ainda não conhece a história dos comerciantes que Jesus expulsou do imenso pátio onde se faz todo tipo de negócios, porém, habituado que é ao contrito fervor das sinagogas, imagino-o chocado com a balbúrdia, os empurrões, a gritaria, as barganhas, os animais arrastados pelos chifres num concerto de balidos angustiados, enquanto ressoam as trombetas convocando para as preces, e os sangram, e decepam, e os expõem ainda fumegantes nos altares a fim de agradar ao grande deus que, não obstante, revelou pela voz do profeta Oseias sua pouca inclinação pelos holocaustos — pois o que lhe agrada é a pureza da alma, e Lucas não acha muito puro o que vê no recinto do Templo.

Quanto ao recinto, há muitos deles, embutidos uns nos outros, e quanto menores, mais sagrados. O centro do vórtice é o tabernáculo, espaço dedicado ao deus único e onde somente o sumo sacerdote tem autorização para entrar, uma vez por ano. O conquistador romano Pompeu, ao saber disso, deu de ombros: quero ver quem vai me impedir. Entrou. Espantou-se ao ver que não havia nada no último santuário. Isso que designamos como nada. Esperava estátuas ou uma cabeça de burro, pois lhe haviam dito que era este o misterioso deus dos judeus, mas encontrou um aposento vazio. Deu de ombros novamente, talvez um pouco constrangido. Nunca mais tocou no assunto. Morreu mal: após o executarem, os egípcios enviaram para César sua cabeça conservada na salmoura; os judeus se rejubilaram. Depois vêm os pátios internos, onde só são admitidos os circuncisos. Depois, o que é conhecido como pátio dos gentios, aberto aos turistas. É bem parecido hoje, salvo que o Templo dos judeus virou a esplanada das Mesquitas, mas isso os palestinos se recusam a reconhecer. Quer dizer: recusam-se a reconhecer que no lugar onde se encontram suas mesquitas situava--se antigamente o Templo dos judeus, este sendo inclusive um dos obstáculos mais irredutíveis à solução do conflito entre israelenses e palestinos e um exemplo da maluquice religiosa dessa cidade, onde judeus, muçulmanos e cristãos disputam o mais ínfimo pedaço de muro, o mais ínfimo duto subterrâneo, todos afirmando terem sido os primeiros a chegar ali, o que faz da arqueologia uma ciência de alto risco. Foi ali, em todo caso, nos saguões internos e no pátio dos gentios, que Jesus ensinou nos últimos tempos de sua vida e debateu com os fariseus. É ali que Tiago e os anciãos do Caminho, embora marginalizados por sua bizarra crença na ressurreição de um criminoso comum, continuam a rezar até ficarem com joelhos de camelos. Foi ali que, em tempos idos, Paulo, rapazola procedente de Tarso, seguiu com um fervor que beirava o fanatismo o ensino do mestre fariseu Gamaliel. Foi ali que ele jurou a si mesmo erradicar a seita blasfema que professava a ressurreição do criminoso comum. E é ali que o encontramos vinte anos depois, ao lado de quatro devotos iguais aos que hoje deparamos em toda esquina de Jerusalém — salvo que hoje eles estão disfarçados de aristocratas poloneses do século XVIII —, cumprindo ritos que não têm mais valor algum a seus olhos, mas que ele sem dúvida teria continuado a cumprir impavidamente se não lhe tivesse acontecido a coisa incrível que lhe aconteceu. Talvez seja nisso que ele pensa ao cumprir aquelas devoções, na vida que teria tido se aquela coisa incrível não lhe tivesse acontecido: uma vida centrada em torno do Templo, uma vida de devoto de joelhos de camelo. Em vez disso, arrancado de si próprio por Cristo e rendendo graças a Cristo por essa assombrosa metamorfose, faz vinte anos que vem correndo o mundo, enfrentando mil perigos, convertendo milhares de homens àquela crença louca que ele antes abominava, e ei-lo agora de volta ao Templo, entre circuncisos como ele, porém à frente de um bando de incircuncisos que naturalmente não têm o direito de transpor os pórticos internos e permanecem então na imensa esplanada dos gentios, ponto de encontro equivalente a uma estação de metrô de Moscou, onde eles escancaram olhos e ouvidos.

4

Do bando, apenas Timóteo, depois que passou a seguir as pegadas de Paulo, é um viajante contumaz. Lucas, em sua condição de médico ambulante, usava Filipos como base de apoio e vez por outra dava um pulo até as praias da Ásia. Tudo indica que os outros, Sópatro, Trófimo, Aristarco, não saíram muito de suas cidades natais. Perambulam por Jerusalém como um grupo de turistas, sem falarem a língua, ignorando tudo dos costumes locais, e não convém contar com os adeptos locais do Caminho para servirem de guias. Por ocasião da reunião na casa de Tiago, nenhum dos barbudos de sua guarda pessoal lhes dirigiu a palavra ou ofereceu um copo d'água. Se alguém os orientou, foi aquele simpatizante cipriota, Mnason, em cujo telhado eles dormem enrolados em seus cobertores pulguentos, perguntando-se o que vieram fazer naquele vespeiro.

Num filme ou numa série de TV, eu tentaria fazer desse figurante um personagem do tipo do fotógrafo, anão e sexualmente ambíguo, que recebe em Jacarta o jovem jornalista interpretado por Mel Gibson em *O ano em que vivemos em perigo* e lhe descreve as forças que tornam a situação política explosiva. O cipriota Mnason pôde prestar esse serviço a Lucas. Dito isso, o que sei a respeito da situação política da Judeia, o que sabem todos os historiadores, não veio de Mnason, e sim de uma testemunha capital, conhecida entre os judeus como Josef ben Mathias, entre os romanos como Titus Flavius Josephus e pela posteridade como Flávio Josefo.

Ele também se encontrava em Jerusalém no ano 58, mas não existe a menor possibilidade de haver esbarrado com o humilde cipriota Mnason, nem com Lucas, sequer com Paulo. Aristocrata judeu, oriundo de uma grande família de sacerdotes, tinha percorrido desde os dezesseis anos de idade as seitas da Judeia, que ele considerava escolas filosóficas, e completado essa formação com um estágio no deserto. Era tido como uma espécie de menino-prodígio do rabinismo, destinado a uma brilhante carreira de *apparatchik* religioso. Não era em absoluto um místico, mas homem de poder e de contatos, um diplomata cujos escritos revelam ser homem inteligente, vaidoso, imbuído de forte consciência de classe. Contarei adiante neste livro a trágica revolta dos judeus e a participação de Josefo nela. Por ora basta saber que, após a queda de Jerusalém, em 70, ele escreveu um livro chamado *A guerra dos judeus*, graças ao qual a história da Judeia do século I é mais bem conhecida que a de qualquer outro povo do império, excetuando-se Roma. Essa crônica, totalmente independente dos Evangelhos, é sua contrapartida, a única fonte que permite entrecruzá-los, o que explica a paixão que lhe votam os especialistas nas origens do cristianismo. Na verdade, quando se começa a estudar o assunto, não se demora a perceber que todo mundo explora o mesmo e limitado filão. Em primeiro lugar, os textos cristãos do Novo Testamento. Em seguida, os apócrifos, mais tardios. Os Manuscritos do Mar Morto. Alguns autores pagãos, sempre os mesmos: Tácito, Suetônio e Plínio, o Jovem. E Josefo. Isso é tudo, se houvesse outras fontes nós saberíamos, e o que se pode extrair daí é igualmente limitado. Com um pouco de prática, os bichos de sete cabeças vão se tornando conhecidos, aprende-se a ajustar o foco e a ler atravessado o que já foi lido dez vezes em outras fontes. Lendo um historiador, seja qual for sua escola, percebe-se como ele prepara sua receita, reconhece-se, por trás do sabor do seu molho, os ingredientes que ele é obrigado a utilizar — e é isso que me faz pensar que não preciso mais recorrer a um livro de receitas, que posso me aventurar sozinho.

5

O que Josefo descreve nos primeiros capítulos de *A guerra dos judeus*, o que talvez tenha descrito Mnason aos discípulos de Paulo perdidos em Jerusalém, é uma balbúrdia colonial temperada de nacionalismo religioso, para nós um quadro político absolutamente familiar e catalogado, porém de forma alguma para Lucas e seus companheiros. A Ásia e a Macedônia, de onde eles vêm, são países pacificados, que aceitam de boa vontade o jugo de Roma pois já adotam a cultura e a maneira de viver romanas. É o caso de praticamente todos os países do império, não da Judeia, uma vez que a Judeia é uma teocracia, um Estado religioso cuja Lei se coloca acima das leis impostas pela civilização mundial dominante por ela vistas como evidentes. Analogamente, hoje, a sharia islâmica entra em conflito com a liberdade de pensamento e com os direitos humanos, que julgamos aceitáveis e até mesmo desejáveis no mundo inteiro.

Os romanos, repito, tinham orgulho de sua tolerância. Não tinham nada contra os deuses dos outros. Estavam dispostos a experimentá-los como experimentamos uma culinária exótica e, caso gostassem, a adotá-los. Não lhes ocorreria a ideia de decretá-los "falsos" — no pior dos casos, um pouco rudes e provincianos e, de toda forma, equivalentes aos seus, apenas com outros nomes. Que existam centenas de línguas, logo centenas de palavras para designar um carvalho, não impede que um carvalho seja um carvalho em toda parte. Todo mundo, pensavam de boa-fé os romanos, podia concordar que, assim como Júpiter era o nome grego de Zeus, Iahweh era o nome judaico de Júpiter.

Todo mundo, não os judeus. Em todo caso, não os judeus da Judeia. Os da diáspora eram outra história: falavam grego, liam suas escrituras em grego, misturavam-se com os gregos, não havia problemas com eles. Os judeus da Judeia, em contrapartida, pensavam que o seu deus era o único verdadeiro, os dos outros, ídolos que era errado e estúpido adorar. Essa *superstitio* era inconcebível para os romanos. Eles teriam subido nas tamancas se os judeus tivessem o poder de impô-la. Como não tinham, o império tolerou por muito tempo sua intolerância e, no fim das contas, deu provas de tato a seu respeito. Assim como os egípcios tinham o direito, se lhes desse na telha, de se casar entre irmão e irmã, os judeus tinham o de usar, em lugar das moedas romanas com a efígie de César, uma moeda própria sem representação de figura humana. Eram dispensados do serviço militar, e o devaneio de Calígula, que no ano 40 pretendera erigir sua estátua no Templo, permaneceu uma provocação isolada, vista como uma prova da loucura do imperador — o qual, aliás, morreu assassinado antes de passar ao ato.

A despeito de tais concessões, os judeus não se deixavam aliciar. Volta e meia amotinavam-se. Viviam na lembrança heroica de uma revolta pretérita, a de um clã de guerrilheiros conhecidos como macabeus, e na expectativa exaltada de uma revolta vindoura, que mudaria tudo. O Império Romano julgava-se eterno, mas os judeus do século I acreditavam que a eternidade estava do seu lado. Que um dia surgiria um segundo Davi e que ele seria o césar dos judeus e que seu reinado seria efetivamente eterno. Que ele restauraria na glória os que haviam suportado pacientemente as ofensas, derrubaria os gloriosos de hoje de seus tronos e, para começar, escorraçaria os romanos. "O que mais os inflamava na guerra", observa Josefo — ele próprio judeu, mas escrevendo para os romanos e, como Paulo, inclinado a referir-se aos judeus como se não fosse um deles —, "era uma profecia ambígua presente em suas Escrituras anunciando que um homem de sua nação se tornaria senhor do universo." Esse homem seria o Messias, o ungido do Senhor, misto de guerreiro invencível e juiz sereno. Preocupavam-se muito pouco com ele na diáspora, prosélitos como Lucas escutavam distraidamente quando esse misterioso personagem vinha à baila, mas os judeus da Judeia eram obcecados por ele, tanto mais que Roma só lhes mandava governadores medíocres e corruptos, que nos últimos trinta anos só haviam feito agravar as coisas.

O longo segundo capítulo de *A guerra dos judeus* cobre os trinta anos que, em termos histórico-mundiais, vão do reinado de Tibério ao de Nero, e, no que se refere ao caso então obscuro que nos ocupa, da morte de Jesus à viagem de Paulo a Jerusalém, que estou descrevendo. Em escala local, trata-se dos governos de Pôncio Pilatos e de seus sucessores Félix, Festo, Albino e Floro, sendo cada um desses *gauleiters* pior que o anterior e, como diz desdenhosamente Tácito, "exercendo o poder com a alma de um escravo". Também havia reis, a tristemente célebre dinastia dos Herodes, mas eram reizotes autóctones, como os marajás no tempo do Império das Índias, que as potências coloniais costumam deixar no trono para agradar ao povo, com a condição de comerem em sua mão. De forma análoga, em torno do Templo vigorava todo um poder sacerdotal. Eram os saduceus esses brâmanes que se sucediam de pai para filho, amealhavam grandes fortunas e apoiavam a autoridade romana. Josefo fazia parte de uma eminente família saduceia.

Nessas condições, a crônica das três décadas que resultaram na grande revolta dos anos 60 é uma série fastidiosa de prevaricações e leviandades, revoltas e represálias. Entre os feitos de Pilatos, conta Josefo, estão o desvio de dinheiro alocado ao Templo para financiar um aqueduto, a introdução de estandartes militares com a efígie do imperador na cidade santa, o acobertamento de um soldado romano que, debochadamente, levantara o saiote e mostrara a bunda na esplanada durante a Páscoa. Seria provocação, mas não mentira, afirmar que Pilatos se comportava com os judeus como Ariel Sharon com os palestinos dos Territórios ocupados. Quando os judeus protestavam, atirando-se, rosto no chão, diante de sua residência de Cesareia, e lá ficavam sem se mexer por cinco dias e cinco noites, ele se limitava a enviar a tropa. Como se não bastasse, ele e seus sucessores não pararam de aumentar os impostos, instalando uma máfia de cobradores, e quando lemos nos Evangelhos que Jesus causava escândalo exibindo-se com publicanos, isto é, coletores de impostos, devemos compreender que esses cobradores, pobres judeus pagos pelo ocupante romano para extorquir judeus ainda mais pobres que eles, despertavam coisa completamente diferente da hostilidade de princípio com a qual se recebe em toda parte os funcionários do fisco. Eram colaboracionistas, apoiados por milicianos: a escória da terra, de verdade.

Pressão fiscal, corrupção dos funcionários, truculência de uma guarnição perpetuamente nervosa, que nada compreende e nada quer compreender das tradições do país ocupado: conhecemos o quadro e antevemos o que vem junto: motins, assaltos, atentados, movimentos descontrolados de libertação nacional e — toque local — messianismo. Chega a ser uma surpresa que o caso Jesus, por mais obscuro que possa ter sido, tenha escapado à vigilância de Josefo, que dispõe de um catálogo interminável de agitadores, guerrilheiros e falsos reis, o último então — no momento em que Paulo e seu bando chegam à Judeia — sendo um certo egípcio que, num campo de treinamento no meio do deserto, reuniu milhares de camponeses escorchados pelos tributos, superendividados, loucos de raiva, e que, à sua frente, pretendia marchar sobre Jerusalém. Naturalmente, foram todos massacrados.

Imagino sem dificuldade Mnason, o cipriota, contando a Lucas essa história, que termina virando assunto de todas as conversas e que encontramos nos Atos — a única divergência entre o historiador judeu e o evangelista grego referindo-se ao número dos insurgentes: trinta mil nas palavras do primeiro, apenas quatro mil para o segundo, o que corresponde à proporção que costuma separar as estimativas da polícia e as dos organizadores de uma manifestação, e me pergunto por que Lucas, geralmente crédulo e inclinado ao exagero, se mostra tão comedido neste ponto. Sou igualmente capaz de imaginar Mnason advertindo os desafortunados turistas contra os sicários, inovadores em matéria de terrorismo urbano. "Eles assassinavam à luz do dia", informa Josefo, "em pleno coração da cidade. Misturando-se à multidão reunida para as grandes festas religiosas, escondiam punhais curtos sob suas roupas, com os quais golpeavam seus inimigos. Abatida a vítima, o assassino juntava-se aos clamores de indignação e pavor. Qualquer um, a qualquer instante, podia temer ser morto por um desconhecido. Não se podia confiar nem sequer nos amigos."

Ah, e há também os zelotas. Estes poderiam ser confundidos com os sicários, mas Josefo faz questão de ser preciso, distinguir, classificar. Refere-se a eles como "velhacos que assim haviam se intitulado como se zelassem pela virtude e não pelas ações infames". Josefoé parcial, é verdade. Julga-se um moderado, ao passo que, objetivamente, é um colaboracionista, que tende a apresentar qualquer movimento de resistência como uma gangue de bandidos. Dito isso, quando dá como exemplo de "zelo", isto é, de amor pelo seu deus, o sumo sacerdote Pinhas, que, tendo flagrado um judeu na cama com uma estrangeira, pegou uma lança e os transpassou a ambos pelo baixo-ventre, concordamos plenamente com ele, e também com Pierre Vidal-Naquet, que em seu extenso e brilhante prefácio à *Guerra dos judeus* define o zelota "não como aquele que adota um gênero de vida em conformidade à Lei, mas como aquele que, usando de todos os meios, o impõe a todos".

Eram muitos desse naipe. Havia pelo menos um, chamado Simão, entre os doze discípulos históricos de Jesus. Esses homens violentos tinham suas razões. Sentiam-se humilhados, e de fato o eram. Conhecemos tudo isso.

6

Ao formularem exigências inaceitáveis para Paulo, Tiago e seus seguidores esperavam um confronto, seguido de cisão e expulsão? Ficaram decepcionados com sua boa vontade? Ficaram ainda mais furiosos? Outra questão, mais grave, insinua-se por trás desta última. Paulo foi denunciado, e Lucas, nossa única fonte para esses fatos não documentados em nenhuma carta do apóstolo, desconversa quando o assunto é a identidade dos que o denunciaram. Fala em "judeus da Ásia", mas podemos nos perguntar se os seus inimigos mais encarniçados não eram na realidade os amigos de Tiago, e, quem sabe, o próprio irmão de Jesus.

Por via das dúvidas, relevemos os "judeus da Ásia". Os sete dias de purificação chegam ao fim quando, percebendo Paulo no Templo, apontam-lhe com o dedo e vociferam: "Homens de Israel, socorro! Este é o indivíduo que fala a todos e por toda parte contra o nosso povo, a Lei e este lugar! Além disso trouxe gregos para dentro do Templo, profanando este santo lugar".

Referiam-se, esclarece Lucas, ao efésio Trófimo, com quem o haviam visto na cidade. Lucas não despreza completamente essa acusação, que Renan, de sua parte, julga absolutamente inverossímil: afinal, para introduzir um grego incircunciso no recinto sagrado, só não tendo nenhuma consciência do risco a correr ou corrê-lo por provocação, e Paulo não era nem ingênuo nem provocador. Em todo caso, "a cidade toda agitou-se e houve aglomeração do povo. Apoderaram-se de Paulo e arrastaram-no para fora do Templo, fechando-se imediatamente as portas. Já procuravam matá-lo".

Na ausência do governador Félix, que reside em Cesareia, a autoridade civil e militar na cidade sagrada é exercida pelo tribuno da coorte, Cláudio Lísias. Alertado, este envia uma legião, que impede o linchamento na hora H. Paulo é preso, acorrentado. Perguntam quem é, o que fez, do que o acusam. Na multidão, porém, uns gritam uma coisa, alguns gritam outra, e, sem poder interrogá-lo à vontade naquele tumulto, Lísias ordena que transfiram Paulo para a fortaleza Antônia, nas proximidades do Templo, onde está aquartelada a guarnição. A multidão vai atrás bradando "à morte com ele!". Os soldados são obrigados a carregar o prisioneiro para protegê-lo.

"É-me permitido dizer-te uma palavra?", pergunta Paulo ao tribuno, que se espanta:

"Sabes o grego?" (Paulo não tem cara de quem fala grego, o jeito é acreditar.) "Não és tu, acaso, o egípcio que, dias atrás, sublevou e arrastou ao deserto quatro mil bandidos?" (A pergunta parece pouco plausível, o egípcio tendo sido executado seis meses antes: suponho que Lucas tenha enxertado o nome para exibir conhecimento do terreno.)

"Não", responde Paulo, "sou judeu, de Tarso, na Cilícia, permite-me falar ao povo."

A cena é cheia de vida, ao lê-la ninguém duvida de que Lucas estava presente — dito isso, as da Paixão também são, e ele não estava presente. O discurso que a sucede, em contrapartida, é uma dessas grandes maçarocas retóricas que ele adorava escrever, como aliás todos os historiadores da Antiguidade, como Tucídides, Políbio, Josefo, que em suas *Antiguidades judaicas*, um *digest* da Bíblia para uso dos romanos, não resiste ao prazer de citar as palavras exatas dirigidas por Abraão a seu filho Isaac numa cena célebre do Gênesis, porém tratada mais sobriamente lá — e eu, por minha vez, não resisto a citar o comentário irônico do historiador inglês Charlesworth, por sua vez citado por Pierre Vidal-Naquet: "Abraão, antes de sacrificar Isaac por ordem de Iahweh, lhe inflige então uma longa arenga, mostrando que aquele sacrifício será, e muito, mais doloroso para ele, Abraão, do que para Isaac. Isaac replica prontamente com sentimentos cheios de nobreza. Nesse instante, o leitor fica aterrado ante a ideia de que o cordeiro, enfeixado na sarça ardente, também julgue por bem comentar sua pequena elocução".

Em poucas palavras. De pé diante da entrada da fortaleza, perante uma multidão em fúria, Paulo começa a recapitular tudo que o leitor dos Atos já sabe — mas o faz em aramaico, e não em grego, empenhando-se em descrever a si próprio como o mais judeu dos judeus. Lembra que fez seus estudos em Jerusalém e que, no tocante à Lei, recebeu do grande fariseu Gamaliel o ensino mais rigoroso. Que, quanto à lealdade ao deus de seus pais, valia mais que os que hoje desejam linchá-lo. Que tal lealdade o fez perseguir até a morte os adeptos do Caminho, acorrentando-os, lançando-os na prisão, indo, por ordens do sumo sacerdote, desentocá-los até Damasco. Mas eis que lhe aconteceu uma coisa na estrada de Damasco — uma coisa que Lucas já contou uma vez e voltará a contar: são, ao todo, três versões nos Atos, comportando ligeiras variações, sobre as quais pios exegetas consumiram vidas inteiras de trabalho. O tronco comum é o grande raio de luz branca, a queda do cavalo, a voz que murmura ao ouvido: "Saulo, Saulo, por que me persegues?", com Saulo respondendo: "Quem és tu?" e a voz respondendo: "Sou Jesus, o Nazareno, que tu persegues". Mas a variante número dois, claramente destinada a um público de judeus ortodoxos, é que em lugar de ir sozinho para o deserto ruminar sua experiência durante três anos — como assegura aos gregos ter feito, a fim de convencê-los de que não depende de ninguém —, agora Paulo afirma que sua urgência maior é voltar a Jerusalém para orar no Templo. Foi no Templo, esclarece, no tabernáculo da devoção judaica, que o Senhor voltou a lhe aparecer e lhe ordenou que anunciasse a boa nova aos gentios.

"Escutaram-no até este ponto", prossegue Lucas. "A estas palavras, porém, começaram a gritar", voltando a exigir que executassem o blasfemador. O tribuno ordena que o façam entrar na fortaleza, para protegê-lo e ao mesmo tempo averiguar por que vociferam tanto contra ele. Paulo, conforme seu hábito vicioso, espera ser amarrado e até mesmo um pouco açoitado para então perguntar educadamente se é lícito tratar daquela forma um cidadão romano. Bastante contrariado, o centurião encarregado do interrogatório reporta o fato ao tribuno, que volta para interrogar novamente o prisioneiro. "'Tu és cidadão romano?' 'Sim'", responde Paulo, derretendo-se de prazer ante a perplexidade do militar.

7

No dia seguinte, o tribuno refletiu. O que censuram a seu intratável prisioneiro não diz respeito à manutenção da ordem romana. Ordena então que o soltem para que ele compareça perante o Sinédrio. Quando assistiu à cena, Lucas não devia saber direito o que era o Sinédrio: o tribunal religioso dos judeus. Quando vier a narrá-la, trinta ou quarenta anos mais tarde, estará muito mais bem informado. Saberá que foi perante o Sinédrio que Pilatos, adotando um procedimento idêntico, despachou Jesus, e não perderá a oportunidade de apontar o paralelismo. Paulo, todavia, defende-se com mais habilidade que Jesus. Ele sabe que no Sinédrio sentam-se saduceus e fariseus — distinção igualmente pouco familiar a Lucas no calor da hora, mas que ele aprenderá depressa a fazer. Os saduceus são a elite sacerdotal hereditária — poderosa, corrupta, arrogante — na qual se apoiam os romanos; os fariseus, homens de estudo virtuosos, afeitos ao comentário da Lei, que se mantêm afastados dos assuntos políticos e a quem no máximo criticam a tendência à meticulosidade. Paulo decide jogar estes contra aqueles. "Irmãos", disse, "eu sou fariseu e filho de fariseus. É por nossa esperança, a ressurreição dos mortos, que estou sendo julgado." Isso não é absolutamente verdade, se ele está sendo julgado é porque introduziu o impuro Trófimo no Templo, mas ele sabe que, tratando-se de ressurreição dos mortos, os fariseus creem nela e os saduceus, não, e que eles vão começar a polemizar. Não dá outra, e, tendo fracassado sua tentativa de ficar em cima do muro, não resta alternativa ao tribuno senão devolver Paulo à prisão.

Nesse ínterim, conta Lucas, quarenta judeus sedentos de sangue fazem a promessa de não comer nem beber antes de matarem o blasfemador. Para fazê-lo sair da fortaleza, persuadem o Sinédrio a estender o inquérito e proceder a um novo interrogatório — eles se encarregando de emboscá-lo durante a transferência da caserna romana para o tribunal judeu. Aparece então um filho da irmã de Paulo, de quem nunca se ouviu falar até ali e de quem nunca mais se ouvirá falar. Informado da conspiração, ele dá um jeito de avisar o tio na cadeia.

Paulo reporta o fato ao centurião, que por sua vez o reporta ao tribuno e o tribuno, cada vez mais angustiado com aquele caso, toma o partido de encaminhar o prisioneiro ao governador Félix, na Cesareia. À noite, escoltado por uma guarda numerosa (pelos cálculos de Lucas, duzentos soldados, setenta cavaleiros, duzentos lanceiros e, seja qual for a diferença entre soldados e lanceiros, isso me parece muito), acompanhado de uma carta manifestando o mesmo escrúpulo laico que o parecer do procônsul Galião em Corinto, ou, aliás, o de Pôncio Pilatos: "Querendo averiguar o motivo por que o acusavam, fi-lo conduzir ao Sinédrio deles. Verifiquei que era incriminado por questões referentes à Lei que os rege, nenhum crime havendo que justificasse morte ou prisão. Tendo-me sido denunciada uma emboscada contra a sua vida, tratei de enviá-lo prontamente a ti, comunicando, porém, a seus acusadores que exponham diante de ti o que haja contra ele". Nada a objetar, virem-se. Em sua apresentação do caso, Lucas insiste na imparcialidade dos romanos, no fanatismo dos judeus e na habilidade de Paulo. Silêncio completo da parte de Tiago.

Félix é aquele governador que Tácito descrevia como "exercendo o poder de um rei com a alma de um escravo". Passava por venal e depravado, porém sua mulher, Drusila, era judia, e Lucas o considera "muito bem informado no que concerne ao Caminho". Essa curiosidade por um culto completamente marginal dá o que pensar. Revela uma cabeça aberta, incomum em grandes funcionários do Estado, veneráveis romanos virtuosos e distintos como Galião. Isso me lembra, na época em que eu era professor-reservista na Indonésia, certos diplomatas preguiçosos, pouco confiáveis, malvistos, mas que, com todos os seus defeitos, eram os únicos a se interessar efetivamente pelo país para o qual a loteria das nomeações os despachara. Esperando ganhar tempo e deixar os ânimos se acalmarem, Félix, sensatamente, começa por adiar o julgamento de Paulo. Mantém-no como prisioneiro, mas "dando-lhe bom tratamento". Isso quer dizer que ele está alojado numa ala de sua vasta residência, que tem liberdade de circular sob a vigilância de um soldado, e seus amigos, de lhe fazer visitas. De tempos em tempos, Félix e sua mulher mandam-no buscar para que ele lhes fale de sua fé e do Senhor Jesus Cristo. Acontece que os discursos do apóstolo sobre a justiça, a continência e o julgamento futuro amedrontam o governador, que então o manda de volta para seus aposentos, que suponho modestos porém bastante aceitáveis. Lucas conta que ele esperava arrancar dinheiro de Paulo, mas não onde foram parar as oferendas trazidas da Grécia e da Ásia. Paulo ainda dispunha delas? Félix não poderia tê-las sumariamente embolsado?

8

Perguntas que continuarão sem resposta, pois Lucas interrompe sua narrativa nesse ponto. Mais exatamente, faz uma elipse, que, após a irrupção do "nós" nos Atos, foi minha segunda porta de entrada nesse livro.

Esta também é uma porta discreta. É preciso estar atento para não passar por ela sem vê-la. Lucas escreve: "Félix esperava, além disso, que Paulo lhe desse dinheiro; por isso mandava chamá-lo frequentemente e conversava com ele". Depois: "Passados dois anos, Félix teve como sucessor Pórcio Festo".

Entre essas duas frases, as edições modernas abrem um parágrafo, mas não se abria parágrafo nos manuscritos antigos: eles corriam num bloco só, sem pontuação, sem sequer espaço entre as palavras. Nessa ausência de espaço encaixam-se dois anos de lacuna e nessa lacuna, o cerne do que eu gostaria de contar.

9

Tudo o que escrevi até aqui é conhecido e razoavelmente comprovado. Refiz por minha conta o que fazem há dois mil anos todos os historiadores do cristianismo: ler as cartas de Paulo e os Atos, cruzá-los, cotejar o que é possível cotejar com escassas fontes não cristãs. Acredito ter realizado honestamente esse trabalho e não ter enganado o leitor quanto ao grau de probabilidade do que conto. Quanto aos dois anos passados por Paulo em Cesareia, não tenho nada. Fonte nenhuma. Sinto-me ao mesmo tempo livre e obrigado a inventar.

Vinte anos mais tarde, eis em que termos Lucas abrirá a narrativa que chamam de seu Evangelho:

"Visto que muitos já tentaram compor uma narração dos fatos que se cumpriam entre nós — conforme no-los transmitiram os que, desde o princípio, foram testemunhas oculares e ministros da Palavra —, a mim também pareceu conveniente, após acurada investigação de tudo desde o princípio, escrever-te de modo ordenado, ilustre Teófilo, para que verifiques a solidez dos ensinamentos que recebeste."

Uma única frase, sinuosa, que não deixa nada pelo caminho, num grego que me dizem ser elegante. Vale a pena compará-la com o lapidar *incipit* de seu contemporâneo, o evangelista Marcos: "Princípio do Evangelho de Jesus Cristo, Filho de Deus" (você já sabe do que se trata: se não está de acordo, leia outra coisa). Depois com o do maior historiador antigo, Tucídides: "Para narrar os acontecimentos que se produziram durante a guerra [do Peloponeso], não me fiei nas informações do primeiro que apareceu nem em minha opinião pessoal. Ou eu mesmo assisti, ou investiguei junto a alguém com toda a exatidão possível. Muitas vezes tive dificuldade em estabelecer a verdade, pois as testemunhas apresentam versões diferentes segundo suas simpatias e a fidelidade de sua memória".

Entre Marcos e Tucídides, vemos o lado para que pende Lucas. Mesmo ele reconhecendo, honestamente, que também faz obra de propaganda (convém que Teófilo possa verificar a solidez dos ensinamentos que recebeu), seu projeto é o de um historiador — ou de um repórter. Afirma ter feito "acurada investigação de tudo desde o princípio". Não vejo razão alguma para não acreditar nele, e, da minha parte, meu projeto é investigar o que pode ter sido essa investigação.

10

Recapitulemos. Lucas é um grego instruído que simpatiza com a religião dos judeus. Depois de seu encontro com Paulo, rabino controverso que faz seus adeptos viverem num estado de intensa exaltação, aderiu a um novo culto, variante helenizada do judaísmo que ainda não se chama cristianismo. Em seu vilarejo da Macedônia, ele é um dos pilares do grupo convertido por Paulo. Por ocasião da coleta, se oferece como voluntário para acompanhá-lo a Jerusalém. É a grande viagem de sua vida. A despeito do aviso de Paulo aos seus companheiros — a visita à matriz arrisca não ser propriamente tranquila —, Lucas não imaginou que a coisa correria tão mal, que seu mentor fosse tão execrado na cidade sagrada dos judeus. Viu-o ser acusado não por rabinos ortodoxos, como sabia que podia acontecer, mas pelos dirigentes de sua própria seita. Submetido a uma provação humilhante, denunciado, quase linchado, salvo por um triz e, para terminar, detido pelos romanos.

No calor dos fatos em que se envolveu, e que narrará de maneira clara e vívida nos Atos, Lucas não entendia muito bem o que estava acontecendo. Durante aqueles dias confusos e angustiantes, o pequeno grupo de gregos vindos da Macedônia e da Ásia permanece enfurnado na casa de Mnason, o cipriota. Talvez por intermédio de seu sobrinho, que aparece no lapso de uma frase, num meandro dos Atos, e depois some, ficamos sabendo que Paulo foi evacuado secretamente para Cesareia, sede da administração romana, situada a cento e vinte quilômetros de Jerusalém. Seus discípulos o seguem à distância. Imagino que voltam a se hospedar na casa de Filipe, o adepto do Caminho que os acolheu não faz duas semanas — mas durante essas duas semanas aconteceram tantas coisas que Lucas julga já estar ali há dois meses. Eles perambulam em torno do antigo palácio de Herodes, que o governador adotou como residência. Todo branco, situado à beira-mar, cercado por belos jardins, cujas palmeiras se destacam contra o céu azul, assemelha-se a todas as residências de administradores coloniais ou de vice-reis das Índias. Lá recebem-se apenas autóctones passados no crivo, judeus da alta sociedade do tipo de Flávio Josefo, não mochileiros como Lucas e seus camaradas. Outra semana de incertezas e rumores, e então os fatos se atropelam. Paulo permanece retido na residência oficial, com um status ao mesmo tempo confortável e incerto, menos de prisioneiro que de refugiado político a quem se quer de bom grado conceder asilo e proteção, sem todavia criar problemas com os inimigos. Era este exatamente o status de Trótski nos diferentes refúgios que pontuaram seu exílio, e a vida de Paulo em Cesareia deve ter se parecido muito com a do ex-generalíssimo do Exército Vermelho na Noruega, na Turquia ou em sua última morada na Cidade do México. Passeios repetitivos, num perímetro restrito. Círculo de relações limitado a colaboradores próximos, que decerto precisavam de um pistolão para poder visitá-lo; ao governador Félix e sua mulher, quando tinham o capricho de convidá-lo; e, da manhã à noite, a militares, que por sua vez não sabiam muito bem se eram guarda-costas ou carcereiros, se deviam respeitá-lo como a uma sumidade ou maltratá-lo como a um detento. Vastas leituras, correspondência, projetos de livro para driblar o tédio, que devia angustiar cruelmente um homem de ação.

Paulo não imaginava que essa vida duraria dois anos. De seus companheiros, quem permaneceu ao seu lado ao longo desses dois anos? Quem voltou para casa? Não fazemos ideia. Lucas não diz nada a respeito disso. Contudo, como ao cabo de dois anos ele retoma as rédeas da narrativa, como continua a dizer "nós", penso que pelo menos ele permaneceu. Se, como assegura a tradição, não era casado, ninguém o esperava em Filipos. Podia estender sua viagem no estrangeiro, e talvez o que ele descobria, o que começava a compreender, a excitação que ele sentia quando duas informações coincidiam, talvez tudo isso o tenha feito pressentir que seu lugar era ali, que meio que por acaso ele se achava metido em alguma coisa de capital, no acontecimento mais importante de sua época, e que seria uma pena ir embora. Talvez, em Cesareia, ele tenha exercido sua profissão de médico. O que me leva a acreditar nisso é o fato de pelo menos no começo ele ter morado na casa de Filipe e de suas quatro filhas virgens, e de eles terem simpatizado mutuamente.

II

Embora a lista inclua um Filipe, esse Filipe não era um dos Doze que formavam a guarda pessoal de Jesus. Teria ele o conhecido em vida, ouvido sua palavra? Em caso afirmativo, só de longe: como ouvinte anônimo, perdido na multidão. Em contrapartida, desempenhou papel de primeiro plano na comunidade primitiva, aquela que, após a execução de seu mestre e contrariando todas as expectativas, desenvolveu-se em torno dos Doze, em Jerusalém. Penso ter sido com base em seu depoimento que Lucas contará mais tarde, nos oito primeiros capítulos dos Atos, a história dessa comunidade até a entrada de Paulo em cena.

Seu ato fundador é o misterioso episódio de Pentecostes. A festa que os cristãos celebram sob esse nome é, como diversas outras festas cristãs, uma festa judaica, Shavuoth, que acontece quarenta e nove dias depois da Páscoa. Logo, é menos de dois meses após a morte e, assim pensam eles, a ressurreição de Jesus, que seus doze companheiros se veem reunidos no primeiro andar de uma casa amiga, no mesmo recinto onde ele compartilhou com eles sua última refeição. Judas, que o vendeu e a quem a traição não trouxe sorte, pois, segundo Lucas, "tendo adquirido um terreno com o salário da iniquidade e, caindo de cabeça para baixo, arrebentou pelo meio, derramando-se todas as suas entranhas" — outros dizem que se enforcou —, Judas foi substituído por um certo Matias. Eles oram, esperam. Subitamente, um forte vendaval atravessa a casa, fazendo as portas baterem. Labaredas irrompem, brincam nos ares, separam-se, vêm pousar em suas cabeças. Admirados, eles começam a falar em línguas que não conhecem. Quando saem à rua, os estrangeiros a quem eles se dirigem os escutam cada qual em seu respectivo idioma. Primeiro caso de glossolalia, que, como vimos, se tornará um fenômeno corriqueiro nas igrejas de Paulo.

Dentre as testemunhas do acontecimento, algumas o atribuirão à bebedeira. Outras ficam tão impressionadas que aderem à estranha crença dos Doze. Lucas passa a fazer a contagem dos novos recrutas: cento e vinte, depois três mil, depois cinco mil — talvez exagere um pouco. Logo o grupo se organiza em microssociedade comunista. "A multidão dos que haviam crido era um só coração e uma só alma. Ninguém considerava exclusivamente seu o que possuía, mas tudo entre eles era comum. Não havia entre eles necessitado algum. De fato, os que possuíam terrenos ou casas, vendendo-os, traziam os valores das vendas e os depunham aos pés dos apóstolos. Distribuía-se então, a cada um, segundo sua necessidade. E dia após dia partiam o pão pelas casas, tomando o alimento com alegria e simplicidade de coração."

Concórdia, alegria e coração puro são as recompensas dos que aderem à seita sem olhar para trás nem titubear. A exceção à regra é a história de Ananias e Safira. Ananias e Safira venderam sua casa e depuseram seu valor aos pés dos apóstolos, mas, por via das dúvidas, conservaram uma parte da soma para si. Informado da fraude pelo Espírito Santo, Pedro fica tão indignado que Ananias e depois Safira, sua mulher, desabam mortos diante dele — o que inspira, esclarece Lucas, um grande temor na Igreja. E ele prossegue: "Pelas mãos dos apóstolos faziam-se numerosos sinais e prodígios no meio do povo [curas, não só execuções], a ponto de levarem os doentes até para as ruas, colocando-os sobre leitos e em macas, para que, ao passar Pedro, ao menos sua sombra cobrisse algum deles".

Os Doze, como bons judeus que são, passam a maior parte do dia no Templo, onde rezam. Ninguém ousa confraternizar com eles em público, pois as curas que eles operam e a crença que professam geram constantes controvérsias, como antigamente era o caso de seu mestre com as autoridades religiosas. O que mais causa espécie é eles fazerem tudo isso sendo pessoas sem instrução ou cultura, um bando de camponeses galileus que sequer falam grego.

Dito isso, com o passar do tempo veem-se entre seus convertidos cada vez mais helenistas, como são chamados os judeus social e culturalmente mais rebeldes que, no caso de alguns, viveram no estrangeiro e, em Jerusalém, frequentam as sinagogas onde as Escrituras são lidas em grego. Ainda estamos entre judeus, nessa época os gentios não constituem problema, mas o conflito, tradicional em todos os partidos que começam a dar certo, já se esboça entre os fundadores, que detêm a legitimidade das origens, e aqueles que, retardatários porém mais instruídos, mais dinâmicos, mais no compasso do mundo, tendem a querer tomar o controle das coisas e, do ponto de vista dos primeiros, a achar que podem tudo. Os hebreus começam a reclamar porque no serviço das mesas, isto é, na distribuição diária de víveres, suas viúvas, velhas analfabetas que não ousam protestar, são esquecidas. O caso é levado perante os Doze, que dizem ter mais o que fazer do que se preocupar com a cantina e ordenam que designem para esse ofício sete homens de boa reputação. Assim nasce a corporação dos Sete, também chamados diáconos, que se incumbem da intendência — posto-chave, como sabem os revolucionários. Os Doze são todos hebreus, os Sete, todos helenistas. Filipe é um deles.

Outro desses helenistas chama-se Estêvão. "Cheio de graça e de poder, operava prodígios", ele é a estrela em ascensão da seita. Como antigamente Jesus, e depois dele Paulo, é acusado de blasfemar contra o Templo e a Lei e é arrastado perante o Sinédrio. Por sua vez, acusa seus acusadores de acolher o Espírito Santo da mesma forma que seus pais acolheram os profetas ao longo de toda a história de Israel: matando-os. Frêmitos de cólera, ranger de dentes. Mãos fecham-se sobre pedras. Estêvão, olhos voltados para os céus, em êxtase, afirma ver o céu aberto e o Filho do Homem em pé à direita de Deus. É na narração particularmente realista de seu apedrejamento que Lucas, com um talento literário que me impressiona, insinua esta frase: "As testemunhas depuseram seus mantos aos pés de um jovem chamado Saulo". Então, algumas linhas adiante, depois que Estêvão entregou a alma: "Saulo estava de acordo com essa execução".

Entrada do herói em cena. Mais algumas linhas e o reencontramos, não mais testemunha, e sim ator, "respirando ameaças de morte, devastando a Igreja: entrando pelas casas, arrancava homens e mulheres e metia-os na prisão". A violência explode a ponto de a maioria dos helenistas fugir de Jerusalém e dispersar-se pelos campos da Judeia e da Samaria. Apenas os Doze permanecem na cidade santa, provavelmente por apego ao Templo, e é provavelmente também nesse momento de aflição, em que as fileiras se esgarçam e apenas as colunas subsistem, que Tiago, irmão do Senhor, começa sua ascensão no seio do grupo.

Filipe vê-se na Samaria, sozinho, obrigado a recomeçar do zero. A Samaria é um lugar muito especial. Seus moradores, embora descendentes de Abraão e observantes da Lei, afirmam adorar Deus não no Templo, mas em suas colinas. Em Jerusalém, esses judeus são considerados indignos do nome de judeus. Desconfia-se mais deles do que dos gentios. Filipe deve identificar nesses cismáticos, habituados ao desprezo, uma afinidade natural com sua própria seita, e sua pregação opera maravilhas nesse terreno. Ela é acompanhada dos sinais e prodígios de praxe: curas de impotentes, exorcismos de espíritos impuros "que saíam, dando grandes gritos". Um mago local, Simão, a princípio torce o nariz para aquela concorrência, depois, convencido da superioridade do rival, quer ingressar na escola de Filipe e até mesmo comprar seus poderes.

Todo o capítulo 8 dos Atos é dedicado às peripécias de Filipe na Samaria. Seja porque ter começado sua carreira missionária entre os cismáticos o dispôs a uma grande abertura, seja por Lucas lhe ter dado retroativamente o crédito por essa inovação, ele é o primeiro cristão do Novo Testamento a romper o tabu e converter um gentio. Não um grego, mas um eunuco etíope, alto funcionário em seu país e com fortes vínculos com o judaísmo para ir em peregrinação a Jerusalém. Filipe o vê na estrada de Gaza, sentado em sua carruagem, a ler o profeta Isaías. Inspirado pelo espírito, se oferece para guiar sua leitura. A passagem que o eunuco lia concerne a um misterioso personagem que o profeta chama de "homem das dores". "Como ovelha, ele foi conduzido ao matadouro", e Deus quer promover a salvação do mundo por seu intermédio. Filipe explica ao eunuco que aquele "homem das dores" é Jesus, cuja história ele lhe conta sumariamente. No primeiro córrego, batiza-o.

Filipe devia ser um franco-atirador, um homem pragmático que prefere trabalhar quieto no seu canto, sem prestar contas à sede. Devia desconfiar de gente como Tiago, e Tiago, de gente como ele, e isso explica o fato de, em Cesareia, onde se estabeleceu, ter dado as boas-

-vindas à ovelha negra que era Paulo. Devia fazer parte daqueles, muito raros entre os históricos do movimento, que ao mesmo tempo que conheciam o passado de Paulo achavam bonito ele ter se tornado o que acabou se tornando vinte anos depois de ter guardado os mantos daqueles que haviam se posto mais à vontade para apedrejar Estêvão.

12

Todas essas histórias da Igreja primitiva, narradas na primeira parte dos Atos, devem ter sido absorvidas gradualmente por Lucas, ao longo de suas conversas com Filipe. Em contrapartida, penso que, junto a ele, sentiu desde logo uma espécie de vertigem. Que, junto a ele, tomou consciência de que aquele Cristo a que Paulo se referia continuamente, aquele Cristo que vivia em Paulo e que Paulo fazia crescer no interior de cada um, aquele Cristo cuja morte e ressurreição salvariam o mundo e ao mesmo tempo precipitariam seu fim, aquele Cristo havia sido um homem de carne e osso, que vivera nesta terra e trilhara aqueles caminhos não fazia nem vinte cinco anos.

De certa maneira, ele sempre soubera disso. Paulo nunca dissera o contrário. Mas o que ele dizia era tão imenso, tão abstrato, que, mesmo acreditando que sim, claro, Jesus existira, Lucas achava que ele existira como Hércules ou Alexandre, o Grande, num espaço e num tempo que não eram os dos homens com quem ele convivia. Já entre Hércules e Alexandre, o Grande, Lucas não devia distinguir muito bem. Que pudesse haver separação entre mitologia e história factual, parece-me que isso ia além de seu entendimento, como do da maioria de seus contemporâneos. Mais funcionais eram as noções de perto e longe, humano e celestial, comum e maravilhoso, e, quando Lucas escutava Filipe, tudo que se referia a Jesus passava subitamente do segundo para o primeiro plano, o que fazia uma enorme diferença.

Tento imaginar suas conversas. Filipe, mais velho, curtido, intrigado com os caminhos que levaram um médico macedônio até o pé daquela figueira, na frente de sua casinha de Cesareia. Lucas, mais tímido, às voltas com perguntas que no início não ousa fazer, aventurando-se aos poucos. Uma ideia me ocorre. E se a primeira história que ouviu fosse a última do livro que escreverá mais tarde: o encontro de Emaús? Ele só nomeia um dos dois viajantes. E se o outro fosse Filipe? E se Filipe, ao pé de sua figueira, lhe tivesse contado esse encontro?

13

O texto refere-se a dois discípulos. Filipe não é um deles no sentido estrito. Não faz parte do grupo dos galileus. É apenas um rapaz que, em Jerusalém, ouviu Jesus falar. O que ele falava, diferente de tudo que Filipe conhecia, o entusiasmou. Voltava diariamente ao Templo para escutá-lo. Pretendia submeter-se àquele ritual do batismo que permitia tornar-se um de seus discípulos, mas não teve tempo. Tudo se precipitou em poucas horas: prisão, julgamento, condenação, suplício. Filipe não assistiu, soube por ouvir dizer, ficando terrivelmente chocado. O dia de Páscoa, que para Israel corresponde ao da saída do Egito, da libertação da alma, da maior euforia, ele passa enfurnado em casa, remoendo seu medo e sua vergonha. Afora o núcleo duro dos galileus, que, aparentemente, permanecem solidários, todos os simpatizantes como ele sentem medo e vergonha, dispersando-se cada um para o seu lado. No primeiro dia da semana — que virá a ser o domingo dos cristãos —, Filipe e seu amigo Cléofas, outro simpatizante, decidem sair de Jerusalém, onde se sentem sufocados, e passar alguns dias no sossego de sua aldeia natal: Emaús. Ela fica na estrada que leva ao mar, a duas horas a pé. Partem à tarde, tencionando chegar para o jantar.

Na estrada, um viajante caminha com eles. Poderia apertar o passo para ultrapassá-los ou diminuir o ritmo para que eles o ultrapassassem, mas não, caminha a seu lado, perto o suficiente para ser difícil não puxar conversa. Indaga sobre o que conversam, por que têm o semblante tão triste. "Tu és o único forasteiro em Jerusalém que ignora os fatos que nela aconteceram nestes dias?", indaga Cléofas.

"Quais?", pergunta o estranho — deve ser, pensam, um peregrino que tinha ido a Jerusalém para a Páscoa. "O que aconteceu a Jesus, o Nazareno, que foi profeta poderoso em obras e palavras. Nós esperávamos que fosse ele quem redimiria Israel. Mas nossos sumos sacerdotes o entregaram para ser condenado à morte e o crucificaram anteontem."

Continuam, os três, a avançar em silêncio. Então Cléofas repete uma coisa que ouviu antes de pôr-se a caminho. Uma vizinha, no beco onde ele mora, dizia a outra: mulheres que tinham vindo da Galileia com Jesus quiseram preparar seu corpo hoje de manhã. Com perfumes e arômatas, foram até o local onde haviam depositado seu corpo após havê-lo descido da cruz. E ele não estava mais lá. Só a mortalha ensanguentada na qual o haviam transportado, e mais nada. As mulheres correram para transmitir a notícia aos outros galileus. A princípio estes julgaram-nas loucas, depois foram lá verificar e, efetivamente, o corpo desaparecera. "Talvez outros discípulos o tenham levado e enterrado", sugere Filipe "É, pode ser…" Então o estranho, que no começou lhes pareceu tão ignorante, põe-se a citar passagens da Lei e dos Profetas, comprovando que na verdade sabe muito bem quem é Jesus, que sabe inclusive mais que eles a seu respeito.

Aproximando-se de Emaús, ele faz como se fosse seguir adiante. Filipe e Cléofas o retêm. "Permanece conosco, pois cai a tarde e o dia já declina." Não é só porque são hospitaleiros. Não querem, quase temem, que o desconhecido se vá. Suas palavras, embora obscuras, os reconfortam. Ouvindo-o, tem-se a impressão de que aquela perplexidade terrível e desesperadora pode ser considerada outra coisa que não uma perplexidade terrível e desesperadora. O homem senta-se à mesa com eles. Pega o pão e, partindo-o, pronuncia como de praxe algumas palavras de bênção. Dá um pedaço a cada um e, quando faz esse gesto, Filipe compreende. Olha pra Cléofas. Percebe que Cléofas compreendeu também.

Teriam permanecido ali, os três, um minuto ou uma hora, Filipe não se recorda. Tampouco se recorda se comeram. Lembra-se de que não falaram, de que Cléofas e ele não despregaram os olhos do forasteiro, à luz da vela que acenderam porque não se enxergava mais quase nada. No fim, agradecendo-lhes, ele se levantou e se foi, e, muito tempo após sua partida, Cléofas e Filipe continuavam no mesmo lugar. Estavam bem, nunca haviam estado tão bem. Conversaram a noite inteira. Comparando o que haviam sentido, e cada um julgando tê-lo sentido com exclusividade, admiraram-se de ter sentido a mesma coisa simultaneamente. Começara na estrada, quando o forasteiro citara as Escrituras, referindo-se ao Filho do Homem, que deveria sofrer muito antes de entrar em sua glória. A sensação de que alguma coisa de extraordinário estava acontecendo aumentou devagarinho. Nenhum dos dois, entretanto, pensara ser *ele*. Não lhes passara pela cabeça. Não tinha por que isso lhes passar pela cabeça, pois, fisicamente, o homem não se parecia em nada com ele. Foi no instante em que partira o pão que a coisa se aclarara subitamente. Não estavam mais tristes, em absoluto. E inclusive, era estranho mas admitiram o fato, pensaram que nunca mais ficariam tristes. Que não existia mais tristeza.

E é verdade, diz Filipe a Lucas, sob a figueira; nunca mais fiquei triste.

14

Assim como há necessariamente um primeiro encontro entre Lucas e Paulo, encontro cujos detalhes imaginei mas que não é imaginário, houve necessariamente um entre Lucas e uma testemunha direta da vida de Jesus. Chamo essa testemunha de Filipe porque, lendo atentamente os Atos, isso me parece verossímil, e imagino a comoção que esse encontro suscitou em Lucas. Até ali, ele pensava que Paulo sabia tudo. Que ninguém, em todo caso, sabia mais que ele sobre Jesus. E eis que acaba de passar uma noite com um homem, não muito velho por sinal, que se refere a ele com intimidade, tendo a honestidade de dizer que o conheceu muito pouco — mas evidentemente existem pessoas que o conheceram bem. "Serei capaz de encontrá-las?", pergunta Lucas. "Claro", responde Filipe. "Posso apresentar-te uma, se quiseres. Terás de ser prudente, pois, sendo gói e companheiro de Paulo, muitos desconfiarão de ti. Além disso, minha recomendação não te abrirá todas as portas: não tenho muito boa reputação, sabes como é. Mas pareces um homem que sabe escutar. Ficas impaciente, preparando o que vais dizer enquanto os outros falam: pode dar certo."

Imagino a noite de Lucas após essa conversa. A insônia, a exaltação, as horas que passou vagando pelas ruas brancas e geométricas de Cesareia. O que me permite imaginar isso são os momentos em que eu mesmo percebi que havia um livro a ser escrito. Penso na noite seguinte à morte de minha cunhada Juliette e nossa visita a seu amigo Étienne, de onde saiu *Outras vidas que não a minha*. Impressão de evidência absoluta. Eu tinha sido testemunha de alguma coisa que precisava ser contada, era a mim e a mais ninguém que incumbia contar. Em seguida, essa evidência arrefece, geralmente se perde, mas, se ela não existiu pelo menos por um momento, não se pode fazer nada. Sei que é bom desconfiar das projeções e dos anacronismos, no entanto tenho certeza de que houve um momento em que Lucas ruminou que aquela história precisava ser contada e que ele ia fazê-lo. Que o destino o pusera no lugar certo para colher as palavras das testemunhas: primeiro Filipe, depois outros que Filipe lhe apresentaria, que ele procuraria pessoalmente.

Devia se fazer mil perguntas. Há anos participava das refeições rituais durante as quais, comendo pão e tomando vinho, celebrava--se a última refeição do Senhor e, misteriosamente, entrava-se em comunhão com ele. Mas essa última refeição, que ele sempre imaginara desenrolar-se numa espécie de Olimpo, pairando entre céu e terra, ou melhor, que jamais lhe ocorrera imaginar, ele de repente tomava consciência de que ela acontecera vinte e cinco anos antes num cômodo de uma casa real, na presença de pessoas reais. Ele, Lucas, ia precisar entrar naquele cômodo, falar com aquelas pessoas. Da mesma forma, sabia que o Senhor fora crucificado antes de ressuscitar. Suspenso ao madeiro, segundo a expressão de Paulo. Lucas sabia perfeitamente o que era o suplício da cruz, praticado em todo o Império Romano. Vira homens crucificados na beira das estradas. Percebia claramente haver alguma coisa de estranho e mesmo de escandaloso no fato de adorar um deus cujo corpo fora submetido àquela tortura infamante. Mas nunca se perguntara por que ele fora condenado, em que circunstâncias, por quem. Paulo não se detinha nisso, dizia "pelos judeus", e, como todos os aborrecimentos de Paulo advinham dos judeus, ninguém tampouco se detinha nisso, não se fazendo perguntas mais precisas.

Talvez eu esteja me arriscando, mas imagino que durante essa noite em que lhe veio esse projeto, ainda confuso mas cintilante de tão evidente, ele pensou em Paulo e, sem entender direito por quê, sentiu-se culpado com relação a ele. Como se, partindo no rastro de Cristo, que vivera na Galileia e na Judeia, indo ao encontro daqueles que o haviam conhecido, ele estivesse traindo aquele anúncio de que Paulo era tão cioso. Se havia uma coisa a que Paulo tinha horror era que escutassem outros pregadores que não ele, principalmente se fossem judeus. Para agradá-lo, era preciso tapar os ouvidos e só retirar a cera quando ele, Paulo, abrisse a boca. Lucas gostava de escutar Paulo, para agradá-lo estava disposto a tapar os ouvidos quando um pedagogo ateniense ou rabino de Alexandria, como Apolo, falasse, mas por nada no mundo teria se recusado a escutar Filipe. E percebia claramente que, embora os dois homens se estimassem, embora Paulo elogiasse a abertura de Filipe, Paulo não teria gostado de saber que Lucas recorria a Filipe para saber mais sobre Jesus.

Lucas estava longe de gostar de abstrações. Interessava-se pelas desavenças entre pessoas reais, com nome, conhecidas suas, mais ainda por sua reconciliação, pois apreciava que as pessoas se reconciliassem, mas as grandes argumentações teológicas lhe passavam ao largo. Gostava quando um sujeito perdoava uma ofensa a outro, quando um cão samaritano se comportava melhor que um fariseu imbuído de sua virtude. Em contrapartida, bocejava de tédio quando vinha à baila a redenção ou remissão dos pecados — enfim, o que se traduz dessa forma, mas podemos sempre dizer que é um erro das traduções: em grego também é abstrato, não se refere à vida cotidiana. O que ele mais apreciava no que Filipe contava eram os detalhes concretos: os dois homens voltando extenuados para casa, o pó da estrada, o fato de saber a que distância exata sua aldeia ficava de Jerusalém e a porta pela qual se saía para ir até lá. Era a ideia de que aquele Filipe em cuja presença ele se encontrava estivera pessoalmente na presença de Jesus. Antes de dormir, na madrugada daquela noite de insônia e revelação, imagino Lucas se indagando: como ele era fisicamente?

Ele tinha um rosto, aqueles que o haviam conhecido podiam descrever esse rosto. Filipe, se ele lhe perguntasse, responderia de boa vontade. Teria feito isso? Em caso afirmativo, por que o Evangelho não conservou vestígio de sua resposta? Eu sei, eu sei: porque tal preocupação é absolutamente alheia ao gênero literário em que Lucas trabalhava, bem como à sensibilidade de sua época. Em Tácito ou Flávio Josefo, tampouco há descrição física dos imperadores, cônsules ou governadores — havia bustos, isso é outra coisa. É verdade. Pego em flagrante delito de anacronismo, bato em retirada. Mesmo assim: é difícil não imaginar Lucas, profundamente interessado pela pessoa de Jesus e ávido por detalhes como era, não perguntando se era alto ou baixo, bonito ou feio, barbudo ou glabro. Difícil, talvez, era compreender a resposta.

15

Os relatos das aparições de Jesus, nesse dia seguinte ao Shabat, que os cristãos chamarão de domingo, divergem segundo cada evangelista, porém, mesmo divergindo, convergem. É uma mulher, ou um grupo de mulheres, quem se dirige ao raiar do dia ao local onde o cadáver foi deposto, para ungi-lo com aromas. João afirma que era Maria Madalena sozinha, Mateus, essa mesma Maria e outra que se chamava Maria também, Marcos e Lucas acrescentam uma terceira. Todos os quatro concordam ao dizer que elas ficam perplexas ao perceberem que o corpo não está mais lá.

João é o mais preciso a partir desse ponto — tão preciso e rico de detalhes realistas que nossa vontade é acreditar que ele estava lá, que o que lemos é de fato o testemunho do "discípulo que Jesus amava". Maria Madalena, correndo, vai procurar Pedro e "o outro discípulo" — o que Jesus amava, portanto — e lhes diz: "Retiraram o Senhor do sepulcro e não sabemos onde o colocaram". Os dois homens decidem verificar. Eles também correm, o outro discípulo à frente de Pedro. Ele chega primeiro ao sepulcro — que é descrito como uma gruta escavada diretamente numa parede rochosa. Mas não entra. Espera Pedro, que, ele sim, entra e vê as faixas de linho em que haviam envolvido o corpo. O outro discípulo, entrando por sua vez, "vê e crê", o que em todo caso é um tanto precipitado, pois tudo que há para ver é a ausência de um corpo — ausência intrigante, que exige explicação, mas da qual ninguém a priori cogitaria deduzir uma ressureição. Aliás, ele é obrigado a guardar sua intuição para si, pois os dois homens, perplexos como as mulheres, mas apenas perplexos, voltam para suas casas.

Maria Madalena permanece junto ao sepulcro, chorando. Entram então em cena, em João, dois anjos vestidos de branco, tranquilamente sentados no local onde repousou o corpo de Jesus, um no lugar da cabeça, o outro no dos pés. Em Mateus, é um único anjo, mas que desce do céu em meio a um terremoto, que tem o aspecto do relâmpago, numa túnica alva como a neve, e à cuja vista os guardas tremem e caem, como mortos. Em Lucas, dois homens, em vestes fulgurantes. E em Marcos, como sempre o mais sóbrio, um rapaz vestindo uma túnica branca. Em João, os anjos se limitam a perguntar a Maria por que ela chora. Nos outros três, anunciam às mulheres que Jesus ressuscitou.

Por mais belas que sejam as palavras desses anjos (segundo Lucas: "Por que procurais entre os mortos aquele que vive?"), acho-as menos belas que a cena seguinte, da qual eles não participam, no relato de João. Maria Madalena, depois de explicar aos anjos por que chora, volta-se e vê Jesus de pé, *mas ela não sabe que é Jesus*. "Por que choras?", este lhe pergunta por sua vez. "A quem procuras?" Tomando-o pelo jardineiro, ela responde: "Senhor, se foste tu que o levaste, dize-me onde o puseste e eu o irei buscar!". Diz-lhe Jesus: "Maria". Porque ele pronunciou seu nome, porque o pronunciou de certa maneira, ela arregala os olhos e murmura em aramaico: "Rabbuni" — o que, João legenda para seus leitores gregos, significa "Mestre". Ela se lança a seus pés. Jesus diz: "Não me toques, pois ainda não subi ao Pai. Vai, porém, a meus irmãos e dize-lhes".

Segundo Marcos, Maria e os outros não contaram nada a ninguém, "pois tinham medo" — são as últimas palavras de seu relato. Lucas escreve que elas correram ao encontro dos outros, que julgam suas afirmações inacreditáveis: portanto, não acreditaram nelas. Mateus afirma que os guardas caídos como mortos se levantaram para ir contar aos sumos sacerdotes "aquilo que acontecera" — sem que saibamos se por "aquilo que acontecera" devemos entender apenas o desaparecimento do cadáver, a passagem do anjo ou, desde já, o rumor da ressurreição. Seja como for, os sumos sacerdotes tremem nas bases e, após debaterem a medida a ser tomada, dão dinheiro aos guardas para que estes espalhem pela cidade o rumor de que os partidários do agitador crucificado três dias antes tinham vindo à noite roubar seu cadáver. Essa lenda urbana, acrescenta Mateus, "espalhou-se entre os judeus até o dia de hoje" — e não só entre os judeus: Renan não a exclui de suas hipóteses.

É também nesse domingo, no fim da tarde, que se dá o encontro de Emaús, narrado apenas por Lucas. Depois que o misterioso viajante os deixou, Cléofas e aquele que eu penso ser Filipe decidem retornar a Jerusalém. Na mesma noite, fazem na direção oposta as duas horas de caminhada e encontram os Onze na sala do andar superior — onde, esclarece João, que também conta a cena, eles estão, "a portas fechadas, por medo dos judeus". Jesus aparece de repente no meio deles e lhes diz *Shalom*, a paz esteja convosco. Eles ficam assustados, julgam ver um fantasma. Lucas então nos conta que ele os convida a tocá-lo e que, depois de tocado, lhes pergunta o que um fantasma jamais perguntaria: se eles têm alguma coisa para comer. Sim, um pouco de peixe, que dividem com ele.

Essa refeição está na cena final de João, aquela cuja leitura pelo padre Xavier, em seu chalé de Levron, deflagrou minha conversão: a pescaria no lago de Tiberíades; o desconhecido que, de madrugada, chama os pescadores da margem e lhes diz onde lançar as redes; Pedro vestindo sua túnica, saltando no lago e juntando-se ao desconhecido, que o reconhece, e fazendo uma fogueira de gravetos na areia para grelhar os peixes.

O aspecto mais cativante desses relatos é que Jesus, a princípio, não é reconhecido. No cemitério, é o jardineiro. Na estrada, um forasteiro. Na praia, um curioso que pergunta aos pescadores: "Fisgaram alguma coisa?". Não é ele e, estranhamente, é, por isso é reconhecido. É o que sempre se quis ver, ouvir, tocar, mas não como se esperava vê-lo, ouvi-lo, tocá-lo. É todo mundo, não é ninguém. É o primeiro que aparece, é o último dos indigentes. Aquele a cujo respeito ele dizia, e eles devem ter se lembrado disso: "Porque tive fome e não me destes de comer. Tive sede e não me destes de beber. Estive preso e não me visitastes". Talvez também tenham se lembrado dessa fórmula fulgurante, que não foi conservada pelos Evangelhos, e sim por um apócrifo: "Racha a lenha: estou aqui. Levanta a pedra: encontrar-me-ás debaixo. Olha teu irmão: vês teu deus".

E se fosse esta a razão pela qual ninguém descreveu seu rosto?

16

Tudo isso é confuso, mas julgo realista tal confusão. Quando testemunhas de um crime são interrogadas, temos sempre esse tipo de histórias, repletas de incoerências, contradições e exageros que só aumentam à medida que nos distanciamos da fonte. Exemplo típico de testemunha distante da fonte: Paulo, que em sua primeira carta aos coríntios faz uma lista no mínimo pessoal das aparições de Jesus após sua morte, incluindo seu irmão Tiago — que, de toda forma, não morava no seu coração — e, pura e simplesmente, "mais de quinhentos irmãos ao mesmo tempo". Alguns já morreram, esclarece Paulo, outros continuam vivos. Subentendido: pode ir atrás delas, perguntar para elas. Lucas, que era próximo de Paulo e certamente não ignorava esse testemunho, poderia tê-lo feito. Não o fez. Ou então fez e não deu em nada, os quinhentos irmãos se reduziram a uma dezena — o que aliás não prova nem deixa de provar nada.

Lucas não era um investigador moderno. Mesmo com ele garantindo ter feito "acurada investigação de tudo desde o princípio", devo resistir à tentação de lhe atribuir as perguntas que eu me faria e tentaria fazer à minha volta se me encontrasse nos locais onde se desenrolaram fatos tão estranhos, vinte e cinco anos depois desses fatos, quando boa parte das testemunhas ainda se encontra viva. Havia uma, duas, três mulheres? Acreditaram nelas imediatamente? E no que exatamente acreditaram? Uma vez constatado que o corpo não estava mais no sepulcro, como é possível terem abandonado tão depressa a hipótese realista, segundo a qual alguém o teria removido, e adotado aquela outra, extravagante, da ressurreição? Quem poderia ter feito isso? A autoridade romana, preocupada, como o comando norte-americano que eliminou Osama bin Laden, em evitar que um culto se propagasse em torno de seu cadáver? Um grupo de devotos discípulos que, desejando prestar-lhe uma última homenagem e causando todo aquele desencontro, esqueceu-se de avisar os outros? Um grupo de discípulos maquiavélicos que, com toda a consciência, planejou a colossal impostura destinada a prosperar sob o nome de cristianismo?

17

"Ninguém pode saber o que Horselover Fat encontrou", dizia Philip K. Dick a respeito de seu alter ego, "mas uma coisa é certa: alguma coisa ele encontrou."

Ninguém sabe o que aconteceu no dia de Páscoa, mas uma coisa é certa: alguma coisa aconteceu.

Quando digo que não sei o que aconteceu, não é bem isso. É mais que sabido, só que aquilo em que se acredita são duas coisas diferentes e incompatíveis. Quem é cristão acredita que Jesus ressuscitou: é isso ser cristão. Quem não é, acredita no que Renan acreditava, no que acreditam as pessoas racionais. Que um pequeno grupo de mulheres e homens — as mulheres primeiro, desesperadas em face da perda de seu guru — surtou, espalhou a história da ressurreição e aconteceu esta coisa que, longe de ser sobrenatural, mas de toda forma estarrecedora, vale a pena ser contada em detalhe: sua crença ingênua, bizarra, que normalmente deveria ter murchado, depois se extinguido com eles, conquistou o mundo, a ponto de ainda hoje ser partilhada por cerca de um quarto dos seres humanos que vivem neste mundo.

Algo me diz que, publicado este livro, a pergunta virá: "Mas afinal de contas o senhor é ou não é cristão?". Da mesma maneira que, já se vão trinta anos: "Mas afinal de contas ele tinha ou não tinha o tal bigode?". Eu poderia tergiversar, responder que se me esfalfei para escrever este livro foi para não responder a essa pergunta. Para deixá-la em aberto, devolvê-la a quem me perguntasse. Faria bem o meu gênero. Mas prefiro responder.

Não.

Não, não acredito que Jesus tenha ressuscitado. Não acredito que um homem tenha voltado dos mortos. Entretanto, que seja possível acreditar nisso, e por eu mesmo ter acreditado, isso me intriga, fascina, perturba, abala — não sei qual é o verbo mais apropriado. Escrevo este livro para não achar que, deixando de crer, sei mais sobre isso do que aqueles que creem e do que eu mesmo quando acreditava. Escrevo este livro para duvidar da minha própria opinião.

18

Outra coisa deve ter deixado Lucas bem confuso. Súdito respeitoso do império, ele julgava boa sua administração, inestimável a paz que propiciava, e, embora não sendo ele mesmo romano, tinha orgulho de seu poderio. Nem ele nem seus compatriotas da Macedônia cultivavam qualquer reivindicação nacional ou indulgência por rebeldes, que eles comparavam a salteadores de estrada e cuja crucificação aprovavam, quando eles se agitavam demais. Jamais instigando à revolta, ao contrário, incitando cada um a permanecer em sua condição, conformar-se escrupulosamente às leis, os romanos foram para Paulo ainda mais fáceis de conquistar. Todas as vezes que se enroscara com os judeus, os funcionários romanos o haviam tirado dos apuros. Isso se produzira em Corinto, com o esclarecido governador Galião, e acabava de se repetir em Jerusalém, onde a coorte o salvara do linchamento. A despeito do ar finório do governador Félix, era a ele que Paulo devia o fato de viver em segurança em Cesareia.

Ora, a crer em Filipe, os que haviam seguido Jesus em vida esperavam que ele fosse libertar Israel dos romanos, tendo sido esta a razão pela qual os romanos o haviam condenado. Ele evocava isso como um fato evidente, conhecido de todos. Não parecia se admirar com o fato de que, mesmo sendo o Filho do Homem, o Salvador aguardado por todos os homens, inclusive por aqueles que não sabiam disso, Jesus tivesse sido ao mesmo tempo líder de um grupo sedicioso, comparável a outros chefes de outros grupos sediciosos cujos nomes e façanhas ele citava: os macabeus, Teudas, Judas, o Galileu, o Egípcio, todos eles sujeitos que haviam pegado em armas, fustigado as coortes romanas, montado emboscadas, todos eles, a propósito, terminando mal.

Lucas ouvira alguns desses nomes, que conhecemos por intermédio de Flávio Josefo, da boca de Mnason, o cipriota. Confundia-os todos, para ele pertenciam à esfera de um folclore exótico e ameaçador. Dizia, enfastiado: "Mas é de Jesus que falas? De Jesus, o Cristo?". Filipe respondia: "Sim, quer dizer, Cristo é como vós, gregos, o chamais. É assim que o chamam em Antioquia. Aqui dizemos o Messias, *maschiah*, e o Messias é o rei dos judeus. Aquele que virá libertar os judeus da servidão, como Moisés os libertou antigamente da escravidão do faraó".

Na cruz em que ele morrera, o centurião encarregado da execução pregara uma tabuleta oferecendo o supliciado ao escárnio dos que passavam, designando-o como "Jesus, rei dos judeus". Erro de cálculo: quem passava por ali não escarnecia dele. Afora alguns asseclas do sumo sacerdote, a maioria dos moradores de Jerusalém simpatizava com a resistência, mesmo sem coragem de participar dela. Aqueles que haviam acreditado que Jesus era o Messias estavam cruelmente decepcionados. Os que não haviam acreditado sentiam compaixão. Nenhum deles tinha coragem de gracejar. Ele tentara e fracassara. O horror e a injustiça de seu suplício confirmavam que havia motivos para a revolta. O que a tabuleta, a cruz e o pobre homem que agonizava na cruz provavam era a arrogância dos romanos.

A pergunta sobre quem, judeus ou romanos, é o culpado pela morte de Jesus, é uma pergunta capciosa. Volta regularmente à tona, por exemplo no bizarro filme naturalista que Mel Gibson realizou sobre a Paixão. Seja como for, o relato dos Evangelhos parece perfeitamente coerente nesse ponto, e parecem perfeitamente claras as razões da hostilidade que Jesus desperta. Não satisfeito em ser um curandeiro com uma popularidade inquietante, ele não economiza, num Estado religioso, provocações contra a religião oficial e seus representantes. As prescrições rituais só lhe suscitam indiferença. Ele toma liberdades com a Lei. Troça da hipocrisia dos virtuosos. Afirma que grave não é comer porco, mas maldizer o vizinho. A essa ficha já carregada, ele acrescenta um verdadeiro escândalo no Templo: mesas derrubadas, comerciantes acuados e, como diríamos hoje, fregueses tomados como reféns. Do ponto de vista do risco corrido, uma explosão desse tipo numa sociedade teocrática está mais próxima de um *acting out* em plena grande mesquita de Teerá do que do ataque à loja do McDonald's pelos rapazes de José Bové. Consequentemente, não são mais apenas os fariseus, seus adversários até ali, mas os sumos sacerdotes saduceus que, tomando conhecimento dessa nova provocação, decidem pela morte de seu autor. Indiciado pelo crime de blasfêmia, Jesus deveria ser apedrejado. O Sinédrio, contudo, não tinha poderes para sentenciar à morte. Encaminha então a causa à autoridade romana, tendo o cuidado de apresentá-la não como religiosa — o governador Pilatos, como Galião em Corinto, os mandaria passear —, mas como política. Sem jamais reivindicá-lo explicitamente, Jesus tampouco negou que se considerava o Messias. No mínimo, permitiu que o qualificassem dessa forma. Messias quer dizer rei dos judeus, quer dizer rebelde. Por esse crime, a pena de morte é padrão, Pilatos torcerá o nariz mas não terá escolha. Claramente, ele desconfia que, no pior dos casos, Jesus é um simples inimigo da Lei, mas amarraram muito bem o processo de modo a apresentá-lo como inimigo de Roma.

Embora os Evangelhos divirjam ligeiramente quanto ao que foi dito perante o Sinédrio, depois perante Pilatos, no conjunto os relatos dos julgamentos perante os dois tribunais, judeu e romano, convergem. A maioria dos historiadores, cristãos ou não, subscreve a versão que é a da Igreja e que o filme de Mel Gibson ilustra. Do lado judeu, aliás, o Talmude também a subscreve. Alguns rabinos, cujas opiniões ele compila, chegam a dizer que a sentença de morte foi pronunciada pelo Sinédrio, omitindo o papel de Pilatos; em suma, os judeus não só condenaram Jesus, como se vangloriam disso.

Existe, de toda forma, uma contra-história, relativamente recente, cujo representante mais radical é um professor chamado Hyam Maccoby. Essa contra-história pretende denunciar não só a ficção segundo a qual as autoridades judaicas mandaram condenar Jesus, como, a partir daí, o antissemitismo cristão, que ela, sem maiores dificuldades, vai detectar no Novo Testamento. Foi em seu nome que acusaram o filme de Mel Gibson de antissemitismo. Acho-a estimulante, quando não convincente, e peço um tempo para resumir sua argumentação.

Os fariseus, Hyam Maccoby começa por explicar, não eram em absoluto os mandarins hipócritas que os Evangelhos descrevem como os adversários de Jesus e no fim seus delatores, mas homens piedosos e sábios, reputados por sua atenção às particularidades humanas, sua flexibilidade na adaptação da Torá aos problemas de cada um, sua tolerância para com as opiniões divergentes: ancestrais de Emmanuel Levinas. Mais pacíficos que Jesus, apresentado por Maccoby como um agitador anticolonialista, nem por isso deixavam de olhar com simpatia sua luta política. No plano espiritual e moral, diziam aproximadamente as mesmas coisas que ele e, quando irrompiam pequenas divergências internas, discutiam-nas com amenidade, como mostra uma cena imprudentemente conservada por Marcos antes de Mateus a reescrever em conformidade com a ideologia triunfante, isto é, transformando-a numa altercação odiosa. Na realidade, Jesus e os fariseus entendiam-se bem, pois apreciavam e observavam a Lei, e, depois dos romanos, seus inimigos comuns eram os colaboracionistas saduceus, sacerdotes arrogantes e vendidos, traidores tanto da nação como da religião judaicas.

Segundo Maccoby, todas as vezes que lêssemos nos Evangelhos a palavra "fariseu" designando um vilão, teríamos de ler "saduceu". Isso foi feito como se usar a função "substituir" de um programa de texto. Por que esse artifício? Porque, desprezando a realidade histórica, os evangelistas decidiram descrever Jesus como um rebelde contra a religião judaica e não contra a ocupação romana. A realidade histórica é que ele era uma espécie de Che Guevara, que os romanos, escudados em seus títeres saduceus, porém não nos bons fariseus, prenderam e executaram com a expeditiva brutalidade que costumavam aplicar tão logo a ordem pública se via ameaçada. Em suma, o que os evangelistas apresentam como um travestimento da verdade seria a verdade.

Que tenham endossado e feito triunfar essa versão revisionista explica-se facilmente. Era do interesse das igrejas de Paulo agradar os romanos, e o fato de seu Cristo ter sido crucificado por ordens de um governador romano lhes colocava um sério problema. Negar o fato em si não era possível, mas fizeram de tudo para mitigar sua importância. Quarenta anos depois, sustentaram que Pilatos agira a contragosto, forçado, e que, ainda que formalmente a sentença e a execução fossem obra dos romanos, o processo e a verdadeira culpa eram dos judeus — que desde então viraram farinha do mesmo saco. "Os fariseus e os saduceus", dizem Mateus, Marcos e Lucas, como se eles andassem o tempo todo de mãos dadas. "Os judeus", diz secamente João. O partido inimigo. Nascimento do antissemitismo cristão.

19

Por trás dessa contra-história esconde-se um contra perfil de Paulo, com o qual Hyam Maccoby fez um livro intitulado *The Mithmaker: Paul and the Invention of Christianity*. Eis sua tese: embora Jesus, que os Evangelhos apresentam como inimigo jurado dos fariseus, fosse na verdade seu correligionário, Paulo, que se diz originariamente fariseu, não o era. Não só não o era, como, mais que isso, sequer era judeu.

Paulo, sequer judeu? Vamos ver isso de perto.

Nascido numa família pagã da Síria, o jovem Saulo, segundo Maccoby, foi influenciado ao mesmo tempo pelas religiões de mistérios do Oriente e pelo judaísmo, que o fascinava. Ambicioso, atormentado, sonhava ser profeta ou no mínimo um fariseu de primeiro plano — um grande intelectual como Hillel, Shamai ou Gamaliel. É possível, concede Maccoby, que tenha frequentado uma escola farisaica em Jerusalém, como nunca perde a oportunidade de lembrar, mas certamente não a de Gamaliel, pois lá só eram aceitos estudantes de altíssimo nível, o que ele não era. Maccoby dedica um capítulo inteiro a demonstrar, no que concordam todos os comentadores, que o caráter rabínico da argumentação de Paulo em suas cartas é pura invenção: Paulo, na realidade, era um rabino tosco, que teria sido reprovado no primeiro ano de qualquer yeshiva.

Vendo que não iria muito longe nesse caminho, decepcionado e ressentido, o jovem Saulo teria se voltado para os saduceus, associando-se a eles como mercenário ou assecla. Só essa explicação torna plausível o poder que ele deteve de perseguir os partidários daquele guerrilheiro que um rumor estranho disse ter ressuscitado depois que os romanos o fizeram perecer na cruz. Movimento de resistência clandestino, líder carismático martirizado, que não se sabe se está morto ou vivo: nesse cenário, o papel que o tenebroso Saulo arranja é o de um mercenário a soldo do ocupante, alguma coisa só dele, como os tristemente célebres inspetores Bonny e Lafont que, sob a Ocupação, deram fama à Rue Lauriston. Aí sim, aí podemos compreender que ele tenha detido autoridade para acorrentar pessoas, atirá-las na prisão e até ir desentocá-las em zona não ocupada, em Damasco — o que teria sido absolutamente impossível para o fariseu que, na sequência, ele afirmou ter sido: os fariseus não tinham poder de polícia e, caso tivessem, jamais o exerceriam sobre pessoas que lhes eram tão próximas. É igualmente possível compreender que essas atividades pouco enaltecedoras tenham entrado em contradição com a elevada ideia que fazia de si mesmo um rapazola que se via profeta entre os judeus e termina executor de trabalhos sujos a serviço do *gauleiter* local. Como ele dirá bem mais tarde: "Não faço o bem que quero, mas pratico o mal que não quero".

Nada mais estranho ao judaísmo, observa corretamente Maccoby, do que essa culpa, esse desespero fundado na experiência de que o esforço humano é inútil, e o fosso entre o que exige a Lei e as forças do pecador, intransponível. A Torá é feita para o homem, é do seu tamanho, e todo o trabalho interpretativo dos fariseus visava ajustá-la às possibilidades de cada um. A célebre frase de Paulo, em contrapartida, é uma descrição perfeita de um homem que tentou ser judeu sem conseguir, um convertido que não deu certo caído na abjeção. É essa horrível aflição, esse conflito interior torturante que encontram solução na estrada de Damasco. O eu dividido, inimigo de si mesmo, é tragado por uma experiência de transformação radical, depois da qual tem início uma vida nova em folha. Nova em folha, porém enraizada nas superstições de sua infância, naquelas religiões de mistérios em que morrem e renascem deuses como Osíris e Baal-Tarz — que deu seu nome a Tarso, sua cidade natal. Circulava uma crença desse tipo a respeito do rebelde cujos partidários Saulo perseguia. Foi nessa crença que Paulo deitou a mão.

Paulo, segundo Maccoby, não é propriamente um convertido. Para que se convertesse, seria preciso que a religião de Cristo existisse, o que não era o caso. Como Moisés, em quem não pôde deixar de pensar, ele se isolou no deserto da Arábia após sua experiência-limite e voltou com *sua* religião. A coisa estranha nisso aí é ele não ter rompido nem com a pequena seita galilaica nem com o judaísmo. É ele, para edificar sua construção, ter continuado a se reportar àquele judeu rústico e obscuro que sem ele todo mundo decerto teria esquecido. É, se pensarmos bem, ter corrido o risco suicida de voltar a Jerusalém e se apresentar sozinho e desarmado diante de uma rede de resistentes, cujos integrantes ele tinha mandado prender, torturar e executar. Talvez tenha corrido esse risco insensato porque, apesar de tudo, permanecesse sentimentalmente ligado a Israel. Talvez por ter compreendido que era mais negócio assegurar à sua religião uma base histórica que remontasse à noite dos tempos do que fundá-la exclusivamente sobre sua personalidade. Talvez, por fim (sou eu que falo aqui, e não Hyam Maccoby), porque quisesse testar junto às suas ex-vítimas o ensinamento de Jesus segundo o qual devemos amar nossos inimigos e dar boas-vindas ao nosso perseguidor.

O exercício deve ter sido difícil. Nos anos seguintes, a duplicidade de Paulo é extrema. De um lado, busca promover *seu* Evangelho, como ele diz, nos meios pagãos. Encontra, junto aos prosélitos, terreno favorável a uma invenção teológica cada vez mais desabrida, Jesus tornando-se uma divindade cósmica, um redentor universal, espécie de mito, e o ritual organizando-se em torno de uma cerimônia inteiramente pagã, inteiramente alheia e até mesmo repugnante aos discípulos do verdadeiro Jesus: a eucaristia. De outro, sua obsessão em não romper com a matriz obriga-o a tergiversar, mentir, afirmar negando as provas que é aferrado à Lei, e, para provar sua ortodoxia, a comparecer quando convocado. Se a coisa não corre bem na primeira vez, pior ainda na segunda. O rompimento é consumado. Isso não impede que Paulo atravesse primeiro a linha de chegada, uma vez que, como veremos logo adiante, o Templo é destruído, Israel, como nação, aniquilada, e a igreja de Jerusalém, desbaratada. Suas tradições sobreviverão apenas em pequenas seitas perdidas no deserto, mas Hyam Maccoby as considera, diz isso com todas as letras, mais confiáveis do que tudo que está escrito no Novo Testamento.

É que o Novo Testamento — diz ele — não passa da história escrita pelo partido dos vencedores, resultado de uma vasta fraude visando impingir que Paulo e sua nova religião são os herdeiros do judaísmo e não seus renegadores; que, a despeito de divergências menores,

Paulo era aceito, apreciado, adulado pela igreja de Jerusalém; que, embora não apreciasse os fariseus, Jesus, assim como Paulo, respeitava os romanos; que ele não fazia política, que seu reino não era deste mundo, que, como Paulo, ele ensinava o respeito à autoridade e a inutilidade de qualquer revolta; que, ao se autoproclamar Messias, ele não falava em absoluto de uma realeza terrena, e sim de uma nebulosa identificação com Deus, ou mesmo com o Logos; que os bons judeus são apenas aqueles que se estimam desvinculados da Lei; por fim, que Paulo é o único a conhecer o fundo do pensamento do verdadeiro Jesus, precisamente por não tê-lo conhecido em sua encarnação terrena, imperfeita e confusa, e sim como Filho de Deus, e que toda verdade histórica passível de comprometer esse dogma deve não somente ser declarada falsa, como, é mais seguro, apagada.

Eis a mentira que se impôs há dois mil anos, com o sucesso que conhecemos. As poucas vozes dissonantes que se ergueram foram caladas: quer se tratasse das pequenas seitas oriundas da igreja de Jerusalém, as únicas a saber e a pinçar nas tradições o que realmente aconteceu, quer, no âmbito da Igreja dominante, de um pauliniano honesto e consequente como Marcião, que no século II queria pôr fim à ficção segundo a qual o cristianismo era a continuação do judaísmo e expurgar da Bíblia as Escrituras dos judeus. Finalmente, dois mil anos de trevas depois, aparece o professor Maccoby.

Fiz um resumo desses pontos de vista, não me alinho a nenhum deles. Denunciar dois mil anos de revisionismo fundamentalista me parece ser o cúmulo do revisionismo e, no fim das contas, vejo no professor Maccoby um pequeno Faurisson. Acho que ele tem razão ao lembrar que os fariseus eram pessoas sábias e virtuosas, mas erra ao daí concluir que Jesus não pôde se indispor com eles. Aliás, se se indispôs com eles foi *justamente porque eles eram sábios e virtuosos*, e porque dedicava sua amizade aos pecadores, perdedores, aos decepcionados consigo mesmos, não às pessoas sábias e virtuosas. Penso que ele também tem razão, mil vezes razão, ao denunciar o antissemitismo cristão, mas está errado ao afirmar, contrariando todos os testemunhos, e de maneira puramente ideológica, que Jesus foi condenado pelos romanos sem que os judeus dessem a mínima. Isso é tão absurdo quanto acusar Platão de ser antiateniense, ou antidemocrata, por mostrar Sócrates condenado pela democracia ateniense. Em ambos os casos, trata-se de homens livres, paradoxais, incontroláveis, que se chocam com as instituições de suas épocas: a pólis grega para um, a teocracia judaica para o outro. Quanto ao perfil de Paulo como gói informante da polícia secreta, acho-o pitoresco, porém, no fim das contas, menos rico, complexo, dostoievskiano do que o que salta de suas cartas se as lermos simplesmente acreditando no que ele diz.

Em contrapartida, não deixa de ser verdade que esse tipo de rumores a respeito de Paulo medrava no círculo de Tiago. Que ele sequer era judeu. Que, enrabichando-se em Jerusalém pela filha do sumo sacerdote, circuncidara-se por seus belos olhos. Que tal operação, executada por um amador, foi uma carnificina e o deixou impotente. Que, tendo a filha do sumo sacerdote zombado cruelmente dele, ele, despeitado, pôs-se a escrever panfletos furiosos contra a circuncisão, o Shabat e a Lei. Por fim, que, levando a mesquinhez ao auge, desviou o dinheiro da coleta para comprar os favores do governador Félix — pois Hyam Maccoby não perde a oportunidade de acusá-lo disso também.

Sim, tudo o que diz o professor Maccoby dizia-se, de maneira menos elaborada, na igreja de Jerusalém. Lucas decerto ouvira tais boatos e sentira-se desconfortável.

20

Lucas guardava uma lembrança amarga da semana que passara em Jerusalém, mas, depois do que Filipe lhe contara, não devia ter outro sonho a não ser regressar para lá. Sem saber o que olhar, não vira nada. Passara ao largo de tudo. Agora, queria ver com os próprios olhos o local da crucificação, o sepulcro que as mulheres haviam encontrado vazio e, sobretudo, aquela misteriosa sala do andar superior onde Filipe e Cléofas, ao retornarem precipitadamente de Emaús, haviam encontrado os Onze em assembleia, atordoados diante do rumor de que Jesus teria sido visto vivo. Fora naquela sala, naquela noite, que ele aparecera para todos e lhes pedira o que comer. Fora naquela sala que, um pouco mais tarde, labaredas tinham vindo lamber suas cabeças e eles se puseram a falar línguas que sequer sabiam existir. Fora naquela sala, especialmente, que acontecera a última refeição partilhada entre Jesus e os seus: refeição durante a qual ele anunciara sua morte iminente e instituíra o estranho ritual à base de pão e vinho que Lucas e seus amigos praticavam havia anos sem se interrogarem sobre sua origem.

A casa, naquele dia, ainda não era familiar aos discípulos. Era a primeira vez que iam lá. Procedentes da Galileia natal junto com seu mestre, fazia pouco tempo que estavam em Jerusalém. Durante o dia, Jesus ensinava na esplanada do Templo, atraindo ouvintes cada vez mais numerosos, entre os quais Filipe. À noite, todo o bando dormia à luz das estrelas no monte das Oliveiras, que fica na saída da cidade. Com a chegada da Páscoa, pressentindo que seria a sua última, Jesus quis celebrá-la dignamente, isto é, comendo o cordeiro de leite assado sob um teto. "Tudo bem, mas onde?", perguntaram Pedro e João. Eram, como os outros, provincianos sem dinheiro, não conheciam ninguém em Jerusalém, sentiam-se perdidos na cidade, com vergonha de seus sotaques. Jesus lhes disse: "Logo que entrardes na cidade, encontrareis um homem levando uma bilha d'água. Segui-o até a casa em que ele entrar. Direis ao dono da casa: 'O Mestre te pergunta: onde está a sala em que comerei a páscoa com meus discípulos?'. E ele vos mostrará, no andar superior, uma grande sala, provida de almofadas: preparai ali. Eles foram, acharam tudo como dissera Jesus, e prepararam a páscoa".

Essas diretrizes são iguais às de todos os movimentos clandestinos: gincana com pistas, senhas, simpatizantes escondidos que tentamos, com mil precauções, não comprometer. A dona daquela casa amiga, que anos a fio serviu de quartel-general e às vezes de aparelho, era uma certa Maria. Tinha um filho chamado João Marcos. Quando Lucas chegou à Judeia, ela já não devia viver, pois o lugar nos Atos continua sendo designado como "a casa de João Marcos".

Imagino esse João Marcos como a segunda testemunha que Lucas encontrou ao longo de sua investigação, e também que ele o conheceu por intermédio do primeiro, Filipe, porque é assim que uma investigação evolui: topamos com uma pessoa, que nos apresenta uma segunda, que nos fala de uma terceira e assim por diante. Como em *Cidadão Kane* ou *Rashomon*, essas pessoas dizem coisas contraditórias com as quais temos de nos virar, ponderando não que não existe uma verdade, mas que ela está fora de nosso alcance e que, a despeito de tudo, cabe-nos, às apalpadelas, procurá-la.

(Kafka: "Sou um poço de ignorância. Nem por isso a verdade deixa de existir".)

21

O nome duplo João Marcos ressoa em nossos ouvidos como singularmente pouco judeu e pouco antigo, porém, da mesma forma que sua mãe Maria, como todas as outras Marias do Novo Testamento, se chamava na realidade Mariam — nome mais comum de mulher na região —, da mesma forma que Pedro se chamava Shimon, Paulo, Shaul, e Tiago, Yaacob, João Marcos, como todo João do Novo Testamento, se chamava na realidade Yohanan — nome mais comum de homem — e, além disso, escolhera para si, porque isso se fazia, o nome romano Marcus.

A tradição diz que esse Yohanan-Marcus é o autor do Evangelho conhecido sob o nome de Marcos. Conta igualmente a seu respeito uma coisa tão tocante que, excepcionalmente, não posso me furtar a descrever. É um simples detalhe, no relato da prisão de Jesus. O evangelista conta que aconteceu à noite, no monte das Oliveiras. Após a famosa ceia na grande sala provida de almofadas, todo o bando saíra para dormir lá. O lugar preciso do acampamento chama-se Getsêmani. Jesus, tomado por uma angústia mortal ao pensar no que o espera, diz a seus discípulos preferidos: "Minha alma está triste até a morte. Permanecei aqui e vigiai". Ele reza, eles adormecem. Ele tenta despertá-los três vezes, em vão. Chega Judas, à frente do esquadrão da morte enviado pelo sumo sacerdote. Archotes, espadas e paus. Cena violenta e confusa, feita para Rembrandt ou Caravaggio. Todos os discípulos batem em retirada. Entretanto, acrescenta Marcos, e só Marcos, "um jovem o seguia, e sua roupa era só um lençol enrolado no corpo. E foram agarrá-lo. Ele, porém, deixando o lençol, fugiu nu".

É um detalhe tão estranho e gratuito que é difícil não acreditar ser verdade. E o que a tradição assevera é que esse jovem é o próprio Marcos. Era o filho da casa, um garoto de treze ou catorze anos. Assim como aquele outro adolescente, Êutico, que mais tarde, na casa de seus pais em Trôade, escutará Paulo e seus companheiros discorrerem a noite inteira, a ponto de dormir no peitoril da janela e cair no pátio, podemos imaginá-lo louco de curiosidade por aquele grupo de forasteiros que sua mãe recebe. Viu-os chegar um a um, com precauções que sugeriam tratar-se de reunião perigosa. Disseram-lhe para deixá-los em paz, não subir à sala do último andar. Mandam-no para a cama, mas ele não consegue dormir. Mais tarde, muito tarde, ele os ouve partir. Passos raspam na escada, murmúrios abafados na soleira. Já estão na rua. O menino não se aguenta mais, põe-se de pé. Faz calor, ele está nu, só tem aquele lençol sobre o corpo, improvisa uma espécie de toga. Segue os forasteiros à distância. Percebendo que saem da cidade, hesita. Seria mais razoável fazer meia-volta, no entanto continua a segui-los. Então é o monte das Oliveiras, o jardim de Getsêmani e, subitamente, os archotes na noite, o bando de homens armados que acaba de prender o chefe. Atrás de um arbusto, o menino assiste a tudo. Quando os homens armados levam seu prisioneiro, ele os segue. Começou a seguir, seguirá até o fim, é imperdível. Ninguém o viu até ali, mas um soldado repara nele. "O que tu fazes aí?" O menino dá no pinote, o soldado o persegue, agarra um pedaço do lençol, que fica em sua mão. O menino volta para casa, nu, pelo campo, depois pelas ruas da cidade, sob a lua. Volta para a cama. No dia seguinte, não comenta o assunto com ninguém. Pergunta-se se não sonhou.

22

Tenha ou não sido o menino do lençol, João Marcos, como filho da dona da casa onde a seita se reuniu, não precisou se converter a ela: cresceu dentro dela, era sua família. Como um pequeno mórmon, ou um pequeno amish, se impregnou naturalmente daquele culto estranho, daquela atmosfera exaltada, entre aquelas pessoas que viviam em comunidade, entravam em transe, punham-se a falar línguas desconhecidas e curavam os doentes ao pousar as mãos sobre eles.

Ele tinha um primo chamado Barnabé, outro íntimo da casa. A seu respeito os Atos nos contam um detalhe espantoso. Paulo acabava de regressar a Jerusalém, depois da estrada de Damasco e seu retiro no deserto. "Tentava associar-se aos discípulos, mas todos tinham medo dele, não acreditando que fosse, de fato, discípulo." É compreensível: de fora, viram excelentes razões para não lhe dar crédito. Paulo assume um risco enorme, mas há um homem no grupo que assume o risco igual de confiar nele. Esse homem é Barnabé. No início deste livro, eu disse que não havia nos Atos nenhum episódio comparável ao de *Quo Vadis?*, em que vemos um cristão, em lugar de se vingar de seu perseguidor, chamá-lo à parte, beijá-lo, acolhê-lo na seita. Estava enganado: foi exatamente isso que fez Barnabé.

Barnabé se juntará a Paulo em Antioquia. João Marcos irá ao seu encontro. Lá, os três começam a evangelizar os gentios. Tudo parece correr bem entre eles. Um tempo depois, estendem sua atividade até Chipre e, de lá, embarcam para a Panfília, isto é, para o litoral sul da Turquia. Mas aí se desentendem: por quê, não se sabe, o mais provável é que João Marcos não tolere mais o crescente desrespeito de Paulo pela Lei. Separa-se de seus dois companheiros e volta sozinho para Jerusalém.

Ao cabo de um ou dois anos, Paulo e Barnabé retornam de sua primeira grande viagem — aquela durante a qual foram tomados por deuses pelos licaônios. Preparam uma segunda. Durante esses preparativos, nova querela porque, conta Lucas, "Barnabé queria levar consigo também João, cognominado Marcos, enquanto Paulo exigia que não se levasse aquele que os deixara desde a Panfília. A irritação tornou-se tal que eles se separaram um do outro".

Para que o pacífico Lucas fale em irritação, o negócio deve ter sido realmente feio e, a partir desse ponto, não vemos mais nem Barnabé nem João Marcos nos Atos. Os dois seguem seus caminhos e Paulo, o dele, e agora é Paulo que seguimos. Livre de Barnabé, ele parte para o mais longe possível de Jerusalém, embrenha-se em terras virgens, remotas, isoladas, evangeliza furiosamente panfilianos, lídios, gálatas e recruta o jovem Timóteo, que, no papel do aprendiz aplicado, substituirá João Marcos, e bem. Alguns anos mais tarde, topamos de novo com ele no porto de Trôade, onde encontra Lucas. Conhecemos o resto.

A tradição assegura que, depois de se separar de Paulo, Barnabé voltou a Chipre, onde morreu longevo e virtuoso. Quanto a João Marcos, ele se tornou, em Jerusalém, secretário e intérprete de Pedro, que não falava grego. Me parece plausível que Filipe lhe tenha apresentado Lucas, recomendando diplomacia a este último: João Marcos trabalhara com Paulo, a coisa desandara, ele voltara para o lado de seus inimigos. Lucas era diplomático. Não tinha o tom peremptório de Paulo. Não julgava saber tudo. Só pedia para escutar os que haviam conhecido Jesus.

João Marcos não dizia ter conhecido Jesus. Jamais o dirá. Se é verdade que foi o menino do lençol, se, escrevendo mais tarde seu Evangelho, inseriu ali esse detalhe misterioso que só ele podia compreender, como um pintor se retrata num canto do quadro, penso que não comentava o assunto com ninguém. Que guardava aquela recordação semelhante a um sonho incrustada no coração. Em contrapartida, se Lucas ganhou sua confiança, é possível que João Marcos lhe tenha apresentado personalidades da igreja de Jerusalém, talvez o próprio Pedro, e o tenha convidado a ir à casa de sua mãe.

Tentei escrever a cena diversas vezes. Os dois homens entram na casa, uma casa de fachada estreita, pela porta baixa que dá para o beco. Empurrada essa porta, saem num pequeno pátio interno. Há uma fonte, roupa secando num varal. As pessoas que moram ali, irmãos, irmãs, primos, não se admiram com a visita de Marcos: a casa é sua, pode levar um estranho. Talvez lhes ofereçam um copo d'água e tâmaras, talvez sentem por um instante para uma prosa, antes que João Marcos arraste o visitante para a escada de pedra e eles subam, um atrás do outro, até a porta da sala onde todos se reuniam, onde ainda se reúnem, onde tudo aconteceu. Não há nada de especial na sala. Almofadas no chão, um tapete. Não obstante, imagino Lucas, no momento de transpor a soleira, tomado por uma espécie de vertigem, e talvez ousando entrar.

Eu, em todo caso, não ouso.

23

Bato em retirada. João Marcos parecia perfeito, mas me arrasta para muito longe, ou muito perto, procuro então outras testemunhas a quem encaminhar Lucas. Como estamos montando um elenco, passo seu Evangelho no pente-fino, atento a coadjuvantes e figurantes. Anoto seus nomes. Há aqueles, circunstanciais, cujo caminho cruzou com o de Jesus e que são eventualmente nomeados. Poderiam não sê-lo. Lucas poderia limitar-se a escrever "um leproso", "um publicano", "um centurião", "uma mulher que sangrava há doze anos que ninguém conseguira curar", é, aliás, o que costuma fazer, mas, no caso de alguns, ele fornece os nomes e penso que, se os fornece, é porque são os nomes verdadeiros. A maioria, claro, ele deve ter copiado, mas talvez alguns desses nomes, os que só ele menciona, tenham sido os de pessoas que realmente encontrou.

É possível que, em Jericó, Lucas tenha batido à porta de um ex-coletor de impostos, em cuja casa diziam que Jesus pernoitara trinta anos antes. Há vilarejos franceses onde ainda vivem pessoas em cujas casas o general De Gaulle passou uma noite e que adoram contar a história da cama pequena demais em que os pés desse homem alto não cabiam. É possível que esse coletor de impostos, Zaqueu, tenha contado a Lucas o que Lucas contará no capítulo 19 de seu Evangelho. Jesus, a caminho de Jerusalém, passava por Jericó. Zaqueu, que era curioso, quis vê-lo, mas, ao contrário do general De Gaulle, era de baixa estatura e, como havia uma multidão rodeando Jesus, Zaqueu subiu num sicômoro. Jesus avistou-o. Ordenou-lhe que descesse para recebê-lo, pois queria descansar em sua casa. Zaqueu, todo satisfeito, abriu-lhe a casa, essa mesma em que ele recebe Lucas. Prometeu-lhe doar metade de seus bens aos pobres, bem como restituir o quádruplo àqueles a quem fraudou. Sei que esse é um critério bastante subjetivo, a verossimilhança, mas se me pedissem um exemplo de detalhe verossímil, um detalhe que eu juraria ter sido colhido na fonte, eu citaria o pequeno Zaqueu subindo no sicômoro. Ou, numa circunstância parecida, o paralítico que tencionam levar até Jesus, mas, nesse caso também, uma multidão ensandecida se espreme em frente à porta da casa onde ele ensina, então os homens que carregam o paralítico sobem-no até o telhado e o descem por um buraco, em sua padiola.

É possível que, em Betânia, Lucas tenha batido à porta de duas irmãs chamadas Marta e Maria. O evangelista João também se refere a elas, e principalmente a seu irmão Lázaro, que Jesus teria ressuscitado. Lucas não menciona Lázaro nem sua ressurreição — que, no entanto, se aconteceu, deve ter sido um acontecimento memorável. Em contrapartida, relata uma cena singela e corriqueira. Jesus deteve-se na casa das duas irmãs para descansar. Enquanto descansa, discorre de uma maneira que supomos particularmente íntima e familiar. Sentada aos seus pés, Maria não se cansa de ouvi-lo. Enquanto isso, Marta está ocupada na cozinha. Com o passar do tempo, aquela divisão de tarefas termina por lhe dar nos nervos: "Senhor, a ti não importa que minha irmã me deixe assim sozinha a fazer o serviço? Dize-lhe, pois, que me ajude". Resposta de Jesus: "Marta, Marta, tu te inquietas e agitas por muitas coisas; no entanto pouca coisa é necessária, até mesmo uma só. Maria, com efeito, escolheu a melhor parte, que não lhe será tirada".

Também detecto nessa cena algo de verossímil, de episódio colhido na fonte. Ao mesmo tempo, ela serve há vinte séculos para ilustrar a oposição entre vidas ativa e contemplativa, e admito ficar um pouco irritado com essa história de "melhor parte", baseado em que Hervé organiza seus afazeres cotidianos: sua mulher cuida de tudo enquanto ele lê o *Bhagavad Gita*. Me parece perfeitamente possível escrever uma fábula com enredos iguais e moral diametralmente oposta: elogio da boa moça que se esfalfa para servir a refeição, enquanto a sirigaita da irmã toma chá na sala, dedinho em riste — de todo modo, me adverte suavemente Hervé, não foi isso o que Lucas escreveu. O que Lucas escreveu é sem dúvida o que Maria, ou Marta, ou ambas, rememoravam trinta anos mais tarde, e é sem dúvida o que Jesus disse, ele que também disse: "Buscai primeiro o Reino e todas as coisas lhe serão acrescentadas".

Já que o assunto são as mulheres que cercavam Jesus, elas são muitas, e a seu respeito Lucas nos diz que os seguiam, a ele e aos Doze, "e os serviam com seus bens". Ele dá nome a essas companheiras de estrada: "Maria, chamada Madalena, da qual haviam saído sete demônios, Joana, mulher de Cuza, o procurador de Herodes, Susana e várias outras".

Encontrar Maria Madalena, de quem saíram sete demônios, seria evidentemente a sorte grande. Todos os depoimentos coincidem: essa histérica curada por Jesus foi a primeira a aludir à sua ressurreição, a primeira a espalhar o rumor e, talvez, nesse sentido, a inventora do cristianismo. Mas Maria Madalena todo mundo conhece. Lucas, quando se refere a ela, só faz copiar o que Marcos escreveu a seu respeito. Não diz uma palavra além, nada que venha de seu *Sondergut* — seu "bem próprio", como dizem os exegetas alemães para qualificar o que está nele, e só nele.

Susana não passa de um nome. Sobra Joana, mulher de Cuza, o procurador de Herodes.

24

Essa Joana, mulher de Cuza, me fez sonhar muito. Achei que ela daria um romance. Achei inclusive, num certo momento, que ela seria a terceira porta de entrada neste livro.

Ela tem sessenta anos quando Lucas a conhece. Talvez Cuza e ela ainda morem numa ala do antigo palácio de Herodes — onde agora Paulo mora compulsoriamente. Procurador de Herodes, isso não era pouca coisa: Cuza devia ser um personagem relativamente importante, e Joana, uma espécie de burguesa. Burguesa entediada, Bovary judia, cliente ideal para um guru. Na época falava-se muito naquele curandeiro que percorria a Galileia, mas ele era mais ou menos confundido com outro, um energúmeno que se alimentava de gafanhotos, atraía seus discípulos para o deserto e os mergulhava no Jordão dizendo-lhes que se arrependessem porque o fim dos tempos estava próximo. Até mesmo a Herodes o energúmeno dizia para que se arrependesse. Dizia ser errado dormir com Herodíades, mulher de seu irmão, e, no fim, Herodes terminou não gostando muito disso, colocou o energúmeno na cadeia e mandou que lhe cortassem a cabeça. Não é o energúmeno que Joana vai visitar, mas o outro guru, e ele lhe faz bem. Ela volta para junto dele e o segue. Só há tipos estranhos à sua volta: coletores de impostos, prostitutas, diversos estropiados. Cuza decerto não vê isso com bons olhos. Diz a ela que não é apropriado, que dá o que falar. Joana, no entanto, não consegue se impedir de retornar. Inventa pretextos para justificar suas ausências. Mente. Efetua retiradas de seu dote, no caixa de Cuza, para dar dinheiro ao curandeiro e seus seguidores. Durante alguns meses, é como se tivesse um amante. Em seguida, o curandeiro parte rumo a Jerusalém e, um pouco mais tarde, Joana fica sabendo que a coisa desandou por lá, que ele terminou igual ao outro energúmeno. Não, pior que decapitado: na cruz. É triste, mas não surpreendente. São tempos conturbados. Cuza dá de ombros: não foi por falta de aviso. Trinta anos mais tarde, Joana às vezes ainda pensa naquilo. Gosta de conversar com aquele médico grego bem-educado que a pressiona com perguntas e, o que é mais raro, escuta as respostas. Como ele era fisicamente? O que dizia? O que fazia? O que ele dizia, ela não se lembra muito bem: coisas bonitas, mas que não tinham o sentido comum. O que mais a impressionava eram seus poderes, e principalmente, principalmente, sua maneira de olhar para ela: como se soubesse tudo a seu respeito.

Paremos por aqui. Inútil falar que ela dá um romance, ela não me inspira. E, se não me inspira, talvez seja porque dê um romance. Além do quê, colocar na boca dos personagens da Antiguidade, de toga ou saiote, coisas como "Salve, Paulus, passemos então ao átrio", há gente capaz de fazer isso sem pestanejar, eu, não. É este o problema do romance histórico, mais ainda de filmes nesse gênero: tenho imediatamente a impressão de estar em *Astérix*.

25

Apesar de reiteradas tentativas, nunca consegui chegar ao fim das *Memórias de Adriano*. Gosto muito, em contrapartida, dos cadernos de trabalho que Marguerite Yourcenar publicou em anexo a esse romance, companheiro de vinte anos de sua vida. Como bom moderno, prefiro o esboço ao quadro grandioso — e isso deveria me servir de advertência, a mim que nunca vi meu próprio livro de outra forma senão como uma dessas amplas composições superequilibradas e arquitetadas, obra-prima de artesão após a qual será possível, finalmente, respirar um pouco, se soltar, mas isso não é para já. Para já, tenho uma dificuldade dos diabos em encaixar nesse quadro majestoso milhares de anotações rabiscadas ao longo dos dias, das leituras, das variações de humor. Às vezes alimento a suspeita de que essas anotações, tais como são, borboleteando livremente em seus cadernos ou arquivos precários, são muito mais vivas e agradáveis de ler do que depois de organizadas, unificadas, ligadas umas às outras por engenhosas transições, mas é mais forte que eu: o que aprecio, o que me tranquiliza e me dá a ilusão de não perder meu tempo na terra é suar sangue e lágrimas para fundir o que me passa pela cabeça numa mesma matéria homogênea, untuosa, rica de várias camadas superpostas, e nunca me canso dessas camadas, como bom obsessivo planejo sempre acrescentar mais uma, e sobre essa camada, uma película, um verniz, sei lá o quê, menos deixar as coisas respirarem, inacabadas, transitórias, fora de meu controle. Pois bem. Eis como Marguerite Yourcenar afirma ter escrito as *Memórias de Adriano*:

"A regra do jogo: tudo aprender, tudo ler, informar-se de tudo e, simultaneamente, adaptar ao objetivo a ser atingido os *Exercícios* de Inácio de Loyola ou o método do asceta hindu que se esgota, durante anos, para visualizar um pouco mais exatamente a imagem que ele criou sob suas pálpebras fechadas. Perseguir, através de milhares de registros, a atualidade dos fatos; tentar restituir a mobilidade, a leveza do ser vivo a essas faces de pedra. Quando dois textos, duas afirmativas, duas ideias se opõem, procurar conciliá-los de preferência a anular um pelo outro; ver neles duas facetas diferentes, dois estados sucessivos do mesmo fato, uma realidade convincente porque complexa, humana porque múltipla. Trabalhar lendo um texto do século II com olhos, alma, sentidos do século II; deixar-se mergulhar nessa água-mãe que são os fatos contemporâneos; afastar, se possível, todas as ideias, todos os sentimentos acumulados por camadas sucessivas entre essas pessoas e nós. Servir-se, entretanto, mas prudentemente, e unicamente a título de estudos preparatórios, das possibilidades de aproximação e de reconstituição das novas perspectivas elaboradas pouco a pouco por tantos séculos, ou dos acontecimentos que nos separam desse texto, desse fato, desse homem; utilizá-los de certo como, como outras tantas balizas no caminho de regresso a um ponto especial do tempo. Interditar a si mesmo as sombras projetadas; não permitir que o bafo de um hálito se espalhe sobre o aço do espelho; aproveitar somente o que há de mais duradouro, de mais essencial em nós, nas emoções dos sentidos ou nas operações do espírito, como ponto de contato com aqueles homens que, como nós, comeram azeitonas, beberam vinho, besuntaram os dedos com mel, lutaram contra o vento agreste e a chuva que cega, ou procuraram no verão a sombra de um plátano, e gozaram, e pensaram, e envelheceram, e morreram."

* * *

Copiando esse texto, acho-o bonito. Aprovo o método, altivo e humilde. A lista tão poética das invariantes me deixa pensativo, pois faz aflorar uma imensa questão: o que é eterno e imutável "nas emoções dos sentidos ou nas operações do espírito"? O que, por conseguinte, não é da alçada da história? O céu, a chuva, a sede, o desejo que impele homens e mulheres a copular, vá lá que seja, porém, na percepção que temos dessas coisas, nas opiniões que formamos sobre elas, a história, isto é, aquilo que muda, insinua-se num átimo, não cessando de ocupar lugares que julgávamos fora de alcance. O ponto em que me separo de Marguerite Yourcenar está no que diz das sombras projetadas, do bafo no aço do espelho. De minha parte, acho algo impossível de evitar. Creio que a sombra projetada será sempre visível, assim como as astúcias pelas quais se tenta apagá-la, sendo, portanto, preferível aceitá-la e colocá-la em cena. É como quando filmamos um documentário. Ou tentamos fazer acreditarem que nele veem-se pessoas "de verdade", isto é, como são quando não estamos ali para filmá-las, ou admitimos o fato de que filmá-las modifica a situação e então o que filmamos é essa situação nova. De minha parte, o que é conhecido no jargão técnico como "olhar para a câmera" não me incomoda: ao contrário, conservo-os, chamo inclusive a atenção para eles. Mostro o que esses olhares apontam, o que, no documentário tradicional, é supostamente deixado fora do campo: a equipe em vias de filmar, eu, que dirijo a equipe, nossas desavenças, dúvidas e relações complicadas com as pessoas que filmamos. Não estou dizendo que seja melhor assim. São duas escolas, e tudo que posso dizer a favor da minha é que ela é mais afinada com a sensibilidade moderna, amiga da suspeita, do avesso dos cenários e do *making of*, do que a pretensão ao mesmo tempo arrogante e ingênua de Marguerite Yourcenar de se apagar para mostrar as coisas tais como são em sua essência e verdade.

O mais divertido é que, ao contrário de Ingres, Delacroix ou Chassériau, que se preocupavam com o realismo em suas representações dos romanos de Tito Lívio ou dos judeus da Bíblia, os mestres antigos praticavam ingenuamente, como Monsieur Jourdain fazia na prosa o credo modernista e o distanciamento brechtiano. Se alguém lhes tivesse perguntado, muitos deles, depois de refletir, teriam sem dúvida admitido que a Galileia, quinze séculos antes, não devia se parecer com a Flandres ou a Toscana de suas épocas, mas à maioria deles tal pergunta não ocorria. A aspiração ao realismo histórico não fazia parte de seu pensamento e penso que no fundo eles tinham razão. Eles eram efetivamente realistas, na medida em que o que representavam era efetivamente real. Eram eles, era o mundo em que viviam. O interior da Santa Virgem era o do pintor ou de seu mecenas. Suas roupas pintadas com tanto esmero, tamanho amor aos detalhes e à matéria, eram aquelas que vestiam a mulher de um ou a amante do outro. Quanto aos rostos... Ah, os rostos!

26

Lucas era médico, mas uma tradição, mais bem preservada no mundo ortodoxo, afirma que também foi pintor e que fez o retrato da Virgem Maria. Eudóxia, a deslumbrante esposa do imperador Teodósio II, que reinou sobre Bizâncio no século V, gabava-se de possuir esse retrato, pintado em madeira. Ele teria sido destruído em 1453, por ocasião da tomada de Constantinopla pelos turcos.

Dezessete anos antes disso, em 1435, a Guilda dos Pintores de Bruxelas encomendou a Rogier van der Weyden, para a catedral de Santa Gúdula, um quadro representando são Lucas, padroeiro de sua corporação, no ato de pintar a Virgem. Embora Rogier van der Weyden, um dos grandes mestres da escola flamenga, seja um de meus pintores preferidos, eu nunca tinha visto esse quadro de verdade, pois ele está conservado no museu de Belas-Artes de Boston — aonde eu nunca fui.

Nunca fui a Boston, mas em contrapartida tenho em Moscou um amigo muito querido chamado Emmanuel Durand. É um sujeito alto, barbudo, neurastênico, grave e carinhoso, com uma aba da camisa sempre para fora do suéter e uma ampla testa de filósofo — escreveu uma tese sobre Wittgenstein. Nos últimos quinze anos, partilhamos um monte de aventuras na Rússia e, em compartimentos de trem e salas de restaurante desertas, em Krasnoiarsk ou Rostov, me referi inúmeras vezes a este livro que eu estava escrevendo. A mulher de Manu, Irina, é ortodoxa e pintora de ícones, ele mesmo é um dos raros cristãos do meu círculo. Após algumas vodcas, ele costuma começar frases que nunca termina sobre os anjos e a comunhão dos santos. Uma noite, tentei descrever para ele o quadro de Rogier van der Weyden, me queixando da dificuldade de encontrar boas reproduções. Adoraria ter uma ao meu lado, velando meu trabalho como aquelas madonas com que minha madrinha atulhava as prateleiras de sua estante. De volta a Paris, encontrei na caixa de correspondência um pacote grande contendo a única monografia disponível sobre Van der Weyden. Quer dizer, disponível, não: está esgotada, é impossível encontrá-la, mas Manu encontrou-a e é um esplendor.

A despeito do peso, levei-a para Levron, para onde viajei naquele outono para umas caminhadas com Hervé. Meu plano era trabalhar, algumas horas por dia, num capítulo do qual eu só tinha uma ideia confusa, mas que deveria girar em torno do quadro representando Lucas e a Virgem. Lendo com mais vagar o livro que Manu me dera de presente, descobri que a fisionomia de Lucas é geralmente considerada um autorretrato do artista, e pensei: isso pode ser bom. Imagino tanto Van der Weyden quanto Lucas com seu rosto afilado, sério, meditativo. Que o primeiro tenha se pintado sob os traços do segundo me agrada ainda mais porque faço o mesmo.

Gosto de pintura de paisagem, naturezas-mortas, pintura não figurativa, mas acima de tudo de retratos, e, na minha área, me considero uma espécie de retratista. Uma coisa que sempre me intrigou a esse respeito é a diferença que, por instinto, sem forçosamente formulá-la, todos fazem entre retratos pintados a partir de um modelo e retratos de personagens imaginários. Ainda recentemente, admirei um exemplo impressionante disso: o afresco de Benozzo Gozzoli representando *O cortejo dos reis magos* que cobre uma das quatro paredes de uma capela no palácio Medici-Riccardi de Florença. Se você olhar a procissão dos reis magos e seu séquito, verá uma multidão de pessoas cujas figuras nobres são personalidades da corte dos Médici, a multidão dos passantes captados na rua, e não resta sombra de dúvida quanto ao fato de que todos foram pintados *d'après nature*. Mesmo não conhecendo os modelos, apostaríamos o pescoço que são absolutamente verídicos. Uma vez alcançada a manjedoura, em contrapartida, passamos a lidar com anjos, santos, legiões celestes. Num piscar de olhos, as fisionomias tornam-se mais regulares e idealizadas. Perdem em vida o que ganham em espiritualidade: podemos estar certos de não se tratar mais de pessoas verdadeiras.

Pode-se observar o mesmo fenômeno no quadro de Rogier van der Weyden. Ainda que não soubéssemos que São Lucas é um autorretrato, teríamos não obstante a certeza de ser o retrato de alguém que existe. A madona, não. É magnificamente pintada — a bem da verdade, são sobretudo suas roupas que são maravilhosamente pintadas —, mas o é a partir de outras madonas, da ideia convencional, etérea, um pouco pueril, que fazemos de uma madona, e este é o caso da maioria das madonas representadas pela pintura. Há exceções: aquela inacreditavelmente sexy, de Caravaggio, da igreja de Santo Agostinho, em Roma. Sabemos que a modelo era amante do pintor, uma cortesá chamada Lena. Van der Weyden também era capaz de pintar mulheres sexy, prova disso é o extraordinário retrato que estampa a capa do livro que Manu me deu: um dos rostos de mulher mais expressivos e sensuais que conheço. Mas Van der Weyden não era um encrenqueiro como Caravaggio: não se teria permitido tratar a Virgem dessa maneira.

27

Dizer que as noites são tranquilas numa aldeia de montanha do Valais é pouco, e dedico algumas delas — a bem da verdade, quase todas — a ver pornografia na internet. Grande parte dos temas me deixa indiferente, até mesmo repugna — *gang bangs* "radicais", úteros varridos com centrífuga, mulheres grávidas enrabadas por cavalos... Meu tropismo pessoal mais constante é a masturbação feminina. Certa noite, então, topo com "garotas se masturbando" e, entre dezenas de vídeos quase idênticos, caio numa "morena morrendo de prazer e gozando duas vezes" — esse é o título — incrivelmente excitante. Excitante a ponto de eu tê-la salvado nos "favoritos" do meu computador e de ela ter intensamente perturbado, mas no fim das contas estimulado, meus esforços de concentração diurnos sobre o quadro de Rogier van der Weyden. No início, pensei que os dois temas não tinham nada a ver, mas é como na análise: basta afirmar que duas coisas que ocupam sua mente não têm nada a ver entre si para ter certeza de que, ao contrário, elas têm tudo a ver.

À questão que o quadro coloca para mim de saber se um retrato é pintado ou não a partir de um modelo corresponde a de saber, na pornografia, se estamos diante de um vídeo amador ou comercial. Em outras palavras, se a garota se filmou ou foi filmada por prazer ou se é uma atriz pornô mais ou menos profissional. Os sites, naturalmente, preferem dizer que são estudantes fogosas que fazem isso pela diversão, mas na maioria dos casos ficamos na dúvida. Um indício bastante seguro: a garota mostra o rosto? Quando esconde, tendo a crer tratar-se de uma amadora, excitada por se masturbar na frente de todo mundo porém preocupada que colegas do escritório, amigos, família a reconheçam na rede. De toda forma, é um verdadeiro risco social que se corre com esse tipo de exibição, e me pergunto se há tanta gente liberada assim para levar isso numa boa — talvez sim, na realidade, talvez seja uma das grandes mudanças da civilização produzidas pela internet. Dito isso, não há só o rosto, há o corpo, o cenário, certo número de indícios que permitem aos conhecidos de alguém reconhecê-lo. Outro indício é a boceta. Todas as profissionais a rasparam, e decerto um bom número de amadoras também, mas uma boceta cabeluda é um sinal fortíssimo, mais que enfático, de autenticidade — o que evidentemente não escapou às profissionais: entre as alternativas sugeridas, há *hairy* e até mesmo *super-hairy*.

O vídeo que tanto me empolga é em plano fixo. A câmera não se move, não há zoom, o que a princípio indicaria que a garota está sozinha. Talvez faça isso para alguém, mas não está com ele. Está deitada em sua cama, de jeans e com um pequeno top. Sem ser de uma beleza esplendorosa, é bonita, e não tem nada, absolutamente nada de uma atriz pornô. Nem o físico nem a expressão. No início dos trinta, morena, rosto inteligente. Parece divagar, deixando os pensamentos flutuarem. Depois de um minuto, começa a tocar os seios — pequenos, bonitos, naturais. Com a ponta dos dedos, que ela lambeu, excita os bicos. Levanta-se para tirar o top, hesita um instante, depois desabotoa o jeans e esgueira uma das mãos dentro da calcinha. Poderia se acariciar dessa forma, mas não, já que é pra fazer, é mais confortável tirar o jeans, depois a calcinha, ficar completamente nua, e, se não houvesse a câmera, que foi manifestamente instalada na ponta da cama com uma segunda intenção, diríamos que a ideia lhe ocorreu na hora, sem premeditação. Sua boceta é morena, uma quantidade razoável de pelos, para mim bastante atraente. Ela a roça, depois introduz os dedos e começa a se masturbar, com as pernas bem abertas, e ainda assim não parece em nada com o que as garotas fazem nos sites: nada de piscadelas canastronas, ou sorrisos forçados de grande sacana, ou respirações enfáticas — apenas o bafejo um pouco mais forte, os olhos semicerrados, o chapinhar dos dedos entre os lábios. Nada voltado para o espectador. Imaginamos realmente que está sozinha, certa de não ser vista por ninguém, e que não existe câmera. Pensativa no início, quase negligente, excita-se pouco a pouco, joga a cabeça para trás, ofega (mas sem exagero, repito, sem ter ninguém por testemunha), curva-se, arqueia as pernas, goza violentamente. Treme, leva tempo para se acalmar. Pausa. Temos a impressão de que terminou, mas não, seus dedos demoram-se e então ela recomeça, goza mais uma vez, ainda mais intensamente. Após alguns sobressaltos, que acho de fato magníficos, permanece imóvel por um momento, tomando fôlego, sua barriga lisa levantando-se mansamente. Abre os olhos, solta um leve suspiro, como alguém de volta à terra. Depois se alonga, com uma graça extrema, estende o braço para pegar a calcinha, levanta as pernas para vesti-la, coloca em seguida o jeans, o top e sai do campo. Terminou.

Eu poderia assistir a esse vídeo vinte vezes seguidas. Na realidade, assisti vinte vezes seguidas e assistiria de novo. A garota me agrada imensamente, é uma quintessência do "meu tipo", sexualmente falando. Ao contrário de todas as que vemos nesse tipo de sites, com seios turbinados, bocetas raspadas com maior ou menor zelo, tatuagens, piercings no umbigo e que trepam nuas em pelo sem tirar o salto agulha ou, mais frequentemente, seu tênis gigante, ela se parece com mulheres que eu conheço, com mulheres pelas quais eu poderia me apaixonar, com quem poderia viver. Ela tem alguma coisa de grave, tenho inclusive a impressão de que, se faz aquela pausa, é porque está preocupada, um pouco triste, precisando recorrer àquela fonte de conforto que ela tem entre as pernas e que nunca a traiu — é outra coisa que se vê, que seu corpo é seu amigo.

Então me pergunto. Será possível que, contra todas as evidências, a heroína desse vídeo seja, talvez não uma atriz pornô profissional, mas uma free-lancer da pornografia, que, por duzentos ou quinhentos euros — não faço ideia dos valores —, está disposta a agir daquele jeito, como sem dúvida estaria disposta, e isso não é incompatível, a fazer algum programa para pagar o aluguel? Pode ser que eu seja ingênuo, mas não acredito nisso. Essa garota é uma burguesa, está na cara, ou, no mínimo, uma yuppie. Imagino-a, por exemplo, tradutora ou jornalista free-lancer, trabalhando em casa, andando pela sala no meio da tarde, então, se não vai tomar um café com uma amiga que mora no bairro, deita-se em sua cama e se masturba. Seus lençóis lisos, cinza fosco, se parecem com aqueles nos quais Hélène e eu dormimos, ao passo que a roupa de cama no pornô é geralmente escandalosa, seja no padrão edredom florido, seja na versão mais sofisticada, gênero dentista devasso, seda preta ou pele de animal. O que vislumbramos de seu apartamento poderia ser o nosso. Deve haver livros, potes de chá, talvez um piano. Seu nome é mais provavelmente Claire ou Élisabeth do que Cindy ou Loana. Atribuo a ela uma bonita voz e certo nível de linguagem. Talvez eu vá muito longe na idealização, mas intuo inclusive que ela não é daquelas que saem dizendo por qualquer motivo: "beleza", como a quase totalidade de nossos contemporâneos. Mostra no abandono uma espécie de compostura, de reserva, que nunca vemos na pornografia. Ela destoa no site. Não deveria estar ali. Apesar disso, está.

O que leva essa garota, antes de se abandonar a esse momento de intimidade absoluta, a colocar uma câmera na ponta da cama? A priori, o desejo de oferecer tal momento a um homem que ama — ou a uma mulher, mas eu diria antes um homem. É o tipo de presente que eu ficaria encantado que me dessem, que Hélène poderia me dar. Muito bem, mas o que explica que, depois de filmar, ela tenha colocado o vídeo na rede? Uma ideia me ocorre, bastante desagradável: não foi ela, e sim o homem para quem ela fez. Esse tipo de coisa acontece. Há inclusive sites dedicados explicitamente a isso. Sua namorada o dispensou? Traiu? Vingue-se, jogue na rede os vídeos cabeludos que você guardou. Mas e se não foi isso? E se foi ela? Por quê? O que passa pela sua cabeça para mostrar a todo mundo? O que explica que uma garota desse tipo — ou seja, uma garota que, certo ou errado, eu classifico no mesmo grupo sociocultural que Hélène, Sandra, Emmie, Sarah, Ève, Toni, nossas deliciosas amigas da aula de ioga — se exiba na internet se masturbando? A menos que eu esteja redondamente enganado na análise que acabo de fazer, há nisto um enigma que tem muito a ver com a minha perturbação e me faz desejar saber mais sobre ela — na verdade, conhecê-la.

28

Como gostamos muito de dividir nossos devaneios eróticos, encaminho o endereço do site para Hélène, acompanhado de um e-mail que, grosso modo, é o capítulo que vocês acabam de ler — dei apenas uma ajeitada. Ela me responde o seguinte:

"Ela não é fácil de achar, sua morena dos dois orgasmos. Tive de presumir a classificação do logaritmo do site para ela finalmente aparecer na seleção de vídeos sugeridos na tela. Selecionei as morenas e as masturbações, desprezando as lésbicas, os casais, os sodomitas, os idosos e assim por diante. Nessa busca, topei com algumas pérolas *vintage*: pornôs com encenações, calças bocas de sino e bocetas superfrondosas saídas diretamente dos anos 1970, te mostro depois. Quando a vinheta e a legenda apareceram, foi um pouco como reencontrar alguém a cujo respeito lhe falaram maravilhas na esperança de que você conquiste sua amizade.

"Concordo com você: é uma jovem muito bonita. Sobretudo, mexe-se graciosamente. Imprime elegância à masturbação: é isso que te agrada. Quanto a saber se é uma profissional, muito difícil dizer. Como você, acho que não, mas o que fica claro é que ela goza de verdade. Se finge, faz isso tão bem que deve ter se lembrado de momentos de prazer intensos, o que em si é uma forma de prazer (e o segredo de todas as mulheres que um dia ou outro simularam). É muito raro deparar com orgasmos tão convincentes no pornô. Mas não posso evitar de pensar que ela é super-reconhecível nesse filme, e que esses oito minutos de sua vida na internet são uma forma de suicídio social, ou de assassinato, se for um presente que ela deu a um namorado que os colocou na rede. Por mais sedutor que seja de olhar, há algo de extremamente cruel nisso.

"Também me perguntei o que você dizia nesse texto sobre o seu desejo. Em primeiro lugar, e o engraçado é que parece que você sequer se dá conta disso, é que ele é completamente sociológico. Se essa garota te agrada tanto, é porque você a fantasia como uma burguesa perdida entre as proletas do pornô. Não o censuro por isso: você é assim, amo-o assim. E depois, quando você descreve o efeito que lhe causam seus tremores, a expressão de seu gozo, você diz outra coisa: que o que te excita acima de tudo é o prazer das mulheres. Tenho sorte.

"Em todo caso, são Lucas é desculpa esfarrapada."

29

Nas horas que sucederam ao recebimento desse e-mail, pensei, por minha vez, não em duas, mas em três coisas. Em primeiro lugar, que eu também tinha sorte. Depois, que se fosse pintor e me houvessem encomendado um retrato da madona — mãos juntas, olhos castamente postos no chão — eu teria, a exemplo de Caravaggio, um grande prazer se a morena dos dois orgasmos posasse para mim. Por fim, que a diferença que salta aos olhos, na pintura, entre os retratos *d'après nature* e os retratos imaginários, existe igualmente na literatura, e é possível observar isso no Evangelho de Lucas.

Repito, sei que é subjetivo, mas ainda assim percebemos essa diferença entre personagens, palavras, peripécias, que evidentemente puderam ser alteradas, mas que têm um correspondente real, e outras que são da esfera do mito ou da imagética devota. O modesto coletor de impostos Zaqueu, que sobe no seu sicômoro, os caras que fazem um buraco no telhado para descer o amigo paralítico na casa do curandeiro, a mulher do procurador de Herodes que foge escondida do marido para assistir a seu guru e sua turma, tudo isso é verossímil, coisas narradas simplesmente por serem verdadeiras e não para edificar ou mostrar a pertinência de um remoto versículo das Escrituras. Ao passo que a Virgem Santa e o arcanjo Gabriel, sinto muito, mas não. Não digo apenas que não existe isso de uma virgem dar à luz uma criança, afirmo também que os rostos tornaram-se etéreos, celestiais, demasiadamente regulares. Que se passou, como se pode ver de maneira cristalina na capela de Benozzo Gozzoli em Florença, de rostos pintados *d'après nature* para rostos saídos da imaginação.

Entretanto, ela existiu plenamente. A Virgem Santa, não sei, honestamente não acredito, mas a mãe de Jesus, sim. Uma vez que ela existiu, uma vez que ele nasceu, uma vez que ele morreu, o que é contestado apenas por alguns ateus idiotas que erram o alvo, cumpre efetivamente que tenha havido mãe e que essa mãe tenha igualmente nascido e morrido. Se ainda estivesse viva no fim dos anos 50, quando lanço a hipótese de que Lucas viajou pela Judeia, devia estar bem velhinha: dezessete anos no nascimento do filho, cinquenta em sua morte e, trinta depois, oitenta. Não afirmo, portanto, que Lucas a tenha encontrado, menos ainda que tenha feito seu retrato como quer a lenda, ou que ela tenha lhe contado recordações. Afirmo simplesmente que esse encontro é possível, afinal estavam ambos na mesma região na mesma época, além de transitarem pela mesma ordem de realidade. Não havia, de um lado, como no quadro de Rogier van der Weyden, como na maioria dos quadros religiosos, como no Evangelho que Lucas escreverá mais tarde, um ser humano com uma expressão humana, rugas humanas, sob a túnica um pau ou uma boceta humanos, e do outro lado uma criatura sem sexo, sem rugas, sem outra expressão que não uma infinita e convencional mansidão. Havia dois seres humanos, igualmente humanos, e um dos dois, que habitava a mesma realidade que o outro, devia ser, nessa realidade, uma anciã vestindo preto, como vemos em todas as medinas do Mediterrâneo, sentada à soleira de sua porta. Um de seus filhos, pois ela tivera vários, padecera uma morte violenta e humilhante muitos anos atrás. Não gostava de falar disso, ou só falava disso. Num certo sentido, tinha sorte: pessoas que haviam conhecido seu filho, outras que não o haviam conhecido, veneravam sua memória e, por isso, lhe dedicavam, a ela, grande respeito. Ela não entendia direito por quê. Nem ela nem ninguém se atrevera ainda a imaginar que ela tivera seu filho permanecendo virgem. A mariologia de Paulo resume-se a duas palavras: Jesus "nascido de uma mulher", ponto final. Na época a que me refiro, não passamos disso. Essa mulher, em sua juventude, conheceu o homem. Viu o lobo. Talvez tenha gozado, esperamos que sim, e talvez até se masturbado. Provavelmente não com a mesma entrega da morena dos dois orgasmos, mas enfim havia um clitóris entre suas pernas. Agora era uma anciã, toda encarquilhada, um pouco senil, um pouco surda, que era possível visitar e que talvez, no fim das contas, Lucas tenha visitado.

Os Evangelhos da infância que ele escreverá mais tarde, embora transbordem de cenas magníficas no gênero etéreo e edificante, também incluem uma bastante singular, em que vemos Jesus aos doze anos de idade. Seus pais o levaram ao Templo para celebrar a Páscoa. Na saída da festa, no tumulto da caravana, pensam que seu filho está com eles e, depois de um dia na estrada, percebem que não, esqueceram-no em Jerusalém. Transtornados, voltam, procuram-no durante três dias e terminam por encontrá-lo numa esplanada do Templo, onde ele desperta a admiração dos devotos. Misto de alívio e censura. "'Meu filho, por que agiste assim conosco? Olha que teu pai e eu, aflitos, te procurávamos.' 'Por que me procuráveis? Não sabíeis que devo estar na casa de meu pai?'" Eles não o compreendem.

De volta a Nazaré, sua mãe conservava a lembrança de todos esses fatos em seu coração.

Tirando a fala solene de Jesus criança, tudo soa verdadeiro nessa cena. A margem da TEB, onde, paralelamente ao texto, são assinaladas as referências às Escrituras, acha-se excepcionalmente vazia. Os detalhes, em vez de serem citados para ressaltar que realizam versículos dos Profetas ou dos Salmos, dão a impressão de estar ali simplesmente porque aconteceram. Todas as famílias têm uma história parecida: a criança perdida no supermercado ou na praia, que julgavam no banco de trás do carro mas haviam esquecido no posto de gasolina e é reencontrada toda risonha entre amigos caminhoneiros. Não é difícil imaginar uma velha recordando determinado momento e o jornalista ávido que a faz falar anotando tudo, fascinado, pois aquilo soa bastante verossímil...

30

Empaquei, e de vez. Desde que montei a estrutura deste livro, é sempre no mesmo lugar que empaco. Enquanto se trata de narrar as desavenças de Paulo e Tiago como as de Trótski e Stálin, a coisa flui. De discorrer sobre a época em que me julguei cristão, flui melhor ainda — para falar de mim, nunca tenho problemas. Mas, quando chega a hora de adentrar o Evangelho, fico mudo. Será por haver imaginário demais, devoção demais, rostos demais sem modelos na realidade? Ou porque se, me acercando dessas paragens, eu não estivesse tomado de temor e tremor, isso não valeria a pena?

Em maio de 2010, Hervé e eu trocamos nossa ritual temporada em Levron por uma viagem à região da costa turca conhecida antigamente como Ásia. Ambos queríamos visitar Éfeso, tão turística e poeirenta que não nos pegou. De carro, alcançamos a península de Bozbodrum, em cuja ponta se encontra o sítio arqueológico de Cnido, por muito tempo célebre por ser possível ver lá a primeira mulher nua da estatuária antiga. Todo mundo queria tocá-la, masturbar-se com ela, roubá-la, e, visto a cobiça que inspirava, não surpreende que agora só restem cópias dela. Nenhuma dessas cópias se encontra no museu arqueológico de Atenas, onde, em cada uma de minhas visitas, deparo com o mesmo enigma: durante séculos os gregos representaram os homens nus e as mulheres vestidas. Os mesmos escultores que glorificavam desabridamente a anatomia viril, a partir do momento em que se tratava de mulheres, empenhavam todo seu talento em reproduzir não a graça de seus seios ou a curva de suas coxas, e sim as pregas de seus vestidos. No século IV isso mudou, e, ao que eu saiba, as causas dessa mudança, não obstante radical, não se encontram explicadas em parte alguma. Então é sempre possível dizer, é em geral o que dizem os historiadores, que essa passagem para o nu feminino foi fruto de um amadurecimento lento e subterrâneo, mas, ainda assim, por mais lento e subterrâneo que tenha sido, o momento em que o fruto cai é um momento preciso. Um belo dia, cuja data não sabemos mas que era esse belo dia e não outro, um escultor que era esse escultor e não outro teve a audácia de deixar cair os drapejados e representar a mulher nua em pelo. Esse escultor foi Praxíteles, e o modelo de sua Afrodite, uma cortesã chamada Frineia, que era sua amante. Esta, por um motivo qualquer, foi levada à justiça e, ao defendê-la, seu advogado lhe pediu que descesse a parte superior de sua túnica: o tribunal podia condenar mulher com tão belos seios? O argumento, parece, funcionou. Os moradores de Quios, que haviam encomendado a estátua, julgaram-na escandalosa e a recusaram. Os de Cnido a resgataram e, durante alguns séculos, ela fez sua fortuna. Lucas, nos Atos, faz menção a Cnido, mas não ao que era sua principal atração, e dói-me dizer que por ocasião de sua viagem para Jerusalém o vento não permitiu que o apóstolo e sua comitiva atracassem na península. Pena: Paulo diante de Afrodite teria sido uma cena imperdível.

Hervé e eu paramos numa bonita aldeia balneária chamada Selimiye, onde passamos duas semanas nadando, comendo iogurte com mel, trabalhando cada um em sua sacada, nos encontrando para as refeições. Só ouvíamos o marulho do oceano, cacarejos de galinhas, zurros de asnos e o rumor tranquilizador de um restelo passado no cascalho por um funcionário ocioso à espera da temporada turística. Éramos os únicos hóspedes do hotel. Deviam nos tomar por um casal gay de coroas, sossegado, alojado em quartos separados porque não trepa mais, mas se entendendo bem, sem praticamente se falar.

À medida que se aproximava o fim dessa estadia, mais nervoso eu ficava, pois logo em seguida teria de ir para o festival de Cannes, do qual seria membro do júri. O retiro com Hervé, depois o turbilhão de Cannes: essa grande discrepância me agradava. Coisa inédita para mim, eu estava satisfeito com a minha vida. Pensava que, desde que eu me mantivesse vigilante, nada impedia que eu ganhasse nos dois cenários. Ser um artista sério, amigo das profundezas, e, ao mesmo tempo, fazer sucesso, desfrutá-lo, não desdenhar da notoriedade e do glamour. Como dizia Sêneca ao ser criticado por pregar a ascese quando era bilionário: se a pessoa não se apega a seus bens, onde está o mal? Hervé balançava a cabeça: por via das dúvidas, olho vivo. Enquanto eu pegava o avião de volta para Paris, onde me esperavam Hélène e nossos baús abarrotados de trajes de gala, ele planejava continuar para o sudoeste, explorar a costa lícia, depois pegar um barco para Patmos, onde encontrara, na época de sua conturbada adolescência, um momento de serenidade e mesmo de êxtase. Estava terminando de escrever *As coisas como elas são*, seu livro sobre o budismo do dia a dia, cujos originais me daria para ler no outono seguinte, em Levron. Quanto a mim, passei aqueles dias fazendo anotações sobre o Evangelho de Lucas, com as quais enchi um caderno inteiro.

31

Reli essas anotações, três anos mais tarde. São exatamente o oposto das que fiz sobre o Evangelho de João, vinte anos antes. Não penso mais que o que leio seja a palavra de Deus. Não me pergunto mais, em todo caso não mais em primeiro lugar, em que medida cada uma dessas palavras pode me guiar na condução da minha vida. Em vez disso, diante de cada versículo, me faço esta pergunta: de onde Lucas tirou o que escreveu aqui?

Três possibilidades. Ou ele leu e copia — quase sempre do Evangelho de Marcos, cuja anterioridade é consensualmente admitida e do qual mais da metade se encontra no seu. Ou alguém lhe conta, e então quem? Entramos aqui na selva das hipóteses: testemunhas de primeira, de segunda, de terceira mão, homens que conheceram o homem que declara ter visto a fera... Ou então ele pura e simplesmente inventa. É uma hipótese sacrílega para muitos cristãos, mas eu não sou cristão. Sou um escritor em busca de compreender como se comportou outro escritor, e o fato de ele inventar com frequência me parece cristalino. Sempre que tenho boas razões para classificar uma passagem sob essa rubrica, regozijo-me, tanto mais que algumas delas não são de pouca monta: é o Magnificat, é o bom samaritano, é a sublime história do filho pródigo. Aprecio como operário da construção, minha vontade é parabenizar o colega.

Esse texto, de que em outros tempos me aproximei como alguém que crê, dele me aproximo agora como agnóstico. Naquela época eu queria me impregnar de uma verdade, da Verdade, agora procuro desmontar as engrenagens de uma obra literária. Pascal diria que, de dogmático, passei a pirrônico. Acrescenta, pertinentemente, que não é possível manter-se neutro nesse assunto. É como as pessoas que se declaram apolíticas: significa simplesmente que são de direita. O problema é que, não crendo, a gente não pode deixar de ser de direita, isto é, sentir-se superior àquele que crê. E isso na mesma medida em que se acreditou ou se quis crer. Conhecemos isso, já o vivemos — como os comunistas arrependidos: Resultado: essa leitura cética, à qual me dediquei durante nossa estadia em Selimiye, enquanto me regozijava de me ver como aquele homem grave e sereno, ocupado em comentar são Lucas numa aldeia da costa turca na baixa temporada, e dali a dez dias como o vip que subiria de braços dados com Hélène os degraus do festival de Cannes no papel mais lisonjeiro que existe — porque, francamente, afora presidente do júri, existem poucas situações socialmente tão gratificantes quanto ser jurado em Cannes. Naquele teatro de perpétua humilhação, onde tudo é feito para lembrar a cada um que há alguém mais importante que ele, nos tornamos alguém fora de alcance, para além da realidade, de outro mundo, somos transportados para um olimpo de semideuses, em que, como ainda por cima não podemos comentar nada sobre os filmes concorrentes, cada uma de nossas evasivas palavras, e mesmo de nossas expressões, é recebida como um oráculo. Experiência singular, que felizmente dura apenas duas semanas, mas que permite compreender por que as pessoas muito famosas, ou poderosas, aquelas que nunca abrem uma porta com a própria mão, perdem a noção das coisas tão frequentemente.

Não quero parecer mais idiota nem mais fútil do que já sou. Enquanto me entregava a essa leitura de sabe-tudo, alguma coisa dentro de mim permanecia consciente de que essa era a melhor maneira de alguém passar à margem do Evangelho e que uma das coisas mais constantes e claras que Jesus diz nele é que o Reino está vedado aos ricos e aos inteligentes. Caso tivesse esquecido, encontrava Hervé para almoçar e jantar sempre no mesmo restaurante do porto, pois, além de não haver tantos outros abertos, ambos gostamos, quando estamos em algum lugar, de criar alguns hábitos e deles não nos afastar. Todas as vezes em que, falando de meu trabalho, eu descambava para a ironia e o ceticismo, podia contar com ele para me dizer, por exemplo:

"Você diz que não acredita na ressurreição. Ora, em primeiro lugar você não faz a mínima ideia do que isso significa, ressurreição. Depois, partindo dessa descrença, arvorando um saber e uma superioridade sobre as pessoas a que você se refere, você se proíbe qualquer acesso ao que elas eram e àquilo em que acreditavam. Desconfie desse saber. Não comece achando que sabe mais do que elas. Procure aprender com elas, em vez de bancar o professor. Isso não tem nada a ver com a ginástica mental de tentar acreditar em alguma coisa em que você não acredita. Abra-se ao mistério, em vez de descartá-lo a priori."

Eu me opunha, pro forma. Entretanto, mesmo sem crer em Deus, sempre lhe agradeci, a ele e à nossa madrinha, por ter colocado Hervé ao meu lado.

32

Nossa conversa termina sempre por confrontar sua visão das coisas, que chamo de metafísica, e a minha, que é histórica, romanesca, agnóstica. Minha posição, grosso modo, é de que a busca do sentido da vida, do avesso do cenário, dessa realidade última geralmente designada pelo nome de Deus, é, se não uma ilusão ("Você não faz a mínima ideia sobre isso", objeta Hervé, e concordo com ele), pelo menos uma aspiração a que alguns são inclinados e outros não. Os primeiros não têm mais razão nem estão mais avançados no caminho da sabedoria do que os que passam a vida escrevendo livros ou maximizando o crescimento econômico. É como ser moreno ou louro, gostar ou não de espinafre. Duas famílias de mentalidades: aquele que acredita no céu, aquele que não acredita; aquele que pensa que estamos neste mundo instável e doloroso para encontrar a saída e aquele que concorda que ele é instável e doloroso, mas que isso não implica que haja uma saída.

"Pode ser", responde Hervé, "mas se você admite que este mundo é instável e doloroso, o que é a primeira das nobres verdades budistas, se admite que viver é estar dentro da estufa, então a questão de saber se existe uma saída da estufa é suficientemente importante para merecer uma investigação. Você cogita chamar seu livro de *A investigação de Lucas* (era meu título, nessa época). Seria pena agir como se você soubesse desde o início que essa investigação não tem objeto ou tirar o corpo fora declarando que ela não lhe diz respeito. Se ela tem um objeto, esse objeto implica todo mundo, você não pode deixar de concordar com isso."

Não, não posso deixar de concordar com isso, e cedo com a boa vontade dos interlocutores de Sócrates, que, nos diálogos de Platão, falam sem parar coisas como: "é verdade, Sócrates", "cumpre concordar, Sócrates", "vejo claramente que continuas com a razão, Sócrates"…

"Então", continua Hervé, "você admite que, se existe uma razão, ainda que tênue, para pensarmos ser possível passar da ignorância ao conhecimento, da ilusão à realidade, esta viagem justifica que nos dediquemos a isso e que esquivar-se, julgar isso inútil sem ter ido lá verificar, é ou um erro ou sinal de preguiça. Ainda mais que alguns foram lá verificar, justamente. Voltaram com um relatório detalhado, com mapas que nos permitem, por nossa vez, nos lançarmos em suas pegadas."

Referindo-se a esses batedores, Hervé pensa em Buda, sobre quem está escrevendo, mas também em Jesus, sobre quem me obrigo a escrever, porque, afinal, se o tema são Lucas e Paulo, mais cedo ou mais tarde chega-se naquele sobre quem ambos falaram. Então, claro, pode-se dizer, como Nietzsche, que admiro, como os nietzschianos, que em sua maioria detesto, como alguns nietzschianos, que por exceção aprecio — o historiador Paul Veyne, o filósofo Clément Rosset, o ator Fabrici Luchini —, pode-se dizer que toda doutrina filosófica ou religiosa nunca é senão uma excrescência do eu e uma maneira singular, a que alguns têm propensão, de se ocupar enquanto a morte não vem, mas mesmo eu, que em nosso diálogo deveria supostamente defendê-la, sou obrigado a convir que esta é uma visão muito limitada. Isso não impede que ela seja a correta, o problema é que ninguém faz a menor ideia sobre isso. E depois, devo ser honesto: há mais de vinte anos pratico meditação, leio livros místicos, tenho Hervé como melhor amigo, me vejo às voltas com o Evangelho, e nada me garante evidentemente que tal caminho me levará ao objetivo que desejo alcançar ao enveredar por ele — o conhecimento, a liberdade, o amor, que julgo serem uma única e mesma coisa —, mas, mesmo que faça o papel do relativista em nosso diálogo, mesmo que eu me mostre narcísico e fútil, que me pavoneie no festival de Cannes, não posso negar que estou nele, nesse caminho.

A enorme diferença entre mim e Hervé não reside tanto na preocupação e no culto constantes que devoto à minha pessoa, e sim no de acreditar piamente nessa pessoa. Não conheço nada além de "eu", e acredito que esse "eu" existe. Hervé, menos. Ou, como dizer? Ele não atribui tanta importância ao homenzinho chamado Hervé Clerc, que há pouco tempo não existia, que logo não existirá mais e que, nesse intervalo, naturalmente, o ocupa com suas inquietações, seus desejos, sua sinusite crônica, mas ele sabe que isso é uma coisa transitória, volátil, um vapor, como diz o Eclesiastes. Ele diz jocosamente, em *As coisas como elas são*: a vantagem de ter um "eu" não muito corpulento, com cuja força não se faz grandes coisas, é que acaba-se não se apegando excessivamente a ele.

Durante nossa última estadia em Levron, já dois anos depois de Selimiye, tomávamos nosso habitual *ristretto* em nosso habitual café de Orsières, antes de subirmos para caminhar no vale Ferret. Ele estava pensativo e, num certo momento, de supetão, disse: "Sabe de uma coisa, estou decepcionado. Quando eu era jovem, cogitava superar a condição humana. Mas acabo de fazer sessenta anos e devo me render à evidência de que, pelo menos nesta vida, não deu".

Eu ri, afetuosamente. Disse-lhe que uma das razões que me faz gostar dele é que ele é a única pessoa que conheço capaz de proferir placidamente algo desse tipo: "Eu esperava superar a condição humana". Ha, ha, ha.

Meu espanto espantou Hervé. O desejo de superar a condição humana lhe parecia uma coisa das mais naturais, e certamente não rara, embora não deixe de ser verdade que as pessoas falem pouco sobre isso. "Senão, por que você faria ioga?"

Eu poderia responder: para manter a forma física ou, como diz Hélène, que no casal desempenha o papel da materialista: "para ficar com a bunda bonita", mas Hervé tem razão. A verdade é que espero mais ou menos — confessando isso um pouco mais, um pouco menos, dependendo dos interlocutores — o que tais exercícios prometem explicitamente a quem os pratica: a expansão da consciência, a iluminação, o *samadhi* — a partir do qual, segundo os relatos dos viajantes, vemos de maneira completamente diferente o que até ali se chamava realidade.

Enfim, de um ponto de vista completamente diferente, isso é discutível. No início do caminho, diz um texto budista que Hervé cita em *As coisas como elas são*, uma montanha parece uma montanha. Quando avançamos um pouco mais, ela não parece mais em nada uma montanha. Depois, no fim do caminho, ela parece novamente uma montanha: ela *é* uma montanha. Podemos vê-la. Ser sábio é nos encontrarmos diante de uma montanha e ver essa montanha, nada mais. Uma vida, em princípio, não basta para isso.

33

Em Selimiye, fiz uma lista dos milagres relatados por Lucas em seu Evangelho.

O primeiro acontece na sinagoga de Cafarnaum, e é um exorcismo. Sentindo-se ameaçado pelas palavras de Jesus, e principalmente pela autoridade misteriosa de onde elas emanam, um homem possuído por um demônio vocifera contra ele. Jesus ordena ao demônio que saia e, sem molestar o homem, o demônio obedece. Ao sair da sinagoga, Jesus vai à casa de Pedro, que passou a segui-lo não faz muito tempo. A sogra de Pedro está com febre. Jesus toca-lhe a testa com a mão, a febre vai embora. Cura em seguida um leproso, um paralítico e um homem com a mão atrofiada. Mão atrofiada, não sei direito o que é, mas um dia apertei a mão de um homem que sentia os primeiros efeitos da doença de Charcot. A mão era fria, inerte. Sorrindo, o homem me disse: "Isso é só o começo, daqui a um ano estarei todinho assim e em dois estarei morto".

Quanto ao paralítico, já me referi a ele a propósito dos detalhes que não se inventam: é aquele que quatro homens descem na maca através do telhado, de tanto que a multidão se espreme dentro da casa onde Jesus se encontra. Este, Jesus não cura sumariamente. Primeiro, limita-se a dizer que seus pecados estão perdoados. Decepção, mas também murmúrios escandalizados dos devotos: "Quem é este que diz blasfêmias? Não é só Deus que pode perdoar pecados?". Ouvindo isso, Jesus os provoca: "Que é mais fácil de dizer: Teus pecados estão perdoados, ou: Levanta-te e anda? Pois bem! Para que saibais que o Filho do Homem tem o poder de perdoar pecados na terra, eu te ordeno: levanta-te, toma tua maca e vai". O paralítico obedece, todos ficam estupefatos. Diria Lacan: a cura vem como efeito adicional.

A seguir, é o humilde servo de um centurião romano que está gravemente enfermo, à beira da morte. Esse centurião gosta dos judeus: deu dinheiro para eles construírem uma sinagoga, devendo ser, como Lucas, um prosélito. Dá mostras de uma fé exemplar ao mandar dizer a Jesus que não se julga digno de recebê-lo sob seu teto: uma simples palavra dele, à distância, será suficiente. Jesus não pronuncia essa palavra, porém, quando os emissários do centurião entram de volta na casa, encontram o servo em perfeitas condições de saúde.

Nessa história, gosto principalmente da frase: "Senhor, eu não sou digno que entres em minha casa. Dize, porém, uma palavra, para que o meu criado seja curado", que na missa virou: "Senhor, eu não sou digno de que entreis em minha morada, mas dizei uma só palavra e *minha alma* será curada".

Uma história bastante análoga é a do chefe de sinagoga Jairo, cuja filhinha de doze anos está à beira da morte. Assim como o centurião, Jairo chama Jesus em seu socorro. Jesus prepara-se para atender ao chamado quando se abre um parêntese na narrativa: "'Quem me tocou?' Como todos negassem, Pedro disse: 'Mestre, a multidão te comprime e te esmaga'. — Jesus insistiu: 'Alguém me tocou; eu senti que uma força saía de mim'". Uma mulher então cai aos seus pés. Há muito esvaindo-se em sangue, de onde as mulheres sangram, mas com ela era o tempo todo, essa impureza perpétua torna sua vida um inferno. "Minha filha, tua fé te salvou. Vai em paz." Fechado o parêntese, quando todos vão pegar a estrada novamente, chega da casa de Jairo um servo encarregado de dar a horrível notícia: a menininha morreu. O pai está destroçado. "Não temas", diz Jesus, "crê somente, e ela será salva." E não adianta ninguém lhe dizer o que eu diria, que é tarde demais, se morreu, morreu, ele vai até lá. Entrando na casa com o pai e a mãe, diz-lhes: "Não choreis! Ela não morreu; dorme". Em seguida, desperta a menina, que se põe imediatamente a brincar.

Assim que Jesus chega a algum lugar, os cegos recuperam a visão, os surdos ouvem, os paralíticos caminham, os leprosos são curados e os mortos ressuscitam. (Eles ressuscitam: muito bem — já falei o que pensava dessa orgia de ressurreições a respeito do adolescente Êutico, assunto encerrado.) Mesmo sendo médico, Lucas adora essas cenas. Eu, menos, e Renan, menos ainda. "Para as plateias rudimentares", escreve, "o milagre comprova a doutrina. Para nós, é a doutrina que faz esquecer o milagre." E acrescenta, a meu ver temerariamente: "Se o milagre tem alguma realidade, então meu livro não passa de um tecido de erros".

Na verdade, Renan e nós, modernos, preferimos esquecer os milagres, varrê-los para debaixo do tapete. Não vemos problema em mestre Eckhart, nas duas Teresas, nos grandes místicos, mas preferimos desviar nossos olhares de Lourdes ou de Medjugorje, aquele vilarejo da Herzegovina que fascinava tanto minha madrinha e onde, segundo a descrição do meu amigo Jean Rolin, que durante as guerras dos Bálcãs circulou muito por aquelas plagas, "a Virgem Santa opera, com data marcada, prodígios tais como espalhar no ar um perfume de rosas, fazer cruzes inflamarem-se espontaneamente ou descrever *entrechats* ao sol, atraindo assim centenas de milhares de peregrinos e proporcionando a seus moradores dinheiro suficiente para construir em torno do santuário, por sua vez horroroso, prédios comerciais de uma feiura blasfematória".

O último recurso que nos resta, a "nós", plateias não rudimentares, para não jogar fora o bebê junto com a água do banho, é conferir um sentido mais sofisticado ao que não nos agrada. É fazer de Jesus não um taumaturgo pasmando um público simplório com poderes sobrenaturais, e sim uma espécie de psicanalista capaz de curar feridas secretas, soterradas, tanto psíquicas como físicas, exclusivamente em virtude de sua escuta e sua fala. Eram muito debatidas, há vinte anos, as teses do bispo alemão Drewermann, posto no índex do Vaticano e autor de um livro intitulado *A fala que cura*. Françoise Dolto dizia coisas do mesmo gênero, e isso, de minha parte, aceito plenamente. Em todo caso, sou obrigado a reconhecer que, se a mim agrada ler a Bíblia dessa forma, não foi em absoluto dessa forma que ela foi escrita. Isso não é novidade: Fílon de Alexandria já fazia um grande esforço para transpor em termos espirituais e morais textos cuja rudeza literal o chocava e chocava seus ouvintes. Quando, no livro de Josué, os israelitas exterminam até o último dos habitantes de Canaã para tomarem suas terras, e se vangloriam disso, tudo que eu quero é aceitar a explicação de Fílon, segundo a qual se trata de uma coisa tão respeitável como o combate da alma contra as paixões que a habitam, embora receie que pela cabeça do autor de Josué tenha passado antes algo como a limpeza da Bósnia pelas tropas sérvias. Resumindo: tudo bem, ler a Bíblia assim não me agride, desde que eu tenha consciência disso. Tudo bem eu me projetar em Lucas, desde que eu saiba que estou me projetando.

Jesus, em todo caso, não tinha o monopólio desses prodígios. Lucas nos conta sem constrangimento que, na Samaria, Filipe fazia o mesmo, e Pedro, e Paulo, e todo tipo de magos pagãos com que os apóstolos disputavam campeonatos de superpoderes. Tivesse ele feito apenas isso, teríamos esquecido até o nome de Jesus poucos anos após sua morte. Mas ele não fez só isso. Ele *disse* alguma coisa, de uma determinada maneira, e é a essa alguma coisa, a essa maneira de dizê-la, que após inúmeros desvios quero chegar.

34

Especular sobre as fontes dos Evangelhos não é um esporte moderno. Os eruditos cristãos dedicam-se a isso desde o século II, a opinião predominante tendo sido por muito tempo a de Eusébio de Cesareia (quando dizemos "a tradição", é em geral dele que se trata), segundo a qual Mateus foi o primeiro a escrever. Foi somente no século XIX que a exegese alemã estabeleceu a anterioridade de Marcos e a hipótese conhecida como das "duas fontes", que hoje praticamente ninguém contesta.

Segundo essa hipótese, Mateus e Lucas tiveram, um à revelia do outro, acesso ao texto de Marcos, e ambos, cada um de seu lado, o copiaram em grande parte: é a primeira fonte. Mas eles também teriam tido acesso a uma segunda fonte, desconhecida de Marcos, ainda mais antiga que o seu Evangelho e que deve ter se perdido muito cedo. Embora dela não exista nenhum vestígio material, todo mundo admite (enfim, quase todo mundo, mas começo a cansar de escrever "quase" em toda frase), todo mundo então admite que esse documento deve ter existido e sido muito semelhante à reconstituição proposta em 1907 pelo exegeta liberal Adolf von Harnack sob o nome de *Q* — de *Quelle*, que significa "fonte" em alemão.

O princípio que permitiu tal reconstituição é simples: presume-se pertencerem a *Q* todas as passagens comuns a Mateus e Lucas e não provenientes de Marcos. Essas passagens são numerosas e, o que torna a hipótese ainda mais sólida, apresentam-se na mesma ordem nos dois Evangelhos. Mas, dirão, se os dois usaram as mesmas duas fontes, e na mesma ordem, seus textos não deveriam ser idênticos? Não, pois cada um tinha, além disso, uma terceira fonte, exclusiva de cada um. Essa terceira fonte, o exegeta alemão confere-lhe um nome, que já mencionei e me agrada muito: seu *Sondergut*, isto é, seu "bem próprio". Para resumir, e grosso modo, podemos dizer que o Evangelho de Lucas é composto de metade de Marcos, um quarto de *Q* e um quarto de *Sondergut*.

Pronto: vocês já sabem o que é preciso saber sobre *Q*.

Esse Evangelho de antes dos Evangelhos devia servir de lembrete para os missionários judeus-cristãos da Palestina e da Síria — como Filipe, por cujo intermédio Lucas deve ter tido acesso a ele. Ele se apresenta como uma compilação de meras dez páginas, duzentos e cinquenta versículos, e a primeira coisa que impressiona quando o lemos é que nove décimos desses duzentos e cinquenta versículos não são narrativas, mas *palavras* de Jesus. No início deste livro, eu escrevia: "Ninguém jamais saberá quem era Jesus nem, ao contrário de Paulo, o que ele disse efetivamente". Reitero. Convém resistir à tentação de ler esse documento virtual, resultante de uma hipótese filológica, como uma transcrição *verbatim*. Em nenhum outro lugar, entretanto, estamos mais próximos da origem. Em nenhum outro lugar ouvimos mais distintamente *sua voz*.

Escutem.

35

Erguendo os olhos para aqueles que o seguem, ele diz:

Bem-aventurados vós, os pobres, pois o reino de Deus vos pertence.

Bem-aventurados vós que tendes fome, pois sereis saciados.

Bem-aventurados vós que estais de luto, pois sereis consolados.

Amai os que não vos amam. Orai pelos que vos maltratam.

Se alguém te esbofetear numa face, oferece a outra. Se alguém arrastá-lo à justiça e exigir tua camisa, dá-lhe também teu casaco.

Se te pedirem, dá. Se te tomarem dinheiro emprestado, não pede que te reembolsem.

Se amas os que te amam, onde está o teu mérito? Se emprestas esperando que te reembolsem, o que mais queres?

Não julgues, para não seres julgado. Serás julgado pela régua com que julgaste. Medido com a régua que usaste para medir os outros.

Vês um argueiro no olho de teu irmão. Mas e a trave no teu, tu a vês? E pretendes retirar o argueiro do olho dele. Retira primeiro a trave do teu.

Uma boa árvore não produz maus frutos, um mau não produz bons. É pelos frutos que julgamos a árvore.

Por que clamais: "Senhor! Senhor!" e não fazeis o que digo?

Escutar minhas palavras e colocá-las em prática é construir sobre a pedra: o vento pode soprar, a chuva, cair, a casa resistirá. Escutá-las sem colocá-las em prática é construir sobre a areia: a chuva cai, os rios transbordam, o vento sopra, tudo desmorona.

Digo-vos: pedi e vos será dado. Procurai e encontrareis. Batei e abrirão. Quem pede recebe, quem procura acha, quem bate tem a porta aberta. Quem dentre vós, se seu filho lhe pede pão, é suficientemente mau para lhe dar uma pedra? Sois maus, mas sois assim mesmo capazes de dar presentes a vossos filhos. Então pedi o que o Pai, que é bom, dá a seus filhos que pedem.

Agradeço-te, pai, por ter escondido essas coisas dos sábios e tê-las revelado aos miúdos.

Quem não está comigo está contra mim. Quem não se junta a mim se dispersa.

Ai de vós, sábios, que pagais escrupulosamente todas as taxas, sobre a hortelã, sobre o aneto, sobre o cominho, e que desprezais a justiça, a devoção, a fidelidade. Vós purificais a taça, purificais o prato, mas no interior transbordais de rapacidade e avidez. Ai de vós, que fabricais fardos e os colocais nos ombros das pessoas sem erguer o dedo mínimo para carregá-los vós mesmos.

Não acumuleis tesouros sobre a terra. As traças e a ferrugem os roerão, os ladrões os roubarão. Acumulai-os antes no céu. Lá onde está teu tesouro, também está teu coração.

É por isso que vos digo: não vos preocupeis com o que comeis ou com as roupas que vestis. Olhai os pássaros. Eles não semeiam, não colhem, não acumulam, no entanto Deus os alimenta. Será que não valeis mais que os pássaros? Parai de vos inquietar dizendo: o que vamos comer? O que vamos beber? Com que vamos nos cobrir? São preocupações de gentios. Vosso pai sabe muito bem que precisais de todas essas coisas. Procurai seu reino, elas vos serão dadas como algo a mais.

Com que comparar esse reino? Com um grão de mostarda minúscula que um homem lançou em sua horta. Ele germina sorrateiramente, sem que ninguém o veja, e depois cresce, um dia vira uma grande árvore e os pássaros do céu fazem ninho em seus galhos.

Vós me perguntais: mas esse reino, quando ele virá? Não podeis apreendê-lo, não podeis dizer: ei-lo! Aqui está! Ele está junto a vós. Está em vós. Para nele entrar, é preciso passar por uma porta estreita.

Os últimos serão primeiros, os primeiros serão últimos. Aquele que é exaltado será humilhado, o humilhado será exaltado.

* * *

Vigiai. Se fosse possível saber quando o ladrão vem, ninguém se deixaria roubar. O reino é como um ladrão, ele vem quando menos se espera. Permanecei acordados.

Um pastor que tem cem ovelhas e uma delas se perde, não deixa ele as outras noventa e nove para ir procurá-la? E se a encontra, não terá uma alegria maior com ela do que com as noventa e nove que não se perderam?

36

Traduzi livremente, escolhendo o que, hoje, posso aproveitar. E esse pequeno *digest* evangélico me parece sempre justificar as palavras dos guardas que vieram prender Jesus: "Jamais um homem falou assim".

Ele não se diz o Cristo, nem o Messias, nem o Filho de Deus, nem o de uma virgem. Apenas "o Filho do Homem" — e essa expressão, que, traduzida em grego, depois em qualquer outra língua, parece aureolada de mistério, os biblistas nos ensinam que em aramaico significava simplesmente "o homem". O que fala em *Q* é um homem, nada além de um homem, que nunca nos pede para *crer* nele, tão somente colocar em prática suas palavras.

Vamos supor que Paulo não existiu, tampouco o cristianismo, e que só resta de Jesus, o pregador galileu dos tempos de Tibério, essa pequena compilação. Imaginemos que ela tenha sido acrescentada à Bíblia hebraica como um profeta tardio ou que tenha sido descoberta dois mil anos mais tarde entre os Manuscritos do Mar Morto. Penso que ficaríamos perplexos ante sua originalidade, sua poesia, seu tom de autoridade e evidência, e que, independentemente de qualquer igreja, ela teria um lugar entre os grandes textos sapienciais da humanidade, ao lado das palavras de Buda e Lao-Tsé.

Será possível que foi lido assim, e somente assim? Do fato de não constarem de *Q* nem a vida nem a morte de Jesus, mas apenas seu ensinamento, o exegeta que apresenta minha edição conclui temerariamente que, nos primeiros círculos judaico-cristãos, ele era venerado por ser um sábio e não por haver ressuscitado. Essa tese não me convence. Não creio que os estudiosos de Q ignorassem a ressurreição de Jesus ou se preocupassem pouco com ela, tenho certeza, ao contrário, de que o liam ou escutavam *porque* acreditavam na ressurreição. Mas não seria preciso me estimular muito para eu declarar que, mesmo sem acreditar, podemos extrair dessa compilação o que o apologista Justino, no século II, chamava de "a única filosofia segura e proveitosa". Que, se existe uma bússola para eventualmente sabermos se estamos no caminho certo ou errado, é esta.

37

A cena se passa em Jerusalém ou Cesareia. Lucas tem nas mãos o rolo de papiro que Filipe lhe emprestou recomendando-lhe cuidado porque só dispõe de um exemplar. Digo Filipe, poderia ser outro, basta sabermos não se tratar de João Marcos, uma vez que o rolo contém tudo que não encontraremos em seu Evangelho. Lucas decifra aquelas palavras. Pela primeira vez, expõe-se à sua radiação.

No que se refere ao seu sentido, não há motivos para sentir-se desamparado. Ele convive com Paulo há dez anos, é apaixonado pela inversão sistemática de todos os valores: sabedoria e loucura, força e fraqueza, grandeza e pequenez. Pode ouvir sem pestanejar que é preferível ser pobre, faminto, sofrer e ser odiado por todos a ser rico, bem-nutrido, pândego e com boa reputação. Nada disso é novidade para ele. O que é novidade para ele, mas então novidade absoluta, é a voz, o fraseado, que não se parecem com nada do que ele conhece. São as peripécias, captadas na realidade mais concreta — uma realidade provinciana, ao passo que Paulo e ele, Lucas, são homens urbanos que nem desconfiam o que é um grão de mostarda ou como se comporta um pastor com suas ovelhas. Bem como esta maneira tão singular de não dizer "Fazei isto, não façais aquilo", e sim "Se fizerdes isso, acontecerá aquilo". Não são receitas morais, mas leis da vida, leis cármicas, e naturalmente Lucas não sabe o que o *carma* significa, mas tenho certeza de que, intuitivamente, percebe a enorme diferença que há entre dizer "Não faz ao outro o que não gostarias que ele te fizesse" (esta é a regra de ouro, aquela a cujo respeito o rabino Hillel dizia que resumia a Lei e os Profetas) e dizer "O que fazes ao outro, faze-o a ti mesmo". O que dizes de um outro, dize-o de ti mesmo. Chamar alguém de babaca é dizer "Sou um babaca", escrever isso numa tabuleta e pendurá-la na testa.

O Evangelho de Lucas e os Atos dos Apóstolos são escritos exatamente da mesma forma — na mesma língua, com os mesmos procedimentos narrativos. É uma das inúmeras razões que levam a pensar serem do mesmo autor. Mas não há nada de comum entre as palavras de Jesus no primeiro livro e nos discursos que, no segundo, os personagens aproveitam toda e qualquer oportunidade para pronunciar. Longos, retóricos, intercambiáveis, esses discursos são compostos por Lucas, que julga agir corretamente e adora apologias. Josefo e todos os historiadores da época escreviam dessa forma. O que Jesus diz é o oposto: natural, lapidar, ao mesmo tempo absolutamente imprevisível e absolutamente identificável. Sua maneira de manejar a linguagem não tem equivalente histórico. É uma espécie de hápax, que, para quem tem um ouvido minimamente bom, proíbe duvidar que aquele homem existiu e falou dessa forma.

38

O homem que fala no rolo fala o tempo todo do Reino. Compara-o a uma semente que germina na terra, no escuro, à revelia de todos, mas também a uma árvore imensa na qual os pássaros fazem seus ninhos. O Reino é ao mesmo tempo a árvore e a semente, o que deve advir e o que já está aqui. Não é um além, é antes uma dimensão da realidade que geralmente permanece invisível para nós, mas que, vez por outra, misteriosamente, aflora, e nessa dimensão talvez faça sentido acreditar, contra todas as evidências, que os últimos serão primeiros e vice-versa.

Suponho que isso era o que mais tocava Lucas. Pobres, humilhados, samaritanos, pequenos de todos os tipos de pequenez, gente que não se considerava grandes coisas: o Reino é deles, e o maior obstáculo para entrar lá é ser rico, importante, virtuoso, inteligente e orgulhoso de sua inteligência.

Dois homens estão no Templo: um fariseu e um publicano — publicano, lembro, significa coletor de impostos, isto é, colaboracionista, o que equivale a escória e até mesmo cafajeste. O fariseu, em pé, reza assim: "Ó Deus, eu te dou graças porque não sou como o resto dos homens, ladrões, injustos, adúlteros, nem como este publicano. Eu jejuo duas vezes por semana, estou quite com o dízimo, estou quite com tudo". Um pouco atrás, o publicano sequer ousa erguer os olhos para o céu. Bate no peito e diz: "Meu Deus, tende piedade de mim, pecador". Pois bem, conclui Jesus, é este, não o outro, cuja oração vale alguma coisa, pois aquele que se exalta será humilhado e o que se humilha será exaltado.

Um moço rico vai ao encontro de Jesus. Quer saber o que fazer para conseguir a vida eterna. "Conheces os mandamentos: não cometas adultério, não mates, não roubes, não levantes falso testemunho; honra teu pai e tua mãe." Ele disse: "Tudo isso tenho guardado desde a minha juventude". Ouvindo, Jesus disse-lhe: "Uma coisa ainda te falta. Vende tudo o que tens, distribui aos pobres e terás um tesouro nos céus". Ouvindo isso, o rapaz é invadido pela tristeza, pois era muito rico. Vai embora.

Diante dessas histórias que Lucas escreverá mais tarde, pergunto-me com quem ele se identificava. Com o publicano ou com o fariseu? Será que se via como um pobre, que se alegrava ao receber a boa-nova? Ou como um rico, a quem ela punha em alerta?

Não faço ideia, aqui só posso falar de mim.

Me identifico com o homem rico. Tenho muitos bens. Durante muito tempo fui tão infeliz que sequer tinha consciência disso. O fato de ter crescido no lado mais favorecido da sociedade, dotado de um talento que me permitiu levar minha vida praticamente do meu jeito, me parecia insignificante comparado à angustia, à raposa ocupada dia e noite em me devorar as entranhas, à impotência de amar. Eu vivia no inferno, de verdade, e era com sinceridade que me enfurecia quando me criticavam por ter nascido em berço de ouro. Então, alguma coisa mudou. Bato na madeira, não quero tentar o diabo, sei que nada é garantido e que a qualquer instante podemos mergulhar novamente no inferno, mas de todo modo a experiência me ensinou que sair da neurose é possível. Conheci Hélène, escrevi *Um romance russo*, que foi minha volta por cima. Dois anos mais tarde, quando foi publicado *Outras vidas que não a minha*, diversos leitores me disseram que o livro os fizera chorar, que os ajudara, que lhes fizera bem, mas houve também quem me dissesse outra coisa: que, no caso deles, lhes fizera mal. Por esse livro só passam casais — Jérôme e Delphine, Ruth e Tom, Patrice e Juliette, Étienne e Nathalie, *in extremis* Hélène e eu — que, a despeito das terríveis provações que padecem, se amam de verdade e podem contar com isso. Uma amiga me falou, com amargura: é um livro transbordante de amor, quer dizer, simplesmente transbordante. Ela tinha razão.

Acabo de reler atropeladamente os cadernos que completei após começar a escrever sobre Lucas e os primeiros cristãos. Encontrei neles esta frase, copiada de um apócrifo copta do século II: "Se fizeres advir o que está em ti, farás advir o que te salvará. Se não fizeres advir o que está em ti, o que não terás feito advir te matará". Não é tão conhecida quanto a de Nietzsche: "O que não nos mata nos fortalece" ou a de Hölderlin: "Ali onde medra o perigo medra também o que salva", mas mereceria, penso, juntar-se a elas nos livros de autoajuda mais sofisticados, o certo é que a copiei para me parabenizar por fazer advir o que está em mim. De maneira geral, todas as vezes que nos últimos sete anos paro a fim de fazer um balanço é para me parabenizar por ter me tornado, contra todas as expectativas, um homem feliz. É para me maravilhar frente ao que já realizei, imaginar o que ainda irei realizar, repetir comigo que estou no caminho certo. Grande parte de meus devaneios segue essa vertente — e a eles me abandono invocando a regra fundamental tanto da meditação como da psicanálise: consentir pensar o que pensamos, ser atravessado pelo que nos atravessa. Não ficar remoendo: isso é bom, isso é ruim, mas: isso é, e no que é devo me estabelecer.

Entretanto, uma vozinha persistente vem regularmente atrapalhar esses concertos de autossatisfação farisaica. Essa vozinha diz que as riquezas que me deleitam, a sabedoria de que me vanglorio, a esperança confiante que sinto de estar no bom caminho, é tudo isso justamente que impede a realização verdadeira. Eu não paro de ganhar, ao passo que para ganhar de verdade seria preciso perder. Sou rico, talentoso, enaltecido, merecedor e consciente desse mérito: por tudo isso, ai de mim!

Quando essa vozinha se faz ouvir, as da psicanálise e da meditação tentam encobri-la: nada de masoquismo, nada de culpa vazia. Nada de se flagelar. Começar por ser indulgente consigo mesmo. Tudo isso é mais *cool* e me agrada mais. Ainda assim, creio que a vozinha do Evangelho diz a verdade. E, qual o moço rico, eu me vou pensativo e triste porque possuo um grande patrimônio.

Este livro que escrevo sobre o Evangelho faz parte dele, de meu grande patrimônio. Sinto-me rico diante de sua amplitude, imagino-o como a minha obra-prima, sonho para ele um sucesso planetário. Bezerros, vacas, porcos… Então penso no casaco da sra. Daniel-Rops.

Daniel-Rops, um acadêmico católico, escreveu nos anos 1950 um livro sobre Jesus que foi um prodigioso sucesso de vendas. Sua mulher, na chapelaria do teatro, vê-se ao lado de François Mauriac. Entregam-lhe seu casaco — um suntuoso visom. Mauriac apalpa a pele e esganiça: "Doce Jesus…".

39

Seria injusto de minha parte me queixar, ninguém me forçou a isso, mas dos anos que passei escrevendo *O adversário* guardo a lembrança de um longo e lento pesadelo. Eu sentia vergonha de estar fascinado por aquela história e por aquele monstro criminoso, Jean-Claude Romand. Com o recuo, tenho a impressão de que partilho, sim, com ele aquilo que tanto me apavorava partilhar, nós o partilhamos, ele e eu, com a maioria das pessoas, ainda que, felizmente, a maioria das pessoas não chegue ao extremo de mentir durante vinte anos e termine matando toda a família. Mesmo os mais seguros dentre nós, penso, percebem com angústia a discrepância entre a imagem que bem ou mal tentamos transmitir ao outro e aquela que temos de nós mesmos, na insônia e na depressão, quando tudo vacila e agarramos a cabeça com as mãos, sentados no vaso. Há, dentro de cada um de nós, uma janela que dá para o inferno, fazemos todo o possível para não nos aproximar dela, e, no que se refere a mim, passei, por livre e espontânea vontade, sete anos da minha vida diante dessa janela, petrificado.

O Adversário é um dos nomes que a Bíblia dá ao diabo. Nunca pensei, ao dar esse título ao meu livro, que ele se aplicasse ao desafortunado Jean-Claude Romand, e sim a essa instância que existe nele como em cada um de nós, salvo que, nele, ela conquistou todo o poder. Temos o hábito de associar o Mal à crueldade, ao desejo de prejudicar, ao prazer experimentado em ver o outro sofrer. Nada disso em Romand, que na opinião de todos era um homem de bem, querendo agradar, temendo magoar e temendo com tanta intensidade que preferiu matar toda a família a chegar a tal extremo. Na prisão, converteu-se. Passava e, até onde sei, continua a passar grande parte do seu tempo a rezar. Agradece a Cristo por ter irrigado de luz sua alma trevosa. Quando começamos a nos corresponder, ele me perguntou se eu também era cristão, e respondi que sim. Me arrependi algumas vezes por ter dado essa resposta, porque na época eu poderia muito bem ter respondido não. Dois anos haviam transcorrido desde o fim do que designo intimamente como a "minha fase cristã", eu já não sabia mais em que pé eu estava nesse domínio e foi um pouquinho para cair em suas boas graças que, entre o sim e o não, escolhi o sim.

Um pouquinho; mas não só.

* * *

Sua neurose, o vazio que se escavou dentro dele, todas essas forças negras e tristes que designo como o Adversário induziram Jean-Claude Romand a mentir a vida inteira, aos outros e, em primeiro lugar, a si mesmo. Os outros, ele liquidou, pelo menos os que contavam: mulher, filhos, pais e cachorro. Sua mentira foi desmascarada. Quis se suicidar, sem muita convicção. Sobreviveu, sozinho e nu, num deserto hostil. Encontrou, contudo, um refúgio, o amor a Cristo, que nunca escondeu ter vindo para pessoas como ele: coletores de impostos colaboracionistas, psicopatas, pedófilos, atropeladores que fogem, gente que fala sozinha na rua, alcoólatras, mendigos, skinheads capazes de incendiar um mendigo, carrascos de crianças, crianças mártires que, adultas, martirizam por sua vez os filhos... Sei, é escandaloso misturar carrascos e vítimas, mas é essencial ouvir que as ovelhas de Cristo são uns e outros, carrascos e vítimas — e ninguém, se isso o desagrada, o obriga a escutar Cristo. Seus clientes não são apenas os humildes — tão dignos de estima, cujo exemplo apreciamos dar —, mas também, e acima de tudo, aqueles a quem se odeia e despreza, os que se odeiam e desprezam a si mesmos, e que têm boas razões para isso. Com Cristo, pode-se ter matado toda a família, pode-se ter sido o último dos crápulas, nada está perdido. Por mais baixo que se tenha caído, ele virá nos buscar, ou então não é Cristo.

A sabedoria do mundo diz: isso é muito cômodo. Um sujeito como Romand, que afirma ser médico quando não é, termina fatalmente por ser desmascarado. Um sujeito, ainda como Romand, que afirma conversar de igual para igual com o Senhor Jesus, vá lá provar a ele que ele está inventando histórias da carochinha. Tal mentira, caso se trate disso — e os psiquiatras, jornalistas e pessoas honestas têm todo o direito de pensar assim —, é uma fortaleza inexpugnável. Ninguém conseguirá desentocá-lo de lá. Pegou prisão perpétua, tudo bem, porém está fora de alcance.

Ouvi muito isso, durante e depois do julgamento de Romand. Era dito com indignação, ironia, asco, e juro que eu não tinha nada a objetar. A não ser isto: o que a sabedoria do mundo e as pessoas honestas dizem a respeito de Romand, ele também diz para si. Ele sente um medo horrível, constante, não de mentir para nós, penso que este deixou de ser seu problema, mas de mentir para si mesmo. De ser mais uma vez o joguete daquilo que mente no fundo dele mesmo, que sempre mentiu, que eu chamo de o Adversário e que agora assume o rosto de Cristo.

Então aquilo que chamo ser cristão, o que me fez lhe responder que sim, que eu era cristão, consiste simplesmente, diante da dúvida abissal que é a sua, em dizer: quem sabe? O que, no sentido estrito, consiste em ser agnóstico. Em reconhecer que não sabemos, que não podemos saber, e, porque não podemos saber, porque isso é irrespondível, em não descartar totalmente a possibilidade de que no fundo de sua alma Jean-Claude Romand esteja às voltas com outra coisa que não o mentiroso que o habita. Essa possiblidade é o que designamos como Cristo, e não foi por diplomacia que eu disse que acreditava nele, ou tentava acreditar. Se Cristo é isso, posso inclusive dizer que sempre acreditei.

IV. LUCAS
Roma, 60-90

I

Passam dois anos, esses dois anos sobre os quais nada sabemos e que procurei imaginar. Lucas retoma sua narrativa no mês de agosto de 60, quando o governador Félix é substituído por outro governador, Pórcio Festo. Na maçaroca de processos que este encontra ao assumir suas funções, acha-se o de Paulo, aquele rabino em prisão domiciliar, alojado numa ala remota do palácio em razão "de certas questões sobre sua própria religião e a respeito de certo Jesus, já morto, e que Paulo afirma estar vivo". Festo dá de ombros: não parece caso de forca, mas lhe explicam que aquele é um assunto dos judeus e que entre os judeus tudo é complicado, a mais ínfima discussão pode virar um motim. De um lado, os sumos sacerdotes exigem a cabeça de Paulo e, para obter a paz, é preferível dissuadir os sumos sacerdotes, de outro, Paulo reivindica nada menos que o julgamento imperial, ao qual, na condição de cidadão romano, tem legalmente direito. Em suma, um caso enrolado que Félix, calculadamente, deixou na geladeira para que terminasse nas mãos de seu sucessor.

Alguns dias após sua chegada, o reizote da Judeia, Herodes Agripa, e sua mulher, Berenice, fazem uma visita ao novo governador. O fato de o soberano local ter ido se apresentar ao emissário de Roma, e não o contrário, diz claramente onde está o poder. Bisneto do opulento e cruel Herodes, o Grande, Agripa é um playboy judeu totalmente helenizado, romanizado, como os marajás que estudavam em Cambridge no tempo do raj. Na mocidade, caiu na gandaia em Capri com o imperador Calígula. De volta ao país, entedia-se um pouco. Berenice é bonita e inteligente. Vive com o irmão, dizem que partilha seu leito. Conversa vai, conversa vem, Festo comenta sobre o problema que Paulo representa. Agripa fica intrigado. "Eu também quisera ouvir esse homem." Não seja por isso: mandam chamar Paulo, que aparece entre dois soldados, acorrentado, e não se faz de rogado em, mais uma vez, desfiar sua história. É a terceira versão fornecida pelos Atos, Lucas visivelmente não se cansa. Como de hábito, os ouvintes se deixam arrebatar pela fúria persecutória de Paulo, pela estrada de Damasco, pela grande guinada, mas recuam diante da ressurreição. Quando ele chega nesse ponto, Festo o interrompe: "Estás louco, Paulo: teu enorme saber levou-te à loucura". Paulo porém retrucou: "Não estou louco, excelentíssimo Festo, são palavras de verdade e bom senso que profiro". (De verdade, talvez; de bom senso, talvez nem tanto.) Volta-se para Agripa: "Crês nos profetas, rei Agripa?". Subentendido: se crês neles, o que te impede de crer no que eu estou dizendo? Divertido, Agripa responde: "Mais um pouco e, por teus raciocínios, fazes de mim um cristão!". Paulo, na lata: "Eu pediria a Deus que por pouco ou por muito não só tu, mas todos os que me escutam hoje, vos tornásseis tais como eu sou, com exceção destas correntes!". Ha, ha, ha!

Conversa de gente afável, tolerante, espirituosa, da qual Agripa conclui a mesma coisa que Festo: nada de grave a ser censurado a Paulo. Se ele não tivesse metido na cabeça recorrer ao imperador, o mais simples seria libertá-lo discretamente. Mas ele recorreu a César. Bom proveito para ele, diz Agripa, com um ar cético, pois em matéria de césares, conviveu com três, cortejou os três, sendo que, com o último deles, cultivou o puxa-saquismo a ponto de batizar de "Neroníada" uma cidade de seu pequeno reino. Paulo quer ser julgado em Roma, que seja julgado em Roma.

Para os aficionados por crônicas marítimas, do tipo *Dois anos ao pé do mastro*, o capítulo seguinte é certamente um prato cheio: cabotagem, depois alto-mar, tempestade, naufrágio, invernada em Malta, revolta da tripulação, fome e sede... A mim isso cansa, limito-me portanto a registrar que a viagem foi longa e perigosa, que nela Paulo deu provas de uma coragem igual à sua pretensão de ensinar navegação a marujos calejados, e Lucas, de um conhecimento impressionante do vocabulário náutico. Há velames, âncoras deslizando, remos de popa abandonados, vem à baila inclusive uma cevadeira — que a TEB me ensina ser uma pequena vela aparelhada na proa do navio, ancestral da bujarrona, salvo que a bujarrona é triangular e a cevadeira era quadrada.

No capítulo das vidas paralelas, observemos também que no mesmo momento o aristocrata saduceu Josef ben Mathias, que ainda não se chamava Flávio Josefo, fez a mesma viagem, da qual nos fornece um relato quase tão movimentado. Josefo, porém, deve ter viajado em condições mais confortáveis do que Paulo, pois não era prisioneiro e sim diplomata, ou melhor, lobista, à frente de uma delegação de sacerdotes do Templo em viagem a Roma para defender seus interesses corporativos junto ao imperador Nero.

2

Em virtude da sequência dos fatos, isso quase nunca nos ocorre, mas Nero realmente causou boa impressão quando se viu investido da púrpura imperial, após Tibério, que era paranoico, Calígula, que era simplesmente louco, e Cláudio, que era gago, alcoólatra, corno e subjugado por mulheres cujos nomes subsistem na história associados à depravação — caso de Messalina — e à conspiração — o de Agripina. Uma vez livre de Cláudio graças a um prato de cogumelos envenenados, Agripina manobrou para afastar da sucessão o herdeiro legítimo, Britânico, em prol de seu próprio filho: este era Nero, que tinha apenas dezessete anos e por cujo intermédio ela pretendia reinar. Para ajudá-la nisso, mandou chamar da Córsega, onde, desprestigiado por Cláudio, acabrunhava-se havia oito anos, alguém com quem já cruzamos: o célebre Sêneca, voz oficial do estoicismo, banqueiro riquíssimo, político ambicioso e desencantado, que efetuou seu grande retorno à vida pública no papel de preceptor e eminência parda do jovem príncipe. Foi assim que, em seus primórdios, Nero desfrutou da reputação de filósofo e filantropo. Suas palavras ao assinar sua primeira sentença de morte ficaram registradas: "Quem dera eu não soubesse escrever…". Mais que de filosofia, na verdade, Nero gostava das artes: poesia e canto, além do circo. Começou a subir ao palco para declamar versos de sua lavra, acompanhando-se à lira, e a descer à arena para conduzir carros. O que chocava o Senado, mas agradava a plebe. De toda a dinastia júlio-claudiana, Nero foi o imperador mais popular e, quando tomou consciência disso, o rapaz bochechudo e dissimulado, que a mãe pretendia controlar até o fim da vida, começou a se emancipar. Isso a inquietou. Para chamá-lo à ordem, retirou dos bastidores o enteado que ela própria havia descartado, Britânico. Ameaçado pela mãe, Nero fez exatamente o que a mãe teria feito em seu lugar: Britânico, assim como Cláudio, morreu envenenado. Na peça eivada de perfídia que extrairá do episódio, Racine, que como todos os clássicos franceses cresceu no culto a Sêneca, omitiu o papel do filósofo-preceptor e, de fato, ninguém sabe se ele tinha ou não ciência do complô. Em contrapartida, sabe-se que, depois do assassinato de Britânico, Sêneca, impassível, continuou a elogiar as virtudes de seu aluno, sua clemência e sua brandura — isso para não falar, ele escreve num panegírico especialmente ardoroso, da graça do rosto e da suavidade do canto, que não ficam nada a dever ao próprio Apolo.

Logo será a vez de Sêneca ser defenestrado e Agripina, assassinada, em circunstâncias que, como tudo que se refere a este capítulo, conhecemos graças aos dois grandes historiadores da época, Tácito e Suetônio. Ainda não chegamos a esse ponto, não completamente, quando Josefo e sua delegação de sacerdotes judeus se apresentam à corte imperial. Nero ainda é o "monstro incipiente" que Racine quis descrever. Ainda não se desvencilhou de sua mãe nem de seu mentor, mas aos poucos se liberta. Troca Otávia, filha de Cláudio, que Agripina o fez esposar no intuito de apertar mais ainda esse garrote familiar de cascavéis, por uma cortesã chamada Popeia. Quinze séculos mais tarde, Monteverdi fará dela a heroína da ópera mais amoral e explicitamente erótica de toda a música ocidental. Popeia devia ser um vulcão de erotismo, mas o que nos interessa aqui acima de tudo é que era judia — ou metade judia, ou pelo menos prosélita. O mímico favorito de Nero também era judeu, e os velhos senadores romanos alarmavam-se com essa dupla influência sobre o imperador. Assim como o satirista Juvenal, versão romana desse personagem universal que é o reacionário sedutor, cáustico e talentoso, eles deploravam que a lama do Oriente despejasse no Tibre — entendam que a cidade eterna pulula de imigrantes orientais cujas religiões, dinâmicas e sedutoras, faziam mais sucesso junto às gerações mais novas do que a celebração exangue dos deuses da cidade. A ideia que Nero fazia do judaísmo devia ser confusa: se lhe tivessem dito que o costume durante o Shabat era sacrificar jovens virgens, penso que teria acreditado e aprovado tal costume. Seja como for: durante sua missão diplomática, Josefo, que planejara se mostrar mais romano que os romanos em Roma, teve a surpresa quase constrangida de topar com um imperador amigo dos judeus — quando não, para falar como os antissemitas de outra época, pura e simplesmente *judeizado*.

Desses costumes e veleidades imperiais, Paulo, naturalmente, está por fora. Vivendo no mundinho fechado de suas igrejas, mal deve saber que César se chama Nero. Como Josefo, ele desembarca em Puteóli, perto de Nápoles, só que Josefo o faz de um camarote de primeira classe e ele, dos porões, e, enquanto o lobby dos sumos sacerdotes marcha para Roma em grande estilo, ele vai não só a pé, como é de seu feitio, mas além de tudo acorrentado. Num filme, não resistiríamos à tentação de mostrar as rodas do comboio oficial levantando e respingando barro numa coluna de detentos — entre os quais reconhecemos Paulo. Barbudo, rosto enrugado, vestindo o mesmo casaco encardido nos últimos seis meses, ele levanta a cabeça e acompanha com os olhos o cortejo que se afasta. Reconhecemos também, caminhando com ele, Lucas, Timóteo e, com uma corrente de aproximadamente um metro prendendo seu pulso direito ao esquerdo do apóstolo, o centurião encarregado de escoltá-lo desde Cesareia. Esse centurião é um pouquinho mais que um figurante. Os Atos nos informam chamar-se Júlio, o qual, tendo se afeiçoado ao prisioneiro durante a viagem, fez de tudo para lhe facilitar a vida

— o que era de seu interesse, uma vez que não podiam se afastar um do outro sequer para mijar.

É junto com esse comboio que chegamos a Roma.

3

Em sua *Vida cotidiana em Roma no apogeu do Império*, Jérôme Carcopino especula sobre a população da cidade no século I e, após dedicar três longas páginas a expor, opor, finalmente demolir as estimativas de seus colegas, termina, desculpando-se pela imprecisão, por sugerir um número "oscilando entre 1 165 050 e 1 677 672 habitantes". Quer a verdade se situe na parte superior ou inferior desse espantoso espectro, Roma era a maior cidade do mundo: uma metrópole moderna, verdadeira torre de Babel, e, quando falamos torre, é preciso entender isso literalmente, pois, sob a pressão ininterrupta desses imigrantes, cujo número e costumes consternavam Juvenal, ela fora a única, na Antiguidade, a crescer na vertical. Tito Lívio conta a história de um touro que, escapando da feira de animais, subiu as escadas de um prédio até o terceiro andar, antes de se lançar no vazio, para grande pavor dos moradores: esse terceiro andar, ele o menciona sem ponto de exclamação, como uma coisa óbvia, ao passo que em qualquer outro lugar fora de Roma soaria como ficção científica. No último século, a altura dos prédios havia subido de tal forma, e estes haviam se tornado tão pouco seguros, que o imperador Augusto viu-se obrigado a proibir que ultrapassassem *oito* andares — decreto que os construtores empenhavam-se em burlar por todos os meios.

Se conto isso é para que, ao lermos nos Atos que Paulo foi autorizado a alugar um pequeno apartamento quando chegou a Roma, imaginemos esse pequeno apartamento não como uma das biroscas que ele sempre ocupara nas medinas mediterrânicas, e sim um conjugado ou sala e quarto num desses caixotes que hoje conhecemos de cor, onde pobres e imigrantes ilegais se espremem na periferia das cidades: degradados tão logo construídos, insalubres, explorados vorazmente por donos de cortiços, com paredes finas feito papel para não desperdiçar espaço e escadas em que se mija e caga sem que ninguém limpe. Latrinas de verdade só havia nas belas residências térreas dos ricos, ficavam numa espécie de salão, suntuosamente decorados, dotados de um círculo de assentos que permitiam aliviar-se e levar um papo ao mesmo tempo. Os remediados que moravam em casas de cômodos deviam se contentar com latrinas públicas, e as latrinas públicas eram distantes, as ruas, quando caía a noite, perigosas: antes de sair para jantar, diz o mesmo Juvenal, recomendava-se deixar um testamento.

Paulo não fazia questão de conforto, era tudo menos um hedonista. Sem se deixar abater, deve ter estranhado esse novo cenário, que seria o último de sua vida. Penso também que via naquele modo de vida, inimaginável para um recém-chegado, um sinal comprobatório de seu ponto de vista segundo o qual o fim do mundo se aproximava. Na condição de prisioneiro, à espera de julgamento, era obrigado a dividir seu quarto com um soldado encarregado de vigiá-lo. Se esse soldado era tão tolerante quanto o centurião Júlio, Lucas não diz. Tampouco diz onde Timóteo e ele próprio se instalaram. Imagino que não longe do mestre, igualmente no alto de um prédio, pois quanto mais alto mais barato se pagava: havia escadas para subir, era mais perigoso em caso — corriqueiro — de incêndio, e ninguém ainda considerava a vista um privilégio. Para terminar com o panorama imobiliário romano, acrescentemos que, mesmo nas alturas, o barato era muito relativo, e a escalada do preço dos aluguéis, bem como os congestionamentos no trânsito, era um tema recorrente da literatura sob o Império. O poeta Marcial, representante típico da classe média pobre, que morava perto do Quirinal, no terceiro andar de um prédio até que decente, volta e meia reclama que, pelo preço que paga pelo seu pardieiro, poderia viver no campo, num terreninho de causar inveja. Na realidade, nada o impede de fazer isso, mas é em Roma que as coisas acontecem, e, a despeito de seus queixumes, ele não se mudaria de lá por nada no mundo.

Paulo só podia sair à rua acorrentado, mas em seu cubículo podia fazer o que bem lhe aprouvesse, receber quem bem entendesse, e, três dias após sua chegada, convidou, ou melhor, convocou à sua casa os judeus ilustres de Roma. Podemos julgar surpreendente que tenha se voltado primeiramente para eles e não para a igreja cristã, que já existia na capital. A explicação, a meu ver, é que ele tinha mais medo de ser rejeitado por aquela igreja cristã de obediência judaica, prevenida contra ele por emissários de Tiago, do que pelos puramente judeus. O que Lucas narra é um diálogo de surdos. Diante de alguns rabinos atônitos, que subiram seus lanços de escada sem saber direito o que os esperava, Paulo se defende com veemência de acusações das quais seus interlocutores nunca ouviram falar. Estes demonstram boa vontade, balançam a cabeça, gostariam de compreender. A não ser pelo pequeno detalhe de que Paulo prega em sua casa e não na sinagoga, temos a impressão, quando estamos no fim dos Atos, de que esse encontro com os judeus de Roma já havia acontecido no início. Paulo desenvolve sua argumentação de praxe para principiantes, partindo da Lei e dos Profetas e desembocando na ressurreição e divindade de Jesus. Alguns de seus ouvintes balançam, a maioria continua cética. Descida a noite, despedem-se, e eis o que Lucas escreve:

"Paulo ficou dois anos inteiros na moradia que havia alugado. Recebia todos aqueles que vinham visitá-lo, proclamando o Reino de Deus e ensinando o que se refere ao Senhor Jesus Cristo com toda a intrepidez e sem impedimento."

Com essas palavras, chegam ao fim os Atos dos Apóstolos.

4

Esse desfecho abrupto deixa uma impressão estranha. Ele fez correr muita tinta. Ao se perguntarem por que Lucas deixa seu leitor na mão, os exegetas sugerem duas hipóteses: a do acidente e a da intenção.

A hipótese do acidente é que o fim do livro existia, mas se perdeu. Isso é muito possível, ainda mais se pensarmos que o último quarto das cartas de Sêneca a Lucílio, que na mesma época era um verdadeiro best-seller, desapareceu em algum ponto entre os séculos I e V. Por outro lado, é um pouco decepcionante.

A hipótese da intenção é que o texto não está truncado: seu autor *quis* esse fim. Roma, afirmam os defensores dessa hipótese, era o centro do mundo. Para Paulo, estar em Roma era o coroamento de sua carreira apostólica, uma vez alcançado esse objetivo, podemos considerar a história concluída: Paulo ensina com intrepidez e sem impedimento, tudo está bem quando termina bem.

Dado que a continuação imediata da história é o incêndio de Roma, a perseguição de Nero, o provável martírio de Paulo e Pedro, ao que devemos acrescentar seis anos mais tarde a destruição do Templo e a pilhagem de Jerusalém, dado que os Atos foram escritos nos anos 80 ou 90 e que seu autor foi testemunha de todos esses acontecimentos, confesso que me custa um pouco aceitar a explicação segundo a qual ele não tinha mais nada de interessante para contar e preferiu terminar com um clímax.

Uma variante mais sedutora seria que não lhe *apetecia* relatar esses fatos porque eles denegriam Roma. De um lado, porém, ele não podia esperar escondê-los, de outro, os romanos dos anos 80 certamente eram unânimes em considerar o reinado de Nero uma página sombria de sua história, e eles não ficariam melindrados ao verem-nos descritos dessa forma. Então?

Então, não sei. Botando tudo na balança, me inclino antes pela tese do acidente, do manuscrito parcialmente perdido. Agora, se isso é verdade, por que a Igreja do século II ou III não acrescentou um fim a esse texto manifestamente inacabado, como veremos que fez no caso do Evangelho de Marcos? Por que não atribuiu a Lucas um relato superortodoxo, em conformidade com a tradição, dos últimos dias de Pedro e Paulo? Talvez pelas mesmas razões, inspirada pela mesma, e estranha, honestidade textual que fez com que conservasse quatro relatos da vida de Jesus recheados de contradições embaraçosas, em lugar de, nada teria sido mais fácil, unificá-los num único, coerente e homogêneo, em conformidade com os dogmas e concílios. Neste livro, procuro contar como um Evangelho pôde ser escrito. Como se constituiu o cânone, é outra história: e igualmente misteriosa.

5

Se os Atos nos deixam na mão a partir da chegada de Paulo a Roma, um punhado de cartas atribuídas ao apóstolo testemunha esse período. Digo "atribuídas" porque os exegetas discutem tanto sua autenticidade como sua datação — discussão em que prefiro não entrar. Essas "epístolas da prisão", como são conhecidas, impressionam pelo tom místico e crepuscular. Nelas, Paulo se descreve agrilhoado, decrépito, esgotado, desencantado com a triste ilusão que é a vida terrena, não aspirando mais do que a alcançar a outra margem. Em sua carta à igreja de Filipos, assegura que viver ou morrer lhe é indiferente, ou melhor, que morrer, isto é, juntar-se a Cristo, embora lhe fosse mais proveitoso, constituiria tamanha perda para seus discípulos que ele faz uma concessão: vá lá quanto à vida. Um argumento próximo, um pouco adiante, o faz aceitar o dinheiro que os fiéis filipenses lhe enviam, ele faz isso, explica, pelo bem deles: de sua parte, viveria perfeitamente sem aquilo, mas se odiaria se lhes roubasse tal alegria e ensejo de caridade.

É na carta aos filipenses que se encontra o hino que Jacqueline leu para mim há tempos, ainda ouço sua voz ressoar na sala da rua Vaneau e o copio pensando nela. Repito-o em voz baixa, sem ser capaz de convertê-lo em oração, porém pensando que seria bom ouvir em suas palavras um pouco, só um pouquinho, do que ela ouvia:

> *Ele, estando na forma de Deus,*
> *não usou de seu direito de ser tratado como um deus*
> *mas se despojou,*
> *tomando a forma de escravo.*
> *Tornando-se semelhante aos homens*
> *e reconhecido em seu aspecto como um homem*
> *abaixou-se,*
> *tornando-se obediente até a morte,*
> *à morte sobre uma cruz.*
> *Por isso Deus soberanamente o elevou*
> *e lhe conferiu o nome que está acima de todo nome,*
> *a fim de que ao nome de Jesus todo joelho se dobre*

nos céus, sobre a terra e sob a terra,
e que toda língua proclame que o Senhor é Jesus Cristo
para a glória de Deus Pai.

Quando jovem, eu era um inimigo declarado dos pontos de exclamação, das reticências, das maiúsculas a torto e a direito. Isso desolava Jacqueline, que via nesse purismo estético um sintoma de tepidez espiritual: "Com o que você vai louvar o Senhor, meu querido?". Nenhum desses sinais de ênfase existiam na língua que Paulo usava, mas é difícil, e decerto é o que me incomodava e continua a incomodar, não recorrer a eles quando traduzimos suas cartas do fim — tão solenes, tão recheadas de abstrações, tão distantes das fulgurâncias que eletrizam cada linha das cartas aos gálatas ou aos coríntios.

A carta aos colossenses e a carta aos efésios tratam exclusivamente de coisas como o mistério de Sua Vontade, o louvor de Sua Graça, o Desígnio benevolente que Ele formou antecipadamente para realizá-lo quando os Tempos se consumarem. "Ele", está na cara, é Deus, e Paulo reza dia e noite para que Ele se disponha a fazer seus correspondentes vislumbrarem a esperança que Seu chamado lhes oferece, os tesouros de glória que Sua herança encerra, a grandeza de que Seu poder se reveste... Ele fez esse poder operar em Cristo, ressuscitando-O dos mortos e fazendo-O assentar à Sua direita, nos céus, bem acima de qualquer Principado e Soberania, pois Ele pôs tudo debaixo dos pés de Jesus, que é a Cabeça da Igreja, que é o seu Corpo, e nós, que professamos a fé, somos seus membros. Ele subiu, interroga-se Paulo: o que isso quer dizer? Senão que Ele desceu? E por que Ele desceu? Para habitar em nossos corações e nos permitir compreender o que são a Largura, o Comprimento, a Altura e a Profundidade, a fim de que conheçamos o Amor que supera todo conhecimento e que, nos mantendo de pé, com a Verdade como cinturão, a Justiça como couraça e como calçados o Zelo em propagar o Evangelho, alcancemos toda a Plenitude de Deus.

Quanto mais Paulo avança em idade, mais sua pregação ganha esse tom grandiloquente. Ele nunca se referira a Jesus como o mestre de vida cujas palavras Lucas pusera-se a ler às escondidas. Referir-se a ele como o Messias era coisa exclusiva dos judeus, e, com os judeus, ainda que estivessem a priori implicados, terminava-se infalivelmente por discutir a respeito da circuncisão. Já um deus assumir aspecto humano para visitar a terra, isso não desconcertava os pagãos. A encarnação, o deus feito homem, blasfêmias para os judeus, constituíam um mito plenamente aceitável para os provincianos da Ásia ou da Macedônia, a quem Paulo, até o fim, dirigiu-se prioritariamente. Visando a esse público, seu Cristo tornava-se cada vez mais grego, cada vez mais divino, seu nome e o de Deus, quase sinônimos. Para os simples, era uma figura mitológica, para os sutis, uma hipóstase divina, alguma coisa como o Logos dos neoplatônicos de Alexandria. Essa teosofia, na medida em que o anunciado fim do mundo não chegava, fazia-se cada vez mais necessária aos olhos de Paulo. Então, gradualmente, ele começou a dizer que, na verdade, esse fim chegara, e a Ressurreição também, e que tomar consciência desse segredo imenso e cegante, na contramão do testemunho dos sentidos, era sinal de que se morria no mundo e se vivia em Cristo, isto é, de que, como ele, Paulo, vivia-se *verdadeiramente*.

Pergunto-me o que Lucas pensava sobre esses vaticínios do último Paulo. Quando o ouvia, em seu pequeno apartamento, ditar com sua voz cavernosa a Timóteo aquelas cartas em que o mundo inteiro, passado, presente e futuro, não era suficiente para conter a grandeza do Senhor Jesus Cristo, como ele associava esse Senhor Jesus Cristo ao homem a cujo respeito empreendera uma investigação na Judeia e na Galileia, aquele homem que comera, bebera, defecara, trilhara caminhos pedregosos em companhia de indivíduos analfabetos e simplórios a quem contava histórias de vizinhos brigões e coletores de impostos arrependidos? Lá, Lucas não ousara dizer nada a Paulo: sentia-se culpado daquela curiosidade, que, aos olhos do apóstolo, equivalia a tomar o partido dos judeus contra ele. Mas e em Roma? E mais tarde? Não teria se sentido tentado a falar desse Jesus? A ler, para a edificação de seu pequeno grupo, algumas das palavras que copiara do rolo de Filipe?

* * *

Imagino-o estudando o terreno, comportando-se como as tias do narrador, que, em *Em busca do tempo perdido*, adorariam agradecer a Swann, que lhes mandara um presente, mas de maneira não demasiado direta, pois temem parecer obsequiosas, perdendo-se então em alusões tão tortuosas que ninguém, principalmente o envolvido, entende nada. Imagino-o soltando, diante do citadino empedernido que era Paulo, algumas frases tímidas a respeito de semeaduras, colheitas, rebanhos, fazendo menção de contar a história, que tanto lhe agrada, do pastor que tem cem ovelhas e perde uma, e para procurá-la abandona as outras noventa e nove e quando a encontra fica mais feliz por causa dela do que pelas noventa e nove que não se perderam. Imagino Paulo ressabiado ao ouvir isso, franzindo as sobrancelhas pretas que se juntam acima de seu nariz. Não gosta que lhe citem histórias que ele não conhece, menos ainda que lhe digam — se é que Lucas se arriscou a isso — que essas histórias vêm diretamente da boca do Senhor Jesus Cristo. Não tem tempo a perder com aquelas crônicas rudimentares. A ele, o que o preocupa é a Altura, o Comprimento, a Largura e a Profundidade. Lucas guarda seu rolo: seria o mesmo que pretender seduzir Immanuel Kant lendo para ele *A cabra do sr. Seguin*.

6

Paulo deve ter vivido em Roma como vivera em Cesareia: bastante isolado. Quando Lucas escreve que ele recebia todos os que vinham procurá-lo, devia ser um punhado de judeus, muito poucos, e cristãos menos ainda, pois os cristãos de Roma, em sua maioria igualmente judeus, seguiam as diretrizes vindas de Jerusalém. Alguns anos antes, Paulo lhes enviara de Corinto uma extensa carta, explicando que a Lei tinha acabado, mas essa carta, que ele esperava ser recebida como uma revelação, o havia sido como um escrito sectário, emanando de um personagem duvidoso, e, após provocar algumas marolas, fora rapidamente esquecida. Essa posição marginal, desconfortável, fazia-o sentir saudades diárias da autoridade que exercia em suas igrejas da Ásia ou da Macedônia.

As coisas não melhoraram muito quando, no ano 62, Pedro chegou a Roma acompanhado de diversas personalidades da igreja de Jerusalém, entre elas Marcos, que desempenhava a função de intérprete, e talvez João — mas João, de todo o grupo, é o mais misterioso. Nenhum deles deve ter se rebaixado visitando Paulo. Orgulhoso como era, não fazia o gênero de Paulo dar o primeiro passo. Fazia, contudo, o de Lucas. Talvez ele não conhecesse Pedro, João certamente não, mas conhecia Marcos e deve ter reatado com ele uma dessas amizades que às vezes germinam entre assessores de políticos rivais. Graças a Marcos, Lucas foi convidado para os ágapes presididos por Pedro. Não comentava nada com Paulo, mas ali sentia-se em terreno familiar e, no fim das contas, super à vontade, ele, o grego, naquele meio de bons judeus que, ao mesmo tempo em que acreditavam na ressurreição de Jesus, continuavam a observar o Shabat e as regras rituais.

Foi Marcos quem lhe comunicou a morte de Tiago. As coisas nos últimos dois anos não haviam senão piorado na Judeia. Zelotas, sicários, guerrilheiros e falsos profetas proliferavam numa terra calcinante. O governador Festo, que entrevimos nos Atos sob os traços de um homem cosmopolita, revelara-se violento e injusto no exercício de suas funções, impondo um regime de austeridade e incentivando todos os tipos de fraude contanto que ele recebesse sua comissão. Com sua bênção, o reizote Agripa mandara construir no topo de seu palácio um imenso e luxuoso apartamento cujo terraço dava para o interior do Templo. Corria o rumor de que sua irmã Berenice e ele praticavam atos lascivos enquanto observavam o que acontecia no santuário. Os fiéis estavam revoltados. Foi nesse contexto explosivo que Tiago, defensor dos humildes e detrator dos poderosos, atraiu para si a cólera do sumo sacerdote, Ananias, o Jovem, que o encaminhou ao Sinédrio para, após um julgamento sumário, ser apedrejado.

Tiago, apedrejado! A notícia deixa Lucas desnorteado e, talvez, traumatizado. Tiago era inimigo jurado de seu mestre, toda a sua atividade missionária se resumia a correr atrás de Paulo para desfazer o que este fizera. No entanto, penso que, ao saber de sua morte, Lucas toma consciência de que no fundo amou aquele ancião de pescoço duro e joelhos de camelo. Claro, o mundo necessita de homens como Paulo, heróis do espírito que não aceitam jugo de nenhum tipo e derrubam todas as paredes, mas também de homens subordinados a algo maior que eles, que observam, porque seus pais os observaram antes deles, e seus avós antes de seus pais, ritos cujo sentido eles julgariam um sacrilégio questionar. Todas aquelas prescrições complicadas do Levítico, não comer senão ruminantes com os cascos fendidos, não misturar carne e leite, não isso, não aquilo, têm muito pouca importância para Lucas e, se tiveram nos primeiros momentos de sua curiosidade pelo judaísmo, Paulo lhe ensinou a não se preocupar com elas, pois a única coisa que conta é amar. Ainda assim, ele suspeita confusamente de que elas servem para alguma coisa, ou seja, que é para separar dos outros o povo que as respeita, atribuir-lhe um destino inigualável. Boquiaberto de estupor admirativo quando escuta Paulo proclamar que doravante, no Senhor Jesus Cristo, não há mais judeu nem grego, nem escravo nem homem livre, nem homem nem mulher, ele não está seguro de concordar inteiramente com fato de não haver mais judeus — nem, a propósito, mais mulheres —, não acender mais as luzes do Shabat e não recitar mais três vezes por dia o Shemá Israel.

Sim, penso que Lucas chorou Tiago e tudo o que Tiago encarnava e que seu mestre declarava caduco. E que, talvez, chorando, lhe tenha ocorrido uma ideia. A mim, em todo caso, ocorre uma.

7

Nenhum historiador acredita que Pedro, Tiago ou mesmo João escreveram as cartas que o Novo Testamento conservou sob seus nomes. Paulo, sim, sem dúvida alguma, e as suas obtiveram tão ampla divulgação que as demais colunas da Igreja primitiva se sentiram obrigadas a imitá-lo. A partir dos anos 60, 70, todos se viram na necessidade de ter *sua* carta circular, exprimindo sua doutrina e dando provas de sua autoridade. Tiago e Pedro não escreviam grego, e provavelmente nem sabiam escrever. Supondo que as cartas que circulavam sob seus nomes tivessem sido escritas com eles ainda em vida e sob seu controle, eles de toda forma foram auxiliados por escribas, que podiam lhes fazer dizer mais ou menos o que bem lhes aprouvesse. Quem eram esses escribas? Pedro, no fim de sua carta, esclarece que a ditou a um certo Silvano, mas também menciona Marcos, a quem trata de "meu filho", e seria espantoso se o futuro evangelista não tivesse botado a mão na massa. Na de Tiago, não há nome. Houve, forçosamente, um ghost-writer, mas esse ghost-writer nada fez para sair do anonimato. Dizem, não tenho como checar, que a carta é escrita num grego mais refinado e que nela as Escrituras são citadas no texto da Septuaginta. Daí minha hipótese: o ghost--writer é Lucas. Ao saber da morte de Tiago, ele pensou consigo: por que não uma carta em sua memória? Interrogara Marcos e outros mais, vindos de Jerusalém, que haviam conhecido o ancião, e, sem que ninguém lhe pedisse, por iniciativa própria, ele, que até então nada escrevera senão para si mesmo, lança-se na empreitada.

A hipótese é temerária, e de minha inteira responsabilidade. Julgue-mos em cima de provas. Leiamos algumas linhas.

"Se alguém dentre vós tem falta de sabedoria, peça-a a Deus, que a concede generosamente a todos, sem recriminações, e ela ser--lhe-á dada, contanto que peça com fé, sem duvidar, porque aquele que duvida é semelhante às ondas do mar, impelidas e agitadas pelo vento. Não pense tal pessoa que receberá alguma coisa do Senhor, dúbio e inconstante como é em tudo o que faz.

"Tornai-vos praticantes da Palavra e não simples ouvintes, enganando-vos a vós mesmos. Com efeito, aquele que ouve a Palavra e não a pratica, assemelha-se ao homem que, observando seu rosto no espelho, se limita a observar-se e vai-se embora, esquecendo-se logo da sua aparência. Mas aquele que considera atentamente a Lei perfeita de liberdade e nela persevera não sendo ouvinte esquecido, antes, praticando o que ela ordena, esse é bem-aventurado no que faz.

"Se alguém pensa ser religioso, mas não refreia a língua, antes se engana a si mesmo, saiba que sua religião é vã. Não faleis mal uns dos outros, irmãos. Aquele que fala mal de um irmão ou julga o seu irmão, fala mal da Lei e julga a Lei. Não maldizeis, não julgueis, segurai vossa língua. Antes, seja o vosso sim, sim, e o vosso não, não.

"Se entrarem em vossa sinagoga duas pessoas, uma trazendo anel de ouro, ricamente vestida, e a outra pobre, com suas roupas sujas, e derdes atenção ao que traja ricamente e lhe disserdes: 'Senta-te aqui nesse lugar confortável', enquanto dizeis ao pobre: 'Tu, fica em pé aí', não estais fazendo em vós mesmos discriminação? Não escolheu Deus os pobres em bens deste mundo para serem ricos na fé e herdeiros do Reino? Agora vós, ricos, chorai e gemei por causa das desgraças que estão para vos sobrevir. Vosso ouro e vossa prata estão enferrujados e a ferrugem testemunhará contra vós e devorará vossas carnes.

"E vós os que dizeis: 'Hoje ou amanhã iremos a tal cidade, negociando e obtendo bons lucros'. E, no entanto, não sabeis nem mesmo o que será da vossa vida amanhã! Com efeito, não passais de vapor que se vê por alguns instantes e depois logo se desfaz. Em vez de dizer: 'Se o Senhor quiser, faremos isto ou aquilo', vós vos jactais de vossas fanfarronadas!

"Se alguém disser que tem fé, mas não tem obras, que lhe aproveitará isso? Acaso a fé poderá salvá-lo? Se um irmão ou uma irmã não tiverem o que vestir e lhes faltar o necessário para a subsistência de cada dia, e alguém dentre vós lhes disser: 'Ide em paz, aquecei-vos e saciai-vos', e não lhes der o necessário para a sua manutenção, que proveito haverá nisso? Assim também a fé, se não tiver obras, está completamente morta, como o corpo sem o sopro da vida é morto."

Martinho Lutero, que considerava as cartas de Paulo, e em particular a carta aos romanos, "o coração e a medula da fé", tinha a de Tiago por uma "epístola oca", indigna de figurar no Novo Testamento. Foi aprovada por um triz. Ainda hoje todo mundo trata altivamente Tiago, irmão do Senhor, os cristãos porque ele era judeu, os judeus porque ele era cristão, e a TEB resume o sentimento geral quando fala de "seus ensinamentos frequentemente banais, sem exposição doutrinal comparável às que constituem a atração das epístolas de Paulo ou João". Ora, desculpem, admito que não encontremos "exposição doutrinal comparável às que constituem a atração das epístolas de Paulo ou João", mas esses "ensinamentos frequentemente banais" são os de Jesus. O estilo, o tom, a voz, tudo faz pensar em Q, a mais antiga compilação de suas palavras. Caso Tiago houvesse escrito essas frases, teríamos de revisar nossos preconceitos sobre ele e reconhecê-lo como o mais fiel dos discípulos de seu irmão. Ele, contudo, não tinha capacidade para escrevê-las, quem a tinha era um grego instruído, que manejava elegantemente sua língua, íntimo de Q, com talento para imaginar convincentes variações sobre temas tratados por Jesus, um glosador habilidoso e particularmente inspirado desde que se tratasse de exaltar os humildes, mandar passear as pessoas de bem e alegrar-se com as ovelhas desgarradas. Dos autores do Novo Testamento, excetuando Lucas, não vejo quem tivesse tal perfil.

8

O essencial, repetia Paulo incansavelmente, é acreditar na ressurreição de Cristo: o resto vem de lambuja. Não, responde Tiago — ou Lucas, quando faz Tiago falar: o essencial é ser misericordioso, socorrer os pobres, não ser pretensioso, e alguém que faz tudo isso sem crer na ressurreição de Cristo estará sempre mil vezes mais perto dele do que alguém que nela crê e permanece de braços cruzados deliciando-se com a Largura, a Altura, o Comprimento e a Profundidade. O Reino é para os bons samaritanos, as putas amorosas, os filhos pródigos, não para os líderes espirituais ou os homens que se julgam acima de todo mundo — ou abaixo, mas dá no mesmo, como ilustra esta anedota judaica que não resisto a contar. São dois rabinos que vão a Nova York para um congresso de rabinos. No aeroporto decidem tomar o mesmo táxi e no táxi promovem um campeonato de humildade. O primeiro diz: "É verdade, estudei um pouco o Talmude, mas, comparada à sua, minha ciência é ínfima". "Ínfima", diz o segundo, "deve estar brincando, sou eu que comparado ao senhor não dou nem para a saída." "De jeito nenhum", continua o primeiro, "comparado ao senhor, sou simplesmente menos que nada." "Menos que nada? Eu é que sou menos que nada…" E assim por diante, até que o chofer se vira e diz: "Faz dez minutos que escuto os senhores, dois grandes rabinos, afirmarem ser menos que nada. Ora, se os senhores são menos que nada, eu sou o quê? Menos que menos que nada!". Então os dois rabinos olham para ele, depois um para o outro, e dizem: "Ei, quem esse sujeito pensa que é?".

Vejo Lucas como esse chofer de táxi e Paulo como esses rabinos.

9

Falemos a sério. Será possível que Lucas, "o amado médico", o fiel companheiro de Paulo, tenha escrito, à revelia de Paulo, atribuindo-a a seu pior inimigo, essa carta, cujas frases sem exceção parecem não só sair da boca de Jesus, como feitas para desestabilizar Paulo?

Penso que sim, que é possível.

O Lucas que eu imagino — pois, naturalmente, trata-se de um personagem de ficção, tudo que sustento é que tal ficção é plausível —, esse Lucas, quando ouvia Paulo dizer cobras e lagartos de Tiago, não podia se impedir de pensar com seus botões que Tiago tinha um pouco de razão. E vice-versa, quando Tiago dizia cobras e lagartos de Paulo. Isso faz dele um hipócrita? Um desses homens dúbios a quem, segundo suas próprias palavras, o Senhor não dá? Um homem cujo sim tende para o não e o não para o sim? Não sei. Mas um homem que pensa que a verdade mantém sempre um pé no campo adversário, certamente. Um homem para quem o drama, mas também o interesse da vida, é que, como diz um personagem de *A regra do jogo*, todo mundo tem suas razões e nenhuma é desprezível. O oposto de um sectário. Nisso, o oposto de Paulo — o que não o impediu de amar e admirar Paulo, de lhe permanecer fiel e transformá-lo no herói de seu livro.

Talvez seja o momento de admitir que, junto às pessoas que se interessam por tais questões, Lucas não angaria muitas simpatias. Se por um lado lhe reconhecem o linguajar elegante e os achados de roteirista, por outro os historiadores modernos o criticam por colocá-los a serviço de uma narrativa oficial, propagandística, mentirosa de tanto aparar as arestas. Não espero melhorar sua ficha apresentando-o, além disso, como um falsificador. Mas não existem só os historiadores modernos: existem também as almas exigentes.

Alma exigente, se houve uma, alma de fogo, ao lado da qual só podemos nos sentir um homenzinho minúsculo, excessivamente prudente, amedrontado, morno, Pier Paolo Pasolini tinha um projeto de filme sobre são Paulo transposto para o século XX. Li o roteiro, publicado após sua morte. Os romanos fazem o papel dos nazistas, os cristãos, o dos resistentes, e Paulo é apresentado como uma espécie de Jean Moulin: muito bem. O que me surpreendeu dolorosamente foi descobrir que Lucas desempenha junto a ele o papel do homem dúbio, cauteloso, do velhaco que vive na sombra do herói e, no fim, o trai. Passada a surpresa, e mesmo a irritação, creio ter compreendido a razão desse ódio de Pasolini por Lucas. É o de Alceste por Filinto. Aos olhos de Pasolini, aos olhos de Alceste, aos olhos de todos aqueles que, como o Deus do Apocalipse, vomitam os mornos, a frase de *A regra do jogo* que diz que todo mundo tem suas razões e o drama da vida é que todas essas razões são válidas, essa frase é o evangelho dos relativistas e, sejamos claros, dos colaboracionistas de todos os tempos. Por ser amigo de todo mundo, Lucas é inimigo do Filho do Homem. Pasolini, aliás, não para por aí: mostra-nos Lucas em seu púlpito a escrever — cito: "num estilo falso, eufemístico, oficial, inspirado por Satanás". Chega a dizer que, sob seus ares de modéstia e bom-mocismo, Lucas é Satanás.

Satanás? Não é um pouquinho de exagero?

Num dos cadernos no qual, há vinte anos, eu comentava são João, copiei uma passagem de Lanza del Vasto que denuncia "aquele que faz da verdade um tema de curiosidade, das coisas sagradas um objeto de deleite, do exercício ascético uma experiência interessante; aquele que sabe se dividir, ricochetear, viver uma vida múltipla; aquele que aprecia o pró e o contra ao mesmo tempo, que acha igual sabor na verdade e na mentira, aquele que de tanto mentir se esquece que mente e engana a si mesmo; o homem de hoje, enfim, aquele que se imiscui em tudo, revira tudo, retorna de tudo; o homem mais próximo, o mais conhecido de nós mesmos. Seria eu, Senhor?".

Essas palavras, "seria eu, Senhor?", os discípulos as murmuram após Jesus declarar que um deles o trairia. Ao traçar esse perfil, o alvo de Lanza del Vasto é Judas, não Lucas. Mas quando as copiei, eu é que me senti o alvo.

10

Uma vez que estamos nas cartas apócrifas, falemos das que Paulo e Sêneca teriam trocado. Foram forjadas, no século IV, por um falsificador cristão decidido a provar que os dois homens se conheceram e que as pregações de Paulo causaram grande impressão sobre Sêneca. Este admira, nas cartas aos coríntios, "a elegância da linguagem e a majestade dos pensamentos". Paulo, por sua vez, declara-se "feliz de merecer, ó Sêneca, a estima de um homem como tu", e instiga seu correspondente a colocar seu talento a serviço do Senhor Jesus Cristo. Sêneca não parece opor-se. Além de falsa, essa correspondência subliterária é superficial, mas Santo Agostinho a tinha em alta conta e penso que hoje venderia muito bem sob um título atrativo como *O apóstolo e o filósofo*. Está fora de questão, na verdade, que Sêneca tenha lido sequer uma linha de Paulo, e é improvável que Paulo haja, mesmo de longe, se preocupado com Sêneca. Em contrapartida, é possível que Lucas o tenha lido e, pelo menos em seu espírito, um diálogo tenha se entabulado entre os dois grandes homens.

Sêneca, já o autor mais famoso da época, tornara-se tardiamente algo ainda melhor: um desses homens que se impõem porque dizem o que fazem e fazem o que dizem. Como conselheiro de Nero, engolira, impassível, uma serie de sapos: primeiro o assassinato de Britânico, depois o de Agripina — assassinato particularmente nebuloso, uma vez que o plano inicial era afundar o barco que a conduzia de Nápoles para Capri, tendo sido necessário, depois que ela por milagre escapou do atentado, encenar na correria um suicídio no qual ninguém acreditou. Nesse ínterim, de tanto ver seu aluno fazer papel ridículo no palco e na arena, Sêneca julgou comprometida sua dignidade de filósofo. Alegando a idade, pediu autorização a Nero para se aposentar. Nero reagiu mal: gostava de escorraçar as pessoas, não que elas se fossem por vontade própria. Sêneca sabia o que tal objeção de consciência fatalmente atrairia sobre sua cabeça. Esperando isso, enclausurou-se em sua vila, abriu mão de seus incontáveis negócios, fechou a porta para incontáveis clientes e começou a escrever as *Cartas a Lucílio*.

Todas as vezes em que Sêneca interveio, nos capítulos anteriores, esnobei-o um pouco. Fiel a um preconceito colegial (da época em que colegiais tinham preconceitos com relação a Sêneca), via-o como o arquétipo do moralista. Só que passei um inverno inteiro lendo as *Cartas a Lucílio*, uma ou duas a cada manhã, no café da praça Franz-Liszt, após deixar Jeanne na escola e antes de voltar para casa para começar a trabalhar. Não encontro outra palavra: é um livro sublime. Era, ao lado de Plutarco, o preferido de Montaigne, o que é compreensível. Nessa longa, reiterativa e suntuosa meditação sobre o ofício de viver, a sabedoria não é um pretexto a mais para dilações oratórias. A morte se aproxima, Sêneca aposta tudo em seu último semblante. Quer que seus vícios morram antes dele. Quer fazer finalmente coincidirem pensamentos e atos. À objeção clássica, que ele cansou de ouvir: "Prega-nos a moral, mas a segues?", ele responde: "Sou doente, não vou me fazer de médico. Somos vizinhos de catre no mesmo quarto de hospital, então eu falo contigo do mal que sofremos e te passo minhas receitas, pelo que valem".

Essa troca de diagnósticos e remédios — pelo que valem — me lembra minha amizade com Hervé. E, quanto mais me enfronho no último Sêneca ao longo de minhas leituras matutinas, mais encontro em seu estoicismo semelhanças com o budismo. Sêneca emprega indiferentemente as palavras natureza, fortuna, destino, deus — ou deuses — para designar o que os chineses denominam *Tao* e os hindus, *Dharma*: o fundo das coisas. Ele crê no carma. Crê que nosso destino é fruto de nossas ações, que cada uma delas produz um carma bom ou ruim, crê inclusive, o que é mais original, que seu efeito é imediato: "Pensas que quero dizer: um ingrato será infeliz. Mas não falo no futuro: ele já o é". Ele não crê no além, mas crê na reencarnação: "Tudo termina, nada perece. Nada se destrói no seio da natureza. O novo chegará num dia que nos mergulhará de volta no mundo, coisa contra a qual muitos se revoltariam se a memória não lhes fosse, felizmente, abolida". A felicidade interessa-o menos que a paz, e ele acredita que a via régia para alcançá-la é a atenção. Exercê-la constantemente, estar sempre presente no que fazemos, no que somos, no que nos atravessa, o estoicismo chama isso *meditatio*. Hervé a descreve em seu livro como "uma paciente e escrupulosa autoespionagem", e Paul Veyne, de outra maneira, muito engraçada: "Um estoico que come faz três coisas: come, observa-se comendo, transforma isso numa pequena epopeia". De tanta *meditatio*, o estoico realizado, como o budista realizado, não delibera mais. Escapa à necessidade, pois quer aquilo a que ela o coage. Sêneca, com sua habitual modéstia: "Não obedeço ao deus: compartilho sua opinião".

Paul Veyne escreveu para o volume editado pela Bouquins, na qual leio essas cartas, um prefácio bastante extenso, erudito, saboroso. Embora admirando Sêneca, zomba elegantemente do ideal estoico. É um ideal para voluntaristas angustiados, ele diz, um ideal de obsessivo, extremamente tranquilizador para quem sofre em decorrência de suas pulsões e divisões internas. Só tem um pequeno defeito: é passar à margem de tudo que torna a vida interessante. O estoico tende a fazer de si mesmo algo como um regulador térmico cuja função, quando a temperatura oscila, é manter a calefação num nível constante. Humor inalterável, quietude, alma organizada. Lembro-me quando Hervé e Pascale, sua mulher, mudaram-se para Nice, onde não conheciam quase ninguém. Pascale disse que seria legal, um dia, convidar pessoas para jantar. Resposta de Hervé: "Por quê?". Isso era dito placidamente, sem rabugice. Pascale reagiu com sua indulgência habitual: "Está vendo, esse é o Hervé". Aquilo me deixou louco. Que sabedoria é essa que consiste em expurgar da vida tudo que é novidade, emoção, curiosidade, desejo? É a mesma grande objeção feita ao budismo: que, nele, o desejo é apontado como o inimigo. Desejo e sofrimento andam de mãos dadas, suprima o desejo e o sofrimento vai embora junto. Ainda que seja verdade, será que vale a pena? Isso não seria dar as costas para a vida? Mas quem disse que a vida é tão boa? Sêneca, como Hervé, pensa que morrer é livrar-se de um abacaxi.

As *Cartas a Lucílio*, publicadas entre 62 e 65, foram um grande sucesso de livraria. Lucas, nessa época, morava em Roma. Se as leu, deve ter gostado. Inclinado a considerar todo homem de boa vontade um cristão que se ignora, deve ter se lambuzado com frases como: "O deus está em ti, Lucílio. Do interior de ti, ele observa o bem e o mal que fazes. E tal como o trataste, ele trata a ti". Deve ter dito: esse é dos nossos. Paulo, que era muito mais inteligente do que Lucas, nunca teria pensado uma coisa assim. Paulo não acreditava na sabedoria. Desprezava-a, e disse isso aos coríntios em termos inesquecíveis. De minha parte, concordo com Nietzsche quando ele compara cristianismo e budismo e parabeniza o segundo por ser "mais frio, objetivo, verídico", embora me pareça que, assim como ao estoicismo, falta ao budismo alguma coisa de essencial e trágico que está no coração do cristianismo e que o louco furioso Paulo compreendia melhor que ninguém. Estoicos e budistas acreditam nos poderes da razão e ignoram ou relativizam os abismos do conflito interior. Pensam que o infortúnio dos homens é a ignorância e que, se conhecemos a receita da vida feliz, bem, basta aplicá-la. Quando Paulo, contrariando todas as sabedorias, dita esta frase fulgurante: "Não faço o bem que quero, mas pratico o mal que não quero", quando faz essa constatação que nem Freud nem Dostoiévski conseguiram explorar até o fim e que ainda faz ranger os dentes de todos os nietzschianos de opereta, ele sai completamente do âmbito do pensamento antigo.

* * *

Sêneca estava em casa com alguns amigos quando um centurião veio lhe trazer, da parte de Nero, a ordem de morrer. Incentivou os amigos a darem provas de coragem diante da adversidade que o golpeava e a conservarem o único bem que lhes podia legar: a imagem exemplar de sua vida. Pediu a Paulina, sua jovem esposa, que buscasse consolações honradas após sua morte. Paulina declarou preferir morrer junto com ele. Era sua vontade, ele a aprovava. Ambos abriram as veias dos pulsos e Sêneca, além disso, as das panturrilhas, pois seu sangue de velho esvaía-se muito lentamente. Durante uma ou duas horas, continuou a discorrer sobre a sabedoria, depois, como a morte tardava a chegar, ingeriu veneno, reservado para a circunstância. Seu corpo já estava demasiado exangue e frio para que o veneno se propagasse eficazmente. Pediu para ser conduzido aos banhos. Enquanto se dirigia para lá a fim de dar o último suspiro, chegou uma ordem de cima para que salvassem Paulina: Nero não tinha nada de pessoal contra ela e não queria aumentar sua reputação de crueldade. Enfaixaram-lhe os braços e ela sobreviveu. Não faltou gente, conclui perfidamente Tácito, para achar que, segura da glória vinculada a seu nobre sacrifício, ela podia voltar a ceder aos encantos da vida.

II

Os romanos, como eu já disse, opunham a *religio* à *superstitio*, os ritos que ligam os homens às crenças que os separam. Esses ritos eram formalistas, contratuais, pobres de sentidos e afeto, mas era justamente nisso que residia sua virtude. Pensemos em nós, ocidentais do século XXI. A democracia laica é nossa *religio*. Não lhe pedimos para ser exaltante nem para satisfazer nossas aspirações mais íntimas, apenas fornecer os limites dentro dos quais a liberdade de cada um possa se manifestar. Instruídos pela experiência, tememos acima de tudo os que pretendem conhecer a fórmula da felicidade, ou da justiça, ou da realização do homem, e impô-la. A *superstitio* que quer a nossa morte já foi o comunismo, hoje é o islamismo.

Em sua maioria, os romanos achavam os judeus bizarros e seu deus antipático em sua recusa de confraternizar com os deuses dos outros, mas enquanto o guardassem para si não havia razão para procurar briga com eles. Concediam-lhes privilégios — assim como hoje cuidamos para que estudantes judeus ou muçulmanos não sejam obrigados a comer carne de porco na cantina. Os cristãos, até onde se sabia, era outra coisa. Digo "até onde se sabia", pois, no início dos anos 60, os mais bem informados os viam como uma espécie de judeus, adeptos de uma corrente minoritária caracterizada por um traço muito mais ameaçador, que Tácito chama sucintamente de "ódio ao gênero humano".

Um detalhe que decerto levantava suspeitas a seu respeito era a aversão à vida sexual. A dos romanos era superlivre, em certos aspectos mais que a nossa, mas com princípios, alguns dos quais afiguram-se estranhos para nós: um homem livre podia enrabar mas não ser enrabado, isso era reservado aos escravos; felação, cunilíngua, mulher cavalgando o homem eram práticas obscenas. (Paul Veyne, de quem extraio essas observações, conclui daí que "o ofício do historiador é imprimir à sociedade em que ele vive o sentimento da relatividade de seus valores". Concordo.) Trepava-se com quem se quisesse, homens, mulheres, crianças, animais. Começava-se bastante jovem, divorciava-se muito, ficava-se nu o tempo todo. Se determinados textos evocam o fastio do depravado, nenhum revela culpa. Os prazeres da carne não suscitavam mais problemas que os da mesa: cumpria administrá-los, não ter o olho maior que a barriga, e só.

Os judeus eram mais puritanos, inimigos da libertinagem, da pederastia, da nudez, encaixando todos os seus atos num cipoal de prescrições rituais. Isso não os impedia de considerar o ato carnal uma coisa agradável a Deus e a eles mesmos, a procriação um bem e a família numerosa um ideal. Ser feliz significava crescer e prosperar, ser suficientemente rico para ser generoso, receber seus amigos debaixo de sua figueira, envelhecer junto à sua mulher e morrer avançado em anos sem ter perdido filhos. Esse ideal — que compartilho — era sério, sem frivolidade, porém inimigo encarniçado do mundo real, dos desejos que insuflam o coração e o corpo do homem. Levava em conta sua fraqueza. A Lei que estava ali para guiá-lo não exigia nada dele que não se mostrasse do seu tamanho e levasse em conta que ele era humano. Ela podia proibir comer determinado animal, ordenar que se doasse determinada parte de suas rendas aos pobres, podia inclusive intimá-lo a não fazer ao outro o que não gostaríamos que nos fizessem, em compensação jamais teria dito "Amai vossos inimigos". Tratá-los com brandura, tudo bem. Demonstrar misericórdia, quando estaríamos em condições de prejudicá-los, se fosse o caso. Mas amá-los não, trata-se de uma contradição, e um bom pai não dá ordens contraditórias ao filho.

Jesus rompeu com isso. Embora contando histórias extraídas da vida concreta, embora dando provas de que a conhecia bem e sentia prazer em observá-la, tirava conclusões que não só contradiziam tudo que se sabia sobre ela, como iam na contramão do que sempre fora considerado natural e humano. Amai vossos inimigos, regozijai-vos por ser infelizes, preferi ser pequeno a grande, pobre a rico, doente a saudável. Além disso, ao passo que a Torá diz essa coisa elementar, tão cristalina, tão verificável por parte de cada um, que não é bom para o homem ficar sozinho, ele lhe dizia: não tomeis mulher, não desejeis mulher, se tiverdes uma conservai-a para não prejudicá-la, mas não tê-las seria melhor. Tampouco tende filhos. Deixai as crianças virem a vós, inspirai-vos em sua inocência, mas não as tenhais. Amai as crianças em geral, não em particular, não como os homens que depois que têm filhos amam os seus, porque são seus, mais que os dos outros. E mesmo vós, sobretudo vós, não vos ameis. É humano querer o próprio bem: não o queirais. Desconfiai de tudo que é normal e natural desejar: família, riqueza, respeito aos outros, autoestima. Preferi o luto, a angústia, a solidão, a humilhação, tudo que passa por bom, julgai-o ruim, e vice-versa.

Para certo tipo de gente, existe algo extraordinariamente sedutor em uma doutrina tão radical. Quanto mais avessa ao senso comum, mais ela prova sua verdade. Quanto mais nos violentamos para aderir a ela, maior o nosso mérito. A cabeça de Paulo era desse tipo — que podemos chamar de fanática. Lucas, tal como o imagino, não. Vinha de uma região de costumes pacatos e patriarcais. A liberdade romana, quando corrompida nos jogos sangrentos do circo ou na comilança do *Satyricon*, só podia horrorizá-lo, mas o que ele entrevira do judaísmo lhe agradava: aquela vida grave e fervorosa, aquela maneira de levar a sério a condição humana. Ao mesmo tempo, embarcara com Paulo, não ia voltar atrás. As palavras de Jesus que lera à revelia de Paulo o abalavam: o perdão dos pecadores, a ovelha desgarrada, tudo lhe falava. Mas, quando expunha a doutrina da seita a interlocutores romanos, será que a antipatia pelo mundo, que é seu fundo, não o deixava constrangido? Será que se sentia à vontade colocando a vida terrena e as aspirações humanas no banco dos réus? Será que não tentava atenuar a coisa — porque é preciso falar macio para conseguir as coisas, e também porque, ainda que não os tivesse, parecia-lhe normal amar mulher e filhos?

Adoraríamos dizer: essa condenação da carne e da vida carnal é um desvio. Foi esse Paulo puritano que desvirtuou a mensagem de Jesus. Como dizem por aí: o gulag é Stálin, não Lênin. Mas não: afinal, foi Lênin que inventou as palavras "campo de concentração", e, mesmo imaginando que um monte de coisas foi alterado na imagem que os Evangelhos nos fornecem de Jesus, essa condenação é inapelável, sem falhas. Gostaríamos de acreditar nos romances segundo os quais ele transava com Maria Madalena ou com seu discípulo bem-amado, infelizmente não acreditamos. Ele não transava com ninguém. Podemos inclusive dizer que não amava ninguém, no sentido em que amar alguém é preferi-lo e, logo, ser injusto com os outros. Este não é um pequeno defeito, e sim um imenso buraco, justificando em contrapartida a indiferença, ou hostilidade, de gente como Hélène, para quem a vida é o amor — não a caridade.

12

Curiosamente, do acontecimento mais importante, que é o incêndio de Roma em 64, e da perseguição subsequente, não se fala uma palavra nas fontes cristãs contemporâneas. Quanto às fontes romanas, há duas delas, citadas por todos os historiadores. Suetônio relata que, dentre outras medidas punitivas, "entregaram os cristãos ao suplício, tipo de gente adepta de uma superstição nova e perigosa" — responsabilizando Nero por isso. Tácito desenvolve mais: "Nem as larguezas do príncipe nem as cerimônias para apaziguar os deuses calavam o rumor segundo o qual o incêndio teria sido encomendado. Para pôr fim aos boatos, Nero forjou um culpado e entregou uma gente infame, conhecida vulgarmente como cristãos, aos suplícios mais cruéis. Esse nome vinha de um certo Cristo, que o procurador Pôncio Pilatos mandara executar sob o reinado de Tibério. Reprimida na época, sua detestável superstição ressurgira não só na Judeia, onde nascera, como em Roma, para onde tudo que há de nocivo e criminoso no mundo aflui e se dissemina. Começou-se por prender os que confessavam, depois, por meio de denúncias, um grande contingente de pessoas, declaradas culpadas menos do crime de incêndio do que de ódio ao gênero humano".

Odium humani generis: pronto, cá estamos.

Nero mandou incendiar Roma por obsessão com o incêndio de Troia? Para poder reconstruí-la do seu jeito? Ou apenas para mostrar, como diz Suetônio, "que, até o seu reinado, não se sabia a extensão do que é permitido a um governante"? Em primeiro lugar, ele mandou mesmo incendiar Roma? Voltou realmente de sua vila de Antium para, como vemos em *Quo vadis?*, tocar lira numa colina, diante da cidade entregue às chamas? Os historiadores duvidam disso, tanto mais que, no incêndio, ele perdeu coleções que prezava imensamente. Acham que o incêndio foi acidental: muitas casas romanas eram de madeira, a iluminação, à base de archotes, lamparinas a óleo, fornalhas, o fogo lambia tudo, sem dar trégua. Não importa, o boato se espalhou — como o do envolvimento do FSB e de Pútin nos terríveis atentados que ensanguentaram Moscou em 1999.

Se, para neutralizar esse boato, Nero foi atrás de um bode expiatório, a pergunta que não cala é: por que os cristãos? Por que não os judeus *e* os cristãos, que os romanos não distinguiam direito e desprezavam na mesma medida? Talvez, justamente, porque começavam a distingui-los e, pelas razões que mencionei no capítulo anterior, a julgar os cristãos piores, mais inimigos do gênero humano. Esta é uma primeira explicação, que me satisfaz pessoalmente, mas sou obrigado a mencionar o detalhe de outra, mais desagradável, segundo a qual a nova mulher de Nero, Popeia, seu mímico Alituro e os judeus, bastante numerosos, que segundo Josefo o cercavam, sopraram a ideia ao imperador. A qual, por sua vez, lhes teria sido soprada pela grande sinagoga de Roma, irritada com concorrentes que roubavam sua clientela e embaçavam sua imagem. Em apoio a essa tese, alegam que o atual Trastevere, que era uma espécie de gueto, foi um dos raros bairros poupados pelo incêndio, e não posso fazer nada se isso remete ao boato dos judeus que não foram trabalhar nas Torres Gêmeas em 11 de setembro de 2001. Tese desagradável por tese desagradável, dito isso, há uma que nunca é sugerida: a de que os culpados poderiam ser exatamente os cristãos. Não Pedro, não Paulo, claro, tampouco seus guarda-costas, e sim, como se diz, elementos fora de controle, fanáticos que teriam compreendido atravessadamente — ou não tão atravessadamente assim — frases do Senhor como aquela registrada mais tarde pelo doce Lucas, e só por ele: "Eu vim trazer fogo à terra, e como desejaria que já estivesse aceso!".

Afinal de contas, todos esperavam o fim do mundo. Chamavam-no com suas preces. Portanto, se não iniciaram o incêndio daquela Babilônia que eles odiavam, certamente devem tê-lo desejado e se alegrado com ele, mais ou menos abertamente. Acrescentem a isso as lendas urbanas que começavam a correr a seu respeito, as mesmas que mais tarde correrão sobre os judeus: crianças raptadas, assassinatos rituais, fontes envenenadas. Tudo isso fazia deles culpados ideais.

O que vem a seguir faria espirrar sangue da tela de cinema. Sendo em sua maioria gente humilde, os cristãos não tinham direito a uma morte nobre: decapitação ou suicídio estoico. As execuções eram um folguedo popular em Roma. Os que não haviam sido lançados na arena pela manhã, costurados em peles de animais para ser devorados por mastins, foram guardados para a noite, vestidos com túnicas embebidas em resina e transformados em tochas vivas que iluminavam a festa nos jardins de Nero. Mulheres eram presas pelos cabelos nos chifres de touros furiosos. Outras tinham os ventres besuntados com secreções de mula a fim de excitar mais os asnos que as violariam. Suetônio descreve o próprio Nero disfarçando-se de fera selvagem para ir espicaçar os condenados e, sobretudo, as condenadas, amarradas nuas em pelourinhos. O que o levou a tornar-se, para todos os cristãos, o Anticristo, a Besta.

13

A tradição, isto é, o incontornável Eusébio, nos diz que Pedro e Paulo morreram na grande perseguição de agosto de 64. O primeiro, com seu status de cidadão romano, teria tido a cabeça cortada, o segundo, implorado para ser crucificado de cabeça para baixo por não se estimar digno de padecer suplício igual ao de Jesus. A tradição tinha excelentes razões para unir no martírio os dois chefes de partido, cuja rivalidade foi a doença infantil do cristianismo. A princípio, ninguém teria sido mais indicado que Lucas para ser seu primeiro porta-voz, ele que em sua crônica não para de reescrever a história a fim de impor a ideia da aliança e bom entendimento entre os apóstolos, na pior hipótese de pequenos atritos logo reabsorvidos na concórdia e compreensão mútuas. Ora, não foi isso que ele fez. Sabia obrigatoriamente o que aconteceu, mas não contou. O mistério do fim abrupto dos Atos encobre outro: o do fim de Paulo.

Folheando uma vida de são Paulo escrita por um dominicano cujo nome está presente na maioria das bibliografias recentes, fui direto ao final para ver como ele se arranjava com a obscuridade que cerca os últimos anos do apóstolo. Qual não foi minha surpresa ao encontrá-los minuciosamente narrados? Paulo não morreu em Roma, em 64. Compareceu perante Nero e Nero devolveu-lhe a liberdade. Realizou seu sonho, que era esticar até a Espanha, mas a Espanha o decepcionou e ele atravessou de volta todo o Mediterrâneo para se recuperar dessa decepção junto às suas queridas igrejas da Grécia e da Ásia. Teve então a péssima ideia de regressar a Roma, onde foi novamente detido, encarcerado e, dessa vez, executado, em 67. O autor fornece a data exata. Nada disso é impossível, e sou desses que compram esse tipo de conjeturas, a única coisa que espanta é que em momento algum esse professor de exegese, publicado por uma editora séria, citado com estima por seus pares, cogitou a ideia de comunicar ao seu leitor que ele não sabe *rigorosamente nada* sobre isso. Que, sem os documentos que são as cartas e os Atos, ele se vê restringido, para reconstituir os últimos anos de Paulo, exclusivamente à sua imaginação e à "convicção", referida numa nota e em absoluto explicada, de que a segunda carta a Timóteo é autêntica — no que praticamente ninguém acredita há dois séculos. Não estou falando isso para detonar o autor dessa biografia, mas para me lembrar de que, se sou livre para inventar, é com a condição de dizer que invento, apontando, tão escrupulosamente como Renan, os graus do certo, do provável, do possível e, imediatamente antes do categoricamente fora de questão, o do não impossível, território no qual se desenrola grande parte deste livro.

A segunda carta a Timóteo, então. Apesar de todos concordarem que ela não é da autoria de Paulo, ela é uma espécie de perfil dele, escrito não muito tempo após sua morte, destinado às pessoas que sabiam ao que se ater, justamente aquelas a que se destinava a profusão de detalhes verossímeis. Esses detalhes são principalmente queixas e recriminações:

"Tu sabes que todos os da Ásia me abandonaram, dentre eles Figelo e Hermógenes. Demas me abandonou por amor do mundo presente. Ele partiu para Tessalônica, Crescente para a Galácia, Tito para a Dalmácia. Somente Lucas está comigo. Alexandre, o fundidor, deu provas de muita maldade para comigo. Tu, guarda-te dele também. Todos me abandonaram, eles têm vergonha de meus grilhões... A palavra deles é como gangrena que corrói, entre os quais se acham Himeneu e Fileto... Enviei Tíquico a Éfeso. Procura vir encontrar-me o mais depressa possível. Traze-me, quando vieres, o manto que deixei em Trôade, na casa de Carpo, e também os livros, especialmente os pergaminhos..."

Essa carta também poderia ser de Lucas. Nela, além de sua propensão ao concreto, reconhecemos o interesse pelos homens sobrepujando o interesse pelas ideias, que fez dele o primeiro autor antigo a apresentar um movimento religioso expondo não sua doutrina, mas sua história. O lutador cansado ditando a Timóteo cartas em que não se fala de outra coisa a não ser do Príncipe de todas as coisas e dos Tronos divinos, é a cara de Lucas, acho, tê-lo pintado num claro-escuro à la Rembrandt, amargo, acrimonioso, a remoer infindavelmente por que Figelo e Hermógenes e Demas o abandonaram, por que Himeneu e Fileto falam bobagem, por que Alexandre, o fundidor, lhe pregou uma peça, e para terminar, pedindo que façam chegar às suas mãos um manto certamente roído pelas traças que ele esquecera, durante sua viagem anterior a Trôade, na casa de um tal de Carpos. É a cara de Lucas o preciosismo de citar esse nome, Carpos, e escolher Timóteo como destinatário da carta — porque, é verdade, ele era o discípulo preferido de Paulo —, mas também, como quem não quer nada, lembrar que ele próprio, Lucas, permaneceu sozinho até o fim junto ao velho resmungão. Vidas minúsculas contra teologia maiúscula. Paulo era um gênio, pairando muito acima do comum dos mortais, Lucas, um simples cronista que jamais cogitou tirar o corpo fora. Quem é o meu preferido, isso não está em pauta, mas não causo dano a ninguém atribuindo-lhe essa carta.

Trata-se do último vestígio que temos de Paulo. Uma palpitação de fantasma, uma piscadela cansada antes que a noite engolisse tudo. Nesse ponto da história, todos os personagens principais desaparecem.

14

Todos, menos João.

* * *

Até agora praticamente não o mencionei. Chego lá, porém isso me assusta, pois João é o personagem mais misterioso da primeira geração cristã. O mais impalpável e multifacetado. Não vão demorar a lhe atribuir o quarto Evangelho e o Apocalipse, mas pensar que o homem que escreveu o quarto Evangelho foi o mesmo que escreveu o Apocalipse equivaleria a pensar, se todos os dados relativos à literatura francesa se perdessem, que o homem que escreveu *Em busca do tempo perdido* foi o mesmo que escreveu *Viagem ao fim da noite*.

Há mais de um João no Novo Testamento, quase impossíveis de descolar um do outro: João, filho de Zebedeu, João, o discípulo bem-amado, João de Patmos, João, o evangelista. O mais antigo de todos, aquele cuja anterioridade todos os outros gostariam de se arrogar, é incontestavelmente João, filho de Zebedeu, que era um dos quatro primeiros discípulos. Esses quatro primeiros discípulos eram Simão, que se tornará Pedro, seu irmão André, João, portanto, e seu irmão Tiago, cognominado, uma vez ser o mais velho, Tiago Maior: todos os quatro, pescadores do lago Tiberíades, que haviam largado tudo para seguir Jesus.

Jesus chamava Tiago e João de *Boanerges*, filhos do trovão, em razão de seu sangue esquentado. Mais tarde Lucas dará dois exemplos disso. Um dia, João implica com um homem que expulsa demônios invocando o nome de Jesus, quando não faz parte de seu grupo. Quer que ele seja denunciado, que o façam pagar por aquilo. Jesus dá de ombros e lhe diz para deixar o sujeito em paz: "Quem não é contra nós é por nós". Noutro dia, o grupo é mal recebido numa aldeia samaritana. Tiago e João queriam que Jesus castigasse seus moradores, descarregando o fogo do céu, só isso, em suas cabeças. Jesus dá novamente de ombros. Em outra ocasião ainda (é Marcos quem conta), Tiago e João interpelam Jesus, pois têm algo a lhe dizer. "Estou escutando", diz Jesus. Como duas crianças, querem primeiro obrigá-lo a prometer uma coisa, sem dizerem o que é. "Que quereis que vos faça?", responde Jesus. Imaginamos os irmãos, dois grandes bobalhões, cutucando-se, um encorajando o outro: "'Diz você.' 'Não, diz você'". Um ou outro termina deixando escapar:

"'Concede-nos, na tua glória, sentarmo-nos, uma à tua direita, outro à tua esquerda.' 'Não sabeis o que pedis', responde Jesus. 'Podeis beber o cálice que eu hei de beber e ser batizados com o batismo com que serei batizado?'". Sim, sim, dizem os bobalhões. Muito bem, diz Jesus, concedido. "Todavia, o assentar-se à minha direita ou à minha esquerda não cabe a mim concedê-lo, mas é para aqueles aos quais meu Pai o destinou."

Marcos e Lucas, como vemos, não mostram nem João nem seu irmão sob uma luz muito gloriosa. É só no quarto Evangelho que João se tornará "o discípulo que Jesus amava", seu confidente mais íntimo, aquele que descansa em seu regaço por ocasião da última ceia e a quem, na cruz, ele confia sua mãe. Difícil imaginar que um jovem pescador galileu, irascível, inconsequente e, ao que tudo indica, analfabeto, tenha vindo a se tornar, quarenta ou sessenta anos mais tarde, o profeta de Patmos, o autor do livro obscuro e flamejante intitulado o Apocalipse, mas quem sabe? Conhecemos metamorfoses assim. Proust conta uma, que adoro: é Octave, o jovem pândego idiota, que está sempre "na rabeira", que convive em Balbec com o pequeno bando das raparigas em flor. Todo mundo pensa que ele passará a vida cuidando de suas gravatas e seus automóveis, ele sai da história e depois, no fim de *Em busca do tempo perdido*, sabemos incidentalmente que se tornou o maior, mais profundo, mais inovador artista de seu tempo. Podemos imaginar para João uma metamorfose desse tipo: a idade, as responsabilidades, o respeito com que o cercam fizeram-no entrar nos trilhos. Trinta anos depois da morte de Jesus, tem cinquenta ou sessenta anos e virou, assim como Pedro e Tiago, uma daquelas colunas da igreja de Jerusalém que Paulo corteja e desafia alternadamente. Não aparece muito, fala pouco, não sorri. Tem fama de intragável. O jovem agitado se transformou num venerável ancião.

O padre da Igreja Tertuliano assegura que João também estava em Roma no momento da perseguição de Nero. Que também foi supliciado, mergulhado numa banheira com azeite fervente e que, não se sabe como, sobreviveu. Ele já fugira de Jerusalém, que se tornara muito perigosa para os cristãos depois da morte de Tiago. Agora tinha de fugir de Roma. Segundo a tradição, em suas viagens João não se separava de Maria, a velha mãe de Jesus. Foi com ela, e com algumas dezenas de sobreviventes da igreja romana dizimada, que ele teria embarcado para a Ásia e ido parar em Éfeso, como nos anos 30 judeus alemães sortudos embarcaram para a América e aportaram em Nova York. Gosto de imaginar que Lucas fez a viagem também.

15

Tudo o que sabia de Éfeso, e mais amplamente das sete igrejas da Ásia, Lucas sabia por intermédio de Paulo, que as fundara e que, sabendo o quanto eram influenciáveis, temia sempre por sua pureza. Antes de partir para Jerusalém, o apóstolo alertara os efésios contra os lobos que, em sua ausência, viriam ameaçá-los. Não se enganava: após dez anos de ausência do mestre, Lucas encontrou o que ele julgava ser seu feudo mais sólido vendido de corpo e alma ao inimigo.

Quer dizer, ao inimigo... Ele, Lucas, não via efetivamente como inimigos aqueles judeus-cristãos na tradição de Tiago. Compreendia-os, era sempre da opinião de que a boa vontade é o primeiro passo para o entendimento. Contudo, depois da morte de Tiago e de Pedro, depois dos horrores do verão de 64 em Roma, e sobretudo depois que João assumira sua liderança, eles haviam se radicalizado ainda mais. Quando, mal desembarcou, Lucas se juntou ao ágape dos cristãos de Éfeso, esperava encontrar lá Timóteo, ou Filipe e suas quatro filhas virgens, cuja presença na cidade lhe fora assinalada, enfim alguns rostos de conhecidos, alguns gregos como ele, mas não havia senão judeus, ou gregos disfarçados de judeus, todos barbudos e severos, celebrando a memória do Senhor como se estivessem nem mesmo numa sinagoga, mas efetivamente no Templo de Jerusalém. João, que ele avistou de longe, barba hirsuta também, muito assediado, e a quem evitou ser apresentado, João exibia o *petalon*, placa de ouro que os sumos sacerdotes usam tradicionalmente na testa.

Graças à grande catástrofe romana, a Igreja da circuncisão vencera, a do prepúcio entrara em bancarrota.

Nos dias subsequentes, Lucas percebeu que João era literalmente venerado pelos cristãos de Éfeso. Paulo também havia sido, mas não daquela forma: sem se anunciar, era possível visitá-lo em seu ateliê, encontrá-lo atrás de seu tear, de bom ou mau humor, geralmente mau, mas empolgado, apaixonado, sempre disposto a falar de Cristo. João, não. Quando viam João, prosternavam-se diante dele como diante de um pontífice: intimidante, inacessível, pairando sobre uma nuvem de incenso. A propósito, não o viam muito. Ressabiados, apontavam um para o outro a casa onde o discípulo preferido do Senhor morava com a mãe do Senhor, que se via menos ainda, que nunca saía — também já se fora a época em que era possível encontrá-la à soleira da porta. Era mesmo sua casa, aquela que apontavam? Não se tinha certeza, corria o boato de que mudavam muito, com medo de serem detidos pelos romanos. Não se falava deles senão sussurrando. Tudo que lhes concernia era solene, carregado de mistério.

Lucas deve ter se sentido bastante solitário em Éfeso. Os discípulos de Paulo haviam sumido. Os poucos que porventura encontrava viravam-lhe o rosto, desviando dele. Alguns tinham seus nomes citados nas cartas de Paulo, na época devem ter se sentido orgulhosos disso, mas, quando Lucas pronunciava o nome do apóstolo diante deles, declaravam jamais tê-lo conhecido. Os que não haviam debandado haviam aderido à tendência dominante e evitavam qualquer prática, qualquer convívio capaz de evocar seus antecedentes heréticos. Eram estes, nos ágapes, que se mostravam agora mais escrupulosos na observância dos rituais judeus, mais exigentes quanto à pureza das carnes, mais veementes contra o inimigo. O inimigo naturalmente era Nero, culpado dos massacres de 64, mas também Paulo, considerado um agente de Nero. O bom-tom mandava regozijar-se ruidosamente com sua morte. Chamavam-no coveiro da Lei, Balaão ou, ainda, Nicolau, e os nicolaítas são o rebotalho dos fiéis.

16

Os quatro evangelistas, por uma vez unânimes, contam que, após sua prisão, Jesus foi conduzido à residência do sumo sacerdote para lá ser interrogado. A cena desenrola-se à noite. Pedro, que conseguiu esgueirar-se no pátio, passa a noite esperando junto a uma fogueira, em torno da qual se aquecem, cabeceando de sono, guardas e servos do sumo sacerdote. Fazia frio, na medida em que pode fazer frio em abril em Jerusalém — e, a propósito, me dou conta de que esse detalhe não bate com a história que tanto me agrada sobre o rapazola que, nessa mesma noite, dormia nu e se cobriu com um lençol para seguir o grupo até o monte das Oliveiras. Paciência. Em certo momento, uma criada percebe Pedro e lhe diz: "Também tu estavas com o que foi preso". Pedro fica com medo e responde: "Não sei o que dizes". Outro insiste: "Tu também és um deles". "Homem, não sou", responde Pedro. Um terceiro reforça: "Além disso, tens o sotaque galileu como eles. Vamos, confessa". "Não conheço este homem!" Nesse instante, um galo canta e, num vislumbre, Pedro se lembra do que Jesus lhe dissera na véspera: "Em verdade te digo que esta noite, antes que o galo cante duas vezes, me negarás três". Então Pedro sai do pátio, e na madrugada suja, cai no pranto.

Foi Marcos o primeiro a contar essa história, e sabemos que Marcos era o secretário de Pedro, que Pedro o chamava de "meu filho". Poderia tê-la omitido, à primeira vista não enaltece Pedro. Mas ele a colhera de Pedro, Pedro devia contá-la pessoalmente, insistir no assunto, e essa honestidade nos faz simpatizar infinitamente com ele. É inclusive mais que honestidade. Quando somos cristãos, passamos a vida a renegar o Cristo. Fazemos isso manhã e noite, cem vezes por dia, não fazemos outra coisa. Então, que o fiel dos fiéis diga: eu também fiz, reneguei-o, traí-o, e isso no momento mais terrível, é uma coisa extraordinariamente reconfortante, uma coisa que deriva dessa bondade pura pela qual nos dispomos a jogar fora a água do banho mas não esse bebê disforme e maravilhoso, essa criança com Síndrome de Down que se chama cristianismo.

Pergunto-me, era aonde eu queria chegar, se Lucas, em Éfeso, pressionado de todos os lados por inimigos de Paulo, intimado a desfiar seu histórico, também renegou seu mestre. Talvez: não o imagino muito corajoso. Por outro lado, quando anos mais tarde copiou a história da negação de Pedro, ela também deve tê-lo feito chorar e, ao mesmo tempo que o fazia chorar, o consolado.

(Ainda a respeito de Pedro, aproveitando que ainda estou nele: quando ele ouve dizer que o Filho do Homem em breve irá sofrer e morrer, ele exclama: "Deus não o permita, Senhor! Isso jamais acontecerá!". Jesus lhe responde, com grande virulência: "Arreda-te de mim, Satanás! És um obstáculo para mim". — Ora, "obstáculo", a palavra grega que traduz "obstáculo" — *skandalon*, que se tornará "escândalo" —, significa literalmente "pedra em que tropeçamos". Pedro não é então somente, como todos sabem, a pedra sobre a qual Jesus quer construir sua igreja, mas também a pedra no seu sapato. Ele é os dois: a pedra inabalável, a pedra que apodrece a vida. Todos nós somos os dois, para nós mesmos e para Deus, se acreditamos em Deus. O que me faz simpatizar ainda mais com Pedro, e sentir-me muito próximo dele.)

17

É nesse momento que começa na Judeia a guerra dos judeus. Latente durante dez anos, explode definitivamente em 66, em parte por culpa do novo governador, Floro, que na comparação faz seus antecessores Félix e Festo parecerem íntegros. Os governadores, sem exceção, enchiam os bolsos, mas havia limites: Cícero se dava como exemplo porque, durante o ano que passou na Cilícia, não desviara mais do que dois milhões de sestércios. Floro desconhecia esses limites e parece ter vindo a considerar uma boa guerrinha como meio de esconder as malversações de que os judeus poderiam acusá-lo perante César. Sempre que os distúrbios tendem a se acalmar, o vemos jogando lenha na fogueira para que recomecem: é pelo menos o que sustenta Flávio Josefo, lembrando a maneira como meu primo Paul Klebnikov explicava a primeira guerra da Chechênia pelo interesse do Estado-Maior russo em impingir como perdas em combate as enormes quantidades de material militar que ele desviara e vendera no mercado negro, principalmente nos Bálcãs.

O estopim, segundo Josefo, é um novo imposto que Floro, sempre à cata de dinheiro, institui abruptamente e que desencadeia uma espécie de Intifada em Jerusalém. O povo está pressionado, superendividado, não aguenta mais. A pergunta feita a Jesus: "Devemos pagar o imposto?", que já era explosiva trinta anos antes, agora é muito mais. Indignados, jovens judeus promovem uma chuva de moedas sobre o cortejo de Floro, depois passam a atirar pedras na coorte. Represálias imediatas: os legionários invadem as casas, degolam centenas de habitantes e começam a erguer cruzes para nelas supliciar, por ordem do governador, algumas centenas de outros. A situação é suficientemente grave para que o reizote Agripa e sua irmã Berenice sintam-se obrigados a intervir. A elegante princesa raspa a cabeça em sinal de luto e, descalça e numa camisola grosseira, vai ao governador suplicar misericórdia para os condenados. Floro recusa. De sua parte, Agripa, o playboy, o rei da *dolce vita* romana no tempo de Calígula, faz o que pode para convencer seus compatriotas de que não há nada a esperar de uma rebelião. Josefo, que partilha a mesma inclinação de Lucas pelos longos discursos que ele mesmo gostaria de ter feito, reproduz sete grandes páginas de Agripa:

"Vossa paixão pela liberdade", argumenta o rei, "está fora de moda. Era antes que deveríeis ter lutado para não perdê-la. Dizeis que a servidão é intolerável, mas será que não o é mais ainda para os gregos, que sobrepujam em nobreza tudo que vive sob o sol e não obstante obedecem aos romanos? [Argumento falacioso: os judeus não pensam em absoluto que os gregos os sobrepujam em nobreza.] Não penseis que a guerra será travada com moderação. Para servirdes de exemplo aos outros povos, os romanos vos exterminarão até o último homem e reduzirão vossa cidade a cinzas. E o perigo não ameaça apenas os judeus daqui, pois não existe nenhum país no mundo onde não vivam pessoas de nossa raça. Se fizerdes a guerra, em consequência da fatal decisão de alguns, nenhuma cidade deixará de ser regada com sangue judeu."

Advertência lúcida, ainda mais tendo sido escrita a posteriori, porém ela é pouco ouvida, uma vez que Agripa é um amigo de Roma, arquétipo do colaboracionista. Por um triz, escapa ao linchamento. Jerusalém se amotina. A guarnição romana se vê cercada na fortaleza Antônia contígua ao Templo, onde Paulo fora encarcerado. O chefe da coorte tenta negociar com o governo provisório que acaba de ser autoproclamado. Esse governo provisório é uma mistura de moderados — entre os quais Josefo se inclui — e radicais, caso da maioria dos zelotas. Os moderados prometem ao chefe da coorte que seus soldados terão as vidas salvas caso se rendam. Eles se rendem, mas os radicais não prometeram nada e os massacram sumariamente. A lógica do pior se instala. O sumo sacerdote, líder dos moderados, é assassinado e seu palácio, incendiado, bem como o prédio onde são conservadas as quitações das dívidas — não esqueçamos que o superendividamento é um fator importante da rebelião. À espera de reforços, uma primeira legião, vinda de Cesareia, onde reside o governador, cerca Jerusalém, onde se veem apanhados na armadilha não só os moradores, como milhares de peregrinos. Josefo consegue escapar no último instante. Ninguém nesse momento desconfia que o cerco irá durar mais de três anos.

18

Um povo rebelado contra o Império Romano era coisa que não se via desde os gauleses, na época já remota de Júlio César. Cabia ao imperador tomar as rédeas da situação, mas o imperador tinha mais o que fazer. Após a morte de Sêneca, Nero livra-se de qualquer resquício de superego e dá livre curso a seus instintos de artista. Não pensa mais senão em sua carreira, sua voz, seus versos, na sinceridade dos aplausos. Como é possível ter certeza de que são sinceros, quando ele pode mandar trucidar qualquer espectador não muito entusiasmado? Esse dilema o atormenta. Ao mesmo tempo que exige, odeia a adulação. Em 66, empreendeu uma grande turnê pela

Grécia, país de especialistas sofisticados cuja aprovação é a única que conta para ele. Toda a sua corte o acompanha, em vão lhe dizem que deixar Roma vazia feito uma casa aberta é perigoso, ele não está nem aí. Participa das corridas de carros dos Jogos Olímpicos — ganhará o primeiro prêmio, embora tenha caído logo à primeira volta na pista — e então recebe a notícia de um recuo da legião diante de Jerusalém. Notícia gravíssima, mas nem por isso Nero cancela sua turnê triunfal. Limita-se a nomear à frente da campanha punitiva um general de extração plebeia que passa por um poço de bom senso e que se sobressaiu por ocasião da conquista da Bretanha. Esse general se chama Vespasiano, vulgo o Muleiro porque enriqueceu vendendo mulas ao exército. O muleiro põe-se a caminho do Oriente com um exército de sessenta mil homens. A reconquista tem início, quer dizer, o massacre sistemático dos rebeldes e de qualquer pessoa suspeita de ajudá-los. Aldeias incendiadas, homens crucificados, mulheres estupradas e as crianças que conseguem se esconder serão terroristas quando crescerem: conhecemos a história. Com a revolta se alastrando por toda a região, o rolo compressor põe-se em marcha na Galileia. É lá que reencontramos Flávio Josefo, que, promovido pelo governo provisório à patente de general, exerce há dois meses o comando militar, do lado judeu.

Em *A guerra dos judeus*, em que se coloca em cena na terceira pessoa, Josefo diz que Josefo defendeu corajosamente suas posições frente ao inexorável avanço da legião e que, após renhidos combates, viu-se cercado com quarenta combatentes numa caverna de flanco de montanha na região de Jotapata. Imaginamos esse homem de embaixadas, mesas-redondas, negociações civilizadas entre pessoas do mesmo mundo, no meio de uma horda de jihadistas judeus, barbas desgrenhadas, suados, olhos chamejantes, determinados a morrer como heróis. Ele, evidentemente, é a favor da rendição: foram corajosos, é hora de serem razoáveis. Seus companheiros lhe comunicam que esta não é uma opção. Das duas, uma: ou ele se suicida na pele de um general ou é morto por eles na de um traidor. Josefo desanima por um momento, mas não se dá por vencido. Consegue que em vez de suicídio, degolem-se mutuamente, e numa ordem tirada na sorte. Afortunadamente, ele é um dos dois últimos que sobram, entra num acordo com o outro e, com os braços erguidos, sai da caverna gritando que se rende.

O risco agora é ser executado pelo outro lado. General romano, ele alega ter o direito de parlamentar com o general romano, e com tanta autoridade que, em vez de ser crucificado na hora, é recebido pelo próprio Vespasiano. Ocorre-lhe uma ideia luminosa. Diz solenemente ao general que teve uma visão: Israel será vencido e ele, Vespasiano, o vencedor, será imperador de Roma. A priori, a coisa é totalmente inverossímil: a sucessão dos césares ainda obedece a um princípio mais ou menos dinástico e Vespasiano é um simples militar de carreira. O anúncio, apesar de tudo, deixa-o pensativo. Torna interessante seu prisioneiro. Josefo é salvo. Permanece cativo dos romanos e não se queixa disso, pois, se o libertassem, seria sumariamente assassinado pelos judeus. Goza de um regime privilegiado. Não demora a estabelecer relações com o filho de Vespasiano, Tito, rapaz cordial que estima perdido o dia em que não dá um presente ao amigo. Josefo vira amigo de Tito, recebe seus presentes. Sua carreira de renegado tem início.

Pacificada a Galileia, isto é, completamente arrasada, é hora de cuidar de Jerusalém, foco da insurreição. Vespasiano descobre que aquele ninho de marimbondos terroso, assentado numa colina escarpada, é na verdade muito bem defendido. Não seja por isso, temos tempo. Deixaremos os rebeldes se matarem uns aos outros e azar o dos reféns, moradores e peregrinos. O plano dá certo: eles se matam. Tudo que sabemos dos três anos de duração do cerco, sabemos por intermédio de Josefo, que, além de acompanhá-lo do acampamento de Vespasiano, colheu depoimentos de prisioneiros e desertores. Esses depoimentos são aterradores e, lamentavelmente, de uma maneira que nos é familiar. Líderes guerreiros rivais à frente de milícias que aterrorizam os infelizes que tentam simplesmente sobreviver. Fome, mães enlouquecendo após devorar os filhos. Fugitivos que, antes de partir, engolem todo o seu dinheiro na esperança de defecá-lo quando em lugar seguro, e os soldados romanos que, alertados para o fato, adquirem o hábito de estripar os detidos na barreira para vasculhar suas vísceras. Florestas de cruzes nas colinas. Corpos nus dos supliciados decompondo-se sob um sol inclemente. Paus capados na maior pândega, pois a circuncisão sempre divertiu o legionário. Matilhas de cães e chacais regalando-se com cadáveres, e isso não é nada, diz Josefo, comparado ao que acontece atrás das muralhas da cidade, que ele descreve como um "animal enlouquecido pela fome e se alimentando da própria carne".

Sem muita pressa, Vespasiano se prepara para o assalto final quando, em junho de 68, chega a notícia da morte do imperador. De volta de sua triunfal turnê helênica, após ganhar todos os prêmios em todos os jogos e em todos os palcos, Nero se vê em Roma diante de exércitos coléricos, um Senado que o declara inimigo da cidade, uma conspiração palaciana, e a coisa fica tão ruim para o seu lado que não lhe resta senão suicidar-se, aos trinta e um anos de idade. "Que artista morre comigo!", teria suspirado antes que um escravo, por ordens suas, lhe enfiasse a adaga na garganta.

A história, a respeito de Nero, alinhará seu parecer ao dos aristocratas e senadores que ele sacaneou, mas o povo lhe permanecerá por muito tempo fiel: Suetônio conta que seu túmulo estava sempre florido, obra de mãos anônimas e amantes. Sua morte abre um ano de crise jamais visto, com revoltas nas fronteiras e *pronunciamientos* em cascata. Nada menos que quatro imperadores irão se suceder, impostos pelo exército e às vezes saídos de suas fileiras. Um deles se suicidará, outros dois serão linchados, daqui a pouco falaremos do quarto. Esse ano de 68 é um ano de convulsões e pavor, sinais e prodígios. Somam-se nascimentos monstruosos, fetos com várias cabeças, porcos com garras de falcão, epidemia de peste em Roma, fome em Alexandria, em todos os cantos da Europa surgem aventureiros se dizendo Nero, eclipses, intempéries, estrelas cadentes, terremotos. É uma pena para a minha história: a grande erupção do Vesúvio, a que cobriu Pompeia e Herculano de lava, só acontecerá dez anos mais tarde, mas menores a precedem. Toda a região de

Nápoles perece em fogo, as bocas do inferno se abrem. Acrescentemos a isso pogroms no Egito e na Síria, os sossegados judeus da diáspora pagando, como previra Agripa, pelos radicais da Judeia. Não se estaria assistindo ao que os profetas anunciaram, ao "princípio das dores", e talvez mais que o princípio: o paroxismo do mal antes do fim dos fins?

19

Para Renan, só não vê quem não quer: o Apocalipse foi escrito durante esse ano de caos planetário. Suas imagens flamejantes seriam alusões mais ou menos cifradas a Nero e à catástrofe que se anuncia em Jerusalém. Outros historiadores inclinam-se por uma datação trinta anos mais tardia, pelo reinado de Domiciano. Embora a segunda escola seja majoritária, é à primeira que me alinho, pois, caso contrário, o Apocalipse sairia do escopo do meu livro, ora, eu queria falar do Apocalipse. Não que eu morra de amores por ele, mas ele foi escrito em Patmos e foi aqui, em Patmos, após um ano de buscas e vários desapontamentos, que Hélène e eu terminamos finalmente por encontrar a casa onde escrevo este capítulo, em novembro de 2012.

É minha primeira temporada sozinho no local, que estreio como casa de trabalho. Durante uma semana fez tempo bom, eu ia nadar diariamente em Psili Ammos, nossa praia preferida, onde, na companhia exclusiva de algumas cabras, eu podia me tomar por Ulisses. Penso muito em Ulisses quando estou nesta ilha, que imagino como minha Ítaca: o local do retorno, da quietude depois das tempestades, da amizade pelo real. Para terem uma ideia de como penso nele, nossa primeira providência após comprar a casa foi transformar as tristes camas de solteiro de nosso quarto numa *matrimoniale*, como dizem os italianos, digna desse nome. Não bastava para isso comprar um estrado grande na Ikea, pois o que temos no nosso quarto é uma cama patmiana tradicional, e a cama patmiana tradicional, que pode ser comparada à cama bretã, é composta por um tablado com um armário em cima, degraus para subir até ela, uma balaustrada esculpida ao redor, o que exigiu então todo um trabalho de marcenaria, bastante complexo e dispendioso, para deixá-lo do nosso jeito. Gostamos do resultado. Mesmo sozinho neste momento, sinto a presença de Hélène aqui. Ora, eis o que podemos ler no livro XXIII da Odisseia:

Ulisses chega finalmente a Ítaca. Partiu vinte anos antes — dez de guerra, dez à deriva —, Penélope o espera. Embora envelhecida, esta não perdeu nada de sua sabedoria. Com habilidade, dispensa os pretendentes que, para partilhar seu leito, torcem para que Ulisses seja declarado morto. Ulisses ronda seu próprio palácio, incógnito. Conserva deliberadamente o aspecto de um vagabundo. Estuda aquele mundo que é o seu, sem ele. É reconhecido pela ama de leite, pelo porqueiro Eumeu, pelo cão Argos, então massacra os pretendentes e, após essa façanha, chega o momento de se deixar reconhecer por Penélope. Ei-lo diante dela, que o encara. Ela deveria se atirar em seus braços, mas não, não se mexe. Cala-se. Telêmaco, seu filho, que também reconheceu Ulisses, acusa a mãe de ter um coração de pedra. Penélope não tem um coração de pedra: ela é prudente, conhece sua mitologia. Sabe que os deuses, para iludir os homens, e sobretudo as mulheres, são capazes de assumir a aparência de qualquer um.

"Mas se ele é na verdade Ulisses chegado a sua casa, sem dúvida ele e eu nos reconheceremos de modo mais seguro, pois temos sinais, que só nós sabemos, escondidos dos outros." Esses sinais secretos, tão decisivos nos contos de fadas ou nas tramas de ficção científica em que o herói, transformado em sapo ou prisioneiro de uma bolha temporal, deve ser reconhecido por alguém que não pode reconhecê-lo — em seu lugar, o herói não reconheceria a si mesmo —, esses sinais secretos são de uma ordem diferente da cicatriz na coxa percebida junto à fogueira pela ama de leite Euricleia. Poderia ser alguma coisa que eles falavam fazendo amor, que murmuravam na hora de gozar. Aliás, quando Penélope se refere a sinais secretos, Ulisses sorri. Em toda a Odisseia, é a única vez, não que ele sorria, talvez, mas que Homero nos chama atenção para o fato, e certamente não é à toa. Após se lavar, passar óleo, se preparar, ele sai do banho e depara com a cama que Penélope ordenara que arrumassem.

A cama *deles*.

Então Ulisses conta a história dessa cama, sólida e acolhedora, que ele mesmo construiu a partir de um tronco de oliveira. Diz como aparou a madeira, como a aplainou, serrou, envernizou, montou, aparafusou, incrustou com ouro, prata e marfim, estendeu correias em couro purpúreo, e quanto mais ele fala dessa cama, que é o lugar de seu desejo, de sua fecundidade, de seu repouso, mais Penélope sente os joelhos e o coração lhe desfalecerem. Quando ele termina, ela corre para ele, que, estreitando-a nos braços, talvez se lembre, em todo caso o leitor se lembra, de suas palavras à jovem e deslumbrante princesa Nausícaa, que se apaixonara à primeira vista por ele, sem chegar a confessá-lo, e ele, tendo fingido não notar:

"E que a ti os deuses concedam tudo o que teu coração deseja: um marido e uma casa. Que a ambos deem igual modo de sentir, essa coisa excelente! Pois nada há de melhor ou mais valioso do que quando, sintonizados nos seus pensamentos, numa casa habitam um homem e uma mulher."

20

De repente, o tempo virou. A temperatura caiu dez graus, o vento começou a soprar, o céu se encheu de nuvens, as nuvens rebentam em dilúvios constantes, e é com satisfação que descubro que, mesmo sob tais condições, a casa é perfeitamente habitável. Estou protegido por grossas paredes, a sensação é boa. À noite, deitado no sofá, leio a história romana olhando a chuva escorrer pelas vidraças, nas quais se reflete a luz vermelha tão tranquilizadora do abajur. Vou para cama cedo, durmo de um estirão e me levanto ainda de madrugada, e sento, com uma xícara de chá, atrás dessa escrivaninha que me agradou de cara quando fomos conhecer a casa. Aproveito as estiagens para fazer ioga no terraço, de frente para a montanha coroada por um pequeno mosteiro dedicado ao profeta Elias. De Chora, aldeia que fica acima do ponto onde nossa casa se assenta, ao pé do mosteiro, muito mais imponente, dedicado a João, o Teólogo, desço em minha *scooter* até o porto, Skala. Almoço em uma das duas tabernas abertas nesta estação do ano, vou à cozinha escolher meu jantar — atochado num *tupperware* que devolvo no dia seguinte — e volto a subir a estrada em caracol, passando, mais ou menos no meio do caminho, em frente à gruta de São João. O terminal dos ônibus chama-se *Apokalipsi*. No verão, há sempre dois ou três ônibus de turistas e uma loja de suvenires, na baixa estação, não. Fiz a visita, claro. A gruta abriga uma capela ortodoxa, uma iconostase, castiçais com velas espetadas. O grande momento é quando nos mostram, na parede rochosa, os buracos, agora revestidos de prata, onde o visionário repousava a cabeça e as mãos. A casa onde escrevo isto, nossa casa, portanto, fica na mesma colina, a menos de um quilômetro dessa gruta, onde o misterioso João, judeu da Galileia, filho do trovão, companheiro e testemunha do Senhor, última coluna viva da comunidade dos pobres e santos de Jerusalém, imã oculto das igrejas do Senhor na Ásia, teria há quase dois mil anos ouvido atrás de si a voz, poderosa qual uma trombeta, de alguém que desejava lhe confiar uma mensagem dirigida às sete igrejas da Ásia: Éfeso, Esmirna, Pérgamo, Tiatira, Sardes, Filadélfia e Laodiceia.

Ele se voltou.

À sua frente, rodeado por sete castiçais de ouro, estava o Filho do Homem.

21

Usava uma túnica comprida, com uma faixa de ouro na cintura. Seus cabelos eram brancos como a neve, seus olhos, uma chama ardente, seus pés, bronze em fusão, sua voz, o estrugir dos oceanos. Sua mão direita segurava sete estrelas, sua palavra causava o efeito de uma espada de dois gumes. João, tomado de pavor, caiu a seus pés. Pousando a mão em seu ombro, o Filho do Homem lhe disse: "Não temas! Eu sou o Primeiro e o Último, o Vivente; estive morto, mas eis que estou vivo pelos séculos dos séculos. Escreve, pois, o que viste: tanto as coisas presentes como as que deverão acontecer depois destas".

* * *

Em seguida, não é mais João quem fala, e sim o próprio Filho do Homem, por intermédio de João. Daí o título do livro não ser Revelação *sobre* Jesus Cristo (Apocalipse significa "revelação"), e sim Revelação *de* Jesus Cristo.

Essa revelação começa com algumas mensagens, distintas e personalizadas, aos anjos encarregados de proteger cada uma das sete igrejas da Ásia.

Ao de Éfeso, em primeiro lugar, que o Filho do Homem congratula, pois, diz ele, "puseste à prova os que se diziam apóstolos — e não são — e os descobristes mentirosos. Tens de bom, contudo, o detestares a conduta dos nicolaítas, que também eu detesto". Isso é bom. Em contrapartida, "devo reprovar-te por teres abandonado teu primeiro amor. Retoma tua conduta de outrora, do contrário virei a ti".

Ao de Esmirna, depois. Ele também enfrenta "as blasfêmias de alguns dos que se afirmam judeus mas não são — pelo contrário, são uma sinagoga de Satanás", e é advertido de que "o Diabo vai lançar alguns dentre vós na prisão, para serdes postos à prova por dez dias": assim a triagem será feita.

Vez de Pérgamo: "Tenho algumas reprovações a fazer: tens, também tu, pessoas que seguem a doutrina dos nicolaítas, e a de Balaão, que quer induzir os filhos de Israel a comerem carnes sacrificadas aos ídolos e se prostituírem".

Tiatira, agora, repreendida por "deixares em paz Jezabel, esta mulher que se afirma profetisa: ela ensina e seduz meus servos a se prostituírem, comendo das carnes sacrificadas aos ídolos. Dei-lhe um prazo para que se converta; ela, porém, não quer se arrepender. Eis que a lançarei num leito de tribulações e farei com que seus filhos morram e todas as Igrejas saibam que sou em quem sonda os rins e o coração".

Sardes: "Conheço tua conduta: tens fama de estar vivo, mas estás morto. Caso não vigies, virei como ladrão, sem que saibas em que hora venho te surpreender".

Filadélfia, a despeito de sua tibieza, não renegou o nome do Senhor, de maneira que "forçarei os da sinagoga de Satanás, que se afirmam judeus mas não são, que venham prostrar-se a teus pés e reconheçam que te amo".

É a Laodiceia, por fim, que é dirigida a terrível crítica da tepidez, que há dois mil anos os cristãos do tipo furioso fazem às pessoas do nosso tipo, a Lucas e a mim: "Conheço tua conduta: não és frio nem quente, e porque és morno, nem quente, estou para te vomitar de minha boca. Quanto a mim, repreendo e corrijo todos os que amo. Eis que estou à porta e bato: se alguém ouvir minha voz e abrir a porta, entrarei em sua casa e cearei com ele, e ele comigo". (Esse versículo é o único de que gosto de verdade em todo o último livro da Bíblia. Logo depois, a coisa desanda de novo, e de uma maneira que faz lembrar alguma coisa:) "Ao vencedor concederei sentar-se comigo no meu trono, assim como eu também venci e estou sentado com meu Pai em seu trono. Quem tem ouvidos, ouça."

Pergunta: a quem visam, na entrada do Apocalipse, essas imprecações lancinantes contra a sinagoga de Satanás, os nicolaítas, os judeus que não o são e que se regalam com carnes sacrificadas aos ídolos? A TEB diz sem titubear: "os judeus que não aceitam Cristo". Se vocês leram o que precede com um mínimo de atenção, devem estar, como eu, de queixo caído. De quem a TEB está zombando? Onde já se viu cristãos do século I criticando judeus por desrespeitarem as prescrições rituais? Não, nesse ponto não paira qualquer tipo de dúvida. Os que são acusados de comer carne sacrificada aos ídolos, ou de permitir que o façam, ou de dizer que não é grave fazê-lo porque nada é impuro em si, quer dizer, talvez as palavras que saem de nossa boca, mas não os alimentos que nela entram, são evidentemente Paulo e seus discípulos. A sinagoga de Satanás, os nicolaítas, a falsa profetisa Jezabel são eles, e quem os xinga com tais impropérios não pode ser outro senão um judeu-cristão oriundo da ala mais fundamentalista da igreja de Jerusalém, comparado a quem o finado Tiago, irmão do Senhor, era um modelo de tolerância e abertura ao novo.

* * *

Será uma heresia afirmar que esse retrato falado não se assemelha ao Filho do Homem? Que ele não pensava assim, não se exprimia assim, e que no Apocalipse é João, o filho do trovão, quem fala, e não o Senhor Jesus por sua boca? Não sei. O que é certo é que aquele que fala se dirige às sete igrejas da Ásia no tom de alguém que as conhece bem. Ele faz alusões a seus conflitos internos que são incompreensíveis para o leitor e até mesmo o exegeta de hoje, mas que deviam ser muito claras para seus correspondentes. Distribui certo e errado como um professor a quem se reconhece o direito de fazê-lo. Embora seus estilos sejam diametralmente opostos — Paulo chama um gato de gato, João prefere designá-lo como um animal com dez chifres e sete cabeças —, esse tom de autoridade suscetível e ciumenta lembra o de Paulo em suas cartas mais polêmicas.

Para os cristãos da Ásia, o autor do Apocalipse devia ser um personagem quase mítico e, ao mesmo tempo, por ter vivido entre eles, uma pessoa relativamente íntima. Sempre viajara muito, um dia aqui, outro acolá. Nos últimos tempos, deixara de ser visto em Éfeso. Ninguém sabia onde havia se metido. Tampouco se sabia do paradeiro da mãe do Senhor, que ele nunca abandonava. Era, como Osama bin Laden, um líder misterioso e inacessível, armado com toda a sua fé e astúcia contra o império que esmaga os seus, surgindo onde é menos esperado, escapando milagrosamente das ratoeiras montadas pelas polícias do mundo inteiro. Chegavam notícias suas de procedência ignorada. Boatos davam-no por morto, ou do outro lado do mundo, ou exilado numa ilha desumanamente hostil — assim via-se Patmos à época, e em certos momentos do inverno compreende-se por quê. Quando circulava um vídeo com uma mensagem dele para a comunidade dos crentes, ninguém podia ter certeza de que não fora gravada dois anos antes, ou por um sósia.

Um dia, justamente, uma grande confusão agitou a igreja de Éfeso. Haviam recebido uma carta de João! Uma carta compridíssima, consignando não só suas palavras, como as do próprio Senhor! Lucas, se ainda estava por lá, decerto assistiu à sua leitura pública. Imagino-a entremeada por desmaios, acessos de lágrimas e, principalmente, maldições lançadas contra aqueles impostores e nicolaítas, cujos filhos o Senhor, após tê-los vomitado pela boca, depois amarrado num leito de tribulações, se oferece para golpear com a morte. Como Lucas não se beneficiava das luzes da TEB, imagino também que, na condição de discípulo de Paulo, tenha se sentido diretamente visado ao ouvir aquelas maldições e, na eventualidade de vir a ser identificado, ameaçado de linchamento. Imagino, por fim, não nesse momento e sim mais tarde, o prazer que sentiu ao descrever João, em sua juventude, sob os traços de um doidivanas constantemente repreendido por Jesus porque queria — já! — fazer o fogo do céu se abater sobre aqueles com cuja cara ele não ia, tirar de circulação os que curavam sem terem a carteira do Partido e reservar seu assento nas nuvens, à direita do chefe.

Após as mensagens às igrejas, começa a interminável procissão (para mim: não quero desencorajar ninguém) dos sete selos, sete anjos, sete trombetas, quatro cavaleiros, bestas que sobem do abismo — a mais conhecida, a que mais mexeu com a imaginação, sendo aquela besta com dois chifres de cordeiro mas voz de dragão, cujo número é 666. "Quem é inteligente calcule o número da Besta, pois é um número de homem." Claro, fez-se uma conta e o homem encontrado foi Nero. Explicação: transcreva a forma grega de *Nero Caesar* em consoantes hebraicas, transforme essas consoantes nos algarismos que lhes correspondem, some-os e se chegará a 666. É cristalino, mas faço questão de acrescentar ao processo que, triturando os mesmos algarismos em sua fase de delírio religioso, Philip K. Dick chegava a Richard Milhous Nixon, seu inimigo jurado, e não achava isso menos cristalino.

Vêm então, estou indo mais rápido, a grande Babilônia, mãe das prostitutas, a terra devastada, a festa no céu, o reinado de mil anos, o juízo final, o novo céu, a nova terra, a nova Jerusalém, a noiva do cordeiro, um carnaval do qual a Igreja, vexada por tê-lo aceitado no cânone, não soube o que fazer por muito tempo. É somente a partir do século XII, e de um prodigioso erudito calabrês chamado Joachim Flore, que se aventa a hipótese de esse escrito conter todos os segredos do passado, presente e futuro e, em pé de igualdade com as profecias de Nostradamus, tornar-se o parque de diversões favorito de todos os esoteristas malucos da cabeça, Philip Dick no melhor dos casos, Dan Brown no pior. Dizendo isso, tenho consciência de estar, para muitos, apenas confessando minha urticária crônica ao mistério e à poesia. Paciência, não é o meu barato, e estou convencido de que tampouco era o de Lucas. No fim de poucos meses, a atmosfera de Éfeso deve ter-lhe parecido tão irrespirável como a de Moscou durante os julgamentos de 1936 para um partidário de Trótski ou Bukharin, e não sei o que ele fez, mas, em seu lugar, eu teria voltado para casa, para Filipos, para espairecer.

22

Assim como Ulisses, com quem pouco se parece, Lucas fez uma longa viagem, muito mais longa do que imaginava quando se pôs ao mar em Trôade com Paulo e os delegados de suas igrejas. Conheceu Jerusalém e Roma. Viu seu mestre encarcerado em Jerusalém e Roma. Viu a cólera dos judeus e a brutalidade dos romanos. Viu Roma e seus próprios companheiros, transformados em tochas humanas, arderem em chamas. Atravessou o Mediterrâneo pelo menos três vezes, enfrentou tempestades e naufrágios. E eis que, ao fim de sete anos, à casa torna.

Não teve a sorte de Ulisses: ninguém espera por ele. Se dependesse só de mim, eu lhe daria uma mulher. Lamentavelmente, a tradição afirma que, a exemplo de Paulo, ele não só era solteiro, como permaneceu virgem a vida inteira. Embora isso não me seduza, eu teria a impressão de estar trapaceando se contrariasse a tradição nesse ponto: emana de Lucas algo de delicado, organizado, um pouco triste, certa maneira de se resguardar da vida que me fazem julgar esse celibato mais plausível que uma família numerosa.

Nenhuma Penélope, portanto, nenhum sinal secreto ou cama em tronco de oliveira, em contrapartida dispõe, bem ou mal, de um porto seguro, é a casa de Lídia, e a casa de Lídia continua lá, assim como a própria Lídia, sempre atarefada, generosa, tirânica, e o círculo de frequentadores da casa: Síntique, Evódia, Epafrodito e os outros. Eles não mudaram, Lucas é quem mudou. Ele, cujo rosto antes da partida imagino um tanto suave, ainda com traços infantis, emagreceu, amorenou, as feições se definiram. Talvez não o reconheçam à primeira vista, talvez a serva o faça esperar à porta, porém, uma vez reconhecido, isso é certo, fazem-lhe festa. Fazem um banquete em sua homenagem, enchem-no de perguntas olhando para ele com olhos de fogo, e ele, sem dificuldade, mas com certo espanto, se adapta a esse papel que nunca teria pensado ou sonhado desempenhar um dia: o do grande viajante, do aventureiro que chega de muito longe, saco de marinheiro no ombro, e que sabe mais sobre o vasto mundo do que eles todos juntos jamais virão a saber. Talvez esteja presente um de seus ex-colegas de escola que lhe tirava o couro quando criança, que ele julgava um bambambã, mas o bambambã ficou em sua birosca vendendo sandálias enquanto ele, Lucas, o mocinho bem-comportado, sempre mergulhado nos livros, ele, Lucas, o adolescente melancólico, avesso às garotas, é ele agora que todo mundo olha como a um herói e escuta como a um aedo.

Esses anos, que para ele foram frenéticos e furiosos, transcorreram, ao contrário, pacificamente em Filipos. Não houve nenhuma perseguição, nem por parte dos romanos, a quem eles jamais deram motivos de queixa, nem por parte dos judeus da região, pouco numerosos e que terminaram por considerar os membros da seita defronte bons vizinhos, a quem se pede sal quando o nosso acaba. Não se formaram muitos novos recrutas: dos vinte de quando Lucas partiu, passou-se no máximo a trinta. Permaneceram junto ao fogo, entre si, esperando Jesus e, sobretudo, Paulo. Liam e reliam infindavelmente suas cartas, e, mesmo ciente de que a dirigida aos filipenses é contestada, tenho vontade de decretá-la autêntica, imaginando a alegria da igrejinha ao receber uma que lhe era nomeadamente destinada. De tempos em tempos, por iniciativa de Lídia, cotizavam-se para enviar dinheiro a Paulo, e Lucas não deve ter se eximido de confirmar que aqueles subsídios eram os únicos que o apóstolo recebia, e regularmente, abençoando-os. Estavam longe de

Jerusalém: nenhum emissário de Tiago se deslocara até a Macedônia para denunciar Paulo como um impostor, e, tivesse feito isso, tivesse batido à porta de Lídia, podemos ter certeza de que teria encontrado resposta à altura. Estavam longe de Roma também: souberam do incêndio, evidentemente, souberam da perseguição, sabiam que nos últimos meses um césar derrubava o outro, no sangue, mas era feito as catástrofes e guerras que vemos pela tv. Os ágapes pareciam concursos de doces. Ninguém se embriagava. Ninguém amaldiçoava ninguém. Cantavam juntos "Vem, Senhor Jesus", depois iam dormir. Um acompanhava o outro de volta à casa. As vozes ressoavam, serenas, no silêncio das ruas. Não falavam muito alto para não perturbar os ribeirinhos, davam boa-noite na soleira das portas. Essa bonomia rústica, esse fervor sem histeria — Paulo não estava presente para inflamá-lo —, Lucas deve ter se dado conta de que isso lhe havia feito falta. Após sete anos vividos numa tensão perpétua, em que cada encontro estava carregado de ameaça, cada instante, de uma escolha decisiva envolvendo vida ou morte, achava deliciosa aquela diminuição de intensidade. A Macedônia era a Suíça, Levron, sua querência: lá ele descansou.

23

Todas as noites, reuniam-se para escutá-lo. Faziam uma roda, esperando que ele descesse de seu quarto — suponho que, pelo menos num primeiro momento, tenha morado na casa de Lídia. O relato do que vivera pessoalmente ao lado de Paulo deve ter ocupado vários serões e feito sonhar muitas crianças, caso não as mandassem para cama — penso que não as mandavam para cama e que Lucas era melhor do que eu para histórias de tempestades e naufrágios. Acho muito possível que tenha começado a escrever tudo que narrava. As partes dos Atos em primeira pessoa datariam dessa época. Mais tarde, muito mais tarde, teria lhe ocorrido a ideia de integrá-los num relato mais amplo, enfeixando todas as informações que ele reunira sobre a jovem história da Igreja. Acredito, porque é simples e plausível, que a redação dos Atos começou assim, bem antes da do Evangelho, e acredito também — opinião minha — que, embora inesgotável sobre Paulo, Pedro, Tiago, Filipe, sobre a primeira comunidade de Jerusalém, Lucas não falava nada, ou quase nada, sobre Jesus.

E isso não só porque seu público se interessava mais por Paulo. Adotara a regra de não comentar com Paulo a espécie de investigação que efetuara na Judeia, e penso que não infringiu tal regra na casa de Lídia. Não saberia como contá-la. Não sabia o que ela contava. O rosto do qual ele tentara se aproximar se esquivava. Guardava as palavras que copiara do rolo de Filipe no fundo do baú, junto com todos os seus pertences, e não as tirava de lá. Não ousava lê-las para os outros, não ousava lê-las sozinho porque temia que não as compreendessem e talvez que ele mesmo não as compreendesse.

Que idade tinha Lucas no ano 70? Entre quarenta e cinquenta anos, se conhecera Paulo entre vinte e trinta. Quase a metade de sua vida transcorrera numa campanha de guerra, em que passara de parceiro de viagem no início a uma espécie de ex-combatente, campanha cujo sentido, agora, lhe escapava. Não sabia mais se isso era uma vitória ou uma derrota. A catástrofe de Roma, a amargura de Paulo no fim da vida, sua morte trágica, a hostilidade com que as igrejas da Ásia passaram a tratar sua memória, a transformação destas últimas sob a autoridade de João em seita fanática, tudo isso punha na conta da derrota. Na outra coluna, estava a fidelidade de Lídia e do pequeno grupo de Filipos. E por fim, a despeito de tudo, aquele rolo que ele guardava no fundo de seu baú como um tesouro, mas que nunca desenrolava — com medo de descobrir que não era um tesouro, que lhe haviam impingido um falso diamante, e intuindo também que ainda não era chegado o momento.

Por duas vezes, nos Evangelhos da infância que escreverá mais tarde, Lucas diz que "Maria conservava a lembrança de todos esses fatos em seu coração". O que ele deve ter feito também. Ele não sabia muito bem o que pensar sobre "todos esses fatos" que concerniam a Jesus, e talvez não pensasse neles com frequência, talvez eles não ocupassem muito espaço em sua cabeça. Mas ele os guardava no coração.

24

Imagino que ele tenha ficado um, dois, três anos em Filipos. Que tenha retomado sua profissão de médico, seus hábitos. Ágapes na casa de Lídia, círculo de amigos, clientela, caminhadas nas montanhas, talvez um copinho à noite na taberna. Jantar cedo, deitar cedo, levantar cedo: a Suíça. De manhã, algumas horas escrevendo suas recordações, como fazem os aposentados viajados. Isso poderia seguir assim, tranquilamente, até a morte.

De Filipos, no entanto, ele deve ter acompanhado os acontecimentos na Judeia com mais interesse que o aposentado mediano. Por mais cristão que fosse, deve ter se aproximado das sinagogas de Bereia ou Tessalônica, aquelas que quinze anos antes haviam literalmente escorraçado Paulo. Com aqueles judeus crescidos longe de Israel, a maioria dos quais nunca havia botado os pés lá, ele podia falar, de Jerusalém, do Templo, de Agripa. Sabia muito mais que eles, havia deixado as marcas dos seus pés nas esplanadas do Templo, mas eles recebiam notícias, e ele as escutava com aquele ar superior que, quando nos referimos a um lugar incrível do planeta, adotam as pessoas que viveram no local e conhecem o terreno.

Essas notícias eram cada vez mais angustiantes. Como Lucas, os judeus da Macedônia não só respeitavam os romanos — não lhes teria passado pela cabeça sublevar-se —, como tinham plena consciência do risco apontado por Agripa: se as coisas piorassem por lá, eles, por sua vez, as padeceriam em sua pátria. A Macedônia era tranquila, tudo bem, estava a léguas do teatro das operações, mas já havia casos, fora da Judeia, em que os alvos foram judeus completamente alheios à revolta. Em Antioquia, para provar sua lealdade ao império, tentou-se obrigá-los a adorar os deuses pagãos, a comer porco, a trabalhar no Shabat. As fiscalizações aumentavam, os que eram flagrados à toa, acendendo suas lamparinas, eram vergastados, às vezes linchados. Anciãos eram obrigados a abaixar a cueca para provar que eram circuncisos. Eis por que, afora alguns fanáticos como os que cercavam João em Éfeso, a maioria dos judeus no império desejava a derrota dos rebeldes e o retorno à ordem. Nenhum, no entanto, até o último minuto, ousou imaginar esta coisa absolutamente monstruosa, noticiada no fim do verão de 70: a pilhagem de Jerusalém e a destruição do Templo.

25

Pode ser que eu tenha sido injusto com Flávio Josefo ao insinuar que sua visão da derrota de Israel e da ascensão de Vespasiano era uma lorota improvisada com o fito de cair nas graças do general. Quem sabe se, no fim das contas, ele não teve uma visão, como João em Patmos? Mas, enquanto procuramos sempre descobrir a que se aplica a de João, a de Josefo foi, em seus dois pontos, consumada num prazo muito curto, e, ao menos no que se refere ao segundo, ele deve ter tido uma divina surpresa: em julho de 69, após um ano de caos e três césares sucessivamente coroados e assassinados, as legiões da Síria e do Egito proclamaram Vespasiano imperador.

Dois anos antes, eu disse, isso ainda era altamente improvável, mas nesse intervalo já se tornara comum os césares virem do exército. O próprio interessado, graças a Josefo, preparara-se para o papel. Assumiu-o como alguém que não dá muita bola para aquilo, mas, já que tem que fazer, façamos, se não fosse ele seria um outro qualquer. Assim como não tivera pressa para atacar Jerusalém, tampouco tinha para voltar a Roma. Igual ao general Kutúzov, em *Guerra e paz*, Vespasiano era avesso à precipitação, dava tempo ao tempo. Sabendo que era o que o tornava especial, jogava com isso. Contavam com ele para restabelecer a ordem, ele a restabeleceria no seu ritmo, com sua bonomia astuta de muleiro. Fez-se esperar por alguns meses e, no fim, quando partiu, delegou ao filho Tito a missão de encerrar o assunto de Jerusalém.

Flávio Josefo apostara no cavalo certo. Foi por essa época que, em homenagem ao novo césar, oriundo da família Flávia, ele trocou seu nome judeu Josef ben Mathias pelo nome latino com que o conhecemos, e seu status de prisioneiro de guerra pelo de uma espécie de comissário para assuntos judaicos junto a Tito, promovido a generalíssimo para o Oriente. Em seu séquito, reencontrou dois velhos conhecidos: o reizote Agripa e sua irmã Berenice — promovida, por sua vez, a amante de Tito. Podemos dizer que Berenice e Agripa, assim como Josefo, embora colaboracionistas, não eram crápulas cínicos. O que se desenrolava diante de seus olhos os horrorizava. Fizeram tudo ao seu alcance para defender a causa de seu povo junto aos romanos e a causa dos romanos junto a seu povo. Afora isso, circulavam com desenvoltura, sempre nos palácios, sempre do lado mais forte. Aderindo a esse lado dos renegados de boa família e boa vontade, Josefo, além do mais, preocupado com diversos parentes seus apanhados na armadilha de Jerusalém, não quis ficar para trás. Tendo arrancado de Tito a promessa de que todos os que se rendessem antes do assalto final seriam poupados, deixou o acampamento romano para oferecer essa última chance aos sitiados. Em seu livro, ele se descreve rondando as muralhas, procurando a distância certa de modo a que sua voz os alcançasse e ele não fosse alcançado pelas flechas, suplicando aos rebeldes que pensassem no futuro do povo judeu, no Templo e em suas vidas. Não teve tempo de pronunciar muitas frases: uma pedra atingiu-o de cheio no rosto. Sangrando e desolado, bateu em retirada.

Perdidamente apaixonado por Berenice, Tito teria preferido agradá-la mostrando-se conciliador, mas, além de ser difícil mostrar-se conciliador quando se tem diante de si verdadeiros cães enraivecidos, o que os jerosolimitas sitiados haviam se tornado, seu pai, ao regressar Roma, deixara-lhe uma agenda sem ambiguidades: cumpria inaugurar o reinado com uma vitória grandiosa e significativa, provando que ninguém desafiava Roma impunemente. Os terroristas, como disse Vladimir Pútin no contexto bastante análogo da Chechênia, deviam ser exterminados até dentro das latrinas.

Eles o foram.

Josefo, enaltecendo Tito em seus escritos, afirma que este recomendara uma carnificina moderada e proibira a destruição do Templo. Mas ele não tinha como vigiar tudo: o Templo foi incendiado, as mulheres e crianças lá refugiadas, queimadas vivas. É coisa de centenas de milhares de mortos, entre rebeldes, moradores e peregrinos, e o mesmo número de sobreviventes confinados em acampamentos para, dependendo de suas condições físicas, serem deportados para as minas do Egito, vendidos como escravos à clientela privada ou, no caso dos mais apresentáveis, separados com vistas ao triunfo que se preparava em Roma.

Jerusalém é uma cidade de túneis e subterrâneos. Meu amigo Olivier Rubinstein me mostrou, no sítio arqueológico conhecido como cidade de Davi, os gigantescos blocos de pedra que pavimentavam as ruas, todos eles rachados exatamente no meio. É um espetáculo estranho, não compreendemos o que pôde ter acontecido, que cataclismo natural pôde provocar fissuras tão profundas e regulares. Olivier me explicou: não foi um cataclismo natural, e sim obra dos legionários romanos. A golpes de clava, eles fenderam metodicamente o calçamento para desemboscar os últimos insurgentes, entocados como ratos no subsolo. Simon ben Giora, um dos principais líderes guerrilheiros que semeavam o terror na cidade sitiada, foi capturado no ralo de uma canalização, o rosto carcomido pela barba, semilouco, feito Saddam Hussein. Não restando mais ninguém para matar, o bondoso Tito mandou demolir a cidade, derrubar suas muralhas e botar o Templo abaixo. Em termos de engenharia, isso não foi fácil. Afinal, aqueles blocos ciclópicos que despencavam tinham de ser removidos para algum lugar e, uma vez que a ravina que na época separava o Templo da cidade alta estava abarrotada até a borda, resignaram-se a deixar o resto entulhado. Os diversos conquistadores, romanos, árabes, cruzados e otomanos, que ao longo dos séculos seguintes tomaram e retomaram a cidade, aproveitaram esse entulho para reconstruí-la de seu jeito e afirmar, cada um, ter sido obra sua. Nesse gigantesco Lego, o único muro a não ter ido abaixo foi o muro de sustentação ocidental do Templo, aquele junto ao qual ainda hoje se fazem orações. Disso tudo Josefo conclui que "a rebelião destruiu a cidade e Roma destruiu a rebelião". Tradução: foram os judeus que começaram e, para restaurar a paz, os romanos não tiveram outra escolha. Há quem se expresse de outra forma, como o chefe bretão Galgacus, de quem Tácito guardou para nós estas fortes palavras: "Quando destroem tudo, os romanos chamam isso de paz".

26

Massada, um dos sítios arqueológicos mais impressionantes que se pode visitar em Israel, é uma cidadela construída pelo nababesco rei Herodes sobre um esporão rochoso que domina o mar Morto. Nesse ninho de águia, que nos evoca os castelos cátaros ou a fortaleza de *Deserto dos tártaros*, um último destacamento de zelotas resistiu ainda alguns meses após a queda de Jerusalém, tudo terminando num holocausto coletivo. Hoje, as crianças das escolas são levadas até lá uma vez por ano, os adolescentes convocados para o serviço militar vão lá prestar juramento, e os cientistas políticos denominam "complexo de Massada" a tendência de Israel a se ver como uma fortaleza sitiada que, se necessário, será defendida até a morte. Se é certo ou não dar os zelotas como exemplo às jovens gerações, esse é um debate que exige a presença de historiadores, pois a resposta não é a mesma caso se considere que os sitiados se suicidaram — o que a Lei proíbe — ou se degolaram mutuamente — em cujo caso, tudo bem. Flávio Josefo, a quem essa tragédia não podia senão lembrar um episódio crucial de sua própria vida, lhe confere um destaque especial em *A guerra dos judeus*. É o objeto de seu último capítulo e, lendo-o, nos damos conta de que, em sua cabeça, trata-se de muito mais do que o último capítulo de *A guerra dos judeus*: é o último capítulo da história do povo judeu.

Como é de seu feitio, Josefo não consegue se segurar, desfiando um longo discurso, que atribui a Eleazar, chefe dos zelotas. Eis as palavras que ele põe na boca desse homem que, dentro de poucas horas, vai morrer como herói justamente onde ele, Josefo, sobreviveu como traidor:

"Talvez, desde o início, quando pensávamos defender nossa liberdade, devêssemos ter adivinhado o pensamento de Deus e compreendido que, após ter amado longamente o povo judeu, ele terminou por condená-lo. Se tivesse continuado benevolente, ou mesmo moderadamente hostil, não teria tolerado a perda de tão grande número de seres humanos, nem abandonado sua cidade mais sagrada nas mãos dos romanos para que eles a incendiassem e destruíssem... A verdade é que Deus baixou um decreto contra toda a raça judaica segundo o qual devemos deixar esta vida, da qual não soubemos fazer bom uso… Logo, é preferível sofrer o castigo por nossos crimes não pelas mãos de nossos inimigos, mas nos matando uns aos outros."

Toda a história de Israel é uma série de advertências de Deus a seu povo. Ameaças, injunções, condenações que ele termina suspendendo, como pai amante que é. No último instante, ele detém o cutelo de Abraão e salva Isaac. Mais tarde, deixa que os babilônios tomem Jerusalém e destruam o Templo, mas permite que os judeus voltem do exílio e que um segundo Templo seja construído. Dessa vez, não: é a última condenação e ela é inapelável.

Não haverá terceiro Templo.

Os romanos, a princípio, não destruíam os santuários. Não humilhavam os deuses de seus inimigos vencidos. Um ritual específico, a *evocatio*, permitia dedicar-lhes um lugar no Panteão. Nunca se cogitou isso para o deus de Israel, muito menos reconstruir seu Templo. Ficou decidido que o óbolo de duas dracmas, que os judeus da diáspora faziam questão de remeter todos os anos a Jerusalém para sua manutenção, continuaria sendo pago, mas agora ele seria destinado à manutenção do Capitólio, isto é, o culto dos deuses pagãos. Essa norma, muito bem aceita, que recebeu o nome de *Fiscus Judaicus*, era uma ideia do próprio Vespasiano, imperador admirado pelo bom senso, a administração paternalista e a imaginação fiscal. A lenda lhe atribui por engano a invenção dos mictórios, que já existiam, embora seja literalmente verdade que ele tributou a urina: os fabricantes de lã usavam-na como desengordurante e, para que não faltasse, instalavam diante de seus ateliês jarras nas quais os vizinhos eram incentivados a esvaziar seus urinóis. Muito bem, disse Vespasiano, continuem, mas mediante uma pequena contrapartida, e dizem ser a esse propósito que ele criou o provérbio segundo o qual dinheiro não tem cheiro.

Sessenta anos mais tarde, o bom imperador Adriano, aquele da Marguerite Yourcenar, que, como todos os "bons" imperadores, era antissemita e anticristão, mandou construir no sítio de Jerusalém uma cidade romana moderna chamada *Aelia Capitolina*, com um templo de Júpiter no lugar do Templo. Nos judeus que ainda moravam na região, essa provocação gerou um último espasmo de revolta, afogado no sangue. A circuncisão foi proibida, a apostasia, estimulada. A região deixou de se chamar Judeia e ganhou o nome de Palestina, em referência aos mais antigos inimigos dos judeus, os filisteus — moradores da faixa de Gaza que os judeus, a bem da verdade, tinham começado por desalojar. Jerusalém destruída, depois profanada, tornara-se o emblema do luto e da desolação. "Aquele que pinta sua casa", diz a Mishná, "que deixe um pedaço da parede nua, em memória de Jerusalém. Aquele que prepara a refeição, que omita um ingrediente saboroso, em memória de Jerusalém. Aquela que se cobre de adornos, que retire um, em memória de Jerusalém."

Entretanto...

27

Entretanto, diz o Talmude, havia em Jerusalém um rabino muito devoto chamado Yohanan ben Zakkai. Aluno do grande Hillel, era um fariseu que dedicara a vida ao estudo da Lei. Durante o cerco, apelou em vão para o bom senso. Quando ficou claro que a situação era desesperadora, conseguiu ser evacuado da cidade dentro de um caixão, onde o haviam deitado junto com um pedaço de carniça a fim de que o cheiro da decomposição enganasse os soldados nas barreiras. Seus discípulos o levaram assim até a tenda do general, e a tradição judaica diz que, assim como Flávio Josefo, o rabi Ben Zakkai teria vaticinado para Vespasiano a derrota de Israel e sua própria ascensão. (Como narrador, eu teria prescindido dessa redundância, mas, enfim, duas fontes distintas atestam essas duas previsões convergentes: se é verdade, Vespasiano tinha motivos para se sensibilizar.) Depois disso, o rabi teria obtido do futuro imperador que, na iminente destruição de tudo que era judeu, fosse preservado um pequeno enclave onde um punhado de homens piedosos pudesse continuar a estudar a Lei em paz.

O Templo dos judeus não existia mais. A cidade dos judeus não existia mais. O país dos judeus não existia mais. Normalmente, o povo judeu deveria ter deixado de existir, como tantos povos que, antes e depois dele, desapareceram ou se diluíram em outros povos. Não foi o que aconteceu. Não há na história dos homens nenhum outro exemplo de povo que, privado de território e poder temporal, tenha perseverado tanto tempo como povo. Essa modalidade de existência nova, absolutamente inédita, começou em Yavne, perto de Jaffa, onde, após a pilhagem de Jerusalém, se estabeleceu a pequena colônia farisaica idealizada pelo rabi Ben Zakkai. Foi lá que germinou em segredo, em silêncio, o que viria a ser o judaísmo rabínico. Foi lá que nasceu a Mishná. Foi lá que os judeus deixaram de habitar uma pátria e passaram a habitar exclusivamente a Lei. Doravante não haverá mais sumos sacerdotes, sábios, Templo glorioso, e sim humildes sinagogas, não mais sacrifícios, e sim orações, não mais lugar sagrado, e sim um dia, o Shabat, que, uma vez que foi preciso fazer uma cruz no espaço, desdobra no tempo o mais inexpugnável dos santuários, destinado à atenção, à solicitude, aos gestos cotidianos santificados por amor a Deus.

O Talmude descreve o rabino a percorrer com um de seus discípulos o campo de ruínas que Jerusalém se tornara. O discípulo se lamenta: ai ai ai. "Não fique triste", diz o rabino. "'Há outra maneira de prestar a Deus o culto que lhe apraz.' 'E qual é?' 'A caridade.'"

28

E os pobres? Os santos? A família de Jesus, os judeus-cristãos da linha de Tiago? Dizem que eles também, ou pelo menos alguns deles, conseguiram fugir de Jerusalém sitiada e encontraram refúgio do outro lado do Jordão, na região desértica da Bataneia.

Eram os últimos a terem conhecido Jesus. Referiam-se a ele como um profeta que viera reconduzir Israel à mais pura observância da Lei. Como Israel acabava de ruir em meio às chamas, não sabiam mais o que pensar, mas estavam acostumados com isso: também não souberam o que pensar quando Jesus, que devia expulsar os romanos, terminara crucificado por eles. Atônitos, não compreendiam nada. Não eram ases da interpretação.

Lembravam-se das palavras que ele proferira, das peripécias. Poderiam descrever seu rosto, se alguém lhes perguntasse. Elaboravam genealogias para provar que ele descendia realmente de Davi — isso era muito importante para eles, a ponto de o essencial de sua fé ter se abrigado dentro dessas questões genealógicas. Tinham visto seu irmão Tiago ser apedrejado, chegou-lhes a notícia de que Pedro morrera em Roma, e talvez também João. Pensavam que "o homem inimigo" os denunciara. "O homem inimigo" era como designavam Paulo. Não sabiam muita coisa sobre ele, mas o suficiente para maldizê-lo. Circulavam histórias de magia negra a seu respeito. Diziam que sequer era judeu, que assediara a filha do sumo sacerdote — conhecemos um pouco disso tudo por intermédio do professor Maccoby, que, pinçando suas informações em tradições lacunares e desalinhadas, se convenceu de que esta era a verdade escamoteada pelos habilidosos *storytellers* do Novo Testamento. Na mesma época, os judeus, por seu turno, contavam histórias do mesmo gênero sobre a mãe de Jesus: que ela tinha transado com um soldado romano chamado Pantera. Ou, pura e simplesmente, com uma pantera.

Repelidos tanto pelos judeus como pelos cristãos, os judeus-cristãos tornaram-se heréticos na casa que haviam fundado. Heréticos um tanto incômodos; ninguém mais se interessava por eles, ninguém mais sabia que eles existiam, isolados em seu canto de deserto com suas genealogias. Se, quinhentos anos mais tarde, Maomé não tivesse se informado sobre Jesus junto ao que restava de suas seitas, poder-se-ia dizer que seu rastro tinha se perdido na areia.

29

Até o ano 70, um cristão era uma espécie de judeu. Esse amálgama era de seu interesse, uma vez que os judeus eram identificados e, em sua grande maioria, aceitos pelo império. Na primeira vez que fizeram a distinção, ela não foi vantajosa para os cristãos: foram eles que, para se vingar, atearam fogo em Roma, não os judeus. Mas quando os judeus, após o esmagamento de sua revolta, se viram na posição de proscritos, considerados terroristas potenciais, privados de todos os agradáveis privilégios de que se haviam beneficiado, o interesse dos cristãos passou a ser demarcar-se deles. Até o ano 70, as colunas de sua igreja eram Tiago, Pedro e João, bons judeus aferrados ao judaísmo. Paulo não passava de um desordeiro dissidente a quem ninguém mais se referia após sua morte. Após 70, tudo muda: a igreja de Tiago se perde nas areias, a de João se transforma numa seita de esotéricos paranoicos, o mundo está maduro para Paulo e sua igreja desjudaizada. Paulo mesmo não está mais presente, mas ainda conta com partidários espalhados pelo mundo. Lucas é um desses quadros do paulinismo. De volta a seu país natal, julgava-se definitivamente aposentado. Julgava a história terminada, a partida perdida, mas eis que antigos camaradas de célula lhe dizem que não, que há um segundo tempo, e que precisam dele.

Se é para levar Lucas de volta a Roma, eu gostaria muito que fosse em junho de 71, para fazê-lo assistir, junto com toda a população da cidade, ao triunfo de Tito, que retornava de Jerusalém. Um triunfo nunca deixa de ser uma parada militar, mas os romanos não faziam as coisas pela metade, se construíam um circo, planejavam duzentos e cinquenta mil lugares, e suas paradas militares tinham algo do Carnaval do Rio. Voltando de carona com o general vencedor, Josefo acompanhou da tribuna oficial a cerimônia, que celebrava a vitória da civilização romana sobre o fanatismo oriental. Descreveu-a com um requinte de detalhes digno de *Salammbô* e um fascínio deveras inconveniente, na medida em que o vencido era seu próprio povo.

O que choca mais são os capitéis móveis, da altura de prédios de quatro andares, que avançam junto com o cortejo, carregando cachos inteiros de prisioneiros dispostos de tal forma que representam, para edificação da plebe, cito: "a tomada de cidadelas inexpugnáveis, uma cidade inteira entregue à carnificina, os vencidos estendendo mãos suplicantes antes de ser degolados, as casas desabando sobre seus ocupantes, os rios correndo não através dos campos cultivados mas por um território calcinado de todos os lados. Encarapitado no topo de cada um desses cenários móveis, o general da cidade conquistada, na posição em que fora preso. Vários navios acompanhavam". Tenho certa dificuldade, confesso, em visualizar o quadro, mas com certeza era grandioso.

Um dos generais dispostos "na posição em que fora preso" é esse Simon ben Giora, arrancado como Saddam Hussein do meio dos escombros de Jerusalém e que, com a corda no pescoço, açoitado pelos soldados, é transportado nesse carro alegórico até o local de sua execução. Josefo deve matutar que se não houvesse virado casaca a tempo teria conhecido a mesma sorte. Depois dos prisioneiros, vem o butim, em especial tudo que foi saqueado no Templo: castiçais de sete braços, vestes litúrgicas trajadas por jovens afeminados como no desfile eclesiástico de *Roma de Fellini*, véus de púrpura do Tabernáculo. Os rolos da Lei fecham o cortejo dos despojos. Mais atrás vêm os portadores de estátuas da Vitória, todas feitas em marfim e ouro, e, na rabeira, em seu carro de guerra, o próprio Vespasiano. Muito simples, muito afável, emoldurado pelos dois filhos, Tito e Domiciano — este, observa Josefo, "num cavalo que valia a pena ser visto".

Vespasiano será imperador por dez anos, Tito, por dois, Domiciano, por quinze. Os dois primeiros reinados serão calmos, burgueses, uma espécie de Restauração, nos antípodas das loucuras de Tibério, Calígula, Cláudio e Nero. Com Domiciano, a coisa vai degringolar novamente, mas ainda não chegamos lá. Por enquanto, todo mundo respira. Roma convalesce. O esmagamento dos judeus dá a impressão de uma volta aos bons velhos tempos, quando não havia muitos estrangeiros, e esses bons velhos tempos são idealizados: quando os romanos não eram urbanoides amolecidos pelo excesso de banquetes, influências exóticas e horas passadas nas termas, e sim guerreiros cascudos, cheirando a suor e a homem mais do que a todos os perfumes do Oriente. Vespasiano administra o império como um pai de família. Tito, esperando sucedê-lo, assessora-o com competência.

Suetônio apelidou Tito de "amor e delícias do gênero humano" — reputação que a posteridade ratificou. Renan assegura que a bondade que lhe atribuem não era espontânea, que ele se forçava. Não sei onde Renan arranja tanto discernimento psicológico, mas esse traço me toca, pois ela tampouco é espontânea em mim: também me forço, sabendo que nada vale fora dela e estimando não ter senão ainda mais mérito por isso. O único defeito que apontam em Tito é ter trazido, de seus dois anos de campanha na Judeia, um bando de judeus que conspurcam a corte: seus grandes amigos Agripa e Josefo e, principalmente, sua amante Berenice. Ele circula o tempo todo em sua companhia, surgem rumores de casamento. Os velhos romanos não aprovam. Vespasiano pede compostura ao filho. Tito obedece. *Titus reginam Berenicem ab Urbe dimisit invitus invitam*, resume Suetônio, numa frase que, toscamente traduzida, quer dizer: "Tito afasta de Roma a rainha Berenice contra sua própria vontade e contra a vontade dela" — mas *invitus invitam* é muito mais bonito que isso, é o ápice do grande estilo latino. Dessas duas palavras, Racine tiraria a mais bela tragédia clássica e Robert Brasillach, em plena Ocupação da França, uma peça, com justa razão menos célebre, sobre o mérito que há em dispensar uma velha amante judia. Berenice retorna então ao Oriente deserto. Voltará a Roma após a morte de Vespasiano, reencontrará Tito, tarde demais. Após um reinado unanimemente julgado curto demais, ele morrerá de uma doença misteriosa, levando todos a se perguntar se fora envenenado pelo horrível irmão Domiciano ou, como quer o Talmude da Babilônia, torturado por um mosquito que lhe teria entrado no cérebro pelo ouvido a fim de castigá-lo por haver destruído Jerusalém. Em seu leito de morte, conta ainda Suetônio, queixou-se de que a vida lhe fosse tirada a despeito de sua inocência, "pois nenhum de seus atos lhe causava remorsos, menos um" — nunca se soube qual.

30

Por intermédio de Tácito e Suetônio, conhecemos em detalhes a grande história de Roma do século I: imperadores, Senado, guerras nas fronteiras e intrigas palacianas; em contrapartida, graças a Juvenal e

Marcial, não somos menos bem aquinhoados no que se refere à história cotidiana. O primeiro, encarnação, como creio ter dito, do reacionário sedutor à la Philippe Muray, escreveu *Sátiras* cáusticas e coléricas, o segundo, *Epigramas minimalistas*, em grande parte obscenos, invariavelmente de grande qualidade. Se pensamos, como eu penso, que Lucas regressou a Roma no início dos anos 70, e procuramos imaginar a vida que ele levou, melhor ler Marcial do que *Quo Vadis?*.

Entre Marcial e Lucas, claro, a diferença é abissal: um é cristão, o outro não, mas ambos — no caso de Marcial, isso é certo, no de Lucas, é apenas opinião minha — pertencem à mesma classe social. Pequenos burgueses, citadinos desenraizados, provenientes da Espanha no caso do primeiro, da Macedônia no do segundo, não verdadeiramente pobres, no sentido de que não se preocupam com o pão de amanhã, mas longe, muito longe de serem ricos numa cidade onde, com ajuda do banco privado e da especulação, acumulam-se fortunas mirabolantes. O grande atrativo de Marcial, e a razão pela qual o convoco aqui, é que, privilegiando detalhes triviais desdenhados pelos autores nobres, ele conta tudo. Assim como Georges Perec ou Sophie Calle, ele é capaz de fazer literatura com uma lista de compras ou uma caderneta de endereços. Mora num apartamento de dois quartos no terceiro andar de um prédio. Queixa-se constantemente do barulho, que o impede de dormir, pois é só à noite que os comboios de mercadorias têm autorização para circular na cidade, de modo que mal termina o concerto das carroças manobrando e dos cocheiros batendo boca, ao raiar do dia começa o dos comerciantes que abrem suas boticas aos zurros. É solteiro, seus serviçais resumem--se a dois ou três escravos, o que é o mínimo: se o sujeito não tem pelo menos isso, então é porque ele mesmo é escravo. Ele dorme numa cama, seus escravos, em esteiras, no quarto contíguo. Não são escravos de luxo, comprados caro, mas ele gosta muito deles, trata-os bondosamente, transa bondosamente com eles. Seu único luxo é sua biblioteca, composta de rolos de papiro à moda antiga e de codex, feixes de folhas encadernadas, escritas na frente e no verso, que, a não ser pelo detalhe de o texto não ser impresso, e sim copiado a mão, são livros no sentido moderno da palavra. Esse novo suporte começava a suplantar o antigo, como hoje o livro eletrônico: ainda estava em vias de se consolidar, ainda não se consolidara. Assim são editados não só grandes clássicos, Homero e Virgílio, como best-sellers contemporâneos, como as *Cartas a Lucílio*, e, quando o próprio Marcial tiver acesso a tal honra, no caso de suas últimas coletâneas de epigramas, sentirá o mesmo orgulho que um escritor francês de ser publicado em vida na Pléiade. Marcial é um homem de letras, vaidoso como todos os homens de letras, mas, fora isso, simpaticamente vagabundo, mais preocupado com os prazeres do que com a carreira, uma versão romana do sobrinho de Rameau. Seu dia ideal, chova ou faça sol, consiste em passear de manhã, circular pelas livrarias, ir ao mercado escolher o jantar — aspargos, ovos de codorna, rúcula, tetas de leitoa — que, à noite, oferecerá a dois ou três amigos, com quem trocará mexericos enxugando uma jarra de vinho de Falerno — colheitas tardias, seu predileto. Passa as tardes nas termas. Ah, nada melhor que as termas: lá se toma banho, transpira, conversa, joga, tira a sesta, lê, sonha. Alguns preferem o teatro ou o circo: Marcial, não. Poderia passar a vida inteira nos banhos, é, aliás, mais ou menos o que faz. Mas esse prazer, esses prazeres têm um peso, que é o fardo e o pesadelo da maioria dos romanos: a visita matinal a seu patrono.

É preciso entender o seguinte: no império, assim como em qualquer sociedade pré-industrial, o trabalho produtivo era a agricultura, e a agricultura, como se sabe, é praticada no campo. O que faziam os moradores das cidades, então? Justamente, não muita coisa. Eram assistidos. Os ricos, que possuíam as terras e delas extraíam polpudas rendas, abasteciam os pobres em pão e jogos — *panem et circenses*, segundo a fórmula de Juvenal —, para que nem a fome nem a ociosidade lhes inspirassem ideias de revolta. Dois em cada três dias eram feriados. As termas eram gratuitas. Enfim, como bem ou mal é necessário um pouco de dinheiro para sobreviver, a sociedade urbana se dividia não em funcionários públicos e assalariados, os primeiros remunerando os trabalhos dos segundos, mas em patronos e clientes, os primeiros pagando os segundos para não fazerem nada a não ser manifestar-lhes gratidão. Um homem rico, além de terras e escravos, possuía uma clientela, isto é, certo número de indivíduos menos ricos que se apresentavam a ele todas as manhãs em seu domicílio para receber uma pequena soma, chamada espórtula. No mínimo, seis sestércios, o equivalente a um salário mínimo mensal. Os romanos pobres viviam disso — e os menos pobres idem, numa escala mais elevada: tinham patronos mais ricos, por sua vez clientes de patronos ainda mais ricos. Mesmo sendo um poeta conhecido, na verdade de bem com a vida, Marcial, durante os quarenta anos que passou em Roma, era obrigado, todas as manhãs — e Deus sabe o quanto reclamou disso —, a curvar-se a esse cerimonial. Acordar cedo — coisa que ele odeia. Drapejar-se em sua toga — odeia isso também: ela é dura, pesada, incômoda, sem falar que o tintureiro é caro, mas vestir a toga para saudar o patrono era como engravatar-se para ir ao escritório. Apressar-se, a pé porque não dispõe de recursos para pagar uma liteira, pelas ruas estreitas, mal pavimentadas, enlameadas, onde uma agressão é sempre um risco e emporcalhar a toga, coisa certa. Chá de cadeira na antessala do patrono, junto com um bando de outros parasitas que são vistos com desprezo e desconfiança. Quando o patrono finalmente faz o sacrifício de aparecer, tão entediado quanto seus clientes, esperar a vez para lhe insinuar algumas palavras no tom apropriado — esse tom se denominava *obsequium*, o que dispensa comentários. Uma vez feito isso, passar no caixa, operado por uma espécie de meirinho, e só então, munido de sua magra espórtula, enfrentar um dia de ócio mais ou menos produtivo. Alguém diria que o direito à preguiça não custa muito caro, mas o mesmo se poderia dizer do seguro-desemprego, do qual poucos beneficiários gozam sem tristes perspectivas. Esse ritual matinal é uma servidão, uma humilhação, e foi uma das razões pelas quais, chegando à casa dos sessenta, Marcial preferiu retornar à sua Espanha natal, onde morreu de tédio. Adorava Roma, mas não aguentava mais a espórtula, os engarrafamentos, as palavras vãs: julgava ter passado da idade.

31

Lucas era o oposto de um boa-vida como Marcial. Só ia aos banhos para tomar banho. Se tinha escravos, não ia para a cama com eles.

Uma refeição para ele era ocasião de render graças, não de fazer fofoca. Mas em seu desenrolar externo, sua vida de solteirão letrado deve ter se assemelhado muito à de Marcial. Era uma vida de romano médio, e àquela altura os cristãos de Roma tinham assimilado a lição de Paulo: agiam como romanos médios. Nada de obscuro, nada de comportamentos bizarros, nada de grandes barbas de profetas e menos ainda de reuniões clandestinas nas catacumbas. Encontravam-se para o ágape em casas de família respeitáveis, que eram cada vez mais famílias pagãs, discretamente convertidas ou em vias de conversão. Embora ganhasse a vida exercendo sua profissão de médico, isso não impedia Lucas de ter um patrono, como todos, sem exceção. O Evangelho e os Atos são dedicados a um certo Teófilo, que não sabemos se é um personagem simbólico — seu nome quer dizer "amigo de Deus" — ou se existiu realmente. Pela maneira como Lucas se dirige a ele nos prólogos dos dois livros, fica claro em todo caso tratar-se de um pagão, curioso pelo cristianismo e a quem se busca convencer com argumentos ao seu alcance. De minha parte, imagino sem dificuldade que esse Teófilo tenha sido o patrono de Lucas, que junto a ele Lucas tenha passado do status de parasita matinal ao de íntimo da casa, eventualmente médico pessoal, e aproveitado para aprimorar os elementos de linguagem que encontraremos em seu Evangelho.

Para começar, teríamos de levar em conta a extrema desconfiança de Teófilo, e em geral dos romanos honrados, com respeito aos judeus. Mesmo aqueles antigamente atraídos por seu fervor religioso haviam recuado, não os vendo mais senão como perigosos terroristas. Era nisso que Lucas operava maravilhas, demonstrando, mediante o próprio exemplo, que os cristãos não eram judeus, que na verdade nada tinham a ver com os judeus. Alguns deles o eram por nascimento, não se podia negá-lo, mas muito poucos, cada vez menos, e estes haviam abjurado a Lei judaica. Não observavam nenhum daqueles rituais que durante certo tempo haviam achado pitorescos e agora achavam ameaçadores. Não eram filiados a nenhum partido do estrangeiro. Respeitavam Roma, seus funcionários, suas instituições, seu imperador. Pagavam seus impostos, não pediam nenhuma isenção.

Mesmo assim…, objetavam a Lucas pessoas mais bem-informadas que a média. Mesmo assim, esse mestre que vocês reivindicam, que nos dizem ter ressuscitado, ora, ele não era judeu, no fim das contas? Ele foi realmente crucificado a mando do governador romano, por haver se rebelado contra o imperador? É mais complicado que isso, respondia Lucas. De fato, ele era judeu, porém, por sua lealdade para com o império, tornou-se intolerável para os judeus: foi inclusive por isso que o executaram. O governador romano só fez aplicar uma sentença dos judeus — a contragosto e coagido, o honesto homem, acredite.

Essa propaganda rendia frutos. Uma vez afastado o obstáculo da judeidade, as palavras de Lucas agradavam a Teófilo e aos seus. Eles sentiam orgulho de aderir à doutrina ao mesmo tempo tão elevada e respeitosa para com seu próprio status social. Passaram a doar aos pobres, o que não se fazia em Roma — doava-se aos clientes, não a pessoas demasiado indigentes para terem um patrono. Cogitavam receber o batismo. Lucas, de sua parte, pensava cada vez mais em colocar por escrito o que dizia a Teófilo. Por essa época, começou a circular nas rodas cristãs de Roma uma pequena narrativa sobre Jesus que diziam ser da autoria de Marcos, ex-secretário de Pedro.

32

Frédéric Boyer é um escritor da minha idade que, em 1995, convenceu o editor católico Bayard a abrir um imenso canteiro de obras: uma nova tradução da Bíblia. Cada livro seria entregue a um escritor e a um exegeta, que trabalhariam em estreita colaboração. A maioria dos exegetas era de gente da Igreja, a maioria dos escritores era formada por ateus — as exceções, ao que eu saiba, sendo Florence Delay e o próprio Frédéric. A direção de Bayard, ao entrar em contato comigo, ainda não dera seu sinal verde, estávamos na fase dos testes.

"Há um exegeta", me disse Frédéric, "que começou a trabalhar em cima de Marcos. Estaria interessado em se juntar a ele?"

Respondi que sim, naturalmente: não se é convidado duas vezes na vida para participar de uma tradução da Bíblia. Fiquei bastante satisfeito, além disso, por ter sido poupado do embaraço da escolha. Alguns anos antes, sozinho no meu canto, eu havia comentado o Evangelho de João, crendo, ou querendo crer, na ressurreição de Cristo, mas não toquei no assunto com Frédéric, nem com ninguém da equipe que foi aos poucos se formando. Há pessoas a quem a pornografia incomoda, a mim em absoluto. O que me incomoda, e me parece muito mais delicado de abordar, muito mais indecente que confidências sexuais, são "essas coisas": as coisas da alma, as que dizem respeito a Deus. No meu foro íntimo, me agradava pensar que eu era mais próximo delas que os meus colegas do mundinho literário, meditando-as e guardando-as no coração. Era meu segredo, do qual falo aqui pela primeira vez.

O exegeta que tinha começado a trabalhar em cima do Evangelho de Marcos, Hugues Cousin, era um homenzinho doce e risonho, um poço de ciência e modéstia. Ex-padre, o celibato não era para ele: queria mulher, filhos, uma família. Se a Igreja permitisse, teria se casado e continuado padre. Adoraria que ela permitisse, pois julgava essas duas vocações perfeitamente compatíveis. Como ela não permite, ele fez sua opção. Sem protestar, sem cogitar um instante a mentira pela qual enveredam muitos padres, ao custo de dilaceramentos íntimos e estragos colaterais igualmente terríveis, largou a batina, casou, cria três filhos, mas não rompeu com a Igreja nem tampouco se afastou dela. Quando o conheci, além de suas pesquisas e publicações eruditas, era o principal colaborador do bispo de Auxerre, morando com a família à sombra da casa diocesana. Era lá que eu ia encontrá-lo para nossas sessões de trabalho. Às vezes, era ele que vinha ao meu escritório, à Rue du Temple. Para cada versículo, ele me propunha uma leitura palavra por palavra, que comentava abundantemente a fim de me fazer sentir o enxame de associações que cercava cada vocábulo grego. Eu arriscava uma tradução, que ele criticava, refinava, enriquecia. Foram dezenas de idas e vindas, de maneira que precisamos de quase um ano para chegar a uma primeira versão de meras trinta folhas.

O que Hugues entrevia de revolucionário em nossa empreitada empolgava-o, instigando-me a ser cada vez mais ousado. Lembro-me, um dia, seu ar de decepção diante da timidez de uma de minhas tentativas: "Isso aí está parecendo a *Bíblia de Jerusalém*. Poderia até ser Lucas, mas Marcos...". Insistia muito no grego capenga de Marcos — comparável, ele dizia, ao inglês de um taxista de Cingapura. Queria que eu lhe fosse fiel, isto é, que traduzisse deliberadamente num francês com erros. Discutimos muito sobre isso. Eu dizia que aqueles erros não faziam parte da intenção do autor. Talvez, respondia Hugues, mas fazem parte do resultado. As duas posições são defensáveis, ambos concordávamos nesse ponto, ambos gostávamos de concordar, e finalmente optei por um francês correto, mas pálido e desconjuntado: as frases engatadas uma na outra, sem ligação nem transição. O oposto do "estilo escorreito, caro ao burguês" que dava engulhos a Baudelaire e ao qual tenho uma tendência espontânea: sempre ligar, sempre zelar para que as frases se encadeiem bem, que passemos sem sobressaltos de uma a outra. Essa tradução me ajudou a encontrar o tom de *O adversário*. Aliás, comentei isso com Jean-Claude Romand, que se dizia interessadíssimo no projeto e, para acompanhar melhor nosso trabalho, comparava as versões da Bíblia disponíveis na biblioteca de seu presídio.

Duas grandes ideias tinham boa cotação na gangue que inspirava Frédéric. A primeira é que os livros bíblicos constituem um conjunto heterogêneo, esparramado ao longo de mil anos, derivando de gêneros literários tão diversos como a profecia, a crônica histórica, a poesia, a jurisprudência, o aforismo filosófico, devendo ter tido centenas de redatores diferentes. As grandes traduções, seja, como antigamente, proeza de um só homem, Martinho Lutero ou Lemaître de Sacy, seja, como atualmente, de um coletivo de eruditos, TEB ou BJ, tendem a aplicar uma harmonia artificial sobre esse concerto de vozes dissonantes: tudo se parece um pouco, os Salmos são escritos como as Crônicas, as Crônicas como os Provérbios e os Provérbios como o Levítico. A vantagem de delegar as traduções a escritores diferentes, cada um tendo, ou julgando ter, uma linguagem personalíssima, é que elas não se assemelharão. Na realidade, não temos a impressão de ler o mesmo livro quando passamos dos Salmos segundo Olive Cadiot ao Qohelet segundo Jacques Roubaud, o que gera um frescor. Os inconvenientes são que, primeiro, de um livro a outro as mesmas palavras gregas ou hebraicas não são traduzidas da mesma forma, de maneira que fica um pouco aleatório, o reino do capricho individual, depois, que os escritores não são tão diferentes assim, todos pertencentes não só à mesma época e ao mesmo país, como também à mesma patota literária, o grupinho das editoras P.O.L.-Minuit. De minha parte, teria preferido que chamassem, sei lá, Michel Houellebecq ou Amélie Nothomb, mas enfim, a perfeição não sendo deste mundo, valia a pena tentar, e esse trabalho embelezou a vida de todos nós durante alguns anos.

Por trás da outra grande ideia, há a quimera do retorno às origens, ao tempo em que as palavras ainda não haviam se erodido por dois milênios de uso devoto. Essas palavras, que ressoavam com tanto brilho, Evangelho, apóstolo, batismo, conversão, eucaristia, tornaram-se vazias de sentido ou foram irrigadas por outro, rotineiro e angelical. "O sal é bom", diz Jesus, "mas se o sal ficar insosso, como retemperá-lo?" Passamos dezenas de horas, reunidos em conclave, procurando uma palavra atual que transmitisse "evangelho". Para começar, "evangelho" sequer é uma tradução: é simplesmente a transcrição do termo grego *evangelion*. Analogamente, "apóstolo" não passa da transcrição, ao mesmo tempo preguiçosa e pedante, do grego *apostolos*, que quer dizer "emissário"; "igreja", a do grego *ekklesia*, que significa "assembleia"; "discípulo", a do latim *discipulus*, que significa "aluno"; e "messias", a do hebraico *maschiah*, que significa "ungido". Sim, ungido: massageado com óleo. O fato é que nem a palavra nem a coisa são muito cativantes, e lembro-me que um engraçadinho entre nós sugeriu traduzirmos Messias por "o Besuntado".

Hoje em dia a maioria das pessoas acha que "evangelho" designa um gênero literário, a história da vida de Jesus, e que Marcos, Mateus,

Lucas e João escreveram evangelhos como Racine escreveu tragédias ou Ronsard, sonetos. Mas esse sentido só se impôs em meados do século II. A palavra que Marcos colocava na abertura de seu escrito era um substantivo comum que significava "boa-nova". Quando Paulo, trinta anos antes, fala aos gálatas ou aos coríntios de "meu Evangelho", ele quer dizer: o que eu preguei, minha versão pessoal dessa boa-nova. O problema é que, embora haja motivos para criticar "Evangelho" por ter perdido seu sentido original e, na verdade, não ter mais nenhum, escrever "boa-nova" em seu lugar é um remédio pior que a doença: soa carola, esmolaria, imaginamos na mesma hora o sorriso e a voz do cônego. De minha parte, recuei e, após não sei mais quantas tentativas de chorar, como "feliz mensagem" ou "anúncio de alegria", terminei por conservar "Evangelho".

É a primeiríssima palavra de Marcos, e ainda não tivemos tempo de nos recobrar quando poucas linhas à frente pisamos em campo minado: "João Batista esteve no deserto proclamando". E proclamando o quê? O que a TEB designa como "um batismo de conversão com vistas ao perdão dos pecados", a BJ, "um batismo de arrependimento para a remissão dos pecados", e o velho Lemaître de Sacy, "um batismo de penitência para a remissão dos pecados". Batismo, conversão, arrependimento, penitência, remissão e, o pior de tudo, pecado: a nós, que pretendíamos dar um sentido mais puro às palavras da tribo, cada um desses vocábulos, com seu diploma de unção eclesiástica e terrorismo culpabilizante, inspirava um horror sagrado. Cumpria sair dessa sacristia, achar outra coisa, mas o quê? Acabei escrevendo: "João surgiu no deserto, batizando. Proclamava que, dessa imersão, saía-se livre de seus erros". Minha única desculpa é que, para chegar a esse resultado, suei sangue. Mas sinto claramente que não é bom. Que esse modernismo, quinze anos mais tarde, já está gagá. Receio que pecado e arrependimento terminarão por nos enterrar a todos.

33

Um dia, no início do nosso trabalho em dupla, Hugues me perguntou: "A propósito, você sabe como termina o Evangelho de Marcos?".

Olhei para ele, pasmo. Claro que eu sabia como termina, tinha-o lido e relido nos últimos meses: Jesus ressuscitado aparece a seus discípulos e os conclama a partir para anunciar o Evangelho a todas as nações. Pois bem, não, disse Hugues, satisfeito com o efeito obtido. Esse não é o fim verdadeiro. O último capítulo foi acrescentado muito mais tarde. Não figura nem no *Codex vaticanus* nem no *Codex sinaiticus*, que são os dois manuscritos mais antigos conservados do Novo Testamento e que datam do século IV. Ainda nessa data, antes que a Igreja estabelecesse o texto, o Evangelho de Marcos terminava com as três mulheres, Maria Madalena, Maria, mãe de Tiago, e uma terceira chamada Salomé, que no dia seguinte à morte de Jesus vão ao sepulcro para preparar o corpo. Encontram deslocada a grande pedra que bloqueava a entrada e, no interior, um rapaz vestindo uma túnica branca, que lhes diz para não terem medo: Jesus não está mais ali, levantou-se. O rapaz lhes ordena que deem a notícia aos discípulos. As mulheres fogem. "E nada contaram a ninguém, pois tinham medo…"

"Tinham medo": estas são as últimas palavras de Marcos.

Lembro-me de minha estupefação, e, devo admitir, meu êxtase quando Hugues me ensinou isso. Defendi, em vão, que minha tradução parasse nesse versículo, e devo ter soado original em alguns jantares ao contar, o que pouquíssima gente sabe, que o mais antigo dos quatro Evangelhos não mostra Jesus ressuscitado, fechando-se com a imagem de três mulheres apavoradas diante de um sepulcro vazio.

A compilação conhecida como *Q* nos informa como Jesus falava. Marcos nos informa o que ele fazia, a impressão que transmitia, e essa impressão é feita de estranheza, aspereza e ameaça, em vez de doçura e elevação filosófica. Durante minha viagem à Turquia com Hervé, fiz um levantamento dos exorcismos e curas no Evangelho de Lucas. A não ser por duas exceções, ele copiou tudo de Marcos, porém, se nos reportarmos à versão original, percebemos que os embelezou. Em Marcos, são mais rústicos, mais triviais, ligeiramente repulsivos: Jesus enfia os dedos no ouvido de um surdo, umedece com sua saliva a língua de um gago, esfrega os olhos de um cego. Acima de tudo, eles ocupam muito mais espaço. Se conhecêssemos Jesus exclusivamente por meio desse testemunho, a imagem que guardaríamos dele seria menos a de um sábio ou mestre espiritual do que a de um xamã com poderes perturbadores.

Não há histórias exemplares em Marcos, tampouco sermões da montanha, no máximo um punhado de parábolas. Aquela, célebre, do semeador. A da semente que, uma vez na terra, germina e cresce por si só sem que se saiba como. A do grão de mostarda, que, minúsculo quando plantado, termina por se tornar uma grande árvore. Todas as três recorrem à mesma metáfora agrícola, porém dizendo três coisas distintas sobre a palavra de Jesus e seu efeito nos que a escutam: que é infinitamente pequena no início, mas fadada a se tornar imensa; que cresce dentro de nós à nossa revelia, sem que nossa vontade tenha qualquer ingerência; por fim, que é fecunda para uns e não para outros, porque alguns que a recebem estão plantados na boa terra bem gordurosa, e então tanto melhor para eles, mas outros o estão nos espinhos e na terra pedregosa, e então paciência, é assim: "Pois aquele que tem, lhe será dado, e lhe será dado em abundância, mas ao que não tem, mesmo o que tem lhe será tirado".

Penso que essa palavra é profundamente verdadeira, que podemos comprová-la todos os dias, mas que é tudo menos agradável de ouvir, e Jesus tampouco se mostra simpático quando seus discípulos lhe pedem que seja um pouco mais claro, respondendo: "A vós foi dado o mistério. Aos de fora, porém, falo por parábolas, *a fim de que*, por mais que olhem, não vejam; por mais que escutem, não entendam; para que não se convertam e não sejam perdoados". Lembro-me de meu desconforto ao traduzir esse versículo e, bem ou mal, ter puxado para a pedagogia tradicional, com classes de diferentes níveis, algo que na realidade parece muito mais um ensinamento esotérico, reservado à guarda pessoal do guru e repelindo o profano para as trevas exteriores. Essa maneira de agir era o avesso da de Paulo, e Lucas também deve ter se sentido desconfortável — a prova é que, copiando essa passagem, cortou sua terrível coda: "para que não se convertam e não sejam perdoados". Jesus não podia ser tão duro.

Outra coisa que deve ter incomodado Lucas — mas às vezes também o feito sorrir — é a maneira como Marcos trata os discípulos. Com o rumor de suas curas se espalhando, cada vez mais gente passa a seguir Jesus, e, desse bando de marginais, estropiados, boias-frias sem destino, ele escolhe doze que trabalharão para ele em tempo integral. Despacha-os para as aldeias próximas, em duplas, equipados *a minima* — sem víveres, sem alforje, sem mudas de roupa — com a missão de massagear os doentes com óleo e expulsar os demônios. Tudo isso poderia ser contado como a origem de um corpo de elite, de uma legião de gloriosos soldados de Cristo, mas Marcos não perde uma oportunidade de mostrar os discípulos sob uma luz desabonadora. Supostamente eles devem expulsar os demônios, porém, assim que se veem acuados, correm atrás do mestre. São obtusos, brigões, invejosos, como mostra a história dos assentos privilegiados que Tiago e João querem reservar junto a Jesus para o dia do juízo final. Jesus os repreende, mas algumas páginas adiante eles voltam a dar um jeito de brigar para saber qual deles é o maior, e Jesus repete, cada vez menos pacientemente, que aquele que quer ser o primeiro deve aceitar ser o último: esta é a lei, que vale muito mais que a Lei. Quando ele comunica que em breve será rejeitado, perseguido e morto, Pedro protesta — não convém proferir coisas desse tipo, dá azar — e devolve esta resposta que já citei: "Afasta-te de mim, Satanás!". Satanás, Jesus o conhece: diz ter passado quarenta dias no deserto em sua companhia, com animais selvagens que o serviam.

Após a última refeição, no jardim de Getsêmani, ele se afasta para rezar com Pedro, Tiago e João. Pede-lhes que permaneçam acordados, mas no fim de um minuto todos roncam estrepitosamente. Quando vêm prendê-lo, um dos discípulos resiste e decepa a orelha de um servo do sumo sacerdote, mas então a debandada é geral. Nenhum deles se queda ao pé da cruz, onde, agonizante, Jesus estertora: "Deus meu, Deus meu, por que me abandonaste?". Apenas algumas mulheres espiam, de longe. José de Arimateia é um vago simpatizante, que desce o cadáver e o deposita num túmulo. Ainda nenhum discípulo in loco. No fim, restam apenas três mulheres atônitas, as que espiavam de longe, e elas não dizem nada a ninguém porque têm medo.

Resumindo: é a história de um curandeiro rural que pratica exorcismos e é tomado por feiticeiro. Fala com o diabo, no deserto. Sua família gostaria de interná-lo. Cerca-se de um bando de vagabundos que ele aterroriza com previsões tão sinistras quanto enigmáticas e os quais, sem exceção, evaporam quando ele é preso. Sua aventura, que durou menos de três anos, termina com um julgamento sumário e uma execução sórdida, no desânimo, no abandono, no pavor. No relato fornecido por Marcos, nada é feito para edulcorar ou tornar os personagens mais simpáticos. Lendo página policial tão cruel, temos a impressão de haver chegado o mais perto possível deste horizonte para sempre fora de alcance: o que realmente aconteceu.

34

Eu sei, estou me projetando. De toda forma, penso que, ao descobrir o relato de Marcos, Lucas sentiu um pouco de despeito. Ah, um outro já fez… Porque ele mesmo tivera o desejo de fazer, porque talvez tivesse começado a fazer. Então, após ler Marcos, deve ter pensado: posso fazer melhor. Tenho informações que Marcos não tem. Sou mais instruído, sei manejar a pena. Aquele livro é um rascunho, escrito por um judeu, para judeus. Se Teófilo o lesse, o deitaria de lado. A versão definitiva da história, a que lerão os pagãos cultos, cabe a mim escrevê-la.

Os historiadores modernos repudiaram o clichê. Aos tratados e batalhas, a Rolando em Roncevaux, eles preferem a evolução do cadastro e da rotação trienal das plantações. Em matéria bíblica, seu maior escrúpulo é diluir a contribuição individual numa tradição coletiva desencarnada. Eles dizem: um Evangelho são estratos, produção dessa ou daquela comunidade, não vamos ingenuamente acreditar que foi *alguém* que o escreveu. Não concordo. Claro, é uma comunidade, claro, também é obra de copistas, e de copistas de copistas, mas isso não impede que, em determinado momento, alguém tenha efetivamente escrito esse texto — e esse alguém, na história que estou em vias de contar, é Lucas. Eles também dizem: evitemos o anacronismo que consiste em imaginar um evangelista trabalhando a partir de diversos documentos que ele mantém ao alcance da mão, espalhados sobre sua mesa — assim como eu com algumas bíblias, Renan nunca muito longe e, à minha direita, prateleiras cada vez mais cheias. Tenho um orgulho pueril dessa biblioteca bíblica, sinto-me no meu escritório como Santo Agostinho a escrever no maravilhoso quadro de Carpaccio, aquele com o cachorrinho, que podemos ver na Scuola San Giorgio degli Schiavoni, em Veneza, e, falando sério, não vejo o que essa imagem tem de inverossímil, ao menos no que se refere a Lucas.

Lucas era um literato e, ainda que seu apartamento romano fosse mais modesto que o de Marcial, isso não quer dizer que não possa ter tido, como ele, uma pequena biblioteca. O anacronismo, se é para desencavar um, está na mesa — móvel que os romanos pouco usavam. Faziam tudo deitados: dormir, comer, escrever. Vamos supor que Lucas, como Proust, tenha escrito seu livro na cama. Espalhados sobre seu edredom, descobrimos em primeiro lugar a Bíblia Septuaginta, depois, o relato de Marcos copiado sob seus auspícios, e, por fim, a compilação, copiada igualmente sob seus auspícios, das falas de Jesus que Filipe lhe mostrou em Cesareia. Esse pequeno rolo, que ele continuou a guardar no fundo de seu baú de viajante, é seu tesouro. Passou a ser igualmente seu trunfo com relação a Marcos, o qual, por não ter tido acesso a ele, é pobre no que se refere ao ensinamento de Jesus. A Septuaginta, Marcos e *Q*: são seus três documentos de referência, aos quais julgo por bem adicionar Flávio Josefo.

Na condição de amigo de Tito, Josefo não sofreu na pele a onda antijudaica que sucedeu a queda de Jerusalém. Quase todos os prisioneiros de guerra judeus haviam se tornado escravos em Roma. Ele, por sua vez, instalou-se confortavelmente numa bela casa no Palatino, com pensão vitalícia, anel de cavaleiro, livre acesso à corte e, como costumam fazer diplomatas compelidos a uma aposentadoria precoce, convertido em historiador. A princípio em aramaico, em seguida num grego rebuscado até o arcaísmo, escreveu esse relato no qual bebi copiosamente, onde procura ao mesmo tempo enaltecer

Tito, passar uma imagem boa de si mesmo e defender seu povo, que um bando de irresponsáveis conduziu à perdição. *A guerra dos judeus* foi publicado em 79. Um romano culto e interessado no judaísmo decerto ouvira falar nele. É um livro grosso — quinhentas páginas cerradas nas edições Minuit, sem contar o prefácio de Pierre Vidal--Naquet. Devia custar caro. Lucas talvez o tenha consultado numa biblioteca pública — havia algumas excelentes, como a do templo de Apolo —, mas imagino-o antes apertando o cinto para comprá-lo numa das livrarias do Argiletum, onde Marcial se abastecia. Conhecendo pessoalmente tal alegria, imagino-o carregando para casa seu butim, aquela colmeia pululante de palavras, nomes, costumes, pequenos fatos históricos da qual ele vai extrair o mel. No Evangelho, e sobretudo nos Atos, ele mencionará o mestre fariseu Gamaliel, o rebelde Teudas, o Egípcio, pessoas completamente desconhecidas do mundo romano, com o gáudio do jornalista que acaba de desencavar o documento graças ao qual sua reportagem vai ganhar peso e consistência, coincidir no espírito de seus leitores com acontecimentos verificáveis. É assim que nós também lemos Josefo, em contraponto ao Novo Testamento. O que fez com que Arnaud d'Andilly, jansenista que o traduziu em francês no século XVII, o apelidasse de "o quinto evangelista".

35

Pronto: estamos em Roma, no fim dos anos 70 do século I. Lucas começa a escrever seu Evangelho.

Quanto a mim, convido-os a retornar à página 226 e reler suas primeiras linhas: a dedicatória a Teófilo. Vá até lá, eu espero.

Releu? Estamos de acordo? O plano que Lucas estabelece para si é manifestamente um plano de historiador. Ele promete a Teófilo uma pesquisa de campo, um relatório confiável: coisa séria. Ora, formulada tal exigência, logo na linha seguinte, o que ele faz?

Romance. Puro romance.

36

"Nos dias de Herodes, rei da Judeia, houve um sacerdote chamado Zacarias, da classe de Abdias; sua mulher, descendente de Aarão, chamava-se Isabel."

Zacarias e Isabel, esses o leitor não sabe quem são. Ninguém nunca ouviu seu nome, mas o do rei Herodes, sim, e é como nos *Três mosqueteiros*, em que personagens como Luís XIII ou Richelieu acobertam com sua credibilidade Athos, Portos, Aramis e a sra. Bonacieux. Zacarias e Isabel, prossegue Lucas, são justos, tementes a Deus e observam de bom grado sua Lei. Lamentavelmente, não tiveram a felicidade de ter filho. Um dia quando Zacarias reza no Templo, um anjo lhe aparece. Isabel, anuncia o anjo, vai lhe dar um filho, que deverá receber o nome de João. Zacarias se espanta: é que já são velhos, Isabel e ele... Para ensiná-lo a não duvidar, o anjo lhe confisca o dom da fala. Zacarias sai do Templo mudo e assim permanece. Pouco depois Isabel engravida.

A grande diferença entre o Antigo e o Novo Testamento, dizia o filósofo alemão Jakob Taubes, é que o Antigo está repleto de mulheres estéreis a quem Deus concedeu a graça de conceber e, no Novo, não se encontra uma que seja. Neste último, não se trata mais de crescer, multiplicar e prosperar, mas de virar eunuco em nome do Reino dos Céus. A história de Isabel parece destruir essa penetrante observação, mas, na verdade, não: na cabeça de Lucas, ainda estamos no Antigo Testamento. Zacarias e Isabel acham-se na soleira do Evangelho como representantes da antiga Israel, e um dos traços que mais me tocam no meu herói é a ternura que ele empenhou em descrevê-los.

Essa descrição cheira a plágio, é verdade. Quando o anjo, no Templo, anuncia a Zacarias que a criança que está por nascer "será grande diante do Senhor; não beberá vinho nem bebida embriagante; ficará plena do Espírito Santo ainda no seio de sua mãe, e caminhará à sua frente, com o espírito e o poder de Elias...", cumpre lembrar que essa cachoeira de vocábulos enfaticamente judaicos e o excesso de pitoresco são invenção de um gentio que contemplara o Templo pela primeira vez poucos anos antes, sem nada compreender das momices a que seu mestre Paulo era compelido. Mas ele voltou lá. Percorreu suas dependências. Embora integrando um movimento que se liberta irresistivelmente do judaísmo, quis conhecer o judaísmo. Fez mais que conhecer: amou-o.

A linha do Partido, no momento em que ele escreve, ordena que ele arrase com Israel. É o que fazem conscienciosamente os outros evangelistas, que são judeus. Lucas, não. Lucas, o único gói do bando dos quatro, abre seu Evangelho com esse pequeno romance histórico, repleto de semitismos pinçados na Septuaginta, na esperança de fazer Teófilo perceber a beleza daquele mundo desaparecido, daquela devoção que se exprime menos nas vastas colunatas do Templo do que na alma recolhida e escrupulosa de justos como Zacarias e Isabel. Como se, antes de largar as amarras, ele quisesse nos lembrar de que estes, como nenhum outro povo jamais virá a fazer, conheciam o sentido da palavra de Jó: "Em minha carne, contemplo Deus".

37

Isabel esconde a gravidez durante cinco meses. No sexto, o mesmo anjo, Gabriel, visita a prima de Isabel, Maria, que mora em Nazaré, na Galileia. A ela também ele anuncia que conceberá e dará à luz um filho. Ela o chamará Jesus, mas ele será designado como Filho de Deus. Esse anúncio confunde Maria: ela está noiva de um tal José, mas só noiva, isto é, ainda é virgem. Como conceberia se não conhece homem? "Não se preocupe", responde o anjo, "para Deus nada é impossível. Também Isabel, tua parenta, aquela que chamavam de estéril, concebeu um filho na velhice." Maria poderia alegar que gravidez tardia e gravidez virginal não são exatamente a mesma coisa, mas limitou-se a responder: "Sou a serva do Senhor; faça-se em mim segundo tua palavra!".

* * *

As duas testemunhas mais antigas do cristianismo, Paulo e Marcos, desconhecem essa história de concepção virginal. Dez ou vinte anos mais tarde, ela aparece nos dois Evangelhos, cujos autores ignoram-se mutuamente. Lucas escreve em Roma, Mateus na Síria, ambos narram o nascimento de Jesus, e, exceto por esse detalhe, seus relatos nada têm em comum. Mateus diz que magos vieram do Oriente, guiados por uma estrela, para adorar o futuro rei dos judeus. Que o verdadeiro rei dos judeus, Herodes, sabendo disso e temendo um dia ser destronado, mandou massacrar todas as crianças com menos de dois anos na região. Que José, alertado pelo anjo, salvou a família levando-a para o Egito. Lucas passa ao largo de tudo isso, que não obstante não é banal, porém, como Mateus, afirma que Jesus nasceu de uma virgem. De onde sai essa história? Quem a pôs em circulação? Ninguém faz ideia. Sua origem é misteriosa, ainda que não aceitemos que a de Jesus o seja. Não tenho teoria a respeito.

Em compensação, tenho uma sobre a maneira como Lucas construiu sua narrativa e, nesse terreno, sinto-me francamente mais capacitado. É que nessa cena da Anunciação há um achado de romancista, ou roteirista, tão extraordinário como a entrada em cena de Paulo nos Atos. Recapitulemos: Lucas narra o apedrejamento de Estêvão e, incidentalmente, comenta que, para apedrejar mais à vontade, os assassinos entregaram seus mantos aos cuidados de um rapaz chamado Saulo. É igualmente de maneira fortuita que somos informados, pela boca do anjo Gabriel, que aquela Isabel introduzida sem razão aparente no início do Evangelho é prima de Maria — logo, que as duas crianças que viriam a nascer, João e Jesus, serão primos também.

Meu leitor talvez tenha notado: às vezes não hesito em seguir a tradição, em detrimento dos historiadores ressabiados. Por exemplo, não acho tão absurda a hipótese, não obstante associada ao fundamentalismo mais crasso, segundo a qual Lucas obtém determinadas informações de Maria em pessoa. Mas essa manobra de Jesus e João serem primos, que não aparece em nenhum outro lugar, aposto meu lugar no Reino dos Céus que é uma invenção. E não uma invenção herdada, como a visita do anjo Gabriel, de uma daquelas nebulosas "comunidades primitivas" que, segundo os biblistas, escreveram os Evangelhos. Não, invenção direta de Lucas.

Seu plano de trabalho exigia que ele abordasse primeiro o nascimento virginal de Jesus e, logo a seguir, o personagem de João, com o qual não sabia direito o que fazer. Estava na cama, ou nas termas, ou passeando no campo de Marte, quando a ideia lhe caiu do céu: e se Jesus e João fossem primos? Que ótima solução para o narrador! Por experiência própria, imagino a excitação de Lucas e imagino que, na esteira dessa ideia, tenha se delineado cristalinamente toda a composição de seus dois primeiros capítulos, majestosa e pura como um afresco de Piero della Francesca.

38

Depois da Anunciação vem a Visitação, isto é, Maria deixa sua aldeia na Galileia e vai à Judeia parabenizar a prima. Quando entra em sua casa, a criança que Isabel carrega estremece em seu ventre. As duas mulheres, grávidas, uma de Jesus, a outro de João, ficam cara a cara. Inspirada pelo Espírito Santo, Isabel diz a Maria que ela é abençoada entre todas as mulheres, pois ela é a mãe do Senhor, e Maria entoa o que somos tentados a designar como sua grande ária, de tal forma foi, e suntuosamente, musicado. Essa ação de graças, na Bíblia latina, começa com as palavras *Magnificat anima mea Dominum*, "minha alma exalta o Senhor": daí vir a ser conhecida como *Magnificat*.

Há mais de dez anos, realizei pesquisas aleatórias a respeito de meu avô materno, Georges Zourabichvili, que resultaram em *Um romance russo*. Esse homem, brilhante porém sombrio, fadado ao infortúnio, e que viria a desaparecer tragicamente ao fim da Segunda Guerra Mundial, procurou na fé cristã uma resposta para as perguntas que o atormentavam. Assim como eu faria cinquenta anos depois, ele assistia à missa todos os domingos, se confessava, comungava, e, ao lê-lo, reconheci aquilo que eu mesmo experimentara: a necessidade de atrelar sua angústia numa certeza; o argumento paradoxal que diz que a submissão a um dogma é um ato de suprema liberdade; a maneira de dar sentido a uma vida intolerável, que se mostra uma série de provações impostas por Deus. Em seus papéis, encontrei um longo comentário do *Magnificat*. O que é o Evangelho?, ele se pergunta. E responde: é a Palavra de Deus revelada aos homens e infinitamente maior do que eles. E o que é o *Magnificat*? É a resposta mais justa que se pode dar à Palavra de Deus. Subserviência altiva, submissão alegre. É ao que deveria tender toda alma; ser a serva do Senhor.

Tal como o meu avô, recitei esses versículos procurando me impregnar de seu fervor. Jacqueline dizia que a devoção à Virgem era o caminho mais duro para os mistérios da fé: quis me entregar a eles, por alguns meses conservei em meu bolso o rosário que ela me dera de presente, e vinte, trinta vezes por dia, rezava a Ave-Maria. Hoje, fazendo o retrato de um evangelista homem de letras, roteirista, plagiador, observo que esse poema sublime, o *Magnificat*, é de ponta a ponta uma colagem de citações bíblicas. A margem da TEB assinala duas por linha, a maioria procedente dos Salmos e, curiosamente, a emoção que eu almejava sentir e não sentia recitando meus rosários, sinto-a agora ao imaginar Lucas escumando sua Septuaginta, selecionando esses fragmentos de velhas preces judaicas, engastando-os com um zelo meticuloso, como um ourives monta um colar de pedras preciosas, para que Teófilo fizesse uma noção do que era o amor de Deus naqueles judeus abandonados por Deus.

Maria passa três meses com a prima, depois volta para casa. Isabel dá à luz. Querem chamar ao filho Zacarias, como o pai, mas este, emudecido desde sua visão no Templo, escreve numa tabuinha que não, deve se chamar João. Após escrever isso, sua língua desata e é sua vez de entoar um cântico sobre os desígnios de Deus e o papel que neles desempenhará seu filho: "Ora, tu também, menino, serás chamado profeta do Altíssimo, pois irás à frente do Senhor para iluminar os que jazem nas trevas e na sombra da morte". A TEB diz muito vagamente que o cântico intitulado *Benedictus* deve "provir da comunidade palestina" — o que não quer dizer muita coisa e dispensa reconhecer que, assim como o *Magnificat*, é uma suntuosa colagem forjada por Lucas. Foi sob as notas desse *Benedictus* que meu filho Jean Baptiste foi batizado.

E eis que é promulgado o decreto de César Augusto com vistas a recensear nada menos que o mundo inteiro. Quirino, então governador da Síria, é encarregado de sua aplicação na Palestina. É o que afirma Lucas, que se pretende historiador e fornecedor de dados confiáveis e verificáveis, deixando os historiadores de dois mil anos depois um pouco confusos porque esse recenseamento, integralmente supervisionado na Palestina pelo governador Quirino, aconteceu dez anos após a morte de Herodes, sob cujo reinado Mateus e Lucas fizeram Jesus nascer. Essa passagem do recenseamento, na narrativa de Lucas, só tem uma utilidade: fazê-lo nascer em Belém e assim realizar uma profecia, totalmente marginal e complicada, que nada o obrigava a valorizar. É um erro clássico de roteirista: teimar em resolver uma incoerência por todos os meios e chamar ainda mais atenção para ela, de modo que ela salta aos olhos quando teria bastado ignorá-la para que ninguém reparasse nela. No caso, como consta de seu plano de trabalho fazer Jesus nascer em Belém, Lucas se vê pressionado a explicar por que seus pais, que são de Nazaré, vão a Belém para o parto. Resposta: porque, aproximadamente nessa época, houve um recenseamento, as pessoas tinham de ser recenseadas em sua cidade natal, e José, embora ele próprio não nascido Belém, era membro da família de Davi, que tinha suas raízes lá.

Hum.

Por outro lado, o segredo de um filme bem-sucedido não é a verossimilhança do roteiro, e sim a força das cenas, e, nesse terreno, Lucas é imbatível: o albergue superlotado, o presépio, o recém-nascido enfaixado e deitado na manjedoura, os pastores das colinas adjacentes que, avisados por um anjo, vêm em procissão se enternecer pela criança... Os reis magos procedem de Mateus, o boi e o burro são enxertos bem mais tardios, mas todo o resto Lucas inventou e, em nome da corporação dos romancistas, digo: tem meu respeito.

Depois de tudo isso, não admira que ele seja o único dos quatro evangelistas a lembrar que Jesus foi circuncidado. Num tempo em que se arriavam as cuecas dos idosos no meio da rua para verificar se pertenciam à raça maldita, é tentador omitir a coisa, mas Lucas não a omite. Faz questão disso, faz questão de descrever a apresentação da criança no Templo. Lá se encontra um homem velhíssimo chamado Simeão. Ele é justo e piedoso, espera a consolação de Israel e o Espírito Santo lhe prometeu que ele não morreria sem ter visto o Messias. Esse Simeão se parece muito com Zacarias. Os dois, aliás, se parecem muito com Tiago, irmão do Senhor. Da mesma forma que, na minha opinião, Lucas escreveu a carta atribuída a Tiago no Novo Testamento, estou convencido de que pensou nele ao compor a terceira das grandes árias que balizam seu prólogo. O ancião toma o menino nos braços: "Agora, Senhor, podes despedir em paz teu servo, porque meus olhos viram a salvação de Israel". Pressentimos que, ao murmurar isso, ele o embala, assim como nos embala a alma a sublime cantata de Bach inspirada nela, *Ich habe genug*.

Os dois meninos, João e Jesus, cresciam em tamanho, sabedoria e graça perante Deus. Maria conserva fielmente a lembrança de todos esses fatos em seu coração. Assim termina esse prólogo de ouro, incenso e mirra, após o qual entram em cena os dois heróis, agora adultos e, como em *Era uma vez na América*, representados não por pirralhos que se lhes assemelham, mas por Robert De Niro e James Woods em pessoa.

39

A vida paralela de homens ilustres era um gênero em voga. Obedecendo ao esquema, Lucas constrói magnificamente seu prólogo, mas depois se atrapalha, pois tem muito a contar sobre um dos heróis e pouco sobre o outro. Se nessas infâncias judaicas encantadas ele deu livre curso a seu talento de romancista, já no que se refere a João mostra-se copista escrupuloso, atendo-se às fontes, abstendo-se de dar sua opinião, e penso que é porque não tem opinião. Porque essa parte da história não lhe diz nada. Ascetas lhe inspiram temor, percebemos que se sente aliviado quando Herodes joga Batista na prisão, onde mofará até ser decapitado. Temos a mesma impressão, de ligeiro descuido, quando, entre o batismo de Jesus e sua temporada com o diabo no deserto, Lucas encaixa como pode, bastante mal, como se tentasse se livrar de alguma coisa, uma genealogia do Salvador completamente diferente da proposta por Mateus, exceto num ponto: ambos se contorcem para demonstrar que Jesus descende de Davi pelo lado de José, ao passo que afirmaram explicitamente que este não era seu pai. Ele está claramente enrolando para chegar ao principal da história, eu também, e para mostrar como ele faz isso proponho uma pequena explicação de texto.

Leiamos Marcos: "Saindo dali, foi para a sua pátria e os seus discípulos o seguiram. Vindo o sábado, começou a ensinar na sinagoga e numerosos ouvintes ficavam admirados, dizendo: 'De onde lhe vem tudo isto? E que sabedoria é esta que lhe foi dada? E como se fazem tais milagres por suas mãos? Não é este o carpinteiro, o filho de Maria, irmão de Tiago, José, Judas e Simão? E as suas irmãs não estão aqui entre nós?'. E estavam chocados por sua causa. E Jesus lhes dizia: 'Um profeta só é desprezado em sua pátria, em sua parentela e em sua casa'. E não podia realizar ali nenhum milagre".

Vejamos agora o que Lucas fez dessa sinopse.

Jesus "foi a Nazaré, onde fora criado, e, segundo seu costume, entrou em dia de sábado na sinagoga e levantou-se para fazer a leitura".

(Lembrete: era o que Paulo fazia.)

"Foi-lhe entregue o livro do profeta Isaías; desenrolou-o, encontrando o lugar onde está escrito:

O Espírito do Senhor está sobre mim,
porque ele me consagrou pela unção
para evangelizar os pobres;

enviou-me para proclamar a libertação aos presos
e aos cegos a recuperação da vista,
para restituir a liberdade aos oprimidos
e para proclamar um ano de graça do Senhor."

(Desconfiamos que Lucas escolheu essa passagem meticulosamente na Septuaginta. Possivelmente hesitou entre várias, eu teria curiosidade de saber quais.)

"Enrolou o livro, entregou-o ao servente e sentou-se.
Todos na sinagoga olhavam-no, atentos."

(Nosso velho amigo Eusébio, o historiador da Igreja, diz que Marcos escreveu seu Evangelho a partir das "rubricas" de Pedro: isto é, suas instruções. Porém, no sentido moderno da palavra, que no mundo do teatro designa as indicações cênicas, podemos dizer que o rei da rubrica é Lucas.)

"Então começou a dizer-lhes: 'Hoje se cumpriu aos vossos ouvidos esta passagem da Escritura'."

(Em outros termos: é de mim que se trata. Nesse caso também, é um procedimento de Paulo, aliás destaquei essa cena para descrever sua intervenção na sinagoga de Trôade.)

"Todos admiravam-se. Diziam: 'Não é este o filho de José?'."

(Lucas abre espaço para José, que Marcos não conhecia. Em contrapartida, fecha os olhos para irmãos e irmãs.)

"Ele disse: 'Certamente me citareis o provérbio — Médico, cura-te a ti mesmo. Tudo o que ouvimos dizer que fizeste em Cafarnaum, faze-o também aqui em tua pátria'. Mas em seguida acrescentou: 'Em verdade vos digo que nenhum profeta é bem recebido em sua pátria. De fato, eu vos digo que havia em Israel muitas viúvas nos dias de Elias, quando por três anos e seis meses o céu permaneceu fechado e uma grande fome devastou toda a região; Elias, no entanto, não foi enviado a nenhuma delas, exceto a uma viúva, em Sarepta, na região de Sidônia. Havia igualmente muitos leprosos em Israel no tempo do profeta Eliseu; todavia nenhum deles foi purificado, a não ser o sírio Naamã'."

(Sarepta era uma aldeia fenícia, ou seja, grega. O fato de a salvação concernir às viúvas de Sarepta e leprosos sírios, tanto ou mais quanto às viúvas e leprosos judeus, era um dos bordões de Paulo. Com o mesmo descaro e falta de verossimilhança histórica, Lucas coloca isso na boca de Jesus, a cujo respeito, porém, Marcos conta que, no dia em que uma grega de origem fenícia lhe pediu que curasse sua filha, sua primeira reação foi responder: "Deixa que primeiro os filhos se saciem porque não é bom tirar o pão dos filhos e atirá-lo aos cachorrinhos". Resposta virulenta, que podemos traduzir por: eu curo os judeus primeiro, pois são filhos de Deus, quanto aos pagãos, são cães — cachorrinhos, bonzinhos talvez, mas cães. As pessoas de Nazaré pensavam exatamente a mesma coisa. Eis por que, quando o Jesus de Lucas saca esse pequeno sermão pauliniano, é muito mal recebido.)

"Todos na sinagoga se enfureceram. E, levantando-se, expulsaram-no para fora da cidade e o conduziram até um cimo da colina sobre o qual a cidade estava construída com a intenção de precipitá-lo de lá."

(Numa frase serena, é o relato de um linchamento; Paulo sofreu vários.)

"Ele, porém, passando pelo meio deles, prosseguia seu caminho."

40

Às vezes Lucas se limita a copiar Marcos, mas a maior parte do tempo faz o que acabo de expor. Dramatiza, cenariza, romanceia. Acrescenta "ergueu os olhos", "sentou-se", para dar mais vida às cenas. E, quando alguma coisa não lhe agrada, não hesita em corrigir.

Falei, no que se refere a determinados detalhes do Evangelho, em sua "verossimilhança". É um critério em que confio, mesmo reconhecendo ser bastante subjetivo. Outro critério é o que os exegetas chamam de "critério do embaraço": quando o redator parece embaraçado ao escrever uma coisa, há fortes chances de ela ser verdade. Exemplo: a extrema brutalidade das relações de Jesus com sua família e seus discípulos. Não há por que não acreditarmos no que Marcos diz sobre isso. Já no que diz Lucas, menos. O primeiro conta que os parentes foram atrás de Jesus para prendê-lo, o segundo, que não puderam se aproximar dele por causa da multidão. O primeiro, não obstante secretário de Pedro, mostra Jesus repelindo este último e xingando-o de Satanás, o segundo corta a cena, assim como corta ou adapta todas aquelas em que os discípulos figuram como um bando de broncos — salvo as que miram João, com quem ele não se dava.

Marcos conta que Jesus, com fome, depara no caminho com uma figueira frondosa, porém sem figos. Nada de espantoso: não é época de figos. Apesar disso, ele amaldiçoa a figueira: "Ninguém jamais coma do teu fruto". No dia seguinte, ele passa com seus discípulos em frente à figueira e Pedro, lembrando-se da maldição da véspera, observa que ela ressecou até a raiz. Jesus, bastante curiosamente, responde que a fé move montanhas. Ninguém ousa lhe perguntar por que ele não fez a figueira dar frutos em vez de matá-la.

A história é ameaçadora: presumimos que a figueira amaldiçoada é Israel. A história é, acima de tudo, obscura. Jesus costumava ser ameaçador e obscuro. Falava em falsos profetas que se disfarçam de ovelhas, mas que por dentro são lobos ferozes, e que devemos reconhecê-los por seus frutos. Essas maluquices não são do gosto de Lucas. Assim como eu, ele aprecia as metáforas legíveis, que podemos transpor termo a termo, limitando-se portanto a dizer, sensatamente, que não se colhem figos de espinheiros nem uvas de sarças. Deve ter sido tentador para ele suprimir a história da figueira tal como contada por Marcos. No fim, ele dá um jeito de abrandá-la, colocando na boca de Jesus uma parábola ao mesmo tempo clara e otimista. A figueira não dá frutos há três anos, seu proprietário quer mandar cortá-la, mas o jardineiro assume a causa da figueira: vamos lhe dar uma chance, quem sabe, cuidando bem dela, ela não volta a dar frutos mais tarde... É outra concepção de educação: paciência contra severidade e, se ele pensava em Israel, isso devia corresponder aos sinceros anseios de Lucas. É também, havemos de convir, banal e até mesmo um pouco infantil.

Os "vomitadores de mornos" não gostam de Lucas, julgando-o bem-educado demais, civilizado demais, culto demais. Quando ele topa com esta frase terrível, e terrivelmente verdadeira, "Ao que tem será dado e ao que não tem, mesmo o que tem lhe será tirado", não se exime de corrigir sua falta de lógica e, ao mesmo tempo, tirar-lhe a força: "Ao que tem, será dado; e ao que não tem, *mesmo o que pensa ter*, lhe será tirado". (É o tipo de correção que eu seria capaz de fazer, receio.) Mas, como quase sempre, é mais complicado que isso. Pois ali onde os outros reportam "Quem ama seu pai, sua mãe, seu filho, sua filha mais do que eu não é digno de mim", é o bondoso Lucas que insufla violência: "Se alguém vem a mim e não *odeia* seu próprio pai e mãe, *mulher* (eles tinham esquecido desta) e filhos, irmãos, irmãs e *até a própria vida*, não pode ser meu discípulo". É igualmente o bondoso Lucas que faz Jesus dizer: "Eu vim trazer fogo à terra, e como desejaria que já estivesse aceso!".

41

No relato da Paixão, Lucas quase sempre cola em Marcos, embora o enriqueça com maneirismos que nem sempre me empolgam. No jardim das Oliveiras, ele é ao mesmo tempo convencional — um anjo desce do céu para reconfortar Jesus — e mórbido — o suor da angústia, em sua testa, transforma-se em grossas gotas de sangue. Um discípulo, no momento em que se aproximam para prender Jesus, saca sua faca e decepa a orelha de um servo do sumo sacerdote. João nos informa que esse servo se chamava Malco e é o tipo de detalhe em que acredito — senão, por que mencioná-lo? Lucas, por sua vez, acrescenta que, ao tocar a orelha do ferido, Jesus o curou — e nisto não acredito nem de longe.

Chego ao Gólgota. Em Marcos, os soldados cospem na cara de Jesus, como o próprio Jesus cuspia nos olhos dos cegos. Lucas suprime todos esses perdigotos, que chocariam Teófilo, e acrescenta, em contrapartida, diálogo. Ali onde Marcos, em seu laconismo e horrorosa afobação, não reporta senão uma fala de Jesus na cruz, Lucas, sempre mais loquaz, atribui-lhe três.

Na primeira, é Jesus quem diz de seus carrascos: "Pai, perdoai-lhes, eles não sabem o que fazem".

Frente ao mal, é o que deveríamos dizer sempre, certo?

A última é a de que eu menos gosto. No momento de expirar, Jesus dá um forte grito: "Pai, em tuas mãos entrego meu espírito", tudo bem, é comovedor, mas muito menos belo, muito menos terrível do que, em Marcos: *Eli Eli lamma sabactani*, "Pai, pai, por que me abandonaste?".

Mas o mais belo achado de Lucas está entre os outros dois, assim como a cruz de Jesus entre as dos dois condenados. Esses condenados são bandidos, estão agonizando em meio a sofrimentos atrozes e, mesmo assim um deles zomba de Jesus: "Não és tu o Cristo? Salva-te a ti mesmo e a nós". O outro protesta: "Quanto a nós, é de justiça; pagamos por nossos atos; mas ele não fez nenhum mal". E diz a Jesus: "Lembra-te de mim quando vieres com teu reino".

Resposta de Jesus: "Hoje estarás comigo no paraíso".

Um bandido espanhol, conta Miguel de Unamuno, diz ao carrasco antes de ser enforcado: "Morrerei rezando o Credo. Por favor, não abra o alçapão antes de eu falar: 'Creio na ressurreição da carne'".

Esse bandido é irmão do anterior, e essa frase mostra que ele sabe mais sobre Jesus do que todas as pessoas inteligentes como eu. Mas ele vai morrer: isso ajuda.

42

Lucas gostava dos bandidos, das prostitutas, dos coletores de impostos colaboracionistas. "Dos indivíduos tarados e degenerados", como diz um exegeta, admirando-se com tal predileção. Ela existia em Jesus, não resta qualquer dúvida, mas cada evangelista tem sua especialidade, e a de Lucas, que por sua vez era médico, é lembrar incansavelmente que os médicos estão aqui para os doentes, não para os sadios. É lembrar também, ele, tão digno, que a grande violência de que Jesus era capaz nunca é, absolutamente nunca, dirigida contra os pecadores, e sim, exclusivamente, contra as pessoas de bem. É o fio condutor que percorre todo seu *Sondergut* — seu "bem próprio", o que *só* existe nele. Os exegetas postulam que ele recolhe esse *Sondergut*, do qual pretendo agora dar alguns exemplos, numa fonte desconhecida. Pois eu penso que, na maioria dos casos, essa fonte desconhecida é sua imaginação — mas será ela tão diferente da inspiração divina?

Um fariseu convida Jesus para ir à sua casa. Jesus aceita, senta-se à mesa. Chega uma pecadora, uma espécie de puta, com um frasco de perfume. Ela começa a chorar, a lavar-lhe os pés com suas lágrimas, a enxugá-los com seus cabelos, a ungi-los com seu perfume. O fariseu fica chocado, não fala nada, mas Jesus o escuta pensar em voz alta. Lucas, aqui, trabalha seu diálogo: "'Simão, tenho uma coisa a dizer-te'. 'Fala, mestre'". Jesus conta então a história do credor que tem dois devedores, um deve quinhentos denários, o outro, cinquenta. Nenhum dos dois tendo com que pagar, ele perdoa a dívida de ambos. Qual será o mais grato? O fariseu: "'Suponho que aquele ao qual mais perdoou?' 'Julgaste bem, disse Jesus'".

É logo após essa cena que, matreiramente, Lucas insinua um parágrafo sobre as mulheres que, junto com os Doze, cercam Jesus:

Maria Madalena, mas também nossa querida Joana, mulher de Cuza, Susana e várias outras, "que os servem com seus bens". Para servi-los com seus bens, é preciso que elas tenham posses, pelo menos um pouco, e essas damas caridosas, que Lucas é o único a mencionar, deviam lembrar-lhe a boa Lídia de Filipos. Ao mesmo tempo que é o mais intransigente dos quatro, no que se refere à felicidade prometida aos pobres e à maldição ligada à riqueza, Lucas é também o mais propenso a lembrar que existem bons ricos, assim como há bons centuriões. É o mais sensível às categorias sociais, às suas nuances, ao fato de que elas não determinam inteiramente as ações. Historiador da Segunda Guerra Mundial, teria insistido no fato de que membros da Action Française e dos Croix-de-Feu estiveram entre os primeiros heróis da resistência.

Já contei: mal recebidos pelos samaritanos, Tiago e João pedem a Jesus que faça cair sobre eles o fogo do céu e são acerbamente repreendidos. O episódio está em Marcos, Lucas o copia com um entusiasmo ainda maior na medida em que o trecho não é nada lisonjeiro com João, mas duas páginas adiante acrescenta-lhe um pós-escrito de sua lavra. Alguém pergunta a Jesus o que convém fazer para ter a vida eterna. "'Que está escrito na lei?' 'Amarás o Senhor teu Deus, de todo o teu coração, e o teu próximo como a ti mesmo.' 'Bem', diz Jesus, 'faze isso e viverás.' 'Mas', insiste o outro, 'e quem é meu próximo?'" Jesus, então, dá o exemplo do viajante largado semimorto por assaltantes na estrada que vai Jerusalém a Jericó. Um sacerdote, depois um levita passam sem acudi-lo. Finalmente, é um samaritano que para, assiste-o, leva-o até uma hospedaria e vai embora deixando um pouco de dinheiro com o hospedeiro para que cuidasse dele.

Os samaritanos, do ponto de vista dos judeus devotos, são piores que os gentios: párias, a escória da humanidade. O sentido então é claro: muitas vezes os rejeitados têm um comportamento melhor que os virtuosos. Moral típica de Lucas, mas que podemos desenvolver um pouco mais. Lembro-me de uma noite, em casa, quando uma amiga relatou suas agruras com um sem-teto com quem ela simpatizara, a quem tentara ajudar, convidara para tomar um café, e o resultado é que ela não conseguiu se livrar dele. Ele não largava mais do seu pé, esperava-a na entrada do prédio. Ela sentia-se tão culpada que o deixou passar uma noite em sua casa e até mesmo dormir com ela em sua cama. Ele lhe pediu para beijá-la. Como ela não queria, ele começou a chorar: "Eu te dou nojo, é isso?". Era isso, e, em vez de admitir, ela cedeu. É uma das lembranças mais penosas de sua vida, e um exemplo dos efeitos perversos a que a aplicação dos princípios evangélicos expõe: dá quanto te pedem, oferece a outra face. O que é legal com o bom samaritano é que ele não extrapola. Não se desfaz de todo o seu dinheiro, sequer da metade. Não instala o infeliz em sua casa. Nós não o faríamos necessariamente — porque a região é pouco segura, porque o Guia do Mochileiro aconselha a desconfiar dos falsos feridos, porque, quando um carro para, sacam uma arma e saem cantando pneu deixando o motorista nu em pelo na beira da estrada — mas todos temos consciência de que é o que deveria ser feito: primeiros socorros à pessoa em perigo. Nem mais, nem menos. Criando esse episódio, Lucas talvez tenha pensado no forte pragmatismo que admirava em Filipe, apóstolo dos samaritanos. As exigências radicais de Jesus deviam lhe dar medo às vezes. Ele as relativizava, defendendo uma caridade moderada.

Agora é um importuno que acorda um amigo no meio da noite para lhe pedir um favor. A princípio, o outro chia, diz que é tarde, está dormindo e sua família também, mas o importuno é de tal forma importuno que ele não tem escolha: resmunga, depois se levanta. Moral da história: nunca hesitar em pedir. Lucas está tão satisfeito com essa história que, alguns capítulos adiante, faz uma espécie de *remake*, com uma viúva encrenqueira que atazana um juiz com suas demandas, e o juiz termina por atendê-la, não porque teme ou ama a justiça, ao contrário, ficamos sabendo que é um mau juiz, mas para que a viúva o deixe em paz.

   O primeiro desses pequenos esquetes, em que os maçantes são erigidos em exemplo, vem logo após Jesus ensinar a seus discípulos a oração das orações, o Pai-Nosso, e as pessoas que dizem que a oração que pede algo não é nobre, que não se deve apoquentar o

Senhor com as pequenas mazelas e pequenos desejos, fariam bem ao se inspirar nele. Jesus martela, em termos que Jacqueline não se cansava de me lembrar: "Pedi e vos será dado; buscai e achareis; batei e vos será aberto. Pois todo o que pede, recebe; o que busca, acha; e ao que bate, se abrirá. Quem de vós, sendo pai, se o filho lhe pedir um peixe, em vez do peixe lhe dará uma serpente? Ou ainda, se pedir um ovo, lhe dará um escorpião? Ora, se vós, que sois maus, sabeis dar coisas boas aos vossos filhos, quanto mais o Pai do céu dará o Espírito Santo aos que o pedirem!".

Eu teria gostado se Lucas radicalizasse o sentido das filigranas que lhe atribuo a ponto de nos contar uma história de bom fariseu. Lamentavelmente isso não acontece e, na segunda metade do Evangelho, essas pessoas honradas, porque são honradas, não param mais de ser espinafradas. Uma delas convida Jesus para almoçar. Jesus põe-se à mesa sem fazer as abluções requeridas. Seu anfitrião, admirado, explode em imprecações veementes: "Fariseus! Gabai-vos de agir bem e na realidade sois os piores pecadores. Ai de vós!". Há dez linhas de insultos desse tipo. Um comensal se declara ofendido, é compreensível, e também leva uma bronca: "Impondes aos homens fardos insuportáveis, e vós mesmos não tocais esses fardos com um dedo sequer! Vossos pais mataram os profetas e vós teríeis feito o mesmo!".

Lemos isso e nos perguntamos o que deu em Jesus, se a cena aconteceu, ou em Lucas, se a inventa. Quanto ao fundo, nada de novo: essas lancinantes censuras às elites, que hoje fariam Jesus ser qualificado de populista, encontram-se em outras passagens dos Evangelhos, porém mais contextualizadas e, assim, mais palatáveis. Aqui, temos a impressão de que Lucas tinha ainda um estoque delas e que, para emplacá-las, imaginou essa cena de refeição em que Jesus age como um sujeito abominável que vem à sua casa, põe os pés em cima da mesa, cospe na sopa e xinga você e sua família até a nona geração. Isso é ainda mais estranho da parte de Lucas uma vez que seu mestre Paulo não cansava de insistir no respeito que, independentemente de nossas opiniões, devemos aos costumes dos outros quando estamos com eles, a fortiori na casa deles. A única vantagem dessa cena desagradável é que, por um lado, compreendemos que, à medida que se aproxima de Jerusalém, mais nervoso e agressivo Jesus fica, esquecendo-se das maneiras de "homem galante" pelas quais Renan o congratulava, e por outro, que os fariseus "começavam a persegui-lo terrivelmente, armando-lhe ciladas para surpreenderem uma palavra de sua boca".

43

Ainda uma refeição na casa de um fariseu. Chegam os convidados, escolhem os melhores lugares à mesa. Jesus lhes dá uma lição: se pegares tu mesmo o melhor lugar, corres o risco de seres desalojado, ao passo que, se escolheres o pior, tudo que pode acontecer-te é seres promovido. "Todo aquele que se exalta será humilhado, e quem se humilha será exaltado."

Em seguida, volta-se para seu anfitrião: "Ao dares um almo-ço ou jantar, não convides teus amigos, nem teus irmãos, nem teus parentes, nem os vizinhos ricos, para que não te convidem por sua vez. Pelo contrário, chama pobres, estropiados, coxos, cegos; feliz serás, então, porque eles não têm com que te retribuir. Serás, porém, recompensado na ressurreição dos justos."

"Feliz aquele que tomar refeição no Reino de Deus", comenta sentenciosamente um comensal, o que deflagra uma nova pará-bola. Querem realmente saber o que acontece lá, no Reino de Deus? Escutem. É um grande jantar, no qual os convidados dão o cano no último minuto, sob os mais diversos pretextos. Um acaba de com-prar um terreno, o outro vai casar a filha, todos têm coisa melhor a fazer. Furioso, o dono da casa ordena que seus servos convidem todos os mendigos da cidade. Sua ordem é obedecida, mas ainda so-bra lugar. Então, saí da cidade, dai uma batida, todas as pessoas que encontrardes, trazei-as, à força se necessário: é imperioso que a casa esteja cheia. Quanto às que dispensaram o convite, ainda podem se apressar e chegar a tempo.

Como descrição do Reino, essa história de jantar não é lá muito cativante. Trata-se claramente de Israel desdenhando o convite para a mesa de Cristo e dos gentios pulguentos que, consequentemente, se aproveitarão disso. O fato de ser necessário, se eles refugarem, conduzi-los manu militari mostra que é um programa de missionário fundamentalista que, na continuação, a Igreja aplicará, batizando os selvagens na base da violência e sem pedir sua opinião. Prefiro muito mais o que Lucas atribui a Jesus um pouco antes: que é mais lucrativo dar aos pobres do que emprestar aos ricos e que temos mais chances de ser os primeiros se, por iniciativa própria, nos posicionarmos no último lugar.

Últimos, primeiros: estamos em terreno conhecido. É inclusive, creio, a lei fundamental do Reino. Mesmo assim, ela levanta uma questão intrigante. Nem Lucas nem Jesus questionam a opinião partilhada por todos de que é preferível ser exaltado a ser humilhado. Dizem apenas que posicionar-se embaixo é a melhor maneira de subir, isto é, a humildade é uma boa estratégia de vida. Existem casos em que isso não é uma estratégia? Em que medida pobreza, obscuridade, pequenez, sofrimento são desejados por si mesmos e não para adquirir um bem maior?

44

Usos e costumes do Reino, continuação. Dessa vez a pendenga do dono da casa não é com seus convidados, mas com seu administrador, apontado como culpado de malversações. Novamente furioso, exonera-o do cargo. O administrador está chateadíssimo. O que farei agora? Pegar no batente? Não tenho forças. Mendigar? Teria vergonha. Ocorre-lhe então a ideia, antes que sua desgraça seja anunciada, de fazer amigos que possam ajudá-lo quando ele estiver desempregado. Manda chamar os devedores do patrão e falsifica em proveito deles próprios os reconhecimentos de dívidas. "Tu devias cem? Digamos que deves cinquenta. Não, não me agradeças, me pagarás quando puderes." Esperamos que o administrador seja castigado em dobro, mas não: no fim da história, o patrão, inteirado do fato, em vez de ficar ainda mais furioso, congratula-o por ter se safado tão astuciosamente. Grande tacada!

Essa parábola não é muito lida na missa, porém, obrigada a comentá-la, a BJ, tão astuciosamente quanto o administrador, contorna o problema, dizendo que os cinquenta de diferença não são uma propina que ele paga para se garantir, e sim a comissão que pretendia embolsar e da qual, inteligentemente, abre mão — um pouco como um alto executivo abre mão de suas *stock options* para aplacar a insatisfação dos assalariados e da mídia. Podemos respirar: o administrador não é tão malandro assim e Jesus não fez apologia da malandragem. Desafortunadamente, a BJ trapaceia. Se Lucas quisesse dizer isso, teria dito. A verdade é que o administrador é *realmente* malandro, que passa *realmente* a perna no futuro ex-patrão em prol de eventuais empregadores, e que seu patrão, como especialista, aprecia tal malandragem.

O que essa história diz é claro, mas o que ela *quer* dizer? Que moral tirar dela? Que devemos ser espertalhões? Que a audácia sempre compensa mais que a prudência?

É o que também parece dizer a parábola dos talentos. O patrão sai em viagem e confia seus bens a seus empregados para que os façam render. A um dá cinco talentos, a outro, dois, ao terceiro, só um. O talento é uma moeda, como o sestércio e a dracma, mas o outro sentido da palavra também vigora: designa nossos dons e o uso que deles fazemos. Ao voltar de sua viagem, o patrão exige uma prestação de contas. O que recebeu cinco talentos ganhou outros cinco. "Parabéns", diz o patrão, "aqui estão mais talentos, continue." O que recebeu dois também dobrou o capital e é igualmente parabenizado e recompensado. Falta o que recebeu um único talento. Como o patrão não demonstrou muita confiança nele, este fez dele uma ideia de homem severo e ávido pelo lucro, então, em vez de arriscá-lo, julgou mais seguro esconder o talento dentro de um lenço. Ele o devolve ao patrão: "'Aqui está teu bem, guardei-o fielmente.' 'Imbecil!' diz o patrão. 'Se o tivesse investido, eu teria recebido juros'". Pega o talento de volta, entrega-o àquele que já tinha dez e escorraça o sujeito para o lado de fora, para as trevas, onde imperam o choro e ranger de dentes.

Noutro dia, o patrão contrata operários para sua vinha. Combinam a paga: um denário por dia. A equipe começa a trabalhar de madrugada. Lá pelas dez da manhã, o patrão vai dar uma volta na praça da cidade e, vendo à toa alguns sujeitos desocupados, contrata-os também. Contrata outros ao meio-dia e às quatro da tarde. Ao anoitecer, ainda há sujeitos à toa na praça. "Por que não trabalhais?", perguntou o patrão. Os sujeitos dão de ombros: "'Ninguém nos contratou.' 'Pois eu vos contrato. Ide, também vós, para a vinha'". Eles vão, trabalham uma horinha, e então, encerrado o expediente, apresentam-se para receber o pagamento. O patrão manda pagar primeiro os que chegaram por último. "'Quanto?' pergunta o administrador. 'Um denário para cada um.'" Os últimos a chegar vão embora felizes da vida com seu soldo e os outros também se regozijam, supondo que irão receber mais. Mas não, é um denário para todo mundo, tenha-se trabalhado uma, cinco ou onze horas. Os que trabalharam onze horas ficam fulos da vida, é compreensível. Protestam. O patrão responde: "Eu tinha dito um denário. É um denário. Dando mais aos outros, por acaso dou menos a vós? Não. E como gosto de dispor do meu dinheiro, isso não é de vossa conta".

45

Não esqueçamos: essa minissérie em torno de um patrão ao mesmo tempo generoso e excêntrico, essas histórias de salários, retorno do investimento, contabilidades fraudadas e convites para jantar são respostas explícitas à pergunta: "O que é o Reino?". Algumas delas remontam ao próprio Jesus: a parábola dos talentos já se encontra em *Q*. Mas a maioria é de Lucas, que, com uma espécie de gênio para fazer Jesus falar sobre esse tema e, por outro lado, tenho convicção disso, um homem escrupulosamente honesto, não tendo nunca na vida surrupiado um tostão de ninguém, deliciava-se fazendo-o dizer o oposto do que a maioria das pessoas embute na palavra "moral". As leis do Reino nunca são leis morais. São leis da vida, leis cármicas. Jesus diz: é assim que é. Diz que as crianças sabem mais sobre isso que os sábios e que, nesse aspecto, os espertalhões se saem melhor que os virtuosos. Diz que as riquezas estorvam e que devemos considerar riquezas, ou seja, desvantagens, a virtude, a sabedoria, o mérito, o orgulho do trabalho realizado. Diz que no céu não existe mais alegria para um único pecador arrependido do que para noventa e nove justos que não carecem de arrependimento.

Essa frase é a conclusão da história da ovelha desgarrada e recuperada, que também se encontra em Q. De todo o ensinamento de Jesus, julgo ser a preferida de Lucas. Ele a adora. Não se cansa dela. É feito uma criança que gostaria que a contássemos todas as noites, com pequenas variantes, então ele as inventa, essas pequenas variantes, algumas longe de ser pequenas: são grandes, grandes como a árvore com a qual Jesus também compara o Reino, originariamente uma semente minúscula mas em cujos galhos agora as aves do céu fazem seu ninho.

Assim como desdobrou o amigo importuno numa viúva importuna, Lucas primeiro faz a ovelha recuperada ser seguida por um *remake* um tanto didático e canhestro: uma mulher que perdeu uma moeda, a procura em toda parte, e quando a encontra se alegra mais do que com as que já tem em seu moedeiro. Ou seja, exatamente a mesma coisa, só que pior. É também uma maneira de tomar impulso para chegar à história do filho pródigo, a mais bonita e também a mais perturbadora do Evangelho.

46

Dessa vez não se trata dos empregados do patrão, nem de seu administrador, nem de seus convidados, mas de seus dois filhos. Um belo dia, o caçula lhe pede sua parte da herança para ir viver sua vida no vasto mundo. "É o que desejas? Tudo bem." O pai divide seus bens, o caçula parte para o vasto mundo e vive sua vida, dissipando sua parte na devassidão. Dilapidado o patrimônio, vem a fome: as coisas desandam para o lado do rapaz. Termina cuidando de porcos e invejando sua ração. Recorda-se então das terras do pai, onde o mais reles boia-fria se alimenta melhor do que ele. Resolve voltar, com o rabo entre as pernas, preparando-se para engolir os "eu bem que te avisei" de praxe. Mas não é o que acontece. Alertado de sua chegada, o pai, em vez de esperá-lo com o semblante severo, em sua poltrona de dono da casa, vai correndo ao seu encontro, estreita-o nos braços e, sem sequer escutar as desculpas que o rapaz preparou ("Já não sou digno de ser chamado teu filho" etc.), ordena que preparem um grande banquete para celebrar sua volta.

Fazem um banquete em sua homenagem e começam a festejar. Já é noite alta quando o filho mais velho volta dos campos. Não passara pela cabeça de ninguém convidá-lo. Ele ouve risadas, música, e, quando percebe o que está acontecendo, quase chora. O pai sai para lhe dizer: "Vamos, não sejas idiota, vem divertir-te conosco", mas o mais velho recusa-se a entrar. Diz, e ouvimos sua voz tremendo de rancor e raiva, quase em falsete: "Espera lá, estou aqui há anos, sirvo-te fielmente, obedeço às tuas ordens e nunca me deste sequer um cabrito para festejar com meus amigos. E para ele, que volta após torrar seu dinheiro com as putas, fazem um banquete para ele! Isso não é justo!".

É verdade, não é justo. Isso me faz pensar em François Truffaut, que, segundo suas filhas, castigava uma quando a outra aprontava para lhes ensinar que a vida é injusta. Também me faz pensar em Péguy, que, da sua maneira cabeçuda, repetitiva, genial, meditou longamente essas três parábolas da misericórdia em *O pórtico do mistério da segunda virtude* (a segunda virtude é a esperança), e escreveu a respeito da ovelha:

> *Depois que entramos na injustiça*
> *Não sabemos mais aonde ir.*
> *Pronunciemos a palavra eis um infiel, cumpre dizê-la, não devemos temer a palavra*
> *Que vale mais que cem, que noventa e nove fiéis.*
> *Que mistério é esse?*

* * *

E a respeito da do filho pródigo:

Ela é bela em Lucas. Ela é bela em toda parte.
Ela só está em Lucas. Ela está em toda parte.
Só de pensar nela um soluço nos vem à garganta.
É a fala de Jesus que teve maior repercussão
No mundo.
Que encontrou a ressonância mais profunda
No mundo e no homem.
No coração do homem.

No coração fiel, no coração infiel.

Que ponto sensível ela encontrou
Que nenhuma antes dela
Encontrou (o mesmo) desde então.
Que ponto único,
Insuspeito ainda,
Inalcançado desde então.
Ponto de dor, ponto de angústia, ponto de esperança.
Ponto doloroso, ponto de inquietude.
Ponto machucado no coração do homem.
Ponto que não deve ser pressionado, ponto de cicatriz, ponto de
costura e cicatrização
Que não devemos espremer.

Pois eu espremo.

Nos últimos tempos, aproximando-se o fim deste livro, sempre que amigos vêm aqui em casa pergunto-lhes o que pensam dessa história.

Leio em voz alta e todos ficam desconcertados. O perdão do pai os comove, mas a amargura do primogênito os perturba. Eles a tinham esquecido. Julgam-na legítima. Alguns têm a impressão de que o Evangelho a ridiculariza. Prossigo, lendo a história do administrador malandro, depois a dos operários da vinha, e tampouco destas eles compreendem o sentido. Numa fábula de La Fontaine, sim, compreenderiam, sorririam de uma moral amoral e astuta. Mas isso não é uma fábula de La Fontaine, é o Evangelho. É a palavra definitiva sobre o que é o Reino: a dimensão da vida em que transparece a vontade de Deus.

Se se tratasse de dizer: "A vida aqui é assim, injusta, cruel, arbitrária, isso todo mundo sabe, mas o Reino, vocês verão, é outra coisa…". Nada disso. Não é em absoluto o que Lucas diz. Lucas diz: "É isso o Reino". E, como um mestre zen após enunciar um koan, ele deixa você se virar sozinho com aquilo.

47

Durante muito tempo achei que terminaria este livro com a parábola do filho pródigo. Porque frequentemente me identifiquei com ele, vez por outra — mais raramente — com o filho virtuoso e mal-amado, e porque atingi a idade em que um homem se identifica com o pai. Minha ideia era mostrar Lucas, após uma longa vida de viagens e aventuras, voltando finalmente para casa, numa luz dourada de poente, paz outonal, reconciliação. Nada sabemos do local ou data de sua morte, mas eu o imaginava morrendo bem velho e, à medida que se aproxima do fim, reencontrando sua infância. Recordações remotas perdidas e subitamente mais presentes que o presente. Recordações minúsculas e imensas, como o Reino. O caminho que, ainda criança, ele percorria para buscar o leite na fazenda parecia-lhe muito comprido, na verdade era curto, mas volta a ser comprido de novo, como se ele tivesse passado a vida percorrendo-o. No começo da viagem, a montanha se parece com uma montanha, durante a viagem não lembra em nada uma montanha, no fim da viagem volta a se parecer com uma montanha. É uma montanha, de cujo topo vê-se finalmente toda a paisagem: as aldeias, os vales, a planície se estendendo até o mar. Percorremos tudo isso, sofremos no caminho, agora chegamos. Um último pio de cotovia ressoa na rutilância do poente. A ovelha retorna ao cercado. O pastor abre a porteira para ela. O pai recebe o filho nos braços. Cobre-o com sua vasta túnica púrpura, bem quente, bem macia, aquela que ele veste no quadro de Rembrandt. Embala-o. O filho se abandona. Não corre mais nenhum risco. Chegou a porto seguro.

Fecha os olhos.

Este último capítulo me agradava. Entretanto.

Entretanto, era preciso algo mais que fechar os olhos, era preciso fechar também os ouvidos para não ouvir por trás da cantata de Bach, que se impõe durante os créditos finais, as ásperas queixas do filho primogênito: E eu, então? Eu que me esfalfei, nada recebo? São feias essas queixas, são mesquinhas, mas o infortúnio raramente é belo e nobre. Elas estragam a harmonia do concerto, é honesto da parte de Lucas não suprimi-las. O pai não tem nada de muito convincente para responder. Mateus escreve que Jesus conta a história da ovelha desgarrada, que é a matriz desta, segurando uma criança nos braços e concluindo com estas palavras: "Assim também não é da vontade de vosso Pai, que está nos céus, que um destes pequeninos se perca". Lucas não acrescenta nada disso. Lucas, o indulgente, o morno, o conciliador, afirma que esta é uma das leis do Reino: alguns se perdem. O inferno, onde há choro e ranger de dentes, existe. O happy end também, mas não para todo mundo.

Um sábio indiano discorre sobre o samsara e o nirvana. O samsara é o mundo feito de mudanças, desejos e tormentos no qual vivemos. O nirvana é aquele a que o iluminado tem acesso: libertação, beatitude. Mas, diz o sábio indiano, "aquele que distingue entre o samsara e o nirvana é o que está no samsara. O que já não distingue mais, está no nirvana".

Penso que o Reino é parecido.

EPÍLOGO
Roma, 90 – Paris, 2014

I

Domiciano, irmão do magnânimo Tito, era um imperador cruel. Menos espetaculoso que Nero, mais abjeto. Ao acordar, permanecia horas a sós no quarto, imóvel, à espreita, esperando que uma mosca pousasse ao seu alcance, e então seu braço descia como um raio e ele a transpassava com um estilete. De tanto treinar, tornou-se um ás nessa modalidade esportiva. Gostava de comer sozinho, vagar à noite pelo palácio, escutar atrás das portas. Só se interessava por uma mulher se pudesse roubá-la de outro homem, de preferência um amigo, mas ele não tinha amigos. Era perigoso, diz Juvenal, conversar com ele sobre o tempo que estava fazendo. Com um temperamento assim, não admira ter perseguido muita gente, mas o objeto principal de sua perseguição eram os filósofos. Detestava os filósofos. Epicteto, uma das grandes figuras tardias do estoicismo, é apanhado na rede. Os cristãos também, mas com os cristãos já era rotina: *usual suspects*. No crime, Domiciano não apreciava a rotina, nem que lhe ditassem o modus operandi. Queria vítimas próprias, não as de Nero, e, além de persegui-las, saber a quem perseguia. Fez questão de se informar sobre a natureza exata do perigo representado pelos cristãos. Diziam: rebeldes, quem diz rebelião diz líder e, como o líder morrera sessenta anos atrás, Domiciano ruminou que o perigo, se havia algum perigo, vinha forçosamente de sua família. Com toda a sua perversidade, tinha das coisas uma visão tão arcaica e mafiosa quanto Herodes, capaz de massacrar centenas de crianças inocentes para se livrar de um descendente de Davi. Ordenou então que procurassem os descendentes de Jesus.

Despachada para a Judeia, a polícia imperial encontrou dois de seus sobrinhos-netos, netos de seu irmão Judas. Eram pobres camponeses, membros daquelas comunidades remotamente oriundas da igreja de Jerusalém que sobreviviam na orla do deserto, à margem da margem de um país condenado por seu deus e por Roma. Ignorando tudo a respeito do que acontecia no mundo em nome de seu tio-avô, tinham conservado ritos vagos, tradições vagas, uma vaga lembrança das palavras de Jesus. Devem ter receado por suas vidas quando os soldados romanos apareceram em sua aldeia perdida, os prenderam, transferiram para Cesareia e embarcaram para Roma. Lá, foram recebidos pelo imperador, cujo nome sequer deviam conhecer. Era o imperador, era César, tudo que pressentiam é que, para pessoas como eles, era perigoso comparecer perante ele.

Domiciano adulava antes de torturar: interrogou-os cortesmente. Descendiam de Davi? Sim. De Jesus? Sim. Acreditava que ele reinaria um dia? Sim, mas sobre um reino que não é deste mundo. E do que viviam, enquanto isso? De uma plantação que ambos possuíam, ocupando um hectare, que valia nove mil denários. Cultivavam-na sozinhos, sem empregados, rendia justo com que sobreviver e pagar o imposto.

Eram tão dignos de pena que comoviam, aqueles dois judeuzinhos aterrados, com as mãos calejadas, apresentados ao imperador como perigosos terroristas. Talvez, excepcionalmente, Domiciano não estivesse de lua nesse dia. Talvez não lhe apetecesse fazer o que esperavam dele. Mandou-os de volta para casa, livres, e não me admiraria que, pelo prazer de surpreender, houvesse mandado degolar os que à sua volta o pressionavam para reprimir os cristãos.

Os cristãos… Coitados. Nenhum perigo, nenhum futuro. Assunto encerrado, pensou o imperador. Podemos arquivar o processo.

Dezenove séculos mais tarde, hesito em arquivá-lo.

2

Quase ao mesmo tempo que o de Lucas, outro Evangelho era escrito na Síria, para uso dos cristãos do Oriente. Dizia-se que seu autor era

Mateus, o coletor de impostos que se tornara um dos Doze. Dizia-se também que por trás de Mateus se escondia nosso velho conhecido Filipe, o apóstolo dos samaritanos. Os historiadores, claro, não acreditam nem em Mateus nem em Filipe. Veem nesse relato antes a obra de uma comunidade do que de um indivíduo, e, neste caso preciso, concordo com eles, pois esse Evangelho, que é o preferido da Igreja, que ela colocou em primeiro lugar no cânone do Novo Testamento, é igualmente o mais anônimo. Dos outros três, fazemos uma ideia, talvez falsa, mas uma ideia. Marcos é o secretário de Pedro. Lucas, o companheiro de Paulo. João, o discípulo preferido de Jesus. O primeiro é o mais virulento, o segundo, o mais amável, o terceiro, o mais profundo. Mateus, por sua vez, não tem lenda, rosto, singularidade, e, no que me diz respeito, depois de passar dois anos de minha vida comentando João, dois traduzindo Marcos e sete escrevendo este livro sobre Lucas, tenho a impressão de não conhecê-lo. Embora possamos ver nessa ofuscação a apoteose da humildade cristã, outra razão da preeminência de que goza Mateus é que, ao longo de todo o seu Evangelho, ele se esmera em mostrar que o bando de pés-rapados recrutados por Jesus era organizado, disciplinado, hierarquizado, em suma, que já era uma igreja. Talvez seja o mais cristão dos quatro: é também o mais eclesiástico.

Isso vinha bem a calhar. A partir da teia tecida por Paulo, alguma coisa que a Antiguidade não conheceu ganhava forma: um clero. Cristo é o enviado de Deus, os apóstolos, os de Cristo, os padres, os dos apóstolos. Esses padres são chamados presbíteros, o que significa simplesmente os antigos. Logo passarão a ser subordinados aos epíscopos, que se tornarão os bispos. Logo dirão que o bispo, enquanto o papa não vem, representa Deus na Terra. Centralização, hierarquia, obediência: viemos para ficar. O fim do mundo não está mais na ordem do dia. É por isso que Evangelhos começam a ser escritos e a Igreja se organiza.

Por mais três séculos ainda, essa Igreja restará uma sociedade secreta, clandestina, caçada. O horrível Domiciano perseguiu-a por capricho, sem lógica, mas seus sucessores o fizeram com conhecimento de causa. Esses sucessores eram todos bons imperadores. Trajano, Marco Aurélio, Adriano, por exemplo, eram imperadores filósofos, estoicos, tolerantes: o que a Antiguidade tardia deu de melhor. Proibindo o cristianismo, martirizando seus adeptos, esses bons imperadores não se enganavam de alvo. Amavam Roma, que desejavam eterna, e pressentiam que aquela seita obscura era um inimigo tão temível para Roma quanto os bárbaros aglutinados nas fronteiras. "Os cristãos", escreve um apologista, "não diferem em nada dos outros homens. Não vivem à parte, conformam-se a todos os costumes, só intimamente seguem as leis de sua república espiritual. Estão no mundo como a alma no corpo." Como a alma no corpo, bonitas palavras, mas também como os extraterrestres na pacata comunidade de *Vampiros de almas*, o velho filme de ficção científica paranoica: camuflados em amigos, vizinhos, indetectáveis. Esses mutantes queriam devorar o império a partir de seu âmago, tomar o lugar, mediante um processo invisível, de seus súditos. E assim fizeram.

3

Nos anos 20 do século II, sob o reinado do virtuoso Trajano, havia em Éfeso um ancião conhecido como presbítero João, isto é, João, o antigo. Ninguém sabia mais sua idade. A morte parecia tê-lo esquecido. Era infinitamente respeitado. Alguns asseguravam tratar-se do discípulo preferido de Jesus. Último homem vivo a tê-lo conhecido, e, quando interrogado, ele não dizia o contrário. Dirigia-se àqueles que o cercavam como "meus filhinhos". Não cansava de lhes repetir: "Meus filhinhos, amai-vos uns aos outros". Toda a sabedoria resumia-se a esse mantra. Um dia, ele acabou morrendo. Enterraram-no ao lado de Maria, mãe de Jesus, que também diziam ter morrido em Éfeso. Aproximando o ouvido de seu túmulo, ouvia-se o ancião respirar, parece, baixinho e regularmente, feito uma criança dormindo.

Alguns anos após sua morte, o Evangelho segundo João apareceu em Éfeso, onde agora ninguém duvidava tratar-se do testemunho do discípulo que Jesus amava. Outras igrejas, contudo, duvidaram. Uma feroz controvérsia estendeu-se até o século IV, com alguns postulando que João era o Evangelho definitivo, anulando as rústicas tentativas anteriores, outros, que não só era uma falsificação, como uma falsificação eivada de heresia. O cânone terminou por decidir. João escapou por um triz da sorte dos apócrifos, aos quais poderia juntar-se nas trevas exteriores tamanho o estranhamento e as diferenças entre o seu texto e os três Evangelhos aceitos unicamente. É, para sempre, o quarto.

Isso é um mistério, quem escreveu esse quarto Evangelho.

A rigor, é possível aceitar que João, filho de Zebedeu, pescador galileu nervosinho mas de quem Jesus gostava muito, tornou-se, após a morte deste, uma das colunas da igreja de Jerusalém e, mais tarde, o jihadista judeu que escreveu o Apocalipse. Mais difícil é aceitar que o autor do Apocalipse, cujas linhas sem exceção transpiram ódio aos gentios e a todo judeu que pactue com eles, tenha sido capaz, mesmo quarenta anos mais tarde, de escrever um Evangelho saturado de filosofia grega e violentamente hostil aos judeus. No Evangelho de João, Jesus chama a Lei desdenhosamente de "vossa Lei". A Páscoa é a "Páscoa dos judeus". Do jeito que ele conta, a história inteira se resume ao embate entre a luz e as trevas, e os judeus fazem o papel das trevas. E agora?

Agora eis o roteiro mais plausível: João, filho de Zebedeu, João, o apóstolo, João, o autor do Apocalipse, terminou efetivamente sua longa vida em Éfeso, cercado pelo respeito das igrejas da Ásia. A Ásia era então a região mais devota do império. O mais reles medicastro de aldeia era visto como deus, e todas as profissões de fé se misturavam. Renan, que não gosta nem do quarto Evangelho nem do que os historiadores chamam de "o círculo joânico", descreve um ninho de intrigas, fraudes carolas e traições em torno da última testemunha viva, um ancião vaidoso que perde o juízo e se insurge violentamente porque os Evangelhos em circulação não lhe dão o papel que ele afirma ter desempenhado. Pois, afirma ele, ele era discípulo preferido, aquele a quem Jesus confiava suas alegrias e sofrimentos. Ele sabe tudo: o que Jesus pensava e o que efetivamente aconteceu, tim-tim por tim-tim. Marcos, Mateus e Lucas, esses compiladores mal informados, dizem que Jesus não foi a Jerusalém a não ser no fim, para morrer. Mas ele ia lá o tempo todo!, exalta-se João: foi lá que ele fez a maioria de seus milagres! Dizem que na véspera de sua morte instituiu esse rito do pão e do vinho pelo qual seus adeptos o rememoram. Mas ele fez isso muito tempo antes! Fazia isso o tempo todo! O que ele fez na última noite foi lavar os pés de todos e, isso, sim, era novo, e João fala de um lugar confiável, pois passou aquela última noite à direita de Jesus, a cabeça em seu ombro. Dizem, pior ainda, que Jesus morreu sozinho, que todos os seus companheiros debandaram. Ora bolas, ele estava lá, ele, João, ao pé da cruz! Jesus agonizante inclusive lhe recomendou sua mãe! Essas recordações, devido à sua idade avançada, são confusas, mas os que as escutam acreditam piamente que ouvem a verdade, a verdadeira, ignorada ou travestida pelos relatos de Marcos, Mateus e Lucas. Cumpre divulgar essa verdade. Isso caberá a quem arrancar mais coisa do velho, ocupando junto a ele o cargo de secretário. Caberá a quem for, para João, o que Marcos foi para Pedro.

A diferença é que Marcos era um secretário escrupuloso. João não teve essa sorte. Teve outra. A de arranjar um secretário genial. Não é impossível esse secretário chamar-se João; talvez, com a chegada da idade, tenham terminado por confundi-lo com o próprio apóstolo. João, o apóstolo, João, o antigo: na penumbra e no incenso de Éfeso, não se sabe mais quem é quem. Um fala, o outro escuta, e assimila de tal forma o que ouviu, adiciona-lhe tão intimamente sua poderosa personalidade e sua vasta cultura filosófica, que o primeiro, pudesse lê-lo, jamais teria reconhecido o que o segundo escreveu sob seu nome. Pois, embora não se saiba nada a respeito de João, o antigo, presume-se que era um filósofo, e, se judeu, um judeu totalmente helenizado. Talvez, com cinquenta anos de intervalo, alguém como aquele Apolo rival de Paulo, em Corinto: um discípulo de Fílon de Alexandria, um neoplatônico: tudo o que o apóstolo João odiava.

A fusão dos dois Joões, o apóstolo e o antigo, faz do quarto Evangelho uma mistura estranha. Por um lado, fornece informações tão concretas sobre as passagens de Jesus pela Judeia que os historiadores terminaram, de má vontade, por julgá-lo mais confiável que os outros três. Por outro, atribui-lhe discursos que impõem uma escolha: ou Jesus falava como em Marcos, Mateus e Lucas, ou falava como em João, mas é difícil aceitar que ele pudesse falar como fala em Marcos, Mateus e Lucas e, ao mesmo tempo, como fala em João. A escolha é feita sem piscar: ele fala como em Marcos, Mateus e Lucas. Inclusive isso é o que mais depõe a favor do valor histórico dos Evangelhos, o estilo oral comum aos três e tão singular — poderíamos dizer inimitável, se Lucas não tivesse se especializado em imitá-lo. Frases curtas, formas claras, exemplos pinçados na vida cotidiana. Em João, por contraste, discursos compridos, compridíssimos sobre as relações de Jesus com seu pai, o combate da sombra e da luz, o Logos descido na terra. Sequer um exorcismo, sequer uma parábola. Não restou mais nada de judeu. O verdadeiro João, João, o apóstolo, teria ficado horrorizado: as palavras a ele atribuídas lembram muito as cartas tardias de seu grande inimigo Paulo. E, como nas cartas tardias de Paulo, há lampejos extraordinários, pois o falso João, João, o antigo, era um escritor extraordinário. Sua narrativa é aspergida por uma luz sobrenatural de despedida, suas palavras ressoam como um eco vindo da outra margem. As bodas de Caná, a samaritana no poço, a ressurreição de Lázaro, Natanael sob a figueira, tudo isso é cara dele. Também é cara dele a frase de João Batista: "É necessário que ele cresça e eu diminua", e aquela de Jesus aos devotos prestes a apedrejar a mulher adúltera: "Quem dentre vós estiver sem pecado, seja o primeiro a lhe atirar uma pedra". É dele, por fim, a fala misteriosa que decidiu minha conversão, em Levron, há vinte e cinco anos:

> *Em verdade, em verdade, te digo:*
> *Quando eras jovem,*
> *tu te cingias*
> *e andavas por onde querias;*
> *quando fores velho,*
> *estenderás as mãos*
> *e outro te cingirá*
> *e te conduzirá aonde não queres.*

4

Quando cursava história, tive de redigir uma monografia sobre um tema de minha escolha. Como eu era ao mesmo tempo bastante ignorante em história e grande conhecedor de ficção científica, escolhi um tema sobre o qual estava certo de saber mais que toda a banca reunida: a ucronia.

A ucronia consiste em ficções sobre o tema: e se as coisas tivessem acontecido de outra forma? E se o nariz de Cleópatra tivesse sido mais curto? E se Napoleão tivesse vencido Waterloo? Durante minhas pesquisas, percebi que um grande número de ucronias gira em torno dos primórdios do cristianismo. Isso nada tem de espantoso: se procurarmos na trama da história o ponto de ruptura que causará a mudança máxima, não encontraremos melhor. Roger Caillois, por exemplo, entrou na cabeça de Pôncio Pilatos quando este viu-se à frente do caso Jesus. Ele imagina seu dia: os mais ínfimos incidentes, encontros, alterações de humor, um pesadelo, tudo que faz a alquimia de uma decisão. No fim, em vez de ceder aos sacerdotes, que pretendem executar aquele obscuro e agitado galileu, Pilatos tem uma luz. Diz não. Não vejo nada a censurá-lo, liberto-o. Jesus volta para casa. Continua a pregar. Morre muito velho, cercado de grande reputação de sabedoria. O cristianismo não existe. Caillois pensa que isso não é mau.

Essa é uma das maneiras de resolver o problema: na fonte. Caso contrário, a outra grande fenda temporal é a conversão de Constantino.

Constantino era imperador no início do século IV. Enfim, um dos quatro coimperadores que dividiam entre si o Oriente e o Ocidente, visto que o império, de tanto crescer, havia se tornado uma coisa complicada, inadministrável, infiltrado pelos bárbaros, que agora formavam o grosso das legiões. Um quinto ladrão também pretendia ser imperador. Ele conquistara parte da Itália, Constantino defendia seu trono. Uma grande batalha se anunciava nas cercanias de Roma, entre seus exércitos e os do usurpador. Na noite anterior a essa batalha, o deus dos cristãos lhe apareceu em sonho e lhe prometeu a vitória caso se convertesse. No dia seguinte, que era 28 de outubro de 312, Constantino vencia a batalha e, em decorrência dessa vitória, o império passava a ser cristão.

Isso levou um pouco de tempo, claro, as pessoas tiveram que ser avisadas. O fato é que, em 312, o paganismo era a religião oficial, o cristianismo, uma seita meramente tolerada, e dez anos depois era o contrário. A tolerância mudara de lado, dali a pouco é o paganismo que não é mais tolerado. De mãos dadas, a Igreja e o império perseguiram os últimos pagãos. O imperador gabava-se de ser o primeiro dos súditos de Jesus. Jesus, que, três séculos antes, fracassara em ser o rei dos judeus, tornou-se o rei de todo mundo, menos dos judeus.

A palavra "seita", em terreno católico, tem um sentido pejorativo: é associada a coação e lavagem cerebral. No sentido protestante, que perdura no mundo anglo-saxão, uma seita é um movimento religioso ao qual o indivíduo adere por iniciativa própria, diferentemente de uma igreja, que é um meio em que se nasce, um conjunto de coisas em que se crê porque outros creram antes: pais, avós, todo mundo. Numa igreja, acreditamos no que todo mundo acredita, fazemos o que todo mundo faz, não questionamos. Nós, que somos democratas e amigos do livre-arbítrio, deveríamos pensar que uma seita é mais respeitável que uma igreja, mas não: questão de semântica. O que aconteceu com o cristianismo depois da conversão de Constantino é que a frase do apologista Tertuliano, "Ninguém nasce cristão, torna-se um", deixou de ser verdadeira. A seita virou uma igreja.

A Igreja.

Essa Igreja envelheceu. Seu passado é carregado. Não faltam argumentos para criticá-la por ter traído a mensagem do rabi Jesus de Nazaré, a mais subversiva que jamais existiu na terra. Mas criticá-la por isso não é criticá-la por ter sobrevivido?

O cristianismo era um organismo vivo. Sua expansão transformou-o numa coisa absolutamente imprevisível, o que é normal:

quem gostaria que uma criança, por mais maravilhosa que fosse, não mudasse? Uma criança que continua criança é uma criança morta, ou, no melhor dos casos, retardada. Jesus era a tenra infância desse organismo, Paulo e a Igreja dos primeiros séculos, sua adolescência rebelde e apaixonada. Com a conversão de Constantino, começa a longa história da cristandade no Ocidente, ou seja, uma vida adulta e uma carreira profissional feita de pesadas responsabilidades, grandes êxitos, poderes imensos, cumplicidades e erros vergonhosos. O Iluminismo e a modernidade decretam sua aposentadoria. A Igreja perdeu o interesse, está manifestamente superada, e é difícil dizer se sua longevidade, da qual somos testemunhas mais que indiferentes, tende mais para a decrepitude rabugenta ou para a sabedoria luminosa que, eu em todo caso, desejamos para nós ao pensarmos na própria velhice. Conhecemos tudo isso na escala de nossa vida. Será que o adulto que faz uma grande carreira no mundo traiu o adolescente que ele foi? Será que faz sentido erigir a infância em ideal e passar a vida lastimando a perda da inocência? Claro, se Jesus pudesse ver a igreja do Santo Sepulcro em Jerusalém, e o Sacro Império Romano Germânico, e o catolicismo, e as fogueiras da Inquisição, e os judeus massacrados porque mataram o Senhor, e o Vaticano, e a condenação dos padres operários, e a infalibilidade pontifícia, e também mestre Eckhart, Simone Weil, Edith Stein, Etty Hillesum, ficaria pasmo. Mas qual criança, se desdobrássemos à sua frente seu futuro, se pudesse compreender de verdade o que ela sabe desde muito cedo de maneira puramente abstrata, que um dia ela será velha, velha como essas velhas que espetam quando as beijamos, qual criança não ficaria boquiaberta?

O que mais me espanta não é a Igreja ter se afastado tanto do que era na origem. Ao contrário, é que, mesmo não conseguindo, ela se atribua como ideal ser-lhe fiel. O que estava na origem nunca foi esquecido. Nunca deixaram de reconhecer sua superioridade, de procurar um retorno como se a verdade estivesse lá, como se o que subsistisse do bebê fosse a melhor parte do adulto. Ao contrário dos judeus, que projetam a consumação no futuro, ao contrário de Paulo, que, muito judeu nisso, preocupava-se pouco com Jesus e só pensava no crescimento orgânico e contínuo de sua minúscula igreja, que devia englobar o mundo inteiro, a cristandade situa sua idade de ouro no passado. Igual aos mais virulentos de seus críticos, ela pensa que seu momento de verdade absoluta, depois do qual as coisas só degringolaram, são esses dois ou três anos em que Jesus pregou na Galileia e depois morreu em Jerusalém, e a Igreja, como ela própria confessa, só está viva quando se aproxima disso.

5

No fim, as coisas entram nos eixos. Não embarquei no cruzeiro São Paulo, melhor assim, mas nos últimos anos meus livros me valeram inúmeras cartas de cristãos — cristãs, principalmente. Entrei em contato com algumas, que me veem como uma espécie de cúmplice: isso me agrada.

Uma delas reagia a *Limonov*. Ao capítulo de *Limonov* em que, canhestramente, tento dizer alguma coisa sobre o fato evidente de que a vida é injusta e os homens, desiguais. Uns bonitos, outros feios, uns bem-nascidos, outros miseráveis, uns brilhantes, outros obscuros, uns inteligentes, outros burros... Será que a vida é assim e pronto? Será que aqueles a quem isso escandaliza são pura e simplesmente, como pensam Nietzsche e Limonov, pessoas que *não amam a vida*? Ou será que podemos ver as coisas de outro ângulo? Eu falava de duas maneiras de ver as coisas de outro ângulo. A primeira é o cristianismo: a ideia de que, no Reino, que certamente não é o além mas a realidade da realidade, o menor é o maior. A segunda está contida num sutra budista que Hervé me mostrou, que citei não uma, mas duas vezes, e que um número surpreendente de leitores de *Limonov* compreendeu ser o cerne do livro, a frase que merecia ser guardada e trabalhada em segredo, em seus corações, quando as quinhentas páginas em que ela está incrustada há muito tivessem sido apagadas de suas memórias: "O homem que se julga superior, inferior ou igual a outro homem não compreende a realidade".

Minha correspondente me dizia: "Esse problema, eu conhe-ço bem. Ele me atormenta desde criança. Lembro-me de ter tomado consciência dele quando uma senhora catequista nos exortou a 'sermos bonzinhos' com os outros, porque para alguns um simples sorriso pode ser muito importante. Fiquei completamente desesperada ao pensar que eu fazia parte dessa categoria de sub-humanos: aqueles a quem se sorri para ser bonzinho. Em outra ocasião, na leitura da missa, foi uma passagem de uma carta de São Paulo que começava: 'Nós, que somos tão fortes...'. Pensei: isso não é para mim, eu não sou forte, não faço parte da metade boa da espécie. Isso é para dizer que eu conheço esse problema de hierarquia ao que o senhor se refere — talvez não do mesmo ponto de vista que o senhor. Mas tenho uma solução a lhe propor. Ela está ao alcance da mão. Ela se acha, bastante concretamente, no fundo da bacia em que o senhor terá os pés lavados e lavará os de um outro, se possível de um deficiente".

Cumpria entender literalmente: aquela jovem mulher estava me convidando, para meu progresso moral e espiritual, a lavar pés de deficientes e ter os meus lavados — quer dizer, de um jeito ou de outro, o negócio mais enfática e, quase, obscenamente católico possível de se imaginar. Ao mesmo tempo, o tom de seu e-mail era simpático, inteligente. Ela tinha consciência da estranheza da coisa e, com uma ironia amistosa, antecipava meu inevitável gesto de recuo. Respondi que pensaria no assunto.

Dois anos mais tarde, chega um novo e-mail. Bérengère, minha correspondente, queria saber se eu havia pensado e, se depois de pensar, a experiência me seduzia. Na eventualidade de eu não ter à disposição pés suficientemente malformados, ela me passaria alguns endereços.

Eu estava prestes a terminar este livro e até me sentia, juro, satisfeito. Pensava: aprendi muitas coisas escrevendo-o, aquele que o ler aprenderá muito também, e essas coisas lhe darão o que pensar: fiz um bom trabalho. Ao mesmo tempo, uma sombra me atormentava: a de ter passado à margem do essencial. Com toda a minha erudição, toda a minha seriedade, todos os meus escrúpulos, de estar redondamente enganado. Evidentemente, o problema quando tocamos nessas questões é que a única maneira de não nos enganar redondamente seria pender para o lado da fé — ora, isso eu não queria, continuo não querendo. Mas quem sabe? Era hora, talvez, de dizer alguma coisa que eu não tinha dito, ou mal, e, talvez, sem o saber, Bérangère voltava para me puxar pela manga a fim de que eu não enviasse meu livro para Paul, meu editor, sem ter vislumbrando essa alguma coisa.

6

E assim nos vemos numa sala de fazenda restaurada, sob um crucifixo e — surpresa — uma grande reprodução do *Filho pródigo* de Rembrandt, com cerca de quarenta cristãos distribuídos em grupos de sete. Estão sentados em círculos, no meio dos quais foram dispostos bacias, jarros, toalhas, e todo mundo se prepara para lavar os pés uns dos outros.

O retiro começou na véspera, pude conhecer o meu grupo. Compõe-se, além de mim, de um diretor de escola da região dos Vosges, de uma voluntária do Secours Catholique, de um diretor de recursos humanos confrontado com a violência das demissões que ele tem como tarefa acompanhar, de uma cantora lírica e de um casal de aposentados, membros das equipes de Notre-Dame — eu conhecia esses grupos de oração, aos quais pertenciam meus ex-sogros e um dos visitantes de presídio que amparavam Jean-Claude Romand. Todos, inclusive eu, estão vestidos nesse estilo mais ou menos excursionista que os católicos apreciam. Posso estar enganado, mas não me dão a impressão de serem daqueles católicos que desfilam contra o casamento gay e o excesso de imigrantes. Imagino-os mais ajudando clandestinos analfabetos e preenchendo formulários para eles: católicos de esquerda, defensores dos fracos, pessoas de boa vontade. Dois deles são frequentadores contumazes e agem como íntimos dos que moram aqui: assistentes voluntários e, sobretudo, pessoas deficientes. Aprendi ao chegar: aqui se diz "pessoas deficientes" e não "deficientes", e, embora se possa tachar isso de politicamente correto, de minha parte nada tenho a lhes censurar de tal forma está claro que o laço se dá realmente de pessoa a pessoa e de igual para igual. Algumas dessas pessoas são totalmente dependentes: encolhidas numa cadeira de rodas, alimentadas na boca, só se exprimindo por grunhidos guturais. Outras, menos prejudicadas, vão e vêm, botam a mesa, comunicam-se à sua maneira, como esse sujeito na casa dos cinquenta anos que, de manhã à noite, repete incansavelmente estas três palavras: "o pequeno Patrick" — e, me lembrando desse detalhe, me arrependo de não lhe haver perguntado quem era o pequeno Patrick: ele mesmo ou algum outro, e então quem?

Tudo isso começou há exatamente cinquenta anos. Um canadense chamado Jean Vanier procurava seu caminho. Fora para a guerra muito jovem, na Marinha inglesa, serviu em navios, estudou filosofia. Queria ser feliz e viver de acordo com o Evangelho — isto, ele estava convencido, sendo a condição daquilo. Todo mundo tem no Evangelho uma frase que lhe é especialmente destinada, a sua estava em Lucas: é aquela sobre o banquete ao qual Jesus aconselha a não convidar seus amigos ricos, nem os membros de seu clã, mas os mendigos, os estropiados, os degenerados que cambaleiam na rua e que evitamos e ninguém evidentemente nunca convida. Se fizeres isso, promete Jesus, serás feliz: o nome disso é beatitude.

Próximo à aldeia do Oise onde morava Jean Vanier, havia um hospital psiquiátrico — que ainda chamavam de hospício. Um verdadeiro hospício, feito não para acolher as pessoas que surtam momentaneamente, mas para confinar os pacientes sem possibilidade de tratamento. Aqueles que os nazistas, leitores consequentes de Nietzsche, achavam misericordioso matar e que nossas sociedades mais brandas limitam-se a afastar, nas instituições fechadas onde eles são cuidados *a minima*. Os que babam, os que uivam como se fossem morrer, os emparedados para sempre em si mesmos. Estes, certamente, não são convidados a lugar nenhum, mas Jean Vanier os convidou. Conseguiu que lhe confiassem dois desses doentes, para que vivessem com ele não como se vive numa instituição, mas numa família. Junto com Philippe e Raphaël, eram esses seus nomes, em sua casinha de Trosly, na orla da floresta de Compiègne, ele fundou uma família: a primeira comunidade de l'Arche. Cinquenta anos mais tarde, há pelo mundo cento e cinquenta comunidades de l'Arche, cada uma delas agrupando cinco ou seis pessoas deficientes mentais e o mesmo número de cuidadores. Uma pessoa por pessoa. Eles preparam as refeições, fazem trabalhos manuais, é uma vida muito simples e comunitária. Os que nunca irão se curar não se curam, mas alguém fala com eles, toca seus corpos, diz-lhes que são importantes, e isso até os mais feridos entendem, e alguma coisa neles começa a viver. Essa alguma coisa, Jean Vanier chama de Jesus, mas não obriga ninguém a agir como ele. Quando não viaja de uma comunidade a outra, ele continua em Trosly, no seio da comunidade originária. Às vezes promove retiros aqui, como este no qual Bérengère me aconselhou a me inscrever. A coisa consiste em missas cotidianas, que me entediam, em cânticos religiosos, que me irritam, em silêncio, que me convém, e em escutá-lo, a ele, Jean Vanier. É um homem muito velho agora, muito alto, muito atento, muito doce, visivelmente muito bom. Sob seus traços não é difícil distinguir seu santo padroeiro, o evangelista João. Esse evangelista João, fosse João, o apóstolo, ou João, o antigo, judeu ou grego, me preocupei muito com isso ao escrever meu livro, agora que o terminei estou pouco me lixando, que importância isso tem? Lembro-me apenas da frase que, já ido em anos, em Éfeso, ele repetia o dia inteiro, como o pequeno Patrick: "Meus filhinhos, amai-vos uns aos outros".

7

O evangelista João conta o que Jean Vanier, por sua vez, nos conta esta noite, enquanto aguardamos pacientemente diante de nossas bacias: Jesus acaba de ressuscitar Lázaro, cada vez mais gente o toma pelo Messias. Aclamaram-no, quando ele chegou a Jerusalém, lançando ramos de palmeiras à sua passagem. Embora tenha feito questão de entrar na cidade sagrada no lombo de um burrico e não no de um cavalo majestoso, pressentimos que coisas prodigiosas estão para acontecer. Três dias depois, os três dias que separam o Domingo de Ramos da Quinta-feira Santa, ele janta com os Doze na famosa sala do andar superior. Num certo momento da refeição, ele se levanta e, conservando apenas uma toalha na cintura, tira seu manto. Sem uma palavra, despeja água na bacia para lavar os pés de seus discípulos, depois enxugá-los com as pontas da toalha amarrada na cintura.

É a tarefa de um escravo: os discípulos estão atônitos. Ele se ajoelha diante de Pedro, que protesta: "'Tu, Senhor? Lavar-me os pés?' 'O que faço, não compreendes agora, mas o compreenderás mais tarde.' 'Jamais me lavarás os pés!', exclama Pedro".

Não é a primeira vez que Pedro não entende nada, nem a última. Aquele lava-pés é demais para ele. Apesar das advertências de Jesus, os acontecimentos dos últimos dias o persuadiram de que a coisa acontecera, de que ele e os demais haviam apostado no caminho certo, de que Jesus tomaria o poder e se tornaria o chefe. Um chefe, a gente venera, coloca num pedestal. Mas admiração não é amor. O amor quer a proximidade, a reciprocidade, a aceitação da vulnerabilidade. O amor sozinho não diz o que passamos a vida inteira a dizer, todos, o tempo todo, a todo mundo: "Valho mais que você". O amor tem outras maneiras de se reconfortar. Outra autoridade, que não vem de cima, mas de baixo. Nossas sociedades, todas as sociedades humanas, são pirâmides. No topo, estão os importantes: ricos, poderosos, bonitos, inteligentes, aqueles para quem todo mundo olha. No meio, o povão, que é maioria e para quem ninguém olha. E depois, bem na base, aqueles que até o povão aproveita para olhar do alto: os escravos, os degenerados, os menos que nada. Pedro é como todo mundo: gosta de ser amigo dos importantes, não dos menos que nada, e eis que Jesus ocupa bastante concretamente o lugar do menos que nada. Não dá mais para aguentar. Pedro encolhe os pés para que Jesus não possa lavá-los, diz: "Jamais". Jesus, com firmeza, responde: "Se eu não te lavar, não terás parte comigo, não podes ser meu discípulo", e Pedro cede, exagerando como sempre: "Que seja", diz ele, "mas então não apenas meus pés, mas também as mãos e a cabeça!".

Depois de lavar os pés de todos, Jesus se levanta, veste novamente seu manto, volta ao seu lugar. Diz: "Vós me chamais o Mestre e o Senhor e dizeis bem, pois eu o sou. Se, portanto, eu, o Mestre e o Senhor, vos lavei os pés, também deveis lavar os pés uns aos outros. Dei-vos o exemplo para que, como eu vos fiz, também vós o façais".

"Felizes sereis": isso também, diz Jean Vanier, é uma beatitude. Nas comunidades de l'Arche, evoca-se tal beatitude, que o evangelista é o único a reportar. Como sou um historiador incorrigível, penso com meus botões: em todo caso, não deixa de ser estranho que, o time inteiro dos Doze tendo testemunhado e participado de cena tão marcante, ele seja o único a registrá-la. O que Marcos, Mateus e Lucas registram é o pão e o vinho, "fareis isso em minha memória", mas também rumino que as coisas poderiam ter tomado outro viés: que o sacramento central do cristianismo, em vez da eucaristia, poderia ser o lava-pés. O que é feito nos retiros de l'Arche seria feito diariamente na missa, o que não seria muito mais extravagante — a bem da verdade, até menos.

"Lembro-me", continua Jean Vanier, "de quando deixei a direção de l'Arche, tirei um ano sabático como assistente numa das comunidades, bem pertinho daqui, e aquele de quem eu cuidava chamava-se Éric. Éric tinha dezesseis anos. Era cego, surdo, não conseguia falar nem andar, não tinha aprendido e jamais aprenderia a manter-se limpo. Sua mãe o havia abandonado quando ele nasceu, ele tinha passado a vida inteira no hospital, sem nunca interagir de verdade com ninguém. Nunca conheci pessoa tão angustiada. Tinha sido tão rejeitado, tão humilhado, todos os sinais que ele recebera lhe haviam de tal forma sugerido que ele era mau e não contava para ninguém que ele se fechara completamente em sua angústia. Tudo que ele conseguia fazer, às vezes, era gritar, emitir gritos agudos, durante horas, que me enlouqueciam. É terrível: eu chegava ao ponto de compreender esses pais que maltratam os filhos e até os matam. A angústia dele despertava a minha, e meu ódio. O que podemos fazer com alguém que grita assim? Como acessamos alguém tão inacessível? Impossível falar com ele, ele não ouve. Impossível apelar ao bom senso, ele não compreende. Mas é possível tocá-lo. É possível lavar seu corpo. Foi isso que Jesus nos ensinou a fazer na Quinta-feira Santa. Ao instituir a eucaristia, ele fala aos Doze, coletivamente. Porém, quando se ajoelha para lavar os pés de seus discípulos, é diante de cada um pessoalmente, chamando-o pelo nome, tocando sua carne, alcançando-o onde ninguém soube alcançá-lo. O fato de alguém tocá-lo e lavá-lo não irá curar Éric, mas não existe nada mais importante, para ele e para quem faz isso. Para quem faz: este é o grande segredo do Evangelho. É o segredo de l'Arche também: no começo, queremos ser bons, queremos fazer bem aos pobres, porém, aos poucos, pode levar anos, descobrimos que são eles que nos fazem bem, porque, mantendo-nos junto à sua pobreza, à sua fraqueza, à sua angústia, desnudamos nossa pobreza, nossa fraqueza e nossa angústia, que são as mesmas, que são as mesmas para todos, vocês sabem, e então começamos a nos tornar mais humanos.

"Agora, vão."

Ele se levanta, vai juntar-se ao grupo no qual lhe reservaram um lugar. Nesse grupo, há uma adolescente com Síndrome de Down, Élodie, que, enquanto ele falava, não parou de circular pela sala, dando uns passinhos de dança bastante graciosos e exigindo carinhos de um ou outro, mas que, ao vê-lo ocupar seu lugar, também foi para o dela, ao seu lado. Ela esperava por esse momento, sabe como a coisa funciona, e tem o ar tão satisfeito, tão à vontade, quanto Pascal, o menino com Síndrome de Down que ajudava na missa do padre Xavier em seu pequeno chalé de Levron.

Tiramos sapatos e meias e arregaçamos a barra das calças. É o diretor de recursos humanos que começa. Ele se ajoelha diante do diretor de escola, despeja água morna da jarra sobre seus pés, esfrega-os um pouco — uns dez, vinte segundos, é relativamente longo, a impressão é de que luta contra a tentação de ir rápido demais e reduzir o ritual a algo puramente simbólico. Um pé, outro pé, que em seguida ele enxuga com a toalha. Depois é a vez do diretor de escola ajoelhar-se à minha frente, lavar meus pés antes que eu lave os da voluntária do Secours Catholique. Olho aqueles pés, não sei o que penso. É realmente muito estranho lavar pés de desconhecidos. Ocorre-me uma bela frase de Emmanuel Levinas, que Bérangère citou para mim num e-mail, sobre o rosto humano, o qual, a partir do momento em que o *vemos*, proíbe matar. Ela dizia: sim, mas isso vale mais ainda para os pés: os pés são uma coisa ainda mais pobre, ainda mais vulnerável, é realmente o que existe de mais vulnerável: a criança dentro de cada um de nós. E, mesmo achando um pouco embaraçoso, acho bonito que pessoas se reúnam para isso, para ficar o mais perto possível do que há de mais pobre e vulnerável no mundo e neles mesmos. Penso comigo que o cristianismo é isso.

Ainda assim, não gostaria de ser tocado pela graça e, por ter participado de um lava-pés, voltar para casa convertido como vinte quatro anos atrás. Afortunadamente, não acontece nada disso.

8

No dia seguinte, domingo, depois do almoço, o retiro chega ao fim. Antes de nos separarmos, de voltar cada um para sua casa, todo mundo entoa um cântico tipo "Jesus é meu amigo". A bondosa senhora que cuida de Élodie, a adolescente com Síndrome de Down, faz o acompanhamento ao violão e, como é um cântico alegre, todos se põem a bater mãos e pés e a se requebrar como numa boate. Nem com toda a boa vontade do mundo consigo me juntar sinceramente a momento de tão intenso kitsch religioso. Cantarolo vagamente, com a boca fechada, movo-me feito um pêndulo, espero terminar. Subitamente, ao meu lado, surge Élodie, que puxou uma espécie de quadrilha. Ela se planta à minha frente, sorri, atira os braços para o alto, ri abertamente, e, acima de tudo, olha para mim, me incentiva com o olhar, e há tamanha alegria nesse olhar, alegria tão cândida, confiante e sincera, que começo a dançar como os outros, a cantar que Jesus é meu amigo e, cantando, dançando, olhando para Élodie, que agora escolheu outro parceiro, lágrimas me vêm aos olhos e sou forçado a admitir que nesse dia, por um instante, entrevi o que é o Reino.

9

De volta em casa, antes de guardar em suas caixas de papelão os cadernos contendo meus comentários sobre João, folheio-os pela última vez. Vou ao final. Em 28 de novembro de 1982, copiei as últimas frases do Evangelho:

"Este é o discípulo [que Jesus amava] que dá testemunho dessas coisas e foi quem as escreveu; e sabemos que o seu testemunho é verdadeiro. Há, porém, muitas outras coisas que Jesus fez. Se fossem escritas uma por uma, creio que o mundo não poderia conter os livros que se escreveriam."

Anotei a seguir: "Jesus fez ainda muitas outras coisas: as que ele faz todos os dias, em nossas vidas, quase sempre à nossa revelia. Testemunhar algumas dessas coisas e escrever um testemunho verdadeiro, eis, creio, minha vocação. Permite, Senhor, que eu lhe seja fiel, a despeito das emboscadas, das omissões, dos afastamentos inevitáveis. Eis o que te peço no fim destes dezoito cadernos: fidelidade".

Este livro, que termino aqui, escrevi-o de boa-fé, mas o que ele tenta abordar é tão maior do que eu que essa boa-fé, sei disso, é irrisória. Escrevi-o atrapalhado pelo que sou: um inteligente, um rico, um homem do topo: inúmeras desvantagens para entrar no Reino. Em todo caso, tentei. E o que me pergunto, no momento de deixá-lo, é se ele trai o jovem que fui e o Senhor no qual esse jovem acreditou, ou se, à sua maneira, lhes permaneceu fiel.

Eu não sei.

ESTA OBRA FOI COMPOSTA PELA ABREU'S SYSTEM EM ADOBE GARAMOND
E IMPRESSA EM OFSETE PELA LIS GRÁFICA SOBRE PAPEL PÓLEN SOFT DA SUZANO
PAPEL E CELULOSE PARA A EDITORA SCHWARCZ EM ABRIL DE 2016